有这样一种友谊

马克斯·布罗德 / 弗兰茨·卡夫卡书信集1904—1924

[奥] 弗兰茨·卡夫卡　马克斯·布罗德　著
[德] 马尔科姆·帕斯利　编
李淑静　译
[德] 徐菲·施莱克　校译
[德] 徐菲·施莱克　主编

Franz Kafka
1904—1924
Max Broad

贵州出版集团
贵州人民出版社

图书在版编目（CIP）数据

有这样一种友谊：马克斯·布罗德/弗兰茨·卡夫卡书信集：1904—1924 / (奥) 弗兰茨·卡夫卡, (奥) 马克斯·布罗德著；(德) 马尔科姆·帕斯利编；李淑静译. -- 贵阳：贵州人民出版社, 2023.11
ISBN 978-7-221-17852-7

Ⅰ.①有… Ⅱ.①弗… ②马… ③马… ④李… Ⅲ.①书信集–奥地利–现代 Ⅳ.①I521.65

中国国家版本馆CIP数据核字（2023）第163838号

著作权合同登记号：图字22-2023-105

YOU ZHEYANG YIZHONG YOUYI:MAKESI BULUODE FULANCI KAFUKA SHUXINJI1904-1924

有这样一种友谊：马克斯·布罗德/弗兰茨·卡夫卡书信集1904—1924

［奥］弗兰茨·卡夫卡 马克斯·布罗德 著 ［德］马尔科姆·帕斯利 编 李淑静 译

出版人 朱文迅
出版统筹 戴 俊 田 军
策划编辑 田 军 祁定江 陈 滔 王 娜 丁林枫
责任编辑 杨进梅 田 军
特约编辑 刘 锋
封面设计 今亮后声·小九
责任印制 蔡继磊

出版发行 贵州出版集团 贵州人民出版社
地 址 贵阳市观山湖区中天会展城会展东路SOHO公寓A座
印 刷 唐山才智印刷有限公司
版 次 2023年11月第1版
印 次 2023年11月第1次印刷
开 本 880毫米×1230毫米 1/32
印 张 18
字 数 400千字
书 号 ISBN 978-7-221-17852-7
定 价 58.00元

目录

1 9 0 4

布拉格
约1904年

亲爱的马克斯[1]：

特别是由于昨天我没有去学校，我觉得很有必要给你写信，以便向你解释，为什么我没有与你们一同去参加那场我或许承诺过的化装舞会。

请原谅，我本想去享受一下，与你和P.[2]共度一个晚上。我想我们一定会是很棒的小团体，因为当你有时迫于压力发表了犀利的评论——就像你在人群中所做的——而他则出于对艺术之外一切事物的洞察，站在与你相反的立场，做出了得体的应对。

但是当我这样思考时，我便忘记了你的社交圈子，忘记了你所身处的小社交圈子。给陌生人的第一印象，这一圈子对你没什么好处。因为这个圈子部分依附于你，部分独立。就依附于你这点而言，它如同围绕在你身旁敏感的山谷，随时准备发出回声。这会令听众惊愕不已。当听众的双眼想要静静欣赏眼前的一切时，却背负袭击。如果听众不是异乎寻常的敏捷，那么他的双重感官定会失去享乐能力。

但是，就这个社交圈子的独立而论，它还会进一步伤害你。因为它会扭曲你，置你于不利之地，面对听众时你会遭到质疑，如果这些朋友行事如常，短暂的美好又有何用？一大群朋友只在革命中有益，如果大家一致简洁地行动，在桌边会出现一个微弱的抗议，随之众人就会将之压制在摇篮里。比如，你想把你的画作《晨景》作为舞台背景，但是你的朋友认为《狼谷》更适合这个场合，作为舞台侧幕他们推荐《狼谷》。当然两者都出自你，每位观众都能识得，但是《晨景》中草地上的阴影多么令人不安，还有飞过田野的那些小鸟多么令人作呕。这就是我的看法。这种情况你很少遇到，但是现在我还没有完全理解，你说："在福楼拜[3]的作品中，只有纯粹对事实的突如其来的想法，你知道吗，没有感性的废话。" 我该怎么以此言语来让你难堪呢，如果我这样提及：你说，维特多美啊！我说，如果我们要谈真相的话，里面就掺杂了太多感性废话。这是一个可笑、令人不悦的评点，然而我是你的朋友，在我说此话时，别无恶意，只想告诉听者你对此类事件的完整观点。友谊的象征常常会是不再去思索友人的要求。但是与此同时，听者变得悲哀、疲惫。——

我写下这些，因为若你不原谅我未与你共度那晚，会让我感到更加伤心，就像你不原谅我写这封信一样。——衷心问候——你的弗兰茨·卡。

别把信放在一边，我又把它通读了一遍，发现所写的还不够清晰。我本想写：对于你来说极大的幸运就是，在精疲力竭时允许自己懈怠，然而，在志同道合的朋友帮助下，可以毫不费力地到达追求的目标，这一点刚好在一次做报告的机会中展示了你——在P.那里，我是这么想的——我并不想，这么去想。——就到此吧。

邮戳：布拉格，1904年8月29日
到达邮戳：圣·沃尔夫冈，1904年8月30日

致：马克斯·布罗德先生　圣·沃尔夫冈　克蒂森
寄信人：弗兰茨·卡夫卡　采特纳胡同　布拉格

夏初是很容易让人感到心情愉悦。人们心中充满活力，步态轻盈，对未来的生活充满向往。人们期待着东方的奇闻异事，又用滑稽的鞠躬和含糊其词来否认这些怪事，这场动人的游戏令人愉快又激动不安。人们坐在凌乱的床上看向钟表。时针接近中午。而我们用柔和的色彩和延伸的远景来描绘着傍晚。我们兴奋地搓红了双手，因为傍晚时分，我们的影子变得狭长而美丽。我们梳妆打扮，暗中希望这种装扮与自己天然地融为一体。如果有人问我们对生活的打算，我们就会在春季习惯地摊开双手作为回答，过了一会儿又慢慢放下，好像在说，对已经确定下来的事情再去发誓是多么可笑而多余。

如果我们完全失望，虽然这会让我们郁郁不乐，但是就像我们日常生活中祈祷中的陈词滥调，我们生活的一致性按照我们的期望最仁慈地保持它的外观状态。

但我们不会失望，这个季节，这个有尾而无头的季节，它会带我们进入一种十分陌生而又自然的状态，我们有可能会被这一状态谋杀。

我们呆板地被游荡着的空气承载着，被它带到它所喜好的地方去。如果我们在风中触摸额头或者尝试用话语安慰自己并将细细的指

尖压在膝盖上，这不一定是玩笑。当我们在某种程度上已做到足够礼貌、不想对自己知道得一清二楚时，此时就会发生我们带着某种懦弱开始去探寻自己，当然是以一种有趣的方式，就好像我们假装努力去抓前面蹒跚学步的孩子一样。我们像鼹鼠一样打着地洞，满身脏兮兮地、毛发倒立着从打出的沙洞里钻出来，伸出我们可怜的小红爪，以博心软的同情。

在一次散步中，我的狗逮住了一只鼹鼠，它正想穿过大街。狗一再扑到它的身上，又放开它，又再扑上去，因为我的狗还小，有些胆怯。一开始我觉得很有趣，鼹鼠惊慌失措的样子让我感到舒服，它绝望极了，徒劳地在大街坚硬的地面上找洞。忽然间，狗再次伸出爪子去打它，鼹鼠尖叫起来，吱吱地叫着。这时我觉得——不，我什么都没感觉到。它无非只是个错觉。那一天我垂头丧气，耷拉着脑袋，到了晚上，我惊奇地发现，我的下巴长到胸间了。但是，第二天我又能昂首挺胸了。再过一天，一个女孩穿着一件白色连衣裙，然后爱上了我。她因此很不快乐，但是我没能成功地安慰她，这是一件多么困难的事啊！另一天，我短暂地午休过后，睁开眼睛，还迷迷糊糊不知身在何处时，听到我母亲用自然的口吻从阳台上向楼下问道："您在做什么？"一个女人在花园中回答道："我在绿草丛中喝下午茶[4]。"人们坚定地知道如何去生活，他们的这种坚定不移让我感到惊讶不已。另外一天，我怀着紧张痛苦的心情，为多云的一天感到欣喜。接下来会是一周、两周或是更长刮风的日子。然后我爱上了一个女人。接下来人们在酒馆里跳一次舞，我没有去。之后我很忧伤，觉得自己很愚蠢，就这样，我跌跌撞撞地走上田间小路，这段路从这里开始坡很大。接下来，有一次我在拜伦[5]的日记里读到这部分（我在此写个大概，因为这本书我已经放起来了）：“一个星期以来我都没有离开房子了。三天以来，我每天在图书馆里，开着窗户，和我的击剑老师练习四个小时的拳击，以让我心神安宁下来。”[6]然后啊，然后夏天就结束了，我觉得，天气变得凉爽起来，到了答复夏日书信的时候了，我的笔有点儿打滑了，我就此搁笔了。

你的弗兰茨·卡

8月28日

布拉格

约1904年

我很惊讶，你只字未提托尼奥·克勒格尔[7]。但是我对自己说：“他知道，要是我能收到他的一封信该会多么高兴，真还得来谈谈托尼奥·克勒格尔。显然他给我写过信了，但是信在意外、暴雨、地震中丢失了。”我立刻对这样的想法感到恼火，因为我当时没有兴致写作，却又必须回复一封或许并未写的信件，我对此咒骂，开始写道：“收到你的信时，我心绪纷乱，我在想，是该去找你还是让人给你送花去。但是这两者我都没有做，部分是因为疏忽了，部分是因为担心自己会做蠢事，因为我有点儿乱了阵脚，我悲哀得似阴雨天气。”

而你的信给了我宽慰。因为，如果有人对我说出了某种真相，我就会觉得这样很妄自尊大。他这是在教训我、贬低我，在等着我吃力地去提出反驳它的证词，而不把自己置于一个危险境地。因为这人一定认为自己的真相无懈可击。但是当有人在说出一个偏见时，那样子是多么富有仪式感、多么不假思索、多么感人，更感人的是，这人还去论证他的这一偏见，更有甚者的是他提出用一个偏见去论证另一个偏见。

在信中你或许会提到你写的《郊游至暗红色》[8]故事中的相似之处。在我重读《托尼奥·克勒格尔》之前，我已思考过它们之间广泛的相似性。因为《托尼奥·克勒格尔》的新颖之处不在于去找到它的相反之处（谢天谢地，我不必再相信这样的对立，这是一种令人胆怯的对立），而是在于对这种对立固有、有益的（《郊游》中的诗人）热爱。

如果我假设你谈到了这些对立，那么我就不懂你为什么会在信中激动不安（这可能是让我回忆起了你周日上午的样子）。我恳请你让自己冷静一些。

好吧，这封信要是也丢失就好了。

你的弗兰茨·卡

耽误了两天。

名片（弗兰茨·卡夫卡）

布拉格，约1904年

请等一等。十点半的时候我一定到。你知道吗：我忘记今天是节日休假日了，因为普利布拉姆不让我走。但是我一定会到。

你的弗兰茨·卡

1905

明信片

邮戳：布拉格，1905年2月10日

致：马克斯·布罗德先生　布拉格　莎乐胡同1号

抱歉，我明天上午没有时间，但是如果你周五能过来，我会很高兴。如果你不能来，请写信告知。

弗兰茨·卡

气动管道明信片[1]

邮戳：布拉格，1905年4月5日

致：马克斯·布罗德先生　布拉格　莎乐胡同1号

今天有室内乐音乐会，我会去。请原谅我；星期六我会把《伦理》[2]一书带给你。

你的弗兰茨·卡

明信片

邮戳：布拉格，1905年4（？）月21日

致：马克斯·布罗德先生　布拉格　莎乐胡同1号
寄信人：弗兰茨·卡夫卡　布拉格　采特纳胡同3号

我现在为自己学了些东西感到有些喜悦，因此这周我就不去咖啡馆了。我会很乐意整晚都待在那儿，因为我学习从不超过七点，我是

这样神清气爽，这种状况会对我第二天一整天的学习不利。我不能浪费时间。所以，我最好在晚上读《库格尔根》[3]，当夜幕降临，这是一件对狭隘的心灵和睡眠都有益的工作。衷心问候你。

弗兰茨

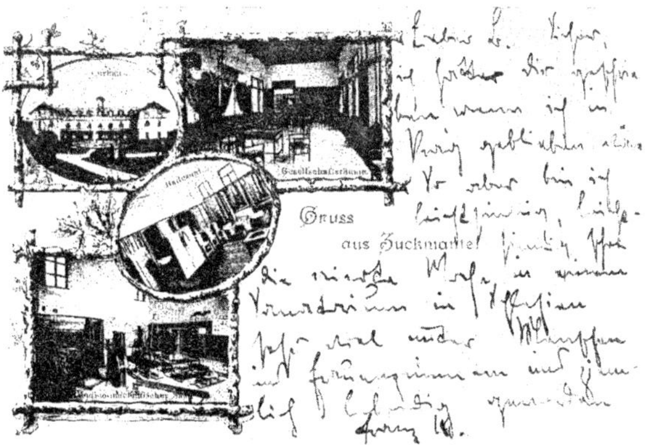

来自楚格曼特尔[4]的问候（疗养院房间）

明信片

邮戳：布拉格，1905年5月4日

致：马克斯·布罗德先生　布拉格　莎乐胡同1号

你经历了美好的事情，而我却没能参与其中，由此不允许你生我的气。特别是在这样令人烦躁的天气，我禁不住去想在咖啡馆的聚会，在那儿你已经与斯蒂芬·乔治[5]度过了心平气和的时光。现在是十一点了，天气是如此美丽，而却没有人来安慰我。

你的弗兰茨·卡

风景明信片（楚格曼特尔，疗养院）

邮戳：楚格曼特尔

到达邮戳：米斯德洛伊[6]，1905年8月24日

致：马克斯·布罗德先生　波罗的海滨　米斯德洛伊　市场街9号

亲爱的B.：

要是我在布拉格逗留了的话，我肯定就给你写信了。而我却漫不经心地度日，漫不经心地在西里西亚的这所疗养院[7]待到了第四周，这里堆积着人，也有为妇女们提供的房间，整个气氛变得相当活跃。

弗兰茨·卡

1 9 0 6

气动管道明信片

邮戳：布拉格，1906年2月19日

致：马克斯·布罗德先生　布拉格　莎乐胡同1号

亲爱的马克斯：

我最终差点耽搁了给你写信，我明天不去看展览[1]了，之后也不会去。因为我经不住诱惑，很荒谬地提早了预约，尽管我有关的认知极为有限。这也许很草率，也因此很美好，只要我不总去想让医生给我开的证明，只是为了离开——紫水晶[2]怎么样了？我已准备好了钱。——在展览上看一看能不能买到物美价廉的东西，也可以作为结婚礼物的东西。

你的弗兰茨

明信片

邮戳：布拉格，1906年3月15日

致：马克斯·布罗德先生　布拉格　莎乐胡同3号

亲爱的马克斯：

本来我考试[3]期间就应该给你写信的，毫无疑问，你拯救了我生命中的三个月的时间来干其他事，让我不单单在这期间只是学习金融。你的那些便签拯救了我，让我面对W.[4]时大放异彩，作为他自己思想的反映，他的这些思想甚至还带着些有趣的奥地利色彩。尽管如此，他被这学期他所讲授的大量知识困住了，而我则相反，记忆中只有你的小便签，我们也达成了最佳共识。而在其他人那里也很有趣，尽管我对那些人不太了解。

衷心问候。P.[5]考得不错。

你的弗·卡

名片（弗兰茨·卡夫卡）

布拉格，1906年5月27日

亲爱的马克斯——因为已经很久没去你那儿了（搬箱子，打扫，因为我们店铺迁址[6]，小姑娘，很少学习，你的书[7]，妓女，麦考莱[8]的《克莱夫勋爵》[9]；这就是全部了），到现在已经很久没去你那儿了，不想让你失望，我今天过去，因为我觉得，你的生日处在《幸运儿》[10]滑稽美丽的变形中。你会友好地迎接我的。

你的弗兰茨·卡

卡片信[11]

邮戳：布拉格，1906年5月29日

致：马克斯·布罗德先生　布拉格　莎乐胡同1号

亲爱的马克斯：

因为我现在得学习（不要可怜我，这是如此美丽的多余之多余），因为白天脱掉破衣服再穿上日常便服很麻烦，所以我必须像夜行动物一样生活。但是，我仍然希望在某个晚上再见你一面，也许明天星期三，或者你希望什么时间见都可以。—— 此外，我写信主要是因为我想知道你怎么样了，因为星期一你还去了你的医生那儿。

弗兰茨

卡片信

邮戳：布拉格，1906年6月7日

致：马克斯·布罗德先生　布拉格　莎乐胡同1号

我亲爱的朋友，我从现在起有一段时间哪儿都不能去。院长如此轻率，把我的日期[12]稍微提前了，而我比他更加谨慎，为此我感到羞耻，因而我没有表示反对。

昨天一位文学评论家斩钉截铁地对我说：马克斯·布罗德是一位真正的作家。

致以最好的祝福。

弗兰茨

名片（弗兰茨·卡夫卡）

布拉格，1906年

你曾说过，你要克拉斯诺波尔斯基[13]的讲义。

———

祝你好运。

你的弗兰茨·卡

风景明信片（楚格曼特尔，全景）

邮戳：楚格曼特尔，1906年7月28日

致：马克斯·布罗德先生　布拉格　莎乐胡同1号

太美了，太美了。我不久要给你写一封信，非常有必要写这一封信。因为这儿有太多值得一看的东西了，它们混杂在一起。——如果你的父母写信给我更好，告诉我他们想要几个房间，是否带厨房，我可以帮他们打听打听——

明信片

邮戳：楚格曼特尔，1906年8月13日
到达邮戳：布拉格，1906年8月14日

致：马克斯·布罗德先生　布拉格　莎乐胡同3号

亲爱的马克斯——我销声匿迹了很长一段时间，此时我又重新出现了，仍然气喘吁吁—— 首先简单说一下你们的住宿信息：“宝石”旅店，这家旅店距离疗养院只有两分钟路程，靠近树林的房间每周要5古尔登[14]，提供膳宿的房间，每人每月45古尔登。从第18天起，可能会更便宜。疗养院的附属公寓每周要7到8古尔登。

你的弗兰茨

来自楚格曼特尔的问候（全景）

风景明信片（楚格曼特尔，林荫大道）

邮戳：布拉格，1906年（……）

致：马克斯·布罗德先生 布拉格 莎乐胡同1号

陌生人的字迹：这是一片森林，在这片森林中你会感到快乐。来这里吧！［签名[15]难以辨认］

气动管道明信片

邮戳：布拉格，1906年10月31日

致：马克斯·布罗德先生　布拉格　莎乐胡同1号

亲爱的马克斯：

我请求你原谅我昨天晚上的不是。——我五点钟会去找你。我的道歉会有点儿奇怪，是为了让你真正地相信它。

你的弗兰茨

气动管道明信片

邮戳：布拉格，1906年12月11日

致：马克斯·布罗德先生　布拉格　莎乐胡同1号
寄信人：弗兰茨·卡夫卡　布拉格　采特纳胡同3号

亲爱的马克斯：

我有一个很有趣的表亲[16]从巴拉圭来，我曾向你提起过他，他这次欧洲之行在布拉格逗留了数日，鉴于你面临国家考试，今天回程途中他又抵达布拉格了。他本想今晚就离开，但是我想让你认识他，所以我费尽力气说服他明天一早再走。我很高兴，今晚将接你过来一聚。

你的弗兰茨

卡片信

邮戳：布拉格，1906年12月16日

致：马克斯·布罗德先生　布拉格　莎乐胡同1号

我亲爱的马克斯：

我们什么时候去那个印度舞女[17]那儿？那位年轻的小姐曾从我们这里逃走，她的姨比她跳舞的天赋还要厉害。

弗兰茨

12月16日

便签

布拉格，约1906年

我还在床上给你写信，我躺在这儿，我那吃坏了的胃此时难受得要命，让人讨厌的是刚好在现在，在要学的东西把我弄得快要尖叫的时候。

愿你的病不会康复。

你的弗兰茨

1 9 0 7

布拉格

1907年2月12日

亲爱的马克斯：

我很乐意在上床睡前给你写这封信，现在才四点钟。

我昨天读了《当代》[1]，的确有点儿不安，因为我在一堆人里面，他们要我把《当代》上发表的东西读给他们听。

现在是狂欢节，绝对的狂欢节，却是最可爱的。——很好，今年冬天我还是迈出了舞步。

特别令我高兴的是，并不是每个人都有必要去了解我在该处的名字。因为要了解我的名字就必须去阅读第一段，并能幸运地记住那些句子的所在之处。然后才会发现：一组名字，这组名字以梅林克Meyrink[2]这个名字（看上去显然像一队行走的刺猬），在句子一开始不可能看到，因为接下来的句子还得一气呵成。每个名字在后面都会以元音结尾——在此插入——那些话都是救命稻草。对此我的功劳很小。

可悲的只是——我知道你本意不是如此——日后如果出版作品，我都会觉得被弄成了一种不正派的行为，因为第一次柔弱的登场会完全被损坏。而且我将永远无法达到那种效果，那种你的句子所赋予我名字的相应影响。

这确实只是今天的一个附带话题，而我更多的是要寻找安全感，位于我目前名气圈子之上的安全感，因为我是一个乖孩子，也是一个地理爱好者。我想，德国基本不在考虑之内。因为有多少人会从头到尾聚精会神地阅读一篇评论？这不是名气。但在国外的德国人有所不同，例如，在波罗的海各省，在美国甚至在德国殖民地，情况会更好，因为一位背井离乡的德国人会通读他的杂志。所以，我成名的中心是达累斯萨拉姆，乌兹奇吉，温得和克[3]。但是，为了让这些迅速被激起兴趣的人（多么好：农民、士兵）可以放心，你还应该在括号中标注："这个名字一定会被忘记。"亲吻你，尽快参加考试。

你的弗兰茨

布拉格
1907年5月

我亲爱的马克斯：

我真没用，但是我无法理解自己为什么会是这样。昨天下午我给你写了一张气动管道明信片："我在烟草店里，请原谅我今天晚上不去找你。我头疼，牙掉了，剃须刀还钝得很；看上去真是令人不快。你的弗。"

现在是晚上，我躺在沙发上，想着我已经道过歉，我的世界又恢复了一点秩序。但是正当我这么想时，我回忆起我在明信片上写的是弗拉基劳斯大街[4]而不是莎乐胡同。

现在就请你生我的气吧，别再跟我说话了。我的路一点也不顺，我一定会——就我所能预见的一样——像一条狗一样死去。我也想躲避这样，但是既然这是不可能的，至少我很高兴自己不会顾影自怜，最终变得那么自私。我们应该一起庆祝这一重要时刻，我指的是我和你，仅仅作为未来的敌人，你也可以庆祝一下。

已经很晚了。你应该知道，我祝你有一个美好的夜晚。

你的弗兰茨

1907年5月

明信片

邮戳：布拉格，1907年6月22日

致：马克斯·布罗德博士　布拉格　莎乐胡同1号
寄信人：弗兰茨·卡夫卡　采特纳胡同12号

我亲爱的马克斯：

我写在这张塞在书架里的卡片上，今晚你要去哪儿，我都乐意随同。不用答复我，无论怎样，十二点左右我肯定会出现在“卢浮宫”[5]，但是请告诉我，你何时有空，我们可以早点儿碰面。

弗兰茨·卡

特热什季[6]
1907年8月中旬

我亲爱的马克斯：

当昨晚我郊游（有趣，有趣）回来时，看到了你的信，尽管我很疲惫了，但你的信还是让我感到困惑。因为我是了解优柔寡断的，这是我唯一真正了解的事，但哪儿需要我的地方，我却在哪儿倒下，以往，我对上千件琐事的半喜半疑，致使自己疲惫不堪，我无法抵御世上的果断决绝。因此，我不会去尝试改变你的想法，这一点也不适合我。

你的境遇和我的境遇完全不同，因此，当读到这个地方“我决定不接受”时，我感到如此恐惧，就好像在读一篇战斗报告一样，无法继续读下去，这样的反应毫无意义。但是就像在所有事情中一样，每一件事该死、穷尽的弊端和优势很快让我平静下来。

我对自己说：你需要从事大量活动，我很确定你在这方面的需求，即使我不能理解。整整一年把一片树林作为散步地不会令你满足，但最终几乎不确定的是，你在市法院实习[7]的这一年，能够在文坛获得一席之地，而使得其他的一切都变得多余。

而我定会像疯子一样跑去霍穆托夫[8]，但是我肯定不需要一项工作，特别是我做不来的工作，虽然一片森林可能也不能满足我，然而我——毋庸置疑——在法院实习的这一年一事无成。

再有，一个人一旦能够胜任一项职业，那么这项职业对于他就失去了威迫力，我会不断在工作时间——虽然只有六个小时——使自己难堪的，如你所写，你还真相信，我在一家企业里胜任类似的工作！

反之，生意上的事会怎样，还有晚间的慰藉呢。是的，如果一个人可以通过安慰而获得快乐，而不是需要一点运气去获得快乐。

不，如果在我看来，一切到10月还没有任何改观，那么我就会在商学院修读高级课程，除了学习法语和英语外，还学习西班牙语。如果你想要跟我一起学习的话，那就太好了。我会用不耐烦来代替你要想我学习的东西。我的舅舅[9]肯定会在西班牙给我们谋一个职位，不然我们去南美或亚速尔群岛，去马德拉。

目前我还可以在这里住到8月25日。我经常骑摩托车，去游泳，一丝不挂地在池塘旁的草地上躺很久，和一个缠人的女孩在公园里待到午夜，我在草地上卷了干草，搭了个旋转木马，暴雨过后去维护了树木，去山坡上放了牛和山羊，晚上把它们赶了回家，我打了很多台球，散了很多步，喝了很多啤酒，我还去了寺庙。但是大部分时间——我在这里六天了——是和两个小姑娘一起度过的，聪明伶俐的姑娘，大学生，非常社会民主主义化的，她们必须咬紧牙关，以至于不随时随地脱口说出一个信念、一条原则。其中一个叫阿嘉特，另一个叫海德薇格[10]。阿嘉特很丑，海德薇格也是如此。海德薇格又矮又胖，她的双颊永远绯红，无边无垠，她的上门牙太大而合不上嘴，导致下巴也无法变小，她高度近视，她扶鼻梁上的眼镜时，动作很漂亮，她的鼻尖完美地由小小的平面构成。昨夜我梦到了她那丰腴的短腿，以这种非直接的方式我认识到一个女孩的美丽，并使自己坠入了爱河。明天我将为她们朗读《实验》[11]，除了《司汤达》[12]和《蛋白石》[13]，这是我带来的唯一的书了。

是的，如果我带了《紫水晶》[14]，我会把那些诗抄写给你，但是我把它放在家里的书柜了，而且钥匙在我这儿，为了不让存折被发现，家里没人知道这个存折，这决定着我在家里的地位。如果你到8月25日之前没有时间，我会把钥匙寄给你。

现在，剩下的只有感谢了，我可怜的孩子，感谢你所做的努力，让你的出版商相信我的画[15]有它的分量。

天气很热，下午我该在树林里跳舞。

请代我问候你的家人。

你的弗兰茨

［信中附了几首马克斯·布罗德诗作的手抄件］

明信片

邮戳：布拉格，1907年8月29日

到达邮戳：霍穆托夫，1907年8月29日

致：马克斯·布罗德博士先生　霍穆托夫　帝国金融区管理局

我亲爱的马克斯——这不符合常规。因为你不写信告诉我，你在霍穆托夫生活得如何，这已经很不公平了，而你还问我过得如何，是如何度过夏天的——厄尔士山脉[16]的景色可能很美，甚至超过了桌

上的绿布，要不是旅费那么贵，我是很乐意去看你的——你有可能发现，有一个人写字像我以前的笔迹，但是现在我的字迹不同了，而且只有在给你写信时，我才能回忆起过去书写每个字母的笔法[17]。你星期天要来吗？我会很高兴。

你的弗兰茨·卡

明信片

邮戳：布拉格，1907年9月24日
到达邮戳：霍穆托夫，1907年9月25日

致：马克斯·布罗德博士　霍穆托夫　帝国金融区管理局
寄信人：弗兰茨·卡夫卡　布拉格　尼可拉斯大街36号

我亲爱的马克斯：

现在就是这样。其他人时不时地做出一次决定，在此期间他们享受自己的决定。但是我频繁地做决定，像个拳击手一样，却没有出拳。是的，我待在布拉格。

我最近可能会在这里谋得一个职位[18]（没什么特别的），为了让老天的安排不紧张——［有几行字难以辨认］——我就没有写任何具体的内容，我不去这样做。

期待见到你。

你的弗兰茨

9月22日

明信片

邮戳：布拉格，1907年10月4日

致：马克斯·布罗德博士先生　莎乐胡同1号
寄信人：弗兰茨·卡夫卡　尼可拉斯大街36号

亲爱的马克斯，你知道我有了一份工作，它为我开启了新的一年，而我的痛苦，假设它们之前在步行，那么相应地，它们现在正在我手上行走。我非常想两点半准时在环行路上的玛丽雕像旁与你见面，请使其成为可能。

你的弗兰茨·卡

明信片

邮戳：布拉格，1907年10月8日

致：马克斯·布罗德博士先生　莎乐胡同1号

亲爱的马克斯——为了快速地回复你，我在胡同里给你写信。——为什么你对闲暇时光的记忆如此之差，而对借出的书却记得如此清楚？总之我星期五无论如何都会去。——我对《蛋白石》一无所知。我只是问（这就是为什么我只写在卡片上的原因），为什么亲爱的上帝要这样惩罚德国、布莱和我们[19]。尤其是我，直到晚上六点一刻——

你的弗兰茨

卡片信

邮戳：布拉格，1907年10月16日

致：马克斯·布罗德博士先生　布拉格　莎乐胡同1号

亲爱的马克斯：

像现在这样我们都互相在胡同里写信吧，因为路人的喧嚣能让我们的笔迹更加生动。

昨天在我看到宝拉·R[20]的照片之前，我见过几次真人。她穿一身白色，在海伯纳胡同和一位穿着皱巴巴裤子的年轻男人走走停停好一会儿。我捕捉到的印象是：她的牙齿在嘴里东倒西歪，只有右脸颊有一个酒窝，脸上的皮肤饱经风霜，那脸被灰烬覆盖，而全然不是脂粉，显然，她的皮肤在白天休养——我星期四去。让我开心、努力地工作吧！

弗兰茨

布拉格
约1907年秋

我亲爱的马克斯：

抱歉，昨天一定是真正的卡巴莱[21]表演，因为九点半，当我的意大利语课[22]结束时，我到了那儿，结果全都关门了。

我母亲的记忆跟着华尔兹摇摆着，她隐约回忆起，你说过今天会来找我。如果你愿意的话，最好今天我去找你，因为我们家里有一位做完手术的阿姨，晚上我们经常会撞上沉睡的人。因此请回复我，而且要更友好地对待我，因为我正给你寄琉善[23]。

你的弗兰茨

明信片

邮戳：布拉格，1907年10月21日

致：马克斯·布罗德先生　布拉格　莎乐胡同1号
寄信人：弗兰茨·卡夫卡　布拉格　尼可拉斯大街36号

我亲爱的马克斯，我们现在在举行不可靠的和不守时的竞赛。当然，我可没想过我会成为胜者，因为我只是单纯地出于对意大利语的勤奋学习而不守时，而你是因为贪图享乐。但是既然你想补偿，要来找我（星期三不行？），那这又合我意了。不过也许你这样做只是因为回绝去拜访别人要比接待别人的拜访更加容易。

你的弗兰茨

明信片

邮戳：布拉格，1907年10月21日

致：马克斯·布罗德博士　莎乐胡同1号
寄信人：弗兰茨·卡夫卡　布拉格　尼可拉斯大街36号

迅速地在办公室给你写这封信，我们已经吃完了午餐。——如果我今天不来，请你原谅，星期日我手上有事要办，因此耽误了会面，因为星期日的时间很短。上午睡睡觉，下午洗洗发，黄昏时分，像个慵倦的懒人一样散散步。我总是把周日作为享乐的时光，这很可笑。写信告诉我你何时有时间，除了星期四和星期五。最美好的问候！

你的弗兰茨

明信片

邮戳：布拉格，1907年10月26日

致：马克斯·布罗德博士先生　布拉格　莎乐胡同1号
寄信人：弗兰茨·卡夫卡　布拉格　尼可拉斯大街36号

亲爱的马克斯，——我最早只能在十点半或十一点到，因为有人要在那儿[24]检查我的身体。现在几乎可以肯定的是，我会一直不开心，不开心地以我的方式自嘲，别人检查我的身体只是出于最无私的快乐。

你的弗兰茨

明信片

邮戳：布拉格，1907年12月6日

致：马克斯·布罗德博士先生　布拉格　莎乐胡同1号

我亲爱的马克斯——让我开开心吧，明天星期六到“柯索”[25]来吧，从八点起我就在那里。我可以顺便让你我享受一下这一快乐。

你的弗兰茨

12月6日

明信片

邮戳：布拉格，1907年12月16日

致：马克斯·布罗德先生　布拉格　莎乐胡同1号

我亲爱的马克斯：

我只想在匆忙中告诉你，我今晚去不了了。这样做让我高兴不起来，但它也不是对我目前生活方式的道歉的理由。

你的弗兰茨

卡片信

邮戳：布拉格，1907年12月21日

致：马克斯·布罗德博士先生　布拉格　莎乐胡同1号

我的马克斯：

我感觉很糟糕，我觉得，我有必要一个星期或者时间更长不与人交谈。因此，你绝不要试图去回复我的这张卡片，不要使我感到你想见我。

你的弗兰茨

布拉格
1907年末

我亲爱的马克斯：

在见到你们的喜悦中，我说了一些鲁莽的话，当我离开你们时，才突然开始担心以下的事情，你会留心这样的事情会不会发生，不是吗？

你的父亲在魏斯伯格[26]先生那里为鲍莫尔[27]先生求情，这已成定局，他也可以提到我，尽管这让我不太舒服，但是千万不要，我请求你，不要让他说我不满意，要放弃我的工作，在邮局找到一份工作及其他诸如此类的事情。否则我会为此感到非常歉疚，因为魏斯伯格先生费了好一番工夫才把我安置在忠利保险公司，而我在经历了最初的绝望后，感到异常兴奋，并疯狂地对他表示感谢。他或多或少地为我在公司做了担保，在公司高层的魏斯伯格先生在场说了一番话后便表示，一旦被录用（当时还不能完全确定我被录用），我将永远留在公司。我当然点头表示完全同意。

当然，一旦我在邮局得到了一个职位，虽然还十分不确定，那么就必须对此做出解释，但就目前而言，我请求你，不要用指尖去戳我过去的命运。

你的弗兰茨

1　9　0　8

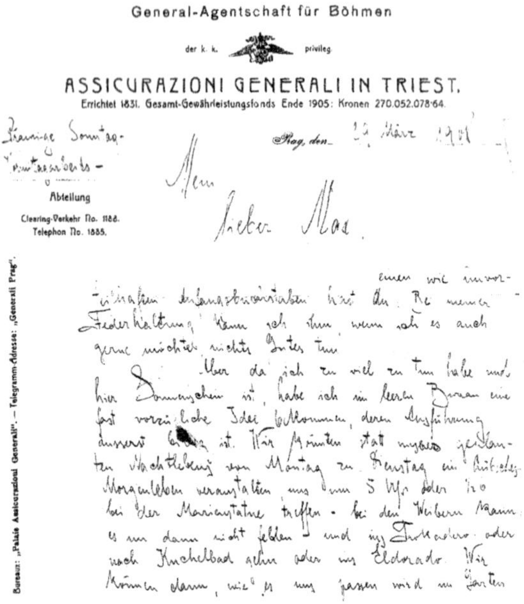
General-Agentschaft für Böhmen

der k. k. privileg.

ASSICURAZIONI GENERALI IN TRIEST.

Errichtet 1831. Gesamt-Gewährleistungsfonds Ende 1905: Kronen 270.052.078·64.

Abteilung

Clearing-Verkehr No. 1188.

Telephon No. 1885.

Bureaux: „Palais Assicurazioni Generali". – Telegramm-Adresse: „Generali Prag".

Prag, den

Mein lieber Max.

卡夫卡1908年3月29日的信

信头：波希米亚总局，帝国特权许可[1]，特热什季忠利保险公司

邮戳：布拉格，1908年3月29日

悲伤的星期天——

工作的上午——

［部门］

我亲爱的马克斯：

这封信的一开始就没有好听的话！我握笔的方式就决定了这样去

做，尽管我想把它握好。

但是因为我有很多事情要做，在这个空荡荡的办公室里，此时又阳光明媚，在我这儿产生了一个几乎绝妙的主意，实现它极其便宜。我们可以安排美好的晨间生活，而不是像计划好的那样，从星期一到星期二过夜生活；五点或五点半在玛丽雕像那儿见面——那些女人我们也不能错过——然后去特拉卡德罗，或是库舍里巴德[2]，或去埃尔多拉多[3]。由此，我们可以按我们的心情而定，要么在摩尔多的花园里喝咖啡，或者靠在乔西的肩膀上。两者都胜似美好。因为在特拉卡德罗，我们不会让自己感觉不好，因为那些百万富翁甚至更富有的人，他们到了早上六点就都把钱喝光了。我们这时候去，就好像我们在其他酒吧把身上所有带的钱都掏空了一样了，最后才来到这家，只是想要在这儿喝一小杯咖啡而已，而这恰恰因为我们是百万富翁——一大清早谁会知道？——我们只是还有能力支付得起第二杯。

由此可见，要做到这一切只需一个空钱包，这只空钱包我可以借给你，如果你需要。但是，如果你对于此事缺乏勇气，又小气得够呛，又毫无精力，那么就不必回信了，那么我们就周一九点碰面好了，但是，如果你并非如此，就请立即给我写一张气动管道明信片，谈谈你的条件。

在去埃尔多拉多的路上，我发现了黑山的高贵，接下来我想——一切就绪可以开拔进入这个港口了——我们可以带上那两个女孩作为第一次早餐，如你所喜欢的那样。

弗兰茨

布拉格

约1908年3月或4月

我亲爱的马克斯：

明天星期三晚上，你不想让我去接你吗？你也要和普利布拉姆告别，这样你可以做得很好。我已经摆脱了星期六夜里的昏迷状态，你毫不知情；当然部分原因也怪我很久没社交了，但不只如此，否则还可以补救；那时与约瑟夫和马尔茨基在“伦敦”[4]也是这样。但是星期天我又清醒了。我去看了《海军中将》[5]，我坚持认为，如果必须写点什么，还得从轻歌剧中去学习。即使舞台上索然无味，陷入困境，那至少舞台下乐队指挥仍可继续，在海湾以外，各式各样的加农炮可以交错射击，男高音的双臂与双腿是武器和旗帜，在四处的角落里，合唱团的成员欢笑着，其中有穿着水手服的漂亮姑娘们。

另外，如果你明天要来，也这样给我写信，如果我的新大衣做好了，我们能沐浴在月光下，我会把大衣展示给你看。

你的弗兰茨

明信片

邮戳：布拉格，1908年6月3日

致：马克斯·布罗德博士先生　布拉格　莎乐胡同1号

我亲爱的马克斯——每两个月有一个星期四下午我要在办公室，正好是明天。所以我快到晚上才能去。

你的弗兰茨

邮戳：布拉格，1908年6月9日

信头：波希米亚总局，帝国特权许可，特热什季忠利保险公司

亲爱的马克斯：

谢谢你。你定会原谅我这个不快乐的人没有早一点谢谢你，周日上午和下午早些时候，我在申请一个职位，此时我就像个废人，一个极其无用的人，这不仅仅从我肢体的姿势体现出来。之后我就和外祖父[6]一起坐了一个下午，但期间时常被闲暇时间所攫住，然后在黄昏时分，当然待在亲爱的H.[7]那儿，在床旁边的沙发上，而她此时却在不停地打着自己在红色毯子下男孩般的身体。晚上与另一些人去看了展览[8]，夜里去了小酒馆，五点半回到家中时，我才第一次看到你的书[9]，对此我再次表示感谢。我只读了一点我知道的那部分。这是什么噪声，一种犹如被控的噪声。

你的弗兰茨

卡片信

邮戳：布拉格，1908年6月11日

致：马克斯·布罗德博士先生　布拉格　莎乐胡同1号
寄信人：弗兰茨·卡夫卡　尼可拉斯大街36号

我请求你，我亲爱的，亲爱的马克斯，即使你本想晚上做其他的事，也请等我，这样我就不必去剧院接任何人，不必骑自行车，不必坐在某家咖啡厅的阳台上，不必去任何一家酒吧，不必看那件条纹连衣裙。如果你每晚都有时间陪我的话！

你的弗兰茨

邮戳：布拉格，1908年7月19日

信封上印有：赫尔曼·卡夫卡，日用杂货。仓库及办事中心：布拉格一区采特纳胡同12号1层；信纸上印有捷克语的公司信息

亲爱的马克斯——心平气和对歌德的研究！可以确定的是，歌德从来没写过“歌德从来没做过这样的事”，但是在他生命最后的时刻，他一次都没承认过自己的生日吗？拜托！正相反，你本可以给歌德写：我从未那样做过。（生日[10]比漠不关心还惹人厌），要不是刚好碰到在预感中要提及的二十三岁的女子，我也不会去那样做的（从前对我们来说这是一个多么巨大的年龄！），这个女子第二天为我创造了一个星期天的奇迹。那是一个星期天。

告诉我，你为什么不断地用这两章[11]惹怒我？让我俩都保持好心情，因为你在写难以理解的东西，而放着其他事情不管。

你的弗兰茨

明信片

邮戳：布拉格，1908年8月22日

致：马克斯・布罗德博士　布拉格　莎乐胡同1号
寄信人：弗兰茨・卡夫卡　尼可拉斯大街36号

我真心地感谢你，我亲爱的马克斯，只是对我而言，事实的模棱两可总比你的说教更加清晰。我唯一能令人信服地认识到的事情是，我们得长久地一起去观察电影原理，观察堆满机器的车间和艺妓，不仅仅为我们自己，也是为了让这个世界去理解这些事情。但是星期一我不行，从星期二开始每天都可以。我星期二四点等你。

你的弗兰茨

风景明信片（易北河畔杰钦[12]，市场）

邮戳：1908年9月2日

致：马克斯・布罗德博士先生　布拉格　莎乐胡同1号

我亲爱的马克斯：

现在是五点钟，六个小时无聊的工作，喝了牛奶，这大约还有意义。但除此之外，除此之外还有一些事儿：早、中、晚吃得很好，住在酒店。我喜欢酒店的房间，在酒店如同在家，比真正地在家更好。

你的弗兰茨

我星期四下午就去。

风景明信片（切尔诺希采[13]，市场）

邮戳：1908年9月9日

致：马克斯·布罗德博士　里瓦酒店　里瓦21

那个时候我躺在床上，直到十二点，下午也没有比这更好。都怪前一天和那个晚上。我在切尔诺希采，并不令人感到奇怪。希望你们[14]过得比我好。

弗兰茨·卡

1908年9月

亲爱的马克斯，我为你的幸福、为你们的幸福感到高兴，遗憾的是这并没能让你们更多地谈谈你们自己。但事情就是如此，我同意你的看法，大家在旅行时不愿写东西，在幸福时刻也不愿写东西。与之抗争就是与幸福抗争。所以尽情地享受湖边的日子，亲爱的马克斯。

因为你还没有给我寄日内瓦湖的说明性明信片，所以当我想到你时，我就只得完全依靠我的地理知识了。尽管我的地理知识总体上很优秀，但到了细节也只能靠优秀的整体来支撑了。到底如何？你在里瓦跳进湖里，游了游泳，你去到博罗梅安群岛[15]的一个岛上？——它叫什么名字？——在草地上阅读我所附上的信吗？这是一封美妙的信，不是吗？从字迹中你就可以认出笔者是谁。

再见。

你的弗兰茨·卡

风景明信片（巴伐利亚森林，枫湖餐厅）

邮戳：斯皮茨山[16]，1908年9月18日

致：马克斯·布罗德先生　布拉格　莎乐胡同1号

我亲爱的马克斯：

我坐在门廊的屋檐下，前方快要开始下雨了，我把双脚放在桌子支架上，以免它们受冰冷地砖的侵袭，而双手我却全然不顾了，因为我要写东西。我要写的是，我很幸福，如果你能在这里，我会很高兴，因为在这片森林中有些需要思考的事，一个人可以常年地躺在苔藓里。再见，我很快就会去你那儿。

你的弗兰茨

布拉格
1908年9月

我亲爱的马克斯——现在是夜里十二点半，对于写信来说是寻常的时间，即使夜晚和今天白天一样热，但没有一只蛾子扑到灯下。

在波希米亚森林度过了快乐的八天后——那里的蝴蝶飞得像这里的燕子一样高——我在布拉格已四天了，感到很无助。没有人能忍受我，我也不能忍受任何人，但后者才是结果，只有你的书[17]让我好过一点，我现在终于正式阅读它。我已经许久未曾这样深深地陷入毫无缘由的不快乐之中。只要我阅读它，我就会执着于这本书，尽管它并未承想帮助不幸的人，否则我就要急迫地去寻找到一个只会亲切地抚摸我的人了，由此，昨天我和一位妓女在旅馆。她年纪大得已不会忧伤，她只是对自己再也不会惊讶而感到遗憾，人们对待妓女的态度不及对情妇的态度。我没有去安慰她，因为她也没有安慰我。

弗兰茨·卡

印有寄信人信息的明信片：赫尔曼·卡夫卡，

布拉格一区采特纳胡同12号1层

邮戳：布拉格，1908年10月23日

致：马克斯·布罗德博士　布拉格　莎乐胡同1号
寄信人：弗兰茨·卡夫卡　布拉格　尼可拉斯大街36号

亲爱的马克斯——没问题，明天去找你。这个婚礼[18]！这个婚礼！这似乎好像是我的错。我可以星期二去吗？下午，或者晚上？

弗兰茨

明信片

邮戳：布拉格，1908年10月25日

致：马克斯·布罗德博士先生　布拉格　莎乐胡同1号
寄信人：弗兰茨·卡夫卡　尼可拉斯大街36号

是的，我亲爱的马克斯，我很高兴星期二去，我们很快就能见面了。我现在只有一个问题，希望你能立即回答。例如，如果有八个人坐成一个对话圈子，那么什么时候、如何讲话才会被别人视作一个沉默寡言的人。看在老天的分儿上这事不会发生，即使一个人像印第安人一样对此事漠不关心，这也是不会发生。我应该早点儿问你！

你的弗兰茨

注：我父亲没有给我买《魔女》[19]的前排座位！

明信片

邮戳：布拉格，1908年11月12日

致：马克斯·布罗德博士先生　布拉格　莎乐胡同1号
寄信人：弗兰茨·卡夫卡　尼可拉斯大街36号

我亲爱的马克斯——看来我将无法去了。今天早上，正当我期待下午和晚上时，却被告知下午要去办公室。中午，当我仍然期待晚上时，又被告知必须在下午和晚上去店里。有很多事情要做，一个店员生病了，父亲不舒服。如果我在店里待不到八点，或者即使我夜里才离开，都会变成一起谋杀。所以万分抱歉了。

弗兰茨

风景明信片（日本著名画家安藤广重所画春景）

邮戳：布拉格，1908年11月21日

致：马克斯·布罗德博士先生　布拉格　莎乐胡同1号

我最亲爱的马克斯，在这张脏兮兮的，却是我拥有的最美丽的明信片上送上我的吻，在所有民众的面前。由于我相信你比更相信自己，所以我昨天真的以为是自己的过错，只是我认为这没多大关系，因为我们还要生活很长一段时间。但是，如果真像你所写的一样，我已再次确信无疑，这也就更好了，你很快就会乘电梯到来。顺便说一下，我今天感觉很好，就如同我刚刚开始生活一样，你的卡片也正合适这样的处境，因为，这是一种多么美好的相识的开始。

你的弗兰茨·卡

你提到的那个日期并不令我担心，因为你肯定会在那之前得到这份工作，即使没有，你的女佣[20]也会出版，无论如何都会出版，因此你到底还想要什么？在夜里一个人可以想要的更多，那么上午呢？

明信片

邮戳：布拉格，1908年11月21日

致：马克斯·布罗德博士先生　布拉格　莎乐胡同1号

我亲爱的马克斯，根据报刊的报道似乎你万事顺遂，所以我当然向你和我自己及所有人表示祝贺；尽管，正如我已经说过的，我不知道幸福此时躲藏在哪里，但我不禁为你有可能获得类似的见解而高兴。

你的弗兰茨

卡片信

邮戳：布拉格，1908年12月10日

致：马克斯·布罗德博士先生　布拉格　莎乐胡同1号
寄信人：弗兰茨·卡夫卡　尼可拉斯大街36号

我亲爱的马克斯——要是我今天去找你了—— 这没什么的，我明天就去——我会请求你——就像我现在正在做的一样，因为这样的惊喜没有什么意义——以某种方式来安排，而并非出于恶意，这样我明晚就不必去了。因为，正如我今早在洗漱之前时意识到的那样，两年以来我都在绝望，这种绝望或多或少地决定了我目前的这种心情。我在咖啡馆里，读了一些写得不错的东西，感觉很好，因此没有能够像我在家里所希望的那样自信地进行写作。但这并不否认，在过去的两年中，我每每早上起床时就没有了记忆，没有了有足够安慰我的记忆，没有了能够提供力量去安慰的记忆。

弗兰茨

我不会去任何地方，绝不会去。

邮戳：布拉格，1908年12月15日

致：马克斯·布罗德博士先生　布拉格　莎乐胡同1号

我亲爱的马克斯：

在明天到来之前，我必须还要感谢你的《狄德罗》[21]。我真的很需要这样一种乐趣，当我新的一天开始时，这种阅读的乐趣就先于它存在，与此同时，越是深入地读下去，这种阅读的乐趣就越发紧紧地包裹着我。

最近关于卡斯纳[22]和其他一些事情我写了以下句子：

从来不存在我们看不到、听不到甚至从未感受到的东西，这些东西的存在也无法得到证明，虽然还没有人试图去证明它们，而有人却跟在这样的东西后面追赶，尽管他们对所追赶的方向一无所知，但他们却开始追，不管他们是否能抵达这个方向，终有一天，在追赶的路上他们会陷入了衣服、家庭纪念品和社会关系的琐事中，就如同陷入一个坑之中，而这个坑只是在追赶路上的阴影。

但我只是想通过这个机会来问候，并祝你工作顺利！

你的弗兰茨

1908年12月15日

布拉格，1908年12月28日

致：埃尔莎·陶西格[23]

仁慈的小姐：

请不要惊慌，如我职责所在，我只是想及时提醒您（尽可能在最后的时间里，以免您再次忘记此事），您打算今晚与您的妹妹一起去“东方”[24]。

我再写下去是多余的，甚至削减了前几行的重要性，但是我很容易做多余的事情，而不是做有必要的事情。我承认，我一直都爱把必要做的事情搁置一边。这点我可以承认，因为这是很自然的事情。

因为完成了绝对必要的事情，我们是如此的高兴（当然，我们必须始终做到这一点，否则我们如何才能活着去看电影——别忘了今晚——如何去做体操、洗澡、独居、吃美味的苹果，在已有了所需的睡眠后再睡觉、醉酒、回忆往事，在黑暗已降临的冬天里去泡澡，天知道还有什么）。我认为，我们之所以如此高兴，是因为我们喜欢去做那些多余的事情，却因此在此时疏漏了那些几乎可以说是必要的事情。

我之所以这样说，是因为那晚在您的公寓里待过之后，我知道给您写信可以说是必要的。但我最终还是把这事给耽误下来，因为在上一次电影放映后——您一定要将这两者分开——那封信可以说仍然是必要的，但是这种暂时的必要性已有所消失，与包含着多余的方向相比，它自然是另一个毫无价值的方向。

但是，当您上次对我说，让我给您写信，以便向您展示我的笔迹时，您立即为我提出了所有必要性的前提条件，从而也将多余性的前提条件放在了我面前。

然而，那封几乎可以说是必要的信并不是一件坏事。您必须考虑到，必要的事一直有，多余的事常有，而几乎必要的事至少很少在我这儿发生，因此，如果去掉了所有关联来看，我想说，这有点惨，但也可以供人消遣。

因此很可惜那封信，因为很可惜那封信引发的您的笑声，我压根就——您肯定会相信我——不反对您多余的笑声，比如，我也不会去反对您今天将被《多情的卫兵》[25]，甚至《贪婪的宪兵》[26]引发的笑声。

您的弗兰茨·卡

1908年12月28日

邮戳：布拉格，1908年12月31日

致：马克斯·布罗德博士先生　布拉格　莎乐胡同1号

我亲爱的马克斯，不，感谢你，不是那样，最好不是。

（顺便说一句，直到清晨四点我要去找你时，才看到你的卡片，然后我上床睡觉了，现在六点一刻我起来了，如果我想，我还能再睡会儿。）

你那儿确实有客人，谁告诉你他们想见我或者可以容忍我，四天以来，每当我醒来时都指望着今天的睡眠，以此来安慰自己，而且主要是，我们即便会提到茶，但一定不会提到圣安东尼[27]，《幸运儿》[28]更不用说。

但是，目前对我来说，没有什么比《幸运儿》更重要的了，因此，我特别认真地祝福你新年快乐，并请你不要熬夜工作。

再见我亲爱的马克斯，向你的家人转达我的新年祝福，给我写信，告诉我什么时候可以再倾听。

你的弗兰茨

1908年12月31日

便条（可能不是由邮局寄发的）

1908年?

我亲爱的马克斯，我明天下午不能去，就像我今天本来不能去，后天也不能去一样。烦人的生活没有尽头。晚上七点我去找你。

你的弗兰茨

便条（可能不是由邮局寄发的）

1908年？

我亲爱的马克斯，你很幸运，因为你不在家，躲过了一些可能本来想为我做的善举。我很幸运，因为如果我明天九点才能去鲍姆[29]那儿，我可以更轻松、更坚决地请求你的谅解，请求这个世界对我的宽恕。有一些亲戚在我家。另外，我星期一早上五点会去你那儿片刻，如果我打扰了你的工作，你不要提及。

你的弗兰茨

1 9 0 9

1909年新年贺卡（非邮局寄发）

我亲爱的马克斯——你马上来Arco[1]咖啡馆一会儿，如何？不会待得太久，我对天发誓，绝对不是单单为了让我高兴，你知道吗，普利布拉姆[2]在那儿。拜托，仁慈的夫人，拜托布罗德先生，行行好，请您让马克斯到这里来。

弗兰茨·卡

明信片

邮戳：布拉格，1909年1月13日

致：马克斯·布罗德博士先生　莎乐胡同1号
寄信人：弗兰茨·卡夫卡　尼可拉斯大街36号

我亲爱的马克斯，我昨天去了B.那儿，都是因为你和这个美丽的夜晚，害得我长时间地滞留，我太累了，困倦得很，浑浑噩噩，天知道为什么，而我真撑不住了。我要去睡觉了，大约六点钟会去。晚上我要去P. 那里学习，这不仅是因为我需要它，只是因为它让我有点儿感兴趣，这也是因为我此时真的得帮帮焦急的P.，而且因为那个职位[3]我也想一直留意他。这算不上什么大事，但也颇重要，最近一段时间——在我看来——你变得紧张不安，尽管就我而言不理解你何必如此。

你的弗兰茨

明信片

邮戳：布拉格，1909年1月21日

致：马克斯·布罗德博士先生　布拉格　莎乐胡同1号
寄信人：弗兰茨·卡夫卡　尼可拉斯大街36号

我亲爱的马克斯，你可能还记得我和你讲过《波希米亚》[4]，现在看来，有点儿太确信无疑了。现在要是收到回绝会令我非常遗憾，更多的不是因为回绝本身，而是因为这件事的本身。因此，我想尽一切努力让自己得到保障，让“我想尽一切努力”仅仅意味着“请帮助我”，这并不是我的本意。所以，我会在四点到五点之间，我想，明天，星期五下午去你那儿。整个过程最多只需要一刻钟，这点时间现在对你来说也是够多的，我知道，但是请就此原谅我吧，因为我不会为此原谅自己。

你的弗兰茨

明信片

邮戳：布拉格，1909年2月13日

致：马克斯·布罗德博士先生　莎乐胡同1号
寄信人：弗兰茨·卡夫卡　尼可拉斯大街36号

我亲爱的马克斯，我今晚不能去。你难道不知道吗？今天晚上，我们这个由三个冤大头组成的小团体要去杂耍剧院消遣。有什么可疑虑的呢？我星期四去找你时，就想先把自己的痛苦放在一边，祝贺你去了邮局[5]。因为在这件事上疑虑是不可避免的，但很早以前你一定就已有了决定。邮局是一个不承载野心的地方，在那儿拥有一份公职再适合你不过了。一周以后，你就会去掉那些有钱有势的念头，接下来一切就好了。请不要再有疑虑了。顺便说一下，我将偿还欠你的债务，这样你就又有钱了。我星期一六点去。

你的弗兰茨

明信片

邮戳：布拉格，1909年3月12日

致：马克斯·布罗德博士先生　莎乐胡同1号
寄信人：弗兰茨·卡夫卡　尼可拉斯大街36号

瞧你这记性，亲爱的马克斯！我记得清清楚楚。星期日夜里，我在你家门前晃来晃去，还说道：星期二我要去这儿还有那儿。你说：星期三到我这来。我回答道：我会很累的，我还想去见普利布拉姆。你说：那星期四来吧。好了。星期四我去找你了。此外，我现在如此这般，即使是合理的指责对我来说都太过分了。

你的弗兰茨

卡片信

邮戳：布拉格，1909年3月23日

致：马克斯·布罗德博士先生　莎乐胡同1号

我最亲爱的马克斯，你瞧，这样一来我所有喜欢的人都会生我的气了，除了一个人，反正她本来就不喜欢我。我昨日的人生传记很简单。我在那里一直待到十点，在酒吧一直待到一点。七点半，你们的音乐可能刚开始时，我还听到了敲钟声。父亲和母亲身体不太好，外祖父[6]病了，饭厅在粉刷，一家人住在我的房间里，就像挤在一辆吉卜赛大篷车里一样，今天下午我必须去办公室。我没有勇气向鲍姆道歉。不要抛弃我。

你的弗兰茨

布拉格
约1909年4月11日

我亲爱的马克斯：

是的，我昨晚没能来。我家里好似发生了一场战役似的，父亲身体更糟了，外祖父在店里晕倒了。

今日破晓时分，大约六点钟，我在窗边读了《石头，不是人》[7]。它以一种谄媚的方式将人类世界延伸出去，它不是罪恶，也不是犯病，而是一种公开的迁移，尽管这个迁移的队伍并不壮阔，但它的每一步都始终伴随着合理性。人们相信，如果紧紧拥抱这首诗，就可以毫不费力地带着拥抱的喜悦，真真切切地从不幸中脱身。

昨天我们谈到了哈姆森[8]的一个故事，我讲了那个男人是如何在酒店门前的一辆出租车上坐下的，这不是核心内容。那个男人主要是和一个他爱的女子坐在一起，在一家餐厅某处的餐桌旁。但是，在这家餐厅的另一张桌子旁坐着一位年轻人，而那个女子爱着他。这个男人用某种技巧把这位年轻人带到他的桌子旁。年轻人坐到女子身边，那个男人站了起来，总之过了一会儿，他可能手抓着椅子的扶手，然后说得尽可能千真万确地说道：“诸位——非常抱歉——您，伊丽莎白小姐，今天再次彻底迷住了我，但是我已经认识到，我确实无法拥有您——而这对我来说是个谜——” 最后这个句子对于现实中读者来说，正是故事将自己毁灭之处，或者至少将自己含糊之处，不，是将自己的功能缩小了、疏远了，以至于读者为了不失去这个故事，不得不走入显而易见的圈子之中——如果你感觉不对劲，请立即给我写信。

你的弗兰茨

明信片

邮戳：布拉格，1909年4月21日

致：马克斯·布罗德博士　莎乐胡同1号
寄信人：弗兰茨·卡夫卡　尼可拉斯大街36号

我亲爱的马克斯，下坡了[9]。目前来看，手术[10]很顺利——非常感谢你，但是你知道，我这人总是那么没有定性。我陪着W. 从老新犹太会堂[11]走到桥上。要不是那个收费员与我打招呼，我又会立刻重新开始去想，我对此上了瘾，但瘾并不特别强烈，只要轻轻地奋起抵抗就够了，然而我却无力唤起这一抵抗力。我只是在指望着能够无限制地谈论自己的乐趣而已。

再见。

你的弗兰茨

是的，星期四见，但是我之后得去母亲那儿。

明信片

邮戳：布拉格，1909年5月5日

致：马克斯·布罗德博士　布拉格　莎乐胡同1号
寄信人：弗兰茨·卡夫卡　尼可拉斯大街36号

我亲爱的马克斯，由于你最近各个方面都进展得顺利，因此你会很容易原谅我没有遵守两项本就毫无价值的诺言。我太累了。我实在太累了，我宁愿马上决定所有事情，而不必考虑是否可行。周日情况也是如此，想要根本改善时，头脑不会那么迅速改善。昨天晚饭后我本想躺在沙发上睡一刻钟，没想到却睡了很久，十点钟被父亲几次徒劳地唤醒，半睡半醒。直到深夜一点半，在黑灯瞎火中，我才挪到床上去睡。如果昨晚因为等我打扰了你，我很抱歉。

你的弗兰茨

卡片信

邮戳：布拉格，1909年6月2日

致：马克斯·布罗德博士　布拉格　莎乐胡同1号

我亲爱的马克斯——现在是晚上，我刚收到你的卡片。真是令人费解。我们该如何理解这样的事情。卡兰德拉[12]是在处理有关小实习生的工作还是在操作高层的运作，现在他是主动地去做，这关系到你的职业发展。这件事固然令人惊讶，但是对此你不必惊慌。你那略微放荡的生活将会结束，上午你会比以往更节制地偷懒，大部分下午时间你会写作，毕竟这对你和我们来说都是最重要的事。总体而言，这只关系到即将来临的夏日上午，我认为，你绝对做不到在夏日上午工作。但你可以拥有清静的下午和黄昏。尽管我们还能拥有更多，但我们却无权要求更多，你现在显然也拥有合法的度假权利。因此，这一规定的影响只在于，有一位小姐暂时会有些闷闷不乐。天哪！

你的弗兰茨

邮戳：布拉格，1909年7月初

信头：波希米亚王国工人意外事故保险机构

我亲爱的马克斯——赶快，因为我太困了。我困得不行了！我不知道我在片刻之前做过什么，片刻之后我会做什么，而此时我又在做什么，我已经什么都不知道了。我花了一刻钟的时间解决了一个行政地区的难题，然后脑子一热，立刻把一份我长期寻找的、我需要的、还没用的文件清理了。椅子上堆满了这些剩余工作，任我如何睁大双眼，也无法将这一堆文件尽收眼底。

关于你的多布日霍维采[13]。这绝对是全新的。从这样的感觉出发，你是有希望成功的，只是第一段对于现实来说也许有些不真实。“一切芳香四溢，等等。”在此，你转入了那个尚不存在的故事核心。“大面积的沉寂，等等。”我想，这个故事中的朋友们没有这样说过。如果这些人物被分解来看，那他们没有说过“今夜的别墅”。

但除此之外，一切都很好、很不错、很真实。读上去真像见证了夜晚的诞生。我最喜欢以下的句子：“他仍在寻找一块小石头，但找不到。我们匆匆忙忙，等等。”

在我看来，我给你的那本小说[14]是我的诅咒，我该怎么办呢？我所知道的是，如果仅缺失几页，那完全没问题，这要比我撕毁了它们的效果更好。理智些吧。这位小姐说明不了什么。只要她让你的手臂环绕着她的腰部、背部或颈部，那么她就会在酷热中要么一时心血来潮喜欢一切，要么压根什么都不如她的心意。相对于我非常熟悉的，在最沮丧的时刻仍然在内心某处感受到的小说中心，这能意味着什么呢？现在不多说了，在这一点上我们的看法是一致的。

我发现，我想这样无止境地写下去，只是为了不必去干我工作上的那些事儿……我可不应这样。

弗兰茨

邮戳：布拉格，1909年夏季

信头：波希米亚王国工人意外事故保险机构

我还在办公室，现在四点半。

我最亲爱的马克斯，在我思考你中午的来信时，我深感惊讶。这次违背了所有规则，我没有帮助你赢得她。我正在探究，以什么样的方式可以安慰你，要是我是你的母亲的话，知道了此事（午饭草莓配上加糖酸奶油，下午被送去慕尼霍维采和施特兰席茨[15]之间的树林里小憩，晚上一升普塑尔[16]啤酒）。就在这时，你的卡片正好到了，带来了好消息，其中最好的一件事是，那位唱歌的小姐将那部小说[17]搁置了两周，因为即使是最好的小说也无法长期忍受同一个女孩无休止地去使劲地翻阅它，并且是从内部和外部同时翻阅。而另一位小姐也可以松一口气了，这很好，她因为另一个的存在而感到痛苦，而自己却并不知晓，这一痛苦不该属于她，也不是她欠谁的。

从你的来信中得知，我应该星期四去鲍姆那儿，从你的卡片上，我很高兴看到了不必去的可能性，因为如同星期一一样，我星期四同样也做不到。他的小说[18]真的让我感到高兴，如果我能设法从杂务中脱身，那么我星期四什么都不想做，只想去他那儿，但是如果我或许又不去的话，希望他和他的妻子不要生气。因为我有太多事情要做！在我的四个行政地区[19]——除了我其余的工作之外——有人像喝醉了一样，从脚手架上摔下来，掉进机器里，所有的横梁都翻塌，所有的斜坡都松动，所有的梯子都滑落，向上抬的东西都掉了下来，向下递东西的自己散落一地。还有瓷器工厂的那些女孩也让人头疼，她们抬着成堆的餐具屡屡跌倒在楼梯上。

星期一我可能经历了令人最担忧的状况。我差点儿忘记了：如果可以，明天星期三，八点左右到店里来找我，给我一些有关诺瓦克[20]的建议。

如果你同意，那么我们就把狂欢变成流动奖杯，在你的小说完成后举行颁奖。我现在又要扎进文件堆了。

你的弗兰茨

邮戳：布拉格，1909年7月15日

致：马克斯·布罗德博士　布拉格　莎乐胡同1号

最亲爱的马克斯，不是因为事情本身需要刻不容缓地说明，而是毕竟要针对你的问题给予一个答复，而昨天要去回答一个答复（不是“昨天”，因为已经是夜里两点一刻了），已为时太晚了。你说她爱我。为什么会这样？这是个玩笑，还是睡眼惺忪时的认真？她要是爱我，怎么想不起来问我，我在施泰希维茨[21]时和谁在一起、做了什么、为什么我某一天不能去郊游，等等。也许在酒吧没有足够的时间，但是郊游时有充足的时间，任何回答都会让她满意。一切似乎都是可以反驳的，但在以下的情况中甚至不能尝试去反驳：在D.处我害怕碰上韦尔奇[22]小姐，对她说后，她立即也变得害怕起来，为我会碰到韦尔奇小姐感到害怕。从中我们可以得出一个简单的几何图[23]。她对我的感情仅仅是出于最大的友善，这种感情无论就真正的爱情还是微薄的情爱的发展来说都相去甚远，因为它是某种完全不同的情感。如果要它保持纯净，我自然无须让自己去搅浑这一画面。

现在我理应得到我的睡眠了。

你的弗兰茨

明信片

邮戳：布拉格，1909年7月19日

致：马克斯·布罗德博士　布拉格　莎乐胡同1号

亲爱的马克斯，马上澄清一下，我胃中感到了那种压力，就像胃也是一个人一样，它想要哭泣，这样说好吗？对此的理由并不是无可挑剔，要是理由无可挑剔，那又如何？总之，胃承受着这种理想的压力，我不必去抱怨它的不足，只要其他所有的疼痛都是这个级别的话。

弗兰茨

布拉格
1909年8月

亲爱的马克斯——昨晚没事。如果有人像我昨天那样，整晚都对我如此兴师动众，我会重新考虑是否应该带他去里瓦[24]。你不要去想了。当然不是她，也不是另一个女孩，但幸运的是可以叫出这个人的名字！

你的弗兰茨

布拉格
1909年8月底/9月初

我亲爱的马克斯，我今晚不能来，直到今天中午，我都认为我的家人会在下午三点回来，如果是这样，那么我还是会尽我最大能力去赴约的。可是现在他们七点才到，如果我马上离开，那会引起不可想象的轩然大波。所以我明天晚上去，如果你在家并且有时间，当然很好，如果没有，我也无权生气。——对，这次旅行！我们星期二[25]才出发，因为你一定会对此满意的，我可以和星期一才来的那个人告别。

你的弗兰茨

明信片

邮戳：布拉格，1909年10月11日

致：马克斯·布罗德博士先生　拉格　中央邮局　部门V

我亲爱的马克斯，我第一次读《来访》[26]是在周六去办公室的路上，当我在好奇和匆忙中阅读它时，我觉得，许多东西被炒得太热了，有些部分完全被炒焦了。但是，当昨晚一遍又一遍地重读它时，我很高兴地看到，在庞杂纷乱中，真实的事物在许多方面都以一种平静而正确的方式得以表现出来。特别是关于宴会的故事，关于布伊赫特[27]的问题及后面的内容，那场告别。但是，对于有些不完全了解的读者，这种激情扑面而来，可能会有点儿太突然，由此他可能会一无所见。这有什么关系。

再见。

弗兰茨

我星期三去，值得考虑一下，我们是否去参加凯斯特哈尼克的审判[28]。

明信片

邮戳：布拉格，1909年10月13日

致：马克斯·布罗德博士先生　邮政管理局　部门V
寄信人：弗兰茨·卡夫卡　尼可拉斯大街36号

我亲爱的马克斯，别生我的气。我别无他法。F.博士[29]已经快开始指责我把他的事儿和我们的事儿搁置一旁不管，尽管到目前为止我还没有受到什么责备，至少不是星期日的缘故，而星期一我出于其他原因也去了办公室。我今天开始着手干了，但是，只要事情没法让我投入，我就做不下去。如果让我一旦投入，我就没时间读圣安东尼[30]，明天也无法去你那儿了。是的，星期六，在度过像今天这样的许多个下午之后，我可以允许自己有一个愉快的下午，但那时你又没有时间。此外，新的谈话即将开始，劳赫伯格[31]正举办一场保险研讨会。——鲍姆给我读了小说[32]的一小部分，非常精彩。

弗兰茨

风景明信片（叶什克雪橇滑道）

邮戳：马弗斯多夫，约1909年12月

致：马克斯·布罗德博士　邮局理念实习生[33]　布拉格　莎乐胡同1号

亲爱的马克斯，我又度过了几天[34]！但是我不想谈这个，即使身处其中，也需要很费力地才能准确地描述相关情况。——今天六点半，我去了加布隆茨，从加布隆茨到约翰内斯堡，再到格伦岑多夫，现在我要去马弗斯多夫，然后去赖兴贝格，再去罗希里茨，大约到晚上去鲁珀斯多夫再回来。

弗兰茨

图画明信片（圣诞节图片）

邮戳：皮尔森，1909年12月22日

致：马克斯·布罗德先生　布拉格　莎乐胡同1号

我亲爱的马克斯，很高兴旅程快结束了，明天晚上我们将回到布拉格。这次旅程与我设想的不同。我全程都感到不舒服，从早上喝牛奶到晚上漱口的分类[35]并不是疗养。还好的是，你在你的办公桌上写小说，你在工作。

你的弗兰茨

1910

邮戳：布拉格，1910年1月5日

致：马克斯·布罗德博士 先生　布拉格　莎乐胡同1号

我亲爱的马克斯（在办公室里，写十行就会被惊扰十次，不过这不要紧），我当时的意思是：谁肯定你的小说[1]——随着它冉冉升起，它的伟大卓越一定令许多人神魂颠倒，也会因此让他们郁郁寡欢——谁肯定你的小说——“肯定”在此意味着，以读者能够唤起的全部的爱去理解它——谁肯定你的小说，一定会在阅读的全部时间里，越来越渴望寻找到一种解决问题的方法，就像你在朗读了半个章节后所做的那样。只是这一解决方法对于他来说是潜伏在小说危险的发展方向中——对于这部小说来说并不危险，但是，小说关联着读者的身心，因而对于读者是危险的——而读者正是对在这样极端的框架中提出的解决问题的方法感到深信不疑，在这一小说框架中包含着读者想要的东西，而读者的内心中却抑制不住地去惦记那些想要读到的东西。但仅仅是你有权渗透到小说最深层中的可能解决方案的设想，似乎才能让读者在远处感到恐惧。如果之后将小说与一座哥特式大教堂进行对比的话，那么这个对比也不坏，当然，成为不坏对比的前提是，对于辩证章节的各个部分，都可以证明在其他章节中有一部分支撑着它的第一部分，正如先前部分自身所带来的负担，正是后者恰巧所需要的。我最亲爱的马克斯，你该是多么快乐，到了结尾的时候你才会更加快乐，而我们通过你会感到多么快乐。

你的弗兰茨

有关米拉达[2]我还想补充，但我很害怕。

明信片

邮戳：布拉格，1910年1月29日

致：马克斯·布罗德博士先生　布拉格　莎乐胡同1号
寄信人：弗兰茨·卡夫卡　尼可拉斯大街36号

亲爱的马克斯，要是你的妹妹[3]星期一就到布拉格，你今天一定要写信告诉我，免得我忘了。要是她之后再来，那么你星期一再告诉我当然还来得及。明天我要犒劳自己去洗胃[4]，我感觉会有一些恶心的东西被洗出来。

你的弗兰茨

明信片

邮戳：布拉格，1910年2月18日

致：马克斯·布罗德博士先生　布拉格　莎乐胡同1号

亲爱的马克斯，你完全把我忘了。你不给我写信——

弗兰茨

明信片

邮戳：布拉格，1910年3月10日

致：马克斯·布罗德博士先生　布拉格　莎乐胡同1号

我不去露赛娜[5]，马克斯。现在四点钟，我在办公室写作[6]，明天下午我会写作，还有今天晚上和明天晚上，等等。我也不会骑马。我能做的只有穆勒练习[7]。再见。

你的弗兰茨

明信片（副本）

邮戳：1910年3月10日

致：马克斯·布罗德博士先生　布拉格　莎乐胡同1号

亲爱的马克斯——我本就应该知道，现实主义者们[8]要到他们做完事后才会停下来，海尔本博士[9]过了十点一刻才结束他的讲话。之后我去了施托克豪森大街[10]，核实了鲍姆家窗户的灯光已熄灭，然后我就回家了。我还应该上楼去吗？我极度需要睡眠。也许你不知道，我之前禁食了一天半，只喝了一点茶。关于斯莫洛瓦[11]，《时代》[12]日报评价：她温柔，纯净，细腻的声音自然令人愉快。[13]这是那晚本可预见的污秽被明确后欣然地被证实。

邮戳：布拉格，1910年3月12日

致：马克斯·布罗德博士先生　邮局理念实习生　布拉格　莎乐胡同1号

我亲爱的马克斯，我不理解塔诺斯卡审判，然而，对维格勒的评判我却非常理解，比维格勒的评判更重要的是汉德尔[14]的评判，因为此时公众的声音已开始加入。得知有两首诗是为我准备的，你给我的慰藉比你所想象的要多。我的确需要慰藉。恰巧这个时候胃痛不知怎么开始了，这种疼痛的强度恰恰适合于通过穆勒练习[15]变得强壮的人。整个漫长的下午，我躺在沙发上，胃里除了一点茶外，午饭没有进任何食物，小憩一刻钟后，还是无事可做，只是在生气，为什么天还没黑。接近四点半时，房间里透进了一缕微弱的光线，这缕光线半天也没消失。等黄昏终于降临时，光线就再也留不住了。算了吧，马克斯，别再抱怨女孩了，她们对你造成的疼痛要么是好的，如果不是，那么就筑起防御，摆脱疼痛，获得力量。而我呢？我拥有的一切都跟我过不去，跟我过不去的也不再属于我了。如果我，比如——这纯粹只是个例子——如果我的胃让我疼痛，其实它已经不再是我的胃了，它与一个渴望殴打我的陌生人并无本质上的区别。但一切都是如此，我浑身都是刺，扎入了自己的身体，我试图用力保护自己，但只会让刺扎得更深。有时候我想说：天知道，我怎么还会感觉到疼痛，因为我如此急迫地要给自己制造疼痛，而从未有能力去接受它们。但是我不得不说：我经常，我也知道，确实感觉不到疼痛，我真的是一个让人难以想象的最没有疼痛的人。因此，当我躺在沙发上时，没有疼痛，也没有因为那缕不适时消失的光线感到生气，对黄昏也是如此。但是，亲爱的马克斯，你一定要相信我，即便你不想，因为这个下午的一切被如此这般地安排，如果我是我，一定会按照一个清晰的顺序来感受所有这些疼痛。从今天起，我不会听任何劝阻，我会一直相信：最好一枪把自己打死。我干脆开枪把自己干掉算了，远离我不在的这个地方。好吧，这样做会是很懦弱，当然，懦弱就是懦弱，即使这是在一种特殊处境下的懦弱。这是必须不惜一切代价来摆脱的一种处境，但是只有懦弱可以摆脱它，勇气只会痉挛懦弱。那就保持痉挛状态吧，你不用担心。

弗兰茨

明信片

邮戳：布拉格，1910年3月18日

致：马克斯·布罗德博士先生　邮局理念实习生　布拉格　莎乐胡同1号

1910年3月18日，亲爱的马克斯——从你的明信片我无法看出，你是否收到了我的明信片，这一整天我都无法振作精神给鲍姆写信。我不是最近还写信说，我能做的只有穆勒练习[16]了吗？好吧，我连它也不能做了。我得了风湿性背部疼痛，之后疼痛转移到我的腰椎，再转移到我的腿上，但是它没有继续向下，转移到地里去，而是向上转移到了手臂。接着与这一切正相配的是，我本来期望今天能得到加薪[17]，也没有，下个月也不会加，得等到我厌倦了，对它嗤之以鼻。亲爱的马克斯，关于这部中篇小说[18]最令我高兴的是，我让它出来露面了。明天七点钟左右（现在是六点钟，我还在办公室），我去你那儿（也是因为波希米亚[19]）。你会把诗给我看，那将会是一个美好的夜晚。

再见。

你的弗兰茨

布拉格
1910年4月

亲爱的马克斯——要是这都还不算写得快的话，现在可是已经快一点了。请把它寄给马特拉斯，《德意志劳动》当然会让马什纳[20]特别高兴。但是，恐怕要加入也特别困难。无论如何你给马特拉斯写信，请他尽快回答是否可以。当然，他完全可以根据自己的意愿进行更改，如果他有兴趣，也可以重写，但是他有责任刊登有关这本书的一些内容（你应该告诉他）。非常感谢。

你的弗兰茨

卡片信

邮戳：布拉格，1910年4月30日

致：马克斯·布罗德博士先生　邮局理念实习生　布拉格　莎乐胡同1号
寄信人：弗兰茨·卡夫卡博士　尼可拉斯大街36号

祝你写作顺利，我最亲爱的马克斯，为了我们所有的人！难道你不曾想过，你对你的故事[21]所投入的精力，可能会让第二个女孩难以理解，就像你已经把第一个女孩弄得生病了一样。只是星期三缠绕着你的高温！在医生的照看下，你的高烧这段时间有所退去。而烧退去以后会再次袭来。愿意识会给你勇气，让你冷却下来，直到你无法忍受为止。但我又知晓什么——也许在这期间，这个傻女孩在你那儿已经闯入了故事中心，或许我能抓住她的短裙拦住她。

你的弗兰茨

布拉格

约1910年5月27日

亲爱的马克斯，这是两本书和一个小石头[22]。我一直想方设法为你的生日寻找礼物，寻找不会因为冷漠而被改变、丢失、损坏，也不会被遗忘的礼物。在我苦思冥想几个月后，徒劳无功，只能给你寄本书。但是书籍是一种烦恼，一方面它们是冷漠的，另一方面它们却又尤其有趣，这时只有我的信念把我引向冷漠的一面，但对我而言，信念远远起不到决定性作用，最后我发现自己还是改变了主意，手里捧着一本书，充满了兴趣。有一次我故意忘记了你的生日，那确实比寄一本书强，但也称不上好。因此，我现在给你寄这块小石头，只要我们还活着，就会给你寄。你把小石头放在口袋里，它会保护你；把它

放在抽屉里，它也不会多余；但如果你把它扔了，那是再好不过了。因为你知道，马克斯，我对你的爱胜过于对自己，更多的是我栖身于这一爱中，而不是它栖身于我，这一爱在我不可靠的本性中获得了微弱的立足点，而在这块小石头上这一爱却得到了一处坚如磐石的住所，即便这块小石子只是在莎乐胡同石子路上的一条裂缝中。长久以来，这一爱多次拯救了我，比你知道的次数要多，而现在，我比以往任何时候都更不了解自己，感觉到自己总是在半梦半醒之间，只是如此轻盈，而刚刚——我走来走去，内脏发黑——把一块这样的石头扔进这个世界，让人感觉不错。这是将可靠与不可靠分离开来。相对而言，书能做什么！一本书开始让你感到无聊时，便不会停下来，或者你的孩子将它撕碎，或者像瓦尔泽的书[23]一样，当你收到它时，它已经破散了。反之这块石头不会令你无聊，石头也不会瓦解，至少在之后的一段日子，你也不会忘记它——因为你没有义务去回忆它，最后，你永远不会真的丢失它——因为在任意一条石子路上你又可以找到它，因为它就是任意一块石头。而且，即便我再怎么赞美它也不会对它造成伤害，因为来自赞美的伤害会出现赞美的对象会被赞美压垮，会被破坏或会被搁置的情况。而这块小石头？简而言之，我为你找到了最完美的生日礼物，将它与一个吻一起呈献给你，它们代表着我对你的存在难以诉说的谢意。

你的弗兰茨

卡片信

邮戳：布拉格，1910年6月11日

致：马克斯·布罗德博士先生　莎乐胡同1号
寄信人：弗兰茨·卡夫卡　尼可拉斯大街36号

我亲爱的马克斯——中午我才收到你的明信片，那我星期六再去拜访。天哪，这些素描[24]！

你的弗兰茨

便条（非邮局寄发）

布拉格，约1910年7月初

我亲爱的马克斯，我明天又不能去了，谁知道我晚上能不能去。如果我六点没去你那儿，我会直接去听讲座那里，如果我没去听讲座，我会去鲁道夫音乐厅[25]接你。可惜你不在家，否则，尽管我的捷克语老师在等我，我还是会很乐意读几首诗。“孩子们，一场永恒的舞会”[26]不断回响在我耳边。工作吧，亲爱的马克斯，工作吧！

你的弗

布拉格

约1910年夏

我亲爱的马克斯，别浪费钱去写气动管道明信片告诉我，你早上六点五分不能到达弗朗茨·约瑟夫站。因为你必须到，我们要乘坐六点五分开往沃兰的火车出发。七点一刻，我们朝着达维尔方向迈出第一步，十点钟在那儿的莱德勒餐厅吃个柿子椒，十二点我们在施特肖维茨[27]吃午餐，从下午两点到三点半，我们将穿过树林到急流处，在那儿我们转一转。七点钟，我们乘轮船回布拉格。别再考虑了，五点四十五分到车站——

另外，你还是可以写一张气动管道明信片，告诉我你是想去多布日霍维采[28]或是其他地方——

［画有钢笔尖的图］这是索耐肯[29]的笔尖；并非这件事的内容。

风景明信片（扎泰茨[30]，啤酒花采摘工人归来）

邮戳：1910年8月22日

致：马克斯·布罗德博士先生　布拉格　邮局

不管怎样，在草堆上趴一会儿，把脸埋在里面，也不赖！

弗兰茨

便条（显然是在布罗德家写的）

布拉格，1910年9月

亲爱的马克斯，我首先想看看你怎么样——你的床实际上透露出一种紧张的状态 ——然后想请求你，明天又得自己去找那位法国女人[31]，因为我加布隆茨的事[32]越来越紧迫（它的公告刊登在报纸的竞选呼吁的"流氓与恶棍"和救世军[33]的通知之间）。总之 —— 届时会如何呢？仅仅写这张便条，我就已经找不到头绪了—— 比起成功所需要的，我有更多的担忧。

弗兰茨

风景明信片（尼斯河畔加布隆茨，主街）

邮戳：加布隆茨，1910年9月30日

致：马克斯·布罗德博士先生　布拉格　莎乐胡同1号

亲爱的马克斯，我在你亲爱的外祖母[34]的房间里给你写这张明信片，你的外祖母像一个小女孩一样温柔，精神焕发。

便条

布拉格　估计是1910年10月初

反面：马克斯

亲爱的马克斯，我不想打扰你也不想让你等待，因为我五点去不了，明天五点我尽量去，但是你不受约束。今天五点一刻我和医生约好了，是的，你对我的病痛了解得还不完全（大脚趾变得扭曲）。

弗

布拉格，估计是1910年10月初

致：马克斯·布罗德博士先生　非邮局寄发
信头：波希米亚王国工人意外事故保险机构　年代代码：191

亲爱的马克斯：

当我收到你的来信时，我带着这条伤腿挺直身子躺在沙发上。看起来不太雅观，尤其是脚肿得很高，但不是很痛。已经包扎好了，会慢慢恢复的。但星期六我的腿是不是就能去旅行，这我不知道。如果旅行的愿望能如此强烈，足以使一条腿恢复健康，那么我星期六会康复的，你可以相信我，因为我（这封信在信笺的中间中断了）……

弗兰茨

单封信使用的三张卡片

1）风景明信片（布拉格，忠利保险公司大楼）
2）图画明信片（一位日本女人的艺术照）
3）图画明信片（布拉格学生聚会的海报画）
所有卡片的邮戳：布拉格，1910年10月20日

所有到达邮戳：巴黎，1910年10月22日

所有卡片致：奥托·布罗德先生 巴黎第九区　拉布吕耶尔大酒店 拉布吕耶尔街35号

亲爱的马克斯——我平安到达了[35]，只是因为每个人都把我视为不可能的幻影，我很苍白。——短暂的昏厥剥夺了我向医生大喊的快乐，这使我不得不躺在他的沙发上，在那段时间里——很奇怪——我感觉自己就像一个女孩，努力用手指整理我的短裙。另外，医生称，他对我背部看上去的样子感到大吃一惊，那五个新的脓肿不再那么重要，因为出现了比所有脓肿都更严重的皮疹，需要很长时间才能治愈，皮疹是现在及之后造成疼痛的真正原因。我的想法是，当然我没有向医生透露这个想法，是国际都市布拉格，纽伦堡，特别是巴黎的膏药导致了我的皮疹——所以现在下午时分，我坐在家里像待在坟墓中一样（由于缠紧的绷带，我无法走动；由于疼痛，我无法静坐，治疗甚至让疼痛加剧），只是在上午我克服这种折磨去办公室，因为我必须去。明天我去拜访你的父母——在布拉格的第一个晚上，我觉得整夜都在做梦（睡眠徘徊在梦境周围，就像巴黎一栋新建筑周围的脚手架），梦里我在一座大房子里留宿，满屋子只有巴黎的出租车、汽车、公交车等。它们能做的只有穿梭来往，彼此贴近，层层叠叠，人们谈论或思考的也只有票价、转车、换乘、小费、佩雷尔方向[36]、假币等。因为这场梦，我已无法入睡，而由于我对一些必要的问题还没有好好想好，我只能尽最大的努力忍耐下去。我心里抱怨，他们把我这个在旅行后急需休息的人安置在这样的房子里，但与此同时，我身体里还有一个党羽，他带着法国医生不祥的鞠躬（他们穿着扣紧扣子的工作服）对这一夜的必要性表示赞同。请复核你们的钱，以确保我

没占你们俩的便宜，根据我并非准确无误的计算，我花费得太少了，看起来好像我在巴黎的所有开销都用来清洗伤口了。啊，又痛了。对你们和对我自己来说，我回来得正是时候。

你们的弗兰茨·卡

风景明信片（柏林胜利纪念柱）

邮戳：柏林西，1910年12月4日

致：马克斯·布罗德博士先生　邮局理念实习生　布拉格　邮局

最亲爱的马克斯，区别在于：在巴黎被骗，在这里骗人，我忍不住笑起来。星期六，我几乎下了火车就直奔小剧场[37]，开始享受提前买票的乐趣了。今天我要去看《阿纳托尔》[38]。但是没有什么比在素食餐厅吃饭更惬意了。这个地方本身有点儿阴暗，吃羽衣甘蓝和煎蛋（最贵的菜），虽不在什么堂皇大厅中，但此时已心满意足。我一直在倾听自己内心的声音，可以肯定的是，目前我仍然感到很糟糕，但是明天又会如何呢？这个地方非常素食主义，甚至禁止给小费。没有小面包，只有西蒙斯面包[39]。刚刚服务员给我拿来了粗粮布丁配覆盆子汁，但是我还打算要生菜加奶油，再搭配一杯醋栗酒味道会很好，然后以一杯草莓叶茶来结束这顿饭。

再见。

弗兰茨

图画明信片（法兰克福书房的自画像，歌德绘制于1770年左右）

邮戳：柏林西北，1910年12月9日

致：马克斯·布罗德博士先生　邮局理念实习生　布拉格　邮局

一间布置得很好的书房，亲爱的马克斯，不是吗？基本上只配置了五件家具及它们的影子。但书桌上光线太强，很不健康。瓶子放在边桌上很方便，从书桌处倾斜身子就可拿到。脚可以放在桌子横撑上，而不是在地板上。如果要画画儿，画架就拿到桌子所在的地方。

你的弗兰茨

图画明信片（科赫伯石头城堡[40]，歌德绘制于1779年）

邮戳：柏林西北，1910年12月9日

致：马克斯·布罗德博士先生　邮局理念实习生　布拉格　邮局

马克斯，我看了一场哈姆雷特的表演，或者更准确地说，是听了巴斯曼[41]的演出。在整整一刻钟里，我实际上看到的都是另一个人的脸，我得时不时把目光从舞台上移向一个空包厢，以便让自己镇静下来。

你的弗兰茨

邮戳：布拉格，1910年12月17日

致：马克斯·布罗德博士先生　布拉格　莎乐胡同1号

我亲爱的马克斯：

为了不必再谈论这个星期：我首先重复你已经知道了的事情，这样你就能同时了解一切——这个星期的一切都为我安排得那么好，就我以往的情况而言是不可能的，从一切迹象来看，以后也几乎不可能——我去了柏林，现在回来后，如此自在地融入日常环境，以至于若我本性如此，我会如脱缰的野马，横冲直撞——我度过了八个无拘无束的日子[42]。直到昨晚，我才开始对办公室感到恐惧，一下子如此的恐惧，我甚至想躲到桌子底下。但是，我自己并没有把它当真，因为这不是一种独立的恐惧——我父母现在很健康，也很满足，我几乎没和他们吵架。父亲只有看到我晚上很晚还坐在书桌前时，才会生气，因为他认为我太过用功了——我比前几个月健康，至少本周初是如此。新鲜蔬菜顺利地、缓缓地被我吸收，似乎是一次特意为这周准备的好运为我提供着养分——家里几乎一片静谧。婚礼[43]结束了，大家在消化新的亲戚关系。楼下有一位年轻的女士，之前偶尔会听到她弹钢琴的声音，现在应该外出几个星期了——所有这些的好处在秋末来临的当下赋予了我，或者说，在我一直以来最精力充沛的这段时间。

十二月十七日

前天开始的悼词没有结束。但在此雪上加霜的是，我显然无法做到维持这种悲伤、完全外露的情绪长达数天。是的，我无法做到。现在，我已与自己共处了八天，突如其来地感觉到自己在飞翔。我只是沉醉于自己，在这段时间里，这也不足为奇，即便是喝最清淡的葡萄酒也无妨。然而，过去两天稍有变化，是不好的变化。父亲身体不太好，他待在家中。左边清晨的喧哗刚结束，右边正午的嘈杂就已开始，现在到处都有门被打开，就像墙壁被凿开了一样。尤其是一切不幸的中心问题依旧。我无法写作，我没有写出一行自己认可的文字，相反，我已将巴黎之行后所写的全部内容都划掉了——内容不多。我的整个身体就每个字向我发出警告，每个字，在我写下来之前，首先环顾四周各个方向。那些句子真的在我眼前断裂了，我看到它们的内核，然后不得不迅速停下来。

附寄的中篇小说片段[44]是我前天誊写的，现在随信附上了。它已经很旧了，当然也并非没有错误，但是这一片段将接下来要讲的故事很好地连接起来。

今天晚上我还不去，我想一个人待到最后一刻，直到星期一早上。紧紧跟随着自己的心愿，这仍是一种令我激动的喜悦，不管怎样，它是一种健康的喜悦，因为它在我内心激起了那种普遍的不安，这种不安导致了唯一可能的内心平衡。如果这种状态继续下去，我之后可以直视任何人的眼睛，而去柏林旅行之前，甚至在巴黎，我都不能与你对视。你注意到了。我非常喜欢你，而却不能直视你——我讲了我的故事，或许你有你的烦恼，星期一，我可以在办公室收到一张关于你的明信片吗？另外，我还没有祝贺[45]你妹妹。我星期一祝贺她。

你的弗兰茨

布拉格，1910年或更晚
被截下的打字稿的开头

信头：布拉格波希米亚王国工人意外事故保险机构（印刷的年代代码：191）

我亲爱的马克斯，给你这蹩脚的东西。也许你在某处会用到它，你更改、删除或添加得越多，对它越有益，对我也有益。在我写这封信之前，感到很羞愧，给你这样微不足道之物（这是打字稿的最后一行）。

1 9 1 1

明信片

邮戳：布拉格，1911年1月27日

致：马克斯·布罗德博士先生　邮局理念实习生　布拉格　邮局

亲爱的马克斯——我星期一去弗里德兰特[1]。从今天的情况来看，我明天必须去看牙医，因此我很难在六点之前到你那儿。克莱斯特[2]向我吹气，像对着一只老猪的膀胱一样。为了不让情况变得太糟，而且我已经下定决心去做，我现在就去露赛娜[3]。

弗兰茨

风景明信片（波希米亚，弗里德兰特，城堡）

邮戳：弗里德兰特，1911年2月1日

致：马克斯·布罗德博士先生　邮局理念实习生　布拉格　莎乐胡同1号

这座城堡完全被常春藤覆盖着，凉廊[4]里常春藤爬了一半高。吊桥就如同那些小摆设一样，我并不想留意它的链条和金属丝，因为它们只是些小摆设，尽管如此，我一直留意其他的一切。你没有必要相信图片下面的红色屋顶。

弗兰茨

风景明信片（波希米亚，弗里德兰特，克拉姆-葛拉斯宫[5]）

邮戳：弗里德兰特，1911年2月2日

致：马克斯·布罗德博士先生 邮局理念实习生 布拉格 莎乐胡同1号

当有人向你描述有一种清闲的职业，可能存在于世界上某个地方，在那里有人以此消磨度日，你是否也能像我一样，尽可能地想象出那样一个陌生的地方？我这样对自己解释，一方面这个地方是常住的地方，另一方面也没有任何一个个性化的特征在描述中被剥离出来，因此在描述中保持了整体的原貌——我去看了恺撒全景[6]，观看了布雷西亚、曼托瓦和克雷莫纳[7]。大教堂的光滑地面几乎在我舌尖上滑动！

弗兰茨·卡

风景明信片（赫拉德克[8]）

邮戳：赫拉德克，1911年2月25日

致：马克斯·布罗德博士先生 邮局理念实习生 布拉格 莎乐胡同1号

一些新鲜事，亲爱的马克斯：在人民公园里已经可以听到黑鸟唱歌了——宫廷马车的弹簧力度如此强，当乘客下车时，他们必须紧紧抓住车身的尾部——今天我乘车来时，看到了一只鸭子站在水里，靠近河岸——我与一位女士同乘，她长得很像《白色奴隶》[9]中的奴隶贩子，等等。

风景明信片（素食餐馆 塔莉西亚，赖兴贝格）

邮戳：赖兴贝格，1911年2月26日

致：索菲·布罗德小姐 布拉格 莎乐胡同1号

对于新家藏书室，亲爱的索菲小姐，我向您推荐A.K.格林的长篇小说《复仇之日》（*Der Tag der Vergeltung*）[10]，今天在火车车厢里，坐在我对面的一位先生正在阅读它。这难道不是一个意味深长的标题吗？“Tag”是一根旗杆；第一个“der”是下面的桩子；第二个“der”是上面固定拉绳索的点；“Vergeltung”是一面旗子，即便不是黑色的布，也是深色的，它从“e”到“u”的视角弯曲度是由一股中级风力带来的（特别是“ng”减弱了风力）——你看，即便像我这么累，但就算在旅途中，我也留意着可能对您有用的东西，如果下次拜访您时，您已经拥有了那个《复仇之日》，我当然会很自豪。

弗兰茨·卡

图画明信片（罗拉·南森）

销售邮戳：梅宁阁第一家杂耍剧院，赖兴贝格，1911年

邮戳：布拉格，1911年3月2日

致：马克斯·布罗德博士 布拉格 莎乐胡同1号

亲爱的马克斯，帮个忙，明天你来的时候把《许配里翁》[11]给我带来吧。我想把它借给埃斯纳[12]。我这儿又积存了他好几期的《新评论》[13]，如果我最后归还的时候能附上一些他感兴趣的东西，我良心

上会好过点儿。

弗兰茨

图画明信片（一位日本女人）

邮戳：布拉格，1911年3月5日

致：马克斯·布罗德博士先生　邮局理念实习生　布拉格　莎乐胡同1号

谢谢你，我亲爱的马克斯。我知道这个东西[14]的价值。向来如此，它的缺点比它的优点更深地刺入我的身体。但是，这儿有关系到世界的重要问题：计时法的算法不再准确了。十点钟之前就收到了我的明信片的气动管道邮局，却无法阻止下午会被借出的东西。你作为邮局工作人员顺带也负有责任。

你的弗兰茨·卡

明信片

邮戳：布拉格，约1911年3月初

致：马克斯·布罗德博士先生　邮局理念实习生　布拉格　莎乐胡同1号

亲爱的马克斯，昨天我快到家时，想起了《不幸》中有一些很小但丑陋的拼写和口述错误，我已经把这些错误从我这份中剔除了，而给你的那份它们还在。这些错误让我惶恐不安，请立即给我寄回来，你会收到修改后的。

你的弗兰茨

风景明信片（齐陶[15] 新城和宫廷马厩）

邮戳：奥伊宾，1911年4月23日

致：马克斯·布罗德博士先生　邮局理念实习生　布拉格　邮局

在奥伊宾山[16]上，这儿坐着两百多位闷闷不乐的客人，相较而言，我仍然像个南方人那样写我的明信片。但只有卡片，文章[17]还没写。

弗兰茨

卡片信

邮戳：布拉格，1911年5月27日

致：马克斯·布罗德博士先生　邮局理念实习生　布拉格　莎乐胡同1号

我亲爱的马克斯，今天是你的生日，而我甚至没有给你寄一本普通的书，因为即便我那样做了，也不过就是假象，其实我根本不再有能力送你一本书。给你写这张明信片，只是因为我感到如此有必要今天让它在你身边待上片刻，我之所以从抱怨开始写起，是为了让你立刻认出是我。[18]

你的弗兰茨

1911年5月27日

邮戳：埃伦巴赫/苏黎世，1911年9月18日

致：马克斯·布罗德博士先生　帝国邮局理念实习生　布拉格　帝国邮局　奥地利

寄信人：弗兰茨·卡夫卡博士　布拉格　尼可拉斯大街36号

信头：埃伦巴赫疗养院[19]　费伦伯格的自然疗法机构　瑞士　埃伦巴赫　1911年9月18日

我亲爱的马克斯：

当你要求我在这里写那个故事[20]时，你显示出对疗养院设施的一无所知，而当我答应写这个故事时，我一定得想方设法地去忘记我非常熟悉的疗养院的生活方式。因为这里每天都被疗养活动填满，如：游泳、按摩、体操等，还有活动之前的准备性的休息，活动之后的恢复性的休息。吃饭并不会占用太多时间，因为都是苹果酱、土豆泥、蔬菜汁、果汁等。如果你愿意，它们可以迅速地、毫无察觉地，但也足以令人享受地滑入肠胃，只会因为全麦面包、蛋饼、布丁，特别是坚果稍微耗费一点时间。而作为补偿，晚上会在社交中度过，尤其是现在阴雨连绵，有时我们会听留声机来消遣时间，这时女士们和先生们就像在苏黎世大教堂那样分席而坐，当喧闹的歌曲开始播放时，例如，社会主义者进行曲，留声机的喇叭就会偏向先生们，但是到了温柔的或需要认真聆听的曲目时，先生们会走到女士那边，要么一曲结束后回来，要么在个别情况下就一直坐在那边，有时是（如果你想检查句子的语法，那得翻页）一位柏林小号手的演奏令我非常陶醉，或是某位来自山区的、站立不稳的先生朗读一出方言剧，不是由罗斯

格[21]而是由阿奇莱特纳[22]创作的，或是一位可亲的人，他忘我地朗诵着自己创作的幽默诗体小说，而我一如往常，热泪盈眶。现在你可能会认为我不必参加这些活动。但事实并非如此。因为首先，人们要以某种方式对这种疗法取得的初步成效表示感谢（你想想，在巴黎的最后一个晚上我还在服药，而到了今天，第三天，它的作用已经消失了），其次，这里的客人太少了，我至少不能故意缺席。还有照明条件也非常糟糕，我不知道应该在哪儿安静地写作，即使为了写这封信，也牺牲了点儿我的视力。

当然，如果我感受到内心写作的冲动，就像我很长一段时间有一次那样的状态，就像我在斯特雷萨[23]那个片刻，那时我感觉自己完全就像一个拳头一样，指甲深深地刺入了肉里——我无法用别的方式来表达——那些障碍也就不会存在。那我根本不必要求自己参加这些活动，饭后立即起身离开，俨然做一个格格不入的怪人，众目睽睽之下上楼去自己的房间，把椅子搬到桌子上，就着天花板上的灯泡发出的微弱光线写作。

当我现在这样思考时，照你的观点——我不会说照你的榜样——一个人也应该因为外部的愿望去写作，那么无疑你对我的要求终究是正确的，无论你是否了解疗养院，无论我多么努力辩解，实际上这一切还是归咎于我，或者更准确地说，这归结于小小的意见分歧或巨大的能力差异。另外，现在刚到星期日的晚上，所以我还有大约一天半的时间，现在我终于独自一人在阅览室，尽管如此，这里的时钟敲打得出奇的快。

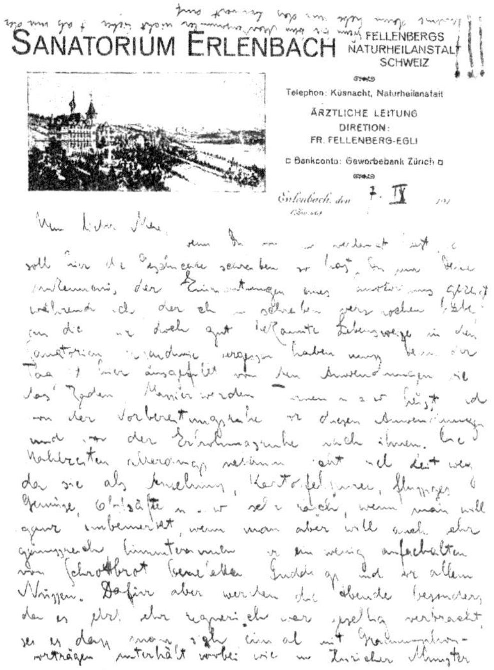
SANATORIUM ERLENBACH
FELLENBERGS
NATURHEILANSTALT
SCHWEIZ
Telephon: Küsnacht, Naturheilanstalt
ÄRZTLICHE LEITUNG
DIRETION:
FR. FELLENBERG-EGLI
Bankconto: Gewerbebank Zürich
Erlenbach, den 7. IX 191

卡夫卡1911年9月18日的信

除了健康以外，在这里的生活无疑还有一点也对我有益。这里的顾客主要由中产阶级的瑞士老年妇女组成，也就是这些人，民族特质在她们身上展现得最柔和、最微弱。因此，如果我们确实能够发现这些特质，那么我们就应该紧紧抓住所看到的。还有，我觉得，我对她们所讲的德语一无所知，这也有助于我的观察，对我而言，她们因此成为更紧密的团体。以这种方式看到的比我们从火车车窗向外看到的要多得多，尽管本质上没有什么不同。现在简而言之，在对瑞士的评价上，我更愿意求助迈耶，而不是凯勒或瓦尔泽[24]。

为了你的战争随笔[25]，在巴黎的时候，我把一本书的标题及内容简介都抄写了下来："亚瑟·布歇上校，《法国明日战争的胜利》，作者是总参谋部前任军事行动负责人，他指出，如果法国遭到攻击，它将知道如何以绝对的胜利保卫自己。[26]" 作为一个德语文学间谍，我在圣丹尼斯林荫大道的一家书店前抄写下了这句话。但愿对你有用！

你的弗兰茨

如果你的集邮者与你的关系没有我的集邮者与我的关系这么亲密，那么请为我保存这个信封。

明信片

邮戳：布拉格，1911年10月12日

致：马克斯·布罗德博士先生　帝国邮局理念实习生　布拉格　帝国邮局

亲爱的马克斯，我们正好赶上了！戈尔德法登[27]的《苏拉米》[28]正在上演！我很高兴浪费一张明信片来告诉你这则你已经读到的消息。我只希望你也给我写了一张明信片。

弗兰茨

1912

明信片

邮戳：布拉格，1912年2月19日

致：马克斯·布罗德博士先生　帝国邮局理念实习生　布拉格　帝国邮局
寄信人：弗兰茨·卡夫卡博士　布拉格　尼可拉斯大街36号

我亲爱的马克斯，因为你叔叔的钱我曾感到暗自伤心，在家中，我在我胸前的口袋找到了它。你的第一句评论，他本该通过邮政储蓄所把钱汇出的，但却给我留下，手中的信封不再有价值的印象。——请再次感谢你的父母，我只是随便出了点力，而他们促成了这个晚会[1]。——哪天晚上我可以去找你？我已经很久没有与你好好地见一面了。

弗兰茨

布拉格
1912年3月底

亲爱的马克斯，我反复思考了这件事[2]。在我看来，来自你这方的控告很不利，不要提出控告了！这样还留有余地容忍此事，我会这样做的，你不会。比提出控告更好的是被控告。既然你十分憎恶他，你可以公开地称他为骗子，在《波希米亚》上发表声明之后，如果他不让步，那么你这样做是正当合理的。但是我认为，最好以报纸广告的

形式发出一则声明，例如，“据我了解，有人四处传扬一封匿名信，信中有人指控他在我举办的一场音乐会上有无耻行径。此人声称我写了或指使人写了这封信。我既没有时间也没有兴趣将此事提上法庭。在我看来，这件事太微不足道，不值得再有一次争执。因此，我仅在此公开声明，那封信既不是我本人写的，也不是在我的指使下写的，我对此毫不知情”。——反正我认为整件事没有那么严重。只是你昨天的表情吓坏了我。

弗兰茨

卡片信

邮戳：布拉格，1912年5月7日

致：马克斯·布罗德博士先生　邮局理念实习生　帝国邮电局
寄信人：弗兰茨·卡夫卡博士　波尔斯基茨7号

亲爱的马克斯！你的书[3]给我带来了多么大的愉悦，就在昨晚，我在家翻阅它时仍有这样的感受。你讲述的那段幸运的火车之行在书中是点睛之笔。你曾担心它太平淡了，但其中蕴含的正是生活，从白天到黑夜。一切如何相继朝着阿诺德的方向前行，然后又跟着他回来，一切都很鲜活生动，无须任何粉饰。它无疑是对《死亡死者！》[4]的总结，同时把死者与死亡衔接起来，自上而下。吻你。

你的弗兰茨

风景明信片（哈尔伯施塔特[5]，皇宫咖啡馆）

邮戳：哈尔伯施塔特，1912年7月7日

致：马克斯·布罗德博士先生　帝国邮局理念实习生　布拉格　帝国邮局

亲爱的马克斯，给办公的你送去清晨第一声问候。不要太过劳累了。尽管这座老城让人感到不可思议，但我也不是全然幸福的。我正坐在鱼市上空的阳台上，跷着二郎腿以摆脱疲劳。

问候大家。

你的弗兰茨

风景明信片（哈尔伯施塔特，格莱姆之家[6]）

邮戳：汉诺威-莱比锡铁路邮局，1912年7月7日

致：马克斯·布罗德博士先生 布拉格 帝国邮局

这些德国作家的条件太好了！大街上有十六扇窗户！即使房子里挤满了孩子，我的文学史嗅觉告诉我，格莱姆可能就是这样[7]。

邮戳：施塔珀尔堡[8]，1912年7月9日

致：马克斯·布罗德博士先生　帝国邮局理念实习生　布拉格　帝国邮局
寄信人：弗兰茨·卡夫卡博士　哈茨地区荣博恩（Jungborn）　施塔珀尔堡邮局
信头：鲁道夫·贾斯（Rudolf Just）的疗养机构　荣博恩　哈茨

我亲爱的马克斯，这是我的日记[9]。正如你将会看到的，我虚构了一部分，因为它并非只为我一人所写，我情不自禁，无论如何，这样的虚构丝毫不是故意的；相反，它来自我最内在的本性，我真的应该怀着敬意向下看。我非常喜欢这里，独立是如此令人愉快，略微知晓一些有关美国的事儿就让这些可怜的身体感到膨胀。我在乡间小路上行走，当我将凉鞋放在路过的老农民沉重的翻口靴旁边时，不会为自己感到特别骄傲。但是，当我独自一人走在树林里或躺在草地上时，这时的感觉就很好。只是，暂时还不能从中获得写作的欲望，如果兴趣来了，那么它不管怎样还没到哈茨，也许它还在魏玛。我刚刚给她[10]写了三张明信片。

保重，问候大家。

你的弗兰茨

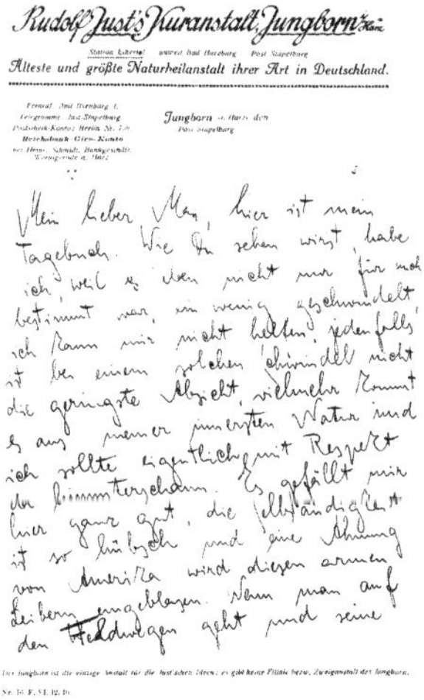
Rudolf Just's Kuranstalt, Jungborn i. Harz

Älteste und größte Naturheilanstalt ihrer Art in Deutschland.

Jungborn i. Harz, den

Mein lieber Max, hier ist mein Tagebuch. Wie Du sehen wirst, habe ich, weil es eben nicht nur für mich bestimmt war, ein wenig geschwindelt, ich kann mir nicht helfen, jedenfalls ist bei einem solchen Schwindel nicht die geringste Absicht, vielmehr kommt es aus meiner innersten Natur und ich sollte eigentlich mit Respekt darauf hinunterschauen. Es gefällt mir hier ganz gut, die Selbständigkeit ist so hübsch und eine Ahnung von Amerika wird diesen armen Leibern eingeblasen. Wenn man auf den Feldwegen geht und seine

卡夫卡1912年7月9日的信

邮戳：施塔珀尔堡，1912年7月10日

致：马克斯·布罗德博士先生　帝国邮局理念实习生　布拉格　帝国邮局
寄信人：弗兰茨·卡夫卡博士　自然疗法机构　哈茨地区荣博恩　施塔珀尔堡邮局
信头：鲁道夫·贾斯的疗养机构　哈茨地区荣博恩　1912年7月10日

我最亲爱的马克斯，因为喜悦，你的信在我的手中变得无比炽热，因此我立即回复你。你的诗[11]会一直装点着我的小屋，因为我还不习惯户外草丛树木间的声响，夜里常常醒来，这时我就会伴着烛光阅读它。也许终有一天，我能够将它背诵下来，虽然只是我的感觉，当我糊里糊涂面对棘手的难题时，它会让我得到鼓舞。这首诗是纯净的（只是“浓郁的葡萄”在这两行间似乎略显累赘，在这儿，你还应该润色一下），但除此之外，你在此之前已经确定是为我而写的，对吗？也许你把它送给我，根本不要出版它，你知道吗，让人最梦寐以求的情谊，对我来说是这个世界上最重要的事情。

多么乖巧、聪明、能干的罗沃尔特[12]！移民到国外去吧，马克斯，从容克[13]移民，带走所有的或尽可能多的东西。是他阻碍了你，不是你的内心，对此我不相信。因为你走在一条正确的道路上，这是众所周知的。《克莱斯特的轶事》[14]的字体正说明了这一点，从这一干巴巴的字体，读者能更好地倾听《感觉的高度》[15]发出的簌簌声响。

关于《年鉴》[16]和《廉价》[17]你只字未提。罗沃尔特是否白白接受了《概念》[18]？我当然很高兴他在考虑我的书[19]，但要我从这里给他写信吗？我不知道该写些什么。

如果办公室让你有点儿痛苦，不算什么，那就是它存在的意义，我们从那儿不能期待得太多。但是可以期待在不久的将来，罗沃尔特或其他任何一个人会前来，带你离开办公室。但是，他应该把你留在布拉格，而你应该有留在那儿的愿望！

这里已经很好了，但是我感到很无助，也很悲伤。最终不一定是这样的，我知道。但无论如何，这还远远不能促使我写作。这本小说[20]是如此的宏大，仿佛勾画了整个天空（就像今天的天空一样，是没有色彩的、模糊的），而我在想写第一个句子时就陷入混乱。我一定不能被所写内容的索然无味吓倒，这一点我已经认清了，而且昨天从中就受益良多。

相比之下，我的房子给我带来了很多乐趣。地板上一直铺着我带回来的草，昨天在入睡之前，我甚至觉得听到了女人的声音。如果你不熟悉赤脚拍打草地的声音，那么当你躺在床上时，路过的人的脚步声听起来就像一头奔跑的水牛一样。我学不会如何收割。

保重，问候大家。

你的弗兰茨

邮戳：施塔珀尔堡，1912年7月14日

致：马克斯·布罗德博士先生　帝国邮局理念实习生　布拉格　帝国邮局
寄信人：弗兰茨·卡夫卡博士　哈茨地区荣博恩　施塔珀尔堡邮局

我亲爱的马克斯，谁要求你写信给我了？我很乐意给你写信，拉近你与我之间的关系（我当然也想着韦尔奇和鲍姆，但我无法打起精神来分别给他们写信，因为我肯定要重复很多事才能给每个人找到特别之处），我又怎么会想要耽搁你的时间呢？你只须在我返回布拉格后，给我朗读你简短的日记中的段落，并附上解释，我就会彻底满意。你只须偶尔给我寄一张卡片，这样我就不至于孤零零一个人在田野上吟诵自己的信了。

你认为基希纳小姐[21]很蠢。她给我写了两张卡片，至少都来自德语语言下的一片天空。我逐字逐句抄写下来：

尊敬的卡夫卡博士先生！

对于您寄来的亲切的卡片和友好的纪念品，请允许我向您致以最诚挚的感谢。舞会上我玩儿得很开心，直到凌晨四点半才和我的父母一起回家。星期日在蒂尔福特[22]也很愉快。您问我收到您的卡片是否高兴，对此我只能答复，收到您的消息，我和我的父母都会很高兴。我喜欢坐在凉亭旁的花园里回忆您。您好吗？希望一切都好。

真心地祝愿您身体健康，来自我和我父母的亲切问候。

玛格丽特·基希纳

1912年7月13日

我已经完美地复制了它，包括签名。现在呢？首先考虑，这些句子从头到尾都是文学。因为如果不是我让她不舒服的话，那么在我看来，我对她而言无异于一口锅。但是，为什么她所写的正合我意呢？要是真的能将这个女孩和这些文字联系起来，那该多好！

你的卡片中没有提及《年鉴》。请简单告诉我有关韦尔奇的消息。替我轻轻拍拍他！问候陶西格小姐和鲍姆一家。

你的弗兰茨

不比七页日记少。

邮戳：哈茨堡-韦尼格罗德[23]火车站邮局，1912年7月18日

致：马克斯·布罗德博士先生　帝国邮局理念实习生　布拉格　帝国邮局
寄信人：弗兰茨·卡夫卡博士　哈茨地区荣博恩　施塔珀尔堡邮局

我亲爱的马克斯！从你的来信中我觉察到，你并不是很高兴。可是你怎么了？你正致力于《挪亚方舟》的写作[24]，并向前推进，在我的预想中，你让它变得如此可爱，以至于我想请你给我发一份它的副本。此外，你在罗沃尔特那儿已站稳脚跟。而李绍尔[25]对你的辱骂并不能动你分毫。或许你是在羡慕我？

我的主要烦恼是吃得太多。我像香肠一样把自己塞满，在草地上打滚，在阳光下膨胀。我有一个愚蠢的想法，就是想让自己变胖，从此就可以大体上治好自己。好像后者，甚至前者都有可能似的！疗养

院的良好效果在于，不管怎样我其实并没有损害我的胃，它只是变得迟钝了。而与之不相干的是，我书写的速度也比在布拉格时慢多了。相反，或者说此外，昨天和今天，一种为自己写作的自卑感浮现在心头，恐怕不会消失了。但没关系。我无法停止写作，这是一种欲望，它不会伤我分毫，它长在心底里，刻在了我的骨子里。

《年鉴》在你那儿吗？我不会称它为《阿卡迪亚》，因为到目前为止，只有小酒馆叫这个名字。 但是，一旦确定了这个名字，它很可能就会颇具说服力。

为什么你周日晚上独自一人坐在卢浮宫咖啡馆？你为什么不和鲍姆一起待在舍勒森[26]？那会更适合你。

我会给韦尔奇写信的，但是也替我向他传达一句问候。他的病很可能和他姐姐最近得的病类似？

保重，我亲爱的马克斯，不要悲伤！事实上，我现在过的生活在很大程度是为了躲避悲伤，但是我仍然愿意千万次地闯入其中，就像我几乎每天晚上在写作室那样，一个半小时中，我不写作，大多数时候独自一人闲坐着。这是荣博恩的理念之一，就是不允许在写作室内说话，在我看来，这其实比他的根本理念更重要。但是，还有一条命令或者说是迷信，九点钟必须关窗。大家还可以在那里待到差不多十点，但是，九点钟会过来一位姑娘——有时候我觉得，我就像是从八点钟开始等待这种女性气息——窗户关上了。一位手臂短小的姑娘，我必须帮助她。当医生在礼堂演讲时（一周三次），这里特别安静。面对这两种享受，我选择安静，尽管我也很愿意参加讲座。他最近解释了，腹式呼吸有助于生殖器官的生长和刺激，这就是为什么主要靠腹部呼吸的歌剧女演员都不检点的原因。但是也有可能是因为她们被迫用胸部呼吸。喜欢可以参考！

也问候大家。

你的弗兰茨

1912年7月17日

三份附件

邮戳：哈茨堡-韦尼格罗德火车站邮局，1912年7月22日

致：马克斯·布罗德博士先生　帝国邮局理念实习生　布拉格　帝国邮局　奥地利
寄信人：弗兰茨·卡夫卡博士　哈茨地区荣博恩　施塔珀尔堡邮局

我最亲爱的马克斯，我们又在玩不开心的孩子的游戏吗？一个用手指向另一个，重复着那些老话。你此刻对自己的看法是一种哲学上的情绪，而我对自己糟糕的看法不是一般的糟糕的看法。相反，在这种看法中存在着我唯一的优点，我为它在我的人生旅途中合理画出界线后，它会是我永远、永远不必质疑的一件事，它给我的内心带来了秩序，在我漫无头绪、望不见尽头、迅速坠落之时，给了我足够的安宁。你和我之间的距离是那么近，足以看透对方看法的依据。我已成功地完成了一些细节，对此感到非常开心，甚至会让你觉得过分——我还怎么继续握笔呢？我从来不是那种不惜一切代价执行某件事的

人。但就是这样了。我所写的东西是在温水沐浴中写下的，真正作家的永恒地狱我都还没有经历过，除了几次例外，尽管它们可能无限强大，但因为它们的稀有性及展现出的微弱力量，所以我把它们排除在外。

在这里我也写作，尽管很少，自哀自怨也乐在其中，虔诚的女人们就是这样向上帝祈祷的，但圣经故事中的上帝却有所不同。我现在所写的内容还远远不能向你展示，马克斯，你必须理解，就算是出于对我的爱。这些只是些与其说是交织在一起，还不如说是更多地串联在一起的小片段，在它们在希望中构成一个圆形以前，这些片段还会不断地直线发挥，之后，在某个瞬间，我会迎着这条直线去写，但一切都不会变得简单，很有可能的是，那个一直犹疑不定的我会变得毫无头绪。因此，只有在第一稿[27]完成后，我们才可以谈论它。

你没有让人用打字机把《方舟》[28]打出来吗？你真的不能寄给我一份副本吗？它的成功不值得一提吗？

韦尔奇还躺在床上吗？他真的被击垮了！我不给他写信，不给他写信。请告诉T.[29]小姐和韦尔奇，如果可能的话还有鲍姆一家，我爱他们所有人，而爱与写信无关。告诉他们，比起三封实际的信件，这种方式更好，也会更愉快地被接受。如果你愿意，可以这样做。

在我们合作的故事[30]中，除了细节之外，让我唯一感到愉悦的是周日坐在你身旁（当然排除绝望的时候），这种愉悦会立刻诱使我继续这项工作。但是你还有更重要的事情要做，即使只是尤利西斯[31]。

我没有任何组织方面的才能，因此我根本无法为《年鉴》想出一个标题。只是别忘了，现实会带来无法预测的影响，乏味甚至蹩脚的标题也可能会获得好评。

不要说反对社交！我也是为了人群来到这儿的，我很满意，至少这方面没有让我感到失望。我在布拉格到底过着怎样的生活？！我对人群的渴望一旦得到满足，就会转化为焦虑，只有在假期中才找得到出路，当然，我已经改变了一点了。另外，你没有仔细阅读我的日程安排表。直到八点我写得很少，但是八点以后什么也没写，尽管那时我感觉最自由。如果今天一整天我不是特别愚蠢地在舞会、打牌或是在花园闲逛中虚度的，我会就此多写点儿。我完全没去郊游！最大危险的是，我甚至看不到布罗肯峰[32]了。但愿你知道短暂的时光是如何流逝的！如果它像水一样清澈地流逝多好啊，但它却像油一样。

我将在周六下午离开这里（但非常希望到时能收到你的卡片），周日留在德累斯顿，并于晚上抵达布拉格。我不取道去魏玛，原因就是显而易见的懦弱。我收到了她[33]的一封短信，其中有她母亲的亲笔问候和三张随信附上的照片。在三张照片中可以看到不同姿态的她，与以前的照片相比，她的姿态无比清晰，她这么美！我去德累斯顿，就当是必须要去吧，我要参观动物园，我属于那里！

弗兰茨

1912年7月22日

九页日记。

马克斯，你知道这首歌吗：“永别了……”[34]？我们今天早上唱了这首歌，我已经抄写下来了。我非常小心地将副本保存了起来！多么纯粹又简单，每小节都由一个感叹号和一次点头组成。

另外还有旅行中被遗忘的一页。

风景明信片（哈茨荣博恩附近的埃克塔尔）

邮戳：哈茨堡-韦尼格罗德火车站邮局，1912年7月

致：奥托·布罗德博士先生　布拉格　莎乐胡同4号

休假结束前最后的问候。

您的弗兰茨·卡

邮戳：布拉格，1912年8月初

划掉的信头：鲁道夫·贾斯的疗养机构　荣博恩　哈茨

我最亲爱的马克斯：

在折磨了自己很久以后，我要停下来了。我现在无法完成，近期几乎都无法完成剩余的部分[35]。我现在无能为力，毫无疑问，在某个状态好的时刻我会完成它的，就因为如此你真要给我提出建议——理由何在，你就算了吧——在清晰的意识中去发表一些糟糕的东西，这会令我自己感到厌恶，就像《许配里翁》中的两个对话[36]。到目前为止，在打字机上所写下的东西可能确实不足以成为一本书，但是，难道这该死的自我强迫不比不去发表及那些烦心事更令人恼火吗？在这

些小片段中，有几处我想请一万名顾问，但是我阻止自己去这样做，除了你和我之外，我谁也不需要，并且很满足。告诉我，我是对的！这种无中生有和自寻烦恼长期以来一直困扰着我，带给我不必要的痛苦。只有到了临终之时，我才会对坏事情听之任之。告诉我，我是对的，或者至少不要怪我，这样你会让我安心，我又可以问心无愧地开始干其他事情。

你的弗兰茨

致马克斯·布罗德博士先生（非邮局寄发）

布拉格　1912年8月14日

早上好！亲爱的马克斯，昨天在那位小姐[37]的影响下我整理着这些小片段[38]，很可能出现某些愚蠢的结果，可能只是一个秘密、可笑的顺序。请再查看一下，我欠你太多的感谢了，这次也列入其中吧。

你的弗兰茨

里面还有一些小的打字错误，我现在刚读第一遍稿件清样就看到了。还有标点符号！但是也许校对这些差错还有时间。只是在这篇孩子的故事[39]中删掉这句“你们能有多了不起？”，然后在前面“真的”的四个字之后打一个问号。

致：埃尔莎·陶西格

信头：波希米亚王国工人意外事故保险机构

亲爱的埃尔莎小姐！十分感谢。这就是南部。读这些日记[40]时，我就已经开始热血沸腾了，尽管从日记的特性来说作用是微小的。

请简短地写信告诉我，何时何地可以见到您，我会与朋友们同去。我只是不想让您感到惊喜，没有让人愉快的惊喜——还有，哪天我们一起去看望那位老伯父[41]怎么样？因为马克斯不在我们身边，我们确实属于一体。

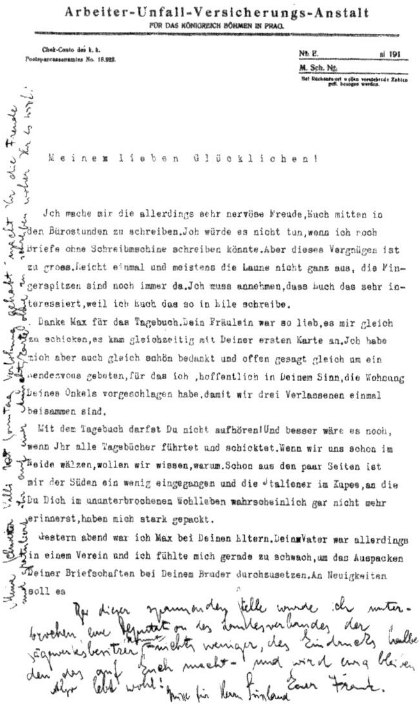

Arbeiter-Unfall-Versicherungs-Anstalt
FÜR DAS KÖNIGREICH BÖHMEN IN PRAG.

Chek-Conto des k. k. Postsparcassenamtes No. 16.923.

Nº E. al 191
M. Sch. Nº

Meinem lieben Glücklichen!

Jch mache mir die allerdings sehr nervöse Freude, Euch mitten in den Bürostunden zu schreiben. Jch würde es nicht tun, wenn ich noch Briefe ohne Schreibmaschine schreiben könnte. Aber dieses Vergnügen ist zu gross. Leicht einmal und meistens die Laune nicht ganz aus, die Fingerspitzen sind noch immer da. Jch muss annehmen, dass Euch das sehr interessiert, weil ich Euch das so in Eile schreibe.

Danke Max für das Tagebuch. Dein Fräulein war so lieb, es mir gleich zu schicken, es kam gleichzeitig mit Deiner ersten Karte an. Jch habe mich aber auch gleich schön bedankt und offen gesagt gleich um ein Rendezvous gebeten, für das ich, hoffentlich in Deinem Sinn, die Wohnung Deines Onkels vorgeschlagen habe, damit wir drei Verlassenen einmal beisammen sind.

Mit dem Tagebuch darfst Du nicht aufhören! Und besser wäre es noch, wenn Jhr alle Tagebücher führtet und schicktet. Wenn wir uns schon im Neide wälzen, wollen wir wissen, warum. Schon aus den paar Seiten ist mir der Süden ein wenig eingegangen und die Jtaliener im Kupee, an die Du Dich im ununterbrochenen Wohlleben wahrscheinlich gar nicht mehr erinnerst, haben mich stark gepackt.

Gestern abend war ich Max bei Deinen Eltern. Dein Vater war allerdings in einem Verein und ich fühlte mich gerade zu schwach, um das Auspacken Deiner Briefschaften bei Deinem Bruder durchzusetzen. An Neuigkeiten soll es

Euer Franz.

卡夫卡1912年9月18日的信

您忠诚的

弗兰茨·卡

布拉格，1912年9月18日

致：马克斯·布罗德和费利克斯·韦尔奇
邮戳：布拉格
到达邮戳：威尼斯，1912年9月23日
收信人：亲爱的马克斯·布罗德先生　里雅斯特附近玫瑰港（Porterose）
亚德里亚旅馆［转寄至：威尼斯　存局候领］
寄件人：弗兰茨·卡夫卡博士　布拉格　米库拉斯（Mikulašská）36号
信头：工人意外事故保险机构

我亲爱的幸运儿们：

在办公时间给你们写信，我既兴奋又紧张。如果我还能够在没有打字机的情况下写信的话，那我就不会这样做了。但是这种乐趣是不可抗拒的。通常情绪不够高涨，而手指却一直都在准备着的。我必须假设你们对此非常感兴趣，因为我写得如此仓促。

谢谢你的日记，马克斯。埃尔莎小姐真贴心，立即把它寄给了我，它与你的第一张明信片同时到达。我也立即好好地感谢了她，坦率地说，也立刻提议了一次会面，希望这也是你的意思，我建议去你伯父的公寓，这样我们三个孤独的人就聚在一起了。

你不能停止写日记！如果你们俩都写日记并寄过来，那就更好了。当我们已经嫉妒得辗转反侧时，我们想知道为什么。仅仅从那几页开始，我就开始对南方有所了解了，你一直生活在幸福之中，大概已经记不起火车车厢的那些意大利人了，他们给我留下了强烈的印象。

昨晚，马克斯，我拜访了你的父母。你的父亲去了俱乐部，那会儿我正好感到很虚弱，无法在你弟弟那儿处理你的信件。应该有一些新鲜事儿。

正在有趣之处，我被打断了。全国制材厂厂主协会的代表团来了，——无非是为了给你们留下深刻的印象——留下经久不衰的印象。

那么请保重！

你们的弗兰茨

问候苏斯兰先生[42]。

我妹妹瓦利星期日订婚[43]了，你们可以寄一张风景明信片去祝贺她，让她高兴一下，不要提你们怎么知道的。

邮戳：布拉格，1912年9月29日

致：马克斯·布罗德博士先生　帝国邮局理念实习生　布拉格　莎乐胡同4号
寄信人：弗兰茨·卡夫卡　布拉格　波尔斯基茨7号

最亲爱的马克斯，你到底在哪儿？我本想等你的时候在沙发上睡一会儿，但是既没睡着，你也没来。现在我该回家了，但明天上午我想要见到你。到十二点我都在办公室里，我不会说，你应该来办公室找我或来接我，但我还是想尽快见到你，或许你可以这样安排你的行程。但无论如何，我十二点以后就去你那儿。如果你可以待在家里——我会带你去阳光下散步。——鲍尔小姐向你致以问候，为此，我很高兴把我的嘴借给她。

弗兰茨

布拉格
约1912年10月1日

亲爱的马克斯——昨天我忘记了一件主要的事情：我们的电话。你无法想象我们多么急需它，至少在两周前，我最后一次去工厂时多么急需（我更经常在办公室了）。你知道，我想尽可能地减少失败的借口，实际上我还完全没有看到这种可能性，而我开始在我妹夫们的脸上瞥见这种可能性。

你的弗兰茨

布拉格

1912年10月7日到8日夜里

我最亲爱的马克斯：

从周日到周一的晚上我好好地写了一番[44]之后——我可以继续彻夜写作，从白天到夜晚，再到白天接着写，直到自己最后飘然而去——今天一定也可以好好写作——甚至已经完成了一页[45]，就是与昨天的十页一气呵成的——由于以下原因，我不得不中断：我的妹夫——那个工厂主——我因为陶醉在幸福之中几乎没有察觉，他今天早上启程去出差了，要去十到十四天。在此期间，工厂[46]实际上只由领班负责，没有任何投资者会像我父亲这样紧张，他怀疑现在工厂里的欺诈行为一定很猖獗。就此而言，我的想法是一样的，虽然更多的不是因为担心钱，而是出于消息闭塞和良心的不安。但实际上，按照我的想法，即使是一个未参股的人，也不会对我父亲焦虑的合理性产生怀疑，尽管我不应该忘记，我其实一点都没弄明白，一位在技术和组织业务方面都远远比我妹夫出色的德意志领班人，在我妹夫不在期间，他为什么不可能让一切正常运转，因为毕竟我们是人，而不是小偷。

现在除了领班，我妹夫的弟弟也在那儿，虽然他对生意以外的所有事务都一窍不通，甚至在生意方面也是半吊子，但他确实有能力，勤奋又认真，可以说是初生牛犊。当然他必须长时间待在办公室里，此外还要经营代理机构，为此，他必须半天时间在城里奔波，留给工厂的时间自然就少了。

最近，当我告诉你，现在没有什么东西可以干扰我的写作时（当然不是吹嘘，而是自我安慰），我就会想到母亲几乎每晚都向我哭诉的话：我应该时不时地去工厂看看，也使父亲安心，而父亲用他的目光和其他隐晦的方式已经向我表达了很多愤怒。这些恳求和责备在很大程度上并不是十分荒唐，因为内兄的监督肯定会给他和工厂带来很多好处，但是我——这里奠定了此言论不可避免的荒唐——即使在我最清醒的状态下也无法执行任何这样的监督。

但在接下来的两个星期中，这并不是真正的问题，因为这段时间真正需要的只是任意一双眼睛在工厂里转悠，甚至我的也可以。而这一要求正是针对我的，不允许对此有丝毫反对，因为在大家看来，我对建立工厂负主要责任——但我觉得，这一责任我肯定是在半梦半醒时承担下来的——而且除此之外，没有其他人还可以去工厂考察，因为我的父母本来也不在考虑范围内，而现在店铺又处于旺季（店铺生意在新的位置似乎也变好了），比如今天午饭，我母亲甚至都不在家。

今天晚上，我的母亲又开始了那套陈词滥调，除了暗示父亲的痛苦和疾病是我的责任外，还搬出了妹夫出差和工厂完全无人看管的新理由，而我最小的妹妹[47]，通常都站在我这边，最近与我感同身受，与此同时，她又抱着极大的让人不能理解的态度，在母亲面前背弃了我，这种苦涩——我不知道是否只是胆汁——贯穿了我的整个身体——我完全清晰地意识到，现在摆在我面前的只有两种可能性，要么等每个人都入睡后跳出窗外，要么在接下来的两周内，每天去工厂和我妹夫的办公室。第一个选择为我提供了抛下所有责任的机会，无论是被干扰的写作还是无人看管的工厂，第二个选择一定会打断我的写作——我不可能那么容易揉揉眼睛，就驱走十四个晚上的睡意——只给我留下憧憬，如果我的意志力和愿望足够强烈，可能会在两周后从今天中断的地方重新开始写作。

所以我没有向下跳，把这封信作为告别信的诱惑也没有那么强烈。（我对此的灵感朝另一个方向发展）我在窗边站了很长时间，身体顶靠在玻璃上，时不时会冒出让自己摔出窗外吓一吓桥上的收费员的念头。但是，我整个时间里都真实地感觉到，在石子路上将自己摔个粉碎的决心，让自己跌入正确决定的深渊。我也感觉到，活着给写作带来的干扰——尽管也只能，只能说干扰——要比死亡小。从小说的开始到推进它的两周之间，我待在工厂里，尤其是当面对心满意足的父母时，我会以某种方式将自己置于小说的最核心处，并在其中生活。

亲爱的马克斯，我把这件事摆在你面前，并不是为了听你的意见，因为对此你也不会有意见，但是由于我当时坚定地下定决心，不留一封告别信就跳下去——一个人临终之前当然有权感到疲惫——现在我要再次作为住户回到自己的房间了，所以我想给你写一封长长的重逢的信，这便是了。

现在再附上一个吻和一句晚安，所以明天我将按他们的要求成为工厂的老板。

你的弗兰茨

星期二十二点三十分

1912年10月

然而现在到了早上，我也无法掩饰这一点，我讨厌他们所有人，一个接一个，我想，在这两周中，我几乎无法给他们带去一句问候。但是厌恶——又反过来针对自己了——更多的是属于窗外的那些人，而不是安静地躺在床上的自己。我现在远远没有在夜晚时那么肯定。

布拉格
1912年10月15日

亲爱的马克斯，现在我给你寄去第二章[48]，没有我。这是自星期六以来我度过的唯一的美好时光。我不能去你那儿，因为我父亲身体不好，他希望我和他在一起。也许晚上我会去拜访你。

你的弗兰茨

明信片

邮戳：布拉格，1912年11月1日

致：马克斯·布罗德博士先生　帝国邮局理念实习生　莎乐胡同4号
寄信人：弗兰茨·卡夫卡博士　布拉格　波尔斯基茨7号

没什么，马克斯，没什么。

弗兰茨

明信片

邮戳：布拉格，1912年11月7日

致：马克斯·布罗德博士　帝国邮局理念实习生　布拉格邮局
寄信人：弗兰茨·卡夫卡 博士 布拉格　尼可拉斯大街36号

最亲爱的马克斯，那个人为什么会介入我们之间，隔了很久我应该与你单独见面谈一谈。他虽然可能会引起我的兴趣，只是因为我的信件中曾经提到过他，但是当我累得要死时，他不值得让我把自己从床上拖起来。所以，我九点才到Arco咖啡馆，得知你们已经离开了，我就转身回了家。你不工作吗？我很伤心，你的周围渐渐聚集了许多障碍：你必须用力挥舞一次手臂，以清理你周围的空间。你在《赫尔德报》[49]上发表的诗非常美。——那么我星期五去。

你的弗兰茨

1912年11月7日

邮戳：布拉格，1912年11月14日

致：马克斯·布罗德博士先生　帝国邮局理念实习生　布拉格　莎乐胡同4号
寄信人：奥特拉·卡夫卡[50]　尼可拉斯大街36号

［从头到尾包括签名和日期都是奥特拉·卡夫卡所写］

最亲爱的马克斯（信是在床上口述的，出于懒惰，这样在床上酝酿的信就能从同一个地方落到纸上），我只想告诉你，星期五我不会去鲍姆那儿朗读。目前，整部小说处于不确定状态。昨天我不得不强迫自己完成第六章，结果就是粗糙和拙劣：本应在章节里出现的两个人物让我排除在外了。在我写作的全部时间里，他们都在追着我跑，因为在小说中，他们就应该举起手臂并握紧拳头，由此他们也这样对我。相比于我写的内容，他们变得更有生命力。此外，今天我什么都没写，不是因为我不想写，而是因为我四顾茫然。而柏林[51]也杳无音信。但是还会有哪个傻瓜有所期待呢？在那里你说出了一个人出于善良、理智和感知所能说的极限[52]，即便有一位天使代替你打了电话，她仍然无法消除我那封恶毒信件的影响。好吧，星期天，柏林一家花店的信使将送出一封没有问候和签名的信。为了增加我日常的痛苦，我粗略浏览了第三章，发现我需要一种自己完全缺乏的力量来将这东西拖出泥泞。甚至这种力量也不足以克服我不愿意给你们朗读本章的现状。当然，我也不能跳过它，因此，别无选择，只能以两次善意来回应我的失信。 第一，不要生我的气；第二，自己朗读。

再见。（我还要和我的打字员奥特拉一起去散步。她今天晚上下班直接来我这里，而我现在像个老爷一样向她口述，而且还迫使她保持沉默，因为她一直在说她也要发表意见）这类信件的美妙之处在于，从结尾再往前看它变得不真实。我现在比开始写信时轻松多了。

你的弗兰茨

1912年11月13日

明信片

邮戳：布拉格，1912年11月14日

致：马克斯·布罗德博士先生　帝国邮局理念实习生　布拉格　莎乐胡同4号
寄信人：弗兰茨·卡夫卡　尼可拉斯大街36号

最亲爱的马克斯，我不知道你是否已经收到了我昨天的来信，无论如何，对主要事情的描述对于今天来说已经不正确了，一切都已变得难以想象的好。

弗兰茨

明信片

非邮局寄发也未写地址，奥特拉·卡夫卡按口述所写，约1912年11月16日

最亲爱的马克斯，我真不知道明天星期日我是否真要去你那儿，最多只是撒个谎而已，因为我畏惧你。我不能忍受你出发[53]前一晚的表情。我现在总是睡到八点四十分，而我今天还委托别人七点钟叫醒我，他们确实在七点钟叫我了，因为当我终于在八点四十分醒来时，恍惚间能记起。但是，比起令我恼火的清晰的梦，这种叫醒并不会打扰我（例如，昨天，我与保罗·埃恩斯特[54]进行了激烈的交谈，谈话连续不断，他很像费利克斯的父亲。从明天开始，他每天都会写两个故事。）。两天以来，我没有收到一封信，我的两张卡片和一封信你都没有回复，尽管这两者都不难解释，我之所以提及这一点，是因为我没有为自己的不守时找到更好的借口。

弗兰茨

1 9 1 3

风景明信片［布拉格庭院，罗德卡街（Lodecká）］

邮戳：布拉格，1913年2月4日

到达邮戳：蒙特卡洛（Monte Carlo），1913年2月7日

致：马克斯和埃尔莎·布罗德

收件人：马克斯·布罗德博士先生　蒙特卡洛[1]　存局候领　1913年2月4日

亲爱的诸位，我不需要守夜人[2]，我自己就是一个守夜人，在黑暗中游荡，昏昏欲睡，寒冷至极。你们在那儿经常享受阳光下的温暖吗？请为我寻一个适合夏季或是秋季生活的地方，在那儿我可以吃素，保持健康，独自一人也不会感到被遗弃，甚至一个榆木脑袋也可以学习意大利语，总之，寻一个似镜花水月般美好的地方。保重。非常想你们。

弗兰茨

风景明信片［布拉格庭院，山羊胡同（Ziegengasse）］

邮戳：布拉格，1913年2月14日

致：马克斯和埃尔莎·布罗德

收件人：马克斯·布罗德博士先生　圣拉斐尔（St.Raphaël）　存局候领　里维埃拉

寄信人：弗兰茨·卡夫卡　尼可拉斯大街36号

就在几天前，我意识到你们将离开十八天。太久了！简直没有尽头。你们至少记日记吧？如果你们至今还没写，那么今天在海边找个地方坐下来，一起写下有关到目前为止的旅程，即使要从早上写到晚

上。我告诉你们，除非你们这样做，否则我们之间将会发生战争。还有尽快回来！

弗兰茨

明信片

邮戳：布拉格，1913年4月3日

致：马克斯·布罗德博士先生　帝国邮局理念顾问[3]　布拉格　帝国邮局
寄信人：弗兰茨·卡夫卡博士　布拉格　波尔斯基茨7号

最亲爱的马克斯：

要是即便没有充分的解释也不会显得太过愚蠢就好了——我该如何组织语言做出充分的解释！——我会直接说，我就是这样，尽量不要被别人看见——那会是最准确的答案。以往，如果没有地方可去，我至少可以赖在办公室，但是今天我意识到，如果我仅仅遵循自己内心的欲望，我的顾虑本就很少，那没有什么比我跪在老板的脚下，恳求他不要解雇我更好的了，我要以人道主义为由恳求他（我找不到其他理由，幸运的是，今天周围的人显然对这件事有不同的看法）。想象一下，例如，我躺在地板上，活像一块切好的烤肉，然后用手慢慢将这块肉推给角落里的狗——这样的想象给我的大脑提供了每日的养料。昨天我给柏林写了赤裸的告白[4]。她是一位真正的殉道者，很显然，我正在破坏她以前赖以生活、与世界幸福和谐相处的根基。

我今天本想来的，最亲爱的马克斯，只是我有一个重要的事情。

我要去努斯莱[5]那里找一个菜园，争取下午在那儿兼职。那我明天去你那儿，马克斯。

弗兰茨

1913年4月3日

风景明信片［卢加诺（Lugano），菲斯特海景酒店（Pfister-Belvedere am See）］

邮戳：布拉格，1913年5月14日

致：马克斯·布罗德博士先生　帝国邮局理念顾问　布拉格　帝国邮局

最亲爱的马克斯，我明天必须去奥西格[6]，还要做准备，想早点儿上床睡觉。反正讲述我在柏林[7]所做的事情永远不会太晚。

弗兰茨

风景明信片（汉堡，伦巴第大桥与城市）

邮戳：布拉格，1913年5月31日

致：马克斯·布罗德博士先生　帝国邮局理念顾问　布拉格　帝国邮局

亲爱的马克斯，如果你不去日报社，那篇文章[8]就毫无希望了。至少我的印象是这样。所以拜托，拜托！

弗兰茨

明信片

邮戳：布拉格，1913年7月14日

致：弗兰茨·卡夫卡博士先生　布拉格　波尔斯基茨工人意外事故保险机构
寄信人：布罗德博士　布拉格邮局

亲爱的弗兰茨：

容克的书到了。我没有从沃尔夫那里订购任何东西。——我应该把书给你放在哪里？我暂时将它们留在办公室，因为现在（直到星期五），我总是去波德巴巴[9]。或许你上午来一下办公室，然后我下午去波德巴巴。

沃尔夫问候你。《司炉》[10]进展顺利。

再见。

马克斯

风景明信片［里霍博斯殖民地（Rehoboth）］

邮戳：维也纳，1913年9月9日

致：马克斯·布罗德博士先生　理念顾问　布拉格　帝国邮局

亲爱的马克斯，肆虐无情的失眠，不敢把手放在眉毛间，高温会让我惊慌。当一切发展到最有趣的时候，我却逃离这一切，逃离文学，逃离代表大会[11]。问候大家。

弗兰茨

邮戳：威尼斯，1913年9月16日

致：马克斯·布罗德博士先生　理念顾问生　布拉格　帝国邮局
信封背面印着：威尼斯　桑德维斯（Sandwirth）酒店
信头：议会大楼（维也纳）　1913年9月16日

我亲爱的马克斯：

我无法持续地撰写任何连贯的文章。我希望最好能将维也纳的那些日子从我的生命中拔掉，而且要连根拔掉，那只是一场无谓的追逐，很难想象还有什么比这样的大会[12]更无用的了。坐在犹太复国主义代表大会上，我感觉自己就像身处一个完全陌生的活动，周围的人让我感到局促不安、心烦意乱（此刻，一个年轻人和一个英俊的船夫正透过窗户往里瞧），虽然我刚刚没有向代表们扔纸团，就像对面画廊里的一个姑娘[13]一样，但我已足够绝望了。至于那个文人圈子[14]，我对他们几乎一无所知。我只同他们见过两次，虽然在某种程度上他们给我留下了深刻的印象，但基本上我不喜欢他们中的任何一个，也许除了斯托辛格[15]，他碰巧在维也纳，他讲话干净果断，还有 E. 魏斯[16]，他也是同样亲切。有很多关于你的话题，尽管你可能对这些人有“第谷体系”[17]的想象，但人们还是不约而同地聚集在桌子旁，所有的人都是你的好朋友，提及你的这本或那本书，一直赞不绝口。我并不是说，这具有一点价值，我只是想说明当时的情况。有关细节我当然还可以向你描述。如果有人提出异议，那仅仅是因为你的视野太广阔，你得忍受这些呆滞的眼睛。

但是所有的一切都过去了，我现在在威尼斯。如果我不是迈着那么沉重的步伐，而且又是那么悲伤，我内心怎么会有足够的力量让自己不沦陷在威尼斯。这个城市多么美丽，我们太低估它了。我将在这里多待些日子，比原定的要久一些，独自一人在这里很好。将P.[18]留在维也纳后，长期以来一直对我不利的文学，再次想起了我。过去的经验告诉我，我只能和你一起旅行，或者退而求其次，独自旅行。

弗兰茨

邮戳：里瓦（Riva），1913年9月29日

致：马克斯·布罗德博士先生　帝国邮局理念顾问　布拉格　帝国邮局
信头：加尔达湖　里瓦　哈特恩博士的疗养院[19]和水疗机构　1913年9月28日

我亲爱的马克斯，你的两张明信片我都收到了，但却没有力气答复你。不答复有利于创造一种宁静，而我最大的愿望就是深陷那片宁静中，不再出来。我多么需要独处，每次谈话都玷污了我！在疗养院里我的确一言不发，吃饭时我坐在一位老将军（他也一言不发，但在他决定开口时，说出的话都很明智，至少和其他人比起来是这样）和一个看上去像意大利人的瑞士小姑娘[20]中间，小姑娘声音低沉，她因有这样的邻座而很不开心——但是我刚刚注意到，我不仅不能说话了，而且不能写东西了，我有千言万语要对你说，但我无法将它们拼凑在一起，或者是方向把握得不对。实际上，大约两周以来，我什么都没写，我没记日记，也没写信，时光的流逝越淡泊越好。我

不知道，但是我想，要是今天没有人在船上跟我搭话（我在马尔切西内[21]），而我没有向他承诺今晚去巴伐利亚庭院，我就不会坐在这儿，也不会给你写信了，我就会真的跑到集市广场上去了。

除此之外，我过着相当合理的生活，也休养得很好，从星期二开始，我每天还去游泳。唯独有一件事要是不再纠缠我就好了，我就不必一直思考它，它也不会时不时地像一团生动的火球一样向我扑来，大多数是早上起床的时候。然而，这一切都非常清晰，并且在过去的两周已经结束了[22]。我不得不说我无法做到，真的不能。但是，为什么我突然毫无缘由地想到此事，一念及此，心中又如此不安，就像在布拉格那段最糟糕的时光。但是，如果信纸不在我面前，我就无法写下，是什么让我感到如此恐惧，又如此清晰。

除此之外，没有任何意义，我只是继续在这些洞穴中四处转悠。你可能会认为是孤独和沉默赋予了这些想法带来了威慑性的力量。但是事实并非如此，对孤独的需求是独立存在的，我渴望孤独，新婚旅行的想法使我感到恐惧，每对新婚情侣，无论我是否将自己与这种关系联系起来，都让我看上去作呕，当我想恶心自己时，我只须想象将手臂环绕在女人后腰的情景。所以，你看到了——尽管如此，尽管如此一切都结束了，而且我不再写任何信，也没有收到任何信，尽管如此我也无法解脱。因为一切的不可能性在我的想象中也像现实中一样聚在一起。我不能和她一起生活，没有她我不能生活。通过这样一种尝试，我的存在被彻底地揭示了，直到现在它至少部分地被仁慈地遮盖起来 。我应该被鞭子赶进沙漠里去。

你不知道在这种情况下，你的卡片给我带来了多少快乐。你正在推动《第谷》[23]（我无法相信它已经停滞了），而赖因哈特[24]正在考虑《告别》！如果我想用自己的深邃来驱赶你的紧张不安，那真的是荒唐可笑。你自己会很快地彻底地解决的。问候你亲爱的妻子和费利克斯（这封信也写给他们，我无法写信，也不渴望你或他们的答复）。

弗兰茨

回程的路上我会在慕尼黑待一天，如果你有什么差遣（不能是太正经的事儿），写信给我。这将是我在慕尼黑所做的唯一有用的事情。

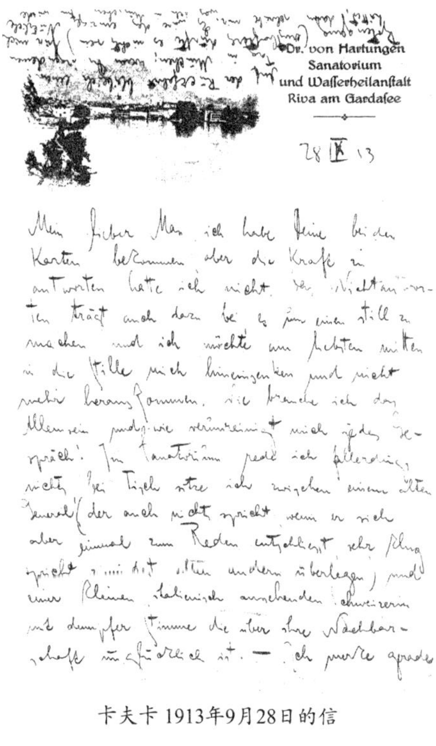

Dr. von Hartungen
Sanatorium
und Wasserheilanstalt
Riva am Gardasee

28 IX 13

Mein lieber Max ich habe Deine beiden Karten bekommen aber die Kraft zu antworten hatte ich nicht. Das Nichtantworten trägt auch dazu bei es um einen still zu machen und ich möchte am liebsten mitten in die Stille mich hineinversenken und nicht mehr herauskommen. Wie brauche ich das Alleinsein und jedes Gespräch verunreinigt mich! Im Sanatorium rede ich allerdings nicht. Bei Tisch sitze ich zwischen einem alten General (der auch nicht spricht wenn er sich aber einmal zum Reden entschließt sehr klug spricht, zumindest allen andern überlegen) und einer kleinen italienisch aussehenden Schweizerin mit dumpfer Stimme die über ihre Nachbarschaft unglücklich ist. — Ich merke gerade

卡夫卡 1913年9月28日的信

信头：布拉格邮局
1913年11月26日

亲爱的弗兰茨：

你完全成了隐形人了！——昨天在艾伦费尔斯那儿[25]，谁缺席没来？

我每天下午都在家里，如果你来，我会很高兴。——但是，你无论如何得安慰我，因为我无比担心康科迪亚大厅[26]周日空无一人，至少你得与我谈谈这个计划。

你的马克斯

明信片

邮戳：布拉格，1913年12月5日

致：弗兰茨·卡夫卡博士先生　布拉格　波尔斯基茨工人意外事故保险机构
寄信人：布罗德博士　布拉格　邮局

亲爱的弗兰茨：

周六，八点半，露赛娜。

票已帮你买了！

请准时来！我带上《桨帆船》[27]。

你的马克斯

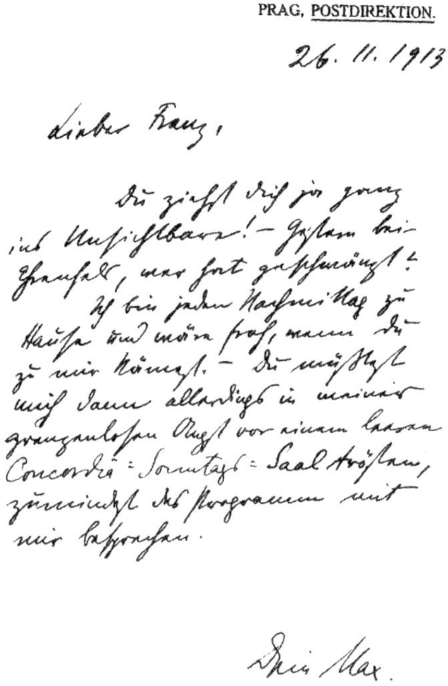

PRAG, POSTDIREKTION.

26. 11. 1913

Lieber Franz,

Du ziehst Dich ja ganz ins Unsichtbare! – Gestern bei Ehrenfels, war fort geschwänzt! – Ich bin jeden Nachmittag zu Hause und wäre froh, wenn Du zu mir kämest. – Du müsstest mich dann allerdings in meiner grenzenlosen Angst vor einem leeren Concordia-Sonntags-Saal trösten, zunächst das Programm mit mir besprechen.

Dein Max.

布罗德1913年11月26日的信

1914

布拉格

1914年2月6日

我亲爱的马克斯：

我坐在家里，牙痛，头也痛，在过去的半小时里，我坐在昏暗、闷热的房间里，在桌子的一角吃饭，之前的半小时我靠在炉子边上，再之前躺在扶椅上半小时，再早些时候，我在炉子和扶椅之间徘徊了半小时，现在我终于要挣脱出这种状态，从中脱离出来。其实是因为你，马克斯，如果没有下定决心给你写信，我也没有力气去点燃煤气。

你要把《第谷》献给我[1]，这是很长一段时间以来第一件直接关系到我的乐事。你知道这样的献词意味着什么吗？意味着要将我抬高，附加到《第谷》上，而它比我生动多了（即便这只是一个形式，但它闪烁的微光仍然在现实中温暖着我）。环绕着这个缘故，我变得多么渺小！但是我多么高兴能把它视作属于我的！一如既往，马克斯，你对我的好超出了我所应得的。

你这么容易就理解了哈斯[2]的文章吗？包括每个外来词吗？如果他证实了你平时的观点，那么可能已被他深深震撼的Fikher[3]（其名字肯定不是这么拼的）做何感想呢？

你完全不应该把我的地址给穆齐尔[4]。他想要什么？他或是其他人想要从我这里得到什么？他又能从我这里得到什么？

好吧，现在回到我的牙痛上。已经三天了，牙痛不断加剧。直到今天（昨天我在牙医那儿，他什么也没发现），我才能够确定是哪颗牙齿。当然是牙医的责任，疼痛的根源来自一颗补过的牙，就在填充物下面。天知道那底下在折腾什么呢。我下面的腮腺也肿了。

我明天不太可能去凡塔[5]那儿了。我不愿意去。你不写信告诉我，下周什么时候可以给我朗读吗？显然，我认为，现在涉及《第谷》我就有权发号施令了。

弗兰茨

1914年2月6日

致马克斯·布罗德和费利克斯·韦尔奇

1914年7月底

信头：马瑞利斯特[6]

亲爱的马克斯，亲爱的费利克斯：

这封信写迟了，对吗？但是听我说发生了什么。我解除了婚约[7]，在柏林待了三天，那里每个人都是我的好朋友，而我也是每个人的好朋友，另外，我清楚地意识到，这样是最好的，因为它的必要性已经变得如此明确，所以我面对这件事时，并没有你们可能想象的那么不安。但是其他事情进展并不顺利。然后，我去了吕贝克，在特拉弗明德游泳，魏斯博士[8]要来吕贝克见我，他要去往那个丹麦海滨浴场，因此，我没去格列申多夫[9]。那是一个相当沉闷的海滩，上面有几个非常典型的丹麦人。我放下了显然导致我解除婚约的固执己见，几乎只吃肉。结果是感到很恶心，在可怕的夜晚之后，清晨醒来，张开嘴巴，感觉这具受虐待和受惩罚的身体在我的床上，陌生又令人憎恶。在这里我完全没有得到休养，但分散了自己的注意力。魏斯博士和他的女友[10]在这里。星期六夜里我可能会回到布拉格。

问候所有亲爱的女士们和新娘。

弗兰茨

1 9 1 5

布拉格
约1915年3月

亲爱的马克斯，我无法更早完成。我一直躺在床上直到深夜一点十五分，无法入睡，也没有感到特别疲惫。

这是手稿[1]。我突然想到，现在布莱不在《白皮书》了，我们是不是能试着不把故事发到《白皮书》？什么时候出版我都无所谓，不管明年还是后年。

我不带冯塔纳[2]，把这本书带去旅途，对我来说太感到不安了。所以等你们回来，我会给你们带塞波尔[3]。阅读它，哭泣吧！

马克斯，不管你在德国哪儿看到了法国报纸，请帮我带一份！我出钱。

最后，不要忘了你可以在柏林和图林根森林之间做选择，而柏林就只是柏林，但是在图林根森林你可以推进《新基督徒》[4]，而现在正是它崭露头角的关键时刻。

那么你们保重！

弗兰茨

1 9 1 6

两张明信片

邮戳：玛丽亚温泉市[1]，1916年7月5日

致：马克斯·布罗德博士先生　帝国邮局理念顾问　布拉格　帝国邮局
寄信人：弗兰茨·卡夫卡博士　玛丽亚温泉市　巴尔莫勒尔城堡（Balmoral）

亲爱的马克斯，我在玛丽亚温泉疗养地。自我们分别以来，这场分别对我来说似乎持续了太长时间，要是我在这期间开始写作的话，那么将会是一发不可收拾的混乱。只有临别的前几天：要离开办公室的幸福使得我的头脑异常清晰，几乎完成了所有工作，留下的一切都井然有序，堪称楷模。如果我要永远离开办公室，那我已经准备好了，在听了六个小时的使唤后，再跪着打扫整个楼梯间，从阁楼到地下室每一级楼梯都表明我要离开的感激之情。但是第二天，头痛欲裂，姐夫的婚礼，为此我周日上午还得继续留在布拉格，不过是童话复制品的婚礼仪式，几乎亵渎神灵的婚礼布道："以色列啊，你的帐篷如此华美？"及诸如此类的话。与白天的心情相吻合的还有一个可怕的梦，它的奇怪之处在于，梦中并没有什么可怕的事情发生，只是在街上与熟人的一次日常碰面。细节我完全想不起来了，但我觉得你不在。可怕的是我面对其中一位熟人时留下的感觉。我以前可能从未做过这样的梦。——然后去玛丽亚温泉地，可爱的菲莉丝在车站接了我，尽管如此，我在院子里一个丑陋的房间里度过了一个令人失望的晚上。但是话又说回来，第一晚总是令人失望。星期一我会搬到一个极其漂亮的房间，我现在居住的地方不亚于"巴尔莫勒尔城堡"。在这里我会努力完成我的假期，开始应对头痛，虽然到目前为止效果甚微。菲莉丝让我向你们致以最诚挚的问候。

弗兰茨

明信片

邮戳：玛丽亚温泉市，1916年7月8日

致：马克斯·布罗德博士先生　帝国邮局理念顾问　布拉格　帝国邮局
寄信人：弗兰茨·卡夫卡博士　玛丽亚温泉市　巴尔莫勒尔城堡

亲爱的马克斯，在泰普拉[2]待了几小时。在田野里，逃离大脑的错乱和夜晚的疯狂。我怎么是这样的人！我怎么是这样的人！把她和自己都折磨得要死。

弗兰茨

明信片

邮戳：玛丽亚温泉市，1916年7月9日

致：马克斯·布罗德博士　帝国邮局理念顾问　布拉格　帝国邮局
寄信人：弗兰茨·卡夫卡博士　玛丽亚温泉市　巴尔莫勒尔城堡

亲爱的马克斯，非常感谢你的来信。《每日评论》中的批评[3]确实令人感到惊讶，《第谷》在多大范围上牵动着世界啊！此外，这是他们在当地书店向我推荐的第一本书，因为卖得很好。我只读了一点《圣经》，别的什么也没读。但是我们常在外面转，总是在雨中，偶尔有些阳光。奇怪的是，你看今天在泰普拉，天色本来惨淡得令人极度失望，昨天和前天也是如此，但是下午突然变得阳光明媚、风和日丽。然而，云却没有消失，它们怎么会消失呢。下次详谈——请给我奥托[4]的地址——需要诺瓦克[5]的一幅画作为我父母的结婚周年礼物。可以出100到200克朗。你能帮我和他协商吗？他会卖得这么便宜吗？——明天再给你写信。

最诚挚的

你的弗兰茨

邮戳：玛丽亚温泉市，1916年7月12日到14日

信头：巴尔莫勒尔城堡和奥斯本庄园（Osborne）

最亲爱的马克斯——不能一拖再拖了，今天详细地回复你，因为这是我与菲莉丝在一起的最后一个晚上（或者说倒数第二个，因为明天我将陪她去弗朗齐歇克矿泉村[6]探望我母亲）。

用铅笔写明信片的那个上午（我是在大厅里写的，这是一个极好的场所，大家带着轻微的烦躁互相打扰，让彼此紧张不安），标志着一系列可怕日子的结束（但是其中还有很多过度的地方使我无法理解），还有一系列被可怕的夜晚催生出来的那些日子。看来老鼠真的被赶到了最后一个洞穴。但是，情况现在开始变好，不会变得更糟了。被我自己紧捆在身上的绳索至少变得松动了，她的手一直伸向那双无尽空虚寻求帮助的双手，给我提供了帮助，我就此找到出路，我与她走入了一种人与人之间迄今为止对我来说还陌生的关系，这一关系获得了它所应有的价值，这是一个男通信人与女通信人在最美好的时间里所能建立的关系。基本上来说，我从未与女人如此亲密无间，如果我排除那两次情况，一次是在楚格曼特尔[7]（但那时她是一个女人而我是个男孩），一次是在里瓦[8]（但那时她还是半个孩子，而我浑浑

噩噩，遍体鳞伤）。但是，现在我看到一个女人充满信任的眼神时，我不能不加理睬。某些东西被撕裂开了，那是我想永远保留的（无关个人，而是一个整体），我知道从这道裂缝中将出现超过一生所能承受的不幸——但它不是被惹出来，而是被强加的。我无权阻止它，特别是因为，如果没有发生正在发生的事情，我会全力以赴，只为再看到那样的眼神。那时我还完全不了解她（但除了其他疑虑外），对那位写信者真实性的恐惧完全阻碍了我，当她在那个大房间里向我走来，准备接受订婚之吻时，一阵寒战流过我的全身，与我父母一起的订婚之旅，每一步对我来说都是极大的酷刑，我害怕婚礼之前与菲单独在一起，我还从未如此害怕过任何事。现在，一切都改变了，而且很好。我们的协议简单来说就是：战争结束后不久结婚，在柏林某个郊区租一套拥有两到三个房间的公寓，各人承担各自的经济费用。菲会继续工作，就像她现在这样，而我，至于我，还不好说。如果要直观地描绘一下这种关系，就会看到这样的景象：卡尔斯霍斯特[9]某处有两个房间，一个房间里，菲起得很早，离家，晚上疲惫地倒在床上；另一个房间里有一个沙发，我躺在上面，以牛奶和蜂蜜为食。这样一个不道德的男人躺在那儿，伸着懒腰（就像陈词滥调一样）。然而——这样一来就有了安宁，确定性和生活的可能性。（回头看来，这些都是很强有力的词，用柔软的笔很难持续写下去。）

就目前而言，我不会写信给沃尔夫，因为并不那么紧迫，他也没有紧迫感。后天，我将一个人待着，然后（到下周一如果我都有时间）我想。

我本想稍做修改——这期间又从星期三变成了星期五。我和菲在弗朗齐歇克矿泉村，在母亲那儿，瓦莉也在，菲现在走了，我一个人。自从泰普拉的那个上午，我度过了如此美好而轻松的日子，我简直不敢想象还能过上这样的日子。当然，中间还有一些阴暗的日子，但主要是轻松和美好，即使有我母亲在场，这样的日子是如此不寻常，不寻常得令我生出恐惧。现在——

在酒店里的人给我带来了一个令人不愉快的惊喜，不管他们是有意的还是无意的，他们搞错了，将我的房间分配给了别人，然后把菲的房间给了我，那里很不安静，房间的两边都有双人房，简陋的门，没有窗户，只有一个阳台。但是我无法下定决心寻找其他的住所。不过，正当我写这封信时，电梯门砰的一声关上了，一阵沉重的脚步走向其他的房间。

回到沃尔夫：我暂时不给他写信。毕竟出版三篇中篇小说集[10]并没有什么好处，其中两篇已经出版了。我最好先保持沉默，直到我有新的、完整的东西能够呈现。如果我无法做到这一点，那么我更愿意永远保持沉默。

这篇日报上的文章[11]——想想：去吧！枢密官——我随信附上，请帮我保存。它是亲切的，并且恰好在我们觉得我们的脑袋即将爆炸的那一刻，它被放在了艾格兰德餐厅[12]我们的桌子上，让这种亲切更进一层。这真的是上帝的恩赐。我想感谢枢密官，也许真会这样做。

对于你的收藏[13]，我虽然不赞成，但可以理解，为你寄去两张图片。此外，它们的特别之处在于，两者都在倾听，梯子上的观察者和俯身读书的学生。（有人在这扇简陋的门外用力跺脚！至少，至少这个孩子没有打扰这位学生。）

九千到一万四千册[14]！恭喜你，马克斯。也就是说，整个世界都在享用它。特别是在弗朗齐歇克矿泉村，《第谷》摆在各个书店。昨天，我碰巧读了《每日评论》，一个叫格塞利乌斯的书商登了这本书的广告。你可以把那篇评论[15]寄给我吗？

我再次重复一下我的两个请求：奥托的地址和买花。我还有第三个请求。你能给菲莉丝寄一份犹太人民之家[16]的宣传册吗？（她的地址：技术工作坊，马库斯大街52号，柏林O-27）。我们说到了此事，她非常想要一份。

你一直偏爱《理查和塞缪尔》[17]，我知道。那是一段非常美好的时光，为什么一定要是好的文学呢？

你在忙什么？从星期二起你一周都在布拉格吗？这封信当然可以给费利克斯看，但不能给妻子们看——

你的弗兰茨

邮戳：玛丽亚温泉市，1916年7月18日

信头：巴尔莫勒尔城堡和奥斯本庄园
空白处：又在繁忙的大厅，它吸引着我

亲爱的马克斯，谢谢你的消息[18]，这个消息是在我头痛的那天到达的，本以为我的头不会这么痛了，至少不是在这儿。不过吃过饭后我还是立刻跑去了那里。

我会尽可能地描述全局，我只能讲述所看到的一切，更多的就不可能了。但实际上，人们所看到的只是一些最琐碎的事，而在我看来，它们的确是可描述的。对于最愚蠢的人来说，它们也是符合真相的。我们用肉眼所能看到的不会比那些琐碎的事更多，而真相正在其中。

刚开始我找不到朗格[19]。那个地方大大小小的几栋建筑物全部挤在一个高坡上，把它们连成一片，这些房子都属于一个房主，只能通过半地下楼梯和通道进入其中。房屋的命名也让人混淆：金殿、金碗、金钥匙，而有些房子却有两个名字，前面的有一个，后面的有一个，修复过的房屋名字又与其他相关的房屋名称不符，因此刚去的人找不到路。但是后来有了一些头绪，这是一个小社区，按社会阶层规划，并被两座宏伟、典雅的建筑——国家饭店和佛罗里达饭店围住。名字叫金钥匙的房屋是最寒酸的一栋。但是那儿没有人认识朗格。过了一会儿，一个女孩想起了一些住在阁楼上的年轻人，如果我在找的是布拉格白兰地经销商的儿子，我可能会在那儿找到他。不过他现在可能和佛罗里达州的克莱恩先生在一起。我正往那里去时，他从大门

出来了。

现在我不打算写他说了什么，只写下我所看到的。

每天晚上七点三十分或八点，拉比[20]乘马车出去散步。他的马车缓慢地驶入树林，他的一些随从步行跟随。到达树林后，他基本上都在固定地点下车，与随行人员沿着林间小道走来走去，直到夜幕降临。大约十点钟他回到家中祷告。

因此，我大约七点三十分来到拉比住的国家饭店门前。朗格在那儿等我。即便现在是雨季，这场雨也下得异常的大。在过去的两周中，这个时间段似乎没下过雨。朗格坚持认为雨一定会停，但它没有，反而下得更大了。朗格说，拉比外出期间只下过一次雨，而且到达树林后立刻就停了。这次却一直没停。

我们坐在一棵树下，看到一个犹太人拿着一个空的苏打水瓶从屋里跑出来。朗格说，他正在为拉比打水。我们也加入了他。按拉比的规定，他应该在鲁道夫泉打水。可惜他不知道泉水在哪里。我们在雨中走着，有点儿迷路了。遇到的一位先生给我们指了路，但他告诉我们，所有的泉水处都会在七点关闭。“泉水怎么会关闭呢？”打水人认为，我们去了那里。事实上鲁道夫泉确实已经关闭，正如我们从远处看到的那样。尽管如此我们还是走到跟前，但情况并不会因此而改变。“那就在安布罗修斯泉打水。”朗格说，“那里总是开放的。”打水人非常赞同，我们就去了那里。事实上，那儿还有女人在洗玻璃杯。打水人难为情地走近台阶，转动着已经灌满雨水的瓶子。女人们生气地阻止了他，当然这儿的泉水从七点钟起也已经关闭了。所以，我们往回走。在路上我们遇到了另外两个犹太人，他们早就引起了我的注意，他们像一对恋人一样并排走着，愉快地看着对方，微笑着，一个人的手伸进后面很低的口袋里，另一个人看上去更有些都市派头。他们紧紧地挽着手臂。我们告诉他们泉水关闭的事，这两个人不能理解此事，打水人此时再次表示不理解，所以他们三个独自去往安布罗修斯泉。我们继续往国家饭店走，打水人又追上我们，跑到我们前面，气喘吁吁地喊道："泉水真的关闭了。"

为了避雨，我们想躲进酒店的前厅，这时朗格突然跳回来，站到一边。拉比来了。没有人可以站在他的面前，他前面必须始终畅通无阻，这并没有那么容易遵守，因为他经常突然转身，在人群中迅速地闪避并不容易。在他的房间里，情况应该更糟，那里十分拥挤，以至于会置拉比本人于危险之中。最近，据说他大喊："你们是哈西德吗？你们是杀人犯。"这一举止行为让一切都显得很庄重 ，表面上看，拉比为所有人的何去何从承担着责任（他无须开路，因为他的左右两边都有人。）。为了不挡住拉比的视线，这群人不断重新地变换着队伍。

拉比看起来像我童年时常看的多雷[21]画的敏豪森故事中的苏丹[22]。但不是化装舞会中的，而是真正的苏丹。不仅是苏丹，还有父亲、小学老师、中学教授等。他的背影，手放在腰间的样子，转身时宽大的背部——都传递出信任感。如我所料，在这群人中，每个人的眼里都能看到这种平静、开心的信奈。

他身高中等，身材相当宽，但是行动并不迟缓。长长的白胡须，鬓发异常的长（他也喜欢其他人这么做，他对任何有长鬓发的人都很有好感，因此，他称赞了两个孩子很漂亮，一位父亲牵着他们的手，但拉比所指的漂亮仅仅是孩子们的长发）。拉比的一只眼睛瞎了，很空洞。他的嘴歪斜着，使他看起来既讥讽又友善。他穿着丝绸的长衫，前面敞开着，腰间一条粗腰带，一顶高大的裘皮帽，这让他看上去格外引人注目。还有朗格说的白色长袜，白色长裤。

在离开酒店之前，他把银色拐杖换成了雨伞（雨还在下，势头不减，到十点三十分还没有停）。现在散步开始了。这是他第一次不乘马车外出，显然，他不希望让人在倾盆大雨中跟他前往树林。大约有十个犹太人在他身后和两边。其中一个人拿着银手杖和椅子，拉比可能一会儿要坐下，一个人拿着用来擦干椅子的布，一个人拿着拉比喝水时用的玻璃杯，还有一个人（施勒辛格尔，一位来自普雷斯堡的富有的犹太人）拿着一瓶鲁道夫泉水，显然，这水是在商店买的。在随行人员中，有四个Gabim[23]（类似这样写）扮演着特殊角色——他们是拉比的“亲密朋友”、雇员、

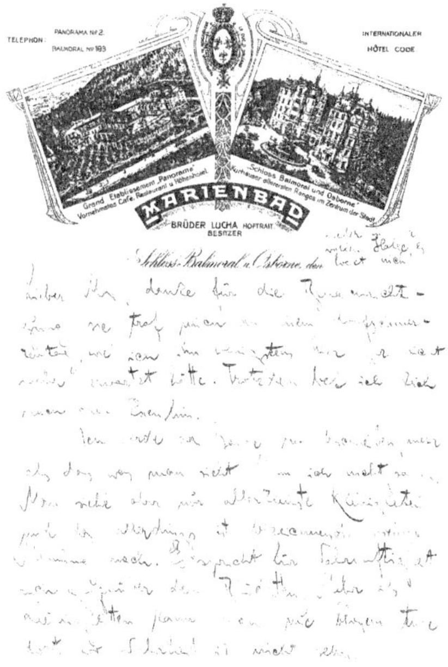
TELEPHON: PANORAMA No 2. BALMORAL No 193
INTERNATIONALER HÔTEL CODE
MARIENBAD
BRÜDER LUCHA HOFTRAIT BESITZER
Schloss Balmoral u. Osborne.

卡夫卡1916年7月18日的信

秘书。根据朗格的说法，在这四者中，那位地位最高的完全是个浑蛋。他大腹便便，一副自鸣得意的模样，鬼鬼祟祟的目光似乎证明了这一点。但是，绝不能由此谴责他，因为所有的Gabim都会变坏，不受到伤害，长期待在拉比身边是无法忍受的，这就是更加深刻的意义和普通人无法承受的生活常态之间的矛盾。

散步的队伍行走得非常缓慢。

一开始，拉比走得很困难。他的一条腿，右腿，不听使唤。刚开始他一定是在咳嗽，他的随从则在他周围毕恭毕敬地站着。片刻之后，似乎没有其他障碍了，只是这次，观光似乎开始了，使得队伍随时要停下来。他观看所有的东西，尤其是建筑物，对最不起眼的琐事感兴趣，他问问题，留意各式各样的事儿，他的整个举止充满赞叹和好奇心。总之，就是来自漂泊皇室的无关紧要的谈话与提问，或许更幼稚、更欢乐，无论如何，他们无可争议地将所有陪同人员的思想降到了同一水平。朗格在这之中寻找或猜测更深层的含义，我认为，更深层的含义是没有任何含义，在我看来，这已经足够了。这就是彻头彻尾的君权神授，若没有奠定足够的基础它会显得很荒谬。

下一栋房子是赞德研究所[24]。它坐落在街道上方的石堤上，房子前面的花园被栅栏围住。拉比对建筑评论了一番，花园引起了他的兴趣，他问这是个什么样的花园。就像总督在皇帝面前会做的那样，施勒辛格尔（希伯来语名字是Sina）沿着台阶冲向花园，片刻也没停留，立刻冲下来（一切动作都是在倾盆大雨中），他报告说（当然，没上去之前他就知道了）这只是赞德研究所的一个私人花园。

拉比又再次仔细观察了花园，便转过身来，我们来到了新浴场。在建筑后面，这是我们首先去的地方，在一条地沟里铺设着蒸汽浴管道。拉比在栏杆旁深深地俯下身，对管道百看不厌，他们就管道交换了赞同意见和反对意见。

该建筑的建筑风格平淡且混杂，让人无法确认。底层的一排窗户镶嵌在类似拱廊的砖砌拱门中，每个顶上都装饰着一个兽头。所有的拱门和所有的兽头都是一样的，尽管如此，拉比几乎在该建筑侧面的六个拱门前都特意停了下来，观察，比较，甚至远观近看地进行评价。

我们转过了弯，此时站在建筑正前方。这座建筑给他留下了深刻的印象。大门的上方用金色字母写着“新浴场”。他让人给他读了上面刻的字，问为什么叫这个名字，它是否是唯一的浴场，它有多古老，等等。他用东欧犹太人独特的惊叹语气反复说：“一幢漂亮的建筑。”

之前他就多次观察过屋檐排水管，这时我们正在贴着建筑物往回走（我们已经从街道对面路过了建筑正前方），他特意绕道而行，以便靠近屋檐排水管，水管沿着屋檐形成的一角向下延伸。里面哗哗的水声让他感到高兴，他听着，沿着管道向上看，摸弄着管道，让人给他解释整个管道的装置。［信到此中断］

1 9 1 7

明信片

邮戳：布拉格，1917年8月29日

致：马克斯·布罗德博士先生　理念顾问　布拉格　帝国邮局
寄信人：卡夫卡博士　布拉格　波尔斯基茨7号

最亲爱的马克斯，我觉得，昨天我最后给你留下的印象一定是个可怕的人，就是因为告别时我笑的样子。但与此同时，不管当时还是现在我都知道，恰恰是面对你时我无须解释。尽管如此，我还是要说，更多的是为了你，也是为了我自己：我昨天流露出的样子，也只有你、菲和奥特拉以这种方式知晓[1]（但面对你们时我也应该克制住）这样的形式，这种形式当然只是在内部巴比伦塔中某一层发生的事情，至于是在上层还是下层，塔中的人根本不知道。毕竟，这样的状况已经够多了，即使我（可能很容易就能做到）试图用那只训练有素的手去尽可能多地修饰，但它依然如故，很可怕——根本不可怕。只须一笑置之，五分钟后，这个一笑置之的人又会收到一张同样的明信片。无疑，邪恶的人脸上会闪烁着邪恶的星光。

弗兰茨

明信片

邮戳：布拉格，1917年9月5日

致：马克斯·布罗德博士先生　布拉格　帝国邮局
寄信人：卡夫卡博士　布拉格　波尔斯基茨7号

亲爱的马克斯：

给你和费利克斯一封信的副本：给我母亲的第一遍解释出乎意料的容易。我只是随口提到自己可能暂时不会租房子，我感觉不太舒服，有些心烦，更想设法争取到一个更长的假期，然后去奥特拉那儿。鉴于她毫不犹豫、无条件地愿意让我尽情地去休假（如果她能决定的话），她在我的解释中没有发现任何可疑之处，所以至少目前保持这样的状况，对我父亲也是如此。因此，我请求你，如若你与任何人谈及此事（当然这件事本身根本不是秘密，我在尘世中的财产一方面因为结核病而增加，但另一方面也有所减少），请你同时补充一句，或者如果已经发生了，请事后补充一句，让他们面对我父母时不要提及此事，即便在谈话中可能会以某种方式受到挑战。如果这么容易就能让父母暂时远离一件烦心事，那肯定要试着去做。

再一次，没有副本，谢谢你马克斯，我去了那儿，确实很好，没有你，这肯定不会发生[2]。另外，你在那儿说我可能会过得太漫不经心了，相反，我太斤斤计较了，《圣经》已经预言了这样的人有什么命运。但我当然不会抱怨，如今比往常抱怨得更少。我自己也预言了。想想《乡村医生》[3]中流血的伤口。今天F.来了几封信，平静、友好，完全没有事后的责难，与我在至高的梦中见到的她如出一辙。现在很难给她回信了。

弗兰茨

祖劳[4]
1917年9月13日

亲爱的马克斯，第一天我因为太过喜欢这里而没有写信，再者我不想夸大其词，就像我本来一定会做的那样，这会以此让我给邪恶有所提示。但是，今天一切已经有了更自然的外观，而内部的不足（不是疾病，我目前对它几乎一无所知）显露出来了，对面的院子时不时会传来挪亚方舟似的集体叫喊声，一个永远不会停止工作的钣金工在做着他的钣金工作。我没有胃口，但却吃得太多，没有一点暮光，等等。而我目前所看见的这些，善良还是占据着多数：奥特拉真的在用她的翅膀载着我穿过这个艰难的世界，这个房间（虽然朝向东北）好极了，通风，温暖，所有的一切都在一栋近乎完全（当然不是完全）安静的房子中，所有我该吃的东西都在我身边，应有尽有，品质上乘（只是嘴唇抽搐表示拒绝，但我在改变的最初几天总是这样），还有自由，最重要的是自由。

但是，仍然存在伤口，肺部创伤只是它的象征。马克斯，从你在走廊上的最后几句话来看，你误解了这件事，但也许我也误解了，对这类事物根本是无法理解的（正如你内心中的事物也是如此），因为它们无法被看见，因此不断增长着它们的体积，千头万绪，骚动不安。痛苦，痛苦，这无非就是一个人存在的本质，如果痛苦最终被解脱了（这样的工作也许只有女性才能做到），你我都会分崩离析。

不管怎样，今天我对结核病的态度就像一个孩子面对母亲的裙褶，抓住不放。如果疾病来自母亲，那就更合适不过了，母亲会以她无限的关怀（即使远远超出她对此事的理解）也为我提供我所需要的服务。我一直在为这一疾病寻求一个解释，因为我自己并没有奋力获取它。有时我觉得，在我不知情的情况下，大脑和肺部达成了一致的看法。“不能再这样下去了。”大脑说，五年后，肺部表示愿意帮忙。

但是要是我愿意，即使采取这种形式，整件事情也是完全错误的。这是初级的认识。那部楼梯的第一级台阶上，在它的高度上，那张婚床为我缓缓架起，这是对于我作为人（然而那几乎是拿破仑式的）的存在奖励和赋予的生存意义。这张婚床不会被架起来，这已然注定，我无法再超越科西嘉岛。

顺便说一下，这些不是在祖劳的认识，这些认识产生于那次火车的途中，那趟旅途中，在我曾给你寄去的明信片上，它那时是我行李中最沉重的部分。当然在这儿我也不会停止思考这些问题。

向所有人致以问候，特别是向你的妻子致以来自答尔丢夫[5]的问候。她的洞察力不错，但过于专注，她只看到核心，追随着核心的辐射，要逃离核心的辐射，这对她来说太难了。

最衷心的弗兰茨

祖劳
1917年9月18号

亲爱的马克斯，我和你一样都有这种敏锐的直觉！一只秃鹰，寻求着安宁，我在上空飞翔，然后任自己向下径直扑入这个房间，对面一架钢琴，踏板疯狂地跳动着，现在正在演奏，肯定是这一大片地区唯一的钢琴。但是我把它抛弃了，可惜只是象征性地抛弃，为了与这里赋予我的许多美好混在一起。

我们的通信可以非常简单：我写我的，你写你的，如我们所愿，这便是答复，发表想要发表的评论、慰藉、无望。在我们的脖颈上架着同样锋利的刀，在那些可怜的鸽子的脖颈也是如此，这里一只、那里一只，它们的脖颈被锋利的刀割断，那么缓慢地、那么带有刺激性地被割断，鲜血缓缓流出，那么折磨人心，折磨众人的心。

道德在这里也许是最后的因素，或者更确切地说连最后都不是，鲜血是第一、第二，也是最后的因素。问题在于，有多少激情，需要多少时间，才能把心壁敲击得足够薄，如果肺不能比心脏抢先一步发挥作用。

F.用几句话阐释了自己。我不太能够领会她，她这人很特别，或者更准确地说：我理解她，但留不住她。我围着她跑来跑去，汪汪地吠着，就像一条紧张不安的狗绕着雕像不断转着一样，或者为了呈现出同样真实但相反的画面：我凝视着她，就像一个动物标本凝视着房间里静静生活的人类。真相的一半，真相的千分之一。真相只是，

F.可能要来。

太多的事情困扰着我，找不到出路。我想一直待在这里，我是说待在乡下，远离铁路，靠近渐渐来临、不受任何人、任何事的丝毫阻碍永无消散的傍晚，这是虚假的希冀，是自欺欺人吗？如果这是自欺欺人，那也是我的血液引诱着我成为我舅舅[6]的化身——成为这位乡村医生的一个新的化身，我（怀着所有的同情甚至是最大的同情）有时叫他“叽叽喳喳”，因为他有这样一种异常贫乏、与单身汉相配、从紧缩的喉咙里发出、鸟一般的风趣，这种风趣从未离他而去。他就这样生活在乡下，谁也赶不走他，整日心满意足，就像一阵轻声呼啸的疯狂会令人感到满足，人们把它视作生活的旋律。而如果对乡村的渴望不是自欺欺人，那就是好事了。但是，三十四岁的我，带着一副相当有问题的肺和更有问题的人际关系还能期盼什么好事吗？在《乡村医生》中更有可能一些，如果你想要证明，父亲的咒骂马上就到，如希冀要与父亲抗争，到了夜晚就有好看的了。

你对那部中篇小说[7]的计划（我们暂且不提反对的人）完全符合我的意愿。这篇小说注定会是了不起的。但是面对这些计划，前两章能站得住脚吗？毕竟它们还是太草率了。以我的感觉来说，这是绝无可能的。你写的那三页是怎么样的？它们在整体上起什么决定性作用？《第谷》遭到驳斥是一种痛苦吗？《第谷》不会被驳倒，因为一切真实都是无可辩驳的，也许只会被绊倒。但是，正如所有战地记者所写的那样，最佳的进攻方式一直以来不还是：起来，奔跑，扑倒？在面对巨大的堡垒时，必须不断重复这一过程，直到全部作品的最后一卷，若是极为幸运的话，则疲惫地倒下，或者——若是更加不利的情况——要么就一直跪着。

这没有悲哀的意思。我基本上也不悲哀。我和奥特拉仿佛处在一种平淡温馨的婚姻生活中。婚姻不是建立在强劲直通的电流上，而是建立在弯弯曲曲向前流动的电流上。我们有一家不错的农庄，我希望你们会喜欢。我会尽量给你、费利克斯和奥斯卡存下一些农产品，这并不容易，因为这儿的东西也不多，而且很多家庭都有优先权。但总会有一些，可是你们得亲自来取。

对，还有我的病。我没发烧，来这儿时体重是61.5公斤，可能现在已经胖了。美好的天气。沐浴了许多阳光。暂时不要去想念瑞士，但是关于瑞士，你能获得的当然只是去年的消息了。

祝你一切顺利，愿上天降一点慰藉！

弗兰茨

如果你需要一位信件的中间人，我可以很好地指导我的打字员小姐[8]。

你应该已经收到一封我的来信了。一封信邮寄需要走三到四天。

祖劳（风景）

风景明信片（祖劳）

邮戳：布尔杀尼[9]，1917年9月20日

致：马克斯·布罗德博士先生　邮局理念顾问　布拉格　邮局
寄信人：卡夫卡博士　祖劳　布尔杀尼邮局

亲爱的马克斯，非常感谢你寄来的东西。那个女孩的来信（我在奥特拉的房间里，现在老鼠们正在肆无忌惮地打闹）是迄今为止最美好的事。这种审慎、平静、优越和世俗是伟大又可怕的女性特质。——我最近会把所有东西寄还给你。——在图片[10]上我圈出了我的窗子，奥特拉的房子位于那棵被标记的树后面。但在现实中，一切看起来更美，尤其是在此时的阳光下。

弗兰茨

刚收到F.的电报，她今天下午到。

附言：我们会去车站接您，甚至开车去。否则，按照弗兰茨的标记（右边），您可能就去到费格尔先生家而不是我们家。您到达后可以亲眼看看我们的房子，我不做标记了。

奥特拉·卡夫卡

布拉格

1917年9月24日

亲爱的弗兰茨：

鲍尔小姐带来的消息让我非常不安。

所以，10月中旬左右你真的不去接受身体检查吗？你已经向我保证了啊！这是最主要的一点，除了这点，其余的事没那么重要。我请求你，在这件事上写点儿让我安心的话！我一定会在布拉格等你，最迟10月10号。

没有体温计！冷牛奶当早餐！未煮开，所以充满了结核杆菌！从早上八点到下午两点之间没有加餐！没有躺卧休息，因为没有躺椅，也没有毯子可以裹着！——对不起，我无法与奥特拉小姐对话，她似乎完全没明白情况的严重性，不知道这是生死攸关的事情。对于她平时给予你的悉心照料和全部的爱，她太受你的影响了。一个护士一定要会命令，但她似乎只会服从你。可惜你对这件事不够重视。

如果我像以前一样强壮，那我已经在祖劳了。但是我身体非常糟糕，我不能指望振作起来去你那儿了。所以我请求你自己恢复理智。

我想，你对当前情况的判断太草率了，对未来的判断又太沉重了。我现在了解到，几乎所有我认识的人都顺利地战胜了肺尖卡他[11]，而且被完全治愈了。比如，安奇·里默女士——我妻子的表姐，或者不久前和我在一起的诗人鲁道夫·福克斯[12]。当然，在急性病发作后的关键时期，他们严格遵循所有医嘱，并且没有像你一样漫不经心，乱用处方。——施尼茨[13]回复了什么？

感谢这两封信、卡片和面粉！现在我只需要你的体温曲线！关于你的来信我只想说，我的痛苦你似乎很清楚，而我却不太了解你的痛苦。奇怪，若我处在你和费利克斯（韦尔奇）的位置，我应该非常清楚该怎么做。或者至少在我看来是这样的。但对于自己我完全不知所措。视角真会把人搞糊涂吗？尤其是当我看到F.小姐，耳边总会响起你说她有多好，所以我真不明白你的抗拒。但这样说也许冒失又轻率，——我只是个优柔寡断的新手。我也完全没有能力生活在其中，像你做的那样，似乎把它作为家用器具放在我的生活中。我每走一步都被它绊倒，我不睡觉、不写作、不思考——到头来我的状态比你还要好。这种状态推动了危机，推动了决策。但这也可能只是初学者的错误视角。——向你和你的妹妹致以问候。

马克斯

祖劳
约1917年9月26日

最亲爱的马克斯，第一遍读你的信时，我感觉有一种柏林语调在其中，但是在读第二遍时它逐渐消失了，是你。我一直以为，当时机成熟时，我们会有时间谈论我的病，但既然你要谈：我做了体温抽样检测，绝对没有发烧，也就没有曲线，就连教授在检查了第一周的数据后，也暂时对此事失去了兴趣。——冷牛奶作为早餐。教授说过（我的记忆力在辩解时变得很宏伟），牛奶要么喝冰的，要么喝热的。因为天气温暖和煦，冷牛奶也就没什么可争议的，特别是因为我已经习惯了，也许可以承受半升冷牛奶，最多四分之一升温牛奶。—— 未煮开的牛奶。未解决的争议，你认为，细菌会得到增援，我认为，事情不是那样计算出来的，未煮开的牛奶更强大。但我并不固执，我也喝煮开的牛奶，天一冷我只喝温牛奶或酸牛奶。——没有加餐，仅在开始阶段，在开始发胖之前或者根本不想吃东西时，否则上午和下午，四分之一升的酸牛奶。再频繁的进食我做不到了，生活（普遍的）已经够悲哀了。——没有躺卧休息？我每天要躺八个小时左右。虽然不是真正地躺在躺椅上，但躺在一个让我感觉更舒服的椅子上，比我用过的很多躺椅都舒适。这是一把宽大的老式软垫椅，前面放着两个小矮凳。这种组合非常好，至少就目前而言，因为我不需要毯子。裹什么？我躺在阳光下，感到遗憾的是不能把裤子也脱掉，这是过去几天我唯一的一件衣服。真正的躺椅已经在路上了。——关于不去看医生。我究竟何时说过我不去看医生了？我不愿意去，但我会去的。——施尼茨没有回复。——你认为，我对此疾病未来的判断太过沉重？不。我怎么会呢？因为它的存在对我来说变得如此轻松，在这儿，感觉才是最具决定性的。如果我曾经说过类似的话，那不过是空洞的伤春悲秋，在这方面我在贫困时期也是相当充裕了，或者疾病代替我说了话，因为我求它这样做。可以肯定的是，除了死亡，没有什么能让我带着更彻底的信任献身于它。

关于F.来之前和来到这儿的漫长故事，我不予赘述，因为关于你的事情你只有笼统的抱怨。但是抱怨，马克斯，也是理所当然的，抱怨中核心才能被说破。

你说得没错，表现出的是优柔寡断还是别的什么，这只取决于视角。在优柔寡断方面，我们永远都是新手，没有老练的优柔寡断，因为它总会将时间磨碎。你不了解我的情况，很奇怪的是同时你又很贴心。我还可以把F. 的事情说得更清楚，也应该这样做——而这种情况绝对是为一生所设的，它却不会消失。但另一方面，我绝对不敢说，若我在你的处境，我会知道你能为我做些什么。我的情况和你的情况一样，无力得就像此时外面吠叫的那只狗。我只能用我内心中那丝微弱的温暖来援助你，仅此而已。

我读了一些书，但和你的状态相比，不值一提。顶多是司汤达的一则轶事[14]，可能《教育》[15]中也有。他年轻时在巴黎，游手好闲、贪婪、沮丧，对巴黎不满，对一切都不满。他住在亲戚熟人中的一位女人那里，这位已婚妇女有时对他很友好。有一次，她邀请他与她和她的情人一起去卢浮宫（卢浮宫[16]？我开始怀疑是不是那里了。总之就是某个类似的地方）。他们去了。当他们走出卢浮宫时，大雨滂沱，一片泥泞，回家的路非常漫长，必须要乘车。他处在当下的一种情绪之中，无法自控，拒绝与他们同行，然后独自一人踏上了无望的步行之路。当他想到可以去拜访住在附近小巷子里的这个女人，而不是回自己的房间时，几乎要哭了。他心不在焉地往上走，当然，他发现了这个女人和情人之间亲热的场景。惊恐万分的女人喊道："看在上帝的分儿上，您为什么不一起乘车？" 司汤达跑出去了[17]。——此外他懂得了如何去过好生活，如何扭转生活。

弗兰茨

下次请主要写你的事儿。

挂号信

邮戳：布尔杀尼，1917年9月28日

致：马克斯·布罗德博士先生　布拉格　帝国邮局
寄信人：卡夫卡博士　祖劳　布尔杀尼邮局

亲爱的马克斯，以下不是为了请求调解，我只是留给你一个思考：

我在第一封信中邀请费利克斯[18]来这里，对此我是很认真的，我很高兴能让费利克斯在这里待几天，但最重要的是设法让他一人独处，我与妹妹完全达成一致意见，大至为他做些一日三餐（没有妹妹或是没能与她达成一致意见，我在食品问题上一向是束手无策的）。但是，既然谎言是伴随着婚姻出现在这个世界上的，里里外外（我在这里故意夸大其词，因为事实上谎言是伴随着我一起诞生的）我都得在那封信中也提及那个女人，并在附言中也邀请了她。顺便提一下，这话当时绝不是骗人的，因为我虽然不理解这个女人，但是一直以来，她总能使我产生幻想，此外，从我的第一封信中，你可能已经看到了，我当时处于一种情绪中，深信自己的能力面对这样的接待绰绰有余。——但是之后，在回复中，费利克斯却偏偏被这个原本很小的阻碍深深地羁绊住了，他写道，没有那个女人（甚至被称为“妻子”）他就无法出行。——而在此期间，我已经完全改变了，不是我与祖劳的关系，这地方依旧很好，而是我与人直接交际的能力。这不是悲伤，而是四肢沉重，我在一本法语书中反复读到“疼痛”。不是头痛，相反，头很轻，而是脖子某处，一个盖子合上了，疼痛就在那下面，挤压着。自从F.来了以后，就是如此。我在布拉格也曾有过这样的时光，但在布拉格几乎从不曾看到一个人所展现出来的全部，也就更容易去谅解。我现在不可能作为费利克斯妻子的东道主（即使从最小的意义上来说，例如作为伸出手的人或推椅子的人）。——所以，我现在就邀请函的事这样给费利克斯写信，就像德国总理在我的处境下也会做的那样。在费利克斯那儿，我也必须这样做，对我来说是一种耻辱，我向你控诉这件事，并将其与其他事情一起说。

你的第二个印刷品包裹是我偶然收到的，邮递员把它放在了某个农民那里。这里的邮件投递非常不可靠，我的信件递送也是如此（我们的通邮地点都不在火车站，可能也是这个原因），你最好能给包裹编号，我就可以通过投诉找回丢失的包裹。如果错过最后这个包裹，我会特别遗憾，《犹太回声》[19]上的哈西德故事也许不是最好的，但这些故事对我来说是唯一的犹太事物，（我不明白为何）只要置身其中，立刻有回到故乡的感觉，甚至无论我的状态如何，始终都会如此，而在其他的全部事物中，我都只是被风卷了进去，而另一阵风又把我从中带走了。如果你没有异议，我就暂时把这些故事留下。

你为什么拒绝了犹太出版社[20]的请求，甚至拒绝J.博士的请求？他们的要求应当很高，你目前的状态是一个反对的理由，但它足以为你的拒绝来辩解吗？——你或许不想要这本文章集选[21]，因为一切都是给《以斯帖》[22]准备的？

洛伊在布达佩斯的一个疗养院给我写了信，他在那里住了三个月了。他给我寄了给《犹太人》杂志的文章[23]开头。我认为，该文章相当合适，但是语法上当然还需要稍微打磨，这可需要一双不可思议的妙手了。我会尽快给你送上一份它的打字稿（非常短），以供你评判。对于这些难题我举一个例子：在波兰剧院的观众席上，他看到了与犹太剧院观众席的区别——那些穿着燕尾服的男士和穿着晚礼服的女士[24]。这里的表达无法达到更加出色的程度，用德语来表达它受到了局限。类似的例子有很多，因为他的语言在意第绪语和德语之间摇摆，越倾向德语时，亮点就越发耀眼。如果我有你的翻译能力就好了！

弗兰茨

山鹑一对给你，一对给费利克斯。祝你们好胃口！

布拉格
约1917年10月1日

寄信人：埃尔莎和马克斯·布罗德

亲爱的弗兰茨·卡夫卡！——这是我给您写的第二封信，第一封我撕掉了。我想使尽浑身解数向你确切描述昨天的卡巴莱[25]之夜，结果没有成功，我的笔太无能为力了！——我们常常想到您，尤其是昨天晚上的我，我想，在观看这样的表演时，如果缺少了您那沉醉又悲伤的神色，旋即又闪烁着明快的乐趣的表情，我们是不会开心的。不过表演确实很不错，瓦格纳[26]不会令人失望，附上他可爱的小照片。——我们去得有点儿晚了，错过了小矮人费迪，但后来在塔巴林见到了他，他很莽撞，卡在了观众席上的一个护栏上。——是一出好的戏剧，几乎没有带一点猥亵的色彩，您要在的话，肯定一次也不会脸红。穆勒演得那么好，即便他废话连篇。——就是这出戏，我本想让您一同享受，我说的是气氛，但是我失败了，就这么多了！——一位哑剧演员登场了：饰演安德烈亚斯·霍弗[27]（《在曼托瓦边界》[28]轰隆隆地演奏着），饰演杜威特将军（《布尔行进曲》响起）等，然后他宣布：一位友善的老熟人，之后谁在栏杆后面出现了！弗朗兹·约瑟夫皇帝从另一个世界挥舞着手帕向我们示意，仿佛来自火车车厢（马克斯的比喻！）——几首香颂歌曲"带给我们"美好的歌曲。——一位滑稽演员表演了一段关于磨剪匠的讽刺诗，这首诗的意义一点不隐晦，具有很好的含义。第二天，马克斯模仿了他磨剪子的嗡嗡声，模仿得非常像！——在塔巴林有一位神话般的女性裸体舞者，以及其变换各种发型和妆容的舞蹈。有几个人在观众席上演唱施拉梅尔音乐[29]，他们单独站到各个特定的桌子旁，对着一两个人唱歌，微笑地盯着他们，希望得到额外的报酬。而瓦格纳对这些及其他的一切都很在行，四处响彻着被他振奋的欢呼声，呼声一次又一次从大厅的一角或画廊的高处响起，我们没有进入他所希望的那种情绪，即使是希望，我们也是希望他自己进入那种情绪，这不是他的错。我们看得太多了！——总之，他现在安静多了，不似以前那样敞开心扉了，您不觉得吗？——现在您一定要快点儿好起来，至少可以来看卡巴莱表演。——您怎么样？向奥特拉和您问好！感谢寄来的优质面粉！

您的

埃尔莎·布罗德

亲爱的弗兰茨：

附上剧本[30]的第一次印刷版，仍在修改中。至少他们只弄乱了七处，比如，第二幕的结束语。——我想你收到我的信和印刷品了吧？我急切地等待答复。你好吗？——韦尔奇顺利地迁居了，变得从容了一些。——格伦贝格[31]给我带来一本伟大女士的自传，我非常喜欢，想把它推荐给乔治·穆勒出版社。我之所以想到这儿，是因为这个出版社正在出版一系列波兰书籍。——什么时候能在布拉格见到你？

向你和你的妹妹致以最诚挚的问候。

马克斯

附：阿道夫·施雷伯[32]要从军队告假一年。他的诊断结果是：两侧上肺叶均为闭合性结核，伴有浊音，呼吸减弱，有干性啰音。——最妙的是，原来他一年前战胜了一次肺尖卡他，也完全没有复发，现在非常健康，只是出于军事目的才查出的，因为即使是以前患的肺尖卡他仍然能被查出。——如果仔细检查的话，每个人都可能被查出患过肺结核。

致埃尔莎和马克斯·布罗德

邮戳：祖劳，约1917年10月3日

收信人：马克斯·布罗德博士先生　帝国邮局理念顾问　布拉格　帝国邮局
寄信人：卡夫卡博士　祖劳　波德博扎尼　布尔杀尼邮局

亲爱的埃尔莎女士，您感到惊讶，是因为自己无法说明“露赛娜”[33]的含义吗？但是我们应该对此感到高兴。那里发生的事情可以说是人性窗沿边的事，如果一个人站在那上面太久了，肯定会跌下去，那样的话，跌入房间总比跌入虚空的好。这完全是一种极端，而瓦格纳代表了这种极端。在图片中，他解除了武装，他甚至不惜对自己吐口水，因为他的嘴唇在图片和现实中的位置都表明了这一点，您曲解了这种虚假的笑容。况且，您似乎认为，他完全是独一无二的，但并非如此。我将他比作猪，完全不是要侮辱他，但在奇特、果断、忘我、甜食，以及其他任何与他的职务相关的方面，他很可能在世界秩序中与猪并肩。您有没有像在看瓦格纳那样，曾经近距离、仔细地观察过一头猪呢？太不可思议了。这张脸，是一张人脸，下唇向下翻过下巴，上唇在不影响眼睛和鼻孔的情况下，上翻罩住额头。而实际上，猪带着这张“嘴—脸”在地上乱拱。这本身是理所当然的，如果一头猪不这样做，就会很奇怪了，但是您一定要相信我——这个现在经常在周围观察猪的人：更奇怪的是它这样做了。您可能真的以为，为了进行某种确认，用脚碰一碰可疑的东西，或者嗅一嗅，又或是必要时在近处闻一闻就够了——不，这一切对它来说都是不够的，相反，猪根本不会在这儿耽误时间，而是马上用嘴使劲地往里拱，如果它拱进了什么恶心的东西中（我周围都是我的朋友们——山羊和鹅的粪便），它就会幸福得呼哧呼哧地喘气。而且，主要是这让我莫名其妙地想起了瓦格纳。——猪的身上并不脏，甚至很整洁（但是这种整洁还不至于很可口），它的脚步优雅温柔，而且不知为何一摆一摆地控制着自己的身体——只有它最高贵的部分——嘴，是无可救药的肮脏。

您看，亲爱的埃尔莎女士，我们在祖劳也有自己的“露赛娜”，如果可以，给您寄去我们小猪的一条火腿，作为这张瓦格纳图片的答谢，我会很高兴，但是首先，它不属于我；其次，它在舒适的生活中长得太慢了，所以我们（我和奥特拉）很高兴，在很长一段时间内还不能宰杀它。

我置身于各类动物之中，感觉相当好。今天下午我喂了山羊。我住的地方有一些灌木丛，最美味的叶子对山羊来说太高了，所以，我为它们压低枝条。这些山羊的外表完全是犹太人的类型，大部分是医生，但也有一些接近律师、波兰犹太人，还有个别犹太女孩。尤其是米尔斯坦[34]博士，那位给我治疗的医生，在他们中间，有很强的代表性。我今天喂养的由三位犹太医生组成的会诊小组，它们对我非常满意，到了晚上，它们几乎不想被带走去挤奶。它们的日子和我的日子就这样平静地结束了。

请您不要提面粉的事来让我难堪了。这是我真正的遗憾，因为无法为您谋得任何重要的东西，尽管采用一定的技巧想必就是可能的。

最诚挚的问候。

您的弗兰茨·卡

亲爱的马克斯，非常感谢这本《养女》[35]，明天它将成为我躺椅上的消遣。——施雷伯的消息很稀奇。另外，正如我现在读到的[36]，福楼拜的父亲也是肺结核，那期间的许多年，大约一直将这个问题秘密地来处理：是否这个孩子的肺部会破碎（我建议用这个表达代替“啰音”），或者这个孩子是否会成为福楼拜。——我非常赞成你为格伦贝格所做的一切。如果成功了，他会多么高兴！——你的中篇小说[37]有没有新消息？——你最近一定已经收到了我的两封信。——我将于10月底前往布拉格。

弗兰茨

我把这封信又读了一遍，其实不是给一位女士的信，不必展示它，罪魁祸首是瓦格纳，不是我。

上周，9月28日，《自卫》[38]出版了吗？

一号信

布拉格　1917年10月4日

亲爱的弗兰茨——我开始编号了，但我希望你已经收到了我上次写的关于《耶奴发》[39]的信。

我得感谢你的两封信和一个刚到的包裹，摸起来非常舒服，可能里面有山鹑。我在家里时再打开。非常感谢。你面对我时很乖巧。

你待你自己呢？——从你的上一封信来看，疾病已经完全消失了，我不喜欢把这看作你明确的态度，以此表示你很好，你不咳嗽了（？）——对我来说，最主要的是你承诺不久之后会来布拉格。这个月快要结束了，亲爱的弗兰茨，现在请你给我写信，作为这封信的答复告诉我，应该什么时候去火车站接你。

费利克斯看上去已经好多了，看来他又一次度过了这场危机。那位女士把他的饮食照顾得很好，似乎只有这个才是关键，别的都不重要。许多犹太妻子惯用的老套伎俩。

我不愿意写自己，因为太多了，看不到尽头。我的痛苦突然给我带来了一个增加事情多样化的好主意。有一天，这一痛苦以迅雷不及掩耳之势急剧增加，然后由于外部原因，又退回到之前的中等水平，向我显示出最大限度的宽慰和好处。从那时起，在一定程度上我又活着了。其实，我只是靠这两个女人的恩惠活着，现在她们就好像约定好了一样，都对我很好。因此，矛盾虽然没有解除（在这儿好像也被判处无期徒刑了），也没有被忽视，不过至少近期是稳固了，给我留下了工作的时间。

星期日，我朗诵了一节新插入小说[40]（还没有标题）的部分。——我不担心开头会与整体不相称。出于审查的原因，我还是删掉了“战斗”。现在第一章是环境描写，之后在利比里亚发生的种种怪事充分支撑了这种离奇。至少在我看来是这样的。——顺便说一句，与我现在面临的难题相比，这是一个次要问题。对于自己接下来能否完成，我深表怀疑。

我前天偶然收到两本书，可以帮助我。两本都是汉斯·布吕尔[41]的：《情欲在男性社会中的作用》和《青年运动中的民众与领导人》。——这是一首男色关系的赞歌，一切文化的进步将从这里开始。——我读着这些书，停不下来。然而，今天我已经有些失望了，我从中看到的更多是对德国男人的描述，而根本不是对男人的描述。布吕尔认为，只有男人之间的爱神才能完成真正的社会工作，与此相反，一个天生喜欢女人的男人是不能完成社会工作的，只能在家庭的圈子里完成，因此是一种低级的类型。——你来布拉格的时候，我给你这两本书。你一定要读一读。——对了，你已经读了我通过F.寄给你的舍勒[42]的书吗？我现在冷静下来了，所以可以请你给我讲述你的阅读情况。你在写什么吗？

你偶尔这样给我写信，以便我在家中也可以展示你的信，不是吗？

再见！

马克斯

祖劳
约1917年10月6日

亲爱的马克斯，我的病？我私下告诉你，我现在几乎感觉不到它。我不发烧，不怎么咳嗽，也没感觉哪儿疼痛。我呼吸短促，这个确实，但无论躺着还是坐着都感觉不到，走路时或干什么活时也能轻松应对，就是呼吸比以前快两倍，这算不得什么大痛苦。我开始认为，结核病或是我所患的这种结核病不是特殊的疾病，也不是一种值得特殊命名的疾病，就其意义而言，仅仅是一般的死亡萌芽在增长，增长到何种程度目前无法评估。三周内我的体重增加了2.5公斤，也就大大地增加了挪动自己的重量的工作。

关于费利克斯的好消息让我感到非常高兴，尽管消息可能已经过时了，无论如何，这些消息确实使整体的横切面或远景变得令人欣慰了些，但对他来说可能是弊大于利。——两个多星期前我给他写过信，他还没有回复。他不会生我的气吧？那我会非常卑鄙地提醒他我的疾病，还要提醒他不应该对这样的病人生气。

小说[43]新的一部分是全新的还是对你没给我朗诵的部分做了修改？——如果你认为第一章合适，那就没问题。——我觉得这话听起来好奇怪："我现在面临的难题。" 就其本身而言，这是理所当然的事情，但这让我无法理解，而在你身上我完全明白了。这是一场真正的斗争，值得生死相搏，无论你是否战胜它，它依旧存在。至少你看见了对手，或者至少看见了他在天空中的光芒。当我试图这样去思考时，我真的感觉自己尚未出生，甚至是一个处于黑暗混沌中的自己，我在黑暗中追逐着另一个黑暗。

还不是全部。我刚刚从自己写给F.的一封信[44]里抄写下了这段出色的自我认知，你觉得如何？这会是一段不错的墓志铭：

“当我去探寻自己的最终目标时，结果发现，我其实没有力争成为一个好人并满足于一个至高无上的审判，恰恰相反，我力图洞察整个人类和动物群体，认清他们基本的偏好、愿望和道德理想，然后让自己尽快朝着那个方向发展，以彻底让大家满意，还有——转折来了——如此令人满意，以至于我作为唯一不会被煎烤的罪人，在不失去普世之爱的前提下，终于可以在大家面前公开实行我固有的那些卑鄙行为了。总结一下，对我来说，只有人类与动物的审判是重要的，而这一点我会作弊，但不会欺骗。”

这一自我认知的核心或许可以得出不同的结论和理由。

《耶奴发》[45]我收到了。阅读就是音乐。文本和音乐都讲述了重点，而你像巨人一样把重点搬到了德语里。你是怎么把重复的内容变得如此有生命力的！

此外，要我提几个微小之处吗？只是这个：一个人可以从“创造”中逃离吗？“你瞧，这样别人就应该爱上你吗？” 这不是从我们非德国人的母亲那里听到的，还萦绕在我们耳边的德语吗？“人的理解力——不中用了”，这是人造的德语。“胆怯的热情”——该放在这里吗？法官的两句话我不理解：“如果我有雪茄……” 和“没有博学的先生们，我在那儿看（站？）……” 结尾处的“乐意”在这个宏大的地方有点不和谐。——读者可能会期待更美的歌词，在捷克语中，歌词可能也不是非常好。——我很乐意将“狞笑着的死亡”留给赖兴伯格[46]，你还提到第二幕的结尾被破坏了，但我好像记得这部分花了你好多工夫，而且你的手稿里也有相似的译文，或许只是作为一种解读。——不应该就“教堂女司事”[47]的含义做一个导言吗？

下次再谈舍勒。——我迫切希望阅读布吕尔[48]。——不再写下去了。我的意愿并不全然在写作上。如果我可以像蝙蝠一样靠挖洞来拯救自己，那我就挖洞。

弗兰茨

你听到任何关于格罗斯、韦弗尔和杂志[49]的消息吗？你的霍穆托夫—特普利采之行呢？

对于奥特拉的画[50]你只字未提，将画寄给你她相当自豪（为她辩护），所以那封信寄的是挂号信。

布拉格

约1917年10月8日

亲爱的弗兰茨：

你那封惹人喜爱的“猪之信”及我正在回复的接下来的一封信，我都收到了。如果我不是怕这样做会让你不安，那么我会告诉你，你的信体现了充分的镇静自若。好了，我已经说了—— 这证明我不曾担心过，担心这样或那样的事儿会令你不安。你在你的不幸中是幸福的[51]。

费利克斯生气了？没有丝毫迹象。他只是有很多工作，需要花很多时间去准备。他最近说，他已经开始给你写信了。

我的旅行。我估计会在下下个星期六（10月20日）两点钟从这里出发，星期六晚上和星期日上午在霍穆托夫演讲[52]。你不想来吗？——我星期一下午上班，大概也可以去找你，但是我还没有认真查过火车。如果你不喜欢有人拜访，就请直接说。你给鲍姆写的这些，我完全理解。——如果你来霍穆托夫，可能会是最好的。我妻子会在那儿朗诵她最拿手的一篇——亚拉克姆的《忠告》[53]，这对你有吸引力吗？

我迫切期待着你能尽快来布拉格，然后和我一起去皮克教授那儿。体重增加很好，呼吸变得短促却糟糕。所以，总体上没有什么差别。不应该是这样的。你无论如何一定得完全康复。——我总是想，就算是看在体内魔鬼的分儿上，也要相当健康，因为一副病魔缠身的样子看上去实在太过寒碜了。让我们把我们这两个怪物喂胖吧！这样一来，我们至少可以将自己置于光天化日之下，我们不再有借口说，我们的恶行作为浪漫的鬼怪形象值得受到保护。——还有，也许随着我们的康复，上帝的力量会在我们身上变得更强大一些。我们不应该保留这最后的希望吗？

这本小说[54]正在成长，变得与我预想的完全不同。——如果你乖乖地来布拉格，站在教授面前，我就给你朗读一节。

第一幕第二首歌的第一节中“狞笑着的死亡”和“胆怯的热情”是赖兴伯格先生的灵光乍现。剩下的是我的责任。这些在捷克语中非常优美的歌词，似乎也没有像我所希望的那样成功。——总的来说，这也已经变为一项不纯粹的工作。我本来还想打磨最后的棱角。但是，如果有人破坏了我在维也纳打磨过的和未打磨部分，那最终会让人兴趣索然。那位法官想说：1.没有雪茄，他就无法在检查嫁妆的枯燥中幸存下来；2.即使没有博学的法官参与，作为外行，他也能查出犯罪。——此外，还有其他一些恼人的错误，但对于大部分的错误我都没有责任。这算不上安慰。

你的马克斯

亲爱的奥特拉小姐——那幅画非常富有启发性，也很美，但是一把真正的躺椅会更加美，因为胸部可以在那儿获得更自由、更深度的呼吸，在这种情况下，这是头等大事。

布拉格，约1917年10月13日

自编号开始第四次邮寄

亲爱的弗兰茨：

在附件里，你还可以读到，你的两个动物故事[55]在《犹太人》出版了。我本人还没有收到这期杂志。

上次的《自卫》很有意思，不是吗？我还欠你一个问题的答案。确实是新年后那周的报纸没有发行。

你收到我的2号信件了吗？霍穆托夫的事情还没定下来。也许会推迟到27号。

昨天，我给你寄了一期《行动》，然后我突然想到，你还没有把刊有我的《拉德斯基进行曲[56]》的那期《行动》寄回来。

你是否读了《布拉格日报》星期日的特维尔斯副刊[57]？每个德国人都应该知道，歌德与施泰因女士的关系有多深。为了《行动》[58]，我把它剪了下来。

我们的小册子[59]（有着韦弗尔、皮克、施托辛格、海尔伯特·冯·福克斯、莱品的签名）在《布拉格日报》引起了相当大的轰动。我与编辑凯勒纳面谈了，他同时代表了这一情况下所有可能的观点。那是一场无聊的人工烟花，难得的绚丽多彩。等待着你的消息。

马克斯

邮戳：祖劳，1917年10月13日

致：马克斯·布罗德博士先生　帝国邮局理念顾问　布拉格　帝国邮局
寄信人：卡夫卡博士　祖劳　布尔杀尼邮局

亲爱的马克斯，其实我一直感到很惊讶，你的内心里怎么会对我和其他人怀有这样的表述：“在不幸中是幸运的”，甚至不是作为一种论断或是一种惋惜，也不是在特殊情况下的劝诫，而是责备。你难道不知道，这意味着什么吗？这个同时包含着“在幸运中是不幸的”意思的想法隐藏着其他的意思，有了这个想法可能给该隐[60]打上了印记。当某人“在不幸中是幸运的”时候，这首先意味着，他与世界的步调已经不一致了，继而意味着，一切对他来说都已经崩塌，或者正在崩塌，再也没有声音可以不间断地抵达他那里，因此他也无法再坦然地跟随任何声音。在我身上还没那么严重，或者说，至少到目前为止还没那么严重。我已经全面地遭遇了幸与不幸，但就我的一般情况而言，你说得当然正确，而且就当前而言，绝大部分也是正确的，只是你必须用另一种口吻说出来。

如你处在这种“幸运”中一样，我处在另一种伴随着“深信不疑的悲伤”的表象中，我这里指的是沾沾自喜，没有后者，前者几乎不会出现。我经常思考这个问题，最近一次是在读了《新评论》上托马斯·曼有关帕莱斯特里那一篇文章[61]后。托马斯·曼属于那类我渴求他作品的作家。这篇文章也是一道美妙的菜肴，但是由于汤中漂浮着大量的（只是举例来说）萨鲁斯[62]的卷发，人们更愿意欣赏它而不是吃掉它。似乎当一个人悲伤时，为了给这个世界增添伤感的景象，洗完澡后还要像女人一样伸展四肢。

我当然要去霍穆托夫。不要误解我对访客的恐惧。我不希望一个人经过长途跋涉，花高昂的费用，踏入这里秋意正浓的天气，踏入这个（对于陌生人来说）沉闷的村庄，踏入（对于陌生人来说）必然是混乱的管理，踏入这些诸多小小的不便，甚至是不愉快中，就是为了来看望我——来看这个时而无聊的我（这对我来说不是最糟糕的）；时而过度敏感的我；时而因为一封即将到的，或是未能收到的，抑或是一封逼近的信而感到惶恐的我；时而因为自己写的一封信平静下来的我；时而过分关心自己和自己的安逸的我；时而倾向于把自己唾弃为最让人厌烦的我。诸如此类，只感到身处那只狮子狗[63]围绕着浮士德所画的圈子中。如果你不是为了我，而是为了霍穆托夫而路过这里，那还有什么比这更好的事呢？此外，来访祖劳几乎很难办到，除非你能在星期天及早地离开霍穆托夫（目前我只是粗略知道火车的时间），这样中午就能到达祖劳。然后你们就可以星期天晚上很方便地回到布拉格，不建议你们过夜，否则星期一你们就得早早地离开（如果你想在中午到达布拉格的话），更何况这个时候几乎不能弄到车，因为现在田里有很多事情要做。顺便说一下，我可能会和你们一起去布拉格，我一个人很难做到，办公室的友好来信已经让我非常害怕了，尤其是还要到办公室去做一番自我介绍。

所以，我想的安排是这样的：我星期六在米歇罗布上你们的火车，星期天我们一起去祖劳，晚上再一起去布拉格。

你提出的养好身体的理由很美好，但却是乌托邦式的。你给我的任务或许可以让一个我父母婚床上的天使来执行，或者更好的是：在一张我拥有的民众的婚床上，前提是，我要有这样一张民众的婚床。

祝愿小说一切顺利。你简短的提及听上去似乎意义重大。尽管我在布拉格有办公室的烦恼，但另一方面，这本小说或许有助于我获得些许内心平衡。

向你和你的妻子致以诚挚的问候。我现在没有心情去看卡巴莱表演，而且从来也不曾有过。她呢？但对我来说，甚至卡巴莱本身从此时开始已经出局了。当所有大炮开始轰鸣的时候，我带着我肺部的玩具手枪应该爬到哪里去呢？而这种对比关系早就存在了。

弗兰茨

请你给我写信，及时告知我，你星期天在霍穆托夫何时可以结束，让我知道我们是否仍要前往祖劳，车是否应该来接我们及我的行李如何安排。

明信片（五号信）

邮戳：布拉格，1917年10月15日

致：弗兰茨·卡夫卡博士先生　祖劳　布尔杀尼邮局
寄信人：布罗德博士　布拉格　帝国邮局

亲爱的弗兰茨：

我刚刚收到你的来信（邮戳为10月13日），我只匆匆通知你，根据刚刚收到委员会的通知，我要等到11月底才能在霍穆托夫朗读。最重要的是，我恳请你，你的布拉格之行一天也不要推迟。

“匆匆地”给你写信，因为我要赶写小说[64]。今天是我第一次真正饶有兴致地去写它（改稿以来）。如果我现在感觉到一点幸福，也许真的是通过不可名状的痛苦来换取的。

这周内请一定要来！

昨天我给奥特拉小姐写了一封信！

最诚挚的问候。

马克斯

《犹太人》[65]今天到了，上面刊有你的第一个美妙故事!

明信片（六号信）

邮戳：布拉格

致：弗兰茨·卡夫卡博士先生　祖劳　布尔杀尼邮局
寄信人：布罗德博士　布拉格　帝国邮局

亲爱的弗兰茨：

刚刚收到霍穆托夫来信，说我可能10月27日在那儿演讲。我接受了。因此，看来我们确实可以从米歇罗布一起去那里，然后星期天下午一同前往布拉格。——不要因为计划的不断改变而生我的气，我也没有办法。你还没有答复我的第三、第四、第五号信。

你的马克斯

1917年10月19日

明信片

邮戳：布尔杀尼，1917年10月20日

致：马克斯·布罗德博士先生　帝国邮局理念顾问　布拉格　帝国邮局
寄信人：卡夫卡博士　祖劳　布尔杀尼邮局

亲爱的马克斯，如果我已经无法减少你其他的所有烦扰，那就尽可能减少来自我的烦扰。

我有那期《行动》[66]，还有一些其他的东西，我会一次性都带给你。你寄的每一件东西都给我带来极大的快乐。对《拉德斯基》的印象当然不似当时，那时你把它朗读得几乎像一首诗。但其中还是少了点什么。是删减造成的吗？这可不太好。狂喜之后，仇恨升起，但没有人看到这一仇恨的增长。也许没有足够的空间来扭转这种对立的情绪，也许不够的是一颗心的空间。

特维尔斯副刊可能是给库[67]的，作为给他的柔和教训（顺便说一下，库最近写了有关韦弗尔相当低劣的俏皮话）。他是以怎样不可穿透的理解力写出这样的东西。而我就坐在这个谜团的桌子旁，离它非常近。——我特别想起了歌德的“也并非是来自石头”[68]。然而，整件事大概对于那位老妇人[69]最尴尬的是，她以为自己写了一本关于冯·施泰因女士忧郁伤感的书，而在此人们向她指出，一直以来她显然都在眼泪的困惑中，专心致志地研究着歌德的裤子。

霍穆托夫委员会让我的布拉格之行变得有些困难，不过我当然还是会去的，但是，目前我派奥特拉去，让她去探探“水的深浅”。我月底再去。

从快速的洞察力、抗议的力量和魄力来看，《自卫》社评几乎可以说出自你，不过，其中有几处阻止我提出这一主张。这几处可能是出自海尔曼[70]？

最诚挚的

弗兰茨

明信片

邮戳：布尔杀尼，1917年10月22日

致：马克斯·布罗德博士先生　帝国邮局理念顾问　布拉格　帝国邮局
寄信人：卡夫卡博士　祖劳　布尔杀尼邮局

亲爱的马克斯，所以你是27号去霍穆托夫，霍穆托夫的人反复无常，当然非常折磨人，对你最甚，但对我也是如此。坦率地说，如果没有你的霍穆托夫之行，我还不会去布拉格，至少两周内不会去。有价值的不仅仅是这里的生活，还有与这种生活相关联的东西，而这次旅行会令我失去它们。最近几天，虽然我的健康状态极佳，但完全没有胃口，若我体重变轻，那位教授把我从祖劳——这个最好的地方——带走怎么办？这些担忧会覆盖在见到你时、与你交谈时我喜悦的嘴角上。还有因为牙齿治疗，我可能要在布拉格至少待三天，而办公室那边也要求我去谈一谈。总之，就是从自由走入束缚和悲哀之中。

但是现在霍穆托夫之行大概确定下来了吧？如若取消了，给我发个电报。我不想独自前往，除了想在那里听到你的声音外，我还想和你一起重温你早年生活的足迹[71]。

弗兰茨

10月22日

明信片（一号信）

邮戳：布拉格，1917年11月2日

致：弗兰茨·卡夫卡博士先生　祖劳　布尔杀尼邮局
寄信人：布罗德博士　布拉格邮局

亲爱的弗兰茨：

我恳请你，以我的名义将这两篇随笔[72]直接寄给莱昂汀·萨根小姐：莱茵河畔法兰克福，人民大街四号。今天，我会将福克斯和我本人的作品寄给萨根小姐，并告知你会直接邮寄，因为我不想再推迟此事。我们上次还是把它忘了，因此，我恳请你同意我的安排。

但是，我恳请你（当然是更迫切地）——注意你的呼吸急促，如果你的呼吸急促和咳嗽没有得到根本改善，请考虑是否应该搬到南部或高山疗养地去。拜托，要非常重视此事，这比你的牙齿重要得多，因为牙齿不会杀死你。

你的马克斯

11月2日

邮戳：布尔杀尼，1917年11月6日

致：马克斯·布罗德博士先生　帝国邮局理念顾问　布拉格　帝国邮局
寄信人：卡夫卡博士　祖劳　布尔杀尼邮局

最亲爱的马克斯，今天有人来访，非常有违我的意愿，是那位办公室小姐[73]（好吧，奥特拉邀请了她），但是此外，她还带来了一位办公室的先生（你可能还记得：有一天晚上，我们和某些客人经过码头，我转身看向一对夫妇，就是这对），他这个人本身很出色，我也觉得他是一个很可爱、有趣的人（天主教，离异），但这是出乎意料的事，这一提前告知的来访就已足够让我出乎意料了。我无法应对这样的事情，漫长的一整天里，我经历了短暂的嫉妒、极大的不安和对那个女孩的无奈（我劝她，不确信地，嫁给那个男人），直至彻底地乏味，而这里我还隐瞒了夹杂其中的极其丑陋的感觉，但在告别时还生出了一点悲伤，毫无意义，是胃里的某种反应或别的什么原因。总而言之，这是一个来访日，像所有的来访一样，也就是说，是富有教训意义的，是一次单调的教训，但不能足够频繁地重复它。

我之所以告诉你这些，只是因为有一件事与我们的谈话有关，那就是“瞬间的嫉妒”。这是一日唯一的好时刻，也就是我有对手的时刻，否则只是在“空旷的场地”中几乎是无的放矢。

我不会往法兰克福寄任何东西，因为我觉得这不是我要操心的事情，如果我寄了，就只是出于虚荣心；如果我不寄，也是出于虚荣心，但不仅是虚荣心，这样会更好一些。我可能要寄的剧本对我来说根本毫无意义，我只是尊重自己，在把它们写出来的那一刻，一个女演员[74]，会找到更有效的载体来发挥她的长处，而我的剧本很快，或是慢一些地总会跌入虚无，那么她应该为了一个晚上的片刻时间，将我的剧本从虚无中抬起吗？这是毫无意义的努力。

呼吸急促和咳嗽。你说得本身没有错，自布拉格以来，我也比以往更加留心。或许在其他地方，我会更多地躺在户外，沐浴令人振奋的空气及类似的东西，但是（这对我的精神状态非常重要，而我的精神状态对我的肺部非常重要），我在其他任何地方都不会感觉如此舒适，在其他任何地方都不会有如此少的干扰（除了来访，而这些来访零零星星，也就沉入了平静的生活，未留太多的痕迹），在其他任何地方，我都不会像在我妹妹这里一样，以更少的反抗、苦恼和不耐烦来忍受家政或是酒店的管理。在我的妹妹身上有某种陌生的元素，我能最容易地以这种形式去适应它。斯塔克尔[75]曾经把“对人格的恐惧”归结于我和无数这样的病人，事实上我确实有，但我认为这是非常自然的，即使人们并不把它与“对灵魂救赎的恐惧”等量齐观。人们总是保留着这样一种希望，希望有朝一日会需要他的“人格”，或者“人格”会被别人需要，因此必须把它准备好。好了，我在任何地方都不会像在我妹妹身后这样，坚定地站在一个对我来说陌生的元素这边。在这里我可以服从，我可以服从于躺在地上的父亲（面对站直的他，我也很乐意这样做，但这是不允许的）。

你给我朗读了小说[76]中的三节。第一节中的音乐，第三节中强烈的清晰性，我都毫不费力地接受了它们，它们给我带来了好运（第一节中实际的“犹太人段落”使人颇为眼花缭乱，好像在黑暗大厅里的某些地方，所有的灯光被快速地打开了开关。）。真的，我只是在第二节处顿住了，但并不是因为你提到的异议。这场滚动的游戏[77]，按照你所理解的犹太人，这是一个犹太人的游戏吗？犹太人充其量存在于：露特为了自己玩着另一个游戏，但这不是重点。如果游戏的严谨是一种自我折磨和对心上人的折磨的话，那么我能理解，但是，如果这种严谨是独立的信念，而与露特或与你的生活状况没有直接的因果关系的话，那它就是一种绝望的信念，以这种信念其实只能在梦中看见一个巴勒斯坦，就像它的发生。整个过程几乎就是一场战争游戏，基于著名的突破性理念，一次兴登堡事件。也许我误解了你，但如果没有无数解脱的可能性，尤其是存在于我们生命中每时每刻的可能性，那么也许根本就不存在可能性。但是，我确实误解了你。游戏确实会不断地被重复，一时的失误仅意味着失去这一刻，而不是全部。但那就不得不被提起，哪怕只是出于护士[78]的考虑。

弗兰茨

今天我从沃尔夫出版社收到了102本《沉思》[79]1916/1917年的账单，惊人的多，但他向你保证的账单还没有寄给我，《乡村医生》[80]的也没收到。

附上你的营养申报单，你忘在小册子里了。

恳请你，马克斯，一直要给我寄《犹太评论》[81]。——另外，奥特拉打算两周后去布拉格，安排我退休。

布拉格
1917年11月8日

亲爱的弗兰茨：

自从你到这儿以后，不管怎样是由于你的影响（特别使我感动的是，你那么认真地看待我在霍穆托夫为改善这个世界所做的探索性的尝试），我的内心变得平静了一些。这会持续多久，我不知道。无论如何，如果在经历了这样的折磨之后，我不问其深层次的原因，忍受着平静而不加抵抗，甚至沉醉于这种平静，也不要责怪我。——我和妻子现在生活得相当平静，达成了共识。我很高兴，她写了一篇关于弗朗兹叔叔[82]的文章，这篇文章将在下一期《自卫》中发表。——还有，在小说中，我为愤怒和绝望创造了一个发泄的出口。

这都是些“小辅助”。——也许它们带有魔鬼般的性质，因为它们使我远离我已经接近的巨大逆转。——你说，人们只能把目光集中在“唯一的那个”上，我深有感触。——只是在这儿，我身处一个困难之中，而你可能不在其中。自我活着以来，唯一的那个总是以一种特殊的方式向我显现：始终只是以一种散落、短暂的脱离状态显现于我，而且只发生在我与某些世俗事物有密切联系的事物上，诸如爱情、音乐或社交（这大概是我的三个主导天使）。也就是说，当我纯粹地将自己从世界剥离出来时（就像你现在成功地达成了，很令人钦佩），我就不能感受到那唯一的那个——对，只有当我让自己进入这个世界的时候，才会感受到上帝，而我感受到他仿佛只是偶然，只是倏忽而过的一阵风。——我的不安和怀疑的态度恰恰是因为，我不知道自己是否有能力在类似真空的空间内（自我主义的）完成转变，或者这到底是不是我的使命。所以，我的作品也残留着自然主义所有可能的糟粕，如果我成功地写出了更纯粹的作品，就像《以斯帖》中那样，那么，这或许也只是上帝的倏忽而过，他的全貌我大概无法忍受。

因此，当我将目光从多重性转向那唯一一个时，我（也许？）既看不到这唯一也看不到多重性。当我用多重的目光寻找这唯一一个时，它有时会为我闪亮发光，但与此同时，我又被多重性所污染，以至于很容易把这种闪亮疑为自己看到的假象。可能我对《以斯帖》的爱此时进入了一个怀疑的阶段。但最终，这并不是进步，只是在一个看似更加平静、更加积极的生活表层下的掠夺和更深层的不安？

随信附上给你的一份邀请函。

一些印刷品我会单独寄给你。

你是否愿意让我的妻子在女子俱乐部[83]的公开晚会上朗读你的有关猿猴变成人类的中篇小说[84]（《犹太人》11月）？应该也会朗读福克斯[85]和费格尔[86]的诗。——请问，费格尔的地址是什么？你认为让费格尔先生亲自阅读是否可取？——我们打算将这个晚会命名为“新一代”（？），并且在谢夫拉大厅[87]举行，此处是国民经济所在之处。报告会举行了，举办了。

犹太家长晚会[88]也在同一大厅里举行了，参加的人异常的多，这些人来自至今与我们不相干的一些圈子。但是据说，这次聚会给人留下了混乱的印象。我没去参加。

沃尔夫给我的账单太糟糕了（《第谷》他只结算了八千份，而在那儿卖出了两万五千份），所以我在一封十二页长的信件中提出了抗议。还有我的《死后第一个小时》[89]他完全没结算。出版社的马虎似乎不着边际，但没有一处损害到出版社的利益。——

你也应该写信给他，详细说明你都缺少了哪些。

———

请把你咳嗽和呼吸短促的状况详细地告知我。也许你应该再测测体温。或许你发烧了？——天气是如此惨淡，以至于我总是被这样的想法折磨着，觉得我们犯下了不可饶恕的罪过，因为我们没有动用武力，也许也能与你的父母开诚布公地商量，将你送往南部去。——我也下定了决心，如果你不放弃你的固执，我会动用这最后的手段。12月初的某个周日，我一定会去祖劳，让自己确信你的病情。如果没有得到根本性的改善，那你就不得不做出决定，为了你的治疗牺牲这种舒适。

对于这些普遍被认为起决定性作用的方法，比如，南部的气候之于你的疾病，我一直以来的经验是：这些方法在人们的心灵深处已变得微不足道了。大家对一切被普遍接受的事物都有一定的不信任感。比如，我就从不相信巴黎的舞厅与其他大城市的舞厅有什么不同。我之所以不相信，是因为全世界都认同这一点。我至今仍然不相信牡蛎的美味，因为它被大家誉为最可口的佳肴。香槟酒也是如此，但对此我已经动摇了。就是这样：人们抗拒普遍共识，然后得出结论，自己在很多事情上都是正确的，比如，巴黎的舞厅（即在与形而上学无关的现实中）。但几百年来的经验是不可小觑的。——人们买得最多的是舒伯特歌曲集第一辑，而其中确实包含他最美妙的歌曲；莎士比亚确实比被遗忘的马洛[90]更卓越。

所以南部的气候也是如此。基本上你认为（我也是），这并不是至关重要的——因为所有肺病患者“据说”都在南部治愈。就算抗拒自己内心的这种声音你也要去南部，第一天你就会感到如此地轻快，到那时，你会不理解自己为什么这么久以来一直抗拒这种公认的疗法。

非常感谢奥特拉小姐提供的面包和黄油。但是，感谢之后我还有一个请求，希望你们二人都不要误会。若下次你们再给我们提供这么好的东西，请同时告诉我们这将花费你们多少钱。这样一来，你们也帮了我们一个大忙，因为在布拉格根本找不到这么优质的黄油，对于你们如此费心及额外送来的面包，我们无疑应该无比的感谢。——但是，如果接收礼物成为一种常态，那就有些可耻了。我不知道具体的原因，但不可否认的是，这种感觉就在我的内心，我决定了，从现在开始，不加分析地听从这种感觉。作为好朋友恳请你们尊重这一点，就像我将永远尊重你们那些毫无缘由的感觉一样，除非这些感觉能导致直接杀死可怜的弗兰茨。最诚挚的问候！

马克斯

明信片

邮戳：布尔杀尼，1917年11月8日

致：弗兰茨·卡夫卡博士先生　祖劳　布尔杀尼邮局
寄信人：布罗德博士　布拉格　帝国邮局

亲爱的弗兰茨：

虽然我今天已经寄去了信和印刷品，但是我又想起来一件事。

朗格先生[91]很久没来了，昨天他到我这儿来了，他请求你在意外事故保险方面给予协助。他要去把胡子剪掉。他只有周六才有空，他大概会在周六晚上补上工作。——他有足够的经商知识。

朗格似乎因为家庭矛盾陷入了窘境，你若这样做，对他来说是帮了大忙。

你的马克斯

明信片

邮戳：布尔杀尼，1917年11月14日

致：马克斯·布罗德博士先生　帝国邮局理念顾问　布拉格　帝国邮局
寄信人：卡夫卡博士　布拉格　波尔斯基茨

最亲爱的马克斯，暂且用这张卡片来确认收到了你寄的卡片、信件和印刷品（《犹太评论》，《行动》和《自卫》的特刊[92]），无法理解的是，信和卡片今天、13号才到，但没关系，你的来信所带来的喜悦是某些与时间无关的东西。我不能以这种方式帮助朗格，该机构不对犹太人开放。只为了自己高兴就对经理提出这些要求，这就像一个新员工要求星期六不工作一样——我不希望这样。令人不解的是，在那里的两个犹太人（在第三个犹太人的帮助下）是怎么进去的，这种情况不会再发生了。但也许在我们店有这种可能，如果有人——为什么不可以呢？——面对父亲时能对此事负责。如果你想去一趟，与我母亲、妹妹或表妹谈谈，我会告知她们。但是朗格很强壮，他为什么不去某个犹太农场主那儿？——“向弗朗兹叔叔致意”很美好，但是很无力。一个做姑姑的不能揍她侄子喜爱的人[93]。

弗兰茨

奥特拉认为我们绝无可能雇用朗格，她比我更了解父亲和店铺。

明信片

邮戳：布尔杀尼，1917年11月2日

致：马克斯·布罗德博士先生　帝国邮局理念顾问　布拉格　帝国邮局
寄信人：卡夫卡博士　祖劳　布尔杀尼邮局

最亲爱的马克斯，我所做的事简单，而且理所当然：在城市、家庭、职业、社会、爱情关系（如果你愿意的话，把它放在第一位）、现有的或所追求的民族集体中，在所有这一切中，我都无法证明自己，而以这样的方式——这里我敏锐地观察到——我周围的所有人都没有遭遇过这样的处境。归根结底，这只是天真的想法（“没有人像我这样可恶”），这一想之后又带来了新的痛苦，但是，在这种关系中（这里不再涉及可恶和自责，而是“无法证明自己”这一显而易见的内心事实），这一想法一直存在并将继续存在。我不想去颂扬伴随着死气沉沉的生活的苦难，因为现在回想起来，相较于它们，那些要抵抗的事实的压力，这些苦难显得（而且一直以来所有大小阶段都是如此）太过微不足道了，苦难终究还是太深重了，而不能让人继续忍受，或者说即使不是太深重，那么至少是太无意义了（在这些泥沼中，或许探寻意义是被允许的。）。也许自童年起摆在眼前的下一条出路，不是自杀，而是自杀的念头。在我身上，阻碍我自杀的不是特别捏造出的胆怯，而仅仅是同样以无意义告终的思考："你这个什么都不会的人，竟然妄想这样做？你怎么敢这么想？如果你能杀了自己，你就什么都不必做了。诸如此类。"后来，慢慢地有了其他的认识，我就不再去想自杀了。当我摆脱迷惘的希望、孤独的幸福、膨胀的虚荣，清醒地去思考时（这种"摆脱"我极少做到，只有在能够忍受生存时），这时摆在我面前的是：悲惨的生活，悲惨的死亡。"就好像，他人虽死但羞耻感却犹存"[94]，这大概是《诉讼》这部长篇小说的结束语。

如今，我看到了一条新的出路，就其完整性来说，迄今为止这条出路被我认为是不可能的，而要靠我自己的力量也不可能发现它（除非结核病属于"我的力量"）。我只是看到了这条出路，我只是相信自己看到了它，我还没有走上这条路。它存在于此，它将会存在于此，只要我不仅仅是私下承认它；不仅仅是在聊天中附带提及它，而是公开地、通过我的行动来承认，我在这里无法证明自己。出于这一目的，我无须做别的什么，而只须以最大的决心去描绘昔日生活的轮廓。那么接下来的结果就是，我要保持自我，让自己不会消耗在无意义之中，让自己的视野保持开阔。

也就是这个意图，即使实现了它——或者不是它——它本身是没有什么“值得赞赏的”，而它体现出来的只是符合逻辑的一致性。如果你要将它称作值得赞赏的，那么这会让我变得虚荣，让我陷入疯狂的虚荣状态，即使我对此无比了解。这令人感到遗憾。当艺术家自吹自擂时，即使是空空如也的纸牌屋也会坍塌（幸好这是一个不真实的比喻）。

此时我看见了你的路，如果这里可以称作看见的话，它截然不同。你证明了自己，所以证明自己吧。你可以把相抵触的一切整合在一起，而我却不能，至少现在还不能。我们越来越紧密的关系存在于此，那就是我们两人都在“行走”，一直以来，我常常觉得自己是你的负担。

你称作“怀疑”的，在我这里有时看上去只是多余力量的游戏，因为你没有完全集中精力，没有把力量投入到你的写作或犹太复国主义中去，这两者实际上是一体的。因此，在这个意义上，如果你愿意的话，可以称之为“有根据的怀疑”。

我当然同意你的妻子朗读那个故事[95]，而不赞同那个活动本身。反对意见与反对法兰克福[96]的意见相同。你有出场的权利，我也许还有福克斯和费格尔（地址“联盟”）有权保持静默，而在这一点我们应该如此这般。

你觉得《戴蒙》[97]怎么样？请告诉我韦弗尔的地址。如果说有一本杂志很长时间以来都对我很有吸引力（此刻，当然是任何一本杂志），那就是格罗斯博士的杂志[98]，因为在我看来，它来自人与人联系中所焕发出来的温暖，至少在那个晚上是这样的。是人们携手共进的标志，这或许就是一本杂志的全部了。但《戴蒙》呢？我只看过这本杂志的编辑[99]在《多瑙河畔》[100]中的照片。

如果现在我再补充一句，最近我在梦里给了韦弗尔一个吻，我要坠入到布吕尔的书[101]中去了。不过下次再谈这个。这使我激动不安，所以有两天我不得不中断阅读。另外，它与其他精神分析著作有着共同之处，即在一开始那一刻就让你吃惊地感到自己被塞得满满的，而之后不久，你又会感到以往的饥饿感。用精神分析“当然”非常容易解释：快速取代。以皇家列车所要求的速度。

现在还有：健康状况极好（连教授也没提到南部的事），预先通知的来访很贴心，也很好，对礼物的见解很成问题，下次会予以反驳。

弗兰茨

不，现在还要反驳，因为我的反驳太有说服力了。我们的“赠送”完全是为了自己的快乐，虽然这对你们的情感和经济都有损害。因为如果我们不“赠送”，而是售卖，那我们赠送的东西当然会比现在的多得多，按这里的物价和布拉格的物价差别，你们赚的钱会远远超过“礼物”的价值，此外还可以得到更多的食物。但不这样做，我们就损害了你们，肆意地“赠送”，因为这让我们感到愉快。因此就忍耐吧。其实我们送得很少，而且会越来越少。

明信片

邮戳：布拉格，1917年11月20日

致：卡夫卡博士先生　祖劳　布尔杀尼邮局
寄信人：布罗德博士　布拉格邮局

亲爱的弗兰茨——怕你太久收不到消息，给你一个简短的消息：我刚从维也纳回来，累得要死。我在小型剧场读了[102]《阿斯科纳斯》（第一章和梦境），《以斯帖》第一幕，诗歌，《第谷》未完成片段。售完，很成功，犹太青年很多，文学和报刊很少。不管怎样，我选择了更好的部分。——《耶奴发》已经在排演了，在摩拉维亚买的服装，由杰里特萨饰演耶奴发，应该非常出色。我已经安排好，剧本完全按照我的原版进行。——我很快就会回复你的卡片和信件，但这不应该妨碍你利用乡村的闲暇给我写长信。还有，请你送礼物的时候，把那张小纸片——账单也附上。你不能如此贪图享乐，只考虑自己的快乐。

你的马克斯

11月20日

邮戳：布尔杀尼，1917年11月24日

致：马克斯·布罗德博士先生　帝国邮局理念顾问　布拉格　帝国邮局
寄信人：卡夫卡博士　祖劳　布尔杀尼邮局

亲爱的马克斯，空闲时间很多，奇怪的是，写信的时间却没有。算一算：自从鼠害开始——你可能已经听说了——（刚刚中断了很久，要给一个盒子和一口锅涂色），我其实没有房间。和猫在一起，而只有和它在一起，我才可以在那里勉强过夜，但我没有兴趣坐在那里听沙沙的声音，有时是在篮子后面，有时是在窗口（你会听到它一下一下抓挠的声音），虽然猫是十分娇憨可爱的动物，但在阅读或写作时我得时刻注意它，以免它跳到我怀里；或是在它捕杀各种东西时，及时准备好炉灰，这很麻烦，总之，我也不愿与猫单独相处，如果有旁人在身边，就没那么尴尬了，否则在它面前脱衣服、做体操、上床睡觉就已经够麻烦的了。

所以，留给我的就只有我妹妹的房间了，一个非常舒适的房间，或许第一眼从门槛处望过去会感到恐惧（底层，铁窗，破裂的墙壁），但这毫无理由，只是如果晚上想写作的话，作为共同的房间，当然就没什么机会了。而白日——白日是非常短暂的，若我在床上吃完早餐，起得很晚，两点钟的时候，底层的房间就已经暗下来了——白日的时间不会超过三个小时，前提是起床那天不是阴云密布，否则，白日就更短了，而且随着冬天的到来，白日会变得更短。白日里，我不是躺在户外，就是在窗边看书。这种时候，人们处于黑暗与黑暗之间，想从一本书中攫取点儿东西出来（这期间，奥匈帝国洪韦德部队也在清理皮亚韦三角洲，从蒂罗尔发动进攻，雅法被占领[103]，收到了汉特克，曼的课取得巨大成功，埃西格[104]完全没有，列宁的真名不是泽德布伦，而是乌里扬诺夫，诸如此类），就是不想利用这个时间写作，刚一想到这一点，天色就已经昏暗，只能模糊地看到外面池塘上的鹅群，这些鹅（关于它们有很多可讲），如果不是对待它们的方式如此可憎，它们可能会非常讨厌（今天一只被宰杀的填饲鹅躺在外面的盆子里，看起来就像一个死去的女人。）。

也就是说没有时间，这似乎得到了证明，现在只剩下证明这是正确的。这是正确的。我并不总是知道这一点，但这是我的错误，我总是在犯错之前，甚至是前一秒钟才认识到错误。如果我还坚持老原则：我的时间是傍晚和夜晚——情况会很糟糕，尤其是因为灯光上的难题。但既然不再是这样，既然我根本不写作，我就不追求没有老鼠的、光线明亮的、安静的傍晚和夜晚，虽然我也不会担心这些，上午的空闲时间在床上度过（早上刚把猫放出去，柜子后面某处开始发出沙沙的声响）。我的听觉变得千百倍的敏锐，同样也变得千百倍的不确定，当我用手指在床单上摩擦时，我已经不能十分肯定，自己听到的是不是一只老鼠的声音。但老鼠不是我的幻觉，因为猫傍晚进屋时肚子瘪瘪的，早上被带出去时肚子鼓鼓的。看了一会儿书（现在是克尔凯郭尔[105]），临近傍晚在乡村小路上散步，独自一人这就足够了，而且会越来越满足，看起来没有什么可抱怨的，除非我抱怨自己被悉心照料着。周围都是我不熟悉的工作，我虽然没有任何明显的疾病迹象，看上去却不能干任何像样的工作，这很丢脸。最近，我只是试着在菜园里干了一点点活儿，之后就有强烈的感觉。

奥特拉在布拉格，关于维也纳之夜[106]，也许她还会带给我更确切的消息。你不会拥有比年轻人更好的听众了。我对年轻人也有相似的信任，虽然我对自己的青春完全没有信任，然而，仅仅作为年轻人，作为没有前途的、纯粹年轻的青春，我也应该得到这样的信任。能够表现出这样的信任，那该多好啊！比如，你最近在霍穆托夫，在那里，感动（你这样写）曾完全是我个人的事情。

弗兰茨

我现在发觉，昨天晚上我把一切，也就是自己的内心状况，看得太轻率、太随便了。

5号包裹到了（《评论》《希勒》[107]《马尔西亚斯》[108]）。

奥斯卡在做什么？我完全没给他写信，他也没有寄来承诺过的小说。但在新年时他会来拜访几天。

一个新消息：整个上午我侧耳倾听，现在我看到门边有一个新的洞，所以这里也有老鼠。而且今天猫不舒服，不停地呕吐。

布拉格

1917年11月28日

亲爱的弗兰茨：

你24日的“老鼠信”让我的心情有些黯淡。城市的精神紧张只能换来乡村的精神紧张吗？——有上等的捕鼠器，我觉得，这是非常残酷的工具，猛击头部或是把它淹死。但也许没有猫厉害，同样因其必要性而是可原谅的，因为捕鼠器从来不会吃饱，所以更有效。

请你给我写更多关于布吕尔的内容。——在维也纳普拉特公园与伯恩费尔德博士散步时（他看起来和你相似，也得过肺尖卡他），我获悉了布吕尔和维内肯[109]的私人情况。

有一次，维内肯在发表演讲，大厅里有人窃笑。接着维内肯说："我要将这笑声抛向世界历史。" ——伯恩费尔德谈到他："人们要么就爱上他，要么就不理解他。"伯恩费尔德爱上了。

听到了加利西亚青年运动的许多趣事。两派。一派人像"学习"犹太法典一样 "学习"犹太复国主义，足不出户；另一派"成员"有开拓者的姿态。双方都是严格的纯正希伯来人。他们看不起西方的"琉特琴演奏者"等，把他们看作 "非犹太的蠢货" 。然而，在维也纳一切都聚居在同样的洞里，融合成一个新的大型青年团体，它的发展不可预见。

而我能够引领这些年轻人吗？！——因为爱情，在内心深处我被爱撕裂，成了说谎者，在说谎人的谎言中自己变得几乎面目全非。——我不明白，你怎么能说我可以用信任去回报年轻人呢？在他们面前，我感到自己如此病态，很是内疚、很是无能为力。我想由他们引领着我。我在等待着救赎。——我现在每天都努力地写那部小说，这是我唯一的救赎。但同时在小说中写下的每一笔，都是我所渴望的，在那里我截然不同。这部小说使我不幸变动，我的不幸像陀螺一样，暂时被小说驱动，小说同时竭尽全力地阻止这一不幸冲向我。

随信附上雅那切克[110]的一封生动的来信，应该可以缓解前几行留下的糟糕印象。有强壮的人就足够了，你自己不必成为他们中的一员。

等我的小说写完了，我就出去见你。在那之前，我会拒绝一切欢乐。

你的马克斯

明信片

邮戳：布拉格，1917年12月3日

致：弗兰茨·卡夫卡博士　祖劳　布尔杀尼邮局
寄信人：布罗德博士　布拉格　帝国邮局

亲爱的弗兰茨——翻看你的旧信时我发现，我忘了给你韦弗尔的地址。他的地址是：维也纳，格拉本酒店。我在维也纳从没见过韦弗尔。听说他在一次确证会上缺席。

我最近给你寄了两包印刷品。一个包裹里主要是《自由的犹太教师之声》[111]，另一个包裹是《片剂》[112]。可惜的是，给包裹编号有一个缺点，就是我永远不知道我编到哪儿了。——还有一些有趣的书到了，作为布拉格之行的奖励，我不应该扣留它们。

小说现在进展很快。——周六我跟鲍姆和韦尔奇在一起。韦尔奇工作很勤奋，鲍姆似乎停滞不前了，他非常期待去祖劳。——老鼠怎么样？——

你的马克斯

12月3日

明信片

邮戳：布尔杀尼，1917年12月4日

致：马克斯·布罗德博士先生　帝国邮局理念顾问　布拉格　帝国邮局
寄信人：卡夫卡博士　祖劳　布尔杀尼邮局

亲爱的马克斯，我今天才答复纯属偶然，也是因为房间、光线和老鼠的状况。但这与精神紧张或是城市—乡村的更换没有关系。我面对老鼠时的表现是一种纯粹的恐惧。要想找到恐惧来自哪里，这是精神分析家的事儿，不是我来做的事儿。当然，就像对害虫的恐惧一样，它与这些动物一样，出乎意料、不请自来、无法避免，一定程度上，它们与无声无息、顽强、带着的秘密目的有关，与之相关的还有，它们已经上百次地将周围的墙壁打通，潜伏在那里，因为黑夜属于它们，又加上它们体形微小，这让它们离我们如此遥远，因此更不易受到攻击。尤其是它们的渺小，这渺小是激起恐惧的要素。想象一下，如果有一种动物，长得和猪一模一样，即本身长着一副令人发笑的样子，但却和老鼠一样小，而且会从地板上的一个洞里呼哧呼哧地冒出来——这是一个多么可怕的想象。过去的几天里，我找到了一个不错的办法，虽然只是临时的。夜里，我把猫留在隔壁的空房间里，以防止它弄脏我的房间，在这方面和动物要达成一致很难。似乎只有误解，因为猫从挨打和其他各种解释中得知，排便是不得人心的，因此必须慎重地选择场所。那么它是怎么做的呢？比如，它选择了一个黑暗的地方，还以此向我显示了它对我的依恋，当然也没忘记为自己找到舒适安逸。在我们人的角度来看，这个地方恰巧是我的拖鞋里面，所以这就是一个误解（有多少个这样的夜晚和需求，就有多少个这样的误解）。这也避免了它跳到我床上的可能性，但我也可以放心，如果情况变得糟糕了，我可以让它进到我的房间。这几个晚上都很安静，至少没有确凿的老鼠迹象。况且自己承担了猫的一部分任务，竖起耳朵，瞪着发光的眼睛，在床上直立或是弯着腰仔细地倾听，这样做无益于睡眠，不过只有第一天晚上是这样的，现在越来越好了。

我记得你曾多次跟我说过的特殊捕鼠器，但现在好像买不到了，其实我也不想要。捕鼠器甚至会引诱老鼠，而且只能消灭捕鼠器能杀死的老鼠。而猫，仅凭老鼠的存在，甚至可能仅凭堆积物就能赶走老鼠，这也是为什么不能完全轻视它们的缘故。这一点在老鼠大闹一夜之后，第一只猫来的第一夜里特别明显。虽然还没完全到“鸦雀无声”的地步，但也没有老鼠再到处乱跑了，猫坐在炉子边的角落里，因为强制换了地方而郁郁寡欢，一动不动，但这已经足够了，它就像老师的存在一样，只有老鼠洞这里或那里还有些吱吱的响动。

关于自己，你写得太少了，所以我用老鼠来报复。

你写道：“我在等待救赎。”幸运的是，你的有意识的想法和充满意识的行为并不完全吻合。谁在与自己的任务做斗争时，不感到“病态、内疚、无能为力”呢？或者说，有谁不觉得自己本身就是一项必须解决的任务？如果没有同时获得救赎，谁又能去拯救他人呢？甚至连雅纳切克（顺便说一句，我妹妹恳请看他的信）在他的音乐会那天也在布拉格绕来绕去。另外，你并不自怨自艾，这些不过是一时的沮丧。而我要以不同的方式来讲述《塔木德经》[113]中的故事：义者哭泣是因为他们以为自己遭遇了那么多的苦难，而此时他们看到，与现今相比，一切都不算什么。然而不义者——但有这样的人吗？

我的上一封信你只字未回，也没有给我韦弗尔的地址，为此我现在不得不请你把我的信亲自寄给他。《开端》[114]的邀请函大概是你安排的吧？

弗兰茨

布拉格

1917年12月5日

亲爱的弗兰茨：

感谢你的来信和卡片。我已将你的来信转寄给韦弗尔了（维也纳，格拉本酒店）。

克尔纳的地址是维也纳第九区，瓷器胡同十六号。

你妹妹要妥善保管雅纳切克的信，不要让它落入他人之手，因为上面有关于同时代人的关键性内容。当然信是属于她的。

尽管我也收到了邀请，但《开端》的邀请与我无关。

我希望能去德累斯顿参加总排演[115]。——在《音乐剧》[116]上有一篇对我的《她的养女》译本[117]高度赞扬的评论。

现在我想我已经回答了所有的问题，可以出于我真正的担忧给你写信了。我担心的就是鼠疫加上不眠之夜（你自己提到发光的眼睛！）会抹杀你疗养的成果，这让一个无鼠的疗养院又显得很理想。你什么病情都不写，咳嗽、气喘。如果我可以相信，这些症状都已经从你的生活中彻底消失了，就像从你的信中消失了一样！——不过，目前我迫切地恳求你将自己视为病人，也许可以给我寄一些官方术语所说的“空白报告”，但绝不要对你正在或已经生病的事实缄默不语。

你什么时候来布拉格？这是主要问题。因为这一次你必须做出决定。

我真的不觉得我在信中写自己写得太少。但这种错觉或许因为我在小说中写了太多的自己。我将自己分成了三个人，他们彼此怜惜，用爱护与友爱善待彼此。

谈到爱护：我现在就是喜怒无常，我希望你把“不收礼”看作你要照顾一个病人喜怒无常的脾气。

我是真的病了，你总是把我视作正常，或是异常健康，以此方式是无法慰藉我的。但我确实觉得，你在布拉格的缺席对我一生影响很大。至少我和你在一起的那几天里，一切都改善了很多，之后又变得更糟了。遗憾的是，我没有更透彻地给你朗读我的日记。或许那时你可以建议我。——如今，我只靠小说活着。我还不知道，若我写下了自己幸福的解决方案，而只是以悲伤的毫无出路的形式存在着，那么我看上去该会是怎样的呢？但我既没有特别地期待这一刻，也没有特别地害怕这一刻。我相信，这之中会有一个奇迹出现，它将驱使我超越那个关键时刻。——前几天，我去见了布尔扎尼[118]的拉比与朗格[119]（顺便说一下，他正在申请文化社区的职位）。拉比马上突兀地和我说起《以斯帖》，然后又说起摩西，在国王用以触碰以斯帖[120]的权杖和摩西的权杖之间建立了巧妙的联系。——奇迹是这样宣告来临的吗？

你的马克斯

明信片

邮戳：布尔杀尼，1917年12月5日

致：马克斯·布罗德博士先生　帝国邮局理念顾问　布拉格　帝国邮局
寄信人：卡夫卡博士　祖劳　布尔杀尼邮局

最亲爱的马克斯——好事一桩，这是在这里听到的第一则消息，收到它时我还在床上，这颠覆了我所有的晨间幻想。我最近还收到了两个包裹，今天是第二个：《犹太评论》[121]，《泛理想》[122]（一本可怕的杂志，与事情完全无关），《舞台》[123]（《艺术家》[124]的竞争对手），《洛维特》[125]的目录册（或许我可以留下吗？），《行动》[126]，《片剂》[127]，《阿尔兹贝塔》[128]（雅纳切克提到的莱比锡首演可能搞错了，他指的是德累斯顿吧？《音乐剧》中说什么？[129]），这么多。你可以送礼物，但我们不可以。黄油生意令我们不满意，“渴望亲吻的嘴唇”不能只用钞票封住（此刻，我听到厨房传来惊叫声，如同一首恐怖歌曲的暂停：“一只老鼠！”保持冷静。）。一个请求。

马克斯：《多瑙河畔》向我约稿，科尔纳博士[130]还写了附言，我必须回复他，但不能将我的回复寄到编辑部，特别是考虑到邀请函上的印刷说明。凡塔女士[131]一定有K.的私人住址。麻烦你帮我找来，如果可以的话，请尽快。

弗兰茨

德累斯顿的排演你不在吗？

邮戳：布尔杀尼，1917年12月10日

致：马克斯·布罗德博士先生　帝国邮局理念顾问　布拉格　帝国邮局
寄信人：卡夫卡博士　祖劳　布尔杀尼邮局

亲爱的马克斯，第一个误解：我没有因为老鼠失眠，除了第一个疯狂的夜晚之外。我的睡眠平时可能就不太好，但是平均而言，至少我在这里的睡眠比得上我在布拉格睡眠最好的时候。至于“发光的眼睛”只是意味着，我试图用猫眼穿透老鼠存在的黑暗，但未成功。现在，至少在目前，这一切都是多余的，因为一盒沙子几乎就可以收集起猫之前散落在地毯和沙发上的所有东西。当与一只动物达成一致时，真是极好的一件事了。它就像一个有教养的孩子，晚上喝完牛奶后，走去箱子那儿，钻进去，弓着背，因为箱子太小了，然后做它必须做的事。所以，目前这件事不会让我担心。“无老鼠的疗养院”：所谓“无老鼠”同时也就意味着“无猫”，这确实是一个伟大的词，但又没有那么伟大，而“疗养院”这个词是渺小的，因此我不愿意去那里。我的健康状况一直很好：外表上过得去，有可能比在布拉格时咳得还少，还有几天，我没注意，甚至根本没咳嗽。但呼吸短促依然照旧，就是说，它在我日常失业的生活中根本不会出现，甚至散步时也没有出现，只出现在我走在路上要与某人交谈时——这太过分了。但这是整个状态的伴随症状，我告诉了教授此事，但是教授及米尔斯坦博士都没有太重视它。我不知道，为什么现在要确定疗养院的问题，不需要，但是医院的问题需要确定，因为我此时去见教授时，他会计划冬天把我送去医院，但是我不会去，或者会不停地犹豫，从管理人的窗口看起来，好像是不去。但总之这都不是一件令人愉快的事情，因为他们的确对我很友善，并且某些事情无法让某些人理解，特别是当这些事由某些人来解释时。

第二个误解：我对你的病情表示怀疑，并不是想安慰你。既然看到了，我怎么会怀疑。我只是比你更坚决地站在你这边，因为我感受到你的尊严，你作为人的尊严，因为患病的痛苦而受到威胁。在一个比较平静的时期，做出这样的判断当然很容易，你也会这样做，但是，在任何比较中，比如说，我以前的状态和你现在的状态，都要有所区别。如果当时我是绝望的，我不为自己的绝望负责。我的疾病和患病的痛苦是一回事，除此之外，我几乎什么都没有。但你并非如此。在你的情况下：要说的不是不应该有，而是绝不能有如此猛烈的攻击，致使你面对它时畏缩不前，就像你正在做的或你似乎正在做的，这只是我的信念（并不是要安慰你，而仅仅是我的信念），或者在你自己看来是正在做的。

我不认为我可以给你更重要的建议，除了我告诉你的那些无关紧要、含糊不清的事情。我希望我能花几小时和你一起坐在你的办公室里，听你说话，那里特别好，但那只会给我带来快乐，与你朗读的东西的好坏毫无关系，但是却没有任何决定性的建议、任何具体有用的建议。我从来没有能够向任何人提出这样的建议，但现在是出于其他的原因而不能。我认为，这样的建议只能本着那种自我克制的教育学精神来提出，这种教育学在我看来只会越来越孤立无援。我想到了福尔斯特[132]的一个例子，虽然非常模糊，但它表明了一个人如何能够毫无差池地说服一个孩子，不仅每个人进房间时都必须把门关上，而且这个孩子也必须把这扇门关上。——面对这项任务，我会完全不知所措，但我又认为对这种事情不知所措是对的。当然，训练孩子关门是很困难的，但也是毫无意义的，甚至可以说是错误的。我的意思是说：也许可以建议，但最好不要分散注意力。——马克斯，我至少也想你了，但知道你的存在，知道我有你，知道信来自你，在这方面就使我感到平静。此外，我知道你有你的小说，这给你带来了幸福，而这是不需要道歉的。

弗兰茨

关于邀请函我询问了，因为我不明白他们是从哪儿得知我在祖劳的地址。是你告诉他们的吗？

你何时去德累斯顿，请及时告诉我，因为我的布拉格之行。

布拉格

1917年12月17日，星期一

亲爱的弗兰茨：

感谢你10号的来信。其中“人的尊严”一词是一个好词，由此产生的力量正是我上周特别需要的。那是做决定[133]的一周，如果真有这样的事，我今天又对此抱有怀疑——

八天前的今天，星期一，St.（你知道我日记的秘密）告诉我，她会再次订婚，和一个白痴，男爵。会去受洗。八天后决定。她只想要一个她根本无法爱上的人，她鄙视的人。——她的决定带着如此美妙的纯净。—— 在同一天晚上，她说（我对这种结合给出了反对意见），她不会这样做。她说话算数。尽管如此，我还是抽泣着回了家。光明节的灯准备好了。多么不可思议。开始与我妻子的谈话，持续了三天和两个基本无眠的夜晚。说了一切，甚至St.的名字，虽然不是最近的日记，但读了以前的日记。为了证明，在这场婚姻中及之前都从来没有过统一。——本来的目的是要离开E.，但又没有。——最后，我的妻子接受了这个决定。当然为了我，无论如何。——每个决定都会产生积极的对抗力量，我觉得，优柔寡断更过分。另一个决定也绝不会更容易。——它会怎样，我不知道。——我们想试一下。我妻子做了超越凡人的事。我很乏力。——星期六我最后一次与St.在一起。我们都感到害怕。最重要的是，这不会是最后一次。尽管如此，留下了一个缺口，此后的一切都不能再弥补它。显然，这是双方看到的一种不可能性的开始。

小麻烦中最小的一件：小说卡在了最后一幕[134]。麻木的我不想继续写下去，目前为止我做不到。——至于睡眠和健康状况，我感觉比以前好多了。

不管怎样都很不安，不知之后会如何进展。

对此还有千言万语。——我只想向你报告事实，这样你就不会因为长时间的沉默而不安。

《开端》的地址不是我给的！或许是福克斯。

3月才在德累斯顿首演。——你什么时候来布拉格？——韦弗尔回复你了吗？我将我的《以斯帖》寄给他了，没收到他任何消息。——你收到《以斯帖》了吗？我把书寄给你了。

马克斯

明信片

邮戳：布拉格，1917年12月18日

致：弗兰茨·卡夫卡博士先生　祖劳　布尔杀尼邮局
寄信人：布罗德博士　布拉格邮局

亲爱的弗兰茨：

对我昨天的信的补充：昨天我收到了韦弗尔写的关于《以斯帖》

的一封快信，非常热情，但存在着一些疑虑，而对我没有影响。韦弗尔热情地谈到你的猴子故事[135]，认为你是最伟大的德国作家。如你所知，这也是我长期以来的看法。带着你教我的独特的怀疑，来抵制那些花哨的表达，而不是发自我的内心。

马克斯

祖劳

1917年12月18/19日

亲爱的马克斯，我早就应该为《以斯帖》[136]感谢你，但是它来的时候，正是我至今为止在祖劳经历的内心最糟糕的日子——也有这样的日子。那是一种不安，只要创世故事没有被废除，这种不安的浪潮就不会停止。但这与你的苦难稍有不同，因为除了我以外，没有人卷入其中，或许还有一个人，她可能会逐渐停止这种感觉，希望如此。

你的事情已朝着我几乎没有想到的方向发展了。但我仍然认为，这样的决定既不是来自右边也不是来自左边，所以不是来自女人。因为不管其他地方情况如何，我看不出你无条件地爱着这一个或那一个。这边的负面因素驱使你前进，到那边去，那边的负面因素又驱使你回来，也许你可以选择露特[137]，但是在这两个女人之间，你并没有表现得好像你可以这样做，或者说，好像你被要求这样做，或者说，好像做决定是你的事情一样。你的哭泣似乎不针对你表面上为之哭泣的女人。在这边你会因为那个人哭泣，在那边你会因为这个人哭泣，虽然肯定没有那么明确，但你可能不会在任何一个人那儿停靠。这是不是可以解释为，其实你会被逐出这个关系圈？自然，这种解读带有太多我的痕迹。

你的妻子做的是超越凡人的事情？无疑。也许只是超越男人的事情，当然这也已经是足够超越的了。

我一口气给奥特拉朗读完了《以斯帖》（也是一次呼吸的壮举，不是吗？）。总的来说，我对布拉格的印象得到了证实，那就是我对序幕的很大一部分，几乎所有与哈曼有关的东西都很钦佩。

——真的中断了很长时间，结果我把我开始写的那一页撕掉了，主要是因为中断了。今天我们的小姐去了布尔杀尼，现在晚上带回了包裹，否则我明天早晨才会收到。大部分是你的礼物，一批印刷品、卡片，这没什么好说的（韦弗尔总是那样爆发，如果你认为那是对我友好的表现，那就随他去吧），还有报纸和《自卫》，然后是我的上司[138]写来的一封长信（我与他保持着非常友好的关系），他也来过这儿了。最后，这就是那个中断：F.的一封来信，宣布她在圣诞节的到来，尽管我们之前似乎已经明确达成了一致，此行是无意义的，甚至是有害的。由于种种不值得列举的原因，我可能会——尽管我本想到圣诞节时才去布拉格——这周六晚上左右就去。

在这之后尽可能地回到《以斯帖》。

第二幕萦绕在我的内心里，对第二幕及整个犹太人的章节大为赞叹。所有你知道的对小细节的反感，仍然存在，因为我可以为了自己给它们提供根据。

另一方面，事先我就知道我读这出戏时会有所不同，不似在布拉格时处于极度不安。但其结果就是，我认为，我对这出戏的理解不那么透彻，甚至我更被这部剧的重要性所打动。我的意思是，我较早地握住了它，就像作为艺术品握住了它的手柄一样，但是我没有全面掌握它，因此我对这出戏的理解还不够。也许原因在于一个根本难题，即该剧假设了一些明显不真实的东西：因为三个角色——哈曼、国王和以斯帖其实是一体的，一种既是人为的，又是艺术的三位一体，通过他们彼此交织的部分产生了这些前提、张力、纵观和结论，其中只有部分；尽管可能有大部分是真实的，或者更准确地说，是对于灵魂的故事绝对必不可少的。举一个例子，恰恰因为我没有完全掌握它，肯定是一个错误的例子：哈曼和以斯帖在同一时间，同一个晚上跳跃起来，其实，在这里面，在整部剧中，都隐藏着一些极其木偶式的东西（比如最后一幕的绝望，在我罗列这些段落的时候，忘记了）。还有哈曼坐在国王的餐桌旁，观望了七年，这一点非常好，也非常不人道。但是他们真的在这个晚上才来吗？国王已经度过了生命中重要的一段，他作了孽，受了苦，战胜了自己，却迷失了自己，也许所有这些都处于一个比现在发生的事更深的层面上，但又或许，从最高处来看，完全是一样的，无论如何，没有哈曼和以斯帖一切都将不可能。多次访问洞穴几乎表明了这点，第一幕中的国王基本已经知道并理解了整出戏展开的场所，就好像那是一出过去的旧戏。以及最后一幕的告别对话，所讨论和感叹的，虽然有一定的不透明性，但比单纯的剧中事件要多。但是在这些场景的背景中极少谈到的内容又在第二幕的千年历史中爆发出来。——我认为，由此产生的是歧途，即便确实可以增强作品的艺术性，但让人难以走入它们，我是无法进入的，当我仔细审视时，是我内心有些东西拒绝走入这些道路，因为它们是献给艺术的牺牲品，也是对你的伤害。我的意思是：对你的伤害，就像你的小说中（正如你最近一次所写的那样）实现了你本性的三重分裂，而各个部分彼此怜悯，彼此慰藉。也许这里产生的是艺术与真实人性之间的有害的对立。前者需要一定的艺术公正，这导致你比如，把国王带到了最后，还把他推向了未来，事实上，很早以前就有了关于国王的决定。或者这也驱使你让本来背负世界的以斯帖渺小又无知地（当然她必须如此，但在戏剧的视角下，这种存在同时带来了另一种意义）在戏剧的生命中与哈曼并肩前行。她这个永恒不变的存在，通过哈曼的被杀改变了本性。而真实的人性需要的只是坚毅的存在。

太晚了，写得也太多了。毕竟，我们很快就会见面。但是关于这些事我能说的比写的还要少。

弗兰茨

捕鼠器已经设上了。——是的，《开端》的地址来自福克斯，他给我写了关于 “糟糕的开端”的信，他让人邀请了我投稿。我很久以前就坦率地和那些人解释——因为我喜欢通函——我不会与他们共事。

致埃尔莎·布罗德

祖劳 1917年12月20日

亲爱的埃尔莎女士，这是一时兴起所写的信[139]，下一秒这封信可能就不会完成，再下一秒也许就不会寄出。因此，这封信从本质上来说就是错误的，达不到您从根本上所拥有的丰富的对人类事物的认知。

亲爱的埃尔莎女士，如果我们想谈论马克斯，首先我们必须在同一层面上，也就是只能作为马克斯的朋友互相交谈，仅作为朋友，而且必须把其他的事情放在一边，我不会冒昧地去触碰这些，即使您在某个瞬间犯了错，试图把我的手拉向它们也不行。但是作为朋友，我们不是他的医生、不是他的老师，也不是他的法官，而仅仅只是在他身旁爱着他的人。既如此，我认为，在涉及他的全部生活之时，我们无权通过建议、耳语、暗示来影响他，而只能用最自然的方式，即我们的存在、爱、善良、克制和友谊的方式。您也是这样做的，正如我经常看到的并为之感动的那样。但是，当然，您做的不止这些，也就是说做得更少，就像我们大家一样。因为我上面所说的只是一个目标。我也是，甚至最近（我想，有一次您还在场）也曾尝试过给他建议，也许并不完全如您所愿，但肯定不违背您的意思，但是，这样的建议是绝对违背我的个人意愿的，马克斯的目光夺走了它，而无时无刻不在马克斯身边的您，承受的目光一定是无法比拟的，甚至达到了您精力的极限，我很理解，在此献上我毫无保留的理解。然而，事实仍然是，虽然当我们看到马克斯处于被石头绊倒的危险时刻，可以试图阻止他，但无权给他一击（前提是一个人有能力完成这样不可能的事）——以阻止他闯入我们认为会成为苦难的境地。我如果试图在此为他提供建议，就等同于我想因此责备他，作为朋友，长久以来他没有建议我染上结核病。

鉴于这种信念，我认识到了您信中的错误，我再重复一遍，我不认为这是您的错误，所以我不应保留您的来信，特此随信寄回。这些错误大致如下：您的抱怨源于爱，而您拥有真正爱的机会。—— 您正在寻找支持者，而坚定不移的马克斯却是您最有力的支持者。您把一件遥远的、无关紧要的事情看作（或者至少您的目光转向了那儿）最重要的事情，您很困惑，从而疏忽了要从容地做您自己。

以您来信的语气，您现在可能会想："向陷入困境的人去罗列原则是很容易的。" 而且您可能是对的，每当我想到您时，这种感觉就让我感到羞愧。但是因为羞愧就要保持沉默甚至说谎吗？特别是在这方面，我们对马克斯的关心是一致的。

弗兰茨·卡

来自埃尔莎和马克斯·布罗德

布拉格　1917年12月20日

亲爱的弗兰茨·卡夫卡：

昨晚举行了那场您不太赞成的女子俱乐部[140]文学活动。我应马克斯的要求写下这封信，他也要"写一写"这件事。——一位叫凯尔纳的小姐以老派剧院的风格朗诵了福克斯和贝兹鲁奇[141]，用痛苦、渴望等惯常的语调朗读，毫无悬念，一如既往地出了丑，预料之中、可惜却久已习惯的手势，还有那个语调出现了。——然后我读了猴子，没有事先预告，完全是即兴。费利克斯和鲍姆认为我精确地复制了您（作为猴子的朗读者），马克斯认为有些太抒情了，不够放肆，但是听众非常兴奋，当然即便是更糟糕的表演这也是理所当然的。我本人认为读得很好，证据就是，在朗读时，我感觉自己简直如猴子一般，我闻到了猴子的汗水并让它散发出来，当然只是在这部作品中。猴子是一部杰作。——反响很好，非常好！或许您还会听别人说起。凡塔女士说，我应该带着猴子一起旅行，在其他地方朗读它。——我已经想念与您交谈了，这次您也得送我半小时！

您最真诚的

埃尔莎·布罗德

亲爱的弗兰茨——对于你的来信太过直白的解读，我感到很内疚。你允许我的妻子朗读你的中篇小说，但反对这场活动。所以，我们什么都没举办，只是即兴朗读。在预告中没有提到你（《自卫》和《布拉格日报》）。几乎没有出现批评[142]。

——关于那个晚上还有要说的，费格尔[143]非常抑扬顿挫地朗读了诗歌，就我所理解的，诗歌诉说着美好，唤醒了情感，这种情感我之前就有了。还有唐璜的场景，以费格尔自然主义的方式喘息着粗气表现出来，站在朗读台边上的引诱者有着一种稀有的特质。——我感觉相当的好。你知道怎么回事吗？我也不知道。——

马克斯

你现在欠着对我寄给你的一大批包裹、信件等的回复了！

1 9 1 8

布拉格

约1918年1月4日[1]

亲爱的马克斯，这是一些手稿——（我唯一的一份）——给你的妻子[2]，请她不要给任何人看。请让人做一份《骑桶者》和《古史一页》[3]的抄件，费用由我承担，并将副本寄给我——我需要把副本给科恩菲尔德[4]。

我没有附上小说[5]。为什么要唤起旧日的辛劳？就因为我至今还没有烧掉它们？直到，不，如果我（F.的信刚刚到了，对《以斯帖》表示非常感谢，问她是否应该感谢你）不久后再去的时候，希望能烧掉它们。保留这种艺术上甚至“失败”的作品，意义何在？因为人们希望用这些碎片拼凑出我的全部吗，当我有麻烦的时候，我可以向某个上诉法院求助吗？我知道这是不可能的，从那里得不到帮助。那么，我应该怎么处理这些东西呢？既然它们帮不了我，我要让它们伤害我吗？鉴于这种认识，它们一定会的。这座城市让我心力交瘁，否则我不会说要把手稿带来。

关于昨晚[6]还有几句话。在我这个不参与任何人的痛苦的人看来，这件事显得是这样的：比起你，在你妻子的主要的谴责中，她也许触及了更本质的东西。

太晚了，我还得去办公室[7]，我很快就会从祖劳给你写信，也许这样也好，正好今天不用充当你们之间的调解人。

弗兰茨

还有一个请求：你可否将空白的军事税务报表寄给我，我想，这些表格必须在1月填完。

明信片

邮戳：布尔杀尼，1918年1月10日

致：马克斯·布罗德博士先生　帝国邮局理念顾问　布拉格　帝国邮局
寄信人：卡夫卡博士　祖劳　布尔杀尼邮局

亲爱的马克斯，今天我只是奥斯卡[8]的秘书，在不负责任的幸福之中给你写这封信：

“那么你已经可以确定日子了，你想哪天给我和费利克斯朗读小说的结尾[9]？在弗兰茨向我讲述了孕育着希望之美的结局后，我比之前更加好奇了。我星期日来，也就是说从星期一开始，我每天晚上都在准备着。等你和费利克斯约定好了，或许你可以给我写一张明信片。我不想向你讲述这里有多美好、多宁静，因为你可能没有机会效仿我。”最近，（现在是我，弗兰茨，不久将给你写更多的信）当我朗读特勒尔奇[10]的文章时突然想到，这部小说的正面结局实际上指向了比我最初设想的更简单、更明确的东西，那就是建一座教堂、建一座疗养院，诸如此类几乎毫无疑问会出现的东西，而且在我们分崩离析的节奏中，它已经在我们周围建起。——

和奥斯卡在一起很愉快。

弗兰茨

邮戳：祖劳，1918年1月13日

致：马克斯·布罗德博士先生　帝国邮局理念顾问 布拉格 帝国邮局
寄信人：卡夫卡博士　祖劳　布尔杀尼邮局

最亲爱的马克斯，奥斯卡在这里的时候，我没有写信，一方面是因为我习惯了孤身一人（不是习惯寂静，而是孤身一人），以至于我几乎无法写信：另一方面是因为他不久就会亲自向你讲述祖劳的生活。在我眼中，他在某些方面变得更加清晰了，可惜我不够强大，无法持续不断地为这种清晰的认识描绘出清晰的面貌。毫无疑问，你对奥斯卡的判断总体上比我准确，但你似乎在细节上弄错了。——小说[11]中的许多段落都令人感到惊艳，到现在为止，我在奥斯卡改变了的工作方式中看到了太多浮于表面的东西，但并非如此，相反，真相就在那里，但它触及了极度紧绷却又太过狭窄的边界，由此产生的是疲倦、错误、软弱及叫嚷。如果祖劳对他稍有帮助（虽然我对此表示怀疑），我会非常高兴，既为他高兴，也为自己高兴。也许你可以写信谈谈此事。

感谢你寄来的《片剂》[12]《行动》和表格，这次我可以把《片剂》送给菲莉丝吗？

我们在一起的最后一晚并不愉快，我很希望自那以后有你的消息。那个晚上过得不愉快是因为我（一如往常不知所措，但我已经习惯了）看到你不知所措，这让我几乎无法忍受，尽管如此，我还是试图这样来解释这种不知所措：当一个人的旧枷锁第一次被震动，而且明显晃动的时候，他便无法立刻找到正确的轨道。所以，比起你说着不自信的话语，你在房间里的前后徘徊更不自信。而在我看来，相应地，以另一种形式，比起你，你的妻子似乎更有权去替换其他的东西，就像所有的妻子一样，似乎被赋予了更多的权力。你被指责不适合婚姻，至少从她的嘴里听起来是真实的。如果你反驳说，这正是你的痛苦，她会回答说，你无权以此为由让她受苦，因为这不是她应该受的痛苦。对此，你只能回答说，她是个女人，受不受苦是她的事。但这样一来，你们便将事情又提交到了一个如此高级的法庭，这个法庭不会做出判决，而是让诉讼一再从头开始。

她看到了你“不适合婚姻”，我表示同意（不，我不打算如此紧密地和她联系在一起，她看到的可能是另一面），我看到了：你虽然需要婚姻，但只是部分地需要，而你天性中的另一部分却在把你拖开，由此你作为丈夫的一面也被牵扯着，正是因为完全不想要婚姻的这部分，在破坏着婚姻的根基。当然，你是以你的整体进入婚姻的，但另一部分相应地将你的目光移向远方，一开始，你只是向着远方斜瞟一眼，单这一眼并不长久。所以，例如，你与你的妻子结了婚，是与她及超越于她的文学，同样地，例如，你现在要与另一人结婚，是要与她及超越于她的巴勒斯坦。但这些都是不可能的，即使可能是有必要的。相反，一位真正的丈夫——理论上可以这样理解——虽然是在与妻子结婚的形式与世界结婚了，但并不是在妻子的这一面去看婚姻与世界，而是通过世界去看妻子。其他的形式都是对妻子的折磨，而丈夫获得的救赎或救赎的可能性，并不少于那种理想的形式。

弗兰茨

布拉格
1918年1月16日

亲爱的弗兰茨：

我明天才会和奥斯卡在一起。如果你能更详细地聊聊他，我会很感兴趣。我在哪些方面对他的认识是正确的，又在哪些方面，如你所提，是错误的？——大约是婚姻？—— 我把一切都混为一谈了。

你情况如何？不久前，你在布拉格的情况让我完全不能忍受。你咳嗽得很厉害。现在呢？你的体重如何，睡眠呢、呼吸呢？

你当然可以把《片剂》寄给菲莉丝。

我让人询问了一下这两篇中篇小说[13]，然后寄给你。如果你再添加一篇就太好了（这一呼声是向听众发出的[14]！），我特此恳求你。—— 我也很生气，因为你没有随信寄来我无比期待的《诉讼》。——我觉得很糟糕，我的朋友们没有权利拒绝我的任何恳求。是的，我在认真行使那点“可怜的权利”！对你也是如此，特别是对你!

现在我们已经进入了你最后一封信的主题。

亲爱的弗兰茨，我认为你没有看清我的处境。我觉得你在一定程度上把它看得太“意识形态化”了，把根源看得太复杂了。但它的复杂恰恰在于根源相对简单，而紧跟其后的事情十分杂乱——两者密不可分。

我的事情不是说我为了文学而选了这个女人或者现在为了巴勒斯坦而需要另一个女人。——简单多了！更多的是肉体上的！——在许多可能的简化中，它是这样的：我的妻子不是我喜欢的类型。在精神意义上不是，因为在此意义上她是需要引导的女性，而我则需要一位女性的引导者。也完全不是肉体意义上的。另外，肉体与精神在某种程度上是相通的，因为这一切都太娇嫩了，都太脆弱了。——我选择这个女人是因为当时：

1. 我还没有清晰地建构出理想的情爱对象，那时我无比盲目；

2. 部分是带着蓄意的谎言，出于傲慢；

3. 因为某些本身很高，却又次要的品质将我束缚于她，而且至今这种巨大的力量还在束缚着我，使我永远也无法挣脱。——后果就是放荡的性生活无休止地折磨着我，使我焦躁不安，它根本上阻止了我超越今日达到的级别。—— 我知道，只有当我最终在爱神身上找到平静，彻底的平静，才能继续前行，这其中也包括孩子——而且我知道，另一个人拥有我所需要的这一切，拥有一直以来我在理想对象身上建构的一切，部分甚至（奥尔嘉[15]）在我认识“以斯帖”之前。所以说是预知性的，这段经历真实得令人震惊。

正如你所看到的，巴勒斯坦完全是次要的。继续前行，向着更高目标，这就是一切——而在此，以我今天麻木的眼光来看，巴勒斯坦一定扮演着某个角色——还不确定是什么。——我认真地审查过自己，我觉得只要我还囿于如今渺小的情色诱惑中，就无法接近上帝。而完全戒除似乎也不是我要走的路。

但是，我不可能离开我的妻子。——这就是你无法理解我的地方。因为我有一颗比你更柔软的心（这并不是一个长处）。我无法施加一丝一毫的残忍，而残忍在这种情况下可能是更大的仁慈。通常我离开了妻子一步，过了几天一定会朝着她的方向退回这一步——因为她如此无助，利用一点技巧就很容易骗取她的信任，促使她赞同。如果我把真相告诉她，现状如何，我便是正派的——可惜在我眼里，这种正派是一个人所能做到的最大的恶俗。

星期日，我与韦弗尔谈了谈，他途经瑞士来看我。看起来他的处境与我相似。让我震惊的是，他处理得那么轻松。他的诗歌中凝聚的良心在何处？——他大约说了这样的话："我知道，一切的爱都是有终结的时候的。当爱开始腐烂时，处于其中之人必须要离开。这很艰难。但这是更大的仁慈。接着，幸运的是，还有另一部分。此人一定会觉察到，那里存在着腐烂。如果没有，他就激怒了我，我会更容易做出决定。况且，这就是生活，其中还有某种趣味。只有空洞的日子是无法忍受的，等等。"

他说的话确实很不成熟——但是，若我们不是只有短暂的半小时时间，自然能挖掘出更深层次的东西。

我现在在读盖哈特·豪普特曼[16]的《沉钟》[17]。这一直是我最喜欢的作品之一。很奇怪，我们居然从来没有谈论过它。我不知道你怎么看豪普特曼——今天我在这部戏剧中清晰地看到了自己的命运。——山谷里是女人和责任，山上是情爱的对象（自然就肩膀宽阔的豪普特曼而言），他和我的类型大约正好相反——天真、未发育成熟、古怪——简而言之，是他所欠缺的——而山谷里的女人，像他的一面钟一样，他教育培养了她，而处于两个女人之间的大师海因里希却摧毁了两者，也消灭了自己。若没有奇迹发生，我也会有这样的结局。

但这个奇迹拥有几乎不可能的先决条件：我的妻子必须在没有与我解除次要的精神联系的前提下，在另一段爱情中找到她的幸福。——这不可能。因此，我根本没有期待事情会朝这个方向发展。

目前，我每天忙于小说收尾后的各类整理工作。——此外，如果你能给我写信谈谈这部小说，就太好了。对了，在快到结尾的时候，我做了不少改动，这些改动让我度过了快乐的一天。

星期日的报纸无比美妙（1月12日）。——托洛茨基[18]的信，由毕胜[19]引用，正面反对法国的假社会主义者，在与猪脸将军霍夫曼的斗争中完全就是托洛茨基（据《周报》）。高雅的措辞："我们鄙视互不干涉的互惠主意。"—— 是的，还有犹太人，若我将旗子放倒，别人就会将旗子扛起。

马克斯

邮戳：祖劳，1918年1月20日

致：马克斯·布罗德博士先生　帝国邮局理念顾问　布拉格　帝国邮局
寄信人：卡夫卡博士　祖劳　波德博扎尼　布尔杀尼邮局

亲爱的马克斯，你这次的信之所以对我来说特别重要（还是一样，我首先并未考虑它的内容，我已经说过多次了，而且非常清晰地感受到这一点），是因为我最近一而再、再而三地经历了不幸的事件——或者说，可能仅有一次，这些事件将我固有的困惑放大到如此程度，就好像，打个比方，因为某个教育法令，我从高中的最后一年降级降到了小学一年级，而这一教育法令的根据是我所不能理解的。这些（为了让你正确地理解我）只是在某种程度上不幸的事件，其好的方面我很欣赏，也能为之欢欣鼓舞，并且已经这样做了，但在“某种程度”的范围内，它们确实是彻彻底底的不幸。

其中之一，也是主要的一件，那就是奥斯卡的来访。他在这里的时候，我丝毫没有察觉到这件事的本质，或许只是在最后一天的时候，感到一些、一点点，但这只是稀松平常的虚弱感和疲倦感，不值得进一步探究，这种感觉恰恰在两个人之间比在个体内部表现得更明显。刚开始的几天，我们思考着奥斯卡的不幸，直到感到疲倦，接下来整整一个星期都过得很愉快，也许过得太愉快了。不过，根据经验，我似乎比你认识的任何人都更容易疲倦。但此时这并不是要谈论的问题，如果要讲述此事，肯定要因此从过去的难受的以往中找到某些纯粹历史性的东西。

奥斯卡的不幸也不完全属于这一范畴。但你问及此事，而我直到现在也只是泛泛地提了一下，因为这是他最近才向我吐露的，与其说是秘密，不如说是坦白，另外我也不希望你下次在与奥斯卡会面时，脑海中会立刻浮现这些想法。最后也是因为这不是必须如此，因为你在这类事情中总是很接近真相。他的不幸可以说有三个方面（现在，这真的是我们之间的秘密），但如果更加留心观察，还会有更多面。第一，由于一系列他考虑不周全的原因，奥斯卡无法忍受与妻子的婚姻。我觉得，他结婚七年，已经有五年在煎熬中了。第二，若有人询问，他虽然总是首先谈及他妻子的不可能性（顺便说一下，他的妻子在性方面与他完全契合，在她的有限范围内，他也觉得她非常可爱），但最终发现，他指的是婚姻的不可能，归根结底是婚姻。当然余下的是未能解决的残余，比如，典型代表就是他所做的一次中篇小说的尝试，主题是他与他所熟识的一系列女人和女孩结婚，而这些婚姻最终总是表明了全然的不可能性。第三，巨大的不确定性从这里开始，他也许可以离开他的妻子，尽管他觉得这样的行为是极大的残忍，但对此他认为自己有足够的内在及外在的理由。面对他的儿子，即使不是真正地出于父亲的情感，他也不能将罪过揽在自己身上。尽管如此，他知道分道扬镳是唯一正确的做法，继续耽搁下去，会使他永远不得安宁——总体来说，令我感触良多的尤其是他那充满了“彼岸”的构想和夜间的幽魂（我们睡在同一个房间，交换着抵抗幽魂的病菌），他那几乎无法体会到的痛苦，使他几乎与阿斯科纳斯博士[20]为伍，就像此人几乎属于我们的西欧犹太人时期。在这个意义上，也就是在一种社会思想的意义上，这部小说是一个伟大、公开的宣言，若真是如此，只有当它产生广泛的影响时，才会真正显露出来。也许它不过只是这样一个声明，这样一种时代的反映，但这也是一个伟大的开端。最初的几个晚上，我们谈论这部小说，就像谈论一部被用来考证种种事件的历史文献。《诺内皮格城堡》[21]也是如此，但当时我受到的触动还真太少。

至于我对奥斯卡问题的态度，很简单，至少是有意让它摇摆不定，尽管我内心下定了决心，但也许是带着偏见的决心，我还是随着他而摇摆不定，当我认为自己听到“是”或“不是”的时候，我就说

“是”或“不是”，“认为自己在……倾听”就是我的工作，这足以去影响他的好与坏，关于这一点，我正想听听你的想法。此外，虽然并非是我的意图，但祖劳起了部分影响作用，还有连同祖劳一起，这里直到当初发生在我周围的一切。其他还有特勒尔奇[22]和托尔斯泰[23]的影响，我给奥斯卡读过他们的书。

但最后证明这一切又反过来影响了我，我事后才发现。若把这次来访看作一次考试，我只通过了一半，但之后，当结束铃声响起时，我失败了。我最近给奥斯卡写信说，在一起一周后，很难适应他的缺席，我们很想念他。这是事实，仅就我个人而言也是如此，但这只是结合一周的共同生活，并不是全部。我仍然感受到与这个可亲的人在一起时的影响，但不是说我承受着他的痛苦，也不是说我自身的某一具体痛苦被激发了出来，而是几乎完全抽象的，是他的思考方向，他基本绝望的状态，这一状态指向那些几乎已经确定无法解决的冲突，还有那些本身毫无意义、足致伤害、多方面自我反思、相互盘缠的辅助思想体系（出自你小说[24]中的专业术语）的杂乱无章，所有的一切都涌入我的体内，就像涌入一条死气沉沉的河流之中，让这条河流在一个星期内变得生机勃勃。这应是一股多么庞大的力量，多么庞大的力量和往昔续存下来的孤独，才能不令一个人折服，与他并肩在陌生又熟悉的幽魂之间走过一段时间，既处于他们的中心，又是他们真正的主人。

我在这里有点夸张，当然还有其他因素，但是基本真理仍然存在。此外，部分由于来访的缘故，在奥斯卡出发前的一个晚上，处在亟须帮助的情况下，我开始阅读《非此即彼》[25]，现在正在阅读奥斯卡寄来的布伯的最新书籍[26]。可憎的、令人厌恶的图书，三本都是。它们既正确又准确，尤其是《非此即彼》，是一本用最锋利的笔触所著的书籍（几乎是整个卡斯纳[27]在《非此即彼》中朝着一个人步步紧逼），但却走向了绝望，当你面对它们时，偶尔也会不自觉地有一种感觉，就像沉浸在阅读中时会出现的感觉，觉得它们是世界上唯一的书籍，即使是最健康的肺部也会喘不过气。当然这句话需要详细的解释，只有我平时的状态才允许我说这样的话。这些书，只有当一个人对它们至少抱有一丝真正的优越感时，才能写得出来，也才能读得进去。但是如此这般，对它们的可憎才能在我的手中扩散开来。

在你的问题上你并未能说服我。我不知道你是不是误解了我的意思，以至于我们可能在不知不觉中就已经相遇了？我不是说你为了文学而选择了你的妻子，而是尽管有了文学，你也因此要有一个诚实的结婚理由，所以你就试图把这个“尽管”忘却了，说服自己进入了一个文学的“理智婚姻”（按你的想法）。你把“理智的理由”引入婚姻，是因为你无法带着一颗完整的新郎之心去结婚。而现在的情况在我看来颇为相似。你在徘徊，在我看来，不是在两个女人之间徘徊，而是在婚姻内与婚姻外徘徊。在不伤害两个要素中任何一个的前提下，这个女人应该将这种徘徊稳定下来，这就是你渴望的“女性引导者”，这一矛盾到底是否要一举解决，撇开此话题不谈，也许解决这一矛盾不是女性的任务，而是你的任务，那么这种企图推卸责任的行为将会是一种过错。

在某种程度上，这些你不再称之为过错，或者更正确地说，你仍然称之为的过错，或是你也把它称为善良的东西，都会继续下去。当然，你是一个心软的人，但在此并不是证明它的地方。这就像一位外科医生（他遭受着良心上的煎熬，但其实是因为原则，而不是因为疾病而遭受罪过的生命），他勇敢地切割这里、那里，针扎到这处或那处，此时出于心软仁慈，也是出于要永远与这个重要病例告别的悲哀（“我的妻子必须在没有与我解除次要的精神联系的前提下……”），这个医生在犹豫着要不要切下最后一刀，这一刀可能使人痊愈、可能使人重病不起，也可能导致死亡，总之是决定性的一刀。

我未读过《沉钟》，但听你说了后，我将其中的矛盾看作你的矛盾，但只能看到两个人陷入其中，因为山上的那个不是人。

而奥尔嘉呢？她并不是以她的主体而形成的，而是有意作为艾琳[28]的对立角色，作为艾琳的救赎所塑造出来的。

但是，抛开这一切，在此呈现在你面前的幻象，使你感到确定无疑的幻想：“在爱神身上找到平静，彻底的宁静”，这一感触是如此离谱，它使你面对事实似乎仍能毫无争议地去接受它、反驳它。只有当你不那么引人注目地称呼它时，人们才会怀疑。但是——这里我又回到了我的观点——正因为你这样称呼，所以另一种矛盾的可能性更大。

韦弗尔所说的肯定只是匆匆的只言片语，他并没有特别去组织语言，凡是旁人绝望的地方就会有他的愤怒，但是，重要的是，他默默地展示了诗的瞬间，就像你和我及所有的人一样，仿佛这里有什么东西让自己的眼睛无法移开，具有一定的责任要去展示它一样。对了，还有泄露出你我是兄弟的那句话："只有空洞的日子是无法忍受的"，此话很难与那种愤怒协调。

弗兰茨

附上《一道圣旨》[29]。谢谢你的《片剂》。

明信片

邮戳：布拉格

致：弗兰茨·卡夫卡博士先生　祖劳　布尔杀尼邮局
寄信人：布罗德博士　帝国邮局

亲爱的弗兰茨——我几天后才能回你的信。我这周要在奥西格和特普利采演讲，忙得焦头烂额。我寄给你一堆印刷品，这样你就不会生气了，或者如果我还没写信，你甚至可能会再给我写信。我也想在2月的一个星期日去找你。我想给你朗读但丁，这样你就能更好地理解我——因为你不理解我的处境。如果布吕赫真是正确的，至少他只让一部分男人"沉迷于女人"，而其他人在这方面更自由吗？——但丁曾依靠一位女性引导者。"只要我活着，让你看到我年轻的眼睛"，贝缇丽彩[30]这样对他说，当他在天堂再次见到她时，"只要你向善。当我逝去时，你的崇高追求也就衰败"。要知道，她并没有反过来说，不是精神上的！

马克斯

1918年1月24日

祖劳，约1918年1月26日

写在“总作家协会”的表格[31]背面，由奥特拉·卡夫卡带到布拉格

亲爱的马克斯，我应该这样做吗？我记得你曾经有过这样的事情。结果如何呢？二十马克对我来说相当不错，比如，去买克尔凯郭尔。另外，这个协会好像有点肮脏，可能它最终总共才拿到十马克，我就会因为这点儿小事而大闹一场。再说，这家报纸不是《犹太日报》吗？至少他们可以送我一份样本。你能不能通过韦柴克[32]订购那期？并给我提提建议，我是否应该这样做。

衷心的问候

弗兰茨

[此处参见布罗德1918年1月31日的信]

邮戳：祖劳，1918年1月28日

致：马克斯·布罗德博士先生　帝国邮局理念顾问　布拉格　帝国邮局
寄信人：卡夫卡博士　祖劳　波德博扎尼　布尔杀尼邮局

亲爱的马克斯，关于你的事，既然没收到你的回复，还有一点：我也相信女性的主导作用，就像她们，比如，她们在伊甸园导致的罪孽深重事件，就展现了由她们引导的结果，在那里，或许大多数时候都是如此。比如说，你的妻子在这个意义上就是引导者，在某种程

度上是她引导你越过她自己的身体走向另一个女人，她在引导你后又抓住你，这属于另一个范畴，也许只有这样，才是真正地起了引导作用。你说得没错，真正性生活的更深层领域对我来说是烦琐的，我也这么认为。所以，我避免对你这部分的情况进行评论，或者说我只局限于这一论断：对你来说，这团火是神圣的，但它没有足够的力量去烧毁那些阻力，而我已经理解了这些阻力。我不知道为什么要像你那样解释但丁的情况，但即使是这样，他的情况也与你的情况大不相同，至少看看现在是如何发展的：他的女孩逝去了，离他而去；但你却让你的女孩死去，离你而去，因为你觉得不得不放弃她。另外，但丁也是以他的方式放弃了她，自愿与另一个结婚，这和你的解释不相符。

但是，尽管来吧，来吧，来驳斥这些。只是你必须事先及时发电报，这样我们就能去接你，也以免你的来访与我动身出发的时间重合（如果事与愿违，我必须在2月中旬左右去布拉格服兵役的话）。我还想避免你和我那个妹夫同时来访，他应该会在2月初到访，不过我现在想到，不用麻烦了，因为他肯定不会像你一样，你大概会选一个星期日过来。也就是说，如果你事先发电报，整个2月都会毫无阻碍，如果奥特拉在这里（她现在在布拉格，星期一可能会去拜访你，然后会因为你的演讲之行而找不到你），有举不完的她的例子能够诱惑、吸引（诱惑本身是足够的）你来这里。如果你不能在星期六早上就离开（但在这种情况下，星期五下午就出发会更好）的话，你可以星期六下午两点后从国家火车站出发，五点半到米歇罗布，我们会带着马匹在那里等你（星期日一天时间不够往返了，因为从1月1日起早班快车不在米歇罗布停了）。

非常感谢寄来的手稿副本（不过，至少我不需要给科恩菲尔德[33]了，因为我已经找到了另一种解决办法）和一大批印刷品，我也要感谢你让沃尔夫想起了我。通过你提醒他比我自己提醒他（前提是你没有觉得不愉快）要愉快得多，因为这样一来，当他对什么东西没有兴趣时，他就可以坦率地说出来了，否则，至少在我的印象中，他不会坦率地说话，至少在信中不会，面对面的时候，他就会坦率得多。我已经收到了这本书[34]的校样。

既然奥特拉不太可能联系到你并且问你这个问题了（她星期一下午就会回到这里）：那个作家协会（来自“羽毛”的那个）通知我，奥地利的一家早报未经授权擅自刊载[35]了《致某学院的报告》，所以请求我的授权，要为我索取三十马克的稿酬（其中他们将保留30%）。我应该同意吗？二十马克对我来说相当不错，比如，继续研究克尔凯郭尔。但这个协会是个肮脏的行当，索款也是如此，而且这家报纸或许就是那家《犹太日报》。那我应该吗？还有，你能不能通过韦柴克订购那期（应该就是12月星期日版，或者就是1月）？

为了表示感谢，这里引用一项呼吁中的句子（这是为弗兰肯斯坦疗养院[36]发出的呼吁），因为没有其他人可以分享我的喜悦：阿图尔·冯·维特先生，一位大实业家，在弗兰肯斯坦的第一次董事会上发表了一次重要讲话，显然，他希望看到自己的言论能够印刷出来，并将其提供给该协会[37]作为传单使用。他的讲话比其他这一类型的讲话都好，语言更清新、更朴素，等等。最后一段是我最近在布拉格添加的。这似乎又鼓励了他再做修改与补充，现在我还在印好的文章中读到了以下文字："长年累月地处于生活实践中，我的人生观——不受任何理论的束缚——在感悟中发出了它的终极音符：保持健康，努力工作，富有成效，以正当的方式为自己和家庭挣得微薄财产，将使人类走向现世的满足。"

马克斯，请你询问菲姆费特[38]，鲁宾纳版的《托尔斯泰日记》[39]与穆勒版[40]的有何不同之处。

布拉格
1918年1月31日

亲爱的弗兰茨：

星期一晚上，不是中午，我坐着一辆没有暖气的卡车到达这里（从奥西格）。——三天的缺席让我自食其果，我不知道首先该做什么。

但我想立刻给你写信。如果听起来有点儿突兀（也确实如此），你得见谅。

我所坚持的是：面对我妻子时的真实。这种真实意味着放弃许多虚假的温情，但我们之间曾经的和现在的真实却在双方的痛苦中得到了加强，它日趋成熟，再次开出爱情之花也不是不可能。墨水渍：偶然在这里打出了一个问号。我现在坚信，我们是留下或是离开，都能面对彼此。结果如何，任它发展吧，我只付出我的真实。

另一个更糟糕的情况是，她不睡觉，日渐消瘦，精神衰弱。我始终无法做出最后的放弃，但我看到它在逼近。——之后该如何了结，我不知道。无论如何我都要避免亏欠于她或是我的妻子，只要这一点还处在我因罪恶而减少的力量范围内。一旦我看清楚了（我几乎已经看清楚了），这个爱神不足以肆无忌惮地夺去我身上的责任，我就会毫不犹豫地说出来，然后离开。

如果可以的话，下次写信告诉我，你被哪片地狱缠上了，克尔凯郭尔是否对你有所帮助。我不明白你关于“可憎”的布伯和克尔凯郭尔的注解，或许你再谈谈此处。

谢谢你妹妹的山鹑。现在我们真的已经完全相信祖劳产品的品质了，其他的证据请仅以书面论证的方式提出。物证已经提供得很充分了，吃得很满足，非常感谢。

这个作家协会[41]很烦人。《维也纳早报》不是犹太复国主义，它的犹太文化是不是好的，我不知道。毕竟其行为有失公允、有违作家的职业利益，所以我几乎想建议你追索稿酬。我当时索款了，但因报社一封可怜的回信，我把钱退了回去。我把那期寄给你！

马克斯

写在卡夫卡寄来的表格背面（见以上卡夫卡约1918年1月26日的信）。

还有附言：

科尼斯堡的新剧院接受了《以斯帖》。最晚3月15日首演。再也没有法兰克福人的消息了。——

在维也纳议会中，耶奴发的质问[42]，有趣吗？

明信片

邮戳：布拉格，1918年2月8日

致：弗兰茨·卡夫卡博士先生　祖劳　布尔杀尼邮局
寄信人：布罗德博士　布拉格　帝国邮局

亲爱的弗兰茨——为什么这么久都没有你的消息？你应该收到我的信了吧？我订了《维也纳早报》，但没有送来，在韦柴克那里，他们告诉我这是该报的惯例。而且，整份报纸都是用希伯来字母印刷的，所以我不相信柏林协会如此警惕，在这里发现了什么。——我的新情况：保尔·基什[43]在《波希米亚》的一篇社论中因为《耶奴发》攻击我。这件事上还有一些其他的不愉快。我16号要去维也纳看首演。——我为《以斯帖》写了一首舞台配乐，弦乐四重奏+双簧管，这是我的第一首乐曲，其中的技术部分带给我很大的乐趣。我想，我选错了职业。我应该成为一名音乐家，而不是一个作家。——萨尔达[44]在《文科夫》上写了一篇引人入胜的、关于《第谷》的随笔（以捷克语发表）。现在轮到你做一个详细的报告了！

你的马克斯

2月8日

邮戳：祖劳，1918年2月13（？）日

致：马克斯·布罗德博士先生　帝国邮局理念顾问　布拉格　帝国邮局
寄信人：卡夫卡博士　祖劳　波德博扎尼　布尔杀尼邮局

亲爱的马克斯，相对来说，你的上一封信看起来那么安静从容，似乎不需要什么支持，另一方面又是那么焦躁不安，因为积攒了过量的工作（对此我没什么与之相比较的切身体验），所以我最好不要立刻回复，以免打扰了其中任何一面。对了，我下周就要去布拉格了，除非在此期间疗养院来了一封反对信，我要再次向军方自荐。然后，我们就可以谈谈我在你信中特别想念的两件事：关于奥斯卡的消息和关于你来访的某些消息，你写得好像压根儿没收到我的上一封信似的。

但丁很美，但从一切迹象来看还牵涉到其他的东西，只有在一个广泛普遍性的层面上你与他才能相遇。而在那里与他相遇是多么容易又多么必要啊！最近我在弗尔奇利基[45]的一封信中读到，我觉得是在莱格霍恩，他遇到了一位穷苦、衣衫褴褛的工匠，哭泣着吟诵但丁的诗歌。科尼斯堡[46]的接受无疑是一个巨大的成功，因为它是最重要的文学实验剧场之一，现在要上演你最重要的戏剧来展示你，我感到非常高兴。

我们谈谈其他的事情。无论如何，在祖劳人们不担心我。有人（匿名作者）几乎为每一位祖劳人都作了诗句，我的这首，即使格律较弱，也令人欣慰：

那位博士是个好人，

上帝会原谅他的。

最衷心的问候！

弗兰茨

布拉格

1918年3月3日

亲爱的弗兰茨：

今天或明天，我会把第二批印刷品寄给你，而我已经十四天没有你的消息了。——我引证你的允诺，你离开时答应给我写第一封信。——这显示出，你在乡下居住隐含着这样的危险，我们灵魂间的联系会变得浅淡。也许这一点根本无法避免，因为写信存在一种负担，这是口头交流本身所不具备的，即使你能把想说的话都写出来，至少也会因为这种迟缓而改变关系。也许你并不像我一样难过——我的意思是：这种变化，渐渐淡薄。虽然我知道你没有给我写信，是因为你看到我身处许多工作之中，某种程度上也想让我避免尽早回复。但这不是正确的方法。即使这是你最好的意图，也不能化解我们之间开始出现的困难。这种猜测及必须猜测，过去至少有相对的把握。

在我长期品尝了克尔凯郭尔后，有时试试这个，有时试试那个，没有真正扎根，现在我意外发现了他的一部作品，在我看来很具代表性。它被收录在《人生道路的阶段》[47]书集中，名为：《有罪——无罪？一段苦难故事》。在这里，他似乎在毫不掩饰地讲述自己的订婚故事。但据我目前的判断，他没有什么可以给我的。他的情况和我的情况截然不同。与你命运的相似性似乎很是引人注目，但更多的是外在的，因为如果他正确认识自己的话，他们决裂[48]的根本缘由在他身上是某些消极的东西，即他的忧郁。相反你则是依据积极的可能性。这是否导致了基督教和犹太教的对立？——他与我的距离很奇怪，虽然他是一个无可挑剔的情人，但他觉得自己不适合婚姻。而对我来说，则是相反的。至少他那种认为完美的爱情不足以成就完美婚姻的怀疑论，对我来说是完全陌生的。若有全身心去爱的能力作为前提（但可能缺少这一前提），我不仅相信自己能结婚，而且会像克尔凯郭尔式的公务员所说的那样，懂得把婚姻视作最大的财富来珍惜。

最近我去了奥斯卡·鲍姆那里，因为那个尴尬的文学之夜[49]。他的坦诚现在已经非同一般，让人感到舒心。尽管如此，我觉得他似乎过于敏感，并没有完全看透这些事情多么微不足道。但他是正确的，当他需要我时，我应该把开始着手的一切都做得像样。阿诺德·比尔[50]刚刚还在我心中。——但他错误地将此事联系到文学之夜，我觉得自己无须对文学之夜负责，因为我只是发起人——并没有接管整个执行过程。而它真的有那么差吗？——如果不是因为我妻子的嘶哑，偶然删去了沃芬斯坦[51]，此次文学之夜的水准应该很高。

我和鲍姆相处得相当融洽，我们现在的状态比以往任何时候都好。

从皮克那里我收到了一份《布拉格诗选》的邀请[52]。我拒绝了，并公开写信给他说，鉴于他对我近期作品的立场等。——对吗？——你是怎么回答的？——拒绝有一种奇妙的诱惑力，但也会使人误入歧途。

3月10号在德累斯顿首演，3月16号在柯尼斯堡。等我获得护照和假期，我打算去那里。可惜很没有把握。——此外会带来很多奔波、辛劳。——你对李布斯托克尔[53]和我的回复说了什么？真实的生活尚在别处或是没有一处。——写写你自己和你疗养院的事情。

你的马克斯

还有：你以前有一本关于克尔凯郭尔和他未婚妻的小册子[54]，叫什么？哪家出版社？

关于你的小说[55]，完全迷住了我，下次谈！

祖劳
约1918年3月5日

亲爱的马克斯，尽管今天天气如此之好，但我还是马上给你回信。你误解了我的沉默，并不是因为体谅你，如果我放弃回信，岂不能更好地表达这种体谅？是因为无能为力，在这漫长的时间里，我开

始提笔写三封信，都搁置了，是无能为力，而不是严格意义上的“渐渐淡薄”，是因为“我的事情”耗尽心力（因为我自己只有耗尽心力才能做到这件简单的事情，我与幸运地或不幸地被拽走的克尔凯郭尔不同，他如此奇妙地指挥着难以驾驭的飞船，尽管这对他来说其实并不重要，而在他看来，不是真正重要的事情，就该是不可做的）才能表达出来，但却无法传达——也只有在快乐的时刻才会传达给我，但这使我完全无法把它表达出来。还有沉默也属于这片土地，适宜我从布拉格回来的时候（上一次旅途过后，我到了这里就像酩酊大醉一般，好像我来祖劳的目的是让自己清醒，而当我刚刚踏上清醒之路时，总是马上就要再出发去布拉格，让自己在清醒之前再喝个酩酊大醉），当我在这里待的时间较长时，沉默也同样属于这样的状态，总是如此。它自然而然地产生，我的世界因为寂静而变得越来越贫乏，我一直感到，这是我的特殊的不幸，因为我（具体化的象征！）真的没有足够的肺活量，虽然眼睛告诉了我这个世界一望而知的丰富多彩，但我却无法将这一丰富多彩呼入这个世界，如今，我不再花心思去尝试，它从我的时间安排上，从我的日子里消失了，日子也没有因此变得更混沌。但是，如果可能的话，我比过去表达得更少，而我说出来的几乎是违背我的意愿的。

关于克尔凯郭尔，我可能真的想错了，当我读到你关于他的几行字时，我惊讶地意识到这一点。事实上就像你说的那样：关于他的婚姻实现问题是他的要事，是不断上升直至他意识之中的要事，我在《非此即彼》《恐惧与战栗》及《重复》[56]中读到了这一点。最近两周我读了后两本，订购了《阶段》[57]，但是我真的忘记了这一点——

尽管如此，这些天不知怎么总是想起克尔凯郭尔——不管我在其他地方怎么闲荡，我从来没有完全与之失去联系。在读过那本小册子《克尔凯郭尔与“她”的关系》[58]后（岛屿出版社，我这里就有，我会寄给你，但它其实并不重要，或许以后可作为校验），似乎让我感觉到与他“身体”的相似性，而现在已经完全消失了，就像隔壁邻居变成了某颗星星，无论是涉及我的仰慕还是我产生同感时的一丝冷漠。至于其他的，我不敢说什么定论，除了上述几本书，我只知道最后一本《瞬间》[59]，而它们当然是两块截然不同的镜片（《非此即彼》和《瞬间》），通过这两块镜片，人们可以向前或向后审视人生的阶段，当然也可以同时向两个方向审视。但无论在哪儿，都绝不能将它称为消极，例如，在《恐惧与战栗》中（你现在应该读一读），他积极的一面正在变为庞然大物，只有在面对一个普通的舵手[60]时才会停下，如果这个庞然大物不是恰好持反对意见——我指的是——反对积极的那面，那么积极的一面会因爬得过高而迷失方向，而克尔凯郭尔看不到普通人（奇怪的是，他非常懂得如何与普通人交谈得融洽），把这个庞大的亚伯拉罕[61]画入云端。但也不能就此称他为消极（除非，顶多是使用了他早期书中的术语），谁又能说这一切是他的忧郁。

至于完美的爱情和婚姻，在《非此即彼》的基础上，你们的观点大概是一致的，只是由于缺乏完美的爱情，使得A无法与B建立完美的婚姻。我还是一样，无法做到在阅读《非此即彼》的第一本书后而不产生反感。

奥斯卡的敏感[62]我是这样理解的（撇开本不应该让他与一个有些

悲惨的人相聚的话题不谈，至少那个人在他看来是这样的），整件事情让他感到非常痛苦（被人催逼着去做一件从一开始就觉得不对的事情），以致他不能囿于自我折磨之中，而是也让你受一些折磨。在这一点上，我可以理解他，也不认为这些事情微不足道。

幸运的是，我还没有收到皮克[63]的任何消息，我可能会婉言拒绝，这一诱惑不会让我误入歧途，但确实很具吸引力。不过它对你应该不起作用。（我收到了莱思出版社[64]的友好邀请，除了第一批校样，从沃尔夫那里什么都没收到。）

李布斯托克尔关于你的评语[65]是一种令人厌恶的仇恨的发泄，单就他令人厌恶的文笔来看，也同其他《耶奴发》评论区别开来。我的感觉是，回复反而给了他一定的帮助，因为回复让读者意识到，这种废话也可以成为讨论的对象。

祝你在德国一切顺利，旅途愉快！

你的弗兰茨

请代我向费利克斯和奥斯卡问好，我不知道最近是否有时间给他们写信。

你有没有向菲姆费特询问鲁宾纳版的《托尔斯泰日记》？——你指的是什么奔波，辛劳？

与机构的关系依然是我的烦恼。我打算尽可能地在这里待下去。

非常感谢你寄来的包裹。你对我很好，只是你不该说 “变化，渐渐淡薄”。

布拉格
1918年3月19日

亲爱的弗兰茨：

关于德累斯顿我有许多话要对你讲。太多了，以至于我总是推迟不写（书面交流的无望！），今天终于把它拾起来了，为了下一次布拉格之行，你不久后一定要来。我在德累斯顿[66]度过了三个快活而孤独的日子，这里的孤独感并不包含彻底分别的多愁善感。在这样的日子里，少许更幸福的爱的情感又在我身上苏醒了，至少我面对这种感觉的“高度”时不必完全被羞辱。但本质上是我原有精力和审慎的苏醒，它们本来很好地维持在一个目标有限的小圈子里。我不得不想到我的青年时代，那时，我真的懂得如何实现不可能的事情，并在许多事情上表现出了勇气。我现在陷入一种境况，其中更大的勇气也许就是不去表现任何勇气——在这种境况下，我只须与自己搏斗，而不是与一个外部的敌人搏斗——在这里，一切都不清晰，因此还有一个问题，勇气应该针对谁——这是我的痛苦和不幸。而在德累斯顿，我可以，例如，贯彻我的音乐，它部分推翻了自然主义的垄断（我还差点没赶上彩排），所有这些都取得了真正的成功及艺术的纯正性。所以，事实证明，我是一个优秀的舞台专家。演出极其精彩，考虑周全。让所有报纸（甚至《十字报》）都心醉神迷，不，有两三家嘀嘀咕咕，扮演着必要的衬托角色。特别的是，事情看上去多么戏剧化。彩排的时候，谁也没有料到会这样。因此我幼稚地庆幸，这次（好像是为了补偿这么多的不幸）我真的很幸运。精彩的，即无与伦比的表演和一声尖锐的哨声，哨声落在最后，带起雷鸣般的掌声（仅仅这哨声就带来八次喝彩），此外还有与《海战》[67]的对比，等等。——纯属运气。我从中看到了上帝的恩典，比起文学上的同类的杰出，这更让我欢喜，虽然根本上来说它们也是恩典。

我的父母当时在德累斯顿，简直实现了一个文理中学预备班学生的心愿：父母在去世之前能够看到我在舞台上的成功。

出版社那边仅有一位代表在场。我请求他给你寄送其他的校稿。成功的是，沃尔夫今天写信给我了："我已经知晓您要求阅读K.《乡村医生》的校样，并已安排在未来几天内将校样寄给您"——我马上纠正他。

正好在出发前收到了你的信。这很好，因为我已经等了太久，也因此开启了德累斯顿的一系列幸运之事。

给你的回复：我没有询问菲姆费特，因为我刚和他发生了争执（起因是《年轻的德意志》[68]）。

我恰好想起来，因为我写到了文学，我也曾在海勒劳[69]与保罗·阿德勒[70]度过了一个非常美好的夜晚。我们变得更亲密了。这也难怪，因为鉴于我的经历，我不得不放弃那一僵化的论点，即犹太教与意志自由相一致。而另一方面，由于阿德勒已经离积极的基督教太远了，以至于他在"基督"一词中只看到了一个象征（然而对他来说是必要的）——神性故意屈尊为人类的象征。但如果讲到"象征"，那就不再是象征了。所以，根本上对他来说，剩下的只有对有限性的绝望，对此我比以往任何时候都有更好的理解。

前天和鲍姆一起散了很久的步。我们互相理解，但不能互相帮助。

我持续不断地阅读克尔凯郭尔。《人生道路的阶段》——（《有罪？无罪？》的部分）格外强烈，也许根本上是对他的爱情与自我的全部答案。我说：全部，不了解其他的，因为我根本无法想象他所说的更深入的渗透、更强烈的“彻底反思”。还有这本小册子，感谢你寄来，也让我更加确信自己的观点。除了自传类的内容外，没有任何新的内容。

但我想和你说几条疑义（而不全都是赞赏）。第一条自然只涉及译者。这个蠢驴！《阶段》的后记[71]真是胡闹，有损整个迪德里希斯出版社的名誉。我甚至考虑告诉出版社此事。首先是“改进型”翻译，会给出一个样本。其实这就是一种曲解，当然也是平庸化。——还有这些译者的理论。——K. 与未婚妻分开，是因为他无法向她坦白之前的性失足。而这是从一篇穿插其中的中篇小说推导出来的，这篇小说显然除了作为中间参照体[72]，并未打算表明什么：“我的良心上或许背负着一个人的生命，即未婚妻的生命，就像那个怪人，背负着他假想孩子的生命一样。”—— 这不也是你的观点吗？在我看来，这完全不可疑。

还有涉及K.本人。——这是一个我无法解决的矛盾，有可能推翻他出版了这本书的一切。在这本书中他描述了自己面对“她”时如何小心翼翼、如履薄冰地隐藏自己的真实动机。而在最近的书店里，她就可以买到构成他全部伦理学基础的书籍，以此，她就可以击碎他在《恐惧与战栗》下搭建的成果（在他的帮助下）。

不明确，完全不明确。——因此说施莱格尔[73]女士事实上知道K.的真正动机，也并不正确，在小册子完成之后，直到他去世，一直不明确。

另一个针对他态度的疑义涉及解除婚约的原因。他在《阶段》中非常理性地说明了这个理由。他很“缄默寡言”，而她不理解他。因此婚姻不可能。但同时，他又表明，他的“缄默寡言”必须从根本上回避任何理解、任何倾诉。因为这种沉默寡言是他的痛苦，只有经过这种痛苦，他才能走向上帝。这里存在消极的一面。他的上帝只是痛苦之上帝，恐惧之上帝，可怕之上帝。奇怪的是，他称“犹太化”的观点为，上帝只希望人类得到美好的事物。然而，通常情况下，犹太人的上帝正是因其恐惧性而被谴责（复仇之上帝）。此外，这又是对我之前观点的有力佐证，即每位作者都把他不喜欢的东西称为“犹太的”。——回到主题：K.于是踏上了这条路，通过给自己施加痛苦，确信了他的上帝。而这就是消极的那面。对一个人来说多么困难，他的上帝要他生活，要他创造生活。他不能如此轻易地确信他的上帝。因为这个上帝只是有时（而不是一定的）站在这一方，此地不会吸引快乐，不会吸引感性。这位积极的上帝或许可以与感性并行，然后要求他的忏悔者，懂得将这些一缕一缕并行的线分开。而上帝、人的责任和感性（按照卡巴拉思想[74]，舍金纳[75]、托拉[76]与人构成三位一体）一道同行，这是一种特殊的恩典。对我来说，上帝和自然（感性）处在一边，人的责任处于另一边。对克尔凯郭尔来说，上帝站在一边，人的责任和感性站在另一边。因为对于K.来说，选择是困难的，但不是可疑的。当然，前提条件是自己有一个原则上要求自我折磨的上帝。

而关于这种自我折磨——这是第三条疑义——或许弗洛伊德教授对此也有话要说。奇怪的是，K.谈及父亲的一切。在订婚之前，他去了一趟父亲年轻时生活的地方。《阶段》中的一篇中篇小说《佩里安德》[77]涉及了父子间不可调和的仇恨。若说他父亲扮演的角色，就像你《诉讼》中的父亲形象一样，如果我没记错的话，他的父亲谈到那位未婚妻："我把她从你身边清理走——"当然这并未与K.的最终决定有任何冲突，但可能对他所依据的"绝对的彻底反思"提出了质疑。只有完全"彻底反思"的人才能在道德的持久性上与天真等同，只有他可以牺牲一个人的生命。若克尔凯郭尔对这一权利妄加要求，诚然主观上带着好的良知，但客观上他却是有罪的。因此不是范例！——关于这些及其他的事情，尽快给我写信！

你的马克斯

另，柯尼斯堡的演出因一位演员生病推迟了。

祖劳
1918年3月底

亲爱的马克斯，事情在德累斯顿进展得如此顺利，不可思议，那儿的人怎么会理解得这么好——我是说演员们，剧团的人。不可思议，太好了。我很能理解你父母在那里的幸福感。你的妻子没有同行吗？总之那是美好的日子，它们的美好暂时可以补偿你失去的意志自由。我之所以这么轻率地说，是因为以我简单到完全空洞的眼界，我从来没有像你这样当机立断过，将意志自由的概念定格在视野的某一具体的点上。另外，你也可以保留意志自由，或者至少不必放弃它，要么暂时拒绝接受它作为一种恩典，要么接受它作为一种恩典，但视之无足轻重。这种意志自由将永远与我们同在。而且你到底知不知道，在漫长的岁月里，你通过最诚实的工作取得了什么成就？你知道你所掀起的波澜会无休止地扩散下去吗？我这样说是为了你，不是为了我。

谢谢你在沃尔夫处斡旋。自从我决定将这本书献给我父亲后，我就非常关注这本书是否能尽快出版。并不是我好像因此能与父亲和解，敌对的根基是无法在这里被连根拔起的，但我本来就要做点儿什么，即使我没有移民到巴勒斯坦去，但至少用手指在地图上拂过了。这就是为什么——由于沃尔夫与我断绝了联系，不答复，什么也不寄给我，虽然这可能是我的最后一本书——我想把手稿[78]寄给莱斯，他向我提出了友好的邀请。我之前还给沃尔夫写了一封信[79]，是最后通牒，但至今也没有得到答复，但与此同时，约十天前又来了一批新的校样，于是我就拒绝了莱斯。但我究竟该不该把它交到别处？同时，我还收到了保罗·卡西勒[80]的邀请，顺便问一下，他是怎么知道我在祖劳的地址的？

你或许也和阿德勒谈论了克尔凯郭尔吗？他已经不那么常出现在我的脑海里了，因为我已经很长时间没有再读他的旧书了（天气好的时候，我在花园里干活），但是《阶段》还没到。你提到“彻底反思”，显然和我的感受一样，即无法摆脱他的术语及他发现概念的力量。例如，他的“辩证法”概念也是，或者“无限骑士”和“信仰骑士”的划分，甚至是“运动”这个概念。从这个概念出发，人们可以直接被带入认知的幸福中，甚至可以更进一步振翅飞翔。这完全源于他吗？谢林或黑格尔（他从对立的一面对这两位都进行了深入的研究）是否以某种方式隐于其中？

诚然，译者的行为是可耻的。我本来以为他只在《非此即彼》中做了“考虑到作者的青年时代的改动”，所以在《阶段》中也是吗？太惹人厌了，尤其是面对此事时束手无策的感觉。但是，译文的德文也不是那么糟糕，后记中多多少少会发现一条有用的评论，这是因为克尔凯郭尔身上散发出的光芒太多，有些光芒甚至来自最深处。但出版社当然不必为了翻译克尔凯郭尔而引出这些“深处”。

从这本书的出版与他的基本目的之间我看不出任何决定性的矛盾（我不了解《阶段》，但从这个意义上说，他的所有书都暴露了弱点）。这些书并不明确，即使后来发展为某种明确性，也只是由心灵、忧伤和信仰组成的他的混沌中的一部分。这一点他同时代的人应该比我们感受得更清晰。此外，他暴露了弱点的书用的都是假名，虽然假名也几乎接近了核心，但从整体上看——尽管其中充满了自白——它们很可能被视为诱惑者所写的令人迷惑的信件，写在云层背后的东西。还有，即使一切不是如此，在时间的缓和作用下，也一定会让他的未婚妻舒一口气，因为摆脱了那台现在只是空转的刑具，或者至少这台刑具只是缠着她的影子。以此为代价，她很可能也会耐心地忍受他几乎每年出版的“俗物”。而作为克尔凯郭尔方法（为了不被听到而尖叫及为了万一被听到而假装尖叫）有效性的最好证明，毕竟她还是无辜得几乎像一只羔羊。也许这样，克尔凯郭尔在某种程度上违背了自己的意愿，或者说无意中成功地走上了通往别处的道路。

对我来说，克尔凯郭尔的宗教状况所呈现出的样子没有像对你那样特别清晰，也同样对我极具诱惑力。仅仅是克尔凯郭尔的立场——在他还没有说一个字之前——似乎就驳倒了你。因为在他看来，与上帝的关系首先要摆脱一切来自外界的评判，或许如此这般，以至于耶稣本人也不允许去评判他的追随者走了多远。对克尔凯郭尔来说，某种程度上这似乎是一个关乎最后审判的问题，也就是说，在这个世界终结之后——假使回答还是必要的——才可以回答。因此，这种宗教关系目前的外在形象没有任何意义。虽说，宗教关系本身希望显露出来，但在这个世界上却无法显露出来，因此，努力追寻的人必须与这个世界对立，以拯救自己内心的神，或者，同样地，神为了拯救自己，将人与世界对立起来。所以，世界一定会被你征服，就像被克尔凯郭尔征服一样，这里更多的是被你征服，那里更多的是被他征服，这些区别只存在于被征服的世界那一边。下面这段话[81]并非出自《塔木德》：“只要一个人带着某些原始的东西而来，他就不会说：我们必须接受这个世界的现状（这是一个人作为一条刺鱼可以自由通行的标志），而是说：无论世界如何，我都要保持我的原始本性，不会为了迎合世界，认为好的东西而尝试去改变。当这些话被听到的那一刻，整个存在便起了变化。就像童话故事中说到这个词，被施了百年魔法的宫殿打开了大门，一切都活了过来：整个存在都变成了不折不扣的殷勤周到。天使们有事可做了，好奇地看着会发生什么，因为这让他们忙碌了起来。而另一边：黑暗可怕的魔鬼们，长时间以来闲坐着、啃着手指，现在都跳起来了，伸展着四肢，因为，他们说，这里有我们的东西，我们已经等了很久，等等。”

关于自我折磨的上帝[82]：“基督教所设的这些前提（超过普遍标准的苦难及特殊形式的罪恶感），我都有，我在基督教中找到了我的庇护。但是，如果向别人发号施令或直接宣告这一点，我是无法做到的，因为我无法向他们提供这些前提。”

关于弗洛伊德[83]（关于耶稣始终健康的观察）：“过着真正的精神生活，同时保持身心完全健康——这是任何人都做不到的。”

如果你说他不是范例，你的意思是，没有终极范例。当然，没有人是。

弗兰茨

布拉格
1918年3月29日

亲爱的弗兰茨：

昨天你的信到了，没有任何关于你的内容。其实就像你乖乖回答了我问你（克尔凯郭尔式的[84]）的一些事情，而没有从自身出发，补充任何近况或是任何私人的事。虽然不应该对信件吹毛求疵，我觉得这样很好——但其实我并没有这样做，我只是想从你那里再套出第二封更私密的信。

还有一个请求：从奥托·皮克那儿我收到一封信[85]，除了回应我的拒绝，出乎意料地值得敬佩。我已写好了所附的答复，但在寄出前把它交给你评判。

我恳请尽快收到你的回复及意见。

你的咳嗽怎么样了？

我不建议离开沃尔夫，正如书商所说，现在各家出版社普遍存在乱象。即使是岛屿出版社也不能供应其经典作品（因为纸张短缺）——甚至连斯塔克曼都不能提供最受欢迎的巴尔奇[86]新版！安德烈湿着眼睛报告了此事。

为了使你在这封信中得到的不是纯粹的烦扰和噩耗，我附上（请寄回）来自不朽的巴黎的简讯[87]，它刊载在“晨报”上，但我觉得，不在“日报”上。

你什么时候再回布拉格？

《埃斯特》将于4月20日在柯尼斯堡上演。所以，我可能会在4月15日到25日外出。

祝你一切都好，也给其他朋友写写信！

你的马克斯

附：我前天给你寄了一批印刷品，还有你的校样。

挂号信

邮戳：祖劳，1918年4月初

致：马克斯·布罗德博士先生　帝国邮局理念顾问　布拉格　帝国邮局
寄信人：卡夫卡博士　祖劳　布尔杀尼邮局

我亲爱的马克斯，我的信竟这么不私密吗？涉及克尔凯郭尔很难理解，涉及我很容易理解。我也在考虑，现在到了以某种方式与乡村告别的时候了，在布拉格，他们正在采取力所能及的最好的策略（前提是他们想留住我）：他们沉默、忍耐、支付、等待。这样坚持下去并不容易，下个月我可能又是布拉格的公务员了。

感谢附上的信件。皮克的信并不属于战争的恶果之一，即使注意到你的信——你先前的信我不了解——是如何牵着他的手走的，更何况那些最主要的疑虑仍然有些不清楚，而这些疑虑对他来说本来无须模糊。还有，对我来说，同样的感受反复出现：作家在作品中被检验，如果作品和谐，一切都好；如果它们处于一种美丽的或是悦耳的不和谐中，一切也都好；但如果是在一种有冲突的不和谐之中，那就很糟糕。我不知道这样的原则是否确实适用，我很乐意否定它们，对我来说，一个由有生命力的思想支配的世界是可以想象得到的，在那里，艺术有它应有的地位，而据我的经验，它从来没有过这样的地位（在此期间，我和一匹母马在一个叫沙布的村子，和种马在一块，现在房间里已经太冷了，但在花园里，在一片尚未完成的黄瓜畦这儿却非常暖和。奥特拉刚刚搞来的羊粪十分刺鼻。）。我的意思是：虽然分析可能是这些原则适用的前提，对我们来说却不可能，我们始终是一个整体（在这个意义上），当我们写下一些东西时，我们并没有抛出月球，在那上面人们可能会调查月球的起源；相反，我们带着所拥有的一切移居到了月球，一切都不会改变，我们在那里的样子和这里一样，在行进的速度上可能有千差万别，而事实本身没有，摆脱了月球的地球，从此更加坚定自己，而我们为了月球上的故乡却迷失了自己，不是最终，这里没有什么是最终的，但还是迷失了。为此，你对这部作品意志和感情的区分我没有同感（或者只是由于命名，此外，为了有所保留，我其实只为自己而谈，因此扯得太远，但没办法，没有其他的眼界）。意志和感觉，一切始终如此，而且理所当然地作为一个活生生的整体存在着，没有任何东西可以分离出来（令人惊奇的是，我在不知不觉中就得出了与你相似的结论），唯一可以分离的，与故乡的分离已经发生了，批评家闭上眼睛都可以察觉，但他永远无法评价其差异，这些差异在无限的面前根本是微不足道的。因此，任何批评——涉及真实或不真实的概念，并且在作品中寻找那位不在场的作者的意志和感情——在我看来都是无稽之谈，只能这样解释，批评家也失去了自己的故乡，一切都按照顺序发生，自然，我在此认为的是：他们失去的是意识中的故乡。

柯尼斯堡将会是一场更大的剧院与观众的试验。马克斯，带着我所有美好的祝愿前去吧！

弗兰茨

你提到的艾恩菲尔[88]给我留下了深刻的印象。你能把书借给我吗？对了，我订的所有书都未到，没有人送过来。

问候费利克斯！

明信片（公园酒店于波希米亚天堂区）

邮戳：图尔瑙，1918年9月21日

致：马克斯·布罗德博士先生　帝国邮局理念顾问　布拉格　帝国邮局

亲爱的马克斯，谢谢你的来信[89]和谨慎。你的希伯来语还不错，刚开始有一些错误，不过一旦进入状态，就没有错误了。我现在什么也没学，只是力图维持自己已知的东西，也不想有什么改变，我整天都在花园里。我把你对小说[90]的评论摘抄给W.博士了，给他带去一点（并非完全纯粹的）快乐。他很看重你的评价。

下下个星期一再见。问候费利克斯和奥斯卡。

你的弗兰茨

布拉格
1918年10月中旬

亲爱的马克斯，别来了！我有点儿发烧，现在躺在床上。我还没有通知蒂贝格博士[91]。如果觉得有必要的话，你能不做吗？我在此给你寄去两期《卫士》[92]和一期《自由》[93]。《自由》对名字的问题有不同的看法，实际上是两种不同的看法（见注释和诗）。

真挚的问候

你的弗兰茨

致马克斯·布罗德博士先生

1918年11月29日，非邮局寄发

亲爱的马克斯：

我本想上星期日就离开[94]，但星期六因发烧不得不躺在床上，所以整个星期都在半躺半坐中度过。我明天出发。恳求你，马克斯，帮个忙！正如你在所附的信中看到的，沃尔夫还没收到手稿。所附票据[95]为证，我在同一天给沃尔夫寄去了一张明信片，以及这份手稿，还附上了信件。卡片（沃尔夫称其为信）已到，手稿未到。两者都是用特快挂号寄出的。你可以投诉吗？我从来都不知道如何与邮局打交道，对新政府[96]下的邮局甚至一无所知。无比感谢，保重！我或许会从舍勒森给你寄去一份关于希伯来语疑问的问卷，对你来说只是很少的工作，那些问题都可以用一个词或是摇头来回答，我们将进行一次希伯来语通信。

你的弗兰茨

邮戳：利别霍夫，日期无法辨认（1918年12月初？），奥地利邮票

致：马克斯·布罗德博士先生　帝国邮局理念顾问　布拉格　帝国邮局
寄信人：卡夫卡博士　舍勒森　利别霍夫　斯杜德膳食公寓

亲爱的马克斯，很遗憾上次未在家中见到你，不过，我很快就会回去，也许圣诞节就可以，1月初肯定回去了。这里没有祖劳那么好，当然也完全不差，而且像别处一样富有教育意义。此外，惊人的便宜：每天六法郎（根据维也纳报上现在通行的汇率1K=10ctm）。问卷随信附上，我几乎什么都没学，白天很短，煤油很稀少，很多时候我都在户外躺着。连我的书都没读，只读了这里藏书室里（其中有《第谷·布拉赫》）迈斯纳[97]的《我生平的故事》，这是一本格外生动又诚挚的书，书中处处可见亲身经历的烙印，还有19世纪中叶的各种轶事，围绕着整个波希米亚—德国—法国—英国的政治界和文学界，从政治的角度看又极具现实意义。

保重，问候你的妻子、费利克斯和奥斯卡。你投诉[98]了吗？

弗兰茨

附上两页信纸的问题，是关于希伯来语的语法，许多都是希伯来语字体。

明信片

邮戳：利别霍夫，1918年12月17日

致：马克斯·布罗德博士先生　布拉格五区　布赫霍瓦街8号
寄信人：卡夫卡博士　斯杜德膳食公寓　舍勒森　利别霍夫

亲爱的马克斯，你，坚不可摧的你，连你都倒下了[99]。但现在你肯定已经下床了。我完全不知情，我母亲没有给我写信，无人写信。给我写几句话说说你的情况。我发烧的时候，你对我来说就如同生命的担保。流感过后我留下了后遗症，希望你至少能免遭那些小后遗症。不过，你似乎已经在床上躺了一个多星期了。你的妻子无恙吗？你不应该去乡下休养吗？可惜有一些原因不能邀请你来这里，但如果急需，还是可以的，我不会把你照顾得太糟糕，毕竟我有被照顾的经验。我在想，我是否应该让我的母亲去你那里，她会不会打扰你，或者她在家根本碰不到你，因为你可能已经在犹太民族理事会[100]工作了。或许我只打发小姐[101]去吧。

保重，尽快回信，问候费利克斯和奥斯卡。

弗兰茨

布拉格
1918年12月20日

亲爱的弗兰茨：

你对我的担心是没有根据的。自打这个星期开始我就相当健康，在办公室，等等。只是，我马上遭到了一个沉重的打击：贝尔塔·凡塔[102]夫人的突然离世，你可能从今天的报纸上得知了。我真的非常喜欢这位女士。她是一个非常纯粹的人，针对自己的小错误，她进行了一场狂热的战争。她一直那么留恋生命，惧怕死亡，探究不朽这一哲学问题。偶然的机会，费利克斯·韦尔奇在最后三次的周日报告中对于不朽提出了他自己的概念，当时她也在场。费利克斯告诉我，凡塔夫人对他说：她不能满足于此……今天她知道了真相。

直到最后一刻，她都精神抖擞。周二下午和晚上还参加了报告。周三中午她还在看齐美尔[103]的书，在厨房里忙碌着。可她突然中风，再也没有恢复意识，于晚上七点去世。难以期望比这更美的死亡了，但她刚刚五十二岁！她还可以再活三十年。在最后这段时间里，她一直还在学习希伯来语，做好一切准备，要和伯格曼[104]去巴勒斯坦。——当然，她死于肾脏萎缩。施尼茨[105]还是延长了她三年的生命，克拉尔医生[106]说，这是一个奇迹。最后这段时间她省略了非常烦琐的洗浴。

家里弥漫着毁灭的气氛，尤其是她的儿子，他和我谈到“从她的脸颊散发的清香”——这不是诗，是别的东西。

我们发现了她的日记、遗作。我们想举办一场葬礼。——关于这位非凡的女性，我还可以给你写上几小时，她可能和你不是那么亲近，但她的离世对我来说意味着真正的损失。而近几个月我处在巨大的工作负荷中，某种程度上却将她拒之门外。最近我与她都只是匆匆相见——这是一个人对所有人的罪过。而现在我听说，她多次都很想与我交谈……

由此来看，你在舍勒森过得不是特别好吗？我很担心。你所写的流感留下的后遗症是什么？我只遭受了八天的体温异常和可怕的情绪抑郁，之前我在床上躺了八天，但按照自身的系统我自己痊愈了。

现在我又有很多工作。1月底，我会去瑞士参加全体民族理事会代表大会[107]，也许还会去巴黎的和平会议[108]。

你的马克斯

尽快回信告诉我你怎么样。

关于投诉[109]，我明天写信给你。我已经去了总邮局，但是没有得到满意的答复。

布拉格
1918年12月21日，星期六

亲爱的弗兰茨：

我昨天忘了告诉你下面的事情，而现在写出来可能听起来很奇怪，但我相当认真。这是一个人在旅行前会有的想法。但它们不仅适用于这次旅行的状况，基本上适用于所有状况，如果我比你先离世，而且没有任何相反的情况的话。

当然，我只想到了旅游意外，而且把这件事看得太重。但我很久以来都想用更精确的方式告诉你，却总是忘记。

所以我请求你，若我离世，立即到我的办公室来。在离门最近的那个办公桌，最中间的抽屉里，在左后方的角落有两个白纸包裹，上面是蓝色的字样“给弗兰茨・卡夫卡”，连同你的具体地址。这个抽屉本身是未上锁的。它不在窗边的书桌里，而是在隔壁的书桌里，我平时不坐的地方。这两个包裹你要立即取走，未开封的情况下立即烧掉。如果你按照我的描述还是找不到抽屉，也许我的同事可以指给你看。

无论抽屉里还有什么，你应该一并带走，根据你的判断销毁或者保存。这一点不太重要。

托付给你的密封包裹，现在已经在你的公寓里了，你要在得知我的死讯后，立即未开封就销毁。——销毁这三个包裹对我来说无比重要，可能比出版一部文学和音乐遗作重要得多，我把这三个包裹与我最亲近的人联系起来，托付给你。

但星期一你收到这封信的时候，我又回到布拉格了。星期二中午两点再见！

我以你的名义给我的妻子二十克朗，给可怜的东欧犹太人，我将以这种方式逐渐弥补对你的不公平，我每次都会把你的捐款翻倍。

再见！不要因为这封信而生我的气。我已经想了很久了。

马克斯

明信片

邮戳：布拉格，1918年12月23（？）日

致：马克斯·布罗德博士先生　帝国邮局理念顾问　布拉格　邮局

最亲爱的马克斯，没有担忧，但会重视。顺便说一下，相当长一段时间以来，我的钱包里有一张寄给你的名片[110]，上面有类似的、非常简单的指示（但包括财务事项）——不过，目前我们还活着，你关于集体的文章[111]很精彩。阅读的时候，我因为开心一脸怪相。它是不可动摇的、真实的、透彻的，见解深刻的、细腻的，另外也很耀眼的。就个人道德上的有机凝聚力而言，根据我的经验，它所引发的会更为严重，从道德上来讲，在很大程度上，这种凝聚力完全靠精神上的保留所滋养。所有的人显然都是社会性的，也许除了那些在边缘游

荡，而且很快就会掉下去的人，或者是那些超凡的，能够把所有的集体揽在自己狭小的胸膛里的人。其他所有的人都是彻头彻尾社会性的，只是他们要以不同的力量来战胜不同的困难。这一点或许在文章中也能起作用，这篇文章虽然不是判决，但它至少是以判决的事实构成。此外，也许来自事实的误解也没有完全避免，比如说（这纯粹是举例），人民协会的成员有许多是出色的社会人，在女子俱乐部[112]中则更少。但我将永远遵守这篇文章。如果你的新书[113]完全这样安排就好了！

弗兰茨

1 9 1 9

邮戳：利别霍夫，1919年1月

致：马克斯·布罗德博士先生　理念顾问　布拉格　总邮局
寄信人：卡夫卡博士　斯杜德膳食公寓　舍勒森　利别霍夫

亲爱的马克斯，不久前我梦见了你，就其本身而言并非什么特别的梦境，我经常做这个梦：我拿着一根棍子或者只是一根折断的树枝，将它斜插入地面，自己坐在上面，就像女巫骑在扫帚上一样，或者只是靠着它，就像胡同里的人靠着拐杖一样——而这足以让我在长久的低空飞跃中继续飞行，上山、下坡，随心所欲。当动力耗尽的时候，我只须再猛力朝地面一戳，就可以继续前进。我经常梦到这些，但这次不知怎么你也在那里，在看着我，或是等着我，有时好像这一切都发生在鲁道夫[1]里面。后来发现我总是会以某种方式伤害你，或者至少对你提出了要求，虽然只是一些小事，有一次，我弄丢了一根你的小铁棍，不得不向你供认此事，还有一次，我因为飞行让你等了很久，确实只是一些小事——但不可思议的是，你以怎样的宽容、耐心和平静容忍了这一切。要么——带着这样的思考，梦境结束了——你坚信，我虽然看起来活得很轻松，但实际上却活得很艰辛，要么你坚持这种信念，至少是把它作为我一向令人费解的行为的唯一解释。所以，你没有一次以丝毫的责备来打搅夜晚的欢愉。

总的来说，我白天过得也不差，至少就肺部而言。没有发烧，没有气喘，咳嗽也越来越少。相比之下令我烦心的是胃部。

你什么时候去瑞士[2]？

衷心问候

弗兰茨

请问候费利克斯和奥斯卡。

1919年2月1日

布拉格

亲爱的弗兰茨：

为什么没有你的消息？我一直像10月那时一样处于运动之中，但我担心这场运动将渐渐化为乌有。你不应该让我任由命运摆布，应该关心一下我的灵魂，它变得政治性般的粗野。比如，本周一英国公使来我这里一同喝茶，听起来很了不起，但这并没有超越某种表面的利益，也不够深入我的内心。对政绩的影响几乎总是令人失望的，一切都在继续，没有决策。在这一关系往来中，我唯一的渴求就是为犹太民族创造清晰明了的环境，但这似乎无法实现，因为即便取得了部分成效，如上一期《自卫》[3]所显示出的，也丝毫无法改变大众的冷漠。因此，驱使我继续前行的只有对这个民族的忧虑。比如今天，我梦见自己在一所学校里，修道士为那里的东欧犹太儿童上课，女孩子和男孩子们。在一个开阔的庭院里，他们支起了一座苏克棚[4]。然后有几个人像在考试中一样，唱起了意第绪语民歌。一个女孩展示了一本干净厚实的笔记本，内容是关于会计工作的。我感谢神职人员（内心里），孩子们得到了生活实践的教育，同时也保留了他们的民族性，我为之而高兴。这时，我询问一个黑色卷发的小伙子：在宗教中你们处于何处？他先是说他们不学任何宗教，但随后他展示了一本黑色的书，封面上印有一个金色十字架。这里的孩子全部受洗了，全部。我跌坐在地上，号啕大哭，以致从梦中惊醒。

另外要讲的：我一直在考虑你妹妹的婚姻[5]。还有其他的担忧：在维也纳，锡安工人党[6]投票给社会主义——德意志，反对他们所在的国民议会。崩得分子[7]反对巴勒斯坦。巴勒斯坦完全不清楚。东正教在瑞士有自己的代表大会，以反对犹太复国主义者。布拉格国民议会[8]是迄今为止唯一一个阻止锡安、东正及锡安工人党之间争斗的议会。请允许我说，这是我的功劳。——但付出了多少努力啊！

没有时间了，还有很多事想要告诉你。但你呢？你肯定有时间。难道你长期的沉默是由于身体或精神不适？

你的马克斯

你读《自卫》了吗？

邮戳：1919年2月8日，利别霍夫

致：马克斯·布罗德博士先生　理念顾问　布拉格　总邮局
寄信人：卡夫卡博士　斯杜德膳食公寓　舍勒森　利别霍夫

亲爱的马克斯，你是如何与你的命运抗争的，而你的命运诉说着如此美妙、清晰、响亮、回荡的话语；其他人又该说什么呢？他们的命运嗫嚅着或是缄默不言。

当你在梦中为你的想法受苦的时候，我正乘着三驾马车去往拉普兰德[9]。这事发生在昨晚，更确切地说我还没乘车，但三驾马车套上了马具。马车轴是一副巨大的兽骨，对于三驾马车的马具，马车夫为我做了一番技术上相当高明又稀奇的讲解。篇幅冗长，这里就不赘述了。然后在北部的场景中混入了家乡的音调，是我母亲，她本人或者只是她的声音在场，她评价了那个人的民族服装并宣称那条裤子是纸织物，来自一家叫邦迪的公司。这个梦显然引向了前一天的回忆，因为里面有犹太的元素，而且谈到了纸织物，还有一家邦迪公司。

犹太的元素是一个年轻的姑娘[10]，希望只是轻度患病。她是一个平凡而又不可思议的人。她不是犹太人，也不是非犹太人，尤其不是非犹太人，不是德国人，也不是非德国人，她热爱电影、歌剧和喜剧，傅粉施朱，戴着面纱，掌握取之不尽、用之不竭的最放肆的俚语粗话，总的来说，非常无知，快乐多于悲伤——这大概就是她。如果要准确地解释她的民族归属，那就只能说她属于女职员一族。此外，她内心勇敢、诚实、忘我——这些伟大的品质集于一身，虽然外表不乏美貌，但却如同飞向我灯下的蚊子一样微不足道。在这一点上和其他方面都很像布洛赫[11]小姐，回忆起她，你或许很反感。你能不能为了她把《犹太复国主义第三阶段》[12]借给我，或者其他类似的书——你认为合适的？她不会理解的，她不会感兴趣的，我不会逼迫她的——但无论如何。

我没有太多时间，你一定不相信，一天的时间几乎不够，现在是十一点一刻。在室外躺着占用了大部分时间，我一个人躺在阳台上，面对繁茂的山丘。

我的健康状况不算坏，虽然肠胃出了问题。还有神经系统或者不管叫什么名字，似乎更坚韧了一些，在这里已经是面对第二个人时发生这样的情况了。全身心接受一个新人，特别是他的苦难，以及最重要的是接受他所进行的斗争，相信自己比这个陌生人本人更了解他的斗争——这一切完全与分娩行为相对应。

保重。问候费利克斯和奥斯卡。

弗兰茨

《自卫》我收到了。你的评论“巴勒斯坦完全不清楚”到底指的是什么。

明信片

邮戳：利别霍夫，1919年2月8日[13]，奥地利预印邮票

致：埃尔莎·布罗德女士　布拉格五区　布雷霍瓦
寄信人：卡夫卡博士　斯杜德膳食公寓　舍勒森　利别霍夫

亲爱的埃尔莎女士，当然！但请您避免以任何形式在报纸上提及。无论您选择什么[14]，都是些小玩意儿，也许适合作为加演节目，但无须另行提及。如果文中有什么灰暗之处，请您不要删去，如果真要涤除，那就没有尽头了。还有，祝您好运！《感觉的高度》[15]中的诗歌，您曾经读得那么美。也许您朗诵的声音与音乐相得益彰吧。尽

管您不喜欢，但试一试情节剧吧。——这次您独自一人朗读？

诚挚地问候

卡夫卡

舍勒森

1919年3月2日

亲爱的马克斯，至今我还没为那本精彩的书表示过感谢呢。我在这本书的精神里生活了一段时间，感到非常舒适。同时我还获得了好处，抑或是坏处，对我来说，各种青年时代的记忆与情感交织在一切事物之中。

那位小姐也对你表示非常感谢，她通读了这本书，甚至还对它相当理解，虽然带着某种特殊的、少女式的、瞬间理解的方式。此外，她与犹太复国主义也并非如我最初所想的那样毫无联系。她在战争中丧生的未婚夫是犹太复国主义者，她的姐姐参加犹太讲座，她最好的朋友在蓝白组织[16]中，并且“从未错过马克斯·布罗德的讲座”。

至于我：我很开心地打发时间（粗略估计，在过去的五年里，我笑得都没有像最近几周那么多），但这仍然是一个困难时期。好吧，目前我还在忍耐，但我的健康状况不佳并非没有原因。此外，这段日子——至少就它的现状[17]而言——在几天内就要结束了，如果疗养院承认当地医生的证明[18]，我可能会再多待些时日。

人生最初的错误，我指的是最初可见的错误，是那么奇妙。人们或许不该单独研究它们，因为它们具有更高、更广的意义，但有时必须这样做，这让我想起了一场比赛，在这场比赛中，每一个参赛者都坚信他会取得胜利，似乎也是正确的，那么就人生的丰富多彩来看，这也是有可能的。为什么看起来大家都有这个信念，却并未如愿呢？因为缺乏信念并不表现在“信念”上，而是表现在所使用的“赛跑策略”上。这就好比有人坚信自己一定会赢，但他只有在第一个障碍处冲出赛道并且不再返回，才会赢。裁判很清楚，这个人不会赢，至少以这个水平不会赢，而看着这个人如何从一开始就全心投入，冲出赛道，且对一切极度认真，一定十分富有教育意义。——祝你的书[19]顺利！有许多时间！

弗兰茨

黑灵斯多夫，克鲁格别墅
1919年8月1日

亲爱的弗兰茨：

如果我曾经给你提过好的建议，那么这次听我的，力求以最快的速度到这里来[20]。护照的事，采特纳胡同的人可以帮你。——所有的休养与这儿的海边相比都是小儿科，在这里，四十八小时内让人焕然一新。我非常开心，敏锐的直觉驱使我来到这里。妙不可言的是这里完全不受天气影响，这在其他任何地方都无法拥有。阳光明媚时，可以让皮肤晒成棕色；下雨刮风就是北方了，这时游泳更美妙，这里的雨本就没有停过，而你真的可以望着遥远的地平线那一边，以云朵识别天气，因此完全不用担心。风雨欲来之时，通常紧随其后就可见到尽头。再加上，在这里终于归于平静了，彻底的、最终的平静，我们很久未曾拥有了。这是战败者领先于胜利者的绝妙优势（我想，这种恰当的平衡并未在你的《骑手先生》[21]中得到赏识）：对于战败者来说，战争真的从根本上结束了，他摆脱了战争，就像脱下湿漉漉的泳衣，现在已经在用毛巾擦拭自己了，不再考虑湿冷的问题，而胜利者则忙于庆祝，等等，而在喜悦的表象下，却仍然无法摆脱之前的紧张状态，仍然在焦急地等待更多的好处、更多的满足感，等等。——现在这里是旺季。我们住在一间阁楼里，这还是千辛万苦才获得的。明天起就有好房间了。8月15日，很多人都离开了，那时就可以任意挑选一个可以看到海景的大阳台——在这儿透透气，只有欧洲大陆的边界才有，在中部无处可寻。我相信，即使是医生，当然你要咨询他，他也不会劝阻你。具体的适应证我当然不了解——但就普遍的卫生及精神方面，在这里身强体壮，精神焕发，令人心醉神迷。——我在沃尔夫那里谈了很多关于你的事，你的书[22]快印完了。那个工作疏忽的校对员已经被辞退了（不仅仅是因为这件事）。鲍姆的书[23]也完成了！韦尔奇[24]大有前途。我从莱比锡给二人写了信，但也许你也可以给他们看看这封信。——如果你能和迈尔[25]谈谈，那就太好了——他多次说，他想让你的小说取得一次轰动性的成功。我要自己动笔完成你的《诉讼》了！

你的马克斯

明信片

邮戳：布拉格，1919年11月11日

致：弗兰茨·卡夫卡博士先生　斯杜德膳食公寓　舍勒森　利别霍夫
寄信人：布罗德博士　布拉格　布雷霍瓦8号

亲爱的弗兰茨：

出发前急匆匆送去我的问候，祝你休养顺利。我寄去一些报纸。——（对我来说）和你待在一起[26]真是无比美好！

马克斯

1 9 2 0

布拉格
约1920年3月

亲爱的马克斯，昨天我被这篇小说和它流露出的坚定思想深深地迷惑住了，以至于我忘记了告诉你关于奥特拉科隆的事[1]，我是如何评价的。我非常关心此事，比起斯洛伐克和巴黎更关心它，如果此事能达成，我会更满意地离开。我不知道你是否能帮她实现此事或者你能为此做什么，不管怎样，我还是想告诉你：也许跟洛伊小姐说几句好话就够了，或者类似的。我承诺默默地向国家基金[2]捐款一千克朗，这也未必真的是对命运的贿赂，因为我只是想给奥特拉一个努力工作的机会：比起这件事本身，更让我高兴的是，它对奥特拉有极大的吸引力。所以，如果可能的话——

弗兰茨

致马克斯·布罗德和费利克斯·韦尔奇

邮戳：梅拉诺，1920年4月10日

收件人：费利克斯·韦尔奇博士先生　布拉格　大学图书馆　捷克斯洛伐克
寄信人：卡夫卡博士　南蒂罗尔　梅拉诺-乌特麦斯　奥托堡膳食公寓

亲爱的马克斯，在我的新房间的第一晚，看起来似乎还不错，寻找的折磨、下定决心的折磨，以及最重要的与旧房间告别的折磨（旧房间似乎是我脚下唯一稳定的土地，而我因为几个里拉和其他的琐事将它踢开了，而这些琐事只有在更稳定的环境下才有意义），这一切的折磨当然不能由新房间来抵偿，也没必要了，这些折磨已经过去了，只留下它们的根源，它生长得比这里所有的植物都更像在热带。

我在阳台上写东西，现在是晚上七点半（夏令时），还是有点凉，阳台设在了花园的深处，几乎有点太深了，我本想要一个有高度的（但就是找一个高阳台，这样的阳台有成千上万，却不能拥有一个），但这个没有明显的缺点，因为直到傍晚六点，阳光都强烈地照耀着我，周围的植物很美丽，鸟儿和蜥蜴会接近我。

到目前为止，我住在最好的旅馆[3]中的一家，或者说就是最好的那一家，因为其他同级别的旅馆都关门了。客人中有几个是讲究的意大利人，此外，还有几个其他的入侵者，而其余的大部分是犹太人，部分受洗过（但是什么可怕的犹太力量能存在于一个受洗的犹太人体内，接近爆发，却在那位基督教母亲的基督徒孩子身上才平息下来）。例如，那里有一位土耳其犹太人，他是地毯商，我与他用希伯来语交谈了几句，他有着土耳其人的外形，呆板、平和，他是君士坦丁堡首席拉比的亲密朋友，奇怪的是，他认为拉比是犹太复国主义者。——还有一位布拉格犹太人，他在大变革之前（这是保密的）既是德国之家也是梅斯坦斯卡·贝瑟达[4]的成员，现在，因为有上层庇护，已经允许从赌场（这里画得完全无法辨认）离开，并立即将他的儿子转到捷克实科中学，“现在他不会懂德语的，也不会懂捷克语的，他就叫唤吧”。自然，他是“按照自己的教派”来投票的。但这一切并未表明他的性格特征，丝毫没有触动他的命脉，他是一位善良、有活力、风趣的老先生，还怀有热情。

现在膳食公寓里的社交圈子（我是偶然发现的，经过种种长期无奈的寻找后，偶然按响了门铃，并未注意到警告，现在忽然想来，警告先前就短暂地发出了，一个常去做礼拜的女人，仓皇失措，那是复活节的星期一，她在街上对着我高声喊道："路德是个魔鬼！"），这个社交圈子全是德国基督徒，显眼的是：一对年老的女士，一个曾经的或是现役的将军，总之都是一样的，还有一个这样的上校，都是聪明、可爱的人。我请求在公共餐室一张单独的小桌子上用餐，我看到有人是这样用餐的，而且这样吃素就没那么惹人注意了，最重要的是可以更好地咀嚼，总的来说更加安全。但也很奇怪，尤其是当我发现，我是唯一一个分开坐的人。后来我向公寓的女主人提起了此事，但她安慰了我，她对"仔细咀嚼"[5]也有所了解并且想要我胖起来。但是今天当我走进餐室时，上校（将军还没有到）很热情地劝请我到公共餐桌去，我不得不顺从。事情也就顺势发展。几句交谈后就知道了我来自布拉格，二人，将军——坐在我对面——和上校，都了解布拉格。是捷克人吗？不是。那就给这些忠诚的德国军人的眼睛解释，你到底是什么人。某个人说"德意志波希米亚人"，另一个人说"小城区"[6]。然后，整件事就被搁下了，大家继续吃饭，但这位耳朵灵敏、在语言方面受过奥地利军队熏染的将军并不满意，吃完饭后，他又开始怀疑我的德语声调，也许比起怀疑自己的耳朵，更怀疑自己的眼睛。我只能试图用我的犹太血统来解释。现在，在科学上虽然让他满意了，但人性上却没有。在同一时刻，可能只是偶然，因为其他所有人都不可能听到我们的谈话，但也许毕竟有一些联系，整个社交圈子的人都起身离开了（虽然昨天他们一起逗留了很久，我听到了，因为我的门与餐室相邻）。将军也很不安，不过出于礼貌，在他匆匆地大步离开之前，他还是以某种方式结束了这段简短的谈话。在人性上，这也很难让我满意，为什么我一定会让他们烦恼呢？但除此之外这是一个很好的解决办法，我又可以独自一人了，独自落座也不奇怪了，只要他们不会凭空想出什么纪律处分。还有我现在要喝牛奶，去睡觉了。

保重！

你的弗兰茨

亲爱的费利克斯，我这点儿新消息也是说给你听的。至于太阳，我从未觉得，根本上从未觉得：这里会持续不断地拥有晴朗的天气，事实并非如此，到目前为止，今天是星期四，晚上，一天半以来都是这样的天气，即使这样的日子也带着一丝凉爽，不过是极为舒适的凉爽，剩下的都是阴雨绵绵，几乎是寒冷的。离布拉格这么近，又能指望有什么不同呢，只是植被会让人产生错觉，因为在这样的天气，在布拉格，小水坑几乎都会结冰，而在这里，在我的阳台前面，花朵正在慢慢开放。

一切都好！也请问候女士们和奥斯卡。

你的弗兰茨

请你把《自卫》[7]寄给我，好吗？（我已经读了你的奇迹——文章[8]的那一期）。地址：梅拉诺-乌特麦斯，奥托堡膳食公寓。

挂号信

邮戳：梅拉诺，1920年4月底/5月初

致：马克斯·布罗德先生　布拉格五区　布雷霍瓦 8号
寄信人：卡夫卡博士　梅拉诺-乌特麦斯　奥托堡膳食公寓

我亲爱的马克斯：

没有任何你的消息，已经许久了，但这是我的责任，不知为何似乎第一封信已经丢失了，我完全可以在第一封信之后，再补寄第二封。或者更准确地说，我不大可能办到，因为我在这里虽然过得很惬意，体重增加了，只是处在日日夜夜稀松平常的不安和折磨之中，但就是这样，只有不写信，才能传达出关于我的生活的最准确报告。虽然你可能——不完全是我的反面——处在过多的工作之中，以至于没有写信所需的选择权。但你看起来不错，我母亲写信告诉我了，这让我摆脱了一些不愉快的想法，比如，选举的过度劳累，对选举的失望[9]，等等。

此外，我还听到了一点关于你的消息，我的医生，约瑟夫·科恩医生（布拉格人，犹太复国主义者）在来这里旅行的途中看到你在慕尼黑下车了，考虑到是选举时期，这让我感到非常惊讶，直到后来他又给我带来慕尼黑剧院骚动[10]的消息。奥罗斯敏[11]不得不听些什么！

昨天，我收到了挂号信，其中附有雅诺维茨[12]的信，如果你觉得我所附的回答还算合适，请寄出，如果不合适，我当然会按照你的意愿修改。但整件事情沦落成了一场耐心的游戏，只有当他或我们开始咒骂时，才会出现什么解决办法。但如果我们不想粗鲁无礼，最好还是安于现状。

请代我衷心问候费利克斯、奥斯卡和女士们，特别是埃尔莎夫人。

你的弗兰茨

邮戳：梅拉诺，1920年5月

致：马克斯·布罗德先生　布拉格五区　布雷霍瓦8号
寄信人：卡夫卡博士　梅拉诺-乌特麦斯　奥托堡膳食公寓

最亲爱的马克斯，非常感谢。慕尼黑与我所想的颇为相似，细节很奇怪。这是可以理解的，也许犹太人没有毁掉德国的未来，但德国的现在可能会被认为是他们毁掉的。他们长久以来就把一些事情强加给德国，德国可能本会以自己的方式慢慢实现这些，但面对这些站在德国反对的一面，因为它们来自陌生人。一场可怕的、徒劳无益的活动，反犹主义和与之相连的一切，德国都要感谢犹太人。

至于我这里的小圈子，对立的双方早就放下了，我当时夸大了，但其他人也是。例如，那位将军对我比对其他人更加友好，然而这并不使我感到奇怪，因为我有一条毋庸置疑的优秀社交品质（可惜这一条是以其他所有品质为代价的）：我是一个优秀的倾听者，能够真诚地、愉快地倾听。这一点一定是在家庭中逐渐形成的，比如，我有一位上了年纪的姑妈，她内心并未特别感兴趣，脸上却带着一副极其认真倾听的样子：张大嘴巴、微笑、瞪大眼睛、不断地点头，还有独特的伸长脖子的方式，这不仅仅是谦恭，还是为了让话语更容易从对方唇间溢出，也确实更容易了。于是我并未傲慢自负，而是把真实和生命赋予了这一切，而姑妈的那张脸非常大，还一直围绕在我这张脸的周围。但是将军却错误地解读了这些，因此把我视作一个孩子，例如，最近，他说出了自己的猜测，觉得我有一间很好的藏书室，但考虑到我还年轻，他立刻改口了，说我大概开始在为自己设立一间藏书室了。因此，尽管他们不必特别关注我，但餐桌上的反犹太主义却表现出了其典型的无辜。上校私下里和我谈话时，怀疑将军（总的来说，他受到大家的不公平待遇）是“愚蠢”的反犹太主义，当他们谈到犹太人的无耻、狂妄、懦弱时（战争故事为其提供了许多机会，也提供了可怕的事情，例如，一个生病的东欧犹太人，在他的部队向前线行军的前一天晚上，将淋球菌喷到了另外十二个犹太人的眼睛里，这可能吗？），大家带着某种惊叹大笑起来，之后再向我道歉，人们唯独完全不宽恕犹太社会主义者和共产主义者，把他们溺死在汤里，和烤肉一起切成小块儿。但也不是毫无例外，例如，一位来自肯普滕市（那里的苏维埃政府也维持了几天，但既未流血也非犹太）的工厂主在这儿，他清楚地知道兰道尔[13]、托勒尔[14]和其他人的区别，还讲述了勒菲内[15]的故事，令人敬佩。

如果能入睡，我的健康状况就没问题，虽然体重增加了，然而，特别是在过去几天里，失眠频频向我袭来，让我不堪忍受。可能有各种原因，其中一个原因也许是我和维也纳的通信[16]。她是一团我从未见过的、生机勃勃的火焰，而且是一团不顾一切只为他人燃烧的火焰。同时又极其温柔、勇敢、聪明，她将一切都投入到牺牲中去，或者可以说，通过牺牲获得了一切。而他又是怎样一个男人，才能激起这团火。

因为失眠，我可能会比要求的回来得早。我大概不会去慕尼黑，不论我对出版社[17]多么感兴趣，可能都只是一种被动的兴趣。

衷心问候你、你的妻子和所有人，特别是奥斯卡，我还没有给他写信，即使没有什么事情阻止我，我也很难下定决心去写那些必然要公开的信件。

你的弗

梅拉诺
1920年5月底/6月初

最亲爱的马克斯，你在楼梯上的最后一个告别祝福—— 还记得吗？——是什么意思？如果你打算将其作为考验，恐怕我是无法通过的。考验无法磨炼我，我不会等待打击向我袭来，而是向它们奔去，然后消失在它们之间。我是否应该为自己未能结婚而感恩？否则我就会一下子变成我现在逐渐变成的样子：疯狂。随着休息时间越来越短，在这期间，不是我而是另一个他在积蓄力量。

值得注意的一件事是——我终于开始意识到——每个人都对我过分的好，甚至可以说，在关于我的大大小小的事情上，是牺牲自我的。由此，我得出了关于人性的普遍结论，也因此感到更加压抑。但这可能并不正确，他们仅仅在面对一个大家完全无法帮助的人时，才会如此。人们对这种情况有一种特殊的嗅觉。许多人（不是所有）对你也很好，马克斯，也是牺牲自我的，但相应地，你也在不断地为这个世界付出，这是一种合乎规则的商业往来（因此，你也可以均衡各种人情世故，而我几乎没有资格触碰），我却什么也不付出，或者至少对他人没有付出。

附上雅诺维茨父亲[18]的一封信，总还是令人愉快的，我想他值得一次友好的答复，这封信现在才转寄给我。请问候费利克斯和奥斯卡。巴勒斯坦到底怎么样了！

弗兰茨

布拉格

1920年6月9日

最亲爱的弗兰茨：

首先，有两则消息应该会让你感到高兴：1.在《世界舞台》上，费利克斯（我没有）读到了彼得·潘特（图霍尔斯基？）的一篇关于你的《在流放地》的伟大文章[19]，与克莱斯特相比非常令人着迷，等等。

2.我的妻子告诉我，沃里泽克小姐的帽子沙龙现在非常流行，以至于在布拉格引领潮流的夫人格特豪尔女士也在那里工作，在与工厂隔开的一个单独的房间里——这可能对于公司的声誉，甚至对于公司的业务发展都会有帮助。

你写得很悲伤。但我之所以这么久没有回复你，是因为我给你写的信会更悲伤。我内心有一种多年未曾有过的空虚。布尔诺的女士带来的失望比我所想的要强烈得多，尽管我确实从一开始就艰难地忍受着。这个折磨人的谜题在我的脑海中挥之不去。我周围的一切都显得那么灰暗、那么无情。在我们这个年纪，将内心敞开到极致是不会免于受罚的——这可能是一桩巧事，我的情况看上去就是这样。但是挫折，当它来临的时候，是可怕的，完全是毁灭性的。我对什么都没有兴趣——而现在，我有了时间，这是前所未有的。此外，最严重的危机可能已经过去了。最近两周，我又开始着手我的理论图书[20]了，每天都在坚持不懈地写，这儿或那儿总会得以写出一处，比起5月那些可怕的、梦魇般的下午，更能让人忍受了。总之，我很想你。没有人可以和我谈论这些事情。费利克斯要成为幸福的父亲了，他虽然有金钱的烦恼，当然从根本上也有和我们一样的痛苦——但他有点儿倾向于视爱情为一场游戏。奥斯卡·鲍姆在他无情的不幸中正襟危坐，我几乎不敢再惊动他了——而且我几乎无法理解他的情况。当然，唯一欣慰的是我们同心协力，定期碰面——奥斯卡朗读了他那本颇具人情

味的书（还有，在我看来，你还是应该给他写信——他可能会因为你只向他问好致意而感到烦恼——至少给他寄一些风景明信片）。我不久前给他们看了彻底修改过的《异教、基督教、犹太教》的第一章。现在，我已经着手第四章的誊清稿了。若你在布拉格，我很乐意把它借给你，听听你的评价。你打算什么时候来这儿？

如果不是我知道下周要参加我们在布尔诺举行的政治代表大会，我可能根本不会给你写信。这确实给了我一些勇气。我也许可以明确地表达“是”或“不是”，但这并不确定，我就不需要告诉你。

保罗·阿德勒[21]在那里，我和卡米尔·霍夫曼[22]去散了一次步，我仔细查看了议会大厦，与哈森克莱弗[23]做了交谈，写了布查德特[24]——它还在运作，但在内部的一个坟墓已经开启了。

发生了一件引人注意的事[25]，我至少要隐晦地向你“汇报”一下。《论坛》[26]的那位年轻编辑雷纳（正如大家所说，一位非常优秀的年轻人，真是过分年轻——也许二十岁），服毒自尽了。我觉得，那是你还在布拉格的时候吧。现在得知了原因：威利·哈斯与他的妻子（婚前姓：安布罗佐娃，一位基督徒，米莲娜·杰森斯卡的朋友，和她很像，据大家说）有染。据说仅限于精神层面，没有被当场抓获之类的，只是这个女人让这个她婚前认识多年的男人深受折磨，主要是语言和她的行为，以至于他在编辑部自杀了。早上，她和哈斯先生一起来到编辑部，想问他为什么晚上值班不回来。那时他已躺在医院了，在他们到达之前就去世了。——即将参加最后一次考试的哈斯中断了学业，与父亲闹翻，在柏林办了一家电影报。他应该不好过。那个女人也生活在柏林，旁人觉得他会与她结婚。——我不知道为什么要写信告诉你这个残酷的故事。也许只是因为我们遭受着同样的恶魔，所以这个故事也属于我们，就像我们属于它一样……我无法理解你的影射。但我只是相信，你一定会好起来的，身体会完全充满活力，之后你就会更好地忍耐这些事。如果你真的相信，缺憾只在于你，而不在于爱你的那个人—— 我只能稍微想象一下，在这样的情况下——在这种爱情真真正正地向我袭来之时，我会过得多好。就这样过了三天。

你的马克斯

雅诺维茨爸爸的信真的很感人，我把它保留在身边，我们会共同答复。

邮戳：1920年6月中旬，梅拉诺

致：马克斯·布罗德先生　布拉格五区　布雷霍瓦 8号
寄信人：卡夫卡博士　梅拉诺-乌特麦斯　奥托堡膳食公寓

谢谢你，马克斯，你的信让我非常愉快。这个故事也讲述得正是时候，我读了十遍，为之颤抖了十次，又用你的话重新复述[27]了一遍。

但我们之间的区别依然存在。你看，马克斯，这真的完全不同，你有一座巨大的堡垒，其中的一堵围墙已经被不幸占据，但你却在最里面，或者在任何你喜欢的地方，你在那儿工作，错乱地、不安地工作着，而我却独自燃烧着，我突然什么都没有了，几根横梁，如果我不用头去支撑，它们就会坍塌，继而整个贫穷都会燃烧。我抱怨了吗？我不抱怨。我的外表在抱怨。我知道，我被给予了什么。

第二则消息[28]当然让我很高兴，它部分来自我那个时期。在那段时间里，我对这个人做了我对他能做的最糟糕的事，或许还是用最坏的方式，就像一个樵夫劈开一棵树（但他是奉命行事）。一个句子难以辨认，你看，马克斯，我还是有些羞愧的。

我很愿意5月去你那儿，非常期待与你见面。

只有一处搅乱了你的信。你谈到好起来。不会的，自一个月前就已不再谈及此了。此外，确实是你写的《卡里纳岛》[29]。

你的弗兰茨

问候你的妻子。

你或许有奥特拉的消息吗？她很少给我写信。7月中旬应该是婚礼。

我会给奥斯卡写信，但我该写什么呢？毕竟只有一件事可写。

致埃尔莎·布罗德（便条）

便条背面：埃尔莎女士

布拉格，1920年8月7日

亲爱的埃尔莎女士，可惜守卫没有找到您。告知了。其他的，我只想说，根据奥托·阿贝勒斯的一封信，今年的《犹太民族年鉴》[30]不会出版，所以，您不必抄写和寄送任何东西。

诚挚的问候

您的弗

邮戳：布拉格，1920年8月7日

致：马克斯·布罗德博士先生　约翰尼斯巴德　施瓦茨伯格12号
寄信人：卡夫卡博士　布拉格 波尔斯基茨7号

亲爱的马克斯，若你，你这样异常的懒惰——前提是有好天气——那一定是一件意外的幸事，若是我就没什么特别的了，我一直很懒惰，在乡下、在布拉格，一直如此，大多数时候甚至我有事可做，因为这事儿算不得什么，仅仅是一个家伙感恩地躺在太阳底下。

星期一我在一列火车上立刻阅读了《异教》，《歌中之歌》[31]还没读，因为自那以后都是游泳训练的好天气。尽管我对这章本就有所期待，但我还是不断地重新惊叹于这一章显而易见的丰富性，以及其中的连贯和缜密，因为这本《异教》在一定程度上是你的精神家园，即使你并不希望一直如此。它出色极了，我简直成了你那位完全不加批判的加利西亚女学生[32]，在阅读之时，数次暗中握起你的手、挽起你的胳膊。

但我完全谈不上赞同你，或者更确切地说，我或许只是公开表现了你对异教私下的赞同。一般来说，当你表达自己的内心时，我和你靠得很近；当你开始论战时，我也经常起了论战的兴致（尽我所能，当然）。

也就是说，我不相信你所理解的“异教”。比如，希腊人确实非常熟悉某种二元论，否则莫伊拉和许多其他的又有什么意义呢？只不过他们恰好是异常谦逊的人——就宗教而言——是一种路德教派。他们完全无法想象将决定性的神理与自己保持足够的距离，整个众神世界只是一种手段，以使决定性的神理与世俗的肉体保持一定距离，使人类呼吸到空气。一种伟大的民族教育手段抓住了人类的目光，它不如犹太人的律法深刻，但或许更民主（这里几乎没有领袖或宗教创始人），也许更自由（它坚持着，但我不知道如何），也许更谦逊（因为众神世界的景象只是让人类意识到：甚至不是，我们甚至不是神，即便我们是神，我们会是什么？）。与你的观念最接近的是，若有人说理论上[33]存在着一种完美的、世俗的幸福可能性，也就是说，相信决定性的神理而不去奋力追寻它。这种幸福可能性既是亵渎神灵的言辞，也是无法实现的，但希腊人也许比其他许多人更接近它。但这也不是你所理解的异教。而且你也没有证明，希腊人的灵魂是绝望的，只是证明了如果你要成为希腊人，你会绝望。这虽适用于你我，但在此也不尽然。

事实上人们在这一章体会到了三层：首先是你的积极，在这里依然不可动摇，而我上面所说的一切也未动摇它；其次是你对希腊文化集中的、令人激动的抨击；最后是希腊文化默默地自我辩护，当然根本上也是你掌控的。

前天我在索菲宁岛上及回家的路上和你的妻子谈了很久。她很高兴，如她所说，虽然思念，但很高兴。你妹夫订婚的事虽然让她有些生气，但也无疑让她有些兴奋，这种事情一贯会让人如此，我自身也有这种感觉。

很长时间没有阿贝勒斯的任何消息，我已经开始担心事情失败了，这时他的回复在昨天下午到了，相当友好。不过，洛维特出版社是咎由自取，因为阿贝勒斯8月2日要去度假，将事情委托给了他的朋友，一位奥恩斯坦博士，洛维特出版社的编辑，像他保证的那样，事情“会认真处理好的”[34]。他的信中没有提到钱，可能要在洛维特出版社拿到钱。同时他托我通知你，年鉴[35]今年不出版了，他不知道你现在的地址，他觉得很有必要让你“这个大忙人，及时从其友好的承诺中解脱出来”。由于你的妻子可能要为年鉴抄写一些东西，我在傍晚时分去找过她，但她不在家，所以我留了便条通知她。

我还凑合。给维也纳的答复当然还有时间。最近奥托・皮克来找我，他提到一个英国人，想把你的《人民的国王》[36]由德语翻译成英文，在美国演出——就这些，现在我要上床睡觉了。我听说你睡得很好。保佑你睡个好觉。

弗兰茨

邮戳：布拉格，1920年12月13日

致：马克斯·布罗德博士先生　经埃维尔书店　柏林 西-15号　克耐泽贝克大街54号（转寄：科舍尔酒店　柏林 西-30号　莫扎特大街78号）
寄信人：卡夫卡博士　布拉格　波尔斯基茨7号

你真好，马克斯，我想立刻为此感谢你。当我在你妻子的楼上时，手里捻着那张小纸片，那张格里门施泰因居住许可[37]证，它对我来说就像一份贵重的礼物。尽管我不去格里门施泰因了，但我不想此事从未发生过。我不去是因为我无法战胜自己，或者说是因为我觉得它战胜了我。要改变旅行方向绝非易事，但现在已经过去了。我要去塔特拉，玛特里亚里（福贝格，浴场管理处），至少目前是这样，如果那里不好的话，我会转到距那里一小时路程的诺维莫科维奇，斯塔里斯疗养院。18日我启程离开，本想在布拉格见你一面，但不想再逗留了。

你的妻子给我讲了许多关于这次旅行[38]的事，说了许多俏皮的、苦涩的、甜蜜的事，就像她以她特殊的、时而感人的方式，习惯性地将评价分为苦涩和甜蜜，我从评论中得到的印象是，这是一次不折不扣的成功，你的目标完全未受干扰。《以斯帖》似乎已经提前为它做好了准备。

我会从塔特拉给你写信的。对了，奥特拉要同去几天。

一切顺利！

弗兰茨

衷心问候你的妹妹、妹夫和西娅。

布拉格
1920年12月27日

亲爱的弗兰茨：

这么小的一张纸，这样漫长又伟大的旅行！但让我总结一下：真正重大的事情没有发生。柏林的一家小剧院虽然对此[39]很感兴趣，但这也还不确定。整个地区仍然沉默。所以，它有可能会像《以斯帖》一样，留在科尼斯堡的一次演出之中。另外，在柏林的两场读书会非常顺利（在埃维尔[40]和罗沃尔特出版社，后一场座无虚席）。罗沃尔特非常希望你能去柏林，去他那里朗读。那是一个漂亮温馨的大厅，大约有四十张扶手椅。他也非常希望你能在他那儿发表一些作品。他觉得沃尔夫为你做得太少了。此外，许多人向我询问你的情况，这也是他们的看法。——我没见到菲莉丝。我的妹妹苏菲也在那里，她觉得她很幸福她（菲）在等待2月的第二个孩子。她很友好地问起你。

今天我和你的人在一起，看到了你到目前为止所写的三张卡片。尽管你没有时间，但我还是想请你告知我，你在这个异常陌生的地方是否真的感到舒适。再给我描述一下大概位置。但是，要让一个只是曾坐火车路过那里的人，回忆起这四座壮丽的山峰时，就能想象出你在哪里。山谷还是山峰？疗养院？一处村庄还是一处荒地？最近的城镇？膳食？牛奶多吗？价格？（我怀疑你是出于便宜，就是贪图便宜才去的）你所在的酒店有多少人住？还是说不是酒店？医生好吗？——总之，你可以想象一下，你身边发生的一切，我都非常感兴趣。那我就答应你，若你报告得好，作为报答，我也会详细报告我的事情。

因为我有很多事要讲。柏林这次对我的影响极大。第一次，我不是在那里只待了两天。这些短暂的停留，留给人的印象完全是错误的。只有当你能细细地观察，看到那里的所有人是如何紧张又平顺地工作、不停地工作、无止境地工作，如何轻松而无怨地工作——这时才是真正的惊叹。只要一个人匆匆忙忙，有很多事情要做，似乎就和这些柏林人毫无二致。但这正是错误的假象。他只是一个“两天的柏林人”。但做一辈子柏林人——这才是奇迹！“总会做到的。”若他在几天的工作之后，完成了繁重的会议，又回到往常闭塞的清静无为中，两种生活方式分离开来——这时他才会看到他人日复一日不费吹灰之力就完成的事，他只能作为意外情况来克服。我这样说，不加任何评判，对我来说似乎越来越难以做出判断。因为事实上，这一切泰勒主义应该让我格外厌恶——这种奢侈的、柔和的小提琴，达达内拉狐步舞——对于这种狐步舞，或许要另外创造一位女性形象、一位新女神——以及这些轻歌剧、帕伦贝格、热闹的娱乐舞台，而文学却在郊区，在柯本尼克大街的人民剧院里，付不起所需的煤炭量。在那里，我看到了莎士比亚笔下的佩利克尔斯[41]，他在简陋的舞台上，穿着紧急补做的蜡染戏服，男主人公穿着桃色的紧身上衣，所有剧院的传统——男子气概表演，男高音看上去很吸引人，女主人公由卡尼茨女士甜美的声音唱出，她穿着灰蓝色的蜡染小裤子，上面带着许多普利策尔——木偶的褶边。身着便衣的她穿着豹子皮外套。她过得很好。著名的科特纳（杰斯纳剧院的理查德三世）与她同住。我真的特别喜欢她的声音。—— 但我写的这些当然都是不真实的！我之所以喜欢这一切，只是因为在那里最重要的经历，一位女士。对此我保持沉默，因为之后又变得不清晰了。也许这种幸福也会从此踏上布尔诺经历的后尘。也许这就是我的宿命，其悲哀你当然无法理解。因为你生活在炽热的地狱，你的爱情被人追逐，而我生活在冰雪之中。我应该为但丁将后者设置为地狱中更恶劣的一层而骄傲吗？——奇怪的是，我们在这方面的感觉恰恰相反。如果我对你的理解没错的话，女人的身体对你来说是某种可怕的东西。但对我来说，是真正的家园，是我唤醒自己真实存在的地方。为此我有一个确凿的征兆：即使在我的回忆中，肉体的结合对我来说，似乎也是我存在的唯一完全充实的时间。我几乎每天都会回想起她们之中最好的几个人，充满了憧憬和深深的感激。—— 如果你想就这些事情给我写信，只须将一张明信片（给签名标上下画线）及你的信件寄到“科舍尔，布拉格1号，存局候领”。—— 纸张快用完了。因此，只剩一个最重要的消息：我成功地赢得了世界出版社对施雷伯歌曲选集[42]的青睐，条件是我还要写和乐谱同样页数的序奏。我还为比耶教授[43]演奏了这些歌，他很喜欢。

你的马克斯

这些就只是我想对你说的事情的皮毛。

邮戳：玛特里亚里，塔特拉，1920年12月31日

致：马克斯·布罗德博士先生　布拉格五区　布雷霍瓦8号
寄信人：卡夫卡博士　玛特里亚里　塔特拉　塔特拉别墅　斯洛伐克

亲爱的马克斯：

你觉得你的信没有让我激动吗？即使他们把世上的财富和荣耀给予我，我也不会接受，但并不是因为我不会屈服，而是因为出于贪婪，我向下跳时就会摔死自己。若有其他的什么阻止我去柏林，那便是极度的虚弱和贫穷，这便阻碍了“给予”，但没有什么能阻止我屈服于“给予”。我会不惜一切代价动身出发，你不了解我的野心。

你的情况是不同的，你曾有过机会（你所声称的对柏林生命力的看法，实际上就是我对你的力量的看法），但并未屈服，而且在我看来是最令人信服、最坚定的决定。你在这方面的决定对我来说是如此坚定且令人信服，以至于如果现在结果不同，我同样也会欣然接受。另外，你只字未提搬去柏林。稀奇之处在于柏林的诱惑，是那里的紧张激烈吸引着你，但你似乎觉得，你在布拉格的生活不能柏林式地紧张化，而必须是彻头彻尾的柏林式生活。但也许当你在柏林的时候，你并没有听到命令要来柏林，而只是离开了布拉格。

我需要更多的解释才能理解剧院的事情，柏林人和我一样读了剧评，你自己也说了，一切可能的或是不可能的都在上演，所以人们要对你的《伪造者》[44]退避三舍吗？

菲莉丝没有参加你的朗读会吗？大概是因为她的状态？到了柏林，却没有见到菲，我私下觉得不妥，尽管我也会这样做的。我对菲的爱，就像一个不幸的将军对一座城的爱，他无法征服它，但它“还是”成为某些伟大的东西——两个孩子幸福的母亲。你没有第一个孩子的消息吗？

关于我：我在这里找了一个好地方，也就是说，很好，就人们想要的来说，它还有疗养院的样子，但又不是疗养院。它不是疗养院，因为它也能接待游客、猎人和几乎任何人，没有过分的奢华，人们只须为自己实际吃过的东西付钱；它又是一个疗养院，因为配有一位医生，卧床疗养的设施，可任意选择饮食，优质的牛奶和奶油。它位于塔特拉 - 洛姆尼茨后面两公里处，所以距离洛姆尼茨大山峰更近，近了两公里，而且它本身的海拔就有九百米。好医生？是的，一位专家。如果我能成为专家就好了！世界对他来说是多么简单啊！我的胃病、失眠、不安，简单来说，就是我现在的样子和我所有的症状，他都归结于肺病。只要疾病没有表现出来，它就将自己伪装成胃病或是神经问题。有些肺病——我也这样觉得——确实无法挣脱这种伪装。既然世界的苦难对他来说是如此清晰，他就随身带着一个小皮箱，大不过一个国家基金的储蓄盒，里面装着救世的良药，若有人需要，他就将其注入血液中，收费十二克朗。而事实上他也是——与这一切正相称——一位英俊的、脸颊红润、强壮的男人，他有一位年轻的（显然是犹太人）妻子，他很爱她，还有一个漂亮的小女儿，她异常聪明，他却不去谈起她，正因为这是他自己的孩子，他不想让自己显得过于自负。他每天都会来看我，毫无意义，但也不是不愉快。

整体上可以说：如果身体上和精神上我能够忍受几个月的这种疗法（尤其是待在同一个地方），我就会非常接近健康。但可能这是一种谬论，只是意味着：如果我很健康，那么我就会变得健康。第一个星期我增加了1.6公斤，但这不能证明什么，因为我在治疗的第一个星期总是像一头狮子一样。

这里大约有三十个常客，起初我把他们中的大多数人都当成了非犹太人，这些地道的匈牙利人，但原来大多数人都是犹太人，包括领班服务员。我话很少，也仅与几人交谈，大部分是出于对他人的恐惧，也是因为我认为这是正确的（如果一个人害怕他人，就应该表现出来）。但这里有一个人，卡绍人[45]，二十五岁，牙齿稀疏，一只眼睛弱视，大多数时候闭拢着，胃总是不舒服，紧张不安，也是匈牙利人，来这里后才学会德语，一句斯洛伐克语也不会——但却是一个惹人喜爱的年轻人，在东欧犹太人看来很有魅力。充满了讽刺、不安、情绪化、自信，还有贫穷。一切对他来说都是“有趣，有趣”，但这并不带有通常的意义，而是类似于“焦急，焦急”。一个社会主义者，但从他的童年回忆中可见，受到许多希伯来的影响，研究过《塔木德》和《舒尔坎阿鲁赫》[46]。“有趣，有趣。”但几乎什么都忘记了。他参加各种集会，听过你的演讲，说那场演讲让卡绍为之狂热，朗格[47]成立米兹拉奇[48]组织时，他也在场。

虽是事后，还是祝你在柏林一切顺利，再给我写信谈一谈。或者，你不做一次斯洛伐克旅行吗？你之前谈到的小说[49]完成了吗？

问候你的夫人和大家。为了格里门施泰因的居住证，我曾写信到柏林的埃维尔书店[50]向你致谢，在我看来，这是一个非常特别的善举，现在也是如此。

你的弗兰茨

便条

布拉格，约1920年

背面：马克斯

亲爱的马克斯，防止出现错误：我觉得，我好像说过，我们的小姐只想下午去剧院，这是不对的，晚上的票也好，甚至可能更好。

弗

1921

布拉格

1921年1月6日

最亲爱的弗兰茨：

你的第一封信就让我感到害怕。——我当然了解斯洛伐克。我知道，那里只有头等酒店是可取的，二等酒店已经远远低于平均水平。在德国可以非常舒适地住在三等酒店里，即使是四等酒店也很干净——在文明程度较低的国家，甚至在波希米亚，干净卫生就已经是更高阶层的一种奢侈了。我永远不会忘记里雅斯特酒店房间里的一个马桶和一根水管，看起来几乎像亿万富翁一样，像范德比尔特[1]家族似的。那是在福尔蓬奈酒店，人们立刻觉得，不可思议的价格也完全合理。但可惜现在你没有去最好的疗养院。而且我觉得，即使是第二好的也毫无价值。——它会和梅拉诺一模一样。我不明白，恕我直言，在这种事关生死的事情上，你怎么能节约呢？——我觉得你的周围不卫生。我为什么会有这种感觉，自己也无法解释。你并未做任何暗示。——尽管如此……［几行字被涂得难以辨认[2]］他们为你煮你想吃的东西，但这是错误的。因为你必须被喂养，即便违背你的意愿。弗兰茨，你这次一定要增加体重，你可要明白！把这三个月当成服兵役吧，在这期间，你不能随心所欲地生活，而是要遵循上级命令。——我已经提前知道你会如何抗议。你自己的治疗方法对自己来说高于一切。原则上，我同意。只要用你的方法能证明会更加成功！但既然不是这样，如果我是你，就挑战一下这个试验吧，暂时试验性地关闭自己的意志，将自己托付给他人的经验，但只能给一流的医生和机构。如果行不通，你又可以回到你现在住的那个破旧不堪的别墅里。但这值得一试。——你会说你以前在疗养院有过不好的经历。但你之前没有大病，只是精神烦躁。对于神经性偏头痛来说，疗养院当然不算什么，肯定更让人烦心，但它有利于纯粹身体上的痊愈。——恳请你，恳请你，认真对待我说的话，我写的文字。

你也应从我对你第二封信（今天）的深层痛苦只字不提的事实中认识到我的严肃。我对你在女性问题上的立场了解甚少（令我惭愧）。我的痛苦在于，我的立场完全对立。好的，关于你的事我会给库特·沃尔夫写信。但目前他欠我一个给一封十二页复杂信件的回复。我得等待。

你问我小说的事。——是的，这仍旧是一个大问题。——同时，这些天我一直在写阿道夫·施雷伯的传记[3]。为此读了他所有的信——十分悲伤——还有那些极其美丽的歌曲。

柏林的事情真的完全跟随着布尔诺的脚步在走。因为信直到今天还没有到（这正与你相反——冰冷的地狱），我今早就打了电话。如当时的答案："在路上，自前天起。"是否属实，等着瞧吧。但有一个小小的差异：布拉格布尔诺彼此听得明白，但今天我虽然清晰地听到了她的声音，就像她紧挨着站在我面前，在墙里或者其实不是墙，但她完全听不清我的话——或者是不想。我已经开始猜疑了，尽管事实上我压根儿不喜欢这样。很难去责备或讨爱，当你不断地听到这样的回应：但我听不清您的话，完全听不清。——在你眼里，涉及这个酒店——我住的酒店的漂亮女服务员，这不会让我沦陷。一个非常高傲、非常德国的姑娘。其实是我多年来第一次与非犹太人接触。因为除了爱情，其余的一切生活——即便再愿意——我都不能十分严肃地对待。不过，这里却充满了严肃性。——而我现在只是说说而已：我近些年的犹太女人在某些方面对我来说有更高的东西，热情曾那么紧密地与她们连在一起，以至于我甚至没有做过一次真正的考验，也不想去考验——当我在内心对自己说“我们民族的女儿”时，我已经哭了，我陶醉地认为，这一切纯粹地美好——但在这里，却是某些更陌生、更冷酷的东西夺取了我的无限敬意——也许是我第一次读懂德意志民族——这种简单的倾心和坦率（她直接说“我27岁”）和对君主制，对反犹太主义的热爱（“我恨犹太人，因为他们企图玷污我们这些金发姑娘”），以及关于这个主题讨论的彻底性。——她撒了一次谎，说她还是处女，但下一次，她就讲述了一个犹太人对她十分可恶的诱骗，当然，还有他之后的行为。我们真的那么丑陋吗？——我却觉得自己是如此的忠诚。关于爱情——当一个人在车里，在孤独的动物园里行驶半小时，在夜里——我只能体会到这么多。不是最后这次，但是其中一次情况特殊。等我回到柏林，大概是2月，她想成为我的人，只是我必须住在别的地方，而不是住在她的酒店里。她答应要自己找一个合适的膳宿公寓。——突然，直至今日，也就是三个星期了，我都没有收到任何消息。——我是如此虚弱——这时你的信来了，谈及我的力量——来自你的这种赞美对我没有好处，我很清楚这一点，我只能把它当作你的友谊的标志，在这方面，它对我来说是无比珍贵的。但我一刻也没有忘记我的不幸。今天，我相信，我会被治愈——被一位爱人，在特殊的情况下。两年来，我一直知晓这一点，但我没有向我的目标靠近一步。也许这是个错误的目标。但至少我相信这一点：达到了这个错误的目标，我会看到正确的那个！哦，我知道，我会看到它。这次请一定要把你的答复寄给代号“科舍尔”在布拉格，总邮局。——祝你一切顺利！

还有：你不需要寄明信片，因为我反正会询问这个代号。

邮戳：玛特里亚里，塔特拉，1921年1月13日
到达邮戳：布拉格，1921年1月17日

致：科舍尔　布拉格　总邮局　存局候领
寄信人：卡夫卡博士　玛特里亚里　塔特拉　塔特拉别墅　斯洛伐克

最亲爱的马克斯，在过去的这三天里，我并不适合为玛特里亚里辩护，也完全不适合写作。一件琐事。一位客人，一位年轻人，患有疾病但很开朗，在我的阳台下面唱歌，或是在我楼上的阳台上和一位朋友聊天（和那位卡绍人，他对我体贴备至，有如母亲对待孩子）——总之，只要这件琐事发生，我就会在躺椅上蜷缩起来，甚至痉挛抽搐，心脏无法忍受，每个字都钻入太阳穴，这种神经紊乱的结果就是，我在夜里也无法入睡。我原本打算今天离开这里，搬到斯莫克维克[4]去，但我非常不愿意，因为这里的一切都很适合我，我的房间也很安静，我隔壁、楼下、楼上都没有人，从外人口中听到的斯莫克维克，让我的厌恶得到了证实（四周没有森林，这里绝对美多了，两年前，那里的一切都被风暴夷平，别墅和阳台在一条尘土飞扬、喧闹嘈杂的小城街道旁）。尽管如此，我当然还是要离开，而他们刚刚

做了一个安排，从明天起估计能保证我的清静。楼上的两位朋友换成一位安静的女士，但如果不是这样，我肯定离开。不过无论如何，我过段时间也肯定是要离开的，仅仅出于我“天生”的焦虑不安就足够了。

我提及这些，第一是因为我真的受够了，好像全世界只剩下我楼上的阳台和它的嘈杂；第二是为了向你证明，你对玛特里亚里的指责是多么无理，因为在许多人满为患的疗养院里，阳台的嘈杂（重病患者的咳嗽、房间的门铃响！）要严重得多，而且嘈杂是不仅来自楼上，而是来自四面八方，另一条针对玛特里亚里的指责我根本无法接受（除非是说我的房间不是特别雅致，但这也算不得非议）；第三，我提及这些也是为了向你展示我目前的内心状态。这样的状态让我依稀记起以前的奥地利。有时状态相当好，傍晚时分，在暖气充足的房间里，躺在长沙发上，体温计含在嘴里，牛奶罐放在手边，享受着某一份安宁，但这也只是某一份，而并非真正的安宁。只一件琐事，我不知道特鲁特诺夫[5]地方法院的问题是必要的，维也纳的王座开始动摇，一位牙科技师，这就是他，正在楼上的阳台上低声研读，而整个帝国，真的是整个帝国，一瞬间燃烧起来。

不过这些没完没了的事情就此打住吧。

我不认为，在那一件核心事情上，我们有本质的差异，如你所展示的那样。我会这样理解：你想要实现“不可能”，但这种“可能”对我而言已经是不可能。我也许仅在你下方一步之遥，但在同一架

阶梯之上。对你而言，“可能”是你触手可及的，你结婚了，没有孩子，不是因为这于你而言是不可能，而是因为你不想，你将来也会有孩子，我希望；你爱过，也被爱过，不仅是在婚姻中，但这没有让你满足，因为你想要实现“不可能”。也许我也是出于同样的原因，而无法实现你的“可能”，只是这道闪电击中了我，比击中你早了一步，甚至早于实现“可能”之前，但这就是我们之间的一个巨大差异，但它几乎谈不上是本质差异。

比如，这段柏林的经历在我看来就完全“不可能”。涉及一位酒店女服务员，肯定不会贬损你的形象，相反这恰恰显示了你多么认真地对待这段关系。从表面上看来，这位姑娘似乎与柏林你所迷恋的一切都相去甚远，你所经历过的一切其实本会让这位姑娘郁郁寡欢，然而，由于你对待这段关系的认真态度，她也得以如此强硬地坚持自我。但是——请不要因为我现在说的话而生我的气，也许我的话既愚蠢又不正确，也许我误读了你信中这部分的内容，也许在此期间发生的事情已经驳斥了我——你对待这位姑娘是否如你对待与这位姑娘的关系那样认真？一个人并未十分认真地对待某事，却想要认真地去爱它，这难道不就意味着他仅仅想要实现不可能吗，就好像他往前走了一步，又往后退了一步，然后罔顾所有事实，声称自己已经往前走了两步，只因他确实走了两步，没有少走。我不是在思考你对那位姑娘发表意见的说辞，那大概与你的认真十分相称，但是，你怎么会完全不去考虑你对这位姑娘来说意味着什么。一个陌生人、一个客人，甚至是一个犹太人，是喜欢漂亮女服务员的几百人中的一个，是一个可以相信他具有一晚上认真态度的人（即便他并不认真），但除此之外还有什么呢？一段跨越国境的爱情？往来通信？期盼一个梦幻般的2月？你要的是这一切的自我消磨吗？而且即便你还保持着对这段关系的忠诚（这点我能理解，非常深层的忠诚），可你能将其称为对这位姑娘的忠诚吗？这难道不是在一个不可能上叠加另一个吗？这其中所包含的痛苦无疑是骇人的，我从远处就已看清，但这些力量驱使你走向“不可能”——即使只是渴望的力量——它们非常强大，当你灰心丧气地折返，它们也不会消失，而是支撑你迎接全新的每一天。

你说你不理解我的立场。至少从表面看来，我的立场是十分简单的。你之所以不理解，是因为你假定我的行为中有某些良善或温柔，但你却无法找到。在这件事情上，我对你的行为就像一名留级八次的高一学生面对另一名八年级学生，他正站在不可能的面前，也就是高中毕业。我感知到你的挣扎，而你，当你看到我，一个大人屈服于一道乘法题时，你就无法理解了。“八年！”你会想，“这一定是个极其缜密的人，他还在做乘法。但是无论他多么缜密，现在他也应该知道了。因此我不理解他。”然而，我根本不具备任何数学思维，或者我出于单纯的怯懦而不敢蒙混过关——或者最有可能的——我出于怯懦而丧失了数学思维——这些情况你都没有想到。而这不过就是最普通的恐惧，对死亡的恐惧。就像一个人无法抵御诱惑，远离岸边，游入大海，满怀喜悦地被大海裹挟，“现在你是个人物了，是个出色的游泳健将了”。可是他直起身来，没有特别的缘由，只看到天空和大海，在海浪之上只有他的小脑袋，他感到极度的恐惧，任何其他的事情对他来说都无所谓了，他必须要回去，即便肺部破裂。别无其他。

那么现在把你的和我的——谨慎考虑，还是别对比我的了——与旧日伟大的时代相对比。唯一真正的不幸就是那时女人的不育，不过即便她们不育，也会强迫她们生育。在这个意义上的不育——有必要将我置于中心——我再也见不到了。每个母腹都是可育的，无用地向世界发出讥笑。当有人遮起脸时，不是为了躲避他人的讥笑，而是为了不让他人看到自己的讥笑。其次，与父亲的斗争意义不大，他也只是一个哥哥，也是一个失败的儿子，出于嫉妒，可悲地试图在那场决定性的斗争中迷惑自己的弟弟，而且成功了。——但现在天色已十分阴沉，想来一定是为了最后的渎神之语。

弗兰茨

我又读了一遍你对玛特里亚里所说的，看来我还是要逐一回应：

你确实了解斯洛伐克，但你不了解塔特拉山，这里是布达佩斯人的避暑胜地，所以到处都很干净，吃得也很好。我承认对于我们来说，德国或奥地利的疗养院可能会更舒服一些，但这也只是前几天的感觉，很快我就适应了，顺便说一下，这是我的优点之一，而你（在家里她们也这样做）却想动摇它。

*此外，我的计划（在疗养院的背后），比你想象的要宏伟得多：到3月在这里，到5月斯莫科维克，整个夏天格里门施泰因，整个秋天——我不知道。

我正在照你的要求认真对待此事，马克斯，事实上，我认为其对立面要可怕得多，这不是生或死的问题，而是生命或是四分之一生命，呼吸或是拼命喘着气、缓慢地（而且并不会比现实中生命消亡的速度快多少），发着烧，直至生命尽头。既然我如此看待这个问题，你可以相信我了，我不会放弃任何我能做的事，以使病情稍微可以好转。

但是为什么医生要——？当我第一次读你的信时，因为惊恐，还试图用铅笔把涉及的句子涂得难以辨认。毕竟他所说的话并不愚蠢，也一定不比其他人说的话更愚蠢。事实上，那还是圣经之语，凡是不能全身心吸收造物主生命之气的人，必定疾病缠身。

我不吃肉可得到治愈，这在祖劳已得到了证明，那时我几乎没有吃肉，到了梅拉诺，才两个星期就没人认得出我了，我看上去脸色太好了。不过在此期间敌人还是来了，但是吃肉也无法阻挡他，不吃肉也不会招惹他。他无论如何都会来。

我在这里休养得很好，如果不是因为在这儿也受到某些烦扰——与M.[6]无关——我还会更好。

我对父母，现在还有你，最后还有我自己（因为在这个方面，我们会取得一致），为我没有一开始就去斯莫克维克而感到抱歉，但是既然我已经在这儿了，为什么要冒险做一次糟糕的迁居，而且不到四个星期就从这里离开，在这里，所有人都在真心实意地为我提供我需要的一切。

你没有施雷伯的文章[7]可以借给我看看吗？我很快就会寄回给你。

你一定也有诗集[8]的新版校样吧？或许也有那本宏大的书的校样？[9]

请代我问候费利克斯和奥斯卡，等我安定一些，我会给他们写信。

布拉格
1921年1月19日

亲爱的弗兰茨：

从你的信中我看到，我对我和艾米——这个姑娘叫艾米——的关系交代得很不全面。自那以后也发生了变化。我收到了两封非常友爱的信。2月也并非妄想，2月3日我在慕尼黑（埃维尔书店[10]）朗读，2月4日我在柏林。你问我对待这个姑娘是否像对待我和她的关系一样认真？当然。自那以后，在我的建议下（当然，我只是推波助澜，有位女士帮忙），她做了嗓音测试，要学习歌唱。她最大的愿望就是换个职业，戏剧。她是对的，因为她很有音乐天赋。我鼓励了她的愿望，而且，既然现在我在柏林，我希望能对她有所帮助，比如，考验那个男人，他给她做了测试，她刚开始在他那儿上课。还有资金帮助等。也许我能够将她生命中一些重要的东西导向好的一面，职业。她抱怨不让她在酒店里练习小提琴，真是令人感动。她把所有空闲的晚上都花在音乐会等场合。—— 所以说我对她的意义不比某个“客人”大，这是你一个不正确的看法。她对于我呢？你写道：“从表面上看来，这位姑娘似乎与在柏林你所迷恋的一切都相去甚远，你所经历过的一切其实本会让这位姑娘郁郁寡欢，等等。”错得很离谱。你的观点与我大相径庭！事实是：柏林开始让我迷恋的那一瞬，正是我和艾米单独坐在一个“过道”里，我抓起了她的手。这是我的一个可怕弱点，但我必须渐渐承认：除了通过女人的媒介，这个世界对我毫无意义。如果没有这个媒介，世界对我来说是无趣的，只有烦恼、郁积和阻碍。——这种与女人合拍、完全沉溺于她们的天性里，让我长达一年都停留在生命的最底层，艰苦生活的最底层。想起过去的一年，我不寒而栗。现在开始的一切，会变得更好吗？我看到了足够的危险——但是一切都比我将要离开的这片沙漠更好。——但我和E.一起生活得很好。

而关于你在我们之间做的比较。—— 你的想法是，我想要不可能，但已经实现了可能——而你，想要不可能的你，却连可能都没有实现。——我想要到达不可能吗？或许就这点而言是的，因为生命，纯粹的生命就是根本不可能的事情。是的，这是对的，但这是你的意思吗？在爱情中，我认为没有比在呼吸中更不可能的事情了，在呼吸中，如此这般的生命不可避免地消亡，等等。一个人只有凭借奇迹才能生活，爱情也是如此。只有在爱中，奇迹才更有可能，因为爱已经是奇迹的特殊情况——一种禁锢：克尔凯郭尔会说。——但为什么你对爱情有一种特殊的恐惧，比一般的尘世生活还要恐惧，甚至如你所写的那样，是一种真正的“对死亡的恐惧”——这我完全不明白。——如果你害怕接触到不纯洁，而这种不纯洁存在于每一种肉体的存在形式中，在职业生活中、在金钱交易中、在社会交往中，等等，这我可以理解。但是，为什么比起友情更害怕爱情呢，友情毕竟连“不可能”都无法实现，那种全身心的奉献、乐于助人及彼此理解的可能性——尽管你生活在其中，因为友情就在附近，在这个理想的范围内活动，有时会飞跃性地抓住不可能（凭借奇迹），从而至少间歇性地成为一件美妙的事。我的经历从未超过“间歇性的美妙”。我最有可能、最经常体验到的就是在爱情之中。所以，比起存在的其他事物为什么更害怕爱情呢？若一个人看到了德赫梅尔的美好信件[11]（在上一期的《新评论》上）时，就会产生一种希望，那就是很可能再次超越“间歇性”，进入下一个等级……

那么你的恐惧是什么呢？恐惧什么？这是我对你完全不解的地方。怕达不到完美？不，因为那样你也不能吃饭、不能去办公室，等等。那恐惧什么？——义务、后果？但以你的情况（米莲娜）这些似乎都被排除在外，至少目前对你没有任何要求。所以，从你的暗示中我觉得，对此你确实从未对我说过什么，尤其是最近。—— 也许你以这样的方式给我写一次信，让我能理解你：这件事今天的情况如何——为什么会这样？——只有这样，我才能完成我们两人之间的比较。今天，在我看来，我绝不是在开始任何不可能的事情——但你是在把可能伪装成不可能——因此，对我们来说不可能的事情，对所有人来说也是不可能的，而且把我们从四面八方（但是在背景）包括进来。

如果你对我的看法是对的，那对我来说是非常不利的。那么，我就会暂时妥协，想象着，在可能中我就能得到满足了——现在，我看到了我的自欺欺人——而你从一开始就避免了这种自欺欺人？——你在扮演瓦尔德·诺内皮格[12]？（他因为自己的逻辑运转得太好，所以无法活过来）——说了这么多，就是没有解释（我坚持）为什么你在和女人的关系中特别“恐惧”，而不是在一切生活中。

我对你的病情也许过于清醒的看法是：由于你的疾病，就像无法承受噪声，你的身体虚弱到无法承受与一个女人的任何关系，无论这种关系多么温柔，即使这种关系本身对你和这个女人似乎都很有希望。因为人与人之间的每一种关系都必须有一定的摩擦——而要承受这种摩擦——它只有在奇迹发生的那一刻才会停止——就要克服没有奇迹的时间，就需要力量。你只有通过身体恢复健康才能达到这种力量。那么，你或许也会以一种完全不同、更轻松的视角来看待与M.的关系——因此，就我对这件事的看法，我只能建议你在一段时间内这样生活，就像这种关系根本不存在一样。然而，如果接下来没有一个确定的计划。那么，保守来说，在一定时间后，这种关系会作为全新的事物再次影响你，并测试对你的抵抗力的影响，希望你的抵抗力在此期间能够增强。

请原谅我给你灌输了一些理论，而这些理论也许只是源于我对情况的误解。作为交换，这次我就不提给疗养院的建议了。也许我可以在2月底来和你一起住三天？当然，前提是不给你带来任何不便、刺激等。 坦率地给我写信。——此外，这也是一个钱的问题，因为我事先在柏林会花很多钱。

我还想和你讨论一件事，书面分析几乎不可能。——光有文学对我来说是不行的。在柏林，所有的作家都逃到了固定岗位上，公务员。《伪造者》还没有被任何地方接受，只有科尼斯堡。这是严肃文学的垮台，大众只要热闹、舞蹈（我说得不对吗？所谓的 “正派”文学三分之二都是无聊的或者更多——“表现主义”风潮中真正伟大的东西是多么的少——而现在公众已经受够了这种把戏，而真正的价值从来没有被真正地理解，只是在这种把戏中随波逐流。）。对此我可以写上几小时。

我不能把近代文学的所有失败一一列举给你。——我的小说[13]会完成的——只是慢得可怕。——我现在每隔一天就和朗格[14]一起阅读美丽的卡巴拉[15]作品。一行也没有写。为自己半年的学习做准备。

就是这样的情况。现在，我同时获得了两个职位。两者都有很大的优势和劣势。

1. 我来接管新政府报[16]的音乐专题。——就是报道德国和捷克的首演，歌剧和音乐会。每天在编辑部看书，把世界上关于音乐的印刷品剪下来，等等。——继续国家公职，即我有休假。工资与以前一样。——缺点：德国和捷克媒体都对该报不屑一顾。该社的主编是劳林。优点：我的专题完全是非政治的、中立的，这也是我乐于见到的——缺点：我要在编辑部坐班。——主要缺点：报刊的存在只能保证一年。甚至也很不确定——还有太多工作（？）

2. 我可以重新开始我在邮政部门的职务——但要被派到部长委员会主席团任职。——对于犹太复国主义政治是巨大的优势。第一个担任政府职务的犹太复国主义者，与教育部的众多捷克犹太人形成抗衡。——我的工作？他们没有任何具体的要求。向我提议的新闻部经理说，我应该会做我原本就在做的事。在德国报刊提出捷克艺术家，翻译等。没有办公时间。完全自由。完全是非政治性工作。促进文化价值，包括德国的文化价值。——我提交了一份简短的备忘录，为了记录下这几点，因为我不相信这些，这是不可能的幸运事儿。——我带着无限尊重、毫无保留地接受了它。我的接任法令应该包含任职的指示。——旁人怎么说？——是马萨里克[17]在背后！——缺点：会被称为针对德国人的新闻宣传之类的。——费利克斯·韦尔奇认为，良心的责任在于我写的每一篇文章。——例如，我会写毕耶克[18]、雅纳切克、苏克[19]，当我评论捷克音乐家时，也会研究德国音乐家，等等——旁人能对此提出异议吗？——良心之问：那政府付我钱是为了什么？我本人在备忘录中逐字逐句做了如下回答："我的新职位的实质是：继续在这个方向上持续地工作，因此这个职位为我提供了更多的时间和机会进行这些活动。"

你感受到了，我不缺失眠的夜晚。你能给我建议吗？暗示太贫乏了？我想，从风格上你就能注意到，我倾向于2号。

请将你的答复寄给"马克斯·科舍尔，布拉格1号，存局候领"。

我还有很多，很多事情要告知，比如，关于克拉茨金[20]博士的事，我正急着要去找他，所以必须结束了。——校稿我还没有，但在此附上一个样本。寄回！

体重增加多少？

你的马克斯

另：你不能去斯莫克瓦克做一次郊游吗，之后再做决定？

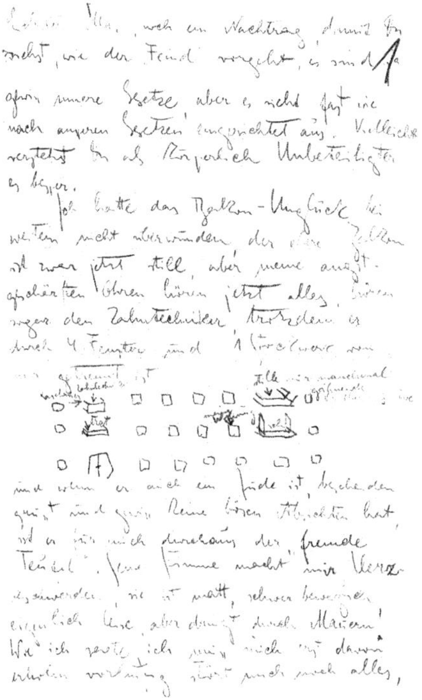
Liebster Max, noch ein Nachtrag, damit Du siehst, wie der Feind vorgeht, es sind ja gewiß innere Gesetze, aber es sieht fast wie nach äußeren Gesetzen eingerichtet aus. Vielleicht verstehst Du als körperlich Unbeteiligter es besser.
Ich hatte das Balkon-Unglück bei weitem nicht überwunden, der obere Balkon ist zwar jetzt still, aber meine angstgeschärften Ohren hören jetzt alles, hören sogar den Zahntechniker, trotzdem er durch 4 Fenster und 1 Stockwerk von [illegible]
und wenn er auch ein Jude ist, bescheiden grüßt und gewiß keine bösen Absichten hat, ist er für mich durchaus der fremde Teufel. Seine Stimme macht mir Herzschwindel, sie ist matt, [illegible] eigentlich leise, aber dringt durch Mauern! [illegible]

卡夫卡1921年1月的信

玛特里亚里
1921年1月下旬

最亲爱的马克斯，再补充一篇附言，让你看看“敌人”是如何行动的，它固然是内在的法则，但看起来几乎是按照外在的法则来设置的。也许你作为一个身体不受影响的人，会更明白这一点。

我还远远没有克服那场阳台事故带来的影响，楼上的阳台虽然现在安静了，但我那被恐惧打磨的耳朵现在能听到一切，甚至能听到牙科技师的声音，虽然他与我隔着四扇窗户和一层楼。

尽管他也是犹太人，谦虚地打招呼，当然也没什么恶意，但对我来说，他绝对是一个“外国魔鬼”。他的声音让我心脏很不舒服，沉闷无力，呆板僵化，虽然很低沉，但却能穿墙而过。就像我说的，我必须先恢复过来，目前，一切都还在烦扰我，有时候，我几乎觉得是生活在烦扰我，否则其他的一切怎么会烦扰我呢?

昨天发生了这样的事情：这里除了一个我从未见过的病人，只有一位卧病在床的人，一个捷克人，住在我的阳台下面，得了肺结核和喉结核（除了“生或死”之外的另一个变种），因为生病感到很孤独，这里除了他之外只有两个捷克人，但他们并不关心他，我和他在走廊上只是匆匆地聊过两次，然后他让女佣请我去拜访他一次，一个友善、寡言的男人，大约五十岁，是两个成年小伙子的父亲。我快到晚饭时去见他，为了简短地打发一下，但他觉得时间太短，让我晚饭后再去一会儿。然后他向我讲述了他的病情，给我看了那面小镜子，阳光充足的时候，他必须用小镜子在喉咙深处操作一番，以使溃疡暴露在光线下，然后给我看了那面大镜子，他用大镜子观察自己的喉咙，来正确调整小镜子的位置，接着他给我看了一张溃疡的图样，顺便说一下，溃疡是三个月前才首次出现的，他还给我简单介绍了他的家人，他已经一个星期没有他们的消息了，所以他很担心。我仔细听着，时不时地抛出一个问题，还拿着镜子和图样，“靠近眼睛”，他说，当我把镜子拿得很远的时候，最后，没有特别的过渡，我问自己（以前有时候也会发生这种情况，总是从这个问题开始的），“如果你现在晕倒，会怎么样？”我已经看到晕厥像波浪一样向我袭来。直到最后我都保持着清醒，至少我这样觉得，但我难以想象，没有帮助我该如何走出房间。他又说了什么，我不知道，对我来说一切都安静了。最后，我振作起来，说了一些这个夜晚很美好之类的话，这应该勉强能解释我为什么摇摇晃晃地走到他的阳台上，在寒风中坐在栏杆上。这样一来，在那里我就可以说我有点儿不舒服，然后不用告别致意就离开了房间。靠走廊的墙壁和中间楼层的椅子的帮助，我回到了自己的房间。

我本来想为那个男人做些好事，结果却做了很糟糕的事，早上我听说，他因为我的缘故，整晚都没有睡觉。尽管这样，我也不能责备自己，但我不明白为什么大家都不会晕倒。在那张病床上所看到的，比处决，甚至比酷刑还要糟糕。那些酷刑肯定不是我们自己发明的，而是从疾病中抄袭的，但也无人敢施行如同疾病一般的酷刑，在这里，酷刑要持续数年，中间有些停歇，这样酷刑才不会结束得太快——最特别的是——受刑之人自己出于内心的悲哀，被迫自愿延长受刑的时间。这整个可悲的卧床生活，发烧、呼吸急促、吃药、对着镜子做痛苦而危险的事情（稍有不慎，他就会灼伤自己）——所有这一切没有别的目的，只是为了延缓溃疡的发展，而受刑之人最终一定会因溃疡而窒息，现在只是尽可能地延长这种可悲的生活、发烧等。而他的亲戚、医生及来访者，在这个还未燃烧，但在缓缓发热的火刑架上搭起了架子，为了在没有传染危险的情况下，可以去探望、安抚、慰藉这个正在遭受酷刑的人，鼓舞他继续可悲地生活。而回到自己的房间，他们会像我一样，满是恐惧地洗刷自己。

总之，我也几乎没有睡觉，但我有两个慰藉。第一，剧烈的心痛，让我想到了另一位正在受酷刑的人，不过他要温和得多，因为他要快得多。然后做了一连串的梦，最后，我的左边坐着一个穿着小衬衫的孩子（至少在我对梦境的回忆中，不太确定他是不是我自己的孩子，但这并不影响我），右边是米莲娜，两个人都依偎着我，我给他们讲了一个关于我的钱包的故事，钱包曾经丢了，我又找到了它，但我还没有再次打开它，所以不知道钱是否还在里面。不过即便丢了也没关系，只要他们两个在我身边就好了。——快到清晨时的这种幸福，当然我现在体会不到了。

这是梦境，而现实是，我在三个星期前（在许多类似的信件之后，这封信是最关键的，它符合现在最必要的事，那就是我有必要结束了，现在及未来）只求一个怜悯：不要再写信了，也避免此后再见到彼此。

此外，这周我的体重也增加了，四星期内总共增加了3.4公斤。请问候费利克斯和奥斯卡。奥斯卡的西西里之行有什么进展吗？他们在做什么？露特[21]呢？

傍晚在阳台上，并不明亮的光线下：

这封信放了几天，也许是因为我想把接下来会“发生”的事记入其中。不是什么糟糕的事。

今天收到你的信后，我之前对你和那个姑娘说的话，让我感到非常惭愧。如果我结婚了，对我的妻子做了同等的事情，我会，夸张地说（但不会比前提更夸张）走到角落里自杀。但你这样宽恕了我，甚至完全不提。虽说在你的上上一封信中，你写得太过笼统，但我应该以不同的方式来理解这种笼统。尽管如此，我对这个问题的基本感觉并没有改变，只是它不再那么轻易就能证明。

也许我谈谈自己的情况，能够更接近它。我手头没有你的信（要想拿到它，我就得从我那厚重的包裹里爬出来），但我觉得，你说，如果对我来说，追求完美使达到女性成为不可能，那它也会使其他的一切成为不可能，如吃饭、办公等。

这是正确的。虽然追求完美只是我的巨大戈尔迪之结[22]的一小部分，但在这种情况下，每一部分都是整体，所以你所说的是正确的。但这种不可能性实际上也存在，吃饭的不可能性，等等，只是它不像婚姻的不可能性那般分外显眼。

让我们在这方面做个比较：我们都有障碍，身体上的障碍[23]。你极好地克服了它。想到这里，山坡那边的滑雪者正在练习，并不是我平日在这里看到的酒店客人或附近军营的士兵，他们就足以令人敬佩了，在乡村大道上认真平稳地远足，自上而下滑动，自下而上行进，但这次是三个从洛姆尼茨来的陌生人，他们大概也不是行家，但看看他们啊！高个子的那个在前面，两个矮个子的跟在后面。对他们来说，没有斜坡、没有沟渠、没有路堤，他们在这个地区一掠而过，就像你在纸上一挥而就。虽说下坡的速度快得多，那就是一场飞驰，但即使是沿斜坡而上，也称得上是一场飞行。而他们下坡时所展示的，我还不知道这是不是就是伟大的特勒马克旋转（是这样叫吗？），但那是梦幻般的，如此这般，一个健康的人从清醒滑入睡眠。就这样持续了大约一刻钟，几乎是在沉默中进行的（这也是我喜爱他们的部分原因），然后他们又回到乡村大道上，接着——没有其他方式可以表达——朝着洛姆尼茨俯冲而下。

我观察他们时，想到了你，你就是这样克服了你的身体障碍。

而我呢——我打算继续写下去。但后来又是几个糟糕的夜晚，前两个是由于偶然、短暂的一夜原因造成的，其他的则是由于一个脓肿，在我的后腰中间，使我白天不能躺下，夜晚无法入睡。这些都是小事，如果没有其他类似的事情，我会很容易再将损失弥补回来，我提这件事只是想说明，如果有这样一个人存在，他想阻止我的体重和力量的增加（到现在为止，我只注意到体重增加，五个星期内4.2公斤），那么他就坐在我背上的马鞍之上，稳操胜券。

我今天就不做进一步的比较了，马克斯，我太累了，也太烦琐了，材料在时间的推移中已经变得无比庞大，而且很不集中，要再次开始进行，必然会变得喋喋不休。

你该不该来？如果可能的话，你当然应该来，且不要太麻烦，但我看没有任何可能，从你的信中看来，你想把它和柏林之行结合起来，比如途经奥得贝格[24]，不，那太麻烦了，绝对不能这么做，甚至为了我也不要，那会让我担负太多责任。或者你不要只待三天，可以多待几天，作为你的休息？

我几乎又要开始谈论之前的事了，喋喋不休已跃跃欲试。你着重指出“恐惧什么？”，恐惧太多了，但在尘世的层面之上，首先恐惧的就是恐惧我不够充分，身体上和精神上都不够承受一个陌生人的重担。只要我们几乎是一体的，就只是一种探究性的恐惧：“怎么会呢？我们真的应该几乎是一体的吗？”而当这种恐惧完成了它的工作，就变成了一种深信不疑、无可辩驳、无法忍受的恐惧。不，今天不能再谈了，太多了。

你提到德赫梅尔的信，我只读了12月刊中半人的、已婚男人的那几封。

我还是要再谈一谈。你写道：“比起存在的其他事物为什么更害怕爱情呢？”前一句就是：“我最有可能、最经常在爱情之中体验到间歇性的美妙。”把这两句话放在一起，就好像你想说：“对任意一丛荆棘，为什么没有像对燃烧的荆棘一样的恐惧呢？”

这就像是，我的毕生使命就是占有一套房子。——这也没有完成，几天来有休息，疲倦，轻微的发烧（可能是脓肿引起的），外面暴风雪肆虐，现在好多了，虽然今天晚上又出现了新的烦扰，希望无足轻重，仅仅通过记录下来就可以压制它，一个新的饭桌邻座，一位年老的小姐，涂脂抹粉，带着令人厌恶的香水味，可能是重病缠身，也是神经错乱，在社交上叽叽喳喳，作为一个捷克人，她部分依赖于我，远离我那一边的耳朵听不见（现在这里还有几个捷克人，但他们都离开了），我有一件武器，希望能保护我，今天她（不是对我说的）称《文科夫》[25]是她最喜欢的报纸，特别是因为社论，我高兴地想了一个晚上（顺便说一下，她来自斯莫科夫克，去过许多家疗养院，只对一家赞不绝口：格里门施泰因，但它从3月起，已经被卖给了国家。）。最狡诈的方法也许就是等她说出一些不可能收回的话再解释。关于格里门施泰因，她说："老板是个犹太人，但他经营得很不错。"[26]这可能还不够。

但是，马克斯，在我写了这么多之后，你一定不要认为我患有被害妄想症，根据经验，我知道，没有任何位置会是空着的，如果我不坐在马鞍的顶端，那么，如此一来，迫害者就会坐在那里。

但现在我要结尾了（否则在你出行前就收不到这封信了），尽管我没有说出我想说的话，当然也没有在经过我的弯路上找到通向你的道路，它至少在开始的时候对我来说还是忽明忽暗的。但这只是一个劣质作家的典型，对他来说，要传达的东西就像一条沉重的海蛇躺在他的怀里，无论他向哪里摸索，向右、向左都没有尽头，甚至他也无法承受怀里抱着的东西。更何况这还是一个刚结束晚饭回到自己安静房间中的人，在一场赤裸裸的邻桌关系留下的尴尬余波中，身体几乎颤抖着。

而在整封信中，我主要在考虑你的两个选择。第一个选择在我看来是不可能的，那份报纸，一个阿登小报[27]，不可能，主编职位也不可能，工作量（你应该不是唯一的音乐编辑吧？）太大，政治立场（这种报纸的每个职员都持有立场）太强，整件事都不值得你去做。唯一的优势大概就是高薪了。

但第二种选择，为什么不可能呢？政府为什么付钱？政府完全是临时抱佛脚，处于燃眉之急，正因为如此，它时不时地做出相当不错的事。这一件也是类似这样的事，无非是感谢你所做的事情和你可能会做的事（会不会有官僚主义的约束？有整整几年没有人要求你做这样的事情了）。此外，这种事情不仅发生在捷克斯洛伐克，它们是战地记者的营地临时抱佛脚后留下的良好余波[28]。

奇怪——这一点必须补充一下，它具有你对于柏林决定的某种确定性，即使它也不是那么容易令人信服——奇怪的是，你犹豫着要不要把你所有的职业精力——我指的是你打算倾注于此的精力——投入到犹太复国主义。

附上的这篇文章[29]，我很快就一口气连读了好几遍，它写得如此扣人心弦（除了几处涉及公文的回避性的辞藻堆砌），但这应该是一篇控诉吗，我想不是吧？而且它是专门指向柏林吗？并不是在每一个人城市，至少在西方的城市，那些必要的、让“生活”变得轻松的习俗惯例都在变得更严格、更束缚。

你提到你的小说，一并提到了卡巴拉的研究，存在某种联系吗？

诗是昨天收到的，你在想着我。

请问候费利克斯和奥斯卡，我希望他们也不要忘记我，即便我没有写信。

对了，大约一个星期前，我又收到了M.的一封信，最后一封信。她很坚定，不可改变，有点像你的风格，你确实也是不可改变的类型，但不是，女人们不是这样说你的。是的，在某种意义上你是这样，这一点对我来说特别重要，即使面对女人，你也是不可改变的。

玛特里亚里

1921年2月初

亲爱的马克斯，我给你的科舍尔地址寄了一封没有尽头的信，但它大概要到2月1日才会到达。也许你还会收到，但如果没有，那也没损失什么，因为就像它没有尽头一样，它也没有中间，只有开始，只有开始。我可以立刻重新开始，但柏林会怎么做呢？

信中所列举的各种烦扰耽误了时间，最新的烦扰还不在其中，直到把信寄走我才想到。我感冒了，或者说我没有感冒，因为我不知道哪个细节会让我感冒，恶劣的天气，一场持续了两个星期的风暴几乎没有间断，毫不费力地直接把我扔到了床上。我在床上躺了四天，今天也是，直到现在，晚上才起床一会儿。没那么糟糕，更多的是预防性的卧床，我只是咳嗽、吐痰，没有异常的发烧，今天医生仔细听了我的肺部，说那里没有什么新的情况，其实比前几天好多了，但我还是感到很累，体重，在第五周结束时，已经显示增加了4.2公斤，明天肯定——情况最好的话——就只是持平。但是，尽管有这一切的疲倦和一切的烦扰，我目前也不会抱怨，因为过去六个星期所发生的一切，拿在一起紧紧揉捏，几乎还比不上在梅拉诺三天三夜的冲击力，不过，那时的我也许还有更多的抵抗力。

星期三

昨天晚上我被打扰了，但是是愉快的打扰，是一个二十一岁的医学生[30]，布达佩斯的犹太人，很有抱负、很聪明，也很有文采，此外，他的外形很像韦弗尔，尽管整体上更粗糙，就像一个天生的医生一样，渴望他人，是反犹太复国主义者，耶稣和陀思妥耶夫斯基是他的向导——他九点钟后还从主别墅过来给我敷药（几乎没有必要的），他对我的特别友好显然来自你的名字的影响，他对你的名字非常熟悉。当然，你来这里的可能性对他和那个卡绍年轻人[31]来说，都是一个轰动性的消息。

关于这种可能性，我在布拉格的信中写道，如果你能来，我将非常高兴，但前提是你还要在斯洛伐克旅行，或者为了你的休养，也就是说，来的时间要长一些。否则，作为一次特殊的旅行，无论是从布拉格还是从布尔诺，或者（你似乎暗示可以和柏林之行结合起来）从奥德尔贝格或另一个遥远的地方，都请你不要来，这将给我带来太多的责任。

祝你在柏林好运，愉快！如果我写了一些关于德赫梅尔信件的坏话，那肯定与你无关。爱上一个女人，并且不受恐惧的困扰，或者至少能够应付恐惧，更何况能得到这个女人为妻，这对我来说是一种不可能的幸福，以至于——以阶级斗争的方式，我憎恶它。另外，我只看到12月刊的信[32]。

而事实上，不实质的忧虑对于生命的充实又算得上什么呢？这种充实感在你的书[33]中，在女人和时代的分离方式中，而最强烈的是在早期的诗中，迄今为止，你几乎没有像在《吻》[34]中那样有力地说话，其实在几个星期来的第一个晴朗的日子，第一个下床的日子，我才开始以更清晰的眼光阅读这本书，现在就开始了。

如果你来的话，能不能带一本卡巴拉的著作？我想应该是希伯来语的。

你的弗

布拉格
1921年2月21日

最亲爱的弗兰茨：

我不是有几天，而是有几个星期的事要为你讲述。因为这实在是太无望了，所以我犹豫着写这封信的时间比平时要久。而且，我三天前才回到布拉格，还拿到了整本理论图书[35]的校稿。你的信是我在柏林及回到布拉格后才处理的。——首先，你可能特别感兴趣的：我最近和罗森费尔德[36]先生谈过，他在维也纳，住在波拉克[37]那里——我小心翼翼地问他，这对夫妻怎么样——他说：很好——我还特别问到了妻子，她也很好。当然，我是相当隐晦地，而且是在一次刻意延长的谈话中问起的。

你信中的问题我仔细通读了几遍，否则在回答这样一个无比复杂的集中起来的问题时，很容易忘记。

1. 自从我回来后，还没见过奥斯卡。但今天见到了费利克斯。他讲述了奥斯卡的喜事，奥斯卡的演讲取得了巨大的成功（关于《维宁格》[38]）。还有，《自卫》有没有转寄给你？——费利克斯无声地忍受着婚姻，也就是说，面对这个绝对不可战胜的女人，即便他可能的反击也是无声的，况且她确实有一定的理由——因为对她来说费利克斯在各种关系中都太沉默寡言了。这是一个不幸。尽管费利克斯在被动忍耐方面很强大（而这正是这个女人不愿容忍的！），恐怕在这种情况下，无论如何，他的生产力都要垮了。而他昨天为妻子和孩子在舍勒森租了一套避暑公寓。这可能会让人松一口气，甚至可能是内部的改善，当然为此要给出一些前提条件。——费利克斯也会直接告诉你这一切，所以我毫不犹豫地写信给你。你当然知道这些事情到了何种程度，其痛苦无法忍受光明。但如果你给他们写一次信，会令他（还有鲍姆）感到很愉快，这是毫无疑问的。——到时请不要提及我的通知和建议。

2.脓肿—— 尽管你对药物很反感，但我在茨维考偶然听说了一种新型神奇药物的发明，这种药物能迅速治愈所有的溃疡，因为它会吸掉脓液。它的特殊之处在于，能治愈所有非特定细菌性的伤口、溃疡等。我妹妹和妹夫在几天内就摆脱了疖节（没有再长）。这种药物是一个东犹太医生发明的，由肖肯[39]资助，据这个非常聪明、头脑清醒的人说，这一药物将征服世界。目前，在德国的一些诊所就已经盛行。它叫作“洛可潘软膏”。具体信息提供自：马克斯·弗里德曼，萨克森州茨维考，埃莉萨瑟大街57号。——或许你可以问问你的医生，做一次尝试。有一天，大家一整晚都在谈论这种药物的神奇疗效。

3.小说和卡巴拉——是的，它们彼此相关。所罗门·莫尔乔[40]确实是一个卡巴拉主义者，整个时期充满了神秘主义色彩。——我大概还有很长时间才能开始工作。

4.我暂时要放弃塔特拉之行了，因为我将于3月1日开始新职务，虽然已经做出了选择，正如你所建议的那样——那就是不去报社，而是媒体部门[41]。虽然如此，我还是觉得这个决定不是完全纯粹的。但是，没有工作是不可能继续生活的，我现在必须注意安排好自己的工作，以便溯及既往，否决这种感觉就不纯粹。毕竟这样的感觉很容易让人产生错觉，比如，我觉得，在这种不安的感觉背后，也存在一定的懒惰。——我根本无法告诉你，我有多想去找你，与你畅谈一切，信中的内容根本不值一提。——比如，我现在就突然想起［此处明显少了一张，包括四张原稿页面］……

这件事发生了——它是如此令人厌恶，犹太民族最坏的品质在她身上纵情狂欢（可能在我身上也是）——这是一种对爱情的亵渎，一场可怕的演出，就如同一切的一切一次性发生了，那些违反我更好的本性的事情。——但后来我又回到了艾米身边，她对此毫不知情——那是多么伟大、多么甜蜜的事情——我真想给自己一耳光，因为事后我感觉自己是那么的忘恩负义，并不是说：我是忘恩负义的——我会一直努力去感恩，我也会再次感受到它，就像我在柏林感受过的——但我怕：最深处的东西没有蔓延。为什么呢？因为我无法将《歌中之歌》[42]与她联系起来，因为我无法问心无愧地读给她听，因为我现在很清楚地感觉到，我如何禁锢在我的民族局限性之中。

我应该讲述什么？——我去找了她的老师，我为她争取到了课程，我带她住进了公寓，而直到现在，她还得和另外两个女孩睡在同一屋檐下，睡在夏天炎热、冬天没有供暖的房间里。——她要做多少工作啊，简直令人发疯。而她已经受了多少苦啊，尤其是因为男人，尤其是因为犹太人，因此她永远恨他们。在我向她解释了犹太复国主义之后，她对我说："你根本不是犹太人。"——作为最高的褒奖。——而且，这个主题，只在记忆中占据了很大的层面。在柏林，它隐藏在我们各种各样普通的差事中，隐藏在一次去波茨坦的郊游之中，之后她经常称之为“新婚之夜”，在这期间确实发生了一些事，费心劳神……我刚刚意识到，我写得完全颠三倒四。也没有真正内在的连贯性。我似乎还是头昏脑涨。也许到下一封信我就能整理好了。

马克斯·科舍尔

四个附件。

还有，她的老师认为她很有天赋，两三年后会成为一名优秀的歌手。

玛特里亚里
1921年3月初

最亲爱的马克斯：

看来这成不了一封信，我两周后回去，那时我或许可以手握你的信，口头回复。

当我收到这封在某些方面让我深受触动的信时，我真的在脑海中一气呵成地回复了它，但我一直没来得及写，有几封信摆在那里，有待回复（到今天还没回复），最近我写信给那个布达佩斯人，有一段时间几乎占据了我所有时间，但主要是，疲倦感增加了，我在躺椅上一躺就是好几小时，处于暮气沉沉的状态，就像我小时候经常惊叹于祖父母的状态一样。我的状况不好，尽管医生坚持认为肺部的问题已经缓解了一半，但我想说的是，它远不止两倍那么糟糕，我从来没有过这样的咳嗽，从来没有过这样的呼吸急促，从来没有过这样的虚弱。我不否认在布拉格情况可能会变得更糟糕，但当我考虑到这里的外部环境，除了各种烦扰，这次已经足够有利了，所以我根本不知道，用什么方式还可能会有所改善。

但是这样说话，还这么认真，是愚蠢和虚荣的。当一个人正处于咳嗽的小毛病中时，不能不极为重视，但当咳嗽平息后，就可以，也不应该这样做了。天黑的时候，会再点燃一根蜡烛，等蜡烛燃尽了，就会静静地待在黑暗之中。正因为在父亲的房子里有这么多公寓，所以不应该制造噪声。

我很高兴自己要离开这里了，也许一个月前我就应该这样做了，但我实在难以割舍，在这里得到了来自形形色色的人的太多不可思议的善意，如果我的假期再长一些，我会在这里待得更久，尤其是现在天气终于转好了。在森林里的卧疗室中，我好几次都能裸着上身躺着，在我的阳台上，有一次完全赤裸着。

从上面的内容来看，你可能会认为我一直没有认真对待治疗。恰恰相反，我极度认真地对待它，我甚至开始吃肉，虽然比对其他食物更反感，我以前没有生活在肺病患者中间，没有真正直视疾病，到了这里我才这样做——这是一个错误。但最后一次变得健康一点的机会也许是在梅拉诺。——但此事就写到这吧，我要把它写下来，这样我在布拉格就不用再谈论它了。

你写到所罗门·莫尔乔，我似乎曾经听说过他。这三个月来，我真的错过了很多。

再见！

弗兰茨

威克斯多夫[43]通函正符合这个主题。我之前偶然在报纸上看到了埃西格的信[44]，想把它作为一个特别令人厌恶的例子寄给你，“那双可爱的小眼睛，让他心里痒痒的”。当然，除了现在信件已经出版了，而且，写信人已经被虫子吃掉之外，基本没有什么令人厌恶的了。

玛特里亚里
1921年3月初

最亲爱的马克斯：

希望你能在收到这封信的同时收到我昨天的信。昨天的信是无效的，我甚至没有写它是在什么条件下所写的。因为吃东西的劳累我躺在沙发上，痛苦的食欲不振让我看到眼前满满一盘子的恐怖，脸上的汗水都要冒出来了，然而，这两周我吃了很多肉，因为一个不太能干的厨师取代了那位喜欢我的女厨师，这些肉又导致了痔疮发作，我日夜忍受着剧烈疼痛——就是这样我写了那封信。但它并不准确。因为即使在我看来，咳嗽似乎更厉害了，呼吸急促有时更严重了，但与此形成对比的还有一些积极的东西：医生的检查结果，体重增加，现在体重增加的趋势在减弱，还有适宜的体温。好吧，我们很快就会见面了。写出这么夸张的文字！谁在引导着我的手？

你的弗

布拉格
1921年3月9日

亲爱的弗兰茨：

你的信激怒了我，所以我马上给你答复。但你不用由此认为，你也必须尽快回复我。相反，我不再期盼回信，而只是口头上的。

注：19日到23日我不在布拉格，所以我们会在24日见面，对吗？

你对自己病情的悲观描述激怒了我。当然，我告诉自己，疲倦可以是恢复的标志，也可以是疾病的标志，主观的检查结果不如客观的结果重要。后者也是克拉尔医生的意见，我把你的信给他看了。——克拉尔医生告诉我，玛特里亚里根本不适合你，他一直推荐你去一家专门的肺部疗养院。在维也纳附近、柏林附近都有这样的疗养院，还有西里西亚的一家及波希米亚的普莱什，特别是后面这一家，克拉尔医生知道那里有一些非常成功的治疗方法。克拉尔医生认为，只有持续不断的结核菌素治疗才能帮助你。他从自己的实践案例中了解到，这些注射会带来根本性的治愈。你到底从哪里得出的观点，认为已经证明能帮助别人的东西无法帮助你，甚至对你有害？——另外，他还指责玛特里亚里医生的报告，因为没有给出发烧的温度（你也没有写出这些温度），没有检查痰液，等等。

克拉尔医生认为，你无论如何都只能在布拉格待几天，然后必须再去疗养院，最好是去普莱什，他一直称赞普莱什。我觉得，它在去塔博尔的路上，离布拉格不远，总之你可以亲自看一看。我不知道你的计划是什么。我希望你还没有考虑到办公室的事情，在家里我读了你的一封信，你在信中说你在考虑继续治疗，即使不在玛特里亚里，所以这就与医生的意见一致。

无论如何，将要再次见到你我无比高兴。体重增加是康复的客观表现（众所周知，人胖了就会累），希望你能享受最后这两周及美好的天气。——到了这里，我们一定要彻底、不受干扰地交谈（散步、郊区咖啡馆？）。你觉得很令人厌恶的埃西格的信，我寄给了你，因为我很喜欢这封信。所以，我们还有相当长的路才能走向彼此。——目前，我对自己的职位非常满意，只等着接下来该来的“大结局”。还有柏林，然而，柏林突然（暂时看起来是灾难性的）变成了莱比锡，到目前为止，一切都很顺利。我这样做是在“描述”它吗？——那么再见了！

你的马克斯

明信片

邮戳：布拉格，1921年3月11日

致：卡夫卡博士先生　玛特里亚里　塔特拉　塔特拉别墅　斯洛伐克
寄信人：布罗德博士先生　布拉格　邮政总局

亲爱的弗兰茨：

我刚刚在3月10日的《福斯》报上读道："我们必须感谢路德维希·哈特[45]，他在最后一个晚上朗读了一个如此出色的节目。伯尔纳、瓦尔泽、海姆、利利恩克龙的童话般优美的《蛇厨奶奶》等。他读了年轻的弗兰茨·卡夫卡的三篇小散文，这是一位伟大作家所写。其中，《十一个儿子》当晚给我留下了最深的印象。关于哈特的朗诵方式应该也无须多说…… H.St." 关于此事，我只知道这则消息，这让我非常高兴。

你的马克斯

玛特里亚里
约1921年3月11日

最亲爱的马克斯，请你帮我一个非常大的忙，而且必须马上去做。我想留在这里，不是非要在这里，而是在塔特拉，可能是在波利

安卡古尔医生的疗养院，有人向我称赞它，但它也比玛特里亚里贵得多。

我想留下来的原因如下：

1.首先，这里的医生警告我，如果我现在回到布拉格，可能会完全崩溃，并承诺如果我待到秋天就会大致康复，这样每年在海边或山里待上六个星期就足够让我坚持下去。这两个预言都夸大其词，第二个比第一个更甚，但他每天早上都以此来折磨我，父亲般的、朋友般的，以各种方式。尽管我知道，如果他知道我想转到波利安卡，他的预言在各个方面就会大打折扣，但还是给我留下了印象。

2.家里的每个人都要求我留下来，理由比他们自己知道的要多。自从我来这里，生活在肺病患者之间，我就坚定地认为，健康的人不会有感染的危险，但这些人只是森林里的樵夫或当地厨房里的姑娘（他们徒手吃光病人盘子里的剩饭，而我仅仅与这些病人对坐就感到害怕），没有一个人来自我们城市地区。但是，比如，坐在一个咽喉病患者（肺病患者的血亲，更可悲的兄弟）的对面是多么令人厌恶，他坐在你的对面友好又无害，用结核病人美好的眼睛看着你，并将他结核溃疡的脓肿粒子从张开的手指间咳到你的脸上。虽然不至于如此狼狈，但在家里，我也会这样，作为“好叔叔”坐在孩子们中间。

3.也许在布拉格，我会顺利地度过春夏，至少克拉尔医生写信建议我回去，但现在面对我的父母他似乎收回了这个建议（这种摇摆不定可以用我写作方式的摇摆不定来解释）。但如果真的像这位医生所说的那样有所改善，那么马上做一些还算是重要的事情或许会更正确。还有什么地方比高山上更适合我度过这个温暖的季节呢？（波利安卡的海拔有1100多米。）我可以想象我在哪里会更好，在一个村子里，干些轻活，但我不认识这样的村子。

4.不过，重要的是我的主观状态，那就是——当然还有无限恶化的可能——不好，咳嗽和气喘比以往任何时候都要剧烈，正值冬季——这是一个难熬的冬天，不是就寒冷而言，而是不断肆虐的狂风暴雪——呼吸急促有时几乎令人绝望，现在，在好天气里，当然会好一些。我现在这样告诉自己：要么我的主观感受是对的，这样的话，我的工作就无所谓了——不，这里我错了，在这种情况下，与工作相关的事才不是无所谓，因为这时我特别需要它，但如果我大致恢复健康，那我就不那么需要它了。

我的假期在3月20日就结束了，我已经想了太久，出于焦虑和疑虑，我一直等到了最后几天，这时要求延长假期几乎成了不雅的讹诈。因为事情的实际流程应该是，我首先要问经理的意见，然后，根据回答提出申请，然后将申请提交给行政委员会，依此类推。当然现在说这些已经太晚了，书面的事情都做不成了，只能通过口头请求来缓解讹诈，我可以去布拉格，但我应该浪费时间吗？我也可以请奥特拉去，但以她的状况[46]，我应该请她去吗？还有，我不想向她详细解释整件事情，就像我向你解释的那样。所以只剩下你了，马克斯，我把重担推给你。

恳请你尽快拿着我附上的医疗证明去找我的经理奥德斯特里尔博士[47]（我下午才能拿到，或者我希望如此，像我们说好的那样），上午11点左右去那里可能是最好的；当然，该怎么说，你比我清楚得多，我只想说说我的想法，大概这样：

我无疑是有能力去办公室的（作为补充，也有能力处理我在那里的工作！）——但在我来这儿之前也是如此，还有，毫无疑问，我秋天又要走了，而且又比去年秋天的状态差一些。现在医生承诺我只要待上4个～6个月就可以长期工作，因此，我请求延长我的假期，比如说延长两个月，之后我将再次提交一份详细的医疗鉴定报告。我申请这个假期，无论他们想以什么方式给予，全额、四分之三或一半的工资，只是不能让我完全没有工资，我还想让他们等一段时间再让我退休。顺便说一句，这半年也可以从提前休假和退休时间中划掉。事实上，这样的限制性休假对我来说其实是一种解脱，因为我太清楚自己已经从机构获得了多少假期。我要求请假的方式当然是不妥当的，只能以此请求原谅，因为目前为止我一直在顾忌中挣扎，所以现在才和医生充分讨论这个问题。我也知道必须先提交申请，但也许我可以之后提交申请，前提是我可以确保得到批准，让我留在这里，而不必在20日开始工作。但如果这不可能，那么我还是可以去布拉格一段时间。

这就是大概要说的话，马克斯，之后你要给我发电报，“待在那里”或“到这里来”。

再说一下经理。他是一个非常善良友好的人，特别是对我相当好，虽然这里面有政治上的原因，因为他可以对德国人说，他对他们自己人特别好，但基本上只是一个犹太人。

请不要草率地谈工资问题，也不要提我父亲的财富，因为首先它可能不存在，其次肯定不是给我的。

强调我的做法不正确，因为正确性、维护他的权威性对他非常重要。

鉴于是你过去，谈话肯定会被转移到一般的话题上，由他往这个方向引导。这时你也许——不是为了贿赂他，我对这一点没有兴趣——而是为了让他高兴，因为我觉得自己真的应当感谢他，可以简单地提及，我经常说起他那几乎是创造性的语言能力，而且我也是通过他才学会欣赏生动的捷克口语。也许你在谈话的过程中不会注意到太多，因为他自从当上经理后，几乎失去了这种能力，官僚主义不允许它出现，他不得不说得太多。顺便说一句，他是社会学作家及教授，但你不需要知道这些。——当然，你可以用德语或捷克语随意和他交谈。

这就是任务。当我想到，我要在你的其他工作中还要给你添加这样的事——相信我——我不太喜欢自己，但一个人被顾虑包围着，必须在某个地方爆发出来，而你，马克斯，必须受难。原谅我。

你的弗兰茨

还有，奥特拉主动提出类似的事情也不是不可能，这样的话，还是先问问家里人吧。

也许在你看来，对于办公室我太忧心忡忡了。不，想想看，办公室对我的疾病丝毫没有责任，它不仅要忍受我的病，而且要忍受我的病发展五年，当我只是昏昏沉沉地踉跄度日，甚至是它在支撑着我。

如果我留在这里，那我可能会在这里见到你，那就太好了。

由衷地问候你的妻子、费利克斯和他的妻子、奥斯卡和他的妻子。

布拉格
1921年3月14日，星期一

亲爱的弗兰茨：

星期六，你那出色的妹妹奥特拉为了你的信（给她的）就决定去找经理。星期日，我收到了你的特快信件。那时，一切都已尘埃落定——在最有利的意义上。同时，这期间你肯定已经收到了你妹妹的电报和信件。——在那一刻，我从来没有见过你母亲这么高兴，容光焕发，因为我告诉她，你自己想延长假期，而且医生认为大有希望。那一刻，她真的（眼睛四周）像个少女一样，几乎忘乎所以。

所以，你现在有假期了——最多一年全薪，再过两三年（完全没有必要）可能是无薪。奥特拉的身体也很好，她告诉我，经理对她特别好、特别体贴。

现在在这些好事之后，当然就是“但是”：——我对玛特里亚里的信心动摇了。正如我写给你的信，我赞成严格的疗养院，并配有恰当的官方医疗监督。你赤裸裸地躺在阳光下，显然是你自己开的药方，这让我很不满意。我相信你是认真对待治疗的，就像你写的那样。但仅凭你一个人的认真对待，对我来说达不到足够的保障。医生、工作人员、全院都必须全天认真对待规定的工作分配。如果你能让自己接受专业人士的监督，试行几个月就好了！

所以，现在我又让你有些不安了，因为我已经无法给你你想要的服务了。请原谅！—— 我没有什么新鲜事。我19日要去柏林和莱比锡三天。4月我也许可以去看你，如果你已经能忍受拜访了。

最诚挚的，马克斯

尽快回信！

明信片

邮戳：玛特里亚里，塔特拉，1921年3月31日
到达邮戳：布拉格，1921年4月1日

致：马克斯·科舍尔先生　布拉格　存局候领
寄信人：卡夫卡博士　玛特里亚里　塔特拉　斯洛伐克

亲爱的马克斯，我的身体不是很好，现在依然不是很好，消化系统。要么是因为吃肉，要么是因为强制的饮食，或者是其他的原因，这要过几天才会清楚，然后我再详细写信给你。你给我写过信，但总是只谈我，不谈你，不谈你的工作，不谈你的旅行，不谈莱比锡，不谈费利克斯和奥斯卡。过几天，我再给你写信吧。保重！

你的弗兰茨

请代我问候你的妻子；正如我所说，我突然意识到我已经离开布拉格多久了。

布拉格

1921年4月3日，星期日

最亲爱的弗兰茨：

昨天我终于收到了你的卡片，应你的要求，我将告诉你我的情况。

今天，我第四次开始写“书”的中篇小说[48]，其基本思路我曾经告诉过你。也许我今天踏上了正确的道路。但无论如何，在过去的两个星期里，我一直呕心沥血。我已经多年（从1917年以来）没有写过任何叙事性的东西了，我似乎又重新学习了一次。总之，没有任何坏处。我无比想念你，甚至是现在，当我试图写作时，想马上为你朗读未完成的每一章（你知道我只是强忍着不读）——嗯，很可怕。我对你有一种强烈的思念。

至少就目前而言（我不敢写下来），莱比锡的东西似乎是我多年来一直在徒劳寻找的，这让我感到非常欣慰。在莱比锡的日子（一天半）可能几乎完全是幸福的，只要能感受到幸福就可以了。我们去了哈勒郊游，因为艾米毕竟有亲戚在莱比锡，不敢去那里。初春的早晨，沿着萨勒河散步——我一直在想，比这更高就不行了。而我在那个上午与她一起闲聊的内容，我自己都无法理解。酒店的下午确实有物质上的污浊，但如果不是午后的热风吹进了凉爽、明媚的上午，那么这个上午（至少对我来说）就不会那么美好。我认识到了自己的极限，面对它们我不再愤怒。——还有从莱比锡的回家之路，发生了这样的事情：在我们走后一个小时，共产主义者使一列从哈勒开往莱比锡的火车脱轨了。受害者：一位布拉格女人。事发地点：我的女孩的出生地。——到了布拉格我才得知这个令人惊讶的，也许是可怕的事件。当然可以把它当作上帝的恩典，是对我们的一种特殊的恩惠，带着暗示？——自那以后，我过得相当好。可以说，也许我这辈子都没有像现在这样幸福、这样平静。这是很有重量的话，我害怕写下来，因为我很迷信否极泰来（另：这些都是咒语的措辞，我才注意到）。但就是这样。——现在如果我也能完成小说就好了！——我的工作太好了。我每天下午都会去那里，在别人即将准备离开的时候出现。从下午5点大约到6点3刻，我看报纸，有时会写一些东西，总是让（老板）陷入高兴又感激的惊讶之中。完全如此，就如同我字面的意思。我自己都不敢相信，有时候我都觉得很可怕，我在等“大结局”——什么都没有来。我大约每周去剧院两次，为《布拉格晚报》[49]写评论——整个三月期间，我为外国报纸写了两次稿，大家为之着迷。如果一直这样下去，我就没有什么可奢求的了。——整个上午都是我的！——奥斯卡的书《新的现实》[50]已由奥托·皮克出版（叫作赫里斯出版社）。我在《布拉格晚报》上评论了它。大家总不能说这是给捷克的友好宣传吧？一切都是如此。最近，我狠狠地（有根据地）

批评了希拉尔[51]导演的《科里奥兰》。我被赋予了最绝对的自由。到目前为止，没有任何一方对我的指责的声音变大，我也不应该受到指责——这是最大的幸福。——我觉得，我从来没有给你写过这样的信。大概上一次这样说话，还是那时刚从布尔诺回来。当时是短暂的假象。—— 现在呢？——我希望并相信着！

奥斯卡可能很快就会去慕尼黑和柏林（去埃维尔朗读）。——我给《福斯》[52]寄了一篇关于费利克斯的专题文章。他的书完全没被注意到，这是个丑闻。一段时间以来他妻子的事好转了。我可以夸口说，我给了他一个很好的建议。然而，最近，我的方法也不起作用了。——如果我现在告诉你，我和我妻子的关系比以往任何时候都要好，艾米已经成功地恢复了在莱比锡的学业（她现在根本没有工作，和她的姐姐住在一起，我付学费——只是她经常生病，而她在酒店辛劳地服务时，处在相当不可思议的饮食和住宿条件下，却反常地健康），那么你就会看到，我生活中唯一的黑暗之处就是你的疾病。我故意没有问什么细节问题，但希望，作为对这份备忘录的回报，你也同样详细地回复我。

你的马克斯

我现在也开始在《布拉格晚报》采用奥斯卡·鲍姆的第二份出版物，也许他可以成为那里的音乐评论员。也许，几乎可以肯定，那里也会有一份小差事给你。

还有，我的工资很少，只有以前的岗位工资，这就够了。

玛特里亚里
1921年4月初

最亲爱的马克斯，你现在已经拥有了承受张力的平静及承受平静的张力，小说[53]怎么可能不成功，小说一定是作为生命本身的优秀孩童而诞生的。而你又是多么明智地安排好了一切，在办公室里也是如此。在你先前的工作中，你是一个懒惰的公务员，因为你在办公室之外的工作算不上什么，最多只能被容忍或纵容，但这一次，它是主要的事情，使你在工作中所做的事有了真正的价值，这是其他公务员无法达到的，所以你在工作中总是勤勤恳恳，即使你在那里什么也不做。最后也是最重要的，你是如何用你强有力的手，引导着你的婚姻及旁边的莱比锡，你穿梭其中，通过现实的力量在这两个地方都令人信服，尽管我不理解你是如何做到的。愿你在艰难、崇高、骄傲的历程中一切顺利！

我呢？当它们这样串联在一起，关于你、费利克斯和奥斯卡的消息，我将自己与之相比，觉得自己就像一个孩子在成人的森林里东碰西撞。

日子又过去了几天，在疲惫不堪，无所事事，凝视云彩，还有烦恼不快中过去了。确实如此，你们都已经上升到了男人的高度。不知不觉地，因为这里起决定性作用的并不是婚姻，也许存在着有历史发

展的人生命运及这些没有历史发展的人生命运。有时为了好玩，我想象有一个无名的希腊人，他来到特洛伊，却不承想过要来到这儿。他还没看清周围的情况，却发现自己已身处动荡之中，诸神自己都不知道这是怎么回事，但他已吊挂在特洛伊战车上，被拖拽着绕城而行，荷马还有许久才会开始歌唱，而他已经躺在那里，眼神呆滞，如果不是在特洛伊的尘土里，那就是在躺椅的软垫上。为什么呢？当然，赫库巴对他来说不算什么，但海伦也不重要，就像其他希腊人在众神的召唤下出发，在众神的保护下战斗一样，他也在父亲的一脚推动下出发了，在父亲的诅咒下战斗了，幸运的是还有其他希腊人在那里，否则世界历史就会一直局限在父母公寓中的两个房间及它们之间的门槛上。

我写到的病是肠炎，我还从未得过这么严重的病，我确信是肠结核（我知道什么是肠结核——我亲眼看到费利克斯的表弟死于此病）。有一天我发烧40度，但我觉得无伤大雅就过去了，体重的损失也会补回来。还有，我曾经写过的那个饱受折磨的人，做了了结，显然一半是有意为之，一半是意外，他在行驶中的快速列车上，在两节车厢之间倒了下去，倒在了缓冲器之间。对了，他离开这里时几乎就已丧失了理智，一大早，好像是去散散步，没有带手表、钱包和行李，然后将散步延伸到了电车线上，继续往波普拉德走，坐上了快车，是驶向布拉格的方向的，想要在复活节探望家人，但后来他改变了方向，跳了下去。我们这里的所有人都负有责任，不是对于他的自杀，而是对于他最近的绝望，每个人都对他这个非常善于交际的人避

而远之，用最无情的方式，简直就是那些在沉船时，推攘他人的冷酷之人。我将医生、护士和女佣排除在外，在这一点上，我非常尊重他们。后来又来了一位类似的病人，但他已经离开这儿了。

在一份偶然到我手中的《布拉格日报》上（一个来自摩拉维亚-奥斯特拉瓦的游客在这里待了几天，我们其实并没有交谈，他却一直用最友好的方式塞给我一摞报纸，据他人跟我说，他在读《为犹太民族而战》[54]），我读到哈斯已经和亚米拉结婚[55]了，这并不让我感到惊讶，我一直相信哈斯能做出了不起的事，但世人会感到惊讶。你还知道什么吗?

你写道，可能会为我找到一份小差事，你真好，读起来很愉快，但它却不适合我。如果我能任意许三个愿望，我会抛开黑暗的欲望去许愿：大致康复（医生承诺了这一点，但我并没有察觉到什么，过去几年，我多少次出去治疗，经过三个多月的治疗，我总觉得比现在要好得多，在这三个月中，有所改善的无疑更多的是天气而不是肺部，虽然，这一点不能忘记，以前我的疑病症散布在全身，而现在都聚集在肺部）；一个陌生的国家，位于南部的国家（不一定是巴勒斯坦，在这儿的第一个月，我在《圣经》中读到了很多，这也归于平静了）；还有一门小手艺。

这些愿望不算多吧，连妻子和孩子都不在其中。

弗兰茨

邮戳：玛特里亚里，约1921年4月13/14日

致：马克斯·布罗德博士先生 柏林 总邮局 存局候领
寄信人：卡夫卡博士 玛特里亚里 塔特拉 塔特拉别墅 捷克斯洛伐克

最亲爱的马克斯，我一收到这本书[56]就读了两遍，当天差不多读了三遍，然后立刻借了出去，这样很快就能被别人读到，还回来后，我读了第四遍，现在又借出去了，我太着急了。但可以理解，因为这本书如此鲜活，若一个人在黑暗的影子里待了一段时间，看到这样的生命，就会将自己置入其中。这不是真正的讣告，这是你们两个人的婚礼，热闹而又悲伤。就像婚礼对于结婚的人来说，会让人失望，而对于那些旁观的人来说则是幸福，让人大开眼界又心潮澎湃，自己不结婚也可以旁观，哪怕他躺在最孤独的房间里。而只有你这个幸存的强者讲述这件事，这种生命力才会增强，而且做得如此温柔，你没有淹没死者的声音，她也在一同诉说，用单调的声音使自己被人倾听，甚至在感觉有必要的时候，可以将手放在你的嘴唇上压低你的声音。美妙极了。尽管如此，可以说——这本书如此这般屈服于读者的意志，以所有的内在力量，如此这般赋予读者意志的自由——但仍然只是活着的人，说话者在生命对于活着的人与死亡的关系的一切广阔性之中，它像一座坟墓一样站在那里，但同时又像生命的支柱一样，而最能立即抓住我的地方，对你来说可能并不重要，比如这里："是我疯了，还是他疯了？" 这里站着一个男人，忠诚，不渝，永远睁开的眼睛，永不衰竭的泉水，这个男人——我说得很矛盾，但意思很直白——无法理解的可理解之物。

这是昨天，我还想多说几句，但今天收到了M.的信，我不应该告诉你任何信的事，因为她答应了你，不给我写信。我先讲出来，这样涉及M.时，就像我什么都未对你说过一样，这我知道。有你在，多么幸运啊！马克斯。

但因为以下原因我必须谈谈这封信。M. 写道，她病了，肺部疾病，她以前就有此病了，就在我们见面之前不久，但当时的症状很轻，一点也不严重，这种疾病有时会以这样胆怯的方式出现。现在据说更严重了，好吧，她很强大，她的生命力很强，以我的想象力，我无法想象M.生病了。而且你也有关于她的其他消息。不过，她给她父亲写了信，他很友好，她来布拉格时，会住在他那儿，之后再去意大利（她已经拒绝了父亲让她去塔特拉山的建议，但现在正值春天，去意大利？）。她将住在她父亲那儿，这很奇怪，如果他们这样和解了，那她的丈夫又在哪里呢？

但如果是因为这些，我就不会写此事了，事情自然只涉及我。涉及请你告知我M.在布拉格的逗留（你肯定会听说的），以及她要待多久，这样我就不会碰巧在那个时候去布拉格了，而且如果M.真的去了塔特拉山，我希望你能告知我，这样我就能及时从这里离开。因为一次见面，这不再意味着是绝望撕扯着头发，而是伤痕在头颅与大脑中的刺痛。

若你满足我这个请求，就不要再说你不理解我。很久以前我就想写信谈谈此事了，但是太累了，不过，我似乎已经暗示了好几次，对你来说不是什么新鲜事了，但我还是没说出个大概。而且，它本身也没有什么特别的，你最早的一个故事就涉及了，当然是友好的，这是本能的一种疾病，是时代的一种产物，根据生命力的不同，总会有这样或那样的可能性来处理它，但根据我生命力的情况，我找不到任何可能，或者说最多只能找到逃离的可能，虽然我所处的状况让局外人（而且更让我）看不到还有什么可以拯救的，但人不一定都是为了拯救自己而奔跑，就连风从火堆中吹走的灰烬，它飞走了，也不是为了拯救自己。

我说的幸福，就这方面而言，不是童年的幸福时光，那时门还是关着的，门后面法庭在议事（那位填满所有门的陪审员父亲早已出现了），但后来是这样的，每一个其他女孩的身体都在诱惑着我，但我（因此？）寄予希望的那个女孩的身体却丝毫没有。只要她摆脱了我（F），或者只要我们是一体的（M），那就只是尚在远处的威胁，也没有那么遥远，但只要有一点小事发生，一切都会崩塌。显然，我因为我的尊严、因为我的傲气（不管它看起来多么卑微，扭曲的西欧犹太人！），只能去爱我可以将它置于高高在我之上的东西，让我无法触及它。

这大概就是一切的内核，这一切惊人地成长，甚至成长为对“死亡的恐惧”。不是所有都只是这一内核的上层建筑，当然也有下层建筑。

但在这次崩塌中，它真的很可怕，我无法谈论这个问题。只有一点：关于帝国酒店[57]，你搞错了，你以为的热情是咬牙切齿。幸福只是那些在四天之中从夜晚抢夺而来的碎片，它们已经被锁在了柜子里，真正的无懈可击，幸福在这一层之后便只是一声呻吟的叹息。

而现在我又收到了她的来信，没有任何要求，只要一则消息，她不会再回复，一个被太阳穴折磨的下午过去了，一个夜晚在等待着我，不会更糟糕了。她对我来说是无法触及的，而我必须知足，我的精力处在这样的状态下，它们欢欣雀跃。所以，除了痛苦，还有耻辱，就像拿破仑对召唤他去俄国的恶魔说："我现在不能去，我还要喝一杯晚上的牛奶。"而当恶魔问道："那会花这么长时间吗？"他说："是的，我必须仔细咀嚼。[58]"

那么现在你明白了吗？

弗

布拉格

1921年4月27日

最亲爱的弗兰茨——你的信一定是和我的信错开了。我在信中询问你并强烈地请求你，给我写写纯粹关于你身体状况的更具体的内容。但你只字未提，所以我必须假设，我的信是在你的信寄出后才到的——或者根本就没有到你手里。我在这封信中还附上了一些印刷品，其他的印刷品（两张剪报）我是单独寄出的。这些你都收到

了吗?

至于你信中的主要内容：只要M.女士在布拉格，我当然会尽快通知你。她写信给我说她会来看我。我们已经通信了一段时间，我给她写——因为她恳求我——有三四次关于你病情的报告。——对于你的信，只要是涉及她或违背承诺的事情，我自然是不发一言。——我的信件在这个思想的圈子中活动，即她暂时不要给你写信，等你身体好了，一切又会恢复正常。

但根据你的最后一封信，看起来并不是这样。——你在信中明确禁止，让我不要认为它不可理解。但要想命令理解力，你用来隐藏自己的力量是不够的。现在我觉得，如果你想把这个领域的东西泄露给我，就必须与巨大的障碍斗争。我也不想显得好奇，确实也不好奇，基本不会，我甚至怀疑你是否应该进一步和我进行这样的沟通——我会说：只有当你期待某种治疗力量，一种缓和物，再告诉我更多，告诉我一切——但如果你认为，它对你无益，那最好把它留到，也许是以后，也许留到见面时再说，留给健康的时间，我当然希望它对你有益，不论是你的疑病症还是你的自然疗法——受寒。我只想问一个问题。你在你的叙述中——我应该理解了——提到了一个故事，就像你写的那样，是我最早的一个故事，哪一个?

希望你已经克服了M.的来信，而且随着刚刚开始好转的天气，正在恢复之中。每一缕更加绚烂的阳光我都立刻联想到你。如果你能好好地给我写一次信，告诉我你是否还在发烧、咳嗽是否减退、医生怎么说！就一次，求你了。

我没有什么新鲜事。小说[59]变得有些沉寂了，我回想迅猛的开头，就像一个奇迹。鲍姆是《布拉格报》[60]的音乐评论员了，很忙。还有费利克斯——我告诉你——这要严格保密——他与妻子甚至开始动手了，他情况不好。

马克斯

关于要学医的学生，我已经打听过了。然而，犹太裔外国人需要某种提携。但当然，如果你推荐这个学生[61]的话，我会尽我所能。

玛特里亚里
1921年4月底

亲爱的马克斯，你是不是没有收到我的上一封信（关于施雷伯和M.）？可能写错了地址。如果一个陌生人收到了，我会感到很抱歉。

非常感谢你的随笔[62]和《巴黎日记报》[63]。你不知道这能给我带来多大的快乐，要不，你把你发表的所有作品都寄给我。我甚至没有获悉《自卫》上刊登的所有内容，例如，我只知道关于库的文章[64]的第二部分（有点狂野，有点高亢，有点仓促，但读起来是如此愉快）。像这样关于拉辛[65]的评论，你是否经常写？（相当好，顺便说一句，就像你在第一栏睡着了，在最后一栏醒来时，激怒的观众太少。值得注意的还有，你是如何带着一种绝望，但却又很幸福。因为生活在这座古旧的坟墓上，再寻求拉辛的目的，而这是不可能的，因为在寻求的同时便会四散飞去，除非走到一边，像你在那里一样，让想象力去完成。）

也谢谢你说的学医学生的事，他当之无愧，虽然也许他在秋天之后还得远离这个城市，但他却没有表现出任何外在的疾病迹象，他是一个身材高大、强壮、宽厚的家伙，脸颊红润、金发，穿上衣服时，他几乎过于强壮了，没有任何抱怨，也不咳嗽，只是有时体温升高。在我介绍了一下他的外貌后（在床上，穿着睡衣，头发蓬乱，脸庞像霍夫曼[66]的儿童故事——铜版画中的男孩，又严肃又紧张，但也很梦幻——所以他简直美极了）——既然介绍了他，我想为他恳求两件事。第一件事，你凭你的经验大概不用费力就能回答。他在布拉格能指望得到什么支持或救济？他有两封推荐信，一封是布达佩斯的拉比给施瓦兹的拉比的密封推荐信，一封是布达佩斯宗教界给布拉格宗教界的非常友好的推荐信，还附有一位埃德斯坦拉比的特别热情的推荐信，他是埃德斯坦拉比的学生。不过，我担心的是，每一个来到布拉格的外国人都有这样的推荐信。还有，如果他获得捷克斯洛伐克公民身份，是否会对他的大学录取和其他生活有实质性的帮助呢？（他也许能做到，他有一个不引人怀疑的名字，克洛普斯托克，而他的父亲——早已去世——来自斯洛伐克。）还有第二个请求，现在已经很多了，但这可能涉及他哥哥的生命。这个哥哥，二十八岁，工程师，自五年以前，我觉得，在苏联，刚开始是战俘，自苏维埃统治以来被强行拘禁在苏联，受雇于一家工厂，作为工程师及苏联公务员，在战时被俘期间成为犹太复国主义者，是克拉斯诺亚尔斯克一个协会的创始人。虽然他的信很少，但还是会定期来信，我不明白为什么，已经有两年时间无法从这里给他带信了。我已经在这件事上问过皮克，或许可以通过席勒佐恩的调停寄发一封信，他也大致答应了我，可惜我当时没有回复他，后来他也没有写信。但现在，事情变得更加紧迫。他通过一个从苏联回来的人，得知哥哥很快就回国，也就是打算去布达佩斯。但是，这个要学医的学生认为，因为霍尔蒂[67]政权，这是非常危险的。这方面的间谍活动在匈牙利是非常熟练的，很多匈牙利人都在莫斯科见到过这位哥哥，他是苏联的雇员，也许是有组织的，他在俄罗斯待了这么久也很可疑。要学医的学生现在担心他回来后，至少会被审讯、调查，甚至更糟。他想保护自己的哥哥，因此给他写了封附寄的信。马克斯，你或许了解寄发的可能性吗？莫斯科有一个捷克斯洛伐克代表团，或许有没有可能通过他们把信寄出？

你问我的健康状况。我的体温很给力，发烧是极其罕见的——即使是36.9度也绝不是每天如此，这都是在口腔中测量的，那里比腋下测量的温度要高两到三度，如果没有那么多的波动，几乎可以说是正常的，但我大部分时间都是躺着的。咳嗽、痰多、气短减轻了，但恰恰是天气好转后减轻了，所以比起肺部好转更多的是天气的好转。体重增加了6.5公斤左右。可恼的是，我没有连续两天完全健康过，甚至撇开肺部和我的疑病症。我完全没有无视你的建议。但洛可潘软膏在这里并不为人所知，洛姆尼茨的漂亮、温柔、高挑、金发、蓝眼睛的女药剂师审视地看着我，看我是不是在捉弄她，毕竟，谁都可以发明一个滑稽的名字来消遣，然后问这种药膏是否存在。注射剂——好吧，克拉尔医生赞成，我叔叔反对，这里的医生赞成，斯莫科夫克

的桑塔赫医生反对，当然在这次会诊小组中，我也投了反对票，对此你真的不能责难，马克斯，尤其是你在你的书中也警告过。先前我已经读过关于注射的文章，《奥斯特劳尔晨报》是我几乎每天都能收到的唯一报纸，我也阅读医学副刊，其中一部分显然是由一个幽默作家写的（它似乎也是这里一位医生的唯一专业读物，他对我很好。）。文章中包含普遍的人为统计，面对自然疗法的疑义，这些统计毫无意义。（“接种疫苗的人到死之前是不会被赞扬是幸福的”）医学在相当有限的时间内研究不利的后果，对此自然疗法只有被轻视。肺结核会得到控制也是值得信赖的，每一种疾病最终都会得到控制。这就像战争一样，每一场战争都会结束，但没有一场战争会停止。结核病在肺部的存在，就像，比如说，世界大战的起因在最后通牒中那么少。只有一种疾病，没有更多，医学盲目地追逐这一种疾病，就像在无尽的森林里猎杀一头野兽一样。——但我并没有无视你的建议。你怎么能这样想呢?

弗兰茨

明信片

邮戳：布拉格，1921年5月7日

致：卡夫卡博士　玛特里亚里　塔特拉　塔特拉别墅　斯洛伐克
寄信人：布罗德博士　布拉格五区　布雷霍瓦8号

亲爱的弗兰茨：

就在刚才，星期六晚上，我取走了你的信，立刻在总邮局回复

（但过几天我会详细写信）

1.关于要学医的学生，我打听后，你就会知道详情。

2.我当然已经收到了你上一封关于施雷伯和M.的信，然而，我现在却可以相信，我的回信已经丢失了！如果我没有记错的话，它的开头是假设你当时的最后一封信和我当时的最后一封信错开了。我还请你写信给我，告诉我在我哪一部早期的小说中，据你说描述了一种状况，解释了你目前的状况。另外，我答应你，等M.来布拉格的时候，会立即给你消息（到目前为止还没有）。所以你没有收到这封信？

马克斯

我很好，小说也是。

玛特里亚里
1921年5月初

亲爱的马克斯，还不明白吗？这很奇怪，但这样更好，因为我写的东西是不正确的，不正确是孤立情况，如果不把它延伸到整个生活中，就不正确。（延伸？因此模糊？我不知道。）你会和M.谈话，我再也不会有这种幸福了。当你对她说起我的时候，要像在说一个死人一样，我是指就我的“局外性”而言，我的“治外法权”。爱伦斯坦[68]最近见到我时，他大概说了这样的话，在M.中，生命在向我伸

手，我可以在生与死之间做出选择，这话有些过于华丽（不是就M.而言，而是就我而言），但实质上是真的，唯一愚蠢的是，他似乎相信我有选择的可能。如果还有德尔斐神谕，我一定会去问它，它会回答："死与生的选择？你怎么能犹豫呢？"

你总是写到康复。这对我来说是不可能的（不仅是对于肺部，对其他的一切也都是不可能的，比如最近，我又出现了一波躁动，失眠，稍有声响就深受折磨，那些声音真的是从空旷的户外而来，为此我可以讲很长的故事，当白天和晚上的所有可能性都被用尽的时候，那么一小群魔鬼就会像现在一样，在夜里聚在一起，半夜时分在我的门前愉快地交谈。到了早上，发现这些都是参加完基督教社交聚会回家的职员，善良、无辜的人。没有人可以像魔鬼一样伪装自己），所以这是不可能的，看看这具勉强活着的身体，大脑对它的所作所为感到惊恐，现在想违背意愿勉强活着，不情愿地活着，它不能吃东西，一个溃烂的伤口要用大量绷带包扎整整一个月，才会慢慢吞吞地愈合，绷带昨天才拆掉的（当然，开朗的医生手头有补救措施：注射砷剂，我表示感谢）。所以，这是不可能的，但也不是最值得期待的事。

你写到姑娘，没有一个姑娘把我留在这里（尤其不是照片上的那些，况且这些姑娘几个月前离开了），也没有姑娘会在任何地方留住我。令人惊讶的是，女人的鉴别力是如此之低，她们只注意到她们是

否吸引了你，或者你是否对她们产生了怜悯，或者最后你是否从她们身上寻找到了同情，仅此而已，虽然一般情况下，这就够了。

其实我只和医学生交流，其他的事情都是附带的，如果有人要我做什么，他就告诉医学生，如果我要别人做什么，我也告诉他。尽管如此，这并不是孤独，一点也不孤独，在一个不断变换的、极度友善的人际圈子里，表面上过着半舒适的生活。诚然，我不是在众目睽睽之下溺水，也没有人一定要拯救我，更何况，他们是如此和蔼可亲，我不至于溺水。许多和蔼可亲的原因是相当明显的，比如，我给的小费很多（相对多一些，一切都够便宜的了），这是必不可少的，因为服务员领班最近给他在布达佩斯的妻子写了一封公开的信，变得人尽皆知，他在信中根据客人的小费来大概区分客人："十二个客人可以留下，但其余的魔鬼可以带走。"然后他开始用一种类似于流水账的方式来列举其他客人的名字和注解："亲爱的Frau G.（顺便说一句，真的是一位年轻、可爱、天真的农妇，来自齐普斯），魔鬼可以带走她，等等。"我不在其中，如果魔鬼真的把我带走，肯定不会是因为我的小费给得太少。

所以奥斯卡是在《布拉格报》[69]，而不是在《晚报》？报纸值得让你推荐他去吗？他放弃上课了吗？你能不能哪天给我寄一期奥斯卡的文章？我还没有看到这份报纸。保罗·阿德勒也在那儿吗？费利克斯呢？这种事以前也发生过。越演越烈？这损伤了他的核心吗？其实之前并没有这么做，毕竟他基本上还是生活在罗马，只是在亚洲边境与蛮族作战。事情更糟糕了吗？孩子呢？

现在将是夏日的居所，不是吗？保重。

弗兰茨

布拉格

1921年5月14日

最亲爱的弗兰茨：

不明白邮政的因果关系，相隔不久我就收到你的两封信。我只能解释说，也许我的一封信很晚才到你那儿。

附上我的一些评论。你是我唯一的报纸读者（我唯一知道其反应的人）。此外，我还按照你的要求，附上了对奥斯卡的评论。他与Pr.Pr.[70]的关系还没有完全固定下来。但是，在艺术部分的合作无懈可击，这一点在我们经过很长时间的讨论后似乎变得很明确。我也没有听到任何反对的声音。保罗·阿德勒（海勒劳）等人加入了编辑部，现在住在这里。黑塞、霍夫曼斯塔尔、韦弗尔、萨鲁斯等人偶尔也会在报纸中投稿。如果我没弄错的话，还有《乡村医生》[71]的一些内容，暗示了这本书。——该报刊似乎完全没有政治影响。所以，非常违背创始人的意愿，它无非是对德国和犹太作家的支持，对德国戏剧和音乐会生活的新的共鸣，等等。很奇怪，不是吗？——此外，对于鲍姆来说，这种支持来得正是时候。从那以后，他变得平静了许多。

他继续给人上钢琴课，但一直很少。

费利克斯的事也重新变得平静了。主要是，女佣中的一颗“遗珠”促成了这一切。——但是，如果情况不彻底改变，他不会再创作任何哲学作品了，这一点很遗憾，我很清楚。对于其他的人来说，这只是一个不重要的舒适问题。费利克斯，顺便说一下，现在已经完全被政治工作、犹太复国主义填满了，而我则担任了后备职务，直到秋季。——我们经常有来自柏林犹太复国主义者的来访者，甚至是年轻的女孩，美好的、强大的宠儿。费利克斯能与这些和谐的存在站在一边多好啊！——此外，菲莉丝有一个女儿。——除了地方上的联系（柏林），这与前述的事情没有其他关联。

你谈到你的情况，真是令人愉快。你真的是疑病症，怪罪于天气。仿佛那是一个反驳的理由。如果天气导致你的病灶钙化，那么它作为治疗因素，已经尽到了责任。不多也不少。——如果可以出口的话，洛可潘软膏可能会从茨维考传送给你。——我太了解这些令人烦躁的噪声干扰了。这些当然不是耳朵的事。现在，我的心又和它的命运达成一致了，我在钢琴的伴奏下写作——我对面的一座建筑，每天都会发明新种类的巨大噪声，这在以前简直会夺去我的健康和思考，但现在是我快乐的源泉，比如，我把切割木梁的声音转化成了森林中的锯木声，以这种方式就可以免费郊游了。事实上，这个夏天我还没有看到过森林，一直在工作。小说、翻译（雅纳切克的歌曲[72]——刚刚完成），晚间戏剧和评论。——可惜你不在这里。我想和你一起去圣索菲亚岛，或者去科鲁纳浴场，我很想给你朗读——因为我和其他人很少这样做。埃尔莎还是最棒的。鲍姆说了一些笨拙的话语，让我很恼火，然后他又撤回了，这些话语只是表达得不好，也不是毫无根据，甚至常常是有益的。费利克斯抵触非理性或是在章节结束后跑开了，以赶上电车。——所以，现在我已经说了很多朋友的闲话了。当然，也不是完全认真的。而且他们在很多事情上对我帮助很大。只有和你相比——很少。

至于想学医的学生，皮克昨天（在催促下）答应我，信件会通过可靠的私人关系通过雷维尔安全运送。你给出的官方道路不可行。——向布拉格宗教界推荐，可能是不值一提的。重要的是布拉格首席拉比布罗迪博士，因为他正在积极工作。我们的犹太门萨学院是作为主要的救济来考虑的。此外，联合会[73]（盖尔娜女士），但它一再表示，将停止工作。不过，到那时，将建起一个替代机构。

——尽快写信——给你的马克斯。

明信片

邮戳：布拉格，1921年5月20日

致：弗兰茨・卡夫卡博士　玛特里亚里　塔特拉　塔特拉别墅　斯洛伐克
寄信人：布罗德博士　布拉格五区　布雷霍瓦8号

亲爱的弗兰茨：

M.在布拉格，来找过我，没见到我。

她留话说她星期二会再回来。到时我立刻告诉你。

到目前为止，我的信还没有得到答复。你怎么样？

同时给你寄一份印刷品。

你的马克斯

5月20日

附文：

最诚挚的费利克斯

G.朗格

布拉格

1921年5月24日，星期二

最亲爱的弗兰茨：

根据我的承诺，虽然我不知道——鉴于你一直保持沉默——你是否仍然重视这个问题——（但你在倒数第二封信中要求我这样做）——我通知你，M.女士今天和我在一起。她几乎完全和父亲和解了，总之，她住在父亲那里，他也和她聊天。他要求她去捷克的疗养院，他不允许她去其他地方（顺便说一句，她看起来还不错）。现在她告诉我，她抗拒塔特拉。斯特班[74]在考虑之中，她无法提出任何真正的反驳理由。但她绝不会去，而是想去波希米亚森林的斯皮茨山[75]。奥帕蒂亚和南方的旺季已经错过了。她将在这里再待一个星期。而且我已经和她约好星期六下午在“金鹅”咖啡馆见面。那时她就会知道结果了。——我有点不适应这个监视的角色。但出于对你的爱，我有什么不可以做呢？此外，你不要以为，我看到了什么不愉快的事情。因为，首先，她告诉我（也许目的是想直接写给你的——虽然没有提到这一点）：她最近觉得很快活，因为你对她上一封信的回复太不友好了，她当即向我坦白——不是关于发烧体温等的寥寥数语，而是“多余”的话（我重复她的话）——当时她真的觉得很痛苦，但这种“多余”也向她表明，不能再这样下去了。第二，她说的一切都未视作秘密，即使是要保密的事，如果不是我迅速地告诉她，埃尔莎对这件事一无所知，她甚至会当着我妻子的面继续谈论你。

所以，星期六夜里我会给你发电报（因为我晚上还要去剧院）。不要被这种转递方式所惊吓。我会给你发电报，告诉你M.的去处——如果你到那时没有给我相反的指令的话。

因为我的妻子不在（她明天去弗朗齐歇克矿泉村），接下来的两个星期内你可以给我写信到以下地址：

马克斯·布罗德博士，

布拉格—城堡区，

新闻部主持的理事会。

但我也会去邮局查看，因为我已经在憧憬你的几行字了。

M.总的来说（也许是因为我的脑袋和心里装的都是一个很另类、很柔弱的女人），给我留下的印象并不好。——这些对于她的当面评判听起来那么真实，但却从中嗅到了错误的气息。我不喜欢这样。——另外，她是我妻子的敌人，我想你没跟我说过这个。是关于利斯勒·贝尔[76]的一件事，但M.说我的妻子不会这样。她本能地讨厌她。而这种骄傲的本能，正因为完全不具文学性，在我看来却又颇具文学性。——也许我对她不公平。我只和她简短地聊了几句，到星期六我才会大概了解。——奇怪的是，她对斯塔夏[77]如此迷恋，让我深受触动，而你却把她描写得很冷酷。——而且她把所有的犹太女人都看成“不快活的、会带来不幸的、濒临死亡的”，这很不好。同样傲慢得很……

如果你写信——也请说说你的身体状况吧！

你的马克斯

昨天我给你寄了《布拉格报》，奥斯卡给我的周日号和剪报。

邮戳：玛特里亚里，塔特拉，1921年5月底

致：马克斯·布罗德博士先生　布拉格城堡区　新闻部主持的理事会
寄信人：卡夫卡博士　玛特里亚里　斯洛伐克

最亲爱的马克斯——我的罪恶感已经很重了，我从你那里得到了那么多，你为我做了那么多，而我却僵硬地躺在那里，沉默不语，被那个在隔壁房间里架起炉子的男人折磨得心力交瘁，他每天从早上五点开始，甚至在节假日也是如此，敲打、唱歌、吹口哨，一直到晚上七点都不停歇，然后出去一会儿，九点前睡觉，我也一样，但却无法入睡，因为其他人的时间安排不同，而我就像玛特里亚里的父亲一

样，只有当最后一个叽叽喳喳的女佣上床后才能入睡。当然，困扰我的也不是这个人（尽管我强行制止了他，但女佣还是禁止他今天中午吹口哨——我这个懒洋洋地躺在躺椅上的人又怎么会禁止一个优秀的员工呢？——现在他不吹口哨，还是敲打着，除了某些间隔时间他忘记了，可能会咒骂我，不过说实话，这毕竟对我来说更舒服）。如果他停下来，那么这里的每一个生灵都已经准备好了，可以代替他的位置，并且会这样做，也这样做了。但问题不在于这里的噪声，而在于世界的噪音，甚至不是这种噪音，而是我自己的无噪音。

但除了我长期失眠之外，在你和M.见面之前，我不想给你写任何东西，当我写到她的时候，我总是会软弱无能地卷入谎言之中，我不想再影响你——与其说是为了你，不如说是为了我。所以，现在你已经见到她了。她怎么会和她父亲和解，我无法理解，我想你也不知道这件事。我想我知道她过得还不错。斯特班位于塔特拉河的另一端（它的海拔最高，但并不是真正的疗养院。）。请原谅我把这一切托付给你，这发生在第一次因为她的信丧失理智的激动之中，然而，即使经过考虑，我也会恳求你。我一点也不怀疑她会立即把她的信告诉你，即便如此，她也有权利让我对此保持沉默。你写的关于“多余的”信和“不能再这样下去了”，似乎在暗示她不想再听到关于我的任何事情（就像我说的，我卷入谎言之中）。“当面评判”——是的，这是最基本的事情，首先要清楚，作为一个局外人，当然要对她这样的女孩进行判断。你能嗅到那些虚假的气息，我却不能，虽然我一直潜伏着。我不想夸大这种评判的真实性，它们并不坚定，一句话就能使之缓和，我不想成为这样的舵手掌控下的一艘船，但他们是勇敢的、伟大的，引领着通往神的方向，至少是前往奥林匹克诸神。

我也觉得，我没有跟你明确说过M.和你妻子的关系。对于M.的这一评判也很狭隘，几乎被撤销。我不记得她和利斯勒·贝尔有什么关系，但我记得M.的一句话，大意是说她曾经和哈斯及你妻子相处过一段时间，你妻子曾说起过你，M.觉得这种卑微的仰慕很可恨。不过，马克斯，你不要因为这件事而对M.如此苛刻。这毕竟是个棘手的情况，我也经常思考。试着统计一下你妻子的女性朋友，那些你认为毫无疑问是她的朋友的人，你妻子可能根本不屑一顾。在这个问题上，我比任何人都更能直言不讳。在某种社会的、社交的意义上（恰恰是在对你妻子的孤独感起决定性作用的意义上），我与你妻子非常相似（然而这并不意味着亲近），相似到让人粗略一看，就可以说我们是一样的。而这种相似性，我相信甚至不限于现在的结果，还包括原本的性情，即善良的、有抱负的，但不知为何被玷污的孩子的性情。然而，现在我们之间存在着一种差异，虽然我的肉眼无法察觉，但无论如何，这种差异是实际存在的、是微不足道的、是一文不值的，但在没有任何其他社会数据的情况下，它却足以使我喜欢上一个像M.一样断言她讨厌你妻子的人。诚然，由于结婚的缘故，你的妻子也比我在生活中前进得更远，用我的人生地位来衡量我的价值，谁也不会想到，想到的人也不会相信。

M.可能又和斯塔夏和好了。在半年的时间里，这种关系也反转了一两次，顺便说一下，斯塔夏看我的眼光很敏锐，第一次见面，她就看出我不可靠。然而，这样的女性故事从来没有给我留下深刻的印象，或者说是印象太深刻了。如果我听到这样的故事，比如，她很出色、他不出色，他爱她、她爱他，她不忠、他应该服毒——所有这些都是以一种统一、深信不疑、充满激情的精神在讲述，然而，一种危险的、只是表面上稚嫩的、实际上毁灭生命的感觉不可抗拒地在我心中产生。

我想说的是：在我看来。

在经历了大约两个星期的煎熬之后，这是第一个平静些的日子。我在这里过的这种大体上与世隔绝的生活，本身并不比其他任何生活差，我没有理由抱怨它，但如果在这个与世隔绝的世界，世界对着我亵渎坟墓般地呼喊，那我就会失去理智，真的会用额头撞击那扇总是虚掩着的疯狂之门。一件小事就足以使我进入这种状态，在我的阳台下，一个年轻的半虔诚的匈牙利犹太人面朝向我，躺在他的躺椅上，舒服地伸出一只手捂着头，另一只手深深地插进他的裤子门襟，整天欢快地哼着寺庙的旋律，这就足够了（什么样的民族啊！），这样的事情就够了，其他的事情也跟着匆匆而来。我躺在阳台上，像躺在鼓里一样，人们在上上下下、四面八方地敲打着它，我已经失去了所有的信心，认为在地球表面的任何地方都无法得到安静，我醒不来，睡不着，即使例外地有了安宁，我也无法再睡，因为我太心烦意乱了。我也不能写作，你责备我，但我连书都看不下去。三天前，我找到了（在医生的帮助下）一片美丽的、不太远的森林草地，它实际上是两

条小溪之间的一个小岛，那里很安静，在那里三个下午（早晨那里当然有士兵）我就充分恢复了，今天我甚至在那里短暂地睡着了，所以我今天给你写一封信来庆祝一下。

你要去波罗的海的哪里？最近我读到了很多美丽又便宜的波罗的海度假胜地，推荐名单上有提索沃、沙波尔茨、奈斯特、哈弗克鲁克、蒂门多夫海滩和尼恩多夫[78]，都不超过30～40马克一天。你和谁一起去？和你的妻子，自己去，还是和另一个人去？我有时也会想到波罗的海，但这更多的是在做梦而不是思考。

你妹妹写了一封友好的信，给我寄来了药膏。我很高兴能拿到它。冬天的时候，瘟疫很严重（现在晒太阳会保护我），但是药膏如果真的有这么强大的作用，能防止疖子，很容易成为所谓的人类的惩罚，因为有了药膏，去往地狱之犬的灵魂数量不会减少，只会增加。

对于前面我想说的是，所有这些女性故事在我看来都是滑稽的、狂妄的、矫情的，与其中蕴含的可悲的肉体相比，无情的可笑。她们玩她们的游戏，我在乎什么。

然而即使是在这里，我也曾和一个姑娘在清晨的森林里短暂地散过两次步，散步的情景就像人们谈到国王的宴席：他们因丰盛而折腰。而什么也没有发生，几乎没有眼神，也许女孩什么也没注意到，这真的没什么，已经是遥远的过去了，也不会有什么结果，除了情况很有利之外。另外，也没有什么好惊讶的，若是我这么七零八落地给你写信，失眠——没有任何当下的原因，只有早年的后遗症——不允许有其他的事情。谢谢你的电报。

我暂时寄出这封，明天继续。

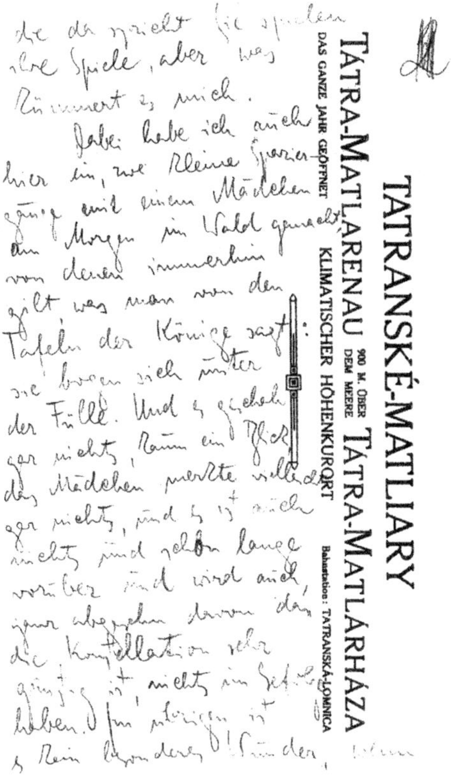
TATRANSKÉ-MATLIARY
TÁTRA-MATLARENAU 900 M. ÜBER DEM MEERE TÁTRA-MATLÁRHÁZA
DAS GANZE JAHR GEÖFFNET
KLIMATISCHER HÖHENKURORT
Bahnstation: TATRANSKÁ-LOMNICA

die da spielt, sie spielen ihre Spiele, aber was kümmert es mich. Dabei habe ich auch hier ein, zwei kleine Spaziergänge mit einem Mädchen am Morgen im Wald gemacht, von denen immerhin gilt, was man von den Tafeln der Könige sagt: sie bogen sich unter der Fülle. Und es geschah gar nichts, kaum ein Blick, das Mädchen merkte vielleicht gar nichts, und es ist auch nichts und schon lange vorüber und wird auch, ganz abgesehen davon, daß die Konstellation sehr günstig ist, nichts im Gefolge haben. Im übrigen ist es kein besonderes Wunder, wenn

卡夫卡1921年5月的信

明信片

邮戳：布拉格，1921年5月31日

致：弗兰茨·卡夫卡博士先生　玛特里亚里　塔特拉　塔特拉别墅　斯洛伐克
寄信人：布罗德博士　布拉格五区　布雷霍瓦8号

最亲爱的弗兰茨：

我今天收到了你期待已久的信的第一部分。——M.要去波希米亚森林。——我星期六晚上给你发电报了。他们说，塔特拉、玛特里亚里不是一个电报站，因此我必须指定洛姆尼茨。我发了，但不知道你是否收到了电报。——我还给你寄了一些印刷品，你没有确认。我听你的人说，你长了8公斤。还这么烦躁不安？也许你应该换一换地方。你有什么打算？——但我何必要问呢，因为你三周前没有回答我。我想7月10日去波罗的海。我很好。

你的马克斯

5月31日

布拉格

1921年6月12日，星期一

亲爱的弗兰茨：

你的没有结局的写信方法对于懒惰的答复者来说是非常诱人的。

但我不是，我宁愿打断你。

你对睡眠的抱怨——也许是因为你在同一个地方待得太久了，适应了它的噪声——另外，这栋带阳台的别墅对于那些追求安宁的人来说，可能不是很实用。——你想来波罗的海的想法让人很愉快。去某个地方，那里咆哮的大海淹没了所有的细小噪声。我以前在火车上睡得最好就是这个原理。我们可以在波罗的海相聚，太好了。你的海边小度假地已经在我的日程上有一段时间了。我也有一本尼恩多夫的小册子，但看起来有点可疑，好像那里只有一个很窄的海滩，或者根本就没有海滩（根据图片）。上面写着这样的话：“通过延长防波堤，创造了一个绝佳的浴场。”什么是防波堤，为什么要延长？—— 我现在已经向蒂门多夫海滩要了一本小册子。我打算在7月16日离开这里，在那待上两到三周左右，我和我亲爱的朋友艾米一起去。不过，她虽然记不起你的名字，却早已得知你的确切情况。她曾经给我写过一封感人至深的信，她每天晚上都会为我和朋友的健康祈祷。——如果我们三个人在一起，那就太美好了。你千万别以为自己会打扰我们。相反，几乎可以说，第三人的存在对任何来自布拉格和柏林的熟人都有保护作用。当然，如果我们住在相邻的小镇上，那就最好了，这样我们总是下午在一起，上午一个人。在我看来，这似乎是解决我假期问题最理想的办法。当然，你必须问问自己是否会喜欢。尽快写信坦白地告诉我。我想的是两个相邻的地方，比如黑灵斯多夫和阿贝克[79]。如果我没有弄错的话（根据地图），吕贝克湾的小温泉也是相互接壤的。——我假设你是独自前去的。如果你愿意和你的妹妹一起开车，那会让我为难。——所以好好考虑一下，不要太久。——请按以前的地址再给我写信：马克斯·科舍尔先生——布拉格1号，存局候领。不要忘了“先生”，这样它就会被送进真正的信箱，即不会进入密码地址。

关于我没有什么可说的，除了我正生活在一种巨大的幸福中，我一生都未体验过。——我与妻子的关系极其美好，我最近去弗朗齐歇克矿泉村拜访了她。那是我第一次去看她，在这种新的环境下，我们都差点尴尬了。——我觉得你在最后一封信中问到我妻子的女朋友时，对她有点不公平。哪个女人有真正的女朋友？——但我妻子身边确实有非常优秀的女人，她们相互尊重，比如，高尔教授、霍达奇夫人，一个出色的女人，她甚至和她有书信往来，等等。——M.的评判可能更多的是针对当时在韦弗尔团体中如此不受欢迎的我，而不是针对埃尔莎本人。

我的幸福感是建立在（大体上说），我疯狂地期待着假期的到来（以至于我常常认为自己无法坚持下去），进一步说是这种期待中的喜悦奇怪地几乎完全满足了我的情欲，所以我可以不受干扰地工作——而且确实也是带着前所未有的兴致去工作。二十章的小说《弗兰兹》（爱情记录——或者也许是另一个副标题：二等人的爱情）——只差四章。我生平第一次不间断地写一部重要作品。——当然，我最主要的幸福是，我完全摆脱了G女士（以斯帖）的魔咒。我是通过艾米才找到力量的。——当然，假期会不会打破这段美好的感情，我不知道。——不管怎么说，目前，我是如此放肆地感到幸福，我要（为了在外表上纪念我人生的这个阶段）刮去我的小胡子。——既然你不回答敏感的问题，我就把所附的“官方问卷”发给你，“请你尽快填写并上报”。

你的马克斯

玛特里亚里
1921年6月

最亲爱的马克斯，几天前我把续写的纸条收了起来，因为我突然想到你是否并未生我的气，在我写这封信的时候，我根本没有想到这一点，这也是我在理论上向你的妻子做出的更深的鞠躬礼，在现实生活中我不敢做，但后来我想到了你生气的可能性，现在，幸好不是这样。无论如何，我的例子是错误的。M.几乎讨厌所有的犹太女人，文学也可能起到了一定的作用，但你的反例很无力——这些“基督教”的友谊几乎很难穷尽民族的吸引力，它们怎么可能更深入呢？但最重要的是，我并没有那么想强调消极的、缺乏友谊的一面，因此，理论依然存在，依然像扎在我肉体上的刺一样坚定。

你的书已取得了这样的进展？而且你这么幸福？而我却一无所知，如此遥远，如此遥远。在波罗的海我也不会听到任何消息。现在我可以坦率地说，我不知道有什么比和你一起去更好。我不能完全压抑它，也不能直接说出来，因为这毕竟会是一场运送病人之旅。比如说，当我试着站在你的立场上看待这件事的时候，我意识到，如果我身体好的话，我就会觉得我旁边的结核病人很让人心烦意乱，不仅是因为不断有感染的危险，最重要的是因为这种持续的病痛是肮脏的，这种面容和肺部之间的矛盾是肮脏的，所有的一切都很肮脏。当别人提起痰的时候，我只能厌恶地看着，我自己也没有痰盂，我应该有痰盂。然而，这些顾忌都已经不算数了，医生已经断然禁止我去北海，他也没有兴趣留我在这里度过夏天，相反，他允许我可以到森林中，到任何我想去的地方去，但不能到海边去，不过，我可以去海边，甚至应该去，但要在冬天，而且要去涅尔维。就是这样。而我已经相当期待见到你，期待旅途，世界，大海的呼啸。草地周围的小溪也在潺潺作响，树木也是，这也能抚慰人心，但它是不可靠的——士兵们来了，现在他们一直在那里，把林间草地变成了酒馆——然后小溪和森林里充满了他们的噪声，他们身上都有一个幽灵、一个魔鬼。我试着离开这里，正如你所建议的那样，但除了在人的心里，有任何地方存在安宁的可能吗？比如昨天，我在塔拉卡山里的一家酒馆，海拔1300多米，野性而美丽，我获得了大量的保护，他们也尽一切可能为我服务，即使来了超量的客人，他们想给我做素食，比这里好很多，想给我提供高海拔的食物。

这些都是老故事了，那里比这里更吵，什么游客和吉卜赛音乐，所以我一直在这里，无法动弹，仿佛已经扎下了根，当然这并没有发生。说实话，我最害怕的是——一般情况下不需要考虑太多——就是机构，我从来没有离开过它这么久——除了祖劳，但那里是不同的，我在那里也是不同的，且我的老上司[80]也在一定程度上挽留我。我对机构的亏欠是如此巨大，无法偿还，而且只会继续增加，不可能有其

他改变。好吧，我通常是通过让问题吞噬我来解决问题的，也许在这我也会这样做。

我还没有感谢你的剪报，它们都显示了幸福和信心，以及这些对你写作的影响。奥斯卡的文章显得多么暗淡，歪歪扭扭，常常十分艰难，特别是在某种社会意义上有缺陷，不过，总的来说，他也知道怎么做，这个不屈不挠的人。费利克斯忽视了我，他没有给我寄来最近几期的《自卫》，虽然我给这里的医生利奥波德·施特林格医生也订阅了，但他也没有收到。

前段时间，我读了克劳斯的《文学》[81]，你知道吧？我当时的印象，当然现在已经大大淡化了，那就是它极其尖锐，直刺人心。在德国——犹太人的这个文学小世界里，他是真正的主导者，或者说是他所代表的原则，他是如此令人钦佩地服从于这个原则，以至于他甚至把自己和这个原则混为一谈了，并让别人一同参与混淆之中。我想我分得很清楚，书中哪些东西只是幽默，但那是宏大的幽默，哪些是可怜的悲叹，还有最后哪些是真理，至少是和我写作的这只手一样多的真理，一样鲜明，一样可怕的实物。幽默主要是因为犹太德语，没有人能够像克劳斯那样说犹太德语[82]，尽管在这个德国——犹太世界里几乎没有人能够做其他事情，这种犹太德语，从更广泛的意义上说，这应该是它被采纳的唯一方式，即包含着对他人财产或喧闹，或缄默，甚至是自我折磨般的侵占，它不是赚来的，而是通过一种（相对的）草率的手法偷来的，然而，它仍然是别人的财产，尽管没有任何证据表明它是唯一的语言障碍，因为在这里，所有的一切都可以通过良心在忏悔时的轻声呼唤来证明。这并不是说要反对犹太德语，它本身甚至很美，它是书本德语和手势语言的有机结合（这多么富有表现力啊：他在哪方面有天赋？或者说这让上臂脱臼，下巴撕裂。“请您相信！”或者这样，揉着膝盖。“他写作？写谁？[83]”）。我们在这里看到的是一种细腻的语感的产物，这种感觉已经认识到，在德语中，只有方言及最具个人特色的标准德语才是真正有生命力的，而其他的语言的中间地带，不过是灰烬而已，只有靠幸存的犹太人的手去翻腾，才能使其获得生命的假象。这是一个事实，或有趣或可怕。但是，为什么犹太人会如此不可抗拒地被这种语言所吸引呢？德语文学在犹太人获得自由之前就已存在，并取得了巨大的辉煌，毕竟，就我所见，文学的多样性丝毫不比今天逊色——甚至如今的文学已失去了多样性。而这一切与犹太教，或者更准确地说，与年轻的犹太人和他们的犹太教，与这几代人可怕的内心困境是有关系的，这一点，克劳斯特别地认识到了，或者更正确地说，以他为基准来衡量，它已经显现出来了。他在某种程度上就像轻歌剧中的祖父，所不同的只是，他不是简单地说，还创作了乏味的诗（有一定的权利，叔本华也有着同样的权利，在他所承认的不断从地狱堕落的过程中痛苦地、快乐地活着）。

在这种情况下，比起精神分析我更喜欢的是认识到这种父亲情结，有些人认为这在精神上是有成果的，并不涉及无辜的父亲，而是父亲的犹太教。大多数开始写德语的年轻犹太人都想把犹太教抛在脑后，他们的父亲对此表示赞同，但很含糊（这种含糊对他们来说是令人愤怒的），但是，他们的后腿还粘在父亲的犹太教上，而迈出的前腿却找不到新的天地。随之而来的绝望成了他们的灵感。

这种灵感与其他任何灵感一样可敬，但仔细研究后却显示出某些可悲的特殊性。首先，他们的绝望情绪所宣泄的东西不可能是德语文学，虽然表面上看来是这样。它们存在于三种不可能之中（我称之为语言上的不可能只是偶然，这样称呼是最简单的事情，但也可以完全叫别的），不可能不写，不可能用德语写，不可能用其他方式写，几乎可以加上第四个不可能，即不可能写作（因为绝望毕竟不是靠写作来平息的，它是生活和写作的敌人，写作只是一种权宜之计，就像一个人在上吊前不久要写遗嘱一样——这种权宜之计很可能持续一生）。所以这是一种四面楚歌的不可能的文学，一种吉卜赛文学，它将德语的孩子从摇篮里偷出来，并匆匆忙忙地将它毁了，因为必须有人在绳索上跳舞（但那甚至不是一个德语孩子，什么也不是，人们只是说有人在跳舞。）。

［一份问卷附在马克斯·布罗德的前一封信中，卡夫卡填写后寄回］

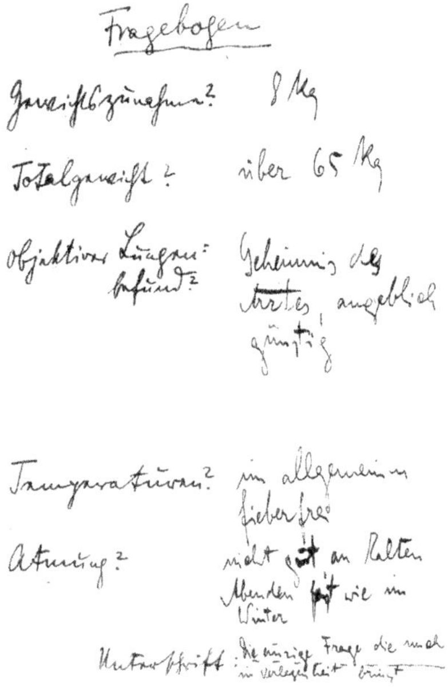
Fragebogen

Gewichtszunahme? 8 Kg

Totalgewicht? über 65 Kg

Objektiver Lungenbefund? Geheimnis des Arztes, angeblich günstig

Temperaturen? im allgemeinen fieberfrei

Atmung? nicht gut an Kalten Abenden fast wie im Winter

Unterschrift: Die einzige Frage die mich in Verlegenheit bringt

布罗德的问卷，卡夫卡填写

问卷

体重增加?	8公斤
总重量?	超过65公斤
客观的肺部诊断结果?	医生的秘密，大概有利
体温?	正常，不发烧
呼吸?	不好，在寒冷的夜晚，几乎像冬天一样
签字:	唯一让我尴尬的问题

布拉格

1921年7月4日

亲爱的弗兰茨:

谢谢你今天的来信。——我相信你是想避开办公室的。但我还是建议你来布拉格，到机构露一面。我前天去奥特拉那里，从奥特拉那儿听到了这样的话。他们希望看到机构的医生为你做检查。并不是说延长假期不确定。相反，越是能明显地看到了一定好转，他们就越是想给你放秋冬的长假，让你能够彻底康复。但我有一种感觉（从奥特拉的话中），机构医生出具的证明，特别是显示病例有希望的证明，经理会感到非常欣慰。奥特拉想亲自写信告诉你，肯定也会这样做。这件事完全不紧急也不着急，否则奥特拉早就给你写信了，因为她上次和经理见面已经很久了，一直留有这个印象，没有当回事。——也许只是我个人的、戒不掉的官僚主义（把老板和他的每一句话都当真），而这种官僚主义正在我新的、舒适的岗位上茁壮成长，所以才使得我给了你这个建议。

利己主义（我公开承认）作祟。是我想再见到你，给你读我的（完成的）小说[84]。如果你在8月初或8月中旬来，对我来说是最好的时间，那时我已经从波罗的海回家了。——我不会放弃你的波罗的海之旅的。但如果你带着医生的禁令来—— 这确实是真的吗？我7月13日就要离开这里了，预计。所以你可以再考虑一下。我的快乐将是巨大的。

最后我觉得，你在塔特拉玛特里亚里有些娇惯自己，被溺爱了。正是你在那里待得久了，你的听觉似乎会与那里的所有声音相协调。——你必须再看看世界的另一隅。你列举的反对陶斯[85]（奥特拉）的理由，我不能完全当真。除非，又是医生禁止的 。

克劳斯的《文学》我没有读过。难道这里面真的也有关于我的内容？我听过这样的话，但我到现在都没有去管它。当我读到克劳斯这种对一切与之同生共死的仇恨，这种自以为是的谎言时，我的胸口总是那么闷，之后的两天我都无法从愤怒中走出来。所以必须承认，效果很强。——一切论战在我内心苏醒了。然后我意识到：这是一条旁支。怒气就更加倍了。——但我承认，这一切（这种效果）并不是针对他的，也许反而是针对我的。

我为你索要了《自卫》，也是为你的医生。费利克斯在汉堡，他的弟弟威利要在那里结婚。同时，我正在编辑《自卫》。伊尔玛夫人乖乖地留在了舍勒森。最近费利克斯怎么对她这么好，真是个谜。他事先就知道，避暑公寓会很有效。——我总是把人看成是情色的机器了。——鲍姆在比霍里城堡，受陶伯夫人的邀请。当然是和家人一起。然后他要去海达附近的罗尔斯多夫。我的妻子在弗朗齐歇克矿泉村待了5个星期，刚刚回家。所以，现在我应该去。在过去的10天里，除了一封不痛不痒的电报，我没有收到来自莱比锡的消息，这让我很不安。从我昨天发了一封135克朗的电报，就能判断我的状态。我觉得，我在这一张卡上花费了太多。——而且即使成功了，如果她从莱比锡到柏林，正好是我从布拉格去那里的时候（我们不能在莱比锡见面，她怕她的卍字——亲戚），总之，即使所有不可能的事情都能成功，为了这些事情，我已经热火朝天地工作了三四个月了——我觉得游戏玩得太高了，我的神经已经快崩溃了。——同时，我把事情推得很远，接下来的事情我必须忍耐。

马克斯

布拉格
1921年8月19日

亲爱的弗兰茨：

今天你父亲告诉我，你发烧了，要在塔特拉玛特里亚里住一些时日。我当然非常惊愕——我想把发烧解释为“旅行热”，但我只成功了一部分——我跑到邮局，在那里我没有找到你的任何消息——所以我写下这几行字。如果你心情好点，请给我写信——一张明信片就够了。在此期间，我已经换了代号和地址。现在读起来，几乎是戈特弗里德·凯勒式的[86]。

马丁·萨尔瓦特先生

布拉格–城堡区，

存局候领，

给“城堡区”加下画线。

我已经非常期待与你再次见面，向你讲述我那相当离奇的，却又是在超凡的美妙中结束的夏天。我猜测讲述的日子很近了，所以我只给你写了一张达姆的风景明信片。在此期间讲述了更多关于你的事，成功地让我亲爱的艾米在每封信中都向你问好，还写道，她为你祈祷，就像她为我祈祷一样。——她是一个了不起的女人，在这三个星期里，比在一天的短暂会面中认识到的要伟大得多。——我还以为你会和我一起去卡尔斯巴德参加大会[87]，她也会去，其实她很想认识你。——应该是不可能吗？用两三行字让我听到你的消息，恳请你！

马克斯

明信片

邮戳：塔特拉，洛姆尼茨，1921年8月23日

致：马丁·萨尔瓦特先生　布拉格城堡区　存局候领
寄信人：卡夫卡博士　塔特拉 玛特里亚里　斯洛伐克

亲爱的马克斯，是的，我已经在床上躺了快一周了，发烧，不是感冒，这是一种无法抵御的肺部感染。但除了咳嗽之外，现在几乎已经结束了，而且为我赢得了最后几天的阳光，此外，我不会一下子让自己从玛特里亚里中挣脱出来（玛特里亚里不重要，而是与我的行动不便有关），只能一点一点地挣脱，这也适合我。周末我可能会到布拉格，会立刻去见你，希望你还没有去卡尔斯巴德。

你的弗兰茨

便条[88]

约1921年秋/冬，折叠起来，寄至：马克斯·布罗德博士先生，布拉格五区，布雷霍瓦8号

最亲爱的马克斯，我最后的请求：将我遗物中的所有（在书柜、衣柜、在家里和办公室的书桌，或其他任何应该带走的东西，你注意到的东西）日记、手稿、信件、别人的和我自己的、图画等都要毫无保留地烧毁，不让他人阅读，以及你那里的，还有你要以我的名义在其他人那里索取的、我所写的或画的所有东西。他们不想交给你的信件，至少应该承诺自己烧毁。

你的弗兰茨·卡夫卡

布拉格
约1921年秋/冬

亲爱的马克斯，我不去了，我七点钟必须吃饭，不然之后根本睡不着，打针的威胁奏效了。此外，就在今天（就像每天一样），我必须应付一些不容易的事情。有时候我觉得自己就像一个训练中的角斗士，不知道旁人打算怎么对付他，但从对他施加的训练来推断，可能会在整个罗马面前大战一场。

弗兰茨

1 9 2 2

风景明信片（巨人山脉）

邮戳：什平德莱鲁夫姆林，1922年1月31日

致：马丁·萨尔瓦特　布拉格城堡区　存局候领
寄信人：王冠酒店　什平德莱鲁夫姆林　弗里德里希山谷

亲爱的马克斯，我对这里的第一印象[1]非常好，比在玛特里亚里好得多，第二印象中，这个地方的鬼魂醒来了，但我非常满意，不能再好了，如果一直这样，我会恢复的。我坐了雪橇，甚至会试试滑雪板。保重。这些天你帮了我很多。我在等尚道[2]的消息。

你的弗兰茨

明信片

邮戳：什平德莱鲁夫姆林，1922年2月8日

致：马丁·萨尔瓦特　布拉格城堡区　存局候领
寄信人：卡夫卡博士　什平德莱鲁夫姆林—弗里德里希山谷　王冠酒店

最亲爱的马克斯，遗憾，遗憾，你不能来几天，如果运气好的话，我们会花一整天的时间爬山、坐雪橇（也滑雪？到目前为止我走了五步），还有写作[3]，尤其是通过后者，我们会唤来结局，加快结局——是期待着的结局，一个和平的结局。或者你不想这样？对于我来说，我就像在文理中学一样，老师来回踱步，全班同学的功课都做完了，已经回家了，只有我还在苦苦挣扎，进一步扩大我数学功课的基本错误，让好老师等待。当然，和所有对老师犯下的罪过一样，这是自食其果。

到目前为止，我已经度过了五个美好的夜晚，第六个和第七个夜晚就已经开始糟糕了，我的隐匿身份已经被揭开了。

你的弗兰茨

两张明信片（普拉诺）

邮戳：1922年6月26日

到达邮戳：布拉格城堡区，1922年6月26日

致：马丁·萨尔瓦特　布拉格城堡区　存局候领

寄信人：卡夫卡博士　卢日尼采河　普拉诺　赫妮莉卡夫人处

亲爱的马克斯，我住得很好[4]，虽然奥特拉对她的舒适做出了难以置信的牺牲，但即使没有这些牺牲，在这里也是好的，“就我目前所能看到的”（因为我不能“保证”），比以前任何一个避暑胜地都要安静，“到目前为止，等等”。起初，在路上，我曾对这个乡村有过胆怯。按照布吕尔所说，城市里应该没什么可看的，只有在城市里才有东西可看，因为在火车窗边呼啸而过的不是墓地就是有可能成为墓地的地方，只有在尸体上生长的东西，而城市里却很不一样，生机勃勃。不过，在这里，第二天，一切都还不错，不过，与这个乡村打交道很奇怪，噪声是有的，第一天没有，第二天才有，我是坐特快列车来的，这噪声可能是坐货车来的。在午后小憩被妨碍的时间里，我是这样度过的，想着你在新楼旁边怎么写《弗兰兹》。祝你工作顺利，才思泉涌。——在办公室里，我发现了一封一个半月前的信[5]，很友好，让人感到很羞愧的信。我的自我斥责有两个方面，一方面是事实，如果我能从沃尔夫的抽屉里拿走那个令人厌恶的小故事，并把它

从他的记忆中抹去，我会很高兴，他的信让我难以辨认，但是呢，自我斥责也必然是种方法，比如，沃尔夫不可能同意这种方法，这不是出于虚伪，当然他无须这样待我，而是出于这种方法。而我一直很惊讶，像施雷伯[6]，他的自我斥责也具有这种双重性，即是事实，也必然是方法，但他却没有成功，不是因为没有事实（因为事实不会带来成功，事实只会摧毁已经被摧毁的东西），而是因为方法。也许是因为真正的困境阻碍了他，真正的困境不允许出现这样虚无缥缈的成功。

这是探讨什么！有些事情，只有《审查员》[7]才有资格深思，最后得出结论："我刚讲的是什么？"

你的弗兰茨

布拉格
1922年6月27日，星期二

亲爱的弗兰茨：

随信附上的鲁道夫·凯瑟[8]的信，你会感兴趣的。请再寄回给我——因为我还没有回复，但是，我也不知道该如何回复。

我每天都在工作——今天相当不错，昨天写得更多，但更差。如果不是每天都有事情就好了。可怕的政治消息——罗森海姆[9]（柯尼斯堡）寄来了一封愤怒的信，因为我没有给他《克拉丽莎》[10]的首演，他责备我忘恩负义——这一切都困难重重。去年（弗兰兹）幸福的三个月，依然是我的梦想。我可以把它引证为我唯一的生活方式。——E.也只是很不规律地写信。所以阻碍是没有尽头的。我之所以忍受它们，是因为小说[11]现在非常顺利地向终点飞驰。但是，如果……它将如何飞驰？这不是单纯的想象。我觉得我必须拨开云雾，用笔尖触及纸张。

你的这两张卡片展现了美好的前景。—— 我很想知道，你将如何解释没有被你的方法所触动的凯瑟博士真挚的热情？

诚挚的问候，还有奥特拉。

你的马克斯

明信片（普拉诺）

到达邮戳：布拉格城堡区，1922年6月30日

致：马丁·萨尔瓦特　布拉格城堡区　存局候领
寄信人：卡夫卡博士　卢日尼采河　普拉诺　赫妮莉卡夫人处

亲爱的马克斯，要从你的信中找出你阴郁情绪的核心并不容易，所给的细节几乎是不够的。最重要的是：小说活着，难道这还不足以表现出自己的生命吗？（不，这还不够。）但是，不足以让生命依赖于它吗？为此，足以，足以生活在欢愉之中，乘着六驾马车。另一件？E.写信，但是很不规律。但如果只是这样，如果内容无可挑剔呢？罗森海姆的信，是三面具出版社的谋略失误，不是吗？所以只要稍稍用点手段就能弥补这个错误。可怕的消息？你指的是除了拉特瑙

谋杀[12]以外的事情吗？令人不解的是，他们竟允许他活了这么久，两个月前，布拉格就有他被谋杀的谣言，闵策教授散布了这个谣言，它是那么的可信，那么符合犹太人和德国人的命运，你的书中也有详细的描述。——但我已经说得太多了，这件事远远超出了我的视野，我窗外所见的视野对我来说就已经够宽阔了。

如今我收到的政治消息——恼人的是，有另一份报纸寄给我，我贪婪地阅读它——只有《布拉格晚报》这种真正优秀的形式。如果只读这份报纸，就像以前读《新自由报》了解战争局势一样，来了解世界局势。根据《布拉格晚报》，现在整个世界就像当年的战争一样和平，它在你忧虑之前就把你的忧虑抚平了。现在我才看清你的文章在这份报纸上的真正地位。假设他人读到了你，你不能希望有更好的环境，没有任何从四方而来的纷乱介入你的文字，你的周围完全是安静的。而在这里读你的文章，是一种与你交流的如此美好的方式。我读它们也是为了情绪，斯美塔那[13]和斯特林堡[14]在我看来是平缓的，但《哲学》[15]却显得清晰而美好。顺便说一下，《哲学》的问题之处，在我看来是明显的犹太问题，它源于这样一种困惑，即本地人对他人太过陌生，与现实相悖，而犹太人对他人太过亲近，与现实相悖，因此人们既不能均衡地处理这一个也不能均衡地处理那一个。而这个问题在乡村是多么严重，在这里，即使是完全陌生的人也会打招呼，但只是部分人打招呼，比如，当一个受人尊重的老人扛着斧头急行而过，这时你已经没有可能，无论你怎么努力，事后都无法用回礼来超越一位受尊重的人。

这里如果能安安静静的就好了，确实有几小时的安静，但还远远不够。没有作曲小屋[16]。但奥特拉无比亲切地关怀我（她送上问候，你的问候让她在因蛋糕有些不成功的悲伤中获得了极大的安慰）。比如今天，一个不幸的日子，一个砍柴的人整日为房东太太砍柴。难以想象，他整天用胳膊和大脑忍受着什么，我用耳朵根本无法忍受，即使是借助于耳塞（也不是完全不好，如果把它塞进耳朵，听到的声音虽然和以前完全一样，但时间长了，就会轻微地头脑发涨，并有一种微弱的被防护的感觉，好吧，也没什么）。还有孩子的噪声，等等。今天我还得换房住几天，我目前住的房间非常好，宽敞，明亮，有两扇窗户，视野开阔，它的陈设虽然相当寒酸，但完全没有酒店的样子，有一种所谓的“神圣的清醒”。

在这样一个喧闹的日子里——我还会面临无数个这样的日子，无数个是肯定的，也可能是很多个——我觉得自己仿佛被驱逐出了这个世界，不是像往常一样驱逐出一步，而是十万步。——凯瑟的信[17]（我还没有回信——因为德国以外的出版物本就无望，写这些太狭隘了）当然让我很高兴（困境和虚荣心对此多么垂涎欲滴！），但他并非没有被我的方法触动，而且这个故事也是可以忍受的，我谈到了寄给沃尔夫的故事[18]，一个对此没有成见的人是不会怀疑的。问候你和两位女士。还有费利克斯，可惜我未能与他告别。

你的弗兰茨

据说普雷索娃[19]夫人住在这里。我很想和她谈谈，但面对这样的事情，我同样感到恐惧和不安。也许她很高傲，也许她和我一样，受到任何干扰都会很绝望。不，我不会和她谈的。

你要怎么回答凯瑟？豪普特曼和你关系如此密切，你无法拒绝写他的文章。

布拉格

1922年7月3日

亲爱的弗兰茨：

政治上的恐怖确实是另一种：《贝尔福宣言》[20]的威胁，直到最近才又有些明朗起来——我为此夜不能寐，我一再问自己，我们是否真的比其他民族、塞尔维亚人、捷克人等差得多，更没有价值，以至于我们无法获得民族的尊严，建立一个国家，我们的每一步都是如此可怕的艰难。—— 现在看来，已经宣布反对贝尔福的英国上议院，在英国宪政生活中反常地没有影响力。我附上今天收到的贝尔格的文章，它抚慰了我。—— 希望你对整件事毫不知情。在《布拉格日报》上有一则简讯，引起了我们的骚动。事后才被指出教育（英国宪法）的差距，所有的骚动都是无用的。

再加上马克下跌——这让我为艾米[21]担心。

而她自己——她的信完全不是“无可指摘”。就是这样。——她有一个姐姐，这位漂亮的姐姐来自柏林，来度假——不知怎么的，不太清楚，这与她现在又与那个学生来往有关。当我之后请求可否比约定的时间迟一天寄信的时候（只是因为我已思索上百遍，如何在我的回复中不提这个学生，只字不提）——她就来了一封诉苦的信，很动人，恐惧不安——我是否会像拉特瑙那样，等等（不是字面意思，而是思想上）——可惜这封美好的信件还有第二种邪恶的解释：坏良心。

但其实我已经把这些没有尽头的妄想都描绘到了我的小说之中——前天我差不多这样完成了。也就是说，写完了最后的文字——但还有很多需要改进的地方。——这一次很奇怪：我写得越好，到了最后，阻碍堆积得越严重。结尾灾难被隔壁房间的钢琴调音师打断了，是我很久之前预约的，他在最不合时宜的时候来到了，当然，不可阻挡地直奔工作。——尽管如此我还是写了。

艾米的事是这样的：现在（至少在今天、昨天等的情绪下），我不会为她如此疯狂地颤抖——但当这样的阴暗出现时，这种关系中望不到尽头的地平线便消失了。实际上是这样的：对于持久性的眺望消失了，对我来说，是我那种情欲的一部分。这一次最美的是，傍晚时分，我与她一起开车穿过蒂尔加滕，告诉她，我将如何挣到一大笔钱，给她在万湖边的某个地方买一栋别墅——这是给我们两个人和一个孩子的共同的房子，是一个避难所，我们间或在那里相聚几天或几周，共同生活。—— 这样一个美梦立刻破灭了，当艾米——并没有变得不忠（我根本不相信），总之做了一些我必须要阻止的事时，当我感觉我与她离心离德，不是同心同德的时候——我就会想：为什么一定是这一位呢？抱的什么幻想！我也可以拥有，比如，布兰琪·德斯坦等。——这是一种慰藉，这种对于可能性的一瞥——但这种慰藉摧毁了我内心的真实（你不必提醒我这种真实是多么虚幻，别墅的梦想需要一个巴勒斯坦的梦想作为补充）。

突然意识到，我似乎仍在继续写小说。—— 我很想给你读一下结局。你什么时候来布拉格就给我写信。我是不是应该暂缓把它寄给沃尔夫[22]？—— 我不建议去拜访普雷索娃夫人。但我建议你就国外的事给凯瑟（是y，不是i）[23]写信。——森林里也没有安宁吗？替我问候奥特拉，尽快写信！

马克斯

你的健康状况如何？小说[24]有进展吗？

明信片（普拉诺）

邮戳：1922年7月5日

到达邮戳：布拉格城堡区，1922年7月6日

致：马丁·萨尔瓦特　布拉格城堡区　存局候领

寄信人：卡夫卡博士　赫妮莉卡夫人处　卢日尼采河　普拉诺

亲爱的马克斯，经过一个不眠之夜，在普兰纳的第一个不眠之夜，虽然无力再做其他事情了，但我也许比平时更能理解你的信，甚至比你更能理解，但也许是我太夸张了，理解得太透彻了，因为就这方面来说，你的情况与我的情况不同，它也不是真实的，但比我的情况更接近现实。我身上发生了这样的事情：你也知道，我本该去格奥根塔尔[25]的，我没有提出过反对，如果我曾经说过那里会有太多的作家，也许是我对未来的一种预感，但作为反对，它不是认真的，只是

一种卖弄；相反，我很欣赏每一个我周围的作家，因此我也想见见普雷索娃。你的妻子也劝我不要去，我虽然欣赏每一个人，但我尤其欣赏作家，特别是我私下不认识的作家，我无法想象，他是如何让自己在这个轻浮又可怕的领域中如此自在地，又是如何在那里经营得如此有序的。我认识的大多数作家在我看来都很自在，至少就本人而言，包括温德[26]，就我的情况来说三个人甚至特别舒服，根本不需要依靠我，我可以居于一隅，但又不至于孤单一人，那是我所恐惧的。而且我还会得到奥斯卡的支持，我很喜欢他，他对我很好。而且我会再看到新世界的一角，再次看到德国，这是八年来的第一次。那里便宜又健康。虽然在奥特拉这里很好，特别是现在我又回到了以前的房间，但在月底和下月初，还会有妹夫家的客人前来拜访，这里会变得有些拥挤，所以如果我离开也不错，我还可以回来，因为奥特拉要住到9月底。因此，这里没有任何理智或情感的缺口，此行绝对推荐。而昨天，我收到了奥斯卡的一封非常亲切、详尽的信，他已经找到了一个带阳台、躺椅、美食、花园景观的房间，优美又安静，每天150马克，我只需要接受，或者说我已经提前接受了，因为我曾说过，如果能找到这样的房间，我一定会去。

而现在发生了什么？首先非常笼统地说，我害怕旅行，我最近几天察觉到了这一点，因为我为没收到奥斯卡的信而感到高兴。但这并不是对旅行本身的恐惧，毕竟我来这里要乘车两小时，但去那里的行程将有十二个小时，旅途本身对我来说很乏味，不过除此之外就无所谓了。这并不是恐惧旅行，比如最近读到梅塞贝克[27]，他想去意大利，但他刚到贝内绍夫就不得不折返。这不是对格奥根塔尔的恐惧，因为一旦我到了那里，我一定会在当天晚上就安顿下来。也不是意志薄弱，那样的话，在理智没有准确计算出一切之前，就不会做出决定，这通常是不可能的。这里是个临界点，我的理智在此真的可以计算，并反复得出结论，即我应该去。这更多的是害怕变化，害怕引起神的注意，因为就我的情况而言，这是一个重大的行动。

今天，当我在无眠的夜里让一切不断地在疼痛的太阳穴之间来回穿梭的时候，我又意识到了，在上一个足够安静的时间里，我几乎忘记了什么，我生活在一片多么脆弱的，或者说是完全不存在的土地上，在一片黑暗之上，黑暗的力量随心所欲地出现，并且不顾我的结巴，摧毁我的生活。写作支撑着我，但说它支撑着这种生活，是不是更准确呢？我的意思当然不是说，若我不写作了，我的生活会更好；相反，那样情况会糟糕得多，让我完全无法忍受，必须以疯狂结束。不过，这当然是以实际情况为前提的，即使我不写作，我也是一个作家，而一个不写作的作家就是一个挑战疯狂的荒谬之物。但作为作家本身呢？写作是一种甜蜜而美好的回报，但这是为了什么呢？在夜里，我明白了，清晰得如同给儿童的直观教学，这是对魔鬼服务的回报。这种向黑暗势力的屈服，这种天生被束缚的灵魂的释放，这些可疑的拥抱，以及其他任何可能发生在地狱的事，高处的人无从得知，当他在阳光下书写故事之时。也许还有其他形式的写作，但我只知道这一种。在夜晚，当恐惧使我无法入睡时，我只知道这一种。而这其中魔鬼般的地方，我似乎非常清楚。虚荣心和追求享乐总是在围绕着这个自己或者另一个陌生的身影——之后这个行为还会倍增，会成为虚荣心的太阳系——蜂拥而至，大快朵颐。天真的人有时希望的是：

“我想要死亡，看看大家如何为我恸哭。”作家在不断地上演着这样的一幕。他死了（或者说他没有活着），并不断地为自己恸哭。由此而生出他对死亡的恐惧，这种恐惧不必表现为对死亡的恐惧，也可以表现为对变化的恐惧，对格奥根塔尔的恐惧。恐惧死亡的原因可以分为两大类。首先，他非常恐惧死亡，因为他还没有活过。我说的意思并不是说妻子和孩子、田地和牲畜是生活所必需的。生活所必需的，只是放弃自我放纵，搬进房子，而不是欣赏它，还在它周围挂上花环。对此，也许有人会说，这是命运，不交给任何人。但是，那为什么会有悔恨，为什么不会停止悔恨呢？为了让自己变得更好、更美味？这也是原因。但为什么，最后一句话总是停留在这样的夜晚：我可以活下去，但我却没有活着。第二个主要原因——也许只有一个，这两个原因并不想在我身上分开——是考虑到：“我所扮演的真的会发生。我没有用我的写作收买自己。我的一生都是死亡，而现在我真的要死了。我的生活比别人的生活更甜蜜，我的死亡也将更加可怕。当然，我身上的作家会马上死去，因为他没有基础、没有实质，甚至不是由尘埃构成的，只是在最可怕的尘世生活中的一点可能，只是追求享乐的虚构。这就是作家。但我自己却不能继续活着，因为我没有活过，我仍然是泥土，我没有把火花变成一场大火，只是用它来照亮我的尸体。”这将是一场奇特的葬礼，作家，也就是不存在的东西，却将老旧的尸体、长久以来的尸体托付给了坟墓。我是一个足够的作家，我想在完全的自我忘却中，用我所有的感官去享受这一切，或者——这是同样的事情——想用完全的自我忘却来描述它——作家的第一前提不是警觉，而是自我忘却。但不会再有这样的描述了。

而我为什么要讲真正的死亡呢？生活中也是一样。我以作家的舒适姿态坐在这里，随时准备迎接任何美好的事物，却不得不无所事事地看着——除了写作，我还能做什么呢？——我真正的自我，这个可怜的、毫无防备（作家的存在是反对灵魂存在的一个论据，因为灵魂显然已经从真正的自我中逃离，却没有得到进一步的发展，而只是成为一个作家。难道脱离了自我就会把灵魂削弱到这种程度吗？）的自我，几乎在一个随意的借口下被磨成碎片——任意想出一个借口，就是去格奥根塔尔的一次短途旅行［有些字已无法辨认］（我不敢让这句话成立，这样说也是不对的）。被魔鬼揉捏、鞭打，几乎被碾碎。既然我不在家，我有什么权利在房子突然倒塌的时候惊慌失措。毕竟，我知道倒塌之前的事情，我不是搬走了，还把房子留给了所有的恶势力吗？

我昨天给奥斯卡写了信，提到了我的恐惧，但答应会去。信还没有寄出去，又是一个晚上。也许我还要再等一个晚上，如果还没有想通，我终究要拒绝。这将意味着我将不再被允许离开波希米亚，接下来我将被限制在布拉格，然后是我的房间里，然后是我的床上，然后是在床上的某个位置，然后是什么也没有了。也许到那时，我就可以放弃自愿写作的快乐——自愿和快乐才是最重要的。

为了强调整个故事的作家性——但并不是我来强调，这件事自带强调意味——我必须补充一点，我对旅途的恐惧，部分是由于想到我至少要远离书桌好几天，这时恐惧就加剧。而这种可笑的想法其实是唯一合理的想法，因为作家的存在确实依赖于他的书桌，如果他想远离疯狂，就绝不能远离他的书桌，他必须咬紧牙关守住它。

作家的定义，这样的作家的定义，以及对他的影响的解释，如果他有影响的话：他是人类的替罪羊，他让人无辜地享受罪恶，几乎是无辜的。

前天我在火车站（妹夫本来要走，后来没走），碰巧一列维也纳快车在这里停了下来，因为要等去布拉格的快车。碰巧你妻子也在车上，真是令人惊喜，我们聊了几分钟，她向我讲述了小说的结局。

如果我真的去了格奥根塔尔，我会在十天后到布拉格，会很高兴地躺在你的沙发上，让你给我朗读。但如果我不去——

[写在信封上：] 我已经给奥斯卡发了一封电报，没有其他办法，没有其他办法来应对这种骚动。昨天写给他的第一封信，就让我觉得很熟悉。我以前就是这样给菲莉丝写信的。

布拉格
1922年7月9日，星期日

最亲爱的弗兰茨——我无法（带着最大的意愿）认为你的情况如此绝望。——既然你喜欢普拉诺，就留下来吧！

谁都不喜欢更换避暑公寓，因为那里正是寻求休养的地方，自然怕碰见不好的地方。但如果像你一样遇见了好的，就会留下来。——让你烦恼的是：1.对鲍姆的承诺——但鲍姆会理解。2.你得出的武断结论，即有了这次旅行，今后所有的旅行都会消失。当然，这其中有一隅疯狂、自我折磨起着作用。但一个人旅行的目的大有不同！现在，这将是一场休养之行，带着存疑的休养，以及要放弃可靠的休养，这是困难的。但如果我请你秋天去柏林，看我的《克拉丽莎》首演[28]，你一定会来的，对吗？

你对作家的评价——好吧，我们两人虽然是朋友，但显然属于不同的类型。你安慰自己写一些负面的东西，真实的或想象的，总之是你对生活的某种负面的感受。所以，你在不幸的时候——至少可以写作。对我来说，幸福与写作同气连枝，如果它断裂了（哦，它是多么的脆弱！），我就很可怜。但在这种状态下，我宁愿掐死自己，也不愿意写作。你会说：写作是你扼杀自己的方法，等等。—— 但这不是平行关系。因为正是这种扼杀的方法，我并不知道。而我只有在灵魂处于极大平衡的情况下才能写作。当然，这种平衡永远不会大到，写作对我来说是可有可无的程度。在这里，我们互相契合。——像阿迪[29]这样的非犹太裔作家会在这种情况下使用酒精，即根据每个人的写作需要，变得幸福或不幸。我们犹太人，似乎缺乏这种调节能力。

克尔凯郭尔的《谈我作为作家的影响》[30]新一卷刚到。—— 他的酒精是：天意。就连他的长裤也不是由虚荣心决定的，而是由天意决定的。

从昨天开始，我的情况稍微好了一点。——但有一个晚上，我比以往任何时候都更接近疯狂。我直接感受到了灵魂痛苦的痉挛。它上升了——现在它不走了，慢慢地下降。——我想到了一个轻狂的类比：在散步的过程中，胃部撕裂似的痉挛——中间平静的停顿——然后再次痉挛，人们也许会忍受，也许不再忍受——前者是平息，后者是灾祸结束。三个字变得难以辨认：这个人会疯的。—— 我可以十分清晰地想象出来。

第二天早上就来了信，电报。——我下定决心，要把和M.的这种关系“口头化”，至少在米斯德洛伊[31]之前的三个星期里，唯一能忍受的手段。—— 所以我想象着在哪些方面这种关系是稳固的——因为M.需要我，因为她特别期待米斯德洛伊，等等。其他的一切我都认为（暂时）丢失了。我可能对她不公平。但对我来说，我看不到其他的救赎，至少目前是这样。——若详细来说，当然有道不尽的事情。

趁E.不在的时候，读读我从公司带回来的旧日记，对我有一点帮助。—— 一个最可怕的读物。其中的苦难多么真实！幸福，很少出现，听起来矫揉造作，夸大其词。——可怕的战争，艾达[32]的死，我从奥普[33]小姐那里受到的折磨，读到这里，却意识到我现在已经好了许多。由此决议：不惜一切手段捍卫我的财产（艾米），即便是最无耻的手段。我只能努力把自己调整到平和的状态。——否则枝条就折断了。

费利克斯来了一封不幸福的信，所以我们每个人都在各自地狱的洞穴里呜咽！——如果你写信，最好谈谈此事！

马克斯

请问候奥特拉。——请让我尽快收到你的消息。

在过去可怕的一周里，我还读到了瓦格纳写给韦森东克的信[34]，只要更好的时刻到来——极妙的辅助思想体系。瓦格纳，这个暴虐的人（在所有的报道中他实际上都是这样出现的），把自己想象成一个佛教圣人——在叔本华和他的 “意志否定” 的意义上。他赞叹他的共苦等（我之所以这么理解，是因为我曾经走过同样的路）。韦森东克的放弃对瓦格纳来说是最高的缓刑，因为放弃是最高的人性。他创造了一出佛剧。在放弃中，他找到了自己的爱人，他也放弃了。书信中还有几处真相的情色面纱。我在关于《特里斯坦》[35]的评论中写了几句话，但只是凭着记忆，事后我又读了一遍书信。—— 瓦格纳再三告诫自己：“要绷紧！绷紧！” ——一首优美的乐曲。—— 对他来说，艺术是最高层次的涅槃的降临。他的灵感隐隐作痛。但由于它们使他与心爱的人结合在一起（在特里斯坦作品中），他允许这种降临。这里的矛盾堆积如山。—— 而真相只有一点：那就是人必须以某种方式努力应付爱情的灾难，而不拒绝来自爱情的救赎，而且是只来自爱情的救赎。

我给你写关于瓦格纳的这段，是对你关于作家评价的补充。

我一直相当孤独——和布雷阿[36]医生说三句话就填满我的一天了。

很高兴收到你的消息——如果小说能腾出时间，请给我写信。你过得怎么样？健康状况如何？

明信片（普拉诺）

邮戳：1922年7月5日
到达邮戳：布拉格城堡区，1922年7月6日

致：马丁·萨尔瓦特　布拉格城堡区　存局候领
寄信人：卡夫卡博士　赫妮莉卡夫人处　卢日尼采河　普拉诺

最亲爱的马克斯，我一直在到处乱跑，或者呆滞地坐在那里，就像一只绝望的动物在洞穴里一样。到处都是敌人，在这个房间前面是一群孩子，另一个房间前面也是，我正准备离开时，有了可能只是瞬间的安静，我可以给你写信了。你一定不相信普拉诺的十全十美，或者几乎是十全十美，这是我留下来的主要原因。虽然，就房子里的安静而言，住处本身安排得非常巧妙，只须利用这些安排，最谨慎周到的奥特拉就是这样做的，我们虽然住在隔壁，但无论白天还是晚上，我丝毫没有受到她、孩子或女孩们的打扰，但比如昨天下午，孩子们在我的窗前玩耍，在我的正下方有一群讨厌的人，再往左有一个看起来乖巧可爱的孩子，但两者发出的噪声是相等的，这种噪声把我从床上赶下来，绝望地走出家门，带着疼痛的太阳穴穿过田野和森林，很绝望，像一只猫头鹰一样。而当我夜里带着平静和希望躺下时，却会在三点半惊醒，再也睡不着。在附近的火车站，虽然不会扰人，木材不断地被装上车，总有撞击声，但很轻微，断断续续地，然而，今天早上，我不知道从现在开始是否会一直这样，他们很早就开始敲打，穿过静静的清晨和渴睡的大脑，听起来和白天很不一样。这很糟糕。然后我早上起来，以我太阳穴的状态，根本没有起床的理由。但我还是非常幸运。在过去的几天里，大约有两百名布拉格学童被安置在这

里。地狱般的噪声，人类的祸害。我无法想象受影响的这个地区的人们——那里是最大的，也是最好的地区——怎么会没有疯掉，没有从家里逃到树林里去，而且要逃得很远，因为这些美丽的树林的整个边缘都被噪声污染了。总的来说，我已幸免于难，但每时每刻都可能带来惊吓，已经出现了一些小小的惊吓，有时我望着窗外，搜寻着、期待着，我是可怜的罪人。我对好听的声音也渐渐失去了任何品味，人们怎么会为了那些声音而聚集在剧院里，我很快就会变得无法理解。只有你现在写的评论，特别精彩的评论，或者是我在这里读到的特别精彩的评论，我希望我永远理解它。如果除了印刷出来的东西，人们什么都不知道，就不得不相信，在这里，人们从深夜的休息和工作日中走出来，傍晚时分，独自一人，内心愉悦，用最好的眼睛和耳朵，在剧院中游走，始终与一个永远充满生命力的谜团有着紧密联系。伊拉塞克[37]的文章，或者是像《波塔什和帕尔马特》[38]这样幸福的小事（那天晚上一切都顺利吗？），或者是关于《舞台》[39]的，虽然关于长椅[40]的那一小段让我有些困扰，不是偶然的，而是根本的。我不知道在哪里我们有些分歧。我在这里是不是缺失某种观点或判断?

你对我的情况的评价是对的。从外部来看，情况就是这样。这是一种安慰，在合适的时候也是一种绝望，因为它表明恐怖的东西并没有出来，都为我一个人保留着。这种黑暗，只有我被迫看到，但连我也绝不是一直能看到——事实上，在那天之后，我就没有再看到它。但我知道它就在那里等着我，如果——好吧，如果我不对自己表现出一些宽容的话。你把这一切解释得多么好、多么正确，如果你这样邀请我去柏林，我一定会去，如果我们马上一起离开布拉格，也许我也会和鲍姆一起去。而我的身体虚弱也必须考虑到，像奥特拉一样，还有作为一个持外币的旅行者的丑陋，去那里的原因无非是因为那里便宜，再加上对动乱不无道理的恐惧——原因很多，却只有一个，那就是小时候我以为我能在什么地方看到大头针大小的东西，现在我知道了，那是我唯一的恐惧。

而写作呢？（顺便说一下，以中下等的方式进行，别无其他，总是被噪声危害。）可能我的解释对你来说没有意义，只能归结为我想让你的写作尽可能地接近我的写作。当然也有这样的区别，如果我曾经快乐过，在写作和与写作有关的任何事情之外（我并不确定我是否曾经快乐过），在这样的时候，我是没有能力写作的，结果一切都还没有开始就完全被搞砸了，因为对写作的渴望始终占了上风。但这并不意味着我本质上是一个可敬的作家。我远离家乡，必须永远写家乡，即使我的任何一个家早已飘向永恒。这一切的写作，不过是鲁滨孙·克鲁索在岛上最高点举起的旗帜。

为了让自己的心情好一点，请让我发发牢骚：今天从三点半开始，又是装货的货车声、锤子声、隆隆的原木声、装载机的轰鸣声。昨天早上八点，终于结束了，但今天货运列车又带来了新的货物，所以早上可能还会继续这样，到现在为止大部分时间都很好。为了填补休息时间，在离我大约一百步之外，一个绞盘[41]开动了，大多数情况下，绞盘是静止不动的，或者是由理智的马匹操作，它们不需要任何鼓励，但今天，牛被套上了，每一步都要给它们解释，伴随着叫喊

声、吆喝声和“该死的家伙”[42]。生活还会有什么？

万湖的别墅，马克斯！请给我一个安静的阁楼房间（远离音乐室），这样我就会待在里面一动不动，没有人会注意到我在那里。

但暂时只有这些苦难，一次又一次，这次的原因是什么？虽说是难以想象，但当你经历过后，它总是真实的，超过了人们所能提供的任何安慰。可是，你怎么会在受苦的同时，又梦见天鹅池塘[43]呢？（真是令人着迷，我刚刚又读了你的文章——滑过一切忧郁的表面，忧郁的情绪在沙发上沉积，俄罗斯古堡—舞者—湖中溺水—所有的一切）——你的健康状况在最近几天一定有明显的改善（好啊！一个男孩在我的窗下哭泣，车站的铁链在响，只有牛在休息，这将是一个难熬的早晨，因为天气凉爽，不然太阳可以保护我免受孩子们的伤害。今天我也许还有力气去格奥根塔尔。）。当然，即使你否认这一点，你也从未像这次这样遭受过此般身体上的痛苦。我不能原谅E.，因为你身体上的这些痛苦，即使她是无辜的，哪怕仅仅是因为由你建立的联系，也不能原谅。

我也收到了费利克斯的抱怨信。我想，在我们所有人中，他是最容易得到帮助的，但却没有人帮助他。

你收到我的卡片了吗？你能把小说留在布拉格吗？你写了关于豪普特曼的文章吗？

愿你一切顺利，比现在还要顺利。

弗

你知道克洛普斯托克的消息吗？他有一段时间没给我写信了——鉴于我的回复不尽如人意，这是可以理解的。

家长晚会[44]怎么样（在私人飞机上）？我妹妹讲得怎么样？他们明年会有学生吗？——奥特拉刚刚给我带来了消息，说她（在没有要求的情况下，因为我没有叫她注意这件事，而且在面朝院子的厨房里，她几乎听不到孩子们的声音）已经把孩子们送走了，而且他们——这是很乖巧的一群人——已经心甘情愿地走了。剩下的是装货车和我没睡够的大脑，还有相对较晚的入睡时间。失落的一天，在奥特拉的照顾下变得更加惬意。——不，顽皮的、不受控制的孩子们——因为这所房子的女房东是他们的阿姨——现在正在我的窗外。你问到了树林。树林很美，可以在那里找到安静，但那里没有“作曲小屋”[45]。傍晚时分，在树林里散步（而且树木的种类非常多），这时鸟儿的噪声被掩盖了（如果我是古斯塔夫·马勒，鸟儿也许会打扰我），只会偶尔有焦急的鸣叫声（人们可能会认为那是对我的恐惧，但这是对傍晚的恐惧），我坐在树林边上的某张长椅上，在大好的景色前（然而，在这里，布拉格的孩子们的恐怖声音通常占上风）——树林是非常可爱的，但前提是在它之前有一个安静的夜晚和一个安静的白天。

邮戳：卢日尼采河，普拉诺，1922年7月20日
到达邮戳：布拉格城堡区，1922年7月21日

致：马丁·萨尔瓦特　布拉格城堡区　存局候领
寄信人：卡夫卡博士　赫妮莉卡夫人处　卢日尼采河 普拉诺

最亲爱的马克斯，昨天上午我没有时间去见你，对我来说，离开[46]这里已经很紧急了，我已经受够了不规律的生活（虽然普拉诺比布拉格更不适合规律的生活，但只是因为噪声，否则根本不可能，我必须不断地重复这一点，以免“高处”那位反驳）。不过，如果我看到父亲在任何方面需要我，我还是可能会留下来。但昨天的情况完全不是这样。他对我的感情一天天减少了（不，第二天是高峰，但后来又稳步下降了）。而昨天他又不能很快地把我赶出房间，却强迫我母亲留下来。对我母亲来说，现在开始了一段特殊的、新的、疲惫的苦难时期，哪怕一切都像目前这样顺利地发展下去。因为我的父亲，在可怕的记忆的控制下，到目前为止还觉得躺在床上是一种幸福，对他来说，躺着的巨大痛苦开始了（此外，他的背上有一道疤痕，一直以来，除了沉重的身体每一次变换位置的困难、不规则的心跳、大块的绷带、咳嗽时伤口的痛楚，几乎不可能长时间躺下。但最重要的是他那焦躁不安、自身的无助，黯淡的神情）。从现在起，他将面临一种折磨，在我看来，这种折磨超过了以前的一切。这种折磨恰恰因为他的病情好转而凸显出来。昨天，我觉得妙不可言的是，护士要离开时，他用手比画了一下，这个手势在他的语言中只能表示“畜生！”。而他的这种情况，其凄凉可怕之处，也许只有我能理解，现

在最多只能再坚持十天，无论我母亲能得到什么样的对待，都会是充分的。十个这样的日夜守候，是我母亲即将面对的！现在最多只能再坚持十天，而其中能推给母亲的，也将充分而丰富地推给母亲。十个这样的日夜守候，就像母亲现在面临的一样！

因此，我没有时间去见你，但可能我即使有时间也不会去，更因为如果你已经看了我的小册子[47]，这个我在你的小说之后冒昧地送给你的小册子，尽管我知道它的存在只是为了被书写，而不是被阅读。你的小说[48]是那么完美、那么纯粹、那么坦率、那么年轻，一个牺牲者的狂热一定会令高处那位称心如意。我想问你，只是因为它对我来说是如此的珍贵，你能不能把它看一遍，不只是开头，而是直到教授的家庭那部分，然后是最后的结局。开头有些游离，至少对于一个不了解整体的人来说，好像是在寻找那些娱乐消遣，但对整体有害的次要创作，其实它们在整体中完全被抛弃了，但在开头，它们却像远方的闪电，闪了几下。另外，结尾处，喘息的时间太长了，读者还在为呼吸而努力时，渐渐失去了视野的方向，有点被它迷惑了。但这并不是说我反对书信形式，我觉得书信形式很有说服力。

我完全不知道这篇小说如何融入我对“作家”的看法，这一点也不影响我，我只是为这篇小说的存在而高兴。但昨天我在火车旅行中读到一本雷克兰出版社的平装小书《施托姆的回忆》[49]中拜访默里克的内容时，它为我的观点提供了良好的营养。这两个善良的德国人在斯图加特安然地坐在一起，谈论着德国文学。默里克朗读《莫扎特的布拉格之旅》（默里克的朋友哈特劳布对这部小说非常熟悉，他“带着崇拜的热情跟着朗读，几乎无法抑制这种热情。在朗读的一个停顿处，他大声对我说：‘可是，我求求你，现在是要忍耐吗’”——那是1855年，他们已经是年迈的老人了，哈特劳布是个牧师），然后他们还谈到了海涅。施托姆在《回忆》中已经说过，对他来说，德国文学的大门是由歌德的《浮士德》和海涅的《抒情诗》这两部杰出的作品打开的。而海涅对默里克来说也意义非凡，因为在默里克拥有的为数不多、极为珍贵的亲笔签名中，他还向施托姆展示了海涅的“一首经过大量修改的诗稿”。尽管如此，默里克对海涅的评价是——尽管这可能只是一种常见观点的重复，但至少在其中的一个方面，是对我自己对作家的看法（尽管我的看法在另一种意义上也是一种常见观点）的一种精彩而仍然神秘的总结：“他是一个彻头彻尾的诗人。”默里克说：“但我不可能和他相处一刻钟，因为他的全部是一个存在的谎言。”请找一个塔木德专家来给我们做个评论吧！

你的弗兰茨

你说过你缺少《晚报》的材料，我可以想到一些可能会很有用的东西：为雕塑家毕耶克写文章，最近就写。你肯定知道他在科林的胡斯纪念碑吧？是不是也给你留下了如此深刻的印象？

布拉格

1922年7月24日，星期一

亲爱的弗兰茨：

我夜以继日地读着你的小说[50]，充满期待。我发现，我早就希望有这样的阅读，真正的叙事，让人走出烦恼。但是，都是那么平淡无奇（即使是巴尔扎克，我刚开始阅读）。现在你的书来了。我不想深究它的内涵（因为如果我在它的内涵上赞美它，你毕竟不会高兴），我只能说这是一本非常有趣的、五颜六色的书——雪橇上的场景如梦似幻——有记录的那件事，让人突然看到了迄今为止看起来如此无辜的“我”的罪恶感（他对弗里达的罪恶感），特别好，奇怪的是你正好删掉了这几页——但我想在下一期（我怎么能拿到？在你的公寓里吗？我很想知道）这同样的事情一定会以改变的方式出现，但在同样的意义上。——我非常着急，不会因为你的任何言论而阻止我向你索要全部作品。

我真诚地承认，如果不是上个星期有幸和艾米在一起，你的小说也许不会那么容易进入我的灵魂。在本周初！直到周五。—— 一个巧妙的想法，我真的必须称赞自己，给我带来了这样一封亲切的快信。在爱情中，突然迸发的念头和在写作中一样重要。—— 我很少像对这个想法那样为任何事情感到骄傲，即邀请她讨人厌的姐姐和她五岁的儿子到米斯德洛伊去玩4～5天。接着是那封热情洋溢的、温柔的信，信中连W.先生[51]的影子都没有发现。—— 但事情在周五有了转机，今天我感觉不舒服。她家的一大丑闻。她被指责“与一个富有的犹太人有染”——被一个孩子帮助过。奇怪的是，她只对后一种谎言感到愤怒，但第一种指控的部分真实性还在，并威胁着我，虽然这封信完全站在我这边，面对邪恶的世界，在我的肩膀上哭泣。名副其实的家庭委员会登场了。——唉，我刚刚读了豪普特曼的《安娜》[52]，在那里，完全相同的情况（不过没有犹太人），结局是如此悲惨，以至于我因这首原本令人愉快的诗郁闷了一天一夜。——现在结果如何？——到目前为止，毕竟我在这种场合的所有担心都是毫无根据的。但是，是不是很可怕，我如此艰难——

中断：刚才，在回家的路上，我遇到了费利克斯的父母，他们是从弗朗齐歇克矿泉村过来的。他们告诉我，你父亲对你赞不绝口，还说他很高兴赫尔曼[53]医生对你有帮助。“当他说到他的儿子时，他的眼睛会亮起来”，韦尔奇说。

现在要告诉大家一个消息，柏林的漂亮姐姐莉申来信了。她没有回答，因为她不幸福，差点自杀。从蛛丝马迹可以看出，这是与冒牌诗人的旧事。我几乎把一位德国姑娘的这封美丽的信寄给了你——因为她对诗人的看法是 “他应该把世界整理好”，等等。关于W.，她写的是卸下防备的纯真。认识 “这样一个得体、真实的人”，她很高兴。

再读一次，我觉得“家庭委员会”太过分了。糟糕的是，这是最

后一周。但这又是它的好处。—— 我打算2号或3号出发。

马克斯

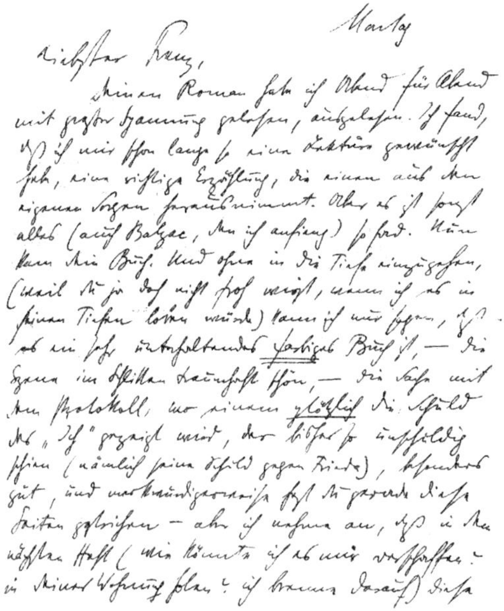

布罗德1922年7月24日信

邮戳：1922年7月30日

到达邮戳：布拉格城堡区，1922年7月31日

致：马丁·萨尔瓦特 布拉格城堡区 存局候领

寄信人：卡夫卡博士 赫妮莉卡夫人处 卢日尼采河 普拉诺

亲爱的马克斯，现在已经是晚上九点一刻了，太晚了，不适合写

作，但一天的时间往往太短了，一方面是因为孩子们，因为只有在他们活动的间隙才算得上是有用的一天；另一方面是因为我的虚弱和迟钝。奥特拉恰如其分地说，我将不得不让自己领取两次养老金。

但这些都是小事。你的烦恼！是什么巨大的怪物在与你作对——它不能被小说所转移，甚至不能被小说所安抚？虽然我并不完全理解你对“家庭委员会”的暗示，而你马上就收回了这个暗示。E.与你的关系对你的家庭来说毕竟不是什么新鲜事，她的三个姐姐和她的姐夫已经别无选择地接受了，因此剩下的只有她的父亲，当然还有她的弟弟。从外人的角度来看，至少根据我从你的叙述中收集到的情况看，这只是莱比锡的姐姐的一次很小的、几乎没有成功的阴谋，我能想象她在这方面很有进取心。

我真想读读柏林人的信。所以你看，她毕竟还是回信了。还是像以前那样健谈和倾诉，诱使人继续与她通信吗？“真正得体的人”一方面是对你的小说的期待性的引用，另一方面是诱使你真正去仔细观察她，牵制你的是一丝自我折磨，更何况是可以理解的畏惧——你把他捧得那么高，比小说中的山中之人还高。

我不确定你是否收到我的上一封信。你根本没有提到这部小说——非常感谢你在报纸上的片段[54]，我很想在某个时候为这本小说写一篇评论，虽然我还没有一个确切的概念，不知道我会如何去写——默里克没有[55]——最近在安德烈那里，我翻阅了迪德里希斯出版社刚刚出版的最新文学史[56]（作者是奥托·冯·德莱恩或类似的名字），温和的德国立场，尽管它的傲慢似乎是作者的个人语气，而不是他立场的一部分。

早晨七点四十五分，关于孩子们的补充，后来被奥特拉赶走了在经历了昨天不可思议的好天气后，他们这么早就来了，起初只有两个带着儿童小车的孩子，但这已经足够了。他们是我的“家庭委员会”，一旦我注意到他们在这里——我甚至从房间中也能看到他们——就好像我撬起了一块石头，看到了下面明显的、预料中的，却又可怕的木虱和在黑夜中活动的生物。但这显然是一种转移。孩子们并不是黑夜的生物，而是他们在玩耍的过程中把石头从我的头上抬起来，并“赏脸”看了我一眼。事实上，一般来说，孩子们和家庭委员会都不是最坏的，因为他们都是被驾驭的存在。更糟糕的是，他们是无辜的，他们应该被爱，而不是被害怕，因为他们代表着存在的最后阶段。不管他们是因其喧闹而显得可怕，还是因其沉默而显得愉悦，在他们之外，奥赛罗所唤起的混乱[57]就开始了。这里，我们从另一个角度抵达了“作家”的问题。也许有可能，我不知道，一个征服了混沌的人会开始写作，他们写出来的将是圣书。或者他们开始爱，那是爱，而不是对混沌的恐惧。莉申说错了，虽然只是就术语而言。直到世界已经有序，作家才开始出现（你读了《安娜》，我自己也早就期待着阅读，这是否意味着你还是在写关于豪普特曼的东西？但现在你也应该读一读《复活节庆祝会》[58]，也许你可以在旅行中读一读。）。

回到文学史：我只有一分钟的时间翻阅它，如果能更仔细地读一读，会很有趣。它似乎是《犹太起义》[59]的配乐，而且令人吃惊的是，一个读者，当然是一个已有良好背景知识的读者，可以在一分钟

内就能借助这本书把事情组织起来，在题为《我们的国家》的一章中，把一群点头之交，但绝对很有创意的作家按照风景进行分类，德国人的财产不应该被任何犹太人吞并，而即使瓦瑟曼[60]日复一日地在凌晨四点起床，用他的一生将纽伦堡地区从头到尾地耕耘一遍，这片土地仍然不会对他做出回应，他只能把空气中的低语当作回应。书中没有索引，所以我只在文中找到了一处提及你的地方，一个并不友好的提及。我想那应该是伦斯的一本小说和你的《第谷》之间的比较。书中认为，《第谷》过于辩证。书中称赞了我，虽然只有一半，因为弗兰茨·卡夫卡（显然应该是弗里德里希·科夫卡[61]）写了一出好戏。

你也没有提到毕勒克，虽然我希望你能接受他。我早就对他充满了敬佩之情。最近在《论坛》上的一篇关于其他问题的文章（我想是查卢普尼[62]写的）又让我想起了他。像沙罗温[63]的胡斯雕像这样平庸的东西，或像苏查达[64]的帕拉兹基雕像这样可怜的东西，都被光荣地竖立起来，而另一方面，毕勒克为杰式卡或约夸美纽斯纪念碑所作的草图，这些质量无比精美的草图，却仍然没有被雕刻出来。如果能够纠正这种耻辱，那将是做了一件大事，而政府机关将是一个正确的开始。诚然，我不知道这个错误是否应该由犹太人的手来纠正，但我不知道还有没有其他人能做到这一点，我相信你能做到。

你对小说的评论使我感到既羞愧又高兴，就像我使薇拉[65]感到高兴和羞愧一样，当她（现在经常发生）蹒跚学步时，她的小屁股刚坐

下来，我会说：“薇拉真聪明[66]！”她完全清楚地知道，因为她感觉到她坐得很笨拙，但我的赞叹对她有如此大的力量，以至于她开始开心地笑起来，并确信她刚刚完成了正确坐下来的困难把戏。

韦尔奇先生的说法很难令人信服。他只是理所当然地认为，父亲只会爱他的儿子、赞美他的儿子。但在这种情况下，有什么能让父亲眼睛一亮呢？一个不能结婚的儿子，他不能传宗接代；三十九岁就领了养老金；只忙于他那种奇怪的写作，唯一的目标是他自己的救赎或诅咒；没有爱；与信仰疏远，所以父亲甚至不能指望他为自己的灵魂说祈祷的话；他有痨病，而且正如父亲很正确地看到的那样，他得病是由于自己的过错，因为他第一次从托儿所出来的时候，他完全没有独立的能力，而是在施博恩宫[67]找到了那间不健康的房间。这就是值得赞美的儿子。

弗

费利克斯在做什么？他不再给我回信了。

布拉格
1922年8月6日

亲爱的弗兰茨：

谢谢你的信。我今天，星期日回答你——信在楼上的办公室里——所以也许我不会回答你所有的问题，但我会尽力的。毕勒克：别墅已经关了。假期过后我再试试。我的小说：今天会修改。莉申：是的，她的信也一样漂亮，长达八页，只是非常悲伤，而之前的信却显得那么有趣。甚至自杀也浮现了。只有她“坚定的信念”阻止了她。出于悲伤，她也没有早些回复我。这似乎是她和那个冒牌诗人的旧爱故事。——费利克斯：前几天在布拉格，与我商量是否应该接受《犹太人》的编辑职务[68]，布伯正要辞去（要慎重对待！）。我以为，出于客观及财务上的原因（每月3000万），费利克斯不可能接受。在交谈中，我们也突然想到了你。但我觉得这也不适合你，虽然文学性职业对你来说正是时候——但这可能需要大量的时间和精力。我们可以再谈此事。这件事不会这么快就决定。——费利克斯在工作，对于他的妻子，舍勒森的一位精神科医生给他的希望并不是毫无根据的。精神科医生认为，这涉及犹太婚姻中一个相当典型的案例，以及是否有治疗的可能性。所以这里会有前景。豪普特曼的随笔：猜对了。我曾写过H.与女人的关系，标题是《格哈德·豪普特曼》——女性的赞歌[69]。这其实是我的小说的延续——因为也许从现在开始我将写的一切都会原谅：为了你的眼睛，我必须写得更大——也就是延续写，至少就像我日夜思索的一切一样，枯燥单调。我昨天把随笔写完了。作品让我陶醉，却没有让我愉悦。

因为我过得不好。危机虽然已经在下一封信中被吹散，与米耶兹取得完全一致（在上一封信中“米耶兹是魔鬼的化身”），米耶兹也将在8月15日左右来到米斯德洛伊。但马上W.先生又出现在同一封信中。这段话，引自记忆，大约是这样的：“我在努力忘记所有的痛苦。我做得很好。我现在已经在迪伦贝格[70]待了两天。如果没有这些好心人，我可能已经不在人世了。我多么感谢你，马克斯，感谢你的爱与善良。期待在柏林再见。但如果能有单独的房间，我会很感激你。那个女人？医生吗，把我的内心撕裂了，等等。”

这篇文字我已经写了好几天了。这不是一般的急性躁动——而是二级危机：一样的悲痛。因为悲伤，我在夜里醒来，今天在梦里哭过。——我不想用穿过我脑海的东西来一起打扰你，因为有太多不可能的事情——即使是最不可能的事情也会引发恐惧和惊吓，并希望被反驳。——但在我看来可以肯定的是，这个W.在未来的某一天会赢，因为我无法提供他所提供的东西。他：婚姻——我：非单独的房间和一个标题，从这个标题中，M.简直可以听到问号咆哮而出。不，这是真的，当我和她在一起的时间较长时，那么一切都很美好——但若离开的时间较长，我就会逐渐消失，而每天与年轻新郎的交往一定占了上风。对于这个不能结婚的事实，我的立场相对于小说中的“我 ”处于最大的不利。

在我写这篇文章的时候，星期日，M.可能（？）又在迪伦贝格（我怀疑），——被“这些好心人”包围着，具有资产阶级受人尊敬的所有魅力和由于我的努力而提高的地位。我不知道这些“好心人”到底是谁— 显然是他，他的父母、朋友和兄弟姐妹，也可能是春季M.住处的前房东太太。这次她是住在那里，还是（根据我的小说）和他的父母住在一起，我不知道。—— 而我这边正相反：家人对 “与她有染的犹太富人”的闲言碎语。就是这些八卦，我也还不知道真正的要领。——我什么也没得到。我必须在疯狂的欲望中离开她的生活八个星期。另一个人每天都能看到她。如果他大学放假，她就去看他。而我工作是为了能给她寄去——去D.那儿的旅费。

我难过的不是近期，而是遥远的未来。这整个关系的开始对我来说是如此的舒适。我活跃了起来。这是我一生中唯一一次感受到“幸福”二字是有真情实感的。——现在看来，我已经无法挽回了。——好吧，我决心避免每一次争吵，一刻也不能忘记，我只能用最大的自制力扮演这个角色（在柏林和米斯德洛伊）。但除此之外，毕竟对我来说应该是“假期”，而不是意志和心灵活动最紧张的日子：秋季、冬季会是什么样子？——写在空白处，答案：人不能害怕，这是生活的唯一准则！这是个无用的问题，我很清楚——能活过今天和明天就够了。只不过，许多年里，或许是和M.在一起的这些年，未变浑浊的一面还属于我的幸福。——我不想排除这个学生根本不会被考虑为结婚对象的可能性（他比她年轻，可能比她小六岁）——毕竟（至少目前）M.在考虑未来的舞台——也许这次我可以像在圣灵降临节，或者像去年在达美那样再次赢得她的芳心。由于我已经在反驳我的悲伤，所以我还有几条要提的：她不知道她的最后一封信对我的伤害——她每次见面前的最后一封信都是那么的相似——她去找D.，是因为她在孤独中承受了太多的这种流言蜚语的负担——对于单独房间的愿望总是定期出现，但尤其是在这种流言蜚语之后，要理解这样的愿望，等等。

但这一切只是建设——不再是幸福。——我的印象是，我必须精力充沛地让自己摆脱出来。也许有人（一个女孩）会帮我摆脱她，就像她帮我摆脱欧小姐一样。——但一想到要离开她，就让我感到悲伤。——我现在恐惧地盼望着“假期”。如果结果好的话，我会从柏林给你寄一张明信片。我周四就要走了。如果你愿意的话，可以给我写信，以我的真名寄到米斯德洛伊，存局候领。（你会把我的信好好地保存好吧？或者更好的是：马上把它们撕掉！）——请你给我写信时，附上一页给艾米。类似，在某种意义上，你希望她好好休息——也希望我——因为她的书信不规律，我已经疯了，她不应该如此轻视，因为这毁掉了我的工作精力——也希望她能原谅我在假期里的紧张，因为我事实上，没有外在的征兆，是个病人——等等，等等。——现在我给你写这封信，似乎你是神一般的存在，能让我得到我非常需要的东西。

马克斯

你的好妹夫戴维多[71]博士前几天带我去见史派克博士、议员。我不得不听那些关于对犹太人的嘲笑！——我苦恼地想：而另一边M.却在对我们进行抨击。这些事情足够导致一个糟糕的夜晚。——顺便说一句，在这件事本身，议员是有义务的，我也指望着能成功介入。

你能如此善意地写出你妹妹的孩子，让我有了勇气——关于你的未来。我只能如此隐晦地表达。

真是讽刺：我这个没有自己孩子的人，在波罗的海海滩上，带着一个五岁的反犹人主义后代。米耶兹带着她的孩子汉斯·约阿希姆来了，应我的明确邀请。

自从妻子回来后，我感觉好多了。她是那么的可爱和漂亮，让我开心，让我忘掉一切。

这是我在星期日早上写的。——现在，星期日中午，在相当好的工作后（又查阅了一下H.的随笔），我又读了这封信，发现抱怨很夸张。如果她不爱我，如果她对W.是认真的，她就不会和我一起去柏林和米斯德洛伊，据我对她的了解，她太单纯、太正派了。

所以，不要担心我，恳请你!

“该来的总会来，

时间在流逝，淌过最黯淡的一天。”[72]

普拉诺

1922年8月7日

最亲爱的马克斯，在旅行[73]之前，迅速给你一个最后的问候（在楼下的人允许的范围内：房东太太、侄子和侄女——房东太太的——就是这样），按照你的顺序：

毕耶克：我非常高兴，你真的要尝试那些，我只敢说出来的不真实的愿望，我没有力气再去尝试了。在我看来，如果我对这件事理解正确的话，这将是一场与争夺雅纳切克的战斗（我几乎写成：与争夺德雷福斯的战斗）相提并论的战斗。我并不是说毕耶克会成为斗争中的雅纳切克或德雷福斯（因为人们听说，而且似乎是可信的，他相当富裕；文章说他有委托，而且已经订购了名为“盲人”的雕像[74]

的第七个复制品；此外，他也不是默默无闻的，在那篇文章[75]中——一般来说是关于政府在艺术上的支出——实际上称他为“伟人”。因此，虽然为他而战并不是特别有创意，但还是值得一搏的），我们要争取的是雕塑本身，以及人类在视觉上的乐趣。说这话的时候，我一直在想科林的胡斯（不是说现代美术馆的雕像和维什赫拉德[76]公墓的纪念碑，更不是说大量的相对难以接近的木头和图形的小作品，这些作品曾经被展示过，在我的记忆中越来越模糊）。从小街出来，看到面前的大广场与边上的小房子接壤，胡斯就在中心，无论是在雪地还是在夏天，它都有一种令人窒息的、难以理解的、因而看似随意的统一，但它却在每时每刻被那只有力的手重新加强，甚至把观众也纳入其中。魏玛歌德大厦能达到这样的效果，也许主要是借助了时间的祝福。但要为这一切的创造者战斗，那是相当困难的，他房子的大门永远是关闭的。

如果能知道胡斯纪念碑是如何建立的，那将是非常有趣的。据我从已故堂哥[77]的故事中回忆，六十四年前，所有的市政当局都反对立碑，之后更是如此，可能直到今天也是如此。

小说：可惜我没机会看到最后的版本了。

莉申：当然比M.容易理解多了，我们在学校里学过，女孩子都是这样的，但我们没有学过，她们是要被爱的，从而让人无法理解。

费利克斯：神奇的精神科医生听起来很不可能，但F.肯定会配得上最好的不可能。他为什么不能接管《犹太人》呢？那当然是极好的，如果不成功，也是极悲哀的。当然，目前它带来的收入比《自卫》要少，但肯定足够他过日子（我假设如果《犹太人》可以从黑彭海姆[78]编辑，那么也可以从布拉格编辑）。对他来说，这将是一份很有声望的工作，而且所涉及的工作要比《自卫》少得多。当然，这样优秀的《自卫》将处于危险之中，这在爱坡斯坦[79]时期是显而易见的，从那个时期人们脑海中只保留这样的记忆："俄国哈卢茨提上日程。"[80]《自卫》不是顺带的，而是需要费利克斯这样奉献自己。——至于我，不幸的是，我的名字只是在玩笑中或在一个半昏迷的时刻，在《犹太人》空缺[81]时被想起。以我对事务的无限无知，我与人完全没有联系，脚下没有任何坚实的犹太土地，我怎么能想到这样的事情呢？不，不 。

豪普特曼：《布拉格晚报》上的文章异常精彩，我非常期待《新评论》的文章[82]。然而我不知道，除了用爱的不可捉摸的权利，你怎么能在乔琳德和安娜[83]之间建立起一种关系（就像你在注释中所做的那样）。乔琳德完全不同，她既比安娜更容易理解，又比安娜更神秘。安娜已经毫无疑问地堕落了。她的动机令人费解，但她的堕落是毋庸置疑的。她最大的谜团是她对自己的判断和自我惩罚，这个谜团在某种程度上使她比乔琳德更容易被我理解，不是理性的，而是因为我自己内心的要求。另外，乔琳德根本没有做什么坏事。如果她做了，以她的本性，她会像安娜一样坦白的。但是，既然她没有什么可供认的，她就不能供认什么。以她的性格——或许在安娜堕落之前也可以这么说——她似乎不可能信誓旦旦地对自己说："我做错了。"她的谜底也许就于这个谜底无法发展下去，因为她没有做任何坏事。这样一来，人们就走上了去发现她的爱人的费解的路上，这位爱人的弱点是不可否认地存在的，其中包括他无法终止与机械师的联系。这不仅是一时的弱点，也是之后弱点的前奏，所以，如果他能终止这种关系，为另一个新的、同样令他不安的关系腾出空间。乔琳德的纯真几乎和机械师一样让他感到不安——而纯真在这里意味着不可企及。他正如你肯定也说过的那样，从字面上看，他是在追求乔琳德所不具备的东西，对她来说，她更多的只是代表着那扇铁门。而当他拨动它时，他给她造成了极大的痛苦，因为她不能给他她所没有的东西。但是，他无法克制，因为他想要她所阻挡的东西，而她自己对此一无所知，也不可能从任何人那里了解到什么。从他那里也学不到，即使她尽力去学。

我一定会在米斯德洛伊给你写信，但不会给E.写信，因为那是一场喜剧，她会这么看。另外，当我给你写信时，我会以这样的方式进行，你可以把信给她看，那就根本不是戏剧了。顺便说一句，现在寄往德国的邮件非常缓慢。

保重！

弗

请从柏林和米斯德洛伊给我寄一张卡片。

毕耶克的情况比雅纳切克的情况更引人注目，一是因为当时奥地利还存在，所以波希米亚被笼罩在阴云之下；二是因为雅纳切克确实完全不为人知，至少在波希米亚是这样。而毕耶克则非常有名，备受推崇，他傍晚时分在他那落满灰尘的别墅花园的十棵树间散步时，成百上千的人都能看到他的身影。

布拉格
1922年8月8日，星期二

亲爱的弗兰茨——在你刚才来信的同时，M.也寄来了一张卡片，它打消了我所有的顾虑，使我非常高兴。——这个消息已经代表了柏林给你的承诺卡片。——你不想在8月20日来柏林几天吗？写信告诉我。—— 在毕耶克那，我想让你和我一起参观工作室。我对一般的美术作品接受度不高。——我一直在读瓦瑟曼的《作为犹太人与德国人的道路》[84]，感慨万千，像处在起义中一样。你知道那本书，对吧？——就像那些紧闭的房门，和乔琳德一样。——但今天我又有了力气，不去摇动门，而是在幸福的审慎中凝视它。

你的马克斯

祝你和奥特拉一切顺利！

米斯德洛伊
1922年8月13日，星期日

亲爱的弗兰茨：

我从来没有经历过这样的困难时期。我的情况不是没有希望，只是困难得可怕，无论如何都不像过节。——乔琳德小说是一个有趣的说明，一切毕竟是乐观的。小说男主角毫无缘由地嫉妒。然后我写了一篇关于豪普特曼的《对女人的信任》[85]的文章。但我遇到的实际情况比我预想的还要靠前。“信任”并不是加深记忆的顺口溜。——艾米真诚地相信她爱我。但她也“喜欢”另一个人。很明显，但总体来说，她已经下定决心要和我在一起——事实上她自己也看到了，只有我才能带领她走向艺术化。当然，这给我带来了巨大的义务和责任。我们经常在这里唱歌，她的声音自半年前开始就有了很大的进步。我还是不确定她是否能胜任。宁可是，也不要不是。——温克勒先生二十二岁（艾米二十九岁），他想与她结婚。她自己告诉我，她渴望合法的婚姻、渴望做母亲，“有时候”“会被征服”。——按她的话说，我总是胜利。但是，思绪却转到了另一个方面——我有一个可怕的印象，那就是在我这边，主要是钱在作怪——而不是她身上那一小时、一小时地被唤醒，然后又消失的感性（当她需要我的时候，我就靠它来引出这样的一刻钟）。另一方面，在W.先生这边，是最正派的动机在战斗。然而，它们常常与家庭主妇的市侩风气相悖。——W.很穷，现在才读博士，有父母要养，还没有工作，她要订婚五年（有时她说十年），那她就老了，他是否还想要她，值得怀疑。——她就是这样向我介绍情况的。——他们直呼其名，每天都在一起。在去米斯德洛伊之前，她和他在迪伦贝格待了三天，就在这之前待了两天。而米斯德洛伊之后她会去那里待八天，她 “一定得吸收”——（D.和赖兴哈尔太像了）她会和他的父母住在一起，他的父母对她这个儿媳妇很热情，等等。——这和“机械师”不同吧？——当我们在一起的时候，她很快就提出了建议，从9月开始搬到柏林去，和W.的事情是“浪费时间”，它让她“向下”而不是 “向上”，等等。当然，我很高兴。通过凯瑟博士（《新评论》）的调解，一套公寓有了眉目。更好的老师，安静的环境。——艾米把W.的事情全部推给了姐姐米耶兹。她是魔鬼，米耶兹引发的折磨、丑闻，使艾米需要一个“避难所”。这时，W.—— 在迪伦贝格的八天现在有了新的意义。她想用它们来向他告别，用所有的体面来向他告别，因为他只值得她感谢。——尽管我恳切地请求，她还是在我们住在米斯德洛伊的第一天给他写了信。昨天我已经差不多让自己进入了平衡状态，秋季会把一切都带入旧的秩序——然后他的回复就到了。显然，艾米已经明确地说出了分手的话，因为自那封信后她一直在哭，他还威胁要自杀。然而直到昨天，我都应该相信这件事是“无害的”。每一次涌起的嫉妒心都被我称为错误。我一生中从未受到过如此深刻的羞辱。——昨天，我也逐渐成功地安慰了艾米。她在我的建议下善意地给他发了一个电报。之后，她冷静下来。无论如何，她的食量是我的两倍。——是的，没错。他的信是从戈伦来的，所以就是五个小时的路程。不过，他来的可能性，却被艾米否定了。——我在这一天过后的早上给你写信。到目前为止，这个夜晚并不比其他夜晚差（我只睡了一个或两个夜晚）。独立的房间是一种折磨。艾米紧紧地抱着我。她昨天也一直在说。但她觉得非常对不起另一个人。她不应该和他如此调情，我不能说我警告过她。—— 按照她的说法，都怪她的米耶兹，而奇怪的是我，即使我如此哀求她不要寄信（虽然原因不同），但她声称如果不是因为我的绝望，她能更好地说再见。——她对任何事情都有三四种不同的看法。——你给我的信在哪里？我期望它能给我一些帮助（无论多小），而你却不写。

马克斯

你好吗？非常非常地想你。写信！

8月20日前寄至：马克斯·布罗德博士，米斯德洛伊/波罗的海，存局候领。

邮戳：普拉诺，约1922年8月13日

致：马克斯·布罗德博士　波罗的海岸米斯德洛伊　存局候领　德国
寄信人：卡夫卡博士　卢日尼采河　普拉诺　捷克斯洛伐克共和国

最亲爱的马克斯，我在布拉格待了近四天，又回到了这里的相对平和之中。这种模式，在城市待几天，在乡下待几个月，也许是适合我的。夏天的时候，在城市里待四天，可以肯定的是：比如，几乎无法长时间抵御那些半裸的女人，直到夏天，才真正看到她们那种奇特的肉体的数量。它是轻薄的，留存着大量的水分，微微浮肿，保鲜期只有几天的肉体，其实，当然，这肉体很不错，但这只是证明了人类生命的短暂，如果肉体因为易腐烂而几乎不敢触碰，因为它那有形的轮廓只能维持片刻（这种轮廓，正如格列佛发现的那样——但大多数时候我不这样认为——是被汗水、脂肪、毛孔和毛发所毁坏的）——如果这样的肉体能挺过生命的一大半，那么人类的生命一定是多么短暂。

这里当地的女人完全不同，不过这里也有许多避暑的人，比如，一个异常美丽、异常肥胖的金发女人，就像男人拽背心一样，每走几步就必须伸伸懒腰，以便挺直肚皮和胸脯，她穿得像一只漂亮的毒蘑菇，闻起来——有些人不知限度——像美味的蘑菇（当然我不认识她，我几乎不认识这里的任何人）——但人们忽略了避暑的人，他们往往不是滑稽，就是冷漠。我很欣赏大多数的本地女人，她们从不半裸，即使她们的裙子不过一条，也总是穿着整齐。她们直到年纪很大的时候才会发胖，偶尔有一个年轻姑娘是丰满的（在一个半倒塌的农场里有一个雇来的姑娘，我在傍晚散步时经常经过，她有时会站在马厩的门口，真的会用自己的乳房战斗）。但这些女人干巴巴的，这种干巴巴大概只有在远处才会让人爱上，这些女人看起来一点也不危险，却又很华丽。这是一种特殊的干巴巴，由风、天气、工作、忧虑和生育产生的，但没有任何都市的苦闷，而是拥有一种平静、正直的快活。在我们旁边住着一户人家，他们完全称不上快活[86]，妻子三十几岁，有七个孩子，其中五个是男孩。孩子父亲是磨坊的工人，通常上夜班。我很敬重这对夫妇。正如奥特拉所说，他看上去像一个巴勒斯坦农民，嗯，可能是这样：他中等身高，皮肤有些苍白，但苍白的部分原因是他黑色的大髭胡（你曾经描述过的那种吸人能量的胡子之一）的影响，他沉默寡言，行动迟疑，要不是他的冷静，人们可能会说他很害羞。他的妻子，属于那种干巴巴的类型，永远年轻，永远年老，蓝眼睛，开朗，嘴边有笑纹，以某种难以理解的方式带着这一堆孩子过日子（有一个男孩在塔博尔上实科中学），当然遭受着无休止的烦扰，有一次我和她说话的时候，我觉得我似乎和她结了婚，因为虽然孩子们也在我的窗外烦扰我，但现在她保护着我。诚然，这很难，因为她的丈夫白天必须经常睡觉，所以孩子们必须出门，除了我窗外的那块地方，几乎没有地方可以让他们去，那是她丈夫买来放羊的地方，一块长了草的路和一块架着围栏的草地，还有几棵树，有一天早上，他试图在那里睡觉，先是仰面躺在那里，双手放在头下。我坐在桌边，不断地看向他，几乎移不开视线，别的什么也做不了。我们都需要安静，这是我们的共同点，但也是唯一的一点。如果我可以为他牺牲自己的那份安静，我很乐意。然而还不够安静，其他的孩子，不是他自己的孩子，吵吵闹闹，他翻了个身，想用手抱着脸入睡，但这是不可能的，然后他站起来，进屋了。

但是，我渐渐开始注意到，马克斯，我给你讲的故事不能引起你的兴趣，讲这些故事只是为了有话可说，为了和你保持某种联系，因为我从布拉格回来后，感到非常阴郁又无趣。最初我根本不想给你写信，因为对于城市的喧闹和不快，就像你在那里的生活，写信或许合适，但在北部大海的宁静中，我不想打扰你，你临走前从布拉格寄给我的卡片，证实了我的这种感觉。但现在我从布拉格回来了，因为一直受苦的父亲我感到有些难过（也许会有所好转，整整一个星期以来，他每天散步，但他一直感到疼痛、不适、不安，还有恐惧感），我也因我的母亲感到难过，因为虽然她在精神上非常勇敢、坚强，但却在照顾他的过程中不断地摧残着自己，我还因为其他几件远没有那么重要，但还要折磨人的事情感到难过。自我毁灭也让我想到了你，今天我梦见了你，但我只记得，你从窗外看去，瘦得惊人，你的面庞完全是个三角形——因为这一切（我被这几天“违反自然”的生活从相对的平和中震了出来，立刻看到了路，如果到现在还有的话，就在我脚下断裂），尽管有外部的顾忌和内心的折磨，我还是要给你写信。因为考虑到你在布拉格最后几天消磨时间的方式，总是在为莱比锡的信而提心吊胆（而且有时候在信来了之后，比以前更痛苦），你的样子很可能就是我梦中的样子，除非这次度假已经帮了你的忙——正如我衷心所愿。它很可能已经帮了你的忙，因为现在，你不再受持续不断的信的折磨，而是有了持续不断的交流幸福。我想向S.[87]小姐问好，但我不能，我越来越不了解她。我从你告诉我的关于她的事情中，知道她是一位了不起的朋友，我还知道她是小说中的女神，虽然不可捉摸，但绝不可指责，最后我还知道她是写信人，她正在致力于毁灭你，同时又否认自己要这样做。这里有太多的矛盾，并未出现任何人，所以我不知道谁会走到你身边，我就不能向她致意。但是愿你保重，平安归来。

弗

邮戳：卢日尼采河，普拉诺，约1922年8月16日

致：马克斯·布罗德博士先生　波罗的海岸　米斯德洛伊　存局候领　德国
寄信人：卡夫卡博士　卢日尼采河　普拉诺　捷克斯洛伐克共和国

亲爱的马克斯，我会整理一下，我自认为比你更明白的东西及我不明白的东西。也许到时就会证明，我什么都不明白，很可能是这样，因为这个问题很广泛，距离也很远，此外还有对你的担心，担心你的情况可能比你承认的还要糟糕，所以，所有这些都只能得出一个朦胧的画面。

首先，我不明白你为什么如此强烈地强调W.的优势，为了（安静地写信已经结束，一场暴风雨，我的妹夫孤零零地进来了，坐在我的桌子旁，我的桌子？这是他的桌子，他把桌子让给我用，还有漂亮的房间，而他们一家三口却睡在一个小房间里——虽然不算大厨房，这是难以理解的善举，尤其是当我回忆起，刚开始分房时，我妹夫早上兴奋地在床上伸着懒腰，描述避暑公寓最美的地方就是一觉醒来就能从床上看到如此壮丽的景色，远处的树林，等等。而仅仅几天后，他就睡在了小房间里，目之所及只有邻居的院子，还有锯木厂的烟囱。——我提到这些，是为了——不，原因就不说了）——现在回到你的问题。从你所说的一切来看，W.绝不是占据主导地位，但至少在目前看来，天平似乎被小心翼翼地调整了，似乎有必要让所有人受到可怕的折磨。W.没有主导权，他不能结婚，不能帮忙，不能让E.做母亲，或者说：如果他可以的话，他早就这样做了，而且对于你的预告就会更猛烈。因此，不要说那边动机正派，或是这边的动机邪恶。他爱E.，你也爱她，既然连E.都不能完全决定，谁会在这里决定呢？他有年轻的容貌和吸引力，特别是对一个年长的女人来说，这意味着很多，即使你的犹太人身份并没有为你增加负担，却美化了他。但你显然拥有的更多，而且更持久，你有男人的爱和男人的帮助，并不断地时而给予艺术性的梦想，时而给予艺术性的现实。所以，在这种情况下，有什么让你感到绝望的呢？显然不是你斗争的前景，而是斗争本身及它的变故。在这里，我承认，你是对的，我不能忍受，不能忍受这种事情的丝毫暗示，但是，你忍受多少，我就逃避多少，或者有多少逃避了我。为此，我可能是高估了，在此我对你的力量没有半点儿明智的判断。

然后是第二点：E. 撒谎，不停地撒谎，这与其说是她的谎言，不如说是她的困境的证据。而且，这似乎也是一种事后的谎言，例如，她断言她没有在W.那儿谈到你的事实，但紧接着她确实告诉了他，部分是被这种断言所诱惑，现在无法收回这种断言。尽管如此，我并未料到这一点，而且至今也不明白，同时也不明白你怎么会说到自卑，因为这实际上是她的建筑的崩塌，对于你作为男人和帮手的请求，请求以某种方式来弥补它。她完全以你为庇护，至少在你和她在一起的时候，她不顾你的恳求给我写的那封信，如果我的理解正确的话，毕竟写得太符合你的意愿了，很像她写给我的那张痛苦而又真实的卡片。

让我撇开所有复杂的旁枝末节，这件事本身的附加情况已经够多了，我看到的基本模式是这样的：你想要的是不可能的东西，出于一种不变的需求，这本不是什么大事，很多人都想这样，但你比我认识的任何人都要走得更远，几乎达到了你的目标，但只是几乎，没有完全达到目标，因为这是不可能，而这种“几乎”让你痛苦，你一定会痛苦。不可能有各种程度，格莱辛伯爵[88]也尝试过一些不可能——是否有人能成功，这个问题可能连坟墓都无法回答——但他想要的并不像你想要的那样不可能，他没有把一个女人留在东方，试图越过地中海缔结婚姻。但如果他违背自己的意愿，与第一任妻子系在一起，即使后者也是可能的，因为那样的话，对她来说的渴望、空虚，或需要庇护，或是魔鬼米耶兹，对他来说就是感恩与慰藉，就会对他的第一次婚姻感到绝望，但这里的情况并非如此，你并没有绝望，你的妻子事实上让你艰难的生活变得轻松了。但是，在我看来，如果你想避免毁灭自己（当我考虑到你还得给家里写信时，我不寒而栗），那就没有别的办法了，只能尝试可怕的事（但与你过去几年所受的苦难相比，这仅仅是外表的可怕），真的把E.带到布拉格去，或者如果由于种种考虑，这太为难了，那就把你的妻子带到柏林去，也就是说，搬到柏林去，公开地，或者至少在你们三个人中间公开地，三个人生活。那样的话，至今的一切罪恶几乎都会消失（尽管可能会出现新的、未知的罪恶）：你对W.的恐惧，对未来的恐惧（否则即使在你克服了W.后，这种恐惧也会存在），对妻子的关心，对后代的焦虑，你的生活甚至在经济上也会变得轻松起来（因为在柏林维持E.的费用会比你现在的负担大十倍）。只是我会在布拉格失去你。但是，既然你身边有能容下两个女人的地方，为什么不会给我留一个位置呢？

目前，我很高兴看到你从这个地狱般的假期中平安回来。

弗

你的妻子：也许要让她接受这个计划并不是极度困难，我现在在布拉格与费利克斯聊天，他认为她不可能什么都不知道（这就是说，她相对愉快地忍耐着）。我还想起了施托姆的那封信[89]，她曾开心地展示。

布拉格

1922年9月7日，星期四

亲爱的弗兰茨：

我早该写信告诉你，我很好。——M.每天都会来信，非常亲切。和W.的事情可能真的解决了，就连我无法理解的归还画作的形式主义也发生了。而她在每封信中都感谢我“抓住”了她。当然，还有一些问题没有解决。例如，现在，在莱比锡的最后几天，她和他的姐姐在一起的时间特别多，姐姐虽然爱他，但（相对地）完全站在艾米这边，表现在这样的言论中：“瞧吧，那个蠢小子自己想象出了什么。”——这是不可实现的，永远不可能完全实现。——或者说，艾米对他的评价非常恶劣：“我现在明白了，他的一切都是赤裸的、丑陋的野兽般的嫉妒。”她写下这些，完全带着善意的良知，我简直吓到了。仿佛W.并没有真正的理由去嫉妒——所以她怨恨他。——但我现在也歇一歇吧。如果按照帕斯卡尔的说法，怀疑对于一个强大的头脑是一个良好的休息之枕，那么，为什么不合逻辑就不是呢？对我来说，无论如何，这都是最甜蜜的事情。我曾经认为：因为我具有很强的逻辑性。然而现在，我渐渐明白，我的逻辑才能从来就不是很好，事实上只是人为地培养出来的，从来就不足以理解康德甚至费希特——但是，一直以来，一切内在的矛盾性对我都有强烈的吸引力。

从昨天开始，M.可能已经在柏林了。希望能得到很好的安置。——而最主要的是，下周五我就要去柏林两天，帮她安排新的学习和生活。——怎么样，不跟我一起去吗？9月15日星期五，两点钟，威尔逊站？我觉得普拉诺的天气不会太好。你为什么不和奥特拉商量一下，看看你的身体是否允许短途旅行？德国是如此的便宜。你跟我一起去的话，会省钱的。下一次去要到10月30日，所以要赶快想办法。给我写信，如果你想来的话，我可以给你在柏林开个房间。——但是，请你：这次旅行只有你自己！你知道为什么。——如果你决定开始这次旅行，我将非常高兴。但这要看你的身体状况如何。也许你可以在星期一和我一起回来，在尚道多住几天，我知道那里有一个漂亮安静的大阳台可以给你。

恐怕这次在布拉格，我的风流韵事占用了你太多的时间，所以压根没有你。因此，你现在没有给我写信。你可以写了。我已经重新露面了。我一直在津津有味地读着施派尔的《四季的忧郁》[90]。告诉我，你不喜欢这本书的什么地方？这对我来说是个谜。也许是蒙特卡洛，或是老师与克莉丝汀计划中的婚姻的描写，让人觉得比描写学校的财产更少，或是布兰奇和姐姐的变态爱情（另外，关于这一点，如果我没搞错的话，施派尔的长篇小说中也提到了很多）。——我们做错了，我们对书的谈论太少，对我们的艺术谈论太少。——但我疯了，事实上今天也是，稍有停顿。——当读到信中M. 毫不伤感地、不动感情地描述她与W.的离别时，我浑身发抖。我坐在圣维图斯大教堂前的低矮石坡上，几乎无法读下去，因为我拿信的手一直在来回抖动。我很少像当时那样感谢上帝（那是我们上次谈话之后，也就是第二天下午）——

鲍姆在布拉格，我还没有见到他。但温德[91]讲述了一些不幸的事——饮食很糟糕——奥斯卡已经掉了三磅（据说）——一种正确的直觉阻止了你的这次旅行。但愿它建议你现在同我一起旅行，这也一样正确！——整个假期，奥斯卡一直忙于小说的改写，所以拒绝了舍尔。多么恶心的畜生！——费利克斯在担心那个女佣——而我：手上吃紧，因为马克下跌。我在为一本书[92]整理评论。

马克斯

邮戳：卢日尼采河，普拉诺，约1922年9月11日

致：马丁·萨尔瓦特 布拉格城堡区 存局候领
寄信人：卡夫卡博士 卢日尼采河 普拉诺

亲爱的马克斯——不要说什么“正确的直觉”引导我了，即便我未去德国。是因为别的事情。我回到这里大概有一个星期了，这一个星期过得都不是很开心（关于城堡的故事，我不得不永久地搁置了，自从去布拉格前一个星期开始的“崩溃”之后，就再也没能将它拾起来，虽然在普拉诺写的那部分没有你知道的那部分那么糟糕）。虽然不是很开心，但是很安宁，我甚至变胖了，当我和奥特拉单独在一起的时候，没有妹夫和客人，我简直是最安宁的。昨天下午，依然很安静，我路过房东太太的厨房，于是我们聊了一会儿。她（捉摸不透的样子）到现在为止表面一直很友好，但对我们冷漠、凶恶，还阴险，最近几天，变得完全莫名其妙，对我们敞开心扉、热心、友好。于是

我们聊了一会儿，谈到狗，谈到天气，谈到我的外表（“您刚来的时候，带着死亡的颜色”[93]），也不知怎么鬼使神差，我就开始吹嘘，表示我很喜欢这里，我最想留在这里，只是一考虑到旅馆的食物，就阻碍了这种想法，她说我可能会很害怕，我觉得很可笑，否认了这样的说法，这时——鉴于我们的全部关系——一件完全意料之外的事情发生了（她也是个富有的女人）：她提出只要我愿意，就给我提供饮食，而且已经商议了细节，晚餐，等等。我非常愉快地对这项提议表示感谢，一切都已确定，整个冬天我都会待在这里，我再三感谢她，然后离开了。紧接着，就在我还在回房间的楼梯上时，崩溃开始了，这是我在普拉诺的第四次崩溃了（第一次是在孩子吵闹的一天，第二次是奥斯卡的信到的时候，第三次是因为奥特拉早在9月1号就搬到布拉格去了，而我要再住一个月，在旅馆吃饭）。我不用描述这样的状态有何外部表现，这你也知道，但你要想想你经历过最严重的一次，那时它已经在寻求如何逆转。最重要的是，我知道我将无法入睡，睡眠力量的心脏被咬掉了，是的，我现在已经失眠了，我真的预料到了失眠，我痛苦得好像昨晚已经失眠了。然后我出门了，什么也不能想，只有一种巨大的恐惧占据着我，而在更清醒的时候还有对这种恐惧的恐惧。在一个十字路口我恰好遇到了奥特拉，恰好就是同一个地点，在那里我曾带着给奥斯卡的回信遇到了她。这次比当时的情况要好一些。因为现在奥特拉会怎么说非常重要。如果她说出一丁点儿赞同这个计划的话，我就会毫无保留地至少迷失几天。因为就我自己而言，我对这个计划没有丝毫的反对意见，倒不如说是实现了我在这个地区度过秋冬的巨大心愿，这个地区对我来说是无比愉快的，独处，安静，设施齐全，价格不贵。有什么可反对的呢？只有恐惧，但是这也算不上反对意见。因此，如果奥特拉不反对，我可能就要被迫与自己战斗了，一场毁灭之战，而且，肯定不会以我留下来而告终。幸好奥特拉马上说，我不可以留下来，空气太粗糙，雾气太大，等等。这样一来，焦急的心情得到了缓解，我可以坦白了。因为我接受了提议，这件事情还有一些麻烦，虽然在奥特拉看来，这只是小事一桩，但对我来说，这似乎无比庞大，因为对我来说整件事情的维度惊人地膨胀。不管怎么说，暂时我还是镇静了一点，或者说只是理智，倘使理智参与其中了，我自己本身也无法镇静，太多东西已经被唤醒了，现在甚至是自己活过来了，已经不能用一句话来抚慰了，而是需要一定的时间流逝了。然后我独自走进树林，这是我每天晚上的习惯，走在黑暗的森林里是我最喜欢的时刻。但是这次除了恐惧我没有任何其他感觉，整个晚上都在持续，夜里我无法入睡。只有在清晨的花园里，在阳光下，它才缓解了一点点，当奥特拉偶尔在我面前和房东太太谈起这件事时，我就会稍加干涉，让我非常惊讶的是（这完全是发生在理智之外的），这件在别处惊天动地的事情，在这里通过几句短暂的交流就变得清晰起来。我像格列佛一样站在那里，看着那些巨人妇女交谈。甚至看来，原来主妇并没有把这个提议太当回事。然而，我还是一整天眼神空洞。

那是什么？就我现在所思考的，这只是一件事。你说我应该尝试一下更大的事情。从某种意义上说这是对的，但另一方面比率起不到决定性作用，我也可以在我的老鼠洞里试试自己。这一件事就是：对于彻底的孤独的恐惧。如果我孤身一人待在这里，完全就是孤独的。

我不能与这里的人交谈，如果我说了，那就是增加了孤独感。而且我隐隐约约了解孤独的可怕，与其说是独自一人的孤独，不如说是在人群中的孤独。比如，第一次去马特里亚里，或者在什平德莱鲁夫姆林的几天，但我不想谈这些。但是孤独呢？本质上，孤独是我唯一的目标，是我最大的诱惑，是我的可能性，而且，假设可以这样说，我“安排”了我的生活，那么，我的生活总是以让孤独感在其中感到自在为目的。尽管如此，我又惧怕我深爱的东西。更容易理解的是对维持孤独的恐惧，这种恐惧的力量是对等的，而且一经呼唤，它就在支持之间（奥斯卡的信到时、孩子们尖叫时的“崩溃”），更容易理解的甚至是对曲折的中间地带的恐惧，而且这种恐惧还是三种恐惧中最弱的一种。在这两种恐惧之间，我被碾碎——第三种恐惧只有在人们注意到我想逃跑的时候才会有帮助——最后，某个大磨坊主还在我身后训斥我，做的许多工作都不赚钱。不论如何，像我受洗的舅舅[94]过的这样的生活对我来说都是一种恐怖，尽管它在我的道路上，但并不作为目标，对他来说也不是，只是因为最近的衰败时期。另外，重要的是，我在空荡荡的公寓里感觉很好，但不是在完全空荡荡的公寓里，而是在这些充满人的回忆、为迎接未来的生活而准备的公寓里，公寓里有给新婚夫妇布置的卧室、儿童房、厨房，在这样的公寓里，邮差早早地把他人的信放入投信口，把他人的报纸投入信箱。只是真正的居民都不能来，就像最近那样，因为那样我就会严重受到打扰。

好了，这就是“崩溃”的故事。

你的好消息让我很高兴，前天来信的时候，我还很高兴，今天慢慢地又高兴起来。我现在还不能去柏林。几乎是因为我的缘故，奥特拉在这里又待了一个月，所以我现在应该离开吗？而且我也想去看首演（你为什么10月30日去？），去两次对我来说似乎太伟大了。至于E.，她恨我，我几乎害怕见到她，至于你，我的影响，如果有的话，在幕后总比出场时更大。

我不喜欢施派尔的地方，你自己提到了。学校的财产，最初的克莉丝汀和布兰奇是无比精彩的，最冷酷的观点都会被瓦解，但他的手却沉了下来，在阅读时很难跟上这种下沉。当然有足够值得尊敬的段落，但也就这样了，换个角度，另外，后面的衰落在前半部分就已经宣告了，比如，同学懒散的性格及序言那一章。如果有人在11月的夜里打开窗户，想要对比一下西藏的宁静[95]和德国的宁静，却宁愿再用力把窗户关上。这是对情绪风暴的夸大。

《安娜》也让我有些压抑，总之也给不了我什么乐趣。而且我几乎读了两遍，一遍是给自己读的，然后是给奥特拉的十六首歌曲。我认识到结构上的高明，生动诙谐的对话和许多段落都颇为杰出，但整体上真是滔滔不绝！除了贾斯特，没有人是为我而活的，我完全不是在说那些十分滑稽的，有失体面的喜剧，比如埃尔文，他从来没有活过，从来没有死过，总是被人从他的虚假坟墓中拖拽出来（读到他的时候我们只能大笑），比如西娅或者外婆。但几乎所有其他的人物也是，面对这些并未活着的人物，人们只会更加肯定自己的悲惨生活。你爱的不是安娜，而是 E.，不要因为 E.而爱上安娜，而要为了 E.而再爱上E.，连安娜都无法阻止你这样做。我最喜欢的是胡特尔先生们，绝对如你所描述的那样，是不会偏袒他们的。“他们的眼睛里不可否认地闪烁着奇异的光芒，深邃而美好[96]”。

在柏林好运！

弗

请在奥斯卡面前为我辩护！他甚至压根没有回复我的道歉信。

E.对我的信[97]有说什么吗？

你收集这些评论很好，我也有了一点小收藏。

布拉格

1922年9月14日，星期四

最亲爱的弗兰茨：

我在葡萄园剧院[98]附近的一家咖啡馆给你写信。我没有带着你的信，但我想我可以完整地回答。

主题：恐惧。一开始，我当然会相信弗洛伊德的学说：恐惧=压抑的情欲。恐惧的对象自己也不清楚，明明只有恐惧的感觉。——人们被这样简单化的事实吓坏了，弗洛伊德本人肯定不会承认，即使是真正的弗洛伊德学生也不会承认。——但除此之外，还加上了我长期以来对你的惋惜：你厌恶那些本能需要的东西——那么一定会产生这样的恐惧状态，一丁点有威胁的变化就会激起全部潜在的不快。如果我没有完全理解错：你在躲避女人，你想尝试完全没有女人的生活。而这是行不通的。这就表现为这种极端的不适——虽然我承认，为了女人或女人的梦想试图放弃自己，也是非常不舒服的，正如我的例子所展现的那样，使人接近疯狂的另一极端。那么，全部的人生智慧是否在于，不钻牛角尖，不一以贯之，在恐惧女人和沉沦于女人之间徘徊，即在直线前进并走向疯狂的时候及时中止？——对我自己，我不知道有什么建议。对于你，我想我知道一个（当然）：当这个月结束后，你来布拉格，马上来一场大型德国之旅，去慕尼黑找沃尔夫——然后10月底在柏林和我见面（在那里，我将做一场演讲——另一方面，首演的日期[99]还很不确定，也许要到1923年年初）。——见一见新人，新的关系，自己踏入新的关系——你必须打破这个魔咒。只有第一步对你来说很困难，所以我愿意和你一起试试——如果你的健康允许的话。对了，我大概10月初就去柏林。现在来回只需要52克朗，虽然到博登巴赫再返回要46克朗，但博登巴赫到柏林来回只要6克朗！如果我每两周不去一次E.那儿，就太可笑了。

目前那里的情况还不错。甚至非常好。艾米在柏林很满足，莱比锡对她来说似乎是“一场噩梦”。她如此直接、热情、无拘无束、事无巨细地给我写信——这是我从来不敢做的。每天！有时足有八页。——就是这种巨大的激情，八个星期以来，我却傻傻地认为可以在远方独自专注于自己。这样的炽热一定会寻找一个身边的对象——可惜很快就会在“膳食公寓的先生们”中找到，他们已经影影绰绰地出现在信中。悲伤的是，我看到了这一点，却很难改变。——你怎么会觉得，艾米这样活在当下的人会“恨”你呢？她早就被你迷住了，自从你给她写信后，她在每一封信里都会写上对你的问候，最近她请求我安排你在首演时坐在她身边。然后又说了这样的话：“我们三个人其实可以坐在咖啡桌边让旁人为我们拍照，以此来留住这一天。”—— 可爱的，亲切的，善良的她！我疯狂地爱着她。——明天我就会和她在一起。

奥斯卡向你问好，他当然一点也不生气。——但对于你搁置了小说，我只能把它视为骗人的过甚之辞（哈瓦斯）！—— 多给我写写这件事，即关于继续写作的事，最重要的是，你是否感觉健康状况有所好转——否则我10月初就不带你去柏林拍照。——问候亲爱的奥特拉！

你的马克斯

布拉格　1922年11月29日1
在所附的信封上：马克斯

亲爱的马克斯，也许这次我终究是起不来了，肺炎的到来很可能在一个月肺热后就够了，即使我把它写下来也不能抵挡它，尽管它有一定的力量。

在这种情况下，那么，我最后的遗嘱，也就是关于我所写的一切：

在我写的所有作品中，有价值的只有《审判》《司炉》《变形记》《在流放地》《乡村医生》和短篇小说《饥饿艺术家》（《沉思》的几个样本可以留下，我不想让任何人费力印出无用之物，但不要再重新印刷）。我说这五本书和短篇小说有价值，并不是说我希望它们再版，流芳后世；相反，如果它们完全消失，这才符合我的真正愿望。只不过，既然已经有了，我也不阻止任何人保存它们，如果他喜欢的话。

另外，其他一切我写的东西（印在期刊上、手稿中或信件上），只要是可以得到的或可以向收信人索取的，无一例外［大多数收信人你都知道，主要是菲莉丝 ·M.[100]女士、朱莉·（原姓）沃里泽克女士和米莲娜·波拉克女士，特别是不要忘记波拉克女士手里的几个笔记本］——所有这些无一例外，最好不要读（但我并不阻止你读，不过，我更希望你不要读，但无论如何不允许别人读）——所有这些无一例外都要烧掉，而且要尽快烧掉，我恳求你。

弗兰茨

布拉格

1922年12月

亲爱的马克斯，主要是为了告诉你（因为韦弗尔会去见你），顺便用对你的思念来慰藉自己：

昨天，韦弗尔和皮克一起来看我，这次来访本来让我非常高兴，但却让我绝望了。韦弗尔很清楚我读过《斯威格尔》[101]，我预感到一定会和他谈及此。如果我对这出戏只是感到普通的不快，就可以扭扭捏捏地躲过这样的不快，但这部戏对我来说意义重大，它使我非常悲痛，在最可怕的层面上影响了我，我根本没有想到，有朝一日我不得不和韦弗尔谈及它。甚至我自己都不太清楚排斥的原因，因为我面对这出戏时，内心没有丝毫的挣扎，只是想把它甩掉。如果说我面对豪普特曼的《安娜》或许是个聋子，那我对这个安娜和她身边的鼠王则是听觉敏锐，甚至到了痛苦的地步，因为这些听觉现象是紧密相连的。如果我现在试着总结一下我反感的原因，那么就会得出这样的结论：斯威格尔和安娜（当然还有他们周围的直接群体：可怕的斯特罗施奈德、教授、讲师）不是人类（只有在更大的环境中——合作者、社会民主党人，才会出现一点虚幻的生命）。为了让这一切变得可以忍受，他们虚构了一个传说，美化了他们地狱般的外表，精神病的故事。但是，鉴于他们的本性，他们只能虚构一些和他们一样的非人之物，于是恐怖加倍。但因为整体上虚假的无辜，避免了所有的侧目，使恐怖又增加了十倍。

我应该对韦弗尔说什么呢，我很佩服他，即使是在这出戏里，虽然在这种情况下，只是因为他有力量蹚过这三幕泥泞。况且我对这部戏的感觉是如此的私人化，也许这一切只适用于我。他带着令人愉快的善意前来看我，他几年才来一次，而我要用这种未经梳理的、难以梳理的评价来迎接他。但我别无他法，将心底的一点厌恶唠叨了出来。但我整晚整晚地承受着后果。此外，我可能还伤害了皮克，因为我处在激动之中，几乎没有注意到他（顺便说一句，我是在皮克离开后才谈论这出戏的）。

我在健康方面有所改善。

愿你在生活和舞台上一切顺利。

弗

布拉格　约1922年12月

纸的背面：给马克斯

最亲爱的马克斯，我去不了了，最近两天晚上我都有点发烧（37.7 度），白天的时候体温降了很多，基本不发烧了，但我还是不敢出去。祝你好运，柏林的战斗和其他的一切。旅行者的真挚祝福，还没有机会听到他们的讲述。

你的弗

请不要为我买歌德。1.我没有钱，什么都需要，更多的还是得给医生。2.没有地方放书。3.还有五卷歌德没读完呢。

1 9 2 3

明信片

邮戳：布拉格，1923年4月24日

致：弗兰茨·卡夫卡博士先生　布拉格一区　老城区6号
寄信人：布罗德博士　布拉格五区　布雷霍瓦 8号

亲爱的弗兰茨：

星期四四点，在鲍姆那儿。

再见！

马克斯

明信片

邮戳：波罗的海浴场，穆里茨，1923年7月10日
到达邮戳：布拉格，1923年7月12日

致：马丁·萨尔瓦特　布拉格　存局候领　捷克斯洛伐克
寄信人：卡夫卡博士　波罗的海浴场　穆里茨　好运之家

她很讨人喜欢。而且完全以你为中心。不论什么事，她都会找借口提到你。一列开往波罗的海的火车，也许你就在上面。她与你去过这儿或是那儿。过了片刻，我才明白她为什么要我描述城堡区[1]。经常重复着这样的思考："令人惊奇的是，一个人是如何接受心爱之人的观点的，即便与自己历来的见解相左。"一股真正强大的原生力、直率、认真，孩子般可爱的认真劲。我和她一起去了埃伯斯瓦尔德[2]，去了普娅[3]所在的犹太儿童营地，但艾米的家神胜过了她，我们留在了贝

尔瑙。在那里，一个白鹳的巢穴让她最为高兴，她以不可思议的敏捷速度发现了它。她对我很好。——在这里我还算可以忍受，就像最初几天的情况一样。犹太人民之家[4]开办的一个营地，健康快乐的孩子们，闪烁着明亮的眼睛，带给我许多快乐。

衷心问候你和你的妻子。

弗兰茨

邮戳：柏林西，1923年8月8日
到达邮戳：布拉格城堡区，1923年8月10日

致：马丁·萨尔瓦特　布拉格城堡区　存局候领　捷克斯洛伐克

亲爱的马克斯，这期间我没有听到任何你的实质性消息。我在柏林一家小酒馆的花园里给你写信，现在又在旅馆里继续进行，距离我们再次见面只有几天的时间了，就是这样，我要与你有一些身体上的联系，而且是在我向你伸出手之前。你在波罗的海期间相当沉默。不知道你现在怎么样了？至于我自己：我也不知道自己怎么样了。总之，几乎每过一个小时，我就更强烈地感受到孤独的恶果，虽然这种孤独的状态只持续了一天。然而我一点也不孤独，比如，昨天晚上，我和三个东欧犹太姑娘[5]一起去看了《强盗》——虽然除了我自己的极度疲乏之外，我并没有注意到更多的表演。我几乎不会去艾米那儿，我太虚弱了，此外，我也不知道艾米对我的看法究竟如何，在这样的情况下，我什么都担心。还有就是不断威胁的柏林。后天我可能会去

见你。问候你的妻子，费利克斯和奥斯卡，未收到他们的任何消息。我现在突然想到：你可能会去参加代表大会[6]，我根本见不到你。对你来说很好，对我来说是悲伤。

弗

明信片

邮戳：杰钦—布拉格，1923年8月29日
到达邮戳：布拉格城堡区，1923年8月30日

致：马丁·萨尔瓦特 布拉格城堡区 存局候领
寄信人：卡夫卡博士 考夫曼·朔贝尔处 舍勒森[7] 易北河畔利别霍夫

亲爱的马克斯，若听到关于你如何生活和工作的寥寥数语，我会非常高兴。我读到了关于回来的沮丧简讯[8]，希望不是普遍意义上的。关于我没有什么好说的，我正费尽心力，想要增加一点体重——来这里时我的体重是54.5公斤，体重还从来没有这么轻——但几乎做不到，太多的对抗力量，唉，这是一场战斗。我非常喜欢这个地区，到目前为止天气也适宜，但我一定是那些对抗力量的珍贵财产，它们像魔鬼一样为此战斗，或者它们就是魔鬼。保重，问候费利克斯和奥斯卡。

弗

明信片（舍勒森）

邮戳：杰钦—布拉格，1923年9月6日

到达邮戳：布拉格城堡区，1923年9月7日

致：马丁·萨尔瓦特　布拉格城堡区　存局候领

亲爱的马克斯，我不相信毁灭，不幸的是，你有时会用我的方式看问题，但幸运的是，你一直有你的决策力。为什么说毁灭？最强有力的人际关系难道就这么依赖于外在的事物吗？如果E.目前暂时处在最糟糕的时期，想要接受一份照顾孩子的工作，虽然很悲哀，但会是毁灭吗？当你说“愤怒”的时候，这种说话方式既不适合你，也不适合这件事。我来谈论这些事是很愚蠢的，你对这些事比我更肯定，但我真的很愚蠢，脑子里也无把握，因此能说出下面这点儿肯定的言论，我很高兴：愤怒是一个孩童，当他的纸牌屋坍塌的时候，是因为一个成年人摇动了桌子。但纸牌屋并不是因为桌子的摇动而坍塌的，而是因为它是一座纸牌屋。真正的房子，即使桌子被砍成了木柴也不会坍塌，它不需要来自外部的根基。这些都是不言而喻的、遥远的、美好的事情。——我给E.寄了两张卡片，下星期五上午我会去你那儿。你什么时候去柏林？现在的旅费是多少？请问候费利克斯和奥斯卡。

明信片（舍勒森）

邮戳：杰钦—布拉格，1923年9月13日

到达邮戳：布拉格城堡区，1923年9月13日

致：马丁·萨尔瓦特　布拉格城堡区　存局候领

亲爱的马克斯，周五我可能还不会去，本来想来给父亲过生日[9]的，但是太好了，我说的是天气，不是我的体温升高，所以我就留下来了。可惜我没有让晚报直接寄到这里来，所以我得到的消息又迟又不完整。布查德特[10]很美，他在你的保护之下，这种保护是多么的强大。保重。

弗

克洛普斯托克写道：现在我又拿到了晚报——我如此焦急等待着报纸，等待着马克斯的文章，就像期待着与一位久未谋面的、非常可爱的好朋友见面一样。

明信片（舍勒森）

邮戳：杰钦—布拉格，1923年9月15日

到达邮戳：布拉格城堡区，1923年9月15日

致：马丁·萨尔瓦特　布拉格城堡区　存局候领

最亲爱的马克斯，“外在的事物并不影响人与人之间的关系”——这样的豪言壮语，确实不是我的用意，虽然我以探讨自己内心的矛盾为乐。但这次我说的不是单纯的人际关系，而是最强有力的人际关系，也不是最强烈的外在事物，比如痛苦和折磨，而只是马克

下跌，也不是随便什么人，而是你，也不是将影响排除在外，而是将“毁灭”排除在外。求你了，马克斯，让一切继续下去吧，也不要生我的气。至于我，我的体重增加了一点，表面上几乎看不出来，但每天都会有更大的缺陷来抵消它，正如克劳斯[11]说的那样，破屋陋室，簌簌凋零。就在昨天，一位老人在我面前停了下来，他说，“您大概没有力气吧”？当然，我们接着就谈到了犹太人，他是一座犹太别墅里的园丁，就这一点来说，相当不错的人，但像所有的犹太人一样胆怯。胆怯是他们的天性。然后他又到树林里去，给绑在背上的第二个篮子装上大量的干柴，我开始数脉搏，远远超过110下。

祝你工作顺利。

弗

明信片

邮戳：柏林–施特格利茨，1923年9月28日

到达邮戳：布拉格城堡区，1923年10月1日

致：马丁·萨尔瓦特　布拉格城堡区　存局候领

寄信人：卡夫卡博士　莫里茨·赫尔曼处　柏林–施特格利茨　米克尔大街8号

亲爱的马克斯，昨天，星期四，她来见我，这是我第一次举办社交活动，“乔迁之喜”，因此犯了好几个严重的错误，而且有一些我下一次也不知如何弥补。她自然亲切体贴地忽略了这些问题，但如果有机会，或许你可以弥补一下。首先，我只是打电话邀请她五点来，可惜这种不正式的行为变得更加不正式了，因为除了她的笑声，我在

电话里几乎什么也听不见。此外，如果我知道去她的膳宿公寓是允许的，我可能会做得更好，尽管我基本处于虚弱状态，我以为那是禁止的，7月完全是这个样子。之后，她还带来了一些花，我没有。之后，但也许这并没有错，朵拉也在那里，她在这个场合是不可缺少的。当然，最糟糕的是，她来的时候，我已经睡着了，奇怪地睡着了。但除此之外，我觉得，还算过得去，她似乎有点儿不安、紧张，几乎是过度劳累，但很勇敢，充满憧憬。我们讨论了周日参加犹太丰收节的可能性，对她来说，就像对我一样，是一次冒险。我大概不会去。

一切顺利！

弗

明信片

邮戳：柏林–施特格利茨，1923年10月2日

到达邮戳：布拉格城堡区，1923年10月4日

致：马丁·萨尔瓦特　布拉格城堡区　存局候领　捷克斯洛伐克

寄信人：卡夫卡博士　莫里茨·赫尔曼处　柏林–施特格利茨　米克尔大街8号

亲爱的马克斯，此刻，我正在等艾米，我们想上午时分在这个漂亮的地方散散步。星期天下午我在她那儿，又犯了几个严重的错误，总是重复同样的错误，我已经感到羞愧了。一个最主要的原因是，当我到了下面，大约在动物园下车时，我失去了大部分的呼吸能力，开始咳嗽，变得比平时更焦虑，看到这个城市的所有威胁联合起来对付

我。在外面，我也在努力保护自己免受价格的真正折磨，在这方面，我在这里得到了很大的帮助，但在城市里，这种帮助就失效了，比如，昨天我严重的数字妄想症就发作了，我现在更理解你的忧虑了，你那可怜的、可爱的、不知疲倦的、不可动摇的脑袋。我的房间，以前每月的租金是28克朗，9月已经超过70克朗，10月至少要花180克朗。我很明白，E.需要安慰，但在她的房间里，我觉得她似乎更有勇气、更有活力，而且，伏在你的“最后一朵玫瑰”上，很幸福。——顺便说一句，她今天不来了，打电话取消了，明天来，很贴心。——与此同时，我还通读了数日避而不读的施特格利茨小报。糟糕，糟糕。但其公正处在于，与德国的命运息息相关，就像你我。

弗

另外：可惜，你对我母亲没有起到安抚作用。

明信片

邮戳：柏林-施特格利茨，1923年10月8日

到达邮戳：布拉格城堡区，1923年10月9日

致：马丁·萨尔瓦特　布拉格城堡区　存局候领　捷克斯洛伐克

亲爱的马克斯，我已经几日未见艾米了，有一次，我们在植物园里度过了一段非常友好的时光，她的勇敢留给我的印象又一次压倒了不安的印象。自那以后，天气更糟糕了，施特格利茨再激不起让人散步的兴致了，我对这个城市又重新产生了恐惧。昨天，星期日，E.打电话告知我，她有点不舒服，可能是几天前她一直预感到又忧心忡忡

提到的不适。顺便说一句，同时我自己也不太舒服，一阵咳嗽，质上无害，量上恼人，耗了我一整夜，整个星期日我都躺在床上，就这样过去了。也许今天我会收到E.的消息。——关于我的时间分配，还没有什么可讲的，不知不觉中，我的日子就在无所事事中飞逝而过了。不像魏斯[12]博士，昨天，他在我这儿，第一次交谈。任职、紧张，强者的紧张，苦涩的欢喜，甚至是成功的（演员剧场的开幕式，伯格纳饰演塔妮娅[13]），此外，我意外地给了他希望，说在你的布拉格评论系列中可能会轮到他的《纳阿尔》[14]，他不相信。——克洛普斯托克的情况，我觉得非常糟糕，自认“堕落”，因此不敢向你求助，“但他的文章总是让我心中充满新的愉悦，读他的东西时，不断上升的崇敬甚至将一部分已经沉没的尊严还给了我”。

最诚挚的弗

问候费利克斯和奥斯卡。

明信片

邮戳：柏林-施特格利茨

到达邮戳：布拉格城堡区，1923年10月15日

致：马丁·萨尔瓦特　布拉格城堡区　存局候领　捷克斯洛伐克

亲爱的马克斯，艾米可能已经告诉你了，我不想去布拉格，不是现在，也许两个月后。你的担心是没有根据的：我没有读报纸，至今没有亲身遭受时代的恶果，至于饮食，我完全按照在布拉格时的方式生活，真的完全一样，天气不好时，我就待在舒适的房间里，我随

口提到的咳嗽也没有复发。但更糟糕的是，就在最近几天，夜间的幽灵寻到了我的踪迹，但这也不是回去的理由，如果我要成为它们的猎物，我宁愿在这里，而不是在那里，但还没到那个地步。而且，我很快就会见到你。你能不能好心地给我带一手提包冬天的衣物来。它可以和你自己的行李一起寄送，在这里，你只须将凭单交给行李运送服务处，只是在博登巴赫[15]会有些麻烦。希望你愿意这样做。我见了E.几次。在我看来，她更加喜悦了、更强大了，特别是在她与布拉格通过电话后。

你的弗

E.给我的三篇文章，给了我极大的快乐。

邮戳：柏林-施特格利茨，1923年10月22日至10月24日

到达邮戳：布拉格城堡区，1923年10月25日

致：马丁·萨尔瓦特　布拉格城堡区　存局候领　捷克斯洛伐克

寄信人：卡夫卡博士　莫里茨·赫尔曼处　柏林-施特格利茨　米克尔大街8号

亲爱的马克斯，确实，我只字未写，但并不是因为我有什么要隐瞒的（除了，隐瞒是我一生的天职），也更不是因为我不渴望与你有亲密的一个小时，这样一个小时，有时我觉得，自意大利北部湖区后，我们就没有过那样的时刻（我这样说是有一定道理的，因为那时的我们有那份纯真，也许不值得憧憬，但真的很纯真，而邪恶的势力，不管有好的使命还是坏的使命，只是轻轻地触动了他们曾经已

经无比欣喜地闯入过的入口）。所以，如果我不写信，那主要是由于“策略性的”原因，这也是今年以来我一直的准则。我不相信文字和信件，不相信我的文字和信件，我想与人分享我的心声，但不与那些玩弄文字、奴颜婢膝地阅读信件的鬼怪分享。我尤其不信任信件，有一种奇怪的信念，只要把信封封好，就能让信件安全到达收信人手中。在这方面，顺便说一下，战时的简报是富有教育意义的，因为那是一个特别勇敢的时期，也是鬼怪们敞开他们讽刺的时期。

但我写得这么少（对以上的内容我遗漏了一些：有时在我看来，艺术的本质，艺术的存在，完全可以用这样的“策略性的思考”来解释，使人与人之间真实话语的交流成为可能），是因为，很自然地，我在贯彻我的布拉格生活，我的布拉格“工作”，其中也没有什么可说的。你还必须考虑到，我在这里过着半乡村似的生活，既没有真正柏林的残酷，也没有那样的教育压力。这也是一种娇宠。我和你去了一次约斯蒂家，去了一次艾米那儿，一次普亚那儿，一次在沃特海姆[16]，一次是为了给我拍照片，一次是为了给我取钱，一次是为了给我看住处——这绝对是我在柏林这四个星期里所有的郊游，几乎次次都是苦闷而归，也深深地感恩自己住在施特格利茨。我的“波茨坦广场”就是施特格利茨市政厅广场，那里有两三辆电车驶过，那里也有少量的车流，那里有乌尔斯坦、莫塞和舍尔[17]分店，在那里陈列的报纸头版中，我吸收了我能设法忍受的、有时又不能忍受的毒药（刚才前厅里有人在谈论街头的打斗）——但随后我就离开这个公共场所，如果我还有力气的话，就会耽于寂静的秋日大道。我的街道是最后一条相对城市化的街道，然后，一切都消融在花园和别墅的宁静之中，每一条街道都是宁静的花园步行路，或者可以是。

我的一天也很短，虽然九点左右起床，但躺着的时间很多，尤其是下午，我非常需要这样做。我读了一点希伯来语，主要是布伦纳[18]的小说，但这对我来说是非常困难的，尽管有这么多困难，但到目前为止，读了三十页，如果要交代四个星期的情况，我是无法提供任何成果来为自己辩白的。星期二，顺便说一下，我不是很喜欢这本书作为一本小说。我一直对布伦纳有某种敬畏，我不知道具体原因，听到的东西和幻想混杂在其中，一直以来，人们都在谈论他的悲哀及“巴勒斯坦的悲哀”。

我们还是谈谈柏林的悲哀吧，因为它更近。电话刚刚打断了我，艾米。她本来是想星期天就来的，可惜她没有来，因为这里还有其他客人会给她解闷，一个是我在穆里茨认识的小姑娘[19]，一个是年轻的柏林画家，两位优秀的年轻人都很让人着迷——或是迷人的魅力，我曾希望这对艾米会很有帮助，她现在是如此深陷于时间与爱情的骚动之中（但是，不要认为我在组织社交聚会，这是偶然发生的，而且只有一次，我和在布拉格时一样恐惧人群）。但她没有来，感冒了。昨天我们通了电话，她很恼怒，柏林的恼怒（害怕大罢工，换钱困难，然而这似乎只存在于动物园附近，也许只存在于昨天，比如今天，在弗里德里希大街站就可以换钱，而且没有丝毫拥挤），柏林的恼怒与布拉格的困苦混杂在一起（我只能说：马克斯写了9号之类的），柏林的恼怒真是会传染的，通话后，我夜里还在与之抗争。无论如何，她答应今天晚上来，我希望在此期间，我可以积蓄慰藉的力量，但她

刚刚打来电话，说她不能来，给出了她恼怒的理由，但显然只有一个理由，其他的理由只是作为装饰品聚集在它的周围，那就是你的出行日期。将婚礼[20]作为阻碍的理由无法让人接受。“让他换一换，去伤别人的心。”我想，我在布拉格已经在类似的场合听到过类似的话。可怜的、亲爱的马克斯！幸运的不幸儿！如果你认为你能给我什么建议，我能对E.说些什么有用的话，我肯定会做的，此刻我什么都不知道。我问明天能不能去看她，她说不知道什么时候在家（都是非常友好又诚恳的态度），她上午有课，下午会去见一个“也是疯子”的女朋友（她已经跟我说过她的事了）。最后我们约定明天再通电话。——就这么多，少而多。

星期三，刚刚九点钟，我又和E.谈了一次，事情似乎好多了，今天晚上与你的通话预先发出了安慰。也许她今天晚上会来（又一次电话交谈，新的变化，E. 说她中午就来）。我一直在想，爱情和音乐是如何提升E.的，但同时也削弱了她，以前她在艰难的生活中极其勇敢，而现在，尽管柏林有那么多的恐怖，但表面看来生活轻松多了，但她却痛苦不堪。就我而言，非常明白这一点，比她明白得多，但我肯定无法忍受她先前的生活。

还有针对你的问题：我已经说过我那贫乏的希伯来语，此外我还想去达勒姆的一所著名的园艺学校学习，该校离这里不到一刻钟的路程，但那里的一个听众，一个巴勒斯坦人，也是D.（迪亚曼特是她的名字）的熟人，因为他的信息，他本打算鼓励我，却吓退了我。我的身体太弱，不适合上实践课，也不适合接受理论指导，心不在焉，而

且，日子太短，天气不好也不能出门，于是，就搁置了。

布拉格我肯定会去的，虽然费钱又费力，但只要能和你在一起，而且终于能见到费利克斯和奥斯卡一次了（在你给E.的信中，有一句关于奥斯卡的可怕的话语，这只是心情的产物还是事实？）。但奥特拉劝我不要这样做，最后还有我母亲。这样真的更好，我还不会成为那里的客人，希望我可以远离那里，成为那里的客人。

你的弗

给我一些关于你弟弟婚礼的建议。代我问候你的妹妹和妹夫。

到11月我都会安心地等待冬季衣物。

你在忙什么工作？小说[21]停下了吗？

邮戳：柏林-施特格利茨
到达邮戳：布拉格城堡区，1923年10月27日

致：马丁·萨尔瓦特　布拉格城堡区　存局候领　捷克斯洛伐克
寄信人：卡夫卡博士　莫里茨·赫尔曼处　柏林-施特格利茨　米克尔大街8号

亲爱的马克斯，针对你的卡片说几句话，与此同时你一定收到我的信了。E.星期三中午来找我，实际上，我是用一条面包把她引来的，这在施特格利茨可以轻松地买到，但在柏林星期二就很难买到了，不是因为真正的短缺，而是有其他捉摸不透的原因，在目前的条件下，这些原因每天都在变化（而且，只有星期二。然后，E.并没有

把面包留给自己，而是把面包送给了她的姐姐），好吧，E.很恼怒，然而，这并不妨碍她时而欢乐，时而大笑。但如果把这种恼怒仅仅归结于柏林的状况，那就错了。恼怒和柏林的状况只有这时才有联系，即一天的面包短缺或一时的换钱困难，就足以打开所有其他苦难的闸门。而这另一种苦难，不是第一种苦难，是很难应对的。而且我对一切都有贫乏的借口，除了这一个，当她说，只要你每个月来两天，基本上她愿意放弃一切，并且完全满足。对此我该怎么说？尤其是当她补充说，在温克勒[22]时，当有必要，或者仅仅是有用，甚至仅仅是愉快的时候，你会应她的请求立刻前来，甚至只是应她的一句话、一个暗示，而抛开所有的婚礼。而她别无他求，只求你来。好吧，对此也能很好地应对，但在这种情况下，并不适合。

不过，目前，这些都不是最新消息了。与你通完电话后，E.打电话给我，她兴高采烈地，浑身散发着幸福的气息，说一切都很好，还说什么“重生”，但她用了一种更好、更强烈的表达方式。我把事情的转折主要归结为她被演员剧团聘用了—— 这确实是一件极好的、几乎是解放的事情——但在你的卡片之后，我看到，她的痛苦甩给了你，对她的“重生”也有很大的贡献。布拉格计划或奥西格计划[23]在我看来是错误的，而且非常危险，在工作和音乐中才有救赎，外在的环境到目前为止还远没有你想象的那么糟糕，在一般情况下也许是的，但在特殊情况下肯定不是，比如到目前为止，就食物而言，我的生活和在布拉格一模一样，但黄油是他人寄给我的，不过，也是有的。只是为了让你了解一下物价：就在电话交谈的当天，我在城里弗里德里希大街上的一家素食餐馆吃了午饭（我平时都是在家里吃的，自从来了之后，这是第二次在餐馆吃饭），我和D.，我们吃了：菠菜配煎蛋和土豆（极好，用上好的黄油做的，量多得足以让人饱腹），然后是蔬菜饼，再是面条配苹果酱和梅子酱（这道菜和菠菜一样），多了一道梅子酱，还有西红柿沙拉和一个小面包。这些再加上过多的小费，大约花了8克朗，这还算不错。也许是个例外，受汇率的巧合影响，通货膨胀真的很严重，除了吃的东西想买什么都不可能，但正如我所说，柏林的食物还是有的，而且相当不错。别担心这个。

问候费利克斯和奥斯卡，请代我向他们说句好话。

也许我今晚会和E.一起去剧院看克洛普费尔[24]的《人民公敌》。目前为止，我还没有一个晚上离开过家。

明信片

邮戳：柏林-施特格利茨，1923年10月31日

到达邮戳：布拉格城堡区，1923年11月2日

致：马丁·萨尔瓦特　布拉格城堡区　存局候领　捷克斯洛伐克

寄信人：卡夫卡博士　莫里茨·赫尔曼处　柏林-施特格利茨　米克尔大街8号

最亲爱的马克斯，我明天才给你写信，等我知道E.会怎么做的时候。诚然，这是一件困难的事情，难得令人惊慌，不过，既然最后双方都有最大的意愿，就应该相信有轻松补偿的可能。有些事情我也不太明白：比如，一个月来这里一次就太贵了。但在博登巴赫的两个星期，顺便说一下，如果E.去柏林的话，一定会在布拉格两个星期，费用还会更高。目前，我也不明白博登巴赫怎么会有舒缓神经的作用：

深秋的异国小城，独自生活在那里，没有工作、没有熟人，要依靠布拉格的短暂来访，最后还要再次回到——假设柏林是所有痛苦的根源——柏林。好了，还没有最终决定，明天我再写。

你的弗

我从克洛普斯托克那里听说，他已经完成了《克拉丽莎》[25]的新译本，将把它寄给四家机构。

邮戳：柏林-施特格利茨

到达邮戳：布拉格城堡区，1923年11月2日

致：马丁·萨尔瓦特　布拉格城堡区　存局候领　捷克斯洛伐克

寄信人：卡夫卡博士　柏林-施特格利茨　米克尔大街8号

最亲爱的马克斯，所以你要来了，我从E.那里听说。正如我已经在第二封信和卡片中所说的，我也只能认为这是正确的做法。与此有关的其他事情都不用再写了，因为我们很快就会见面了。此外，我今天也没储蓄全部的精神力量，我不得不在一件大事上倾注太多：11月15日我将要搬家[26]。在我看来，这是一次非常有利的迁居（我几乎不敢把这件事写在纸上，因为我的房东太太要到11月15日才知道，而我在这里，在她的家具之间写下这些，它们越过我的肩膀就读到了，但是，它们，至少有几件是站在我这边的）。

至于遗产[27]问题，真的只是闲话，但显然其中一个说法流传很广，因为埃尔泽·伯格曼也给我写信提到此事。事实是，遗产总额约

为60万克朗，除了我母亲之外，三个叔叔[28]也有资格获得。这当然也是不错的，但不幸的是，主要参与方是法国和西班牙政府及巴黎和马德里的公证员和律师。

关于女友，你说的可能是对的，有一两次，女友在这种时候，在谈话中倏忽而过。但E.除了对这个女友有好感的同时，对她也有非常强烈的厌恶，这就只能支持了。

在你对未来的恐惧中，你忘记了，你现在还会从沃尔夫那儿得到价值稳定的报酬，而他一定是真的赚到了一笔巨额。

我和E.计划去剧院的事还没有结果，通货膨胀实在是太可怕了，有两个剧院在我的考虑之中，一个是莱辛剧院（《迷醉》[29]，科纳和格达·穆勒），另一个是席勒剧院（《人民的公敌》，克洛普费尔），但前者负担不起，后者几天就卖光了，而且我在任何天气下都去不了。

保重，愿卢加诺[30]的阳光再次照耀我们——无论是无辜还是有罪。

弗

邮戳：柏林-施特格利茨

到达邮戳：布拉格城堡区，1923年11月5日

致：马丁·萨尔瓦特　布拉格城堡区　存局候领　捷克斯洛伐克

寄信人：卡夫卡博士　柏林-施特格利茨　米克尔大街8号

最亲爱的马克斯，由于种种原因，今天的头脑有些受到了震撼，

简单叙述一下这件事在今天的脑海里是如何勾画的，我主要是从昨天，星期四[31]与E.的谈话中得到的材料，她从七点到十点左右和我在一起，顺便说一下，正好在你的信到达的时候，我不想在她面前打开。

在这一点上，你肯定是对的：如果柏林的情况像去年一样，生活轻松，机会多多，愉快的消遣，等等，那么很可能不会有这样的爆发，但并不是因为火山中没有火，它只是会寻求其他途径，可能会产生和平阶段，但肯定不是持久的，因为这里有一个苦难的中心点，很多元素在这里相遇、交融，它一直都在那里，在不同的时期——甚至是在你的存在明显过于强大的影响下——给人以完全不同的外观，但始终存在。对此人们可以表现得满足于表面的和平。这也已经很多了，因为毕竟在这种暂时的和平之后，真正的和平也会有一天通过意料之中或意料之外的事情到来。但是，今天的柏林，即使你做出超人的努力，也无法出现这种暂时的和平，不幸的是，你似乎就是这样做的。但既然柏林做不到，就必须给予一些额外的帮助，而这种额外的帮助就是你每月来一次。这比最好的小盒子还要有营养。你不必为最后的爆发寻找任何其他直接原因。就在两个星期前，需求还只限于你的到来，只是现在却有了如此巨大的增长。通过你个人的影响，将有可能再次限制它，抱着这种希望，昨天我提出了一个建议，也许对你来说是可怕的，但在我的想象范围内却是有救赎意义的，这样在这最后的日子里，你们两个人不再用往来信件和通话来折磨对方，而要把一切都留给眼睛的注视，从这里可以期待再一次的“暂时的和平”。

E.目前的主要需求是庞大的，我与你深有同感，马克斯。但这不仅仅是嫉妒，虽然连这也不会像你写的那样“毫无意义”。这不仅是嫉妒——我这样说不是因为你不知道，我这样说是为了在这种古怪的、潜伏的、神秘的痛苦中接近你——这也是理解的不可能性，正如你解释的不可能性一样。当你说“唯有责任让我在这里坚守婚姻”的时候，你肯定不会相信你已经驳倒了E.吧。对此，她能说出多少完全无可辩驳的话！而且是对于理所当然的事。当然不仅仅是“责任”，但此刻没有其他的方式来表达它。但你千万不要希望用它来反驳什么。

此外，E. 也许还在她所说的“令人愉快”的那通电话的影响下（后来应该被你的信完全消除了），看起来相当不错，排练也很成功，而且有在教堂音乐会上合唱的希望，所以她给人的总体印象绝不是绝望，只是时不时地爆发一下，那时候要么涉及“责任”问题，要么就是害怕你在这儿时，被你影响或麻痹。

不过，前段时间我写信给我母亲，说你会去柏林，现在我要撤回我说的话，但即使不撤回也没有多大关系，我自己也会弄错。如果你能把东西带来——不管怎么安排，这仍然是个麻烦事——那就请带着吧，但这不是绝对必要的，很可能会有其他机会把它们拿来。如果你带了，只需把行李凭单交给铁路包裹运送服务处，并注明我现在的地址。也许我可以及时把我的新地址（从11月15日起）寄给你，这样为了简单起见，行李箱就可以直接送到那里。但比这一切更重要的是，我们很快就会相见。

弗

明信片

邮戳：柏林-施特格利茨，1923年11月25日

到达邮戳：布拉格城堡区，1923年11月27日

致：马丁·萨尔瓦特　布拉格城堡区　存局候领　捷克斯洛伐克

亲爱的马克斯，这几天我的精力一直在你身上，母亲给我寄来了晚报上的评论，多么美好、鲜活、有生命力的内容，一直在你的位置上。——今天奥特拉来了，我想，她对看到的一切都很满意。至于你的事，不要害怕。——我现在有钱了，这周内会给E.400克朗。你们的新汇款方法效果如何？——我没有生病，只是灯光有点儿忽明忽暗，除此之外，目前还不算太糟糕。不过这还是阻碍了我去看E.的演出，不幸的是，D.那天也不是很舒服。但也许这出戏会在圣诞节的时候重演。——你说我们在柏林见面的瑕疵确是事实，但这也是我自身的瑕疵，而不是柏林的瑕疵。愿美好的希望一直伴随着我们。还有，我感觉你现在——除了你复杂的，但由于英雄主义又很简单的生活之中不可避免的干扰之外——生活得自由而坚定，几乎是前所未有的，这些文章也证明了这一点。——为我轻轻地拍拍费利克斯和奥斯卡——万事顺遂！

弗

朵拉也向你问好。

明信片

邮戳：柏林西北，1923年12月17日

到达邮戳：布拉格城堡区，1923年12月18日

致：马丁·萨尔瓦特　布拉格城堡区　存局候领　捷克斯洛伐克

最亲爱的马克斯，我已经很久没有写信了，有五花八门的事情烦扰着我，还有各式各样的疲劳，这就是一个人（作为退休的公务员）在这个荒芜的异国他乡如何为了生存而历尽艰辛，更难的是在这个尽是荒芜的世界。我这只倒霉之手在你的文章中所引起的骚动，现在大概已经过去了，不过当时就已经过去了吧，因为E.告诉我，第二天你就收到了一张友好的卡片，请求原谅，因此我也不再为此而苦恼了。我现在非常理解金钱的烦恼，我不明白的是，经历了11月的危机，也误读了11月的危机，当时你对危机的解读比我好得多，为什么你会让自己被12月的危机（嫉妒、电话难题等）这样牵着走，仿佛这和11月的危机是本质上不同的东西，你们在一起就把危机解决得很好，无论何时这都是很好的先例。但无论如何，如果你有什么委托，不要太过担心我有什么愚蠢的危险，不要忘记我。——对于你的戏[32]的评论是什么意思？已经上演了吗？我不再看任何报纸（因为通货膨胀），我甚至放弃了星期日的报纸（可以及时从房东太太那里了解到新的税收），所以我对世界的了解比在布拉格时要少得多。例如，我想了解一些关于穆齐尔的《文森茨》[33]的情况，我对它一无所知，只是在首演后很久，在去学院（我的世界之行）的路上，我在剧院的标语牌上读到了标题。但这实在不是什么实质上的烦恼。顺便说一句：你不能就你的剧本与维泰尔[34]或布莱联系一下吗？他们几乎是朋友。——我

早就应该就奥斯卡在《新评论》上的短篇[35]写信给他，但这件事还在进行中，可以这么说。

来自朵拉的问候，她正沉迷于关于克日卡[36]的文章。

1 9 2 4

邮戳：柏林-施特利茨

到达邮戳：布拉格城堡区，1924年1月24日

由朵拉·迪亚曼特寄给：马丁·萨尔瓦特　布拉格城堡区　存局候领　捷克斯洛伐

亲爱的马克斯，首先，我没有写信是因为我有点儿生病了（高烧、打寒战，生病后，医生看一次病要160克朗，后来D.协商着降到一半，无论如何，从那时起，我对生病有了十倍的恐惧，犹太医院的二等空床，每天要64克朗，但这只包含食宿费，也就是说不含服务费也不含医生的费用）；其次，我没有写信是因为我以为你在去柯尼斯堡[1]的路上会经过柏林，对了，E.当时也说过，你会在三个星期后来参加她的朗诵，但后来这个想法也就不了了之了（柯尼斯堡结果如何？如果人们对《布恩特巴德》[2]采取敌对的态度，也不一定是什么坏事，到现在我真想读一读，一开始对《克拉丽莎》[3]也是这样，当然《克拉丽莎》应该为第二部戏铺好了路）——所以，这个想法就那么过去了以后，你来这里的旅行被推迟了，以至于我很可能会和E.一起——虽然这次我不知道她会怎么样——唉，我没有写信，也是因为消化系统紊乱等原因造成的轻微意识模糊。但现在你的卡片唤醒了我。当然，我将在我的能力和技巧范围内，尽量为E.做一些力所能及的事情，虽然老人的反对——她显然是一位既喜怒无常又顽固不化的女士，而且似乎也有搞阴谋的本事——但毕竟意味着什么。对我有帮助的是，虽然这也在某种程度上减损了我，我其实乐于在演艺领域进一步推动E.和她的事业，这对我来说并不像喉—胸—舌—鼻—额的奥秘，那样

完全不可及。不过我的话也因此失去了价值，如果它应该有任何其他价值的话。不过，最主要的障碍还是我的健康，比如今天，安排了和E.通电话，但我不能顺利地去对面的冷气房，因为我的体温是37.7度，我躺在床上。这没什么特别的，我经常有这样的状况，没有进一步的影响，天气的变化可能也有关系，估计明天就会结束了，不过，它还是严重阻碍了我的行动自由，更何况给医生费用的那串数字，以火辣辣的字母悬浮在我的床上。不过，也许明天早晨我就能坐电车到城里的学院[4]去，可以和E.待一会儿，在这种天气里还是经常拖着她出门——她似乎也有点感冒——也不大好。此外，我还计划，也许可以把E.和我曾经跟你说过的朗诵者米迪亚·派恩斯[5]聚在一起。她要来柏林几天，将在诺依曼的图画陈列室做一次朗诵（她将凭记忆讲述《卡拉马佐夫兄弟》中隐士的生平事迹），很可能会来看我。也许这样会对E.有很好的示范作用，派恩斯也是一名朗诵训练老师，一个年轻的姑娘。当然，我也非常乐意让E.给我朗诵，我早就发自内心地恳请她朗诵了（哪怕只是隔了很久再听一次歌德的诗句），只是外在的环境至今无法实现，这其中也包括我们将在2月1日被驱逐出我们美丽的公寓，因为贫穷的外国人无力支付。你的提醒“温饱的波希米亚”是对的，但就是不太好，但它并不顺利，我似乎被困在这里了。舍勒森是排除在外的，舍勒森就是布拉格，此外，我感受了四十年的温饱，结果并不诱人，不适合再做尝试。舍勒森对我来说也太小了，对我们来说都是如此，另外我还没有习惯“学习”，撇开这根本不是学习以外，这只是形式上的消遣[6]而没有根基，但是在附近有一个对这些东西有所了解的人，对我来说就意味着一定的鼓励，这可能更多的是对人而不是对事。无论如何，这在舍勒森是不可能的，但也许真的有可能——你的话让我想到了——在某个波希米亚或摩拉维亚的乡村小镇，我会考虑的。如果这个存在不是那么颓废，人们几乎可以画出它的样子：左边是D.，大概支撑着他，右边是那个男人，某处“潦草[7]”会使他后脖颈变硬，现在只要把他脚下的地面稳固，把他面前的深渊填平，把他头顶上的秃鹫赶走，把他头上的风暴平息，如果这些都做到了，好吧，那就有点作用了。我也曾想过维也纳，但至少要花费1000克朗（总之我都在榨取我的父母——他们表现得很让人高兴——最近也在榨取我的姐妹），此外还是要经过布拉格，还要到未知的地方，太冒险了。所以，也许在这里住上一段时间是相当明智的，更何况柏林的重重劣势还是有令人愉悦的、富有教育作用的。也许有一天我们会和E.一起离开这里——一切顺利，尤其是小说[8]，我听说，你终于打算回归小说了。

你的弗

谢谢你的爱心包裹[9]。我们有点儿不好意思留着它，里面的东西也不是很诱人，虽然值得最高的赞扬，D.请人烤了一个大蛋糕，带去了犹太孤儿院，她去年在那里做裁缝。这对那些孩子们来说是一件大事，他们在那里过着郁郁寡欢的生活。我已经把一些地址寄给了我的妹妹艾莉，就不再麻烦你了，都是可收包裹的。

最近卡兹尼尔森[10]和他的妻子来看我。莉丝女士说，她母亲似乎在博登巴赫的圣诞节见过你，你是否来过这里？我说没有。卡兹尼尔森立刻对答如流，好像是你提示了他似的，他说：“可能他去了茨维考。”那一刻，他在我看来简直可疑。

朵拉和布雷斯劳的曼弗雷德·乔治[11]很熟（他现在在柏林），很想听听你对他的几句评价。如果我没有记错的话，你确实认识他，而且如果我接下来没记错的话，文集中关于你的文章就是他写的。

关于韦弗尔[12]你写得非常好，非常鼓舞人心，给人力量，值得多读几遍。但为什么是英雄式的？更是享乐般的，不，还是英雄式的，英雄式的享乐。如果所有苹果里的虫子不是真正的享乐者的话。

妙啊，妙啊，《波瓦雷剧院》[13]。让我们只局限于这些文章，你是多么了不起的作家啊！我多少次读到关于穆索尔斯基[14]的文章（至今也写不出名字），颇像一个在门口抓着礼堂大门的孩子，偷窥一场陌生人的盛大狂欢。

你知道魏斯的《火刑》[15]吗？我把它放在身边好几个星期了，已经读了一遍半，它是宏伟的，甚至比其他的都要困难，虽然它想很个人化，然后又因其回转蜿蜒而不愿如此。我还没有感谢他，我的良心上承受了几个这样的负担。要将它们从我自己身上转移几个：你是不是已经写过《纳阿尔》[16]了？

由衷地问候费利克斯和奥斯卡（我没有从凯瑟[17]那里得到任何进一步的消息，可能也不会再得到。）。

你知道克洛普斯托克的事吗？晚报有刊登他什么东西吗？

附言：我也想给马克斯写信。也许他会给我写几个字，也许会给我带来很多乐趣。但我太笨了，现在也累了，这个对我来说还很陌生的德国人，根本不想听我的话。但我想热情地问候他，向他请教如何去波希米亚的某个小镇生活。弗兰茨提到了布尔诺或莱特梅里茨，他想住在那里。但你能去那里吗？你要怎么做才能来这儿？我该找谁？我问这么多或是提问是不是很不好？我实在不知道，也许我最好不要这样。但对马克斯，弗兰茨的朋友？

累了，所以胡说八道。你保重（我说你！）衷心问候你。

朵拉

明信片

邮戳：奥特曼，1924年4月9日

致：布罗德博士　布拉格五区　布赫霍瓦街8号
寄信人：卡夫卡博士　维也纳瓦尔德疗养院　奥特曼　下奥地利

亲爱的马克斯，花费[18]很高，很可能高得吓人；约瑟芬[19]一定要帮点儿忙，没有别的办法。请把它提供给奥托·皮克[20]（当然他可以从《沉思》中印刷任何他喜欢的东西），如果他接受了，之后请把它寄给施密德[21]，如果他不接受，那就马上寄去。至于我，显然是喉部的问题。朵拉和我在一起，问候你的妻子、费利克斯和奥斯卡。

弗

附言：弗兰茨非常疲惫，所以卡片这样简短。我很蠢，无法将其填满。我昨天来这儿的，住在疗养院旁边。如果能安排好的话，我会留在这里，而不是在维也纳。等等看吧。衷心问候。

朵拉

恳求你，马克斯，尽可能卖出去。我必须不惜一切代价留在这里。我需要的东西非常少，所以会有可能。情况非常，非常严重。

邮戳：基尔林，1924年4月20日

由朵拉·迪亚曼特寄给：马克斯·布罗德博士　布拉格二区　潘施卡12号　布拉格日报编辑处
寄信人信息由朵拉所写：克罗斯特新堡-基尔林　霍夫曼医生疗养院　下奥地利

最亲爱的马克斯，我刚刚收到你的信[22]，这让我无比高兴，似乎很久没有看到你的只言片语了。最重要的是我很抱歉，因为我的原因，信件及通话的噪声围绕着你。这在很大程度上是没有必要的，是由神经衰弱造成的（我说话多么夸张，然而我今天已经无缘无故地哭了好几次，我的邻居[23]在夜里死了），然后，我承认，也是由于维也纳森林里那个邪恶压抑的疗养院造成的。一旦接受了喉部结核的事实，我的病情就可以忍受了，目前我又可以吞咽了。而且住院的日子并不像你想象的那么糟糕；相反，在许多方面，它是一种馈赠。由于你的来信，我得到了韦弗尔各种非常友好的馈赠：一位与他交好的女医生来访，她还和教授谈了话，然后他还把坦德勒[24]教授的地址给了我，坦德勒教授是他的朋友，然后他给我寄来了小说[25]（我迫切地渴望着一本书，适合我的书）和玫瑰花，虽然我恳请他不要来（因为对于病人来说这里是极好的，对来访者来说是可怕的，在这方面对病人来说也是如此），但他寄来的一张卡片表明他今天还是要来[26]，晚上他就要去威尼斯了。我现在和朵拉一起去基尔林。

也非常感谢你出色地为我处理了这么多繁杂的文学事务。

祝你和属于你生命中的一切都好。

弗

我的地址，也许朵拉告诉父母的并不确切：

霍夫曼医生疗养院，

克罗斯特新堡，基尔林，

下奥地利。

附言：请把钱寄往疗养院的地址。诚挚的D.

明信片

邮戳：基尔林，1924年4月28日

由朵拉·迪亚曼特寄给：马克斯·布罗德　布拉格日报编辑处　布拉格二区　潘施卡12号

最亲爱的马克斯，你对我多么好，这几周我亏欠你多少。奥特拉会告诉你关于医疗方面的事情。我很虚弱，但在这里得到了很好的照顾。我们至今还没有求助于坦德勒，也许通过他可以在地理位置非常优越的格里门施泰因[27]获得一张免费的床位或便宜的床位，但我现在不能旅行，而且那里可能还会有别的缺点。我首先要感谢布劳博士[28]的推荐信，不是吗？赠阅本[29]对我来说很珍贵，只是我一直没有收到，到目前为止，我只收到了星期四和星期五两期，其他的都没有收到，连复活节刊也还没有到，地址也不清楚，有一次写的是基尔格，请你好心过去，也许复活节刊还能寄给我（补充：刚刚在家里收到了，看来邮寄的东西顺利到达了）。你的两个包裹，尤其是第二个包裹，让我非常开心，雷克兰出版社的书似乎注定是给我的。我当然并未真正阅读（但韦弗尔的小说，我在读，甚是缓慢，但定期在读），因为我太累了，闭着眼睛是我的自然状态，但与书和杂志打交道让我感到幸福。

保重，我亲爱的、善良的马克斯。

弗

附言：非常感谢你，好人。

朵拉

明信片

邮戳：基尔林，1924年5月20日

由朵拉·迪亚曼特寄给：马克斯·布罗德　布拉格日报编辑处　布拉格二区　潘施卡12号

最亲爱的马克斯，所以现在书也到了，看上去就已经很卓越了，华丽的黄色与红色，还带着些许黑色，非常诱人，而且是免费的，显然是陶贝尔斯公司[30]的礼物——这一定是在酒精中毒的某些残余之中——由于我现在每天都要注射一两针，醉意交加，总有残余——所以，我才会在朵拉纯真的驱使下，直截了当地、厚颜无耻地，要求你“购置”这本书。真希望在你来的时候，我用了一针强效的酒精，让自己变得更有人样，我曾如此热切地期待你的来访，如今它的走向如此令人失望。不过，这并不是格外糟糕的一天，你不必这么想，它只是比前一天更糟糕而已，但时间和发烧就是这样继续着（现在罗伯特[31]正在尝试使用氨基比林）。除了这些及其他要抱怨的事情外，当然还有一些微小的快乐，但是它们的传达是不可能的，或者说正是为一次来访而保留的，我已经如此可悲地破坏的来访。保重，谢谢你做的一切。

问候费利克斯和奥斯卡。

弗

附言：还有来自我的诚挚问候。非常、非常感谢寄来的书。弗兰茨觉得，你肯定要付钱，因为一张书店的发票附在其中。

注 释

1904

1 马克斯·布罗德（Max Brod，1884—1968）：捷克已故犹太人作家。弗兰茨·卡夫卡的终身挚友。1902年，在布拉格查理大学进修法律时结识弗兰茨·卡夫卡。1924年卡夫卡病逝后，布罗德没有遵照他的意愿将手稿烧掉，而是陆续将它们编辑出版。他是发现卡夫卡写作天才和巨大价值的第一人。除此之外，马克斯·布罗德本人其实也是一位著作颇丰的作家，而且是门类广泛的评论家。——译者注

2 埃瓦尔德·普利布拉姆（Erwald Přibram）：卡夫卡中学及大学期间的同学和朋友，信件中经常提到。他的父亲奥托·普利布拉姆（Otto Přibram）从1895年到1917年去世，一直担任波希米亚王国工人事故保险协会的主席，卡夫卡1908年受雇于该协会。

3 古斯塔夫·福楼拜（Gustave Flaubert，1821—1880）：法国文学家，世界文学名著《包法利夫人》的作者。——译者注

4 “另一天，我下午打个盹后……我在花园里喝下午茶。”这部分在卡夫卡的中篇小说《一次斗争的描述》（*Beschreibung eines Kampfes*）中几乎可以找到相同的措辞（Be 91）。

5 乔治·戈登·拜伦（George Gordon Byron，1788—1824）：英国19世纪初期伟大的浪漫主义诗人。——译者注

6 卡夫卡引用了拜伦1814年4月10日的日记。《拜伦的日记和信件》（*Byrons Tagebücher und Briefe, hrsg. von Hans Landsberg, Bd.I*［4.Aufl., Berlin: Simion, 1904］），卡夫卡死后遗留的藏书中有此书。

7 《托尼奥·克勒格尔》（*Tonio Kröger*）是托马斯·曼的中篇小说，小说展现了一个艺术家的成长过程，旨在表达艺术家身上艺术与生活的矛盾共存。首次出版于1903年2月的德国文学季刊《新德意志评论》（*Neue deutsche Rundschau*），之后收录于中篇小说集《特里斯坦，六篇中篇小说》（Tristan. Sechs Novellen，Berlin：S.Fischer, 1903）。

8 《郊游至暗红色》（Die Erziehung zur Hetäre, Ausflüge ins Dunkelrote, Berlin etc.: Juncker）马克斯·布罗德的中篇小说，直到1909年才出版。奥斯卡·鲍姆（Oskar Baum）谈到他的朋友卡夫卡时曾说：“我们的初次见面仍然清晰可忆。马克斯·布罗德安排了此次碰面。1904年秋天的一个下午他带弗兰茨·卡夫卡到我这儿，并给我们朗读了他刚完成的中篇小说《郊游至暗红

色》。”（Witiko 1929：3, S.126）。

1905

1 气动管道邮政。19世纪中叶在欧洲出现的气动力立柱运输形式。把信件放在类似活塞的圆筒里，圆筒在压缩空气的推动下，经过埋在地下的管道，从一个邮局送到另一个邮局。一百多年前，这种方法曾经在西方一些大城市风行一时。——译者注

2 这可能与这一时期布罗德在布拉格的“卢浮宫”咖啡馆（Café Louvre）做的关于“伦理中的证据”（Evidenz in der Ethik）的报告有关，这是哲学家圈子的一个汇合点，卡夫卡也参加了这次讨论会（参见SL 167）。

3 《威廉·冯·库格尔根，一个老人的青年回忆》（*Wilhelm von Kügelgen, Jugenderinnerungen eines alten Mannes*, 1894），卡夫卡死后遗留的藏书中有此书。

4 楚格曼特尔（Zuckmantel）处于捷克和波兰边界的城市。卡夫卡于1905年及1906年夏季在这里的疗养院居住。——译者注

5 斯蒂芬·安东·乔治（Stefan Anton George，1868—1933）是一位德国诗人，马克斯·布罗德曾为其作品谱曲。这里可能指在作曲时：1905年，布罗德为斯蒂芬·乔治的诗歌“Indes deine Mutter dich stillt”（Das Jahr der Seele）谱曲（Das musikalische Œuvre von Max Brod, Max Brod.Ein Gedenkbuch, hrsg. Hugo Gold, Tel-Aviv：Olamenu 1969, S.285）。1904—1910年间卡夫卡显然高度赞赏乔治的诗歌（见1910年注释22）。

6 米斯德洛伊（Misdroy），波兰城市，著名的海滨度假胜地，位于波罗的海岸。——译者注

7 可参见克劳斯·瓦根巴赫所写，《卡夫卡的三个疗养院》第77—81页（*Klaus Wagenbach, Drei Sanatorien Kafkas Freibeuter 16*, 1983, S.77—81）。

1906

1 可能是艺术展览“美丽的布拉格”，自1906年2月初以来一直在布拉格音乐厅举办（根据2月18日的报纸报道），引起了人们的极大兴趣。

2 这里指两人共同订阅的杂志《紫水晶：奇葩文学和艺术作品集》（*Amethyst: Blätter für seltsame Litteratur und Kunst*），杂志仅为订户印刷。该杂志由弗朗兹·布莱（Franz Blei）于1905年12月至1906年秋在慕尼黑发行。1906年2月刊载有马克斯·布罗德的三首诗（见1907年注释14）。

3 这里指1906年3月13日举行的“普通法和奥地利宪法，国际法和政治经济”博士学位答辩（Rigorosum Ⅲ）。

4 阿尔弗雷德·韦伯教授（W.Alfred Weber，1868—1958）：德国经济学家、地理学家、社会学家和文化理论家，他是马克斯·韦伯的弟弟。1904年，他受聘于布拉格的卡尔·费迪南德大学（Karl-Ferdinands-Universität），指导了学生马克斯·布罗德，给布罗德留下了深刻的印象（SL 203—209）。他也是卡夫卡博士学位答辩的负责人，他后来的作品影响了卡夫卡的思想和写作，例如，1910年10月在德国文学季刊《新德意志评论》（*Neue deutsche Rundschau*）上出版的《公务员》（*Der Beamte*）一文。

5 埃瓦尔德·普利布拉姆（见1904年注释2）。

6 指父亲开的日用品店从原址：Zeltnergasse 12号迁至新地址：Palais Kinsky，Altstädterring 16号。

7 马克斯·布罗德出版的第一本书《死亡死者！》（Tod den Toten! Stuttgart: Juncker 1906）。

8 托马斯·巴宾顿·麦考莱（Thomas Babington Macaulay，1800—1859）：英国历史学家、政治家。著有《自詹姆斯二世即位以来的英国史》（《英国史》）。历史学家乔治·麦考莱·特里维廉是他的甥孙。——译者注

9 《克莱夫勋爵》（*Lord Clive*），麦考莱1840年出版的一篇历史散文。

10 《幸运儿》（*Die Glücklichen*），马克斯·布罗德在这儿写道：“一部我多年未完成的小说。标题曾考虑为《千种娱乐》（*Die tausend Vergnügungen*）。”（Br 498）。

11 卡片信，是一种简化的信件形式，卡片信件用来传递较短的信息。——译者注

12 指原定于6月13日举行的“罗马法、宗教法和德国法”的博士学位毕业答辩。

13 在学生之间传阅的律师霍拉兹·克拉斯诺波尔斯基的课程讲义（Horaz Krasnopolski，1842—1908）（参见WB 127f.）。

14 古尔登，德国国家地区14—19世纪的货币单位，与货币单位“弗罗林”可互换使用名称，国际缩写fl或f。——译者注

15 布罗德对签名进行了补充：“也许是Ritschi Grader。”（Br 497）。

16 大概是奥托·卡夫卡（Otto Kafka，1879—1939），是卡夫卡叔叔菲利普（Filip Kafka）的儿子，参见安东尼·诺斯《卡夫卡一家子》第48—52页（Anthony Northey, Kafkas Mischpoche, Berlin: Wagenbach 1988, S.48—52）。

17 1906年12月17日，著名的印度舞舞者露丝·圣丹尼斯小姐（Miss Ruth

St.Denis）（见《布拉格日报》，1906年12月18日）的欧洲巡演在布拉格开始。雨果·冯·霍夫曼施塔尔（Hugo von Hoffmannsthal）曾写过关于她的文章“无与伦比的舞者”（Die unvergleichliche Tänzerin，1906）。

1907

1 马克斯·布罗德曾在柏林周刊《当代》（*Die Gegenwart*）（第71卷，第93页：1907年2月9日）中赞扬卡夫卡的风格，尽管当时卡夫卡什么都没发表。

2 在1907年2月9日这期《当代》中马克斯·布罗德在弗朗兹·布莱撰写的戏剧《黑暗之路》（*Der dunkle Weg*）的评论中将卡夫卡与德国作家亨利希·曼（Heinrich Mann）、韦德金（Wedekind）及奥地利作家梅林克（Meyrink）进行了比较。

3 达累斯萨拉姆（Dar-es-Salâm），坦桑尼亚最大的城市；乌兹奇吉（Udschidschi），坦桑尼亚小城；温得和克（Windhoek），纳米比亚首都。——译者注

4 弗拉基劳斯大街（Wladislausgasse），卡夫卡另一位青年时代的好友奥斯卡·波拉克（Oskar Pollak，1883—1915）住在这条街。

5 费迪南德大街（Ferdinandstrasse）上雅致的咖啡馆，见1905年注释2。

6 特热什季（Triesch），捷克小城，卡夫卡的舅舅，医生西格弗里德·洛威（Siegfried Löwy，1867—1942）生活在这里，1907年卡夫卡在这里度假。

7 所有想要进入公共服务部门的律师都必须接受的一年法律实践。卡夫卡从1906年10月开始，先在地方法院，继而在布拉格的刑事法院实习（WB 136）。

8 霍穆托夫（Komotau）是捷克的一座城市，布罗德曾在这里的金融区管理局临时任职。

9 卡夫卡的“马德里舅舅”，阿尔弗雷德·洛威（Alfred Löwy，1852—1923），他当时是西班牙铁路局的局长（见Anthony Northey, Kafkas Mischpoche, Berlin：Wagenbach 1988, S.31—38）。

10 当时十九岁的海德薇格·韦勒（Hedwig Weiler，1887—1953）在特热什季的亲戚处度假，与卡夫卡相识。卡夫卡给她的信（Br 39—65）证明了两者之间的恋爱关系发展到1908年年底。海德薇格·韦勒，也就是海德薇·赫兹卡博士（Hedwig Herzka）后来特别致力于在奥地利推广犹太复国主义青年运动。

11 马克斯·布罗德的早期中篇小说集《实验》（Experimente, Berlin etc.: Juncker 1907），包括四篇故事，第二篇《卡里那岛》（*die Insel Carina*）中的一位人物Carus代表了布罗德初见的卡夫卡，布罗德将他描绘为“审美家”

（SL 184）。

12 可能是《司汤达日记，1801—1814》（Journal de Stendhal 1801—1814, Paris：Charpentier 1899），卡夫卡死后遗留的藏书中有此书。

13 《蛋白石：艺术文学作品集》（*Die Opalen*: *Die Opale.Blätter für Kunst und Litteratur*）弗朗兹·布莱于1907年出版的私人刊物。布罗德已在第一期中出版了“Launen des Eros，Ein skizzierter Roman”（上半册，第17—21页），这里指的是布罗德在第二期发表的《四首诗》（*vier Gedichte*, 第182—184页）。见以下注释。

14 《紫水晶》也是弗朗兹·布莱发行的杂志，布罗德在其中一期发表了诗作。因为布罗德在准备第一本诗集《恋人之路》（Der Weg des Verliebten, Berlin etc.：Juncker 1907/1908），因此索要1906年在《紫水晶》中出版的诗歌的副本：“Von Küssen”（参见《恋人之路》第23页），“Von einem Fläschlein”（同上，第66页）及“Die Solitüde oder Von drei Rosenketten”。由于卡夫卡没有带那一期，因此随这封信他附上了布罗德在《蛋白石》中发表的四首诗的手抄件，布罗德可能也索要过这几首诗。包括“Das schöne Mädchen spricht”（参见《恋人之路》，第5—6页），“Erinnerung”（同上，第67页）及“Sehnsucht”和“Nächtliche Gesellschaft”。

15 卡夫卡为布罗德的书《恋人之路》设计了封面。这本书原定名“Erotes”。1907年11月，卡夫卡写信给海德维格·韦勒：“《*Erotes*》将很快以《恋人之路》为标题出版，但没有我的封面，它已被证明是不可复制的。”（Br 50）。

16 德语 Erzgebirg，厄尔士山脉意为矿山，捷克语称为克鲁什内山脉，是德国和捷克边境的一条山脉，霍穆托夫这个城市位于山脚下。——译者注

17 卡夫卡这一时期正在练习使用不同的书法体，处于从德语草体到拉丁书写体的过渡阶段。卡夫卡这里夸张了，这个时候仅仅是一封他给布罗德的信从德语草体改为了拉丁书写体。但是可以证明，此时他的书写发生了变化（例如，1907年9月11日从布拉格发出的一封信的信封上他使用了部分德语草体，部分拉丁书写体），但他在10月2日填写的忠利保险公司求职申请上，几乎全部使用德语草体，他于1907年（到冬天为止，参见Br 51）所有写给海德维格·韦勒的信都保留了德语草体。根据保留下来的资料，直到1907年到1908年左右，他才最终完全不使用德语草体。

18 卡夫卡10月开始在忠利保险公司（Assicurazioni Generali）担任助理。特热什布拉格分公司位于Wenzelsplatz。

19 这里指的应该是《蛋白石》的订阅者被告知第3期将要推迟出版。实际上，从弗朗兹·布莱1907年12月2日（DLA Marbach）致阿尔弗雷德·沃尔特·海

默尔（Alfred Walter Heymel）的信可以看出，直到这一年年底才发行第3期和第4期。

20 应该是指当时的艺术家宝拉·里德尔（Paula Riedl），这一周她是维也纳城市酒店每日表演的焦点。

21 卡巴莱（Cabaret）是一种戏剧娱乐形式，包括音乐、歌曲、舞蹈、朗诵或戏剧。它主要以表演场地为特色，可能是酒吧，餐厅或有表演舞台的夜总会。——译者注

22 卡夫卡被忠利保险公司雇用时，公司表示他之后主要负责驻外工作（WB 246）。参见Br 50。

23 琉善（Lukian，约125—180）：罗马帝国时代希腊语讽刺作家。这里可能指他的《妓女对话》（Die Hetärengespräche，Leipzig：Zeitler 1907），弗莱茨·布莱翻译了此书，并配有15幅古斯塔夫·克里姆特的画作。《蛋白石》第一期预告了此书，布罗德在《当代》（Die Gegenwart 72，1907），第365页对此书进行了评论。

24 这里指他在忠利保险公司的入职体检。

25 柯索（Corso），卡夫卡和布罗德常去的咖啡馆。“一天的工作结束后，芭蕾舞，绚烂的表演及布拉格大企业家都在这里会合，这里成为美的交会点。”（《布拉格日报》，1907年3月31日）。

26 阿诺德·魏斯伯格（Arnold Weißberger），他因银行工作与布罗德的父亲有来往，他的儿子管理着忠利保险公司在马德里的分行，卡夫卡这一时期在忠利保险公司工作。见KH 332f。

27 马克斯·鲍莫尔（Max Bäuml），布罗德青年时期的朋友，于1908年4月去世。布罗德后来写道：“从那时起，我和弗兰茨的关系更加深入。”见1908年注释9。

1908

1 由联邦经济部部长颁发给对奥地利经济做出杰出贡献的公司，这一传统可追溯到奥地利帝国时期。——译者注

2 布拉格赛马场就位于那儿。

3 特拉卡德罗（Trakadero），库舍里巴德（Kuschelbad），埃尔多拉多（Eldorado）均为卡夫卡和布罗德常去的小酒馆，在水果市场旁边。

4 一家夜店。

5 由奥地利轻歌剧作曲家和指挥卡尔·米洛克（Karl Millöcker）1886年创作的轻歌剧，是娱乐性较强的一类歌剧。

6 当时，卡夫卡的外祖父雅各布·洛伊（Jakob Löwy，1824—1910）在布拉格老城与卡夫卡的父母住得很近。

7 女服务员Hansi Julie Szokoll（见WBL 51）。

8 盛大的布拉格纪念庆典展览，到那时为止，展览已吸引包括弗兰茨·费迪南德大公（Franz Ferdinand）在内的三十万余名参观者——晚上有户外音乐会，节日灯光秀等。

9 指布罗德的小说《诺内皮格城堡》（Schloß Nornepygge，Der Roman des Indifferenten, Berlin etc.：Juncker 1908），写于1903—1908年，书内题词“为纪念我亲密的朋友和同事马克斯·鲍莫尔”。

10 1908年7月3日是卡夫卡二十五岁生日。

11 这里可能指布罗德未完成的小说《幸运儿》（见1906年注释10和1910年注释1）。

12 易北河畔杰钦（Tetschen am Elbe），北波希米亚工业区的小城，卡夫卡常去那儿出差。

13 切尔诺希采（Černošic），捷克西部城市。——译者注

14 马克斯·布罗德和他的弟弟奥托去了意大利北部加尔达湖边的里瓦（见SL 242f.）。

15 博罗梅安群岛（die Borromäischen Inseln），位于意大利的岛屿。

16 斯皮茨山（Spitzberg）位于波希米亚森林南部的避暑胜地。——译者注

17 布罗德的小说《诺内皮格城堡》（见以上注释9）。

18 可能指卡夫卡未完成的小说《乡村的婚礼筹备》（*Hochzeitsvorbereitungen auf dem Lande*），其中两个版本以拉丁书写体流传，1908年才完成。

19 《魔女》（*La Sortière*），这是法国舞台剧和电影女演员莎拉·伯恩哈特（Sarah Bernhardt）在布拉格的首次客座演出。1908年10月27日，她与她的巴黎合奏团一起演出了维克托·萨杜（Victorien Sardou，1837—1908）为她写的舞台剧《巫师》（*La Sortière*）。

20 布罗德《捷克女佣的故事》（*Das tschechische Dienstmädchen.Eine Geschichte*）于1907年在《蛋白石》（第二卷下，第3期，第39—82页）（见1907年注释13）杂志上发表。书版——《一个捷克女佣》小小说于1909年1月在容克出版社出版（见SL 220—222）。

21 鲁道夫·卡斯纳（Rudolf Kassner，1873—1959）所写散文《丹尼斯·狄德罗》（Denis Diderot, Berlin：Marquardt, 1906）。卡夫卡死后遗留的藏书中有卡斯纳的书《电影随笔》（Kassners Buch Motive.Essays, Berlin：S.Fischer, 1906）。

22 鲁道夫·卡斯纳（Rudolf Kassner，1873—1959）：奥地利作家、散文家、翻

译家和文化哲学家。——译者注

23 埃尔莎·陶西格（Elisa Taussig，1883—1942），于1913年与布罗德结婚。——译者注

24 这家电影院于1907年设立于“东方”（Orient）咖啡馆，位于布拉格市中心。

25 《多情的卫兵》（*gallant Gardist*）1908年上映的法国电影，讲述一名卫兵爱慕吉卜赛女郎，却因此遭到流浪汉的袭击，在打斗中杀死一个流浪汉，被告上法庭处以死刑，危急时刻因吉卜赛女郎的证词获救。——译者注

26 《贪婪的宪兵》（*durstige Gendarm*），一部喜剧电影的名字。对这部电影的描述参见汉斯·齐斯勒《弗兰茨·卡夫卡去电影院》（Hanns Zischle, Maßlose Unterhaltung.Franz Kafka geht ins Kino, Freibeuter 16, 1983, S.36f）。

27 指两人共同阅读的法国作家福楼拜的原版小说《圣安东尼的诱惑》（*Die Versuchung des heiligen Antonius,* 1874）（见FK 54）。

28 《幸运儿》，布罗德的小说，见1906年注释10。

29 盲人作家奥斯卡·鲍姆（Oskar Baum），1904年经布罗德介绍与卡夫卡相识，成为卡夫卡终生的朋友。关于三人的友谊见布罗德在PK 118—132页所写。

1909

1 “Arco”咖啡馆位于布拉格中心海伯纳胡同（Hybernergasse），在战前那些年，它是年青一代文学家的聚集地。

2 大概是埃瓦尔德·普利布拉姆，见1904年注释2。

3 布罗德在这里补充，“这里指一个给我的职位”（Br 499）。

4 卡夫卡大概暗示他希望在《布拉格日报》的《波希米亚》（*Bohemia*）的文化版块中发表文章。可能是他对弗朗兹·布莱的“Die Puderquaste”的书评——“Ein Damenbrevier”, München：Hyperion-Verlag 1909，于1908年圣诞节发表。这一事件的过程可还原如下：

1.1909年1月22日（星期五），卡夫卡向布罗德寻求建议，如何在《波希米亚》回绝他的书评时“得到保障”；

2.布罗德立即把书评“Ein Damenbrevier”发给他的朋友赫瓦尔特·瓦尔登（Herwarth Walden），后者刚刚成为杂志《新路》（*Der neue Weg*）的编辑。之后卡夫卡的书评发表于该杂志2月6日第二期（这里参见Paul Raabe, Franz Kafka und Franz Blei”, Sy 7—20）。一份由埃尔莎·陶西格誊写的此书评的副本也证明了此事，此份副本开始誊写得很清晰，后面显然很着急。

5 指布罗德在布拉格邮政管理局的工作。

6 雅各布·洛伊，见1908年注释6及后面的信件。

7 布罗德的诗作《石头，不是人》（*Steine, nicht Menschen*）1909年4月11日刊登在《波希米亚》的复活节增刊中，之后收录于马克斯·布罗德《诗歌日记》（Tagebuch in Versen, Berlin：Juncker, 1910, S.70f）。

8 克努特·哈姆森（Knut Hamsun，1859—1952）：挪威作家，1920年诺贝尔文学奖获得者，哈姆森是卡夫卡"满怀热情阅读"（FK 46）的作者之一，他的意识流和内心独白手法影响了卡夫卡。这里指他1906年出版的小说《秋星之下》（*Unter Herbststernen*）。

9 根据笔迹显示，应按字面意义理解。

10 卡夫卡的母亲必须做的手术（见Br 67）。

11 老新犹太会堂（Altneusynagoge）位于捷克首都布拉格，是欧洲仍在使用的最古老的犹太会堂。

12 布罗德对此补充："因为额外工作的安慰信，当时的老板，邮局局长卡兰德拉（Kalandra）给我安排了额外的工作。"（Br 499）。

13 多布日霍维采（Dobrichowitz），位于布拉格西南的小城。布罗德在他1909年7月1日发表的随笔《乡村马戏团》（Zirkus auf dem Lande, Die Schaubühne 5, Ⅱ.S.33—35）中描写了一次去多布日霍维采的郊游，他与卡夫卡和另一位他们的共同密友费利克斯·韦尔奇（Felix Weltsch）于1909年5月30到31日，圣灵降临节之际，曾共同去那儿郊游。

14 很可能指卡夫卡未完成的小说《乡村的婚礼筹备》。

15 慕尼霍维采（Mnichovic）和施特兰席茨（Stranschitz）位于布拉格东南萨扎瓦（Sazawa）河谷的小镇。他们第二年夏天有时也去那里，比如，布罗德在1910年7月18日的日记中写道："与卡夫卡，韦尔奇和韦费尔一起去萨扎瓦的Senohrab村郊游。"（参见SL 23）。

16 黑客·普塑尔（Hacker-Pschorr），慕尼黑啤酒品牌。

17 可能指布罗德的《幸运儿》，见1906年注释10。

18 奥斯卡·鲍姆当时尚未出版的小说《黑暗中的生活》（Das Leben im Dunkeln, Berlin：Juncker 1909.Vgl.Br 71）。

19 卡夫卡自1908年起进入工人意外事故保险机构，在保险机构工作负责的四个地区分别为弗里兰德（Friedland）、伦堡（Rumburg）、赖兴贝格（Reichenberg）和加布隆茨（Gablonz）。

20 韦利·诺瓦克（Willi Nowak，1886—1977）：德国波希米亚画家，版画家。1910年夏天布罗德和卡夫卡在当时鲜为人知的艺术家那里学习了法语（"7月7日，和卡夫卡在诺瓦克那儿，法语""7月30日。在诺瓦克那儿，和卡夫卡一起”，布罗德的日记写道）。1911年1月25日，他画了著名的布罗德肖像（FKA第41页插图），两天后展出。然后布罗德在2月15日的日记中写道：“诺瓦克画作的销售——卡夫卡。”另请参见卡夫卡1911年12月23日的日记条目（T 199—202），有他对诺瓦克艺术成就的评价。

21 施泰希维茨（Stechowitz），捷克小城。——译者注

22 要么是罗伯特·韦尔奇（Robert Weltsch）的姐姐莉丝·韦尔奇（Lise Weltsch，1889—1974）——之后的卡兹尼尔森夫人（Frau Kaznelson），要么是卡夫卡的密友费利克斯的姐姐贝蒂·韦尔奇（Betty Weltsch）。

23 与这封信一起的图几乎已从信纸上被完全清除。

24 卡夫卡与布罗德和他的弟弟奥托·布罗德（Otto Brod）一起计划去意大利北部加尔达湖畔里瓦度假（见BKR）。

25 根据布罗德的日记，卡夫卡显然最终放弃了将出发去往里瓦推迟到9月7日的提议：“9月4日。与卡夫卡在一起去里瓦，奥托晚些来。”

26 《布拉格的一次来访》（Ein Besuch in Prag，Bohemia 1909，Nr.278，8.Okt.1909）。在这篇文章中他叙述了与福楼拜的侄女卡洛琳·富兰克林·格劳特（Caroline Franklin-Grout）见面的情况（见BKR）。

27 路易·海辛特·布伊赫特（Louis-Hyacinthe Bouilhet，1822—1869）：法国诗人、戏剧家，是福楼拜的朋友（见BKR）。

28 凯斯特哈尼克欺诈案（Kestranekprozeß），当时在布拉格引起了轰动。

29 卡夫卡在保险机构的同事西格蒙德·弗莱希曼（Siegmund Fleischmann）。“可惜常常试图（没有恶意）激励他从事科研工作”（Br 500）。

30 福楼拜的小说《圣安东尼的诱惑》，见1908年注释27。1909年11月17日，布罗德也在日记中写道：“与卡夫卡一起，圣安东尼让我们兴奋！”

31 海因里希·劳赫伯格（Heinrich Rauchberg），布拉格的国际法和统计学教授，曾是卡夫卡大学期间的老师（兼考官）之一。

32 见以上注释18。

33 这里指一类公职人员的工作，他们在机构里负责设计构思、项目、问题解决等。卡夫卡自1910年以来一直从事理念顾问（Conzipist）工作。这一工作大约对应现在的项目经理。而作为该工作的前一阶段就是理念实习生（Conzeptspraktikant）。

34 这是卡夫卡前往北波希米亚工业区的商务旅行之一，为了保险起见，他必须将工厂“分类”至现有的危险类别（请参见日期为1909年12月22日的明信片）。这次旅行的确切日期仍不清楚，因为卡片上的邮戳难以辨认。

35 见以上注释34。

1910

1 这里还是指布罗德多年未完成的小说《幸运儿》或者《千种娱乐》（见1906年注释10）。1909年12月26日，布罗德在日记中写道："第31章结束了，读给卡夫卡听，他非常喜欢。"

2 上述小说的女主角米拉达（Milada）。参见布罗德的诗《致米兰达》（*An Milada*），这首诗是他《诗歌日记》（*Tage buch in Versen*，1910）的序言。

3 索菲·布罗德（Sophie Brod），后来是索菲·弗里德曼夫人（Sophie Friedmann），见以下的注释45和1911年注释10。

4 这是一种自我讽刺，卡夫卡在1910年—1911年左右开始成为一名素食主义者。——译者注

5 露赛娜（die Lucerna），是一家位于布拉格瓦茨拉夫广场上的大都市歌舞剧院，捷克语名字意为"灯笼"。

6 卡夫卡这一时期可能正在创作中篇小说《一次斗争的描述》（*Beschreibung eines Kampfes*）的第二个版本。

7 指丹麦体操教育家约尔根·彼得·穆勒（J.P.Müller）提出的体操健身方法，19世纪初期一度风靡欧洲，当时"穆勒"已成为体操的代名词。

8 指捷克"现实主义党派"托马斯·G. 马萨里克（Tomáš G.Masaryks，1850—1937）的国民议会，他是捷克斯洛伐克首任总统。

9 马萨里克的朋友和同事让·海尔本（Jan Herben）。

10 施托克豪森大街（Stockhausgasse）。——译者注

11 根据布罗德的说明，女演员西比尔·斯莫洛瓦（Sybil Smolová）认为他和卡夫卡都"有着过人的才华"（Br 500）。

12 《时代日报》（Čas），由海尔本编辑的"现实主义党派"的机关刊物。

13 原文为捷克语："Jejíútlý, čistý procitlivělý hlásek arci příjemn ě se poslouchal。"

14 1910年3月4日至5月20日，在威尼斯举行了以塔诺斯卡伯爵夫人（die Gräfin Tarnowska）为中心的关于杀害科莫罗夫斯基伯爵（der Graf Komarowsky）的轰动性审判。《波希米亚日报》3月6日刊登的一篇由戏剧顾问威利·汉德尔（Willi Handl）撰写的文章"Die Tarnowska"，详细叙述了该审判的开始。保罗·维格勒（Paul Wiegler）的评论无法查证。

15 约尔根·彼得·穆勒提出的体操健身方法，见以上注释7。

16 见以上注释7。

17 卡夫卡在1910年5月1日被任命为该协会的理念顾问时（见1909年注释33），基本薪资才提高，每年增至1800克朗（1892年—1924年奥匈帝国时期货币

单位）。

18 指《一次斗争的描述》，根据布罗德的日记记录，卡夫卡于1910年3月14日给他朗读了小说中的内容。参见Br 500。

19 这是指卡夫卡撰写的五篇散文作品，这时已递交给报纸的文艺专栏编辑保罗·威格勒（Paul Wiegler，1878—1949）（参见Be 149f.），并于1910年3月27日刊登在《波希米亚》的复活节增刊中。3月19日，布罗德在日记中记录："与不开心的卡夫卡，晚上，和威格勒，Korynta餐厅。"

20 这里指卡夫卡对他的老板罗伯特·马什纳（Robert Marschner，自1908年起担任保险机构主席）的著作*Die Mutterschaftsversicherung vom Standpunkte der Versicherungswissenschaft*撰写的书评。这篇书评之后发表于月刊《德意志劳动》（*Deutsche Arbeit: Monatschrift für das geistige Leben der Deutschen in Böhmen*），第9卷（1909/1910）［1910年6月刊］；在WB 279再版。费迪南德·马特拉斯（Ferdinand Matras）是该杂志的编辑，布罗德也参与了编辑。

21 可能是长篇小说《犹太女人》（*Jüdinnen*，1911年5月初于容克出版社出版）。1910年4月30日，布罗德记录："下午，写作，第5章——跑去找卡夫卡，朗读。真快乐！"在6月9日写道："小说结束了……在卢浮宫咖啡馆给卡夫卡朗读结尾。"

22 布罗德在1910年5月27日的日记中写道："卡夫卡美好的来信：卵石，瓦尔泽，乔治。" 斯特芬·乔治（Stefan George，1868—1933）德国诗人，翻译家，这里他的书可能是Das Jahr der Seele或者Die Bücher der Hirten-und Preisgedichte, der Sagen und Sänge und der hängenden Gärten（见WB 219，注释457），关于瓦尔泽参见下一条注释，卵石一直保存至今。

23 罗伯特·瓦尔泽（Robert Walser，1878—1956）：瑞士作家，这里指他的长篇小说《雅考伯·冯·贡腾》（Jakob von Gunten，1909年）（参见Br 75）。"破散"的版本保留了下来。

24 卡夫卡的画。布罗德补充，"也是对赞美的拒绝"（Br 501），见1916年注释13。

25 设有音乐厅和展览室的艺术馆，位于布拉格Kronprinz-Rudolf-Quai大街。

26 1910年年初，布罗德致力于为自己的第二本诗集《诗歌日记》整理诗歌，该书于同年12月由容克出版社出版。7月4日，他在日记中写道："给这本书的诗。"7月6日，他写道："好朋友卡夫卡，拯救了我的诗集，帮我删减了60多首逊色的诗。" 在这些已通过审查的诗中包括一首《家的幸福》（Familienglück，诗歌日记，第56页），卡夫卡在此提到了，倒数第二节如下：

那是隔壁房间的叫喊声，

你吓到了吗，因为这熟悉吵闹声？
那是我们的孩子，一场永恒的舞会，
他们活蹦乱跳，吵吵闹闹。

27 沃兰（Wran）、达维尔（Davle）和施特肖维茨（Stechowitz）均是捷克南部城镇，位于伏尔塔瓦河边。

28 见1909年注释13。

29 波恩索耐肯（Soennecken）公司制造的钢笔尖，在当时享有很高的声誉。

30 扎泰茨（Saaz），捷克西北部城市，是传统啤酒花种植区的中心。

31 自6月以来，布罗德和卡夫卡一直在为10月的巴黎之行做大量准备，见1909年注释20。

32 这里指卡夫卡1910年9月29日要在加布隆茨发表的一次演讲，向该地区前来的企业家说明意外事故保险机构的地位，他们因工厂被重新分类产生担心。一篇关于卡夫卡演讲的报道刊登在1910年10月10日的《加布隆茨日报》上（由A.D.Northey再版，“卡夫卡博士在加布隆茨”，Dr. Kafka in Gablonz, Modern Language Notes 93, 1978，第500—503页）。

33 救世军（Heilsarmee）是一个于1865年成立，以军队形式作为其架构和行政方针，并以基督教作为信仰的国际性宗教及慈善公益组织，以街头布道和慈善活动、社会服务著称。——译者注

34 布罗德为卡夫卡的评论提供了背景：“所说的是外祖母，将近一百岁，因为她易怒的脾气家里人都怕她。因为没有人能在她周围生活，她一个人……住在加布隆茨。”（PK 96）

35 指到达布拉格，卡夫卡与马克斯和奥托·布罗德同去巴黎旅行，他早些回来，原因是明信片中提到的疖病。

36 佩雷尔站（法语：Pereire），是巴黎地铁3号线的一个车站。于1910年开通。——译者注

37 这一天剧院在上演莫里哀的《强迫的婚姻》和莎士比亚的《错误的喜剧》。

38 阿图尔·施尼茨勒（Arthur Schnitzler，1862—1931）的独幕剧《阿纳托尔》（Anatol，在莱辛剧院）。

39 西蒙斯面包（Simonsbrot），一种全麦面包，特别适合患有胃肠道疾病的人，以开发者Gustav Simons的名字命名。

40 科赫伯城堡（Schloss Kochberg）位于图林根州中部，以歌德的多次参观而闻名。——译者注

41 演员阿尔伯特·巴斯曼（Albert Bassermann，1867—1952）对卡夫卡的影响长远（参见F 325f.）。

42 12月10日他从柏林返回，到12月19日恢复办公室工作，一共八天。

43 11月27日，卡夫卡最大的妹妹艾莉（Gabriele Kafka，1889—1941）与来自西波希米亚州祖劳（Zürau）的商人卡尔（Karl Hermann，1890—1942）结婚了。一年后，他创立了布拉格赫尔曼石棉厂公司（Prager Asbestwerke Hermann & Co），卡夫卡也参股了——“但仅靠我父亲的出资”（F 68）。见1912年10月7日至8日的信。

44 可能是中篇小说《一次斗争的描述》中的片段，后来以《乡间路上的孩子》（*Kinder auf der Landstraße*）为标题发表。

45 布罗德的妹妹索菲（SophieBrod）于12月4日与商人马克思·弗里德曼（Max Friedmann）订婚。

1911

1 波希米亚弗里德兰特（Friedland in Böhmen），捷克北部城市，他的弗里德兰特之行从1911年1月30日持续至2月7日（在这一天，布罗德写道：“那么卡夫卡，他从旅途中回来后，会有很多事要讲。”）。参见T 589—595。

2 1911年1月4日，布罗德写道：“卡夫卡说，他给他妹妹们朗读了克莱斯特。她们哭了。‘这是我目前最好的成就’。”

3 见1910年注释5。

4 凉廊（Loggien），是一种起源于意大利的建筑形式，指在建筑立面的外侧修建走廊，走廊一侧有柱子。有时凉廊也被用来代替门廊。但门廊可从外部进入，凉廊只能从内侧进入。——译者注

5 克拉姆-葛拉斯伯爵家族（Graf Clam Gallas）是奥地利贵族，拥有波希米亚地区众多地产，以及位于布拉格和维也纳的克拉姆-葛拉斯宫。——译者注

6 恺撒全景（Kaiserpanorama），用于显示立体图像的设施（当然布拉格当时也有），主要在19世纪和20世纪初使用，是电影的前身。参见T 593f。

7 布雷西亚（Brescia）、曼托瓦（Mantua）、克雷莫纳（Kremona）均为意大利城市。——译者注

8 赫拉德克（Grottau），卡夫卡前往北波希米亚的另一次巡视之行中的一站，这次行程他还到了赫拉斯塔瓦（Kratzau）（O 15），弗里德兰特（Friedland）（ Br 87）和赖兴贝格。

9 《白色奴隶》（*die weiße Sklavin*），这一时期上映了多部关于这一主题的电影，卡夫卡在此谈论的是哪一部，请参见汉斯·齐施勒《卡夫卡去电影院》（Maßlose Unterhaltung.Kafka geht ins Kino, Freibeuter 16, 1983，第43—46页）。

10 索菲·布罗德的婚礼于1911年6月5日举行。《复仇之日》（*Der Tag der Ver-*

geltung）是一部侦探小说，卡夫卡在信中分析了书的德语标题。

11 由弗朗兹·布莱出版的双月刊《许配里翁》（*Hyperion*），卡夫卡首次出版的作品发表于该刊物，于1908年和1909年。

12 恩斯特·埃斯纳（Ernst Eisner）曾是卡夫卡在忠利保险公司的经理，布罗德认为，他受过良好的教育，对文学非常感兴趣，他“特别偏爱年轻职员”（Br 500）。参见Br 75f。

13 卡夫卡经常阅读的文学刊物《新评论》（*Neue Rundschau*）。

14 可能是卡夫卡的散文作品《不幸》（*Unglücklichen*），他在1911年3月3日给布罗德朗读了这篇散文（根据布罗德的日记）。请参见后面的明信片。

15 齐陶（Zittau），位于德国萨克森州的最东南端的城市，处于德国、波兰和捷克的三国边界。——译者注

16 奥伊宾山（Berg Oybin），在齐陶附近的远足地，距离北波希米亚边境不远。卡夫卡这时在出差，他还去了沃恩斯多夫（Warnsdorf）。

17 可能是指布罗德的小说《犹太女人》的书评，卡夫卡当时正努力完成它（参见T 52ff.）。

18 这张明信片的内容，卡夫卡几乎逐字写入了他的日记（请参见T 58）。

19 卡夫卡与布罗德曾于1911年8月到9月去瑞士，意大利北部及巴黎旅行，9月13日，在旅行之后，卡夫卡去了位于瑞士附近埃伦巴赫（Erlenbach）的一家自然疗法机构，在那儿度过了一周。请参见BKR。

20 这可能是布罗德和卡夫卡策划的旅行日记小说，是一部二人合作的作品，在卡夫卡返回布拉格后才开始创作，题目为《理查和塞缪尔》（*Richard und Samuel*）。请参见BKR。

21 彼得·罗瑟格（Peter Rosegger，1843—1918），奥地利施泰尔马克州作家和诗人，他曾三度获得诺贝尔文学奖提名。——译者注

22 亚瑟·阿奇莱特纳（Arthur Achleitner，1858—1927），德国作家，善于描写奥地利和巴伐利亚阿尔卑斯山地区的风俗习惯。——译者注

23 斯特雷萨（Stresa），意大利北部城市。——译者注

24 康拉德·费迪南德·迈耶（Conrad Ferdinand Meyer，1825—1898），瑞士诗人和历史小说家；戈特弗里德·凯勒（Gottfried Keller，1819—1890），瑞士诗人，德语文学家；罗伯特·瓦尔泽（Robert Walser，1878—1956），瑞士作家。见1910年注释23。

25 马克斯·布罗德，《巴黎大屠杀》（*Das kriegerische Paris*，1911年3月5日，11月第1期，第188页及其后）于BKR再版。

26 这段话原文为法语：Colonel Arthur Boucher：La France victorieuse dans la guerre du demain.L'auteur ancien chef des operations militaires à l'Etat-major de l'armée demontre que si la France etait attaquée elle saurait se défendre avec la certitude absolue de la victoire.

27 亚伯拉罕·戈尔德法登（Abraham Goldfaden，1840—1908）：意第绪语诗人和作曲家，被认为是现代意第绪戏剧的创始人。

28 当时来自乌克兰莱姆贝格（Lemberg）的原始犹太剧团（Original-jüdischen Gesellschaft）正在布拉格巡回演出，戈尔德法登创作的轻歌剧《苏拉米》（*Sulamith*）是演出的剧目之一，对卡夫卡产生了深远的影响。请参见T 97f。

1912

1 1912年2月18日，卡夫卡为波兰意第绪语剧院的演员兼自己的好友伊兹恰克·洛伊（Jizchak Löwy，1887—1942）组织了一次报告会，晚会在布拉格的犹太城市政厅的礼堂举行，卡夫卡以《关于意第绪语的演讲》进行了开幕致辞。信中“你叔叔的钱……你的父母”指的是，布罗德的家人通过卖票来支持卡夫卡。

2 涉及1912年3月17日举行的一场音乐会，音乐会上演奏了布罗德的音乐作品，布罗德与《波希米亚》杂志的一位编辑发生了争吵。后来他被指控给该编辑发送了一封匿名侮辱性信件（事实证明这封信来自布罗德的父亲）。参见SL 43。

3 马克斯·布罗德：《阿诺德·比尔，一个犹太人的命运》（Arnold Beer.Das Schicksal eines Juden, Berlin：Juncker, 1912）。

4 见1906年注释7。

5 哈尔伯施塔特（Halberstadt）是德国萨克森-安哈尔特州的一个市镇，位于哈茨山（Harz）地区，卡夫卡在1912年6月到7月与布罗德一起前往魏玛和莱比锡旅行，之后从魏玛前往位于哈茨山的疗养机构——荣博恩（Jungborn）（请参见BKR）。

6 哈尔伯施塔特的格莱姆之家（Gleimhaus）是德国较古老的文学博物馆之一。它于1862年设立于文学家、文学资助人和收藏家约翰·威廉·路德维希·格莱姆（Johann Wilhelm Ludwig Gleim，1719—1803）的家中。——译者注

7 格莱姆作为18世纪末德国文学的文学资助人，被人称为“父亲格莱姆”。但是事实上，“父亲格莱姆”一直未婚。

8 施塔珀尔堡（Stapelburg）位于哈尔茨的北部，与下萨克森州接壤。——译者注

9 卡夫卡的魏玛旅行日记（请参见BKR）。

10 这里指玛格丽特·基希纳（Margarethe Kirchner），1912年7月初，卡夫卡与布罗德一起参观了位于魏玛的歌德故居，卡夫卡爱上了管理员16岁的女儿玛格丽特·基希纳。

11 《卢加诺湖》（*Lugano-See*），初版于1913年3月7日。参见BKR，该十四行诗在此再版。

12 德国出版商恩斯特·罗沃尔特（Ernst Rowohlt，1887—1960），他出版了卡夫卡的第一本书《沉思》（*Betrachtung*），不久之前通过布罗德在莱比锡名声大震。

13 布罗德在SL 32 ff中写了他的出版商阿克塞尔·容克（Axel Juncker，187—1952）。

14 卡夫卡评价的这本书是《海因里希·冯·克莱斯特的轶事》（Heinrich von Kleist's Anekdoten, hrsg.von Julius Bab, Leipzig：Rowohlt, 1911），由古德林公司印刷，古德林印刷公司（Drugulin-Druck）因其出色的印刷质量而受到重视，在欧洲范围内受到众多出版商的认可。

15 马克斯·布罗德《感觉的高度，风景，诗句，慰藉》（Die Höhe des Gefühls. Szenen, Verse, Tröstungen, Leipzig：Rowohlt 1913 wurde, noch im Herbst 1912）采用更大的印刷字体，并且采用了Poeschel & Trepte印刷公司特别精美的设计。

16 《阿卡迪亚，诗歌年鉴》，马克斯·布罗德编辑（Arkadia.Ein Jahrbuch für Dichtkunst, hrsg.von Max Brod, Leipzig：Kurt Wolff, 1913）。参见卡夫卡1912年7月17日的来信。

17 对于这份在计划中的出版物——应该是由布罗德和卡夫卡联合撰写的新形式旅行手册——参见BKR。

18 马克斯·布罗德和费利克斯·韦尔奇（Felix Weltsch）共同撰写的《观点与概念》（Anschauung und Begriff.Grundzüge eines Systems der Begriffsbildung, Leipzig：Kurt Wolff, 1913）。

19 卡夫卡1912年8月14日才寄给罗沃尔特的“小散文”（Br 103），在年底之前以《沉思》一书出版。

20 卡夫卡未完成的小说《失踪者》（*Der Verschollene*）的第一版。

21 见以上注释10。

22 蒂尔福特（Tiefurt）是图林根州魏玛市的一个地区。——译者注

23 哈茨堡-韦尼格罗德（Harzburg—Wernigerrode）是德国萨克森-安哈尔特州的一个市镇。——译者注

24 布罗德在他的书《感觉的高度》中收录的一个“戏剧性的场景”——《挪亚方舟》（*Die Arche Noachs*），请参见上面的注释15。

25 恩斯特·李绍尔（Ernst Lissauer，1882—1937）：德国剧作家、诗人、政治评论家。

26 舍勒森（Schelesen），捷克的一个村庄。——译者注

27 这里指《失踪者》，见以上注释20。

28 见以上注释24。

29 后来为布罗德的妻子埃尔莎·陶西格（Elsa Taussig，1883—1942）。

30 《理查和塞缪尔》（*Richard und Samuel*），见1911年的注释20和BKR。

31 这可能是计划的一场演出《塞尔瑟和她的猪：音乐的经典传奇》（*Circe und ihre Schweine. Eine klassische Legende mit Musik*）这部作品由马丁·布伯（Martin Buber）、弗朗兹·布莱（Franz Blei）和马克斯·布罗德共同撰写，标题为：*Tombeau dresséà Jules Laforgue*，发表于Jules Laforgue：Pierrot der Spaßvogel, eine Auswahl von Franz Blei und Max Brod, Berlin etc.：Juncker, 1909，演出没有举行。参见F 46，注释1。

32 布罗肯峰（Brocken）是德国哈茨山最高峰，也是德国北部最高峰。——译者注

33 玛格丽特·基希纳（Margarethe Kirchner），见以上注释10。

34 阿尔伯特·格拉夫·冯·施利彭巴赫（Albert Graf von Schlippenbach，1800—1886）的歌《在远方》（*in der Ferne*），卡夫卡抄写的版本在BKR重印。

35 这里指《沉思》（*Betrachtung*）。参见T 281。

36 短篇小说《同祷告者的对话》（*Gespräch mit dem Beter*）和《同醉汉的对话》（*Gespräch mit dem Betrunkenen*），1909年发表于《许配里翁》3—4月刊，第2集，第2卷，第8期，126—133页。

37 这里指菲莉丝·鲍尔（Felice Bauer，1887—1960），前一晚卡夫卡在布罗德家初次认识菲莉丝，之后两人两次订婚又取消婚约，在1917年最终分开。1911年布罗德的妹妹索菲与菲莉丝·鲍尔的表弟马克斯·弗里德曼（Max Friedmann）结了婚。

38 《沉思》的最终手稿。

39 短篇小说《乡村大道上的孩子们》（*Kinder auf der Landstraße*），创作于1903年，收录在《沉思》中。

40 布罗德于1912年9月14日至29日与费利克斯·韦尔奇（Felix Weltsch）一起前往的里雅斯特和威尼斯度假，并将他刚写的数页旅行日记寄给了他的未婚妻。

41 可能是“魏斯伯父”（英语老师埃米尔·魏斯Emil Weis，布罗德的远亲），在之前的几年布罗德和卡夫卡经常和他同聚（例如，布罗德在1910年8月写道：“与卡夫卡，奥托，鲍姆和魏斯伯父在树园。”）。布罗德将他的著作

《郊游至暗红色》（*Die Erziehung zur Hetäre, Ausflüge ins Dunkelrote*）献给了他（参见T 169）。

42 苏斯兰先生（Herr Süssland），费利克斯·韦尔奇的朋友（参见WBL 79）。

43 卡夫卡第二个妹妹瓦利（Valerie Kafka，1890—1942）与约瑟夫·波拉克（Josef Pollak）（1882—1942）的订婚仪式于1912年9月15日（T 290）举行，婚礼于1913年1月12日举行（请参见F 247f.）。

44 指他的小说《失踪者》。

45 这里指这一段“进展缓慢……取而代之的是冰冷的大理石栏杆”（KKAV Textband 97f）——以及这封信，请参见KKAV Apparatband 54—59。

46 他的妹夫卡尔·赫尔曼（Karl Hermann）的石棉工厂，见1910年注35。

47 奥特拉（Ottilie Kafka，1892—1943），卡夫卡最小的妹妹，也是他最喜欢的妹妹，后来与戴维多瓦（Davidová）结婚。

48 卡夫卡显然给布罗德寄了他用来记录《失踪者》（在一个日记本上开始）的三个笔记本中的第一本。这里“第二章”他指的是整个文本的一部分，之后他将其分为“二、舅舅”和“三、纽约近郊乡间别墅”两章（请参见KKAV Apparatband 60—67）。

49 马克斯·布罗德的三首诗：《忏悔歌》（*Bußlied*），《致我的敌人》（*An meine Feinde*），《致同类》（*An dieselben*），载于《赫尔德报》（“Dies nefasti” Herderblätter Jg.1, Nr.4—5, Oktober1912, S.39f）。这一布拉格杂志以前就出版过布罗德和卡夫卡的作品，由Willy Haas, Norbert Eisler和Otto Pick共同编辑。

50 奥特拉（Ottilie Kafka），见以上注释47。

51 指菲莉丝·鲍尔（见卡夫卡1912年11月11日给她的信，F 88f.）。

52 在这场危机中，布罗德不久前去了柏林，在菲莉丝·鲍尔和卡夫卡之间进行调停。

53 卡夫卡这里可能指上面提到的布罗德去了柏林，和菲莉丝·鲍尔谈话。这封信的日期也是基于这一推测。

54 保罗·埃恩斯特（Paul Ernst，1866—1933）：德国作家，布罗德和卡夫卡7月初在魏玛时拜访了这位作家。

1913

1 马克斯和埃尔莎·布罗德正在度蜜月。明信片的文本请参见F 302。

2 明信片的图片上可以看到一个守夜人。

3 见1910年注释34。

4 卡夫卡指的是他于1913年4月1日致菲莉丝·鲍尔的信（F 351f.）。

5 布拉格南部郊区。

6 前往北波希米亚州工业城市奥西格（Aussig）出差（请参见1913年4月20日卡夫卡给菲莉丝·鲍尔的信，F 367）。

7 卡夫卡于5月11日至12日在圣灵降临节时拜访了菲莉丝·鲍尔和她的父母。

8 可能是为了1913年7月2日在布里斯托尔（Bristol）酒店举行的报告会的预先通知，这是卡夫卡为演员伊兹查克·洛伊（Jizchak Löwy）组织的报告会。这篇由卡夫卡推动，由奥托·皮克（Otto Pick）执笔的文章，于6月1日发表于《布拉格日报》，请参见F 392和396。

9 波德巴巴（Podbaba），布拉格别墅郊区，可能是指拜访住在这儿的以色列哲学家雨果·伯格曼（Hugo Bergmann，1883—1975），布罗德1913年秋天的一篇日记写道："与伯格曼一起在波德巴巴。犹太复国主义（参见SL 48f.）。"

10 卡夫卡的第二本出版物《司炉》（*Der Heizer*），未完成——5月底出版，作为新图书馆"der jüngste Tag"的第三卷在莱比锡库特·沃尔夫（Kurt Wolff）出版社出版（请参见Br 117）。

11 卡夫卡于1913年9月6日与他的直属上级尤金·普弗（Eugen Pfohl）以及主席罗伯特·马什纳（Robert Marschner）一同前往维也纳国会大厦参加9月9日到9月13日召开的"国际救援和事故预防大会"。9月8日，他借此机会参加了自9月2日开始在维也纳举行的"第十一届犹太复国主义代表大会"。这里他指的是此次代表大会，请参见之后的信件。

12 指国际救援和事故预防大会，见以上注释11。

13 莉丝·韦尔奇（Lise Weltsch）。参见F 464f，以及1909年注释19。

14 当时，卡尔·克劳斯（Karl Kraus）和马克斯·布罗德之间的争论越演越烈。对此或当时维也纳文学界其他事件请参见汉内洛尔·罗德劳尔（Hannelore Rodlauer）的《卡夫卡与维也纳》（"Kafka und Wien", Anzeiger der phil.-bist.Klasse der Österreichischen Akademie der Wissenschaften, 1985, So.10, S.209—233）。

15 布拉格作家菲利克斯·斯托辛格（Felix Stößinger，1889—1954），他和卡夫卡一样，也为《犹太布拉格》选集做出了贡献（Das jüdische Prag, Prag: Verlag der Selbstwehr 1917）。

16 从那时起，卡夫卡与小说家恩斯特·魏斯（Ernst Weiß，1882—1940）的友谊开始了，他们的友谊不论是在文学还是个人方面对卡夫卡都有重要意义，魏斯始终建议他不要和菲莉丝·鲍尔结婚。另请参见Br和F中几处。

17 《第谷·布拉赫的赎罪》（*Tycho Brahes Weg zu Gott*），马克斯·布罗德的小说，这里指的是对第谷·布拉赫“实际上被敌人包围了”的想象。（Max Brod, Tycho Brahes Weg zu Gott, München：Kurt Wolff 1915, S.80）。

18 奥托·皮克（Otto Pick）陪同卡夫卡一起去的维也纳。对此卡夫卡记录：“与皮克谈文学，愚蠢的废话。相当不情愿（F 463）。”

19 1888年由克里斯托夫·哈特恩博士（Christoph Hartung von Hartungen）创立的疗养院，1913年由他的儿子艾尔哈德博士（Erhard Hartung Hartungen）运营，并推行了改革，按照生态医学的方法进行疗养，并且试图通过道德观念的转变来影响健康教育。在世纪之交，这所疗养院在国际上广为人知，是众多作家和艺术家的会聚点，包括摩根斯腾（Morgenstern）、弗洛伊德（Freud）、鲁道夫·斯坦纳（Rudolf·Steiner）、托马斯·曼（Thomas Mann）和亨利希·曼（Heinrich Mann）（马克斯·布罗德的弟弟奥托曾去那里拜访亨利希·曼，见SL 242 f）。

20 卡夫卡在1913年12月29日的一封信中写道：“我在疗养院爱上了一个女孩，一个孩子，约18岁，一个瑞士人，但生活在意大利的热那亚……（F 484）”他总是用缩写W.或G.W.称呼她。

21 马尔切西内（Malcesine）是歌德绘制的一座破旧城堡，被怀疑为间谍活动的地方。卡夫卡去了那儿，见同一天他写给奥特拉（O20）的明信片，信中他鼓动妹妹去那儿。歌德对这场冒险令人倾倒的描绘可阅读他的《意大利之旅》1786年9月14日篇。

22 1913年9月16日，他从威尼斯写信给菲莉丝·鲍尔：“我们必须说再见（F 466）。”

23 见以上注释16。

24 这是布罗德1912年于容克出版社出版的《与青春的告别》（*Abschied von der Jugend*）。一部三幕浪漫喜剧。马克斯·赖因哈特（Max Reinhardt）当时名声正高，但由他上演此剧并未促成。

25 这是哲学家克里斯蒂安·冯·艾伦费尔斯（Christian von Ehrenfels）的研讨会，布罗德和卡夫卡当时参加了该研讨会（有证明卡夫卡1913年10月21日至28日的参加记录，参见T 325和F 468）。对于艾伦费尔斯，布罗德因其“宏大，正直和充满希望”对他有着“发光的崇拜”，请参见SL 208—218。

26 德国康科迪亚作家协会（Concordia）组织的作家朗诵在“德国赌场”（也称为“德国之家”）举行。关于这场读书会威利·汉德尔（Willi Handl）写道：“马克斯·布罗德昨天从尚未公开发行的作品中朗读了一些片段，可以说，某种程度上展示了他当下的内在人格……《第谷·布拉赫》小说的片段是当晚最宏大、最重要的部分……布罗德读得极好。声音浑厚，准确清晰，在崇高的或特别突出的部分，他朗诵得有些慷慨激昂，但没有过多，与他振奋的精神相得益彰。显而易见，他陷入了高昂的情绪中，这赋予他的言辞一团美丽，高贵的烈火，让听众接近了创作的艺术真谛。可惜取消了预告的戏剧片段的朗读。除了小说的片段，布罗德只读了诗”（《布拉格日报》，1913年12月1日）。

27 恩斯特·魏斯（Ernst Weiß）最近出版的小说，《桨帆船》（*Die Galeere*），柏林费舍尔出版社，1913年，卡夫卡显然立即阅读了该小说（请参见他于1913年12月8日至9日发表的评论，T339）。

1914

1 《第谷·布拉赫》的献词写着："致我的朋友弗兰茨·卡夫卡。"

2 威利·哈斯（Willy Haas，1891—1973）的文章*Die Verkündigung und Paul Claudel*，发表在针对天主教的半月期刊Der Brenner上（1913年7月第1期）。

3 路德维希·冯·菲克（Ludwig von Ficker），Der Brenner的出版商。

4 罗伯特·穆齐尔（Robert Musil，1880—1942）当时是《新评论》（*Neue Rundschau*）的临时编辑，他想让卡夫卡去他那儿工作（请参见他于1914年2月23日写的日记："穆齐尔的信。很高兴，也让我很伤心，因为我一无所有"，T 362）。该杂志的8月刊中发表了穆希尔对卡夫卡的《沉思》和《司炉》的书评（参见FB 34—36和55）。

5 贝尔塔·凡塔女士（Berta Fanta，1865—1918），多年以来建立了一个布拉格知识分子圈子。在她定期举办的“凡塔之夜”中，参加者中除了布罗德，费利克斯·韦尔奇，卡夫卡和凡塔女士的女婿雨果·伯格曼（Hugo Bergmann），还有物理学家阿尔伯特·爱因斯坦（Albert Einstein）和菲利普·弗兰克（Philipp Frank），数学家格哈德·克瓦列夫斯基（Gerhard Kowalewski）和哲学家克里斯蒂安·冯·艾伦费尔斯（Christian von Ehrenfels）。参见WB 174—176。

6 丹麦的海滨度假胜地马瑞利斯特（Marielyst Østersøbad），卡夫卡这期间经吕贝克去丹麦旅行。——译者注

7 1912年6月1日卡夫卡第一次与菲莉丝·鲍尔订婚，同年的7月12日解除了婚约。

8 见1913年注释16。

9 格列申多夫（Gleschendorf）位于吕贝克以北的Pönitzer湖附近。

10 女演员瑞秋·桑萨拉（Rachel Sanzara）。

1915

1 这里指卡夫卡的短篇小说《变形记》，该小说于1915年10月发表在月刊《白皮书》（*Die weißen Blätter*第2卷，第10期）。1915年年初，什克勒（René Schickele）取代了弗朗兹·布莱（Franz Blei）担任该杂志的编辑。关于这封信的拟议日期，另请参见卡夫卡于1915年4月7日给什克勒的信："我完全不急于出版这篇小说，但是请您尽快答复是否接收它。"刊登于《表现主义——文学与艺术1910—1923》（Expressionismus.Literatur und Kunst 1910—1923, Ausstellungskatalog des Deutschen Literaturarchivs im Schiller-Nationalmuseum Marbach, bearbeitet von Paul Raabe und H.L.Greve, Marbach 1960, 5.140）。

2 可能是《台奥多尔·冯塔纳的信件》两卷的其中之一（Briefe Theodor Fontanes, hrsg.Otto Pniower u.Paul Schlenther, Berlin：F.Fontane & Co.1910 und 1911），卡夫卡死后遗留的藏书中有此两卷。参见F 680和685 f，以及Br 312。

3 塞波尔（Sybel），未查证。

4 《新基督徒》（*die Neuen Christen*），布罗德未完成的小说，其中部分发表在库特·沃尔夫出版社年鉴中（Max Brod："Die neuen Christen"—aus einem unveröffentlichten Roman, Der neue Roman, Leipzig 1917, 174—186），参见卡夫卡1915年5月日记："晚上给我读了《新基督徒》其中一章。"（T 477）

1916

1 玛丽亚温泉市（Marienbad），捷克卡罗维发利州的一个镇，以温泉著名。在这里卡夫卡与菲莉丝第一次也是唯一一次一起度假，其间再次决定订婚。——译者注

2 泰普拉（Tepl），捷克城市，卡夫卡因为工作在这个城市有行程，离玛丽亚温泉市不远（参见F 662）。

3 未查证。

4 指奥托·布罗德（Otto Brod）。

5 见1909年注释20。

6 弗朗齐歇克矿泉村，德语：Franzensbad，捷克的城镇，位于该国西部，由卡罗维发利州负责管辖。——译者注

7 指在1905年和1906年夏天在楚格曼特尔。请参见F 385。

8 见1913年注释19。

9 卡尔斯霍斯特（Karlshorst），柏林的一个区。——译者注

10 卡夫卡和库特·沃尔夫出版社一直在协商的一本《中篇小说集》——《惩罚》（审判—变形记—在流放地）（“Strafen” Urteil-Verwandlung-Strafkolonie, Br 148）。

11 这是1916年7月7日在《布拉格日报》刊登的一篇关于一场布拉格会议的报道，会议由枢密官雅克什教授召开（Hofrat Prof.Dr.Ritter von Jaksch），该会议涉及照料患有肺病回国的战士。其中卡夫卡的老板马什纳（Marschner）承诺，“国家中央办公室方面将最积极地为回国的战士做出努力（工人意外保险机构）”。关于卡夫卡对战争受害者福利工作的积极参与，请参见KH 472—477和1918年注释36及37。

12 艾德兰德餐厅（Egerländer），玛利亚温泉市周边旅游地的一家餐厅。——译者注

13 布罗德在编制卡夫卡的画作集，见1910年注释24。

14 《第谷·布拉赫的赎罪》的第三版（实际上是九千到一万五千册），Tycho Brahes Weg zu Gott, Leipzig：Kurt Wolff 1916。

15 由奥托·皮克（Otto Pick，1887—1940）发表于《新评论》的书评（Neue Rundschau 27，1916, S.862—864）。

16 柏林的“犹太人民之家”（das Jüdische Volksheim）由齐格弗里德·莱曼（Siegfried Lehmann）不久前建立，其目标是通过照顾和养育东欧犹太儿童，为犹太人民的复兴做出贡献。卡夫卡试图说服菲丽丝·鲍尔作为助手在那里工作（请参见F中几处）。

17 见1911年注释20和BKR。

18 关于贝尔兹的拉比在玛利亚温泉市的消息——正如卡夫卡所写，“现在可能是哈西德主义的主要传承者”（F 666）。哈西德主义（Chassidismus）是犹太教的一个派别，近一百年来，位于乌克兰加利西亚的贝尔兹镇（Belz in Galizien）一直是哈西德王朝精神领袖柴迪克（tsaddikim）的所在地。拉比（Rabbi）是犹太人的特别阶层，主要为有学问的学者，是老师，也是智者的象征。

19 乔治·伊日·郎格（Georg（Jiří）Langer，1894—1943）：希伯来语诗人，学者和散文家，来自一个被同化的，说捷克语的布拉格家庭，他于1913年前往贝尔兹，成为拉比的追随者。这位“吸收了哈西德主义的西方犹太人”（T 468）于1915年认识了卡夫卡，并与他保持了多年的朋友关系（参见Ritchie Robertson, Kafka.Judaism, Politics, and Literature, Oxford 1985, S.176—178）。

20 见以上注释18。

21 古斯塔夫·多雷（Gustave Doré）1862年给《敏豪森历险记》又译为《吹牛大王历险记》（*die Münchhausen-Abenteuer*）作了插画。

22 苏丹（Sultan），某些伊斯兰国家统治者的称号。——译者注

23 实际上是Gabbaim（在犹太教堂理事会任职的人）。

24 一家以瑞典医生古斯塔夫·赞德（Gustav Zander）提出的方法为指导的体育锻炼和按摩研究所。

1917

1 指卡夫卡159例肺结核初期的明显症状。参见O 38—41；给菲莉丝·鲍尔的相关信件未保存下来（请参见F 753）。

2 9月4日，布罗德在日记中写道："下午，和卡夫卡一起去弗里德尔·皮克（Friedl Pick）教授那儿。花了很长时间才能来。确诊为肺尖卡他。休假三个月。这是危险的结核病。天哪！不会有这么可怕的事情发生的。我的朋友！"（请参见FK 744）。

3 短篇小说《乡村医生》（*Landarzt*），可能写于1917年年初，并于1918年年初在库特·沃尔夫出版社的年鉴《新文学》（*Die neue Dichtung*）中发表。

4 祖劳（Zürau），因病休假后，卡夫卡去了位于波希米亚西北部萨兹（Saaz）附近的这个村庄，卡夫卡的妹妹奥特拉自1917年4月以来一直在那里经营姐夫卡尔·赫尔曼的农庄。

5 答尔丢夫（Tartuff）又译为达尔杜弗，是莫里哀名著《伪君子》的主人公，一个伪装圣洁的教会骗子，也成为"伪君子"的代名词。——译者注

6 西格弗里德·洛威（Siegfried Löwy），见1907年注释6。

7 这里显然指的是后来的长篇小说《大冒险》（Das große Wagnis, Leipzig und Wien：Kurt Wolff 1918）。

8 卡夫卡在保险机构的秘书，恺撒小姐（Fräulein Kaiser）。

9 布尔沙尼是捷克的城镇，位于该国西部，德语为Flöhau。——译者注

10 见祖劳风景明信片。

11 "卡他"是向下滴流的意思，用来形容黏膜渗出液多，所以卡他性炎症是症状性描述，一般出现在临床，主要表现为有分泌物的炎症。——译者注

12 鲁道夫·福克斯（Rudolf Fuchs，1890—1942），与奥托·皮克（Otto Pick）、弗朗兹·韦弗尔（Franz Werfel）和布罗德一样，都在当时德国和捷克文化间的交流中扮演了重要的角色——主要是通过他对捷克诗人贝兹·鲁奇的西里西亚诗歌的翻译（Die schlesischen Lieder des Petr Bezruč），弗朗兹·韦弗尔作序，于1916年在库特·沃尔夫出版社出版。卡夫卡死后遗留的

藏书中有鲁道夫·福克斯的诗集《商队》一卷（Karawane.Gedichte, Leipzig：Kurt Wolff 1919），他将1917年发表在《犹太人》（“*Der Jude*”，12月刊）上的诗歌“Verkündigung”献给了马克斯·布罗德。

13 卡夫卡1911年在沃恩斯多夫（Warnsdorf，见1911年注释16）认识了这位自然疗法的使徒莫里兹·施尼茨（Moriz Schnitzer）。对此布罗德写道：“卡夫卡……讲述了在花园城市沃恩斯多夫很多美好的事，提到一位‘魔法师’，自然疗法专家，富裕的工厂主，正在对他进行检查……作为治疗方法他建议：开窗睡觉，晒太阳，做园艺，在自然疗法协会工作，并订阅该协会或者说这位工厂主本人出版的杂志。他反对医生，药物和疫苗接种。视素食主义为圣经……”（FK 97）

14 相关段落可以在司汤达自传体作品《亨利·勃吕拉的一生》（*Vie de Henry Brulard*）第三十九章末尾找到。

15 福楼拜的《情感教育》（*L'Éducation sentimentale*）。

16 司汤达的原文是：博物馆（“le Musee”）。

17 司汤达的原文是：十分钟后我消失了（“Je disparus au bout de dix minutes”）。

18 费利克斯·韦尔奇（Felix Weltsch），请参见卡夫卡1914年2月15日的日记：在韦尔奇处，为了安慰这位激动的母亲我说：“我也因这段婚姻而失去了费利克斯。一位已婚的朋友不是朋友。”（T 362）

19 慕尼黑杂志《犹太回声》是巴伐利亚的犹太事务刊物，1917年5月11日至9月21日期间，以《来自哈西德的世界》为标题，多次刊登了查伊姆·布洛赫（Chaim Bloch）收集并译为德语的一系列故事、谚语、寓言等。布洛赫在这些“品尝来自散落在各地的哈西德书籍”之前都做了历史性的介绍，布洛赫通过他的著作为普及哈西德主义做了杰出贡献。（Das Jüdische Echo, Jg. 1917, Nr.17［27.April］，S.197—200）

20 柏林的犹太出版社，由马丁·布伯（Martin Buber）于1902年创立，并由他管理了二十年。

21 可能是犹太出版社请布罗德出版他关于犹太问题的文章集选。例如，1919年该出版社出版了雨果·伯格曼的文章集选《亚夫内和耶路撒冷》（*Hugo Bergmann, Jawne und Jerusalem*）。

22 指后来的作品《一位女王——以斯帖》，是一部三幕戏剧，包括一场序幕（Eine Königin Esther，Leipzig：Kurt Wolff 1918）。参见卡夫卡在1918年12月18和19日来信中的评论。

23 1917年7月，卡夫卡与菲莉斯·鲍尔前往匈牙利旅行，他曾到布达佩斯拜访他的朋友伊兹恰克·洛伊（见1912注释1），显然是鼓励他写一篇自传文章，卡夫卡将其翻译成标准德语并进行编辑，想要发表在《犹太人》杂志上。由卡夫卡编辑的文章《谈犹太剧院》（*Vom jüdischen Theater*）刊登在H 154—159。

24 这是卡夫卡翻译的句子，原文是：frakierte Herren und neglegirte Damen。

25 歌舞表演形式，见1907年注释21。

26 罗尔夫·瓦格纳（Rolf Wagner）：布拉格卡巴莱歌舞剧院“露赛娜”的负责人。

27 安德烈亚斯·霍弗（Andreas Hofer，1767—1810）：奥地利公认的民族英雄、自由斗士和爱国者。1809年领导蒂罗尔农民起义，以对抗巴伐利亚和法国的暴政，起义失败后被处决，于1810年英勇就义。

28 《安德烈亚斯·霍弗之歌》，根据第一行歌词也被称为《在曼托瓦边界》（*Zu Mantua in Banden*），是奥地利蒂罗尔最著名的民歌之一，它描述了安德烈亚斯·霍弗被处决的历史，这首歌自1948年起成为蒂罗尔州的州歌。

29 施拉梅尔（Schrammelmusik）是19世纪后期的维也纳音乐流派，是维也纳民间音乐。它以维也纳音乐家、小提琴家和作曲家约翰和约瑟夫·施拉梅尔（Johann und Josef Schrammel）的名字命名。

30 雅纳切克的歌剧剧本《她的养女》（*Janáček, Její Pastorkyna*）的德语版本“Ihre Ziehtochter”。1916年在布拉格成功演出之后，作曲家请求布罗德将他的剧本——他根据加布里埃拉·普雷索娃（Gabriela Preissová，1862—1946）的同名戏剧撰写的剧本——翻译成德语（SL 271）。1918年2月16日在维也纳首演时出版了德语剧本，书名为《耶奴发》“*Jenufa*（*Ihre Ziehtochter*）”，并附注“德语翻译为马克斯·布罗德。文本由雨果·赖兴伯格（Hugo Reichenberger）为维也纳宫廷歌剧院整理”。布罗德的一篇随笔《谈雅纳切克语言中的旋律》（Über *Janáčeks Wortmelodie*）作为该剧本的序。见1918年注释53。

31 东欧犹太作家亚伯拉罕·格伦贝格（Abraham Grünberg），来自俄属波兰谢德尔采（Siedlce）。卡夫卡在1915年11月的日记中写道：“在我看来，是一位非常重要的人物，出于我无法理解的原因，人们几乎普遍低估了他。”（T 487）这封信中提到的“女性自传”，描述了1906年谢德尔采的大屠杀。卡夫卡对此已经熟知：1916年10月底，格伦贝格以内部出版物的形式在布拉格出版了小册子《一场犹太—波兰—俄国庆典》（*Ein jüdisch polnisch-russisches Jubiläum*），并赠予卡夫卡一本，书内题词：

致尊敬的博士和作家先生

弗兰茨·卡夫卡

并非犹太民族主义，只想追溯两三代人的生活

亚伯拉罕·格伦贝格

布拉格，玛西班月5677—29/XI—16。

布罗德曾评论过这本小册子，见《一位逃亡者的回忆录》（Memoiren eines Flüchtlings, Prager Tagblatt, 6.12.1916.S.6）。

32 阿道夫·施雷伯（Adolf Schreiber，1883—1920）：布罗德自青年时代起就与他关系密切，布罗德撰写了有关施雷伯的专题著作《阿道夫·施雷伯——一位音乐家的命运》（Adolf Schreiber. Ein Musikerschicksal, Berlin：Welt-Verlag 1921.Vgl.F 711）。

33 布罗德和卡夫卡早年经常一起去这家布拉格卡巴莱歌舞剧院。见1910年注释5。

34 米尔斯坦博士（Dr.Mühlstein），卡夫卡于1916年8月去看过的一位布拉格内科医生（H 238）。在1917年12月下旬的一次检查中，他给卡夫卡开出“道德理由”，要求卡夫卡退休（O 47）。

35 《她的养女》（*Ihre Ziehtochter*），见以上注释30。

36 请参见T 534。

37 见以上注释7。

38 1907年以来在布拉格出版的“独立犹太人周刊”《自卫》（*Unabhängige jüdische Wochenschrift-Selbstwehr*），卡夫卡在战时和战后经常阅读。这家犹太复国主义周刊从1919年秋天开始由费利克斯·韦尔奇管理，其历史和意义见BiS。

39 《耶奴发》（*Jenufa*），见以上注释30。

40 《大冒险》（见以上注释7）。乌托邦式国家利比里亚（Liberia）是这部小说情节的主要发生场所。

41 汉斯·布吕尔（Hans Blüher，1888—1955）：德国作家和哲学家。这里提到他的两部作品《情欲在男性社会中的作用》（*Die Rolle der Erotik in der männlichen Gesellschaft*）及《青年运动中的民众与领导人》（*Volk und Führer in der Jugendbewegung*）。

42 可能是马克斯·舍勒（Max Scheler）的《德意志仇恨的源起》（Die Ursachen des Deutschenhasses, Leipzig：Neuer Geist Verlag 1917）。布罗德此前曾研究过舍勒的《战争天才》（Der Genius des Krieges, Das Ziel, hrsg.Kurt Hiller, München und Berlin 1916, S.71—79）。请参见SL 100f。

43 《大冒险》，见以上注释7。

44 1917年10月1日的信（F 755f.），请参见T 534f。

45 《耶奴发》（*Jenufa*），见以上注释30。

46 雨果·赖兴伯格（Hugo Reichenberger）（见以上注释30）。布罗德在此标注：“维也纳宫廷歌剧院的乐队指挥把我的译本改得越来越糟，不顾我的抗

议，出版了修改过的版本。在激烈的斗争后，我终于得以剔除几处最不得体的地方。”（Br 507）

47 关于这一角色的含义参见SL 274。

48 汉斯·布吕尔（Hans Blüher），见以上注释41。

49 对此布罗德写道：“1917年7月23日在我这里有一个大型聚会，除卡夫卡外，音乐家阿道夫·施雷伯，韦弗尔，奥托·格罗斯及他的妻子也参加了。格罗斯起草了一份杂志计划，卡夫卡对此非常感兴趣。”（FK 140）奥托·格罗斯（Otto Groß，1877—1920）是一位心理分析家，关于卡夫卡与他的关系，请参见M78 f。计划中的杂志应该名为：“Blätter zur Bekämpfung des Machtwillens”。

50 似乎未保留下来。

51 “如果……是幸福的”，卡夫卡在1917年10月16日写给菲莉丝·鲍尔的信中抄写了这段并做了评论（F 757f.）。

52 从后来的通信中可以看出，布罗德直到10月27日才来到这个离祖劳不远的小镇，他在那里的“西奥多·赫兹尔协会”（Verein Theodor Herzl）做了一场关于犹太艺术的报告。

53 埃尔莎·布罗德曾多次作为朗诵者登台。这里指犹太裔俄国作家沙勒姆·亚拉克姆（Scholem Alejchem，1859—1916）的短篇幽默小说《一个忠告》（Ein Rat, Treue, Eine jüdische Sammelschrift, hrsg.Leo Herrmann, Berlin: Jüdischer Verlag, 1916），奥地利犹太裔作家内森·比恩鲍姆（Nathan Birnbaum，1864—1937）将其从意第绪语翻译为德语。当天晚上，埃尔莎·布罗德还朗诵了马克斯·布罗德的诗《给背信弃义的犹太人的挽歌》（*Elegie an die abgefallenen Juden*），以及波兰意第绪语作家佩雷茨（J.L.Perez，1852—1915）的一个故事。

54 《大冒险》，见以上注释7。

55 《豺狗和阿拉伯人》（*Schakale und Araber*），以及《致某科学院的报告》（*Ein Bericht für eine Akademie*），发表于《犹太人》1917年10月和11月刊，该杂志由马丁·布伯发行。显然布罗德从《自卫》上预告的标题《弗兰茨·卡夫卡，两个动物故事》（*Franz Kafka, Zwei Tiergeschichten*）中推断，两篇都已收录在10月刊中。

56 马克斯·布罗德的《约翰·斯特劳斯的拉德斯基进行曲》（Johann Straußens Radetzky-Marsch，Die Aktion［1915］，Sp.214［17.April］）。

57 波希米亚—奥地利剧作家海因里希·特维尔斯（Heinrich Teweles，1856—1927）的作品《冯·施泰因女士》（Die Frau von Stein, Prager Tagblatt vom 14.10.1917, Morgenausgabe）。

58 1915年，《行动》的编辑弗朗兹·菲姆费特（Franz Pfemfert，1879—1954）开始“剪下时间”，“以在远远不止他们自己的世界范围内，保全她的面子（也保全他们的面子）”（Die Aktion［1915］, Sp.214［17.April］）。

59 未查证。

60 《圣经》中记载的人物，杀亲者，据《圣经》记载，上帝给了该隐一个印记。——译者注

61 帕莱斯特里那（Palestrina），罗马东面的小城，托马斯·曼曾居住在这里，并在这里创作了几部中篇小说。（“Palestrina”, Die neue Rundschau, Oktoberheft 1917, 5.1388—1402）

62 卡夫卡这里暗示布拉格诗人雨果·萨鲁斯（Hugo Salus，1866—1929），请参见PK 68—71。

63 这里可参见歌德的诗剧《浮士德》/第一部/“城门前”。——译者注

64 《大冒险》，见以上注释7。

65 见以上注释55。

66 见以上注释56。

67 安东·库（Anton Kuh，1891—1941）：维也纳文学家，曾在1917年10月10日的布拉格日报副刊中以“韦弗尔—早场（Werfel-Matinée）”为题讨论了在维也纳举行的作家读书会。韦弗尔参加了这次读书会，他的早期独幕剧“Der Besuch aus dem Elysium”在这次读书会中也被朗诵。

68 夏洛特·冯·施泰因（Charlotte von Stein，1742—1827）是歌德的密友。这里德语原文一语双关，施泰因（Stein）这个姓氏也有石头之意。——译者注

69 艾达·博伊（Ida Boy-Ed，1852—1928）的著作《夏洛特·冯·施泰因的苦难》（Das Martyrium der Charlotte von Stein，Stuttgart：Cotta 1916），特维尔斯批评了这本书，见以上注释57。

70 阿尔布雷希特·海尔曼（Albrecht Hellmann）是西格蒙德·卡兹尼尔森（Siegmund Kaznelson，1893—1959）的笔名，他在1913年至1917年间义务管理《自卫》，其间有短暂中断。相关社评于1917年10月12日以《犹太和平》（*Der Judenfriede*）为题发表。

71 布罗德曾在霍穆托夫工作，见1907年注释8。

72 这里指给一个读书之夜的文章，参见下一封信。

73 恺撒小姐（Fräulein Kaiser），请参见WBL 173。

74 莱昂汀·萨根（Leontine Sagan），参见前一封信。

75 心理分析学家威廉·斯塔克尔（Wilhelm Stekel，1868—1940）。在1917年9月22日的一封信中，卡夫卡称他为“那个从弗洛伊德身上赚取小钱的维也纳人”（Br 169）。

76 《大冒险》，见以上注释7。

77 涉及第八章“轮盘赌”（Roulette）——译者注

78 露特（Ruth），小说中的女主人公，是一位护士。

79 卡夫卡的第一本书，于1915年年底以“第二版”（书名版）重新发行。

80 短篇小说《乡村医生》（*Ein Landarzt*），同名短篇小说集实际上出版得很晚，可能在1920年年初。

81 《犹太评论》（*Jüdische Rundschau*）。犹太统一日报（Allgemeine Jüdische Zeitung，Berlin）是德国犹太复国主义者协会的官方机关报。在文学版还刊登由希伯来语和意第绪语翻译而来的作品。罗伯特·韦尔奇（Robert Weltsch）从1919年到1938年担任该报的主编。

82 “弗朗兹叔叔”是青年作家弗朗兹·罗伯特·汉尼森（Franz Robert Hannessen）的笔名，他的《弗朗兹叔叔：插图版青年报》（*Onkel Franz: Illustrierte Jugend-Zeitung*）从1917年年初开始作为布拉格日报的每周增刊出版。署名为“埃尔莎·布罗德”的文章《弗朗兹叔叔和我们的青年时代》（*Onkel Franz und unsere Jugend*）发表在1917年11月9日的《自卫》（Jg. XI, Nr.44）中。见以下注释93。

83 犹太复国主义的“布拉格的犹太妇女和女孩俱乐部”，其主要成员除了内利·蒂伯格（Nelly Thieberger）和莉丝·韦尔奇（Lise Weltsch），还有埃尔莎·布罗德。读书会于1917年12月19日举行。请参见FB 127f。

84 《致某科学院的报告》（*Ein Bericht für eine Akademie*）。

85 鲁道夫·福克斯（Rudolf Fuchs），见以上注释12。

86 恩斯特·费格尔（Ernst Feigl，1887—1957）：捷克斯洛伐克的德语文学家、法庭记者，画家弗里德里希·费格尔（Friedrich Feigl，1884—1965）的兄弟。弗里德里希曾画过卡夫卡的插画“弗兰茨·卡夫卡读《桶骑士》”（Franz Kafka liest den "Kübelreiter abgebildet in J. P.Hodin, Kafka und Goethe, London/Hamburg：Odysseus 1968, S.9）。1916年，卡夫卡曾向库特·沃尔夫出版社推荐了恩斯特·费格尔的一些诗作，以供出版（Br 151）。

87 谢夫拉（Chewra Kadischa），也被称为圣社，是一个犹太组织，他们根据犹太传统，确保已故犹太人的尸体下葬，并在下葬前受到保护，不被亵渎。

88 1917年11月6日第一次“犹太家长晚会”在位于布拉格约瑟夫城市胡同的谢夫拉大厅举办，奥斯卡·爱坡斯坦（Oskar Epstein）在会上谈到了“我们孩子的教育和我们的生活”。《周刊》11月2日写道：“与课时的认真相符，委员会希望［对于犹太家长晚会活动］，所有认真的父母和老师都能参加。”这些努力最终促成了布拉格犹太学校（以捷克语授课）的出现，该校于1920年9月6日开办了第一个班级。见1922年注释42。

89 马克斯·布罗德：《死后第一小时——一个鬼故事》（Die erste Stunde nach dem Tode. Leipzig：Kurt Wolff 1916, Umschlag：1917）。

90 克里斯托弗·马洛（Christopher Marlowe，1564—1593）：伊丽莎白时代的英国剧作家、诗人和翻译家。

91 见1916年注释19。

92 1917年11月2日《贝尔福宣言》发布，它代表英国承诺支持在巴勒斯坦建立“一个犹太人的民族家园”，见1922年注释20。

93 这里卡夫卡提到了埃尔莎·布罗德在《自卫》上发表的文章（见以上注释82），她在文中——出于教育原因——对当时流行的“弗朗兹叔叔”的表演做出了批判性的反应。她写道：“最近我和我的侄子一起在国家剧院看‘弗朗兹叔叔’。我必须承认，我本人有点儿好奇，想见见这位普通的叔叔，他侵占了我们一无所知的孩童的世界。——母亲们，这种无情的大产业，这种例行的友谊，这种空洞的甚至危险的闹剧……能成为你们渴望给予孩子们的理想教育吗？”

94 参见张荣昌《失踪者·诉讼》，上海译文出版社，2012，第823页。——译者注

95 《致某科学院的报告》（*Ein Bericht für eine Akademie*）。

96 参见布罗德1917年11月2日的信和卡夫卡的回信。

97 1918年2月出版的维也纳文学杂志《戴蒙》（Daimon，后改为：Der neue Daimon，之后又为：Die Gefährten）。弗朗兹·布莱（Franz Blei），马克斯·布罗德，马丁·布伯（Martin Buber），阿尔伯特·爱因斯坦，恩斯特·魏斯（Ernst Weiß）和弗朗兹·韦弗尔（Franz Werfel）都参与其中。

98 见以上注释49。

99 指埃米尔·赖因哈特（Emil Alphons Rheinhardt，1889-1945）：维也纳表现主义诗人、编辑和作家。

100 《多瑙河畔》（*Donauland*），这本图文并茂的月刊杂志由保罗·西伯兹（Paul Siebertz）和阿洛瓦·韦尔采（Alois Veltzé）于1917年3月创办，作为维也纳战争档案的“非官方”出版物。在斯蒂芬·茨威格为第一期所撰的序言稿中写道：“即使战争及其描写绝不是该杂志的精髓，但在共创奥地利未来的某一时刻，战争这个伟大的变革者，奥地利的血腥革新者，也将不可避免地说出它的豪言壮语，讨论它的目标和功绩。但是，艺术，永恒的艺术，在这里应该如同在家，和这位难缠的客人一样……”（Stefan Zweig, Briefwechsel mit Hermann Bahr, Sigmund Freud, Rainer Maria Rilke und Arthur Schnitzler, hrsg.von J.B.Berlin, H.U.Lindken und D.A.Prater, Frankfurt：S.Fischer 1987, S.343）。

文学史家约瑟夫·科尔纳（Josef Körner，1888—1950）曾参与本刊文学栏目的编辑工作，他曾在1917年9月号上发表了《布拉格德语文学的作家与作品》（*Dichter und Dichtung aus dem deutschen Prag*）一文，其中写到卡夫卡："《变形记》……是最伟大的作品之一，由此产生了更新颖的叙事艺术。"（见FB 150f.）在卡夫卡病发前，还在布拉格时，科尔纳就请卡夫卡向《多瑙河畔》投稿（见Br 210），以下信件由卡夫卡（未发表；DLA Marbach）从祖劳寄出（在这种情况下应该是写给编辑Paul Siebertz的），可能指的就是这件事：

尊敬的先生：

您的信件我太晚才收到。您真是太好了，在信中提醒我曾答应过的合作。我当时诚心诚意地给出了这个承诺，不久之后，我的情况发生了变化，我无法问心无愧地参与文学杂志了。尽管如此我还是接受了寄来的杂志，对此我表示衷心的感谢，但这是一个不可原谅的过错。

顺致崇高的敬意

弗·卡夫卡

在1917年12月初科尔纳第二次邀请卡夫卡合作时（见卡夫卡1917年12月5日的信），他十分果断地拒绝了："请您允许我开诚布公：《多瑙河畔》在我看来似乎是一个不可救药的谎言，它的周围会有最优秀的人，文学部分可以，毫无疑问正如您会做的那样，带着最好的目的和力量去执行——如果不纯粹的东西必须从它的源头产生新的不纯粹的东西，它就无法变得纯粹。"（Br 210）

101 这里指布罗德在1917年10月4日的信中提到并评论的汉斯·布吕尔两本书的一本。《情欲在男性社会中的作用》及《青年运动中的民众与领导人》，见以上注释41。

102 1917年11月18日，布罗德曾应"Lesehalle"的邀请，在维也纳小型剧场的大厅里朗诵了以下内容：他尚未印制的戏剧《一位女王——以斯帖》中的一幕（见以上注释17），他的诗歌《致死去的犹太人的挽歌》（见以上注释40）和《我的第一堂希伯来语课》还有《第谷·布拉赫的通向上帝之路》的一些内容，最后还摘录了一部未发表的长篇小说《阿斯科纳斯医生的自由国度》（《人冒险》）（报告载于1917年11月30日《自卫》）。

103 这里涉及1917年11月17日报纸报道的两件事：英国占领以色列雅法；外交部长切尔宁伯爵（Graf Czernin）在维也纳接见柏林犹太复国主义行动委员会主席阿瑟·汉特克博士（Dr.Arthur Handtke）。

104 作家赫尔曼·埃西格（Hermann Essig，1878—1918），参见F 745f。

105 索伦·克尔凯郭尔（Søren Aabye Kierkegaard，1813—1855）：丹麦哲学

家、神学家、诗人、社会评论家和宗教作家，他被认为是第一位存在主义哲学家。在祖劳时，卡夫卡对克尔凯郭尔的著作越来越感兴趣，见以下信件。这里他可能指的是《恐惧与战栗》（*Furcht und Zittern*）：前不久他曾写信给奥斯卡-鲍姆：“我只知道《恐惧与战栗》。”（Br 190）此外，他还在11月24日写道：“对于这种看法：他可能拥有，但却不存在，他的回答只是战栗和心悸。”（H 87）

106 见以上注释102。

107 可能是库尔特·希勒（Kurt Hiller）编辑的年鉴（Das Ziel. Aufrufe zu tätigem Geist, München und Berlin：Georg Müller 1916）。撰稿人包括亨利希·曼（Heinrich Mann “Geist und Tat”）、汉斯·布吕尔（Hans Blühen）、马克斯·布罗德（“Organization der Organisationen”）、韦弗尔（Franz Werfel）、古斯塔夫·维内肯（Gustav Wyneken）和瓦尔特·本雅明（Walter Benjamin）。

108 西奥多·塔格（Theodor Tagger）编辑的双月刊，第一期（1917年7/8月）刊登了卡夫卡的散文作品《往事一页》《新律师》和《谋杀兄弟》（*Ein altes Blatt, Der neue Advokat, Ein Brudermord*）。塔格，以化名费迪南德·布鲁克纳（Ferdinand Bruckner）而闻名的剧作家，参见T 533f。

109 古斯塔夫·维内肯（Gustav Wyneken，1875—1964）：德国改革教育家，也是威克斯多夫乡村教育之家“自由学校社区”的创始人，他试图在那里实现他的“青年文化”理念。

110 莱奥什·雅那切克（Leoš Janáček，1854—1928）：音乐理论家与民俗音乐学者，与安东宁·德沃夏克和贝德里赫·斯美塔那一起，被认为是最重要的捷克作曲家。这封信并未收录在布罗德与雅那切克书信集中（Korespondence Leoše Janáčkas Maxem Brodem, hrsg.Jan Racek und Artuš Rektorys, Prag 1953）。这里附上这封信的译文，雅那切克使用捷克语，布罗德用德语：

亲爱的朋友：

赫兹卡先生（Herr Hertzka）写信说，您已经“结算”了。我很高兴。什特帕内克博士在《音乐评论》中高度赞扬您的译稿。

我想把我的一些“文学”作品寄给赫兹卡先生。也许这部选集会获得理解！很快您就会庆祝您的耶路撒冷！我们捷克人什么时候才能享受到充分的自由和独立？

现在，我已经完全沉浸在15世纪的作品中了，作品即将结束！当然还有：结局好，一切都好［德语］！

《耶奴发》本应明天，25号在布拉格上演，但又落空了。来自维也纳的独奏家与赖兴伯格指挥家应该会来。

您已经在莱比锡举行首演了吗？

《耶奴发》的钢琴改编谱可能很快就会出现在商店里。赫兹卡先生已经有了足够的开支——我的意思是，他现在期望有一些利润。

最近，我的管弦乐作品《吟游诗人的孩子》（*Šumařovo dítě*）在布拉格上演了，奥斯特契尔（Otakar Ostrčil）是指挥。我当时在布拉格，非常激动，坐立不安，排演前我在布拉格绕来绕去。好了，结果是好的。我相信菲比奇、福尔斯特、杰雷米亚什（Fibich，Foerster Jeremiáš）坚持住了。后者似乎能够摧毁耶利哥之墙。他的主题在作品中重复了280次！对于头脑来说足够了。

恭敬地向仁慈的夫人和您推荐。

诚挚的问候。

您的

莱奥什·雅那切克

布尔诺，1917年11月24日

111 《自由的犹太教师之声》（*Freie Jüdische Lehrerstimme*），在维也纳出版的“奥地利-以色列宗教教师协会的机关报”，月刊，目的是在学校和家庭中培养对于犹太教的兴趣，其中刊载了大量的书评。

112 《片剂》（les tablettes, hrsg.Claude Le Maguet mit Holzschnitt-Illustrationen von Frans Masereel, Genf 1916—1919），相当重要的国际和平主义月刊，这里可能指的是第十四期（1917年11月），其中特别突出的是皮埃尔的文章——L’internationalisme en Suisse, Pierre-Jean Jouve。

113 《塔木德经》是犹太教法典，是犹太律法、思想和传统的集大成之作。——译者注

114 《开端》（Der Anbruch），表现主义版画与文学杂志，最初由费利克斯·格拉夫（Felix Grafe）负责编辑，自1918年1月开始出版（1918 Wien：Verlag Der Anbruch; 1919—1920 Berlin：Graphisches Kabinett I.B.Neumann; 1921—1922 Berlin：Erich Reiß）。

115 这里指的是布罗德的戏剧《感觉的高度》（*Die Höhe des Gefühls*），1918年3月才在德累斯顿成功进行首演。

116 《音乐剧》（*Hudební Revue*）是由卡里尔·施戴克（Karel Stecker）和卡里尔·霍夫迈斯特（Karel Hoffmeister）编辑出版的月刊杂志。

117 见以上注释30。

118 布尔扎尼（Brzezan），乌克兰城市。——译者注

119 见1916年注释19。

120 见以上注释22。

121 见以上注释81。

122 《泛理想》（*Panideal*），一本杂志，由奥地利人霍尔茨阿普费尔（Rudolf Holzapfel）于1917年在伯尔尼创立，旨在传播他的思想。

123 《舞台》自1909年出版的大幅面报纸，内容为戏剧报道。（Proszenium, der Drei Masken Verlag, Berlin）。

124 《艺术家》（*Der Artist*），自1883年于杜塞尔多夫出版——“马戏团、杂耍舞台、巡回唱诗班及剧团的中央机关报”。

125 重要的犹太出版社洛维特（R.Löwit, Berlin und Wien），月刊《犹太人》由该出版社出版。

126 《行动》（*Die Aktion*），政治，文学和艺术周刊，由弗朗兹·菲姆费特（Franz Pfemfert）编辑出版。

127 见以上注释112。

128 未查证。

129 见以上注释116。

130 请参见卡夫卡于1917年12月17日致约瑟夫·科尔纳（Josef Körner）的信（Br 210f.）和以上注释100。

131 见1914年注释5。

132 弗里德里希·威廉·福尔斯特（Friedrich Wilhelm Förster，1869—1966），德国学者，教育家。1916年，卡夫卡深入研究了他的《青年教育学》（Jugendlehre.Ein Buch für Eltern, Lehrer und Geistliche, Berlin：Georg Reimer 1904），因为柏林的“犹太人民之家”的助手们研究了这本书。见F passim和1916年注释16。

133 从这封信中可以看出，布罗德告诉了妻子他与“St.”（Steffi）的关系，她是小说《大冒险》（*Das große Wagnis*）中护士露特（Ruth）角色的原型。

134 布罗德在1917年12月25日的日记中写道：“小说《大冒险》完成。”

135 一篇学术报告。

136 布罗德的戏剧《一位女王——以斯帖》（*Eine Königin Esther*），见以上注释22。

137 露特（Ruth），见以上注释133。

138 这里指的是尤金·普弗（Eugen Pfohl），卡夫卡甚至在1911年写道，自己“像爱儿子一样爱他”（T 41）。

139 参见布罗德12月17日的信。

140 见以上注释83。

141 见以上注释12。

142 1918年1月4日的《自卫》中刊登了一篇评论（再版于FB 127f.）。

143 见以上注释86。

1918

1 关于此信的日期：1917年12月30日，卡夫卡从布拉格（他从12月23日开始待在布拉格）写信给他在祖劳的妹妹："由于机构的原因，我不得不在这里多住几天，因为我星期二（1月1日）才能与经理进行第一次谈话。"（O 50）

2 在埃尔莎·布罗德于1917年12月19日朗诵了《致某科学院的报告》后，卡夫卡显然同意将其他的散文作品也交给她，以便日后可能会朗诵。见1919年注释14。

3 《骑桶者》（Kübelreiter）和《古史一页》（Ein altes Blatt）均为卡夫卡的散文作品，收录在《乡村医生》中，于库特·沃尔夫出版社出版（见Br 158f.），卡夫卡在大幅改动中删除了《骑桶者》一篇，后来也发表了。

4 保罗·科恩菲尔德（Paul Kornfeld，1889—1942），德语犹太裔作家，卡夫卡早年在布拉格时期就认识他，他负责戏剧与文学月刊刊物《年轻的德意志》（das Junge Deutschland）中文学部分的编审工作，此刊物自1918年初开始出版。

5 《失踪者》（*Der Verschollene*）和《诉讼》［或《审判》（*Der Proceß*）］，参见布罗德1918年1月16日的信。

6 相关内容见卡夫卡1918年1月13日的信。

7 见以上注释1。

8 卡夫卡早年的盲人朋友奥斯卡·鲍姆，他在祖劳一直待到1月13日。参见SL 132。

9 《大冒险》（Das große Wagnis）。"我给他朗读小说。他陶醉其中。你最自由、最真诚的作品"，布罗德1917年12月31日在日记中这样写道。

10 恩斯特·特勒尔奇（Ernst Troeltsch，1865—1923）：德国自由派新教神学家，这里指他发表在《新评论》（*Neue Rundschau*）1917年10月刊的文章《路德和新教》（"Luther und der Protestantismus", Die neue Rundschau, Oktoberheft 1917）。

11 奥斯卡·鲍姆的小说《通往不可能之门》（*Die Tür ins Unmögliche*），1920年于库特·沃尔夫出版社出版。

12 见1917年注释112，这里提到的是第十五期（1917年12月），其中包括诺贝尔文学奖得主罗曼·罗兰的文章，文章是关于犹太作家安德烈·拉茨科（Andreas Latzko，1876—1943）所写的《战争中的人》（Menschen im

Krieg，Zürich 1917）一书，这一期中还刊载了美国著名诗人沃尔特·惠特曼（Walt Whitman，1819—1892）在美国内战中的一封信。

13 见以上注释3。

14 这里指卡夫卡的寓言《一道圣旨》（*Eine kaiserliche Botschaft*）。

15 布罗德的小说《犹太女人》中的人物。

16 盖哈特·豪普特曼（Gerhart Hauptmann，1862—1946），德国剧作家兼作家，他被认为是德国最重要的自然主义代表，1912年获得了诺贝尔文学奖。——译者注

17 《沉钟》（*Die versunkene Glocke*）是豪普特曼于1896年创作的一部诗体剧，主要讲述了铸钟师海因里希在以妻子为代表的世俗生活和以情人林中女妖为代表的理想之间徘徊，最后在这种矛盾中崩溃死亡的悲惨命运。——译者注

18 列夫·达维多维奇·托洛茨基（Лев Давидович Троцкий，1879—1940），布尔什维克主要领导人、十月革命指挥者、苏联红军缔造者，是一名革命家、军事家、政治理论家和作家。——译者注

19 法国外交部部长毕胜（Pichon）写道，托洛茨基的这封信（他正想在俄国安排一次国际工人会议）“充满了对法国社会党最杰出成员的侮辱……充满了对克伦斯基颜色的社会主义者的蔑视和不屑”（《波希米亚报》1918年1月13日，星期日，晨版第3页）。亚历山大·弗多洛维奇·克伦斯基（Alexander Fyodorovich Kerensky，1881—1970），俄罗斯政治家、革命家，在1917年俄国革命中扮演重要角色。他领导的二月革命推翻了沙皇的统治，在新政府中他任政府总理，1917年11月，他的政府被布尔什维克发起的十月革命推翻。

20 布拉德的小说《大冒险》中的核心人物阿斯科纳斯博士Dr.Askonas。（参见Margarita Pazi, Fünf Autoren des Prager Kreises, Frankfurt am Main：Peter Lang 1978, S.13）。

21 见1908年注释9。

22 见以上注释10。

23 指列夫·托尔斯泰的日记（Leo Tolstoi, Tagebuch.Erster Band 1895—1899, München：Georg Müller 1917），卡夫卡在1917年11月17日菲莉斯·鲍尔生日的时候送给了她这本书。

24 《大冒险》中布罗德所用的词汇“Hilfskonstruktion”。

25 《非此即彼》（*Entweder-Oder*），丹麦哲学家索伦·克尔凯郭尔（Søren Aabye Kierkegaard）的著作，见1917年注释105。

26 马丁·布伯（Martin Buber，1878—1965），奥地利—以色列—犹太人哲学家、翻译家、教育家，1917年秋，他的两本散文集出版，即*Ereignisse und*

Begegnung，以及*Die Rede, die Lehre und das Lied*。

27 哲学家鲁道夫·卡斯纳（Rudolf Kassner，1873—1959），卡夫卡可能暗示的主要是他的《忧郁》一书（Melancholia, Eine Trilogie des Geistes, Berlin：S.Fischer 1908），卡斯纳曾在1906年的《新评论》（*Neue Rundschau*, 5月号）上写过克尔凯郭尔。见1908年注释21和22。

28 奥尔嘉（Olga）和艾琳（Irene），两个角色均出自布罗德的《犹太女人》。

29 卡夫卡的寓言《一道圣旨》（*Eine kaiserliche Botschaft*）。

30 贝缇丽彩·波尔蒂纳（Beatrice di Folco Portinari，1266—1290），一位佛罗伦萨女子，是但丁《新生》的主要创作灵感，同时在《神曲》的最后作为但丁的引导者出现，带他进入天堂。——译者注

31 见卡夫卡1月28日的信。

32 韦柴克（Wltschek），大概是布拉格的一位报刊经售人。

33 见以上注释4。

34 这里指《乡村医生》的出版（见卡夫卡与出版商的通信KW 46f.）。

35 指 1917年12月25日《乡村医生》的再版，该报还曾在1917年12月3日刊载过《豺狗和阿拉伯人》。

36 位于北波希米亚伦布尔克附近的疗养院（das Frankensteiner Sanatorium，卡夫卡1915年7月曾在这里住过，见F 641f.），1917年5月开办了德国退伍军人和人民精神病院，卡夫卡作为工人意外事故保险机构的公务员为该院做了很多工作——该院负责照顾波希米亚的战争伤残者（KH 472—477）。见1916年注释11。

37 指德国波希米亚人民精神病院建立与维护协会（Deutsche Verein zur Errichtung und Erhaltung einer Volksnervenheilanstalt in Deutschböhmen），卡夫卡所写的呼吁书刊登在1916年12月16日的《布拉格日报》上，呼吁为这个机构捐款，再版于F 764—766。

38 弗朗兹·菲姆费特（Franz Pfemfert，1879—1954），周刊《行动》的出版人，卡夫卡大约在这段时间经常阅读此周刊。

39 《列夫·托尔斯泰：1895—1899年日记》（Leo Tolstoi：Tagebuch 1895—1899.Nach dem geistigen Zusammenhang ausgew., hrsg.u.eingel.von Ludwig Rubinen Zürich：M.Rascher 1918）。

40 见以上注释23。

41 见卡夫卡1月26日及1月28日的信。

42 1918年1月29日，激进的德国议员抱怨宫廷歌剧院偏爱外国作曲家，并把即将在维也纳首演的《耶奴发》作为“维也纳德国人的挑衅”。参见Charles Susskind, Janáček and Brod, New Haven and London：Yale University 1985,

S.49—51。

43 上述《政治音乐》一文发表在1918年2月1日的《波希米亚》上。保尔·基什（Paul Kisch，1883—1944），奥地利记者及文学评论家，新闻史上最重要的记者之一埃贡·埃尔温·基什（Egon Erwin Kisch，1885—1948）的哥哥，是卡夫卡的同学和童年好友。

44 F.X.萨尔达（F.X.Šalda，1867—1937），当时是捷克文学的主要批评家。1917年在布拉格发表《马克斯·布罗德，第谷·布拉赫的通向上帝之路》（*Max Brod, Tychona Brahe cesta k bohu, Róman*）。由捷克国家筹办的报刊《文科夫》（*Venkov*，《国家》）后来才奉行卡夫卡在玛特里亚里的信中所暗指的极端反犹路线（见1921年注释25），另参见M 291。

45 弗尔奇利基（Jaroslav Vrchlický，1853—1912），他一直是捷克文学界的领军人物，除此之外，他还是一位诗人和罗马语翻译家，翻译了但丁的作品。

46 指戏剧《一位女王——以斯帖》4月20日在科尼斯堡新剧院进行首演。见1918年1月31日布罗德的信。

47 《索伦·克尔凯郭尔十二卷作品集》的第四卷《人生道路的阶段》，由克里斯托夫·施伦普夫和沃尔夫冈·普夫莱德尔翻译（Sören Kierkegaard, Gesammelte Werke in 12 Bänden, hrsg.von Hermann Gottsched und Christoph Schrempf, Bd.4：Stadien auf dem Lebensweg （Kopenhagen 1845, übersetzt von Christoph Schrempf und Wolfgang Pfleiderer），Jena：Diederichs 1914.）布罗德提到的作品是：《有罪——无罪？一段苦难故事》。（“Schuldig？”/“Nichtschuldig？” Eine Leidensgeschichte.Psychologisches Experiment von Frater Taciturnus）（本卷第163—363页）。

48 1840年，克尔凯郭尔与小他十岁的女子雷金·奥尔森（Regine Olsen，1822—1904）订婚，一年后解除了婚约。

49 布罗德1918年2月13日的日记记录道：“鲍姆做报告。卡夫卡突然出现从祖劳来。” 这就解释了卡夫卡——2月19日再次离开布拉格（H 120）——知道这个“尴尬”的夜晚（见他3月5日的信）。

50 阿诺德·比尔是布罗德同名长篇小说中的男主人公。见1912年注释3。

51 阿尔弗雷德·沃芬斯坦（Alfred Wolfenstein，1883—1945）：诗人和剧作家。在布罗德的推动下，他的诗作在《犹太人》上发表（1917年8月），布罗德曾写信给布伯：“但他们也应该把最好的诗人……最年轻的一代，如韦弗尔、卡夫卡、沃芬斯坦联合起来加入这个杂志。”（BB I 429）

52 奥托·皮克在1917年出版的选集《犹太布拉格》（Das jüdische Prag, Prag：Verlag der Selbstwehr 1917）中，曾以“远观布拉格诗人”为题，报道了奥斯卡·鲍姆、弗朗茨·卡夫卡、弗朗茨·韦弗尔和鲁道夫·福克斯。不过，他取消了布罗德提到的《布拉格诗选》的出版（见以下注释63），而是在1918年底出版了《布拉格德国诗人》（Deutsche Dichter aus Prag.Ein Sammelbuch, hrsg. und eingel.von Oskar Wiener, Wien-Leipzig：Strache 1919，其中包括了Friedrich Adler, Oskar Baum, Max Brod, Rudolf Fuchs, Auguste Hauschner, Camill Hoffmann, Egon Erwin Kisch, Paul Kornfeld, Paul Leppin, Gustav Meyrink, Otto Pick, Rainer Maria Rilke, Hugo Salus, Johannes Urzidil, Franz Werfel, Ludwig Winder等人的作品）。并配以弗里德里希·费格尔的画作——在这本书的前言中（日期为1918年秋）写道："要把各种相互矛盾的信念和方向集中到同一屋檐下是不容易的……不仅仅是那些出生在布拉格或在这里度过青春的人，还有那些偶然流落到这里几年，却因生活遥远而无法摆脱伏尔塔瓦河畔这座陌生城市的影响和启发的人，他们也属于我们。"

53 1918年2月17日，作家和演员负责人汉斯·李布斯托克尔（Hans Liebstoeckl, 1872—1934）在《布拉格日报》一篇来自维也纳的报道中，以《雅纳切克的耶奴发在维也纳宫廷歌剧院》（*Janáčeks Jenufa an der Wiener Hofoper*）为题，写道："不幸的是，作曲家认真对待的'口语语言旋律'原则最终没起到什么帮助，译文与原文并不对等，并且由于错误的重音而变得累赘……"布罗德对此有详细的答复——《再谈耶奴发》（*Noch ein Wort zur Jenufa*）——发表于维也纳周刊《和平》（Der Friede, hrsg.Benno Karpeles, Bd.I, Heft 7（7.März 1918）, S.166f. drucken lassen）。见1917年注释30。

54 见以下注释58。

55 指卡夫卡的小说《诉讼》（或《审判》）。

56 克尔凯郭尔的两部著作《恐惧与战栗》（*Furcht und Zittern.Dialektische Lyrik von Johannes de Silentio*）和《重复》（Wiederholung. Ein Versuch in der experimentierenden Psychologie von Constantin Constantius），收录在克尔凯郭尔十二卷作品集第三卷，见以上注释41。

57 见以上注释47。

58 《索伦·克尔凯郭尔及他与"她"的关系》（Sören Kierkegaard und sein Verhältnis zu "ihr".Aus nachgelassenen Papieren.Hrsg.im Auftrage der Frau Regine Schlegel u. verdeutscht von Raphael Meyer, Stuttgart：Junkker 1905），此书并非像卡夫卡所说，在岛屿出版社（Inselverlag）出版，但是这可能意味着卡夫卡还了解另一本在岛屿出版社出版的《克尔凯郭尔与他未婚妻的关系》（Sören Kierkegaards Verhältnis zu seiner Braut. Briefe und Aufzeichnungen aus seinem Nachlaß, hrsg.von Henriette Lund, Leipzig：Insel 1904）一书。

59 《瞬间》（*der Augenblick*），收录在索伦·克尔凯郭尔作品集第十二卷（见以上注释47），克尔凯郭尔将"瞬间"理解为时间与永恒的交汇点，参见卡夫卡1918年2月7日的笔记（H 109—112；第110页和111页的“Einigkeit”一词应为“Ewigkeit”）。

60 卡夫卡应该指的是《恐惧与战栗》序言末尾的一段话：“我在每一个系统的洗劫者面前诚惶诚恐：‘这不是一个系统，它与系统毫无关系’。”此处译文参见刘继译本《恐惧与战栗》序言，第四页，贵州人民出版社，1994。

61 基督教《圣经》故事中犹太人的始祖，克尔凯郭尔在《恐惧与战栗》中描写了亚伯拉罕的故事。——译者注

62 见以上注释49。

63 见布罗德3月3日的信及以上注释52。卡夫卡之后一定收到了皮克的邀请，也像布罗德一样拒绝了，见以下注释85。

64 柏林出版商莱思（Erich Reiß）曾于1918年2月26日写信给他：“我对你的作品特别感兴趣，很乐意出版它们。”

65 见以上注释53。

66 布罗德曾于3月7日前往德累斯顿参加他的戏剧《感觉的高度》（*Die Höhe des Gefühls*）的首演。

67 德国表现主义作家莱因哈德·戈林（Reinhard Goering，1887—1936）的戏剧《海战》（*Seeschlacht*），在德累斯顿首演后，引发了争议，但在柏林获得了巨大的成功，著名的奥地利戏剧和电影导演马克斯·莱因哈特担任导演。

68 《年轻的德意志》，见以上注释4。

69 海勒劳（Hellerau），德国德累斯顿的北部地区。——译者注

70 关于这位居住在海勒劳的布拉格作家保罗·阿德勒（Paul Adler，1878—1946），参见PK 82f。

71 后记由克里斯托夫·施伦普夫（Christoph Schrempf，1860—1944）撰写，他也翻译了这卷书——除了克尔凯郭尔的序言和《在葡萄酒中》（*In Vino Veritas*）这部著作。见以上注释47。

72 Tertium comparationis，拉丁语词，是一种修辞手法，字面意思是“比较的第三者”。比较要求两个对象至少有一个共同的属性，比较所依据的共同属性称为tertium comparationis。——译者注

73 雷金·施莱格尔（Regine Schlegel née Olsen，1822—1904），丹麦人，克尔凯郭尔曾经的未婚妻，因与他的复杂关系而被载入文学史。——译者注

74 卡巴拉（Kabbalah，字面意思是“接受/传承”）是与犹太哲学有关的思想，用来解释永恒的造物主与有限的宇宙之间的关系。——译者注

75 在犹太宗教中，舍金纳（Shechina）是神在以色列的“居所”，可以理解为神与他的子民同在的缩影。在这个词的次要含义中，有“安息”“幸福”“圣洁”或“平安”等含义。——译者注

76 《托拉》（*Thora*），希伯来圣经，它由五本书组成，这组著作被称为《摩西五书》。——译者注

77 小故事《佩里安德》（*Periander*）收录在《人生道路的阶段》中，《有罪？/无罪？》部分，第292—296页。

78 《乡村医生》一卷中的散文作品。

79 未流传下来。

80 保罗·卡西勒（Paul Cassirer，1871—1926），柏林出版商，他创办了艺术、手工艺和文学杂志Pan，被认为是德国新艺术最重要的刊物，之后参加了德国君主主义月刊Weiße Blätter的出版工作。

81 下面的内容摘自索伦·克尔凯郭尔《法官之书》第160页（Buch des Richters. Seine Tagebücher 1833—1855 im Auszug aus dem Dänischen übersetzt von Hermann Gottsched, Jena und Leipzig：Diederichs 1905, S.160）。卡夫卡在1913年8月已经读过这本书（见T 318），他显然带着这本书去了祖劳。

82 参见索伦·克尔凯郭尔《法官之书》114页，见以上注释81。

83 参见索伦·克尔凯郭尔《法官之书》112页，见以上注释81。

84 此处在通信中未谈这一主题，布拉德在《新评论》（1921年4月）上发表的《克尔凯郭尔》一文对此做了总结。

85 以下这封给布罗德的信并未附在书信中，大约是奥托·皮克在服兵役期间（未注明日期）给卡夫卡的一封信，这封信澄清了此事的若干要点，因此完整地附在此处：

亲爱的卡夫卡博士：

对我来说，这本选集的事因为您和布罗德博士的拒绝已经结束了，如果想要出版一本书，而其特点只有遗漏和空白，那就没有意义了。这件事唯一令人高兴的是布罗德博士与我的关系得到了澄清，以及您的信给我带来的关于您病情的好消息。从鲍姆还有其他人那里听说您在乡下居住后，我就常常想要给您写信。只是与所有我所珍视的人在假期中短暂相遇的失望让我如此不安又害怕，以至于到今天我也不知道，如果我告诉您，若能经常收到您的消息，我会真切地感到开心，您会如何理解。

您生活在乡下，清晰地看到眼前自己的未来。我也在一个小镇上，这里让人感觉很田园——会感觉到，若不是因为某种已经困扰了我数月的压抑。尤其是现在，今天，一个星期天的中午，运送第一批解除兵役的罗马尼亚士兵去往和平之家，将他们放回正在等待的亲友中间。现在，在这个国家，处处都能看到梦想的实现，别人的梦想——

但到了这种地步，我还是犹豫着要不要请求获得快要到期的归家假期。是的，我到了这种地步。我感觉，也知道自己迷失了方向。而这有时让人

难过。

但我希望您能早日康复，并向您致以最诚挚的问候。

您的奥托·皮克

也谢谢您在沃尔夫年鉴上的散文作品，那是我两个星期以来唯一的读物。

（皮克这里指的是卡夫卡的散文作品《乡村医生》和《谋杀》，这两篇作品曾于1918年1月发表在库尔特·沃尔夫的年鉴《新文学》上。）

86 在莱比锡出版社施塔克曼（L.Staackmann）的宣传册中，奥地利军官及作家鲁道夫·汉斯·巴尔奇（Rudolf Hans Bartsch，1873—1952）的小说此时总是占据着荣誉地位。

87 未查证。

88 克里斯蒂安·冯·艾恩菲尔（Christian von Ehrenfels，1859—1932），奥地利哲学家，心理学家，这里指《宇宙起源》（Kosmogonie, Jena：Diederichs 1916），参见SL第218页："艾恩菲尔的《宇宙起源》是这一代人的文献，末日情绪第一次深深地触动了他们……"

89 未流传下来。

90 可能是恩斯特·魏斯的长篇小说，Tiere in Ketten，Berlin：S.Fischer 1918，关于魏斯见1913年注释16。

91 作家弗里德里希·蒂贝格（Friedrich Thieberger，1888—1958），卡夫卡大约这一时期跟他学习希伯来语。

92 1918年10月4日，双周刊《卫士》（捷克语*Českástráž*）第1卷第30期刊登了一篇简讯，其中讽刺性地报道说，1916年，一位Nefeles先生已经将他的名字捷克化为Neruda；在下一期，10月11日又刊登了另一篇简讯（"又是Nefeles-Neruda先生"），其中谈到申请将犹太人的名字捷克化的数量每天都在增加。

93 在双周刊《自由》（捷克语*Česká Svoboda*）第1卷第21期（1918年10月12日）上，一方面以"Fleischmannová-Masaryková"为题刊登了一篇简讯，对这一改名给予了积极的评价，但另一方面又刊登了一首讽刺诗，口号是："犹太人向省府申请改名。这意味着，Silberstein叫做Stříbrný，其中一位Nefeles叫做Neruda。"

94 11月30日，卡夫卡的母亲带着他坐火车去了布拉格北部的舍勒森（Schelesen），在斯杜德膳食公寓（"Pension Stüdl"）住了三个星期。

95 票据证明，卡夫卡于1918年11月11日将《在流放地》的手稿寄给了布拉格的库尔特·沃尔夫出版社，同时，他还在一张同样寄给库尔特·沃尔夫出版社的明信片（KW 51）中告知了此次邮寄。此外，为了保险起见，他还在同一天给库尔特·沃尔夫（KW 50）写了一封私人信件。

96 11月14日，哈布斯堡家族被宣布废黜，捷克斯洛伐克宣布成立共和国。

97 阿尔弗雷德·迈斯纳（Alfred Meißner，1822—1885），奥地利诗人，1920年卡夫卡从他的《我生平的故事》（*Geschichte meines Lebens*）中复述了一则轶事（M 24f.）。

98 见前一封信。

99 当时西班牙流感猖獗，卡夫卡已经感染了西班牙流感。参见卡夫卡1918年11月25日给督察Pfohl的信（AS 299）。

100 在布拉格（和维也纳一样），以东欧少数民族为例，建立了一个“犹太民族理事会”。

101 玛丽·维尔纳小姐（Marie Werner）。布罗德写道：“在卡夫卡的父母家中住着一位女佣，她把四个孩子共同带大，之后作为一个可信赖的人留在家中，对弗兰茨总是充满了真诚的关心。她来自一个捷克犹太人家庭，除了捷克语，我从来没有听她说过任何话。她总是被称为‘小姐’（Br 510）。”

102 贝尔塔·凡塔（Bertha Fanta），见1914年注释5，她于1918年12月18日离世。

103 文化哲学家格奥尔格·齐美尔（Georg Simmel，1858—1918），1918年出版了《现代文化的冲突》（*Der Konflikt der modernen Kultur*）及《人生哲学·四篇形而上学》（*Lebensanschauung.Vier metaphysische Kapitel*）。

104 凡塔夫人的女婿，哲学家雨果·塞缪尔·伯格曼（Hugo Samuel Bergmann，1883—1975）。

105 见1917年注释13。

106 海因里希·克拉尔医生（Dr.Heinrich Kral）是卡夫卡的家庭医生。

107 雨果·伯格曼于1918年12月30日从布拉格写信给马丁·布伯：“上个星期利里奥（赫尔曼）（Leo Herrmann）在这里，并委托我在瑞士建立一个民族理事会，但这一工作也再次被柏林中止。”（BB Ⅱ 20）

108 布罗德没有去凡尔赛。在那里，参加会议的马丁·布伯于1919年3月中旬写下了重要的文章《在决定之前》（Vor der Entscheidung，Der Jude Ⅲ，第12期，第541—546页）。

109 见卡夫卡11月29日的信。

110 未保存。

111 显然是马克斯·布罗德的《犹太复国主义中的市侩风气》（*Krähwinkelei im Zionismus*），1918年10月11日在《自卫》上发表。

112 见1918年注释83。

113 可能是《为犹太民族而战》（*Im Kampf um das Judentum*, Wien/Berlin：Löwit 1920）。

1919

1 见1910年注释25，布拉格著名的音乐厅及艺术馆。

2 见1918年注释107。

3 1919年1月31日的《自卫》，其中详细报道了马萨里克（Masaryk）和其他部长们对于犹太复国主义和犹太民族发表的同情宣言。托马斯·加里格·马萨里克（Tomáš Garrigue Masaryk，1850—1937），捷克斯洛伐克首任总统（1918—1935）。

4 苏克棚（Sukkah），意为棚屋，用树枝和树叶搭成的小屋。每年公历九、十月是犹太民族的住棚节，节日为期七天或九天，其间犹太人必须建造一个临时棚屋，在其中进餐、款待客人、休息，甚至在其中睡觉，这一传统是为了纪念以色列人出走埃及，进入迦南前四十年的帐篷生活。——译者注

5 奥特拉·卡夫卡要与约瑟夫·戴维博士（Dr.Josef David，1891—1962）结婚，他是具有民族意识的捷克天主教教派，布罗德——就像她的父母一样——认为这令人担心。（参见O 65）直到1920年7月15日两人才结婚。

6 锡安工人党（Poale-Zion）是1900年成立的锡安社会主义工人党，锡安主义又译为犹太复国主义。

7 “崩得”是俄文译音，意即联盟，是“立陶宛、波兰和俄罗斯犹太工人总联盟”的简称。——译者注

8 见1918年注释100。

9 拉普兰德（Lapland）位于北极圈附近，包括挪威北部、瑞典北部、芬兰北部和俄罗斯西北部的地区。——译者注

10 朱莉·沃里泽克（Julie Wohryzek, 1891—1939），卡夫卡后来与她订婚。参见Klaus Wagenbach，Julie Wohryzek, Kafka's second fiancée，Sy 39—53。

11 格蕾特·布洛赫（Grete Bloch，1892—1944），菲莉丝·鲍尔的朋友，卡夫卡的笔友，对于卡夫卡与菲莉丝·鲍尔第一次订婚的破裂有很大影响（见F passim）。

12 马克斯·布罗德，《犹太复国主义第三阶段》（Max Brod, Die dritte Phase des Zionismus Sonderdruck aus Die Zukunft vom 20.Januar 1917, Berlin：Verlag der Zukunft 1917）。

13 1918年11月30日至12月23日左右，卡夫卡待在舍勒森，1919年1月22日至3月底，卡夫卡也在舍勒森。因此，邮戳上的“8”可能指的是12月8日、2月8日

或3月8日（直到1919年3月，卡夫卡还曾给他的妹妹奥特拉寄过类似的带有奥地利预印邮票的卡片）。这里明信片所排的日期——1919年2月8日——在缺少更多提示的情况下，只是一种猜测。

14 这里可能指的是卡夫卡1918年年初送给埃尔莎·布罗德的散文作品（见1918年注释2）。

15 见1912年注释15。

16 效仿德国青年运动的犹太复国主义青年组织。

17 朱莉·沃里泽克要回布拉格了。

18 1919年1月22日起，卡夫卡在舍勒森休了三周病假，2月7日获准延长四周，现在他在3月1日给该院的信中要求再延长至3月底，3月6日获准。见AS 300—302。

19 布罗德写道："可能是《伪造者》"（Die Fälscher.Schauspiel in vier Akten, München：Kurt Wolff 1920）。但也可能是《异教、基督教、犹太教》（*Heidentum, Christentum, Judentum*）（见1920年注释20）。

20 海滨度假胜地黑灵斯多夫（Heringsdorf），位于波罗的海沿岸乌泽多姆岛，波兰什切青北部。——译者注

21 卡夫卡的散文小品《为骑手先生所想》（*Zum Nachdenken für Herrenreiter*）。

22 这里指的是《在流放地》或者《乡村医生》。

23 鲍姆的小说《通往不可能之门》（Die Tür ins Unmögliche）。见1918年注释11。

24 这里指费利克斯·韦尔奇的书《宽恕与自由》（Gnade und Freiheit. Untersuchungen zum Problem des schöpferischen Willens in Religion und Ethik, München：Kurt Wolff 1920）。

25 指库特·沃尔夫出版社的出版商，格奥尔格·海因里希·迈尔（Georg Heinrich Meyer，1872—1931）。见 KW XVⅢ ff。

26 布罗德曾在1919年11月4日和卡夫卡一起去了舍勒森，并在那里待了几天："我在那里静静地写作，我们在一起是那么愉快。"布罗德在日记中如此写道。参见FK 182。

1920

1 奥特拉想参加一项给巴勒斯坦的农业预备课程，在科隆附近的奥普拉登。

2 犹太民族基金（捐款主要用于在巴勒斯坦购置土地）。

3 艾玛旅馆（Gasthof Emma）（见 O 77f.）。

4 “德国之家”（或“赌场”），位于格拉本（Graben）附近，配有很大的俱乐部房间，卡夫卡将它描述为“一个虽然普通，但在这儿的德国人中却是最杰出的协会”（F 313）。对于布拉格的捷克社会来说，梅斯坦斯卡·贝瑟达（M ě štanská Beseda）也起到了类似的作用。见1913年注释26。

5 德语fletschern，意为“非常认真的咀嚼”，源自美国健康布道者Horace Fletcher的名字，他提出了彻底咀嚼食物的理论，当时在美国和欧洲十分流行。

6 德语：Kleinseite，捷克语：Malá Strana，是位于布拉格伏尔塔瓦河左岸的城区。

7 1919年秋天，费利克斯·韦尔奇担任《自卫》的编辑。

8 韦尔奇在1920年4月2日的《自卫》上对奥斯卡·鲍姆的戏剧《奇迹》（*Das Wunder*）的首演做了评论。

9 第一届捷克斯洛伐克的国民议会选举于1920年4月18日举行，马克斯·布罗德被提名为犹太党派的候选人（普雷绍夫选区，喀尔巴阡山脉）。他未取得成功（参见SL 233f.）。

10 布拉德的独幕剧《感觉的高度》，演出已经在德累斯顿和柏林获得成功，但4月20日在慕尼黑的“小剧场”却遭到嘘声。见布罗德对此的生动报道，SL 233—236。

11 《感觉的高度》中的主角奥罗斯敏（Orosmin）。

12 卡夫卡曾就以下事情写信给汉斯·雅诺维茨（Hans Janowitz，1890—1954）（见SL 77—80）：卡尔·克劳斯（Karl Kraus，1874—1936）在1917年11月18日给他的弟弟弗朗茨·雅诺维茨（Franz Janowitz，1892—1917）发表的纪念演说中，谈到了这位诗人的几首诗，他“只是在1913年才勉强允许将其收入一本有问题的诗歌选集（即马克斯·布罗德的《阿卡迪亚年鉴》）……”（Die Fackel，第474—483期，1918年5月，第70页）布罗德那里有弗朗茨·雅诺维茨的一封信（重印于SL 79f.），由这封信得知，克劳斯的指控是毫无根据的，布罗德与卡夫卡商量如何使事情圆满解决。于是，卡夫卡把弗朗茨·雅诺维茨的这封信抄写了下来，连同与布罗德商定的一封信一起寄给了汉斯·雅诺维茨：卡夫卡写道——据布罗德（SL 80）——“我对论战或公开纠正不感兴趣；但是，他恳请汉斯·雅诺维茨先生把所附的抄件交给克劳斯先生，供他个人参考。”沉默了很久之后，汉斯·雅诺维茨回信道：“尊敬的卡夫卡先生！我无法将您的信转交给卡尔·克劳斯先生。克劳斯先生也绝不会接受布罗德先生的解释。”（SL 80）。

13 古斯塔夫·兰道尔（Gustav Landauer，1870—1919）：作家和文学史家，无政府主义者，1919年4月任慕尼黑议会政府委员，被暗杀。——译者注

14 恩斯特·托勒尔（Ernst Toller，1893—1939），参加了1918和1919年慕尼黑革命，右翼势力胜利后，被判处五年监禁，诗人和戏剧家，部分作品由库特·沃尔夫出版社出版。——译者注

15 可能指的是欧根·勒菲内（Eugen Leviné，1883—1919），他参与了慕尼黑苏维埃共和国，1919年6月被枪杀。

16 与米莲娜·波拉克（婚前姓：杰森斯卡）女士（Milena Pollak, geb.Jesensk, 1896—1944）的通信，卡夫卡于1919年秋在维也纳与她结识。（参见M）到1920年5月底二人才开始密集通信。

17 库特·沃尔夫出版社，于1919年年底迁至慕尼黑。关于卡夫卡离开这家出版社的情况，参见Joachim Unseld, Franz Kafka.Ein Schriftstellerleben, München/Wien：Hanser 1982, S.177—191。

18 见上以上注释12。雅诺维茨的父亲显然已经试图介入此事，以使事情平息。他的三儿子奥托是钢琴家和作曲家，也是卡尔·克劳斯亲密的同事。

19 彼得·潘特（库尔特·图霍尔斯基，Kurt Tucholsky 1890—1935）的文章，发表在周刊《世界舞台》In der“Strafkolonie”, Die Weltbühne, Berlin, 3.Juni 1920（wiederabgedruckt FB 93—96）。

20 《异教、基督教、犹太教》（Heidentum, Christentum, Judentum.Ein Bekenntnisbuch, 2 Bde., München：Kurt Wolff 1921）。

21 保罗·阿德勒（Paul Adler，1878—1946），见1918年注释70。

22 卡米尔·霍夫曼（Camill Hoffmann，1878—1944），关于这位多才多艺的文学家，见SL 14f。

23 沃尔特·哈森克莱弗（Walter Georg Alfred Hasenclever，1890—1940）：德国表现主义诗人和剧作家。

24 鲁道夫·布查德特（Rudolf Borchardt，1877—1945）：诗人和文化史家。

25 关于这三人，约瑟夫·雷纳（Josef Reiner）和他的妻子亚米拉（Jarmila）以及威利·哈斯（Willy Haas）之间的事情，见M passim。请参见以下注释27。

26 《论坛》（*Tribuna*），有进步倾向的布拉格捷克—犹太报纸，1919年创刊，参见M。

27 在他1920年6月12日给米莲娜的信中复述了此事（M 57—59）。

28 关于朱莉·沃里泽克（见布罗德前一封信和1919年注释10），还可参见卡夫卡1922年11月29日的遗书，由信中得知，他的第二个未婚妻后来结婚了。

29 《卡里那岛》（*die Insel Carina*），布罗德写的故事，早在1907年就发表了（见1907年注释11），前不久在《孤独者》（*Die Einsamen.München: Kurt Wolff 1919*）中再版。

30 在这本年鉴的第二年度——5677年（1916—1917）——出版了布罗德的诗

《弥赛亚》（*Der Messias*），以大卫·弗利施曼（David Frischmann）的新希伯来文为蓝本（Jüdischer Nationalkalender, ed.by Otto Abeles and Ludwig Bató, Vienna：Verlag "Jüdische Zeitung"）。

31 这里指布罗德正在着手写作的书《异教、基督教、犹太教》的其中两部分（见布罗德1920年6月9日的信）。卡夫卡阅读到的标题为《异教》（*Liebe als Diesseitswunder*）的书及所做的评论，其中部分显然在本书第二卷第258—279页，《歌中之歌》（*Das Lied der Leider*）见第二卷第5—65页。

32 布罗德在此说明："对于我在世界大战期间为难民儿童上课的回忆。卡夫卡那时有时间就来参加，作为听众。"（Br 512）参见SL 230—232，F 675和726，以及马克斯·布罗德，Unterrichtsstunde, Neue Jüdische Monatshefte 2.Jg. Heft 9/10（Sonderheft "Galizien"），10./25.Februar 1918, S.240f。

33 参看H 96和H 47。卡夫卡这段时间投入在他1917年年底/1918年年初在祖劳写的格言。

34 这里指的是什么，无法查证。关于洛威特出版社，见1917年注释149。

35 见以上注释30。

36 阿尔诺什特·德沃夏克（Arnošt Dvořák，1881—1933）的五幕剧《人民的国王》（*Volkskönig*），马克斯·布罗德将其从捷克语译为德语，1914年在库特·沃尔夫出版社出版。

37 卡夫卡很长一段时间都在考虑去格里门施泰因（Grimmenstein，维也纳南部）的疗养院（见M 240）。

38 指科尼斯堡之行。1920年12月1日，布罗德的话剧《伪造者》（*Die Fälscher*）（见1919年注释18）在新剧院首演，获得巨大成功。

39 指《伪造者》（*Die Fälscher*）。

40 这是一家成立于1920年8月1日的柏林书店，卡夫卡后来经常从这家书店订书，参见下文注释50和1921年注释10。

41 莎士比亚的一部喜剧《泰尔亲王佩利克尔斯》，这里布罗德原文所写的是：Pé-e-e-rikles（尽可能发出最长的e）。——译者注

42 同时出版了布罗德的小册子《阿道夫·施雷伯——一位音乐家的命运》（*Adolf Schreiber. Ein Musikerschicksal Berlin: Welt-Verlag 1921*），包含作曲家的12首歌曲。

43 奥斯卡·比耶（Oskar Bie，1864—1938），自1894年起担任《新评论》［原名《现代生活的自由舞台》（*Freie Bühne für modernes Leben*）］杂志的编辑，直到1922年初鲁道夫·凯瑟（Rudolf Kayser）接替他成为编辑。

44 见以上注释38。

45 阿瑟·司奈（Arthur Szinay），在卡夫卡写给罗伯特·克洛普斯托克（Robert

Klopstock）的信中经常提到他。卡绍（科希策）位于斯洛伐克的最东部。

46 《舒尔坎阿鲁赫》（*Schulchan Aruch*，意为铺好的桌子）是约瑟夫·卡罗（Josef Karo，1488—1575）所写的犹太礼仪法和犹太法汇编。

47 关于朗格（Georg（Jiři）Langer），见1916年注释19。

48 米兹拉奇（Misrachi，意为“精神中心”），是犹太复国主义宗教正统派的希伯来文名称的缩写。

49 大概是指布罗德的小说《贝鲁尼，犹太人的领袖》（Rëubeni, Fürst der Juden. Ein Renaissanceroman, München：Kurt Wolff 1925）。

50 见1920年12月13日信中的详细地址，另见上文注释40和1921年注释10。

1921

1 范德比尔特家族（Vanderbilt）是美国最富有的家族之一，因经营铁路和水上运输致富。——译者注

2 是卡夫卡涂掉的，见他1921年1月13日的信。

3 见1917年注释32。

4 斯莫克维克（Smokovec），见卡夫卡1920年12月13日的信。

5 1891年，当以德语为官方语言的地区法院在波希米亚东北部的特鲁特诺夫（Trutnov）镇成立时，在布拉格发生了捷克起义，维也纳帝国政府也采取了严厉的反措施。

6 米莲娜·波拉克，在以后的通信中，通常只用这个首字母M.来称呼她。

7 见1917年注释32。

8 布罗德的诗歌选集《爱之书》（Eine Sammlung von Brods Lyrik in Auswahl：Das Buch der Liebe.Gedichte, München：Kurt Wolff 1921）。

9 指的是《异教、基督教、犹太教》，见1920年注释20。

10 1920年12月成立的埃维尔（Ewer）书画店（特别是犹太书画店），是柏林公司的分公司（见1920年注释50）。临时总经理是西格蒙德·卡兹尼尔森（Siegmund Kaznelson，1893—1959）。

11 德赫梅尔的信件，以《德赫梅尔的阿尔卑斯之行》（Dehmels Fahrten in die Alpen）为题发表，Die neue Rundschau 1920（Dezemberheft），S.1376-—1389。

12 瓦尔德·诺内皮格（Walder Nornepygge），布罗德早期小说《诺内皮格城堡》中的男主人公，见1908年注释9。

13 布罗德的小说《贝鲁尼》（*Rëubeni*），见1920年注释49。

14 见1916年注释19。

15 卡巴拉学说（Kabbala）是犹太教的神秘教义，又称“希伯来神秘哲学”。——译者注

16 《布拉格报》（*die Prager Presse*），1921年3月成立的半官方德文政府机关报。阿恩·劳林（Arne Laurin，真名：Arnošt Lustig，1891—1945），米莲娜的熟人，此时仍是捷克语《论坛》的主编，见1920年注释22。

17 布罗德在SL中报道了他与新捷克斯洛伐克共和国第一任总统的长期关系，见1910年注释8。

18 关于雕塑家毕耶克（Frantisek Bílek，1872—1941），见卡夫卡1922年7月下旬的信件。

19 作曲家约瑟夫·苏克（Josef Suk，1874—935），他曾向布罗德指出雅纳切克，见SL 256。

20 雅各布·克拉茨金（Jakob Klatzkin，1882—1948）：希伯来哲学家，《犹太百科全书》的创始人，主张形式上的犹太民族主义。布罗德在1917年1月10日给马丁·布伯的信中（BB 458），指责他的撒都该主义（Sadduzäertum），并写道：“这不是语言、国家等，对我相当不友好的克拉茨金……是如何使我们成为犹太人的。”他指的是克拉茨金的文章《民族犹太主义的根基》（Grundlagen des Nationaljudentums I：Irrwege des nationalen Instinkts, Der Jude I［1916—1917］S 534ff.）。

21 费利克斯和伊尔玛·韦尔奇（Irma Weltsch）的女儿（Ruth）。

22 戈尔迪之结（der gordische Knoten），一种极其难解的结，西方传说中的物品。神谕说，如果谁能解开这个结，那么他就会成为亚细亚之王，比喻难以理清的问题。——译者注

23 布罗德患有脊柱畸形。

24 奥德尔贝格（Oderberg，Starý Bohumín），斯洛伐克边境站，靠近奥斯特拉瓦（Ostrau）。

25 《文科夫》（*Venkov*），具有强烈反犹太倾向的土地运动报刊，见1918年注释44。

26 原文为捷克语：má to žid, ale výtečně to vede。

27 卡夫卡指的是1914年11月在雷特尔（阿登）（*Rethel (Ardennes)*）创办的一份臭名昭著的德国宣传报纸，该报——以地方正规报纸的形式——旨在通过有色报道影响法国民众。

28 卡夫卡在这里显然是想到弗朗兹·布莱、埃贡·埃尔温·基什、罗伯特·穆齐尔和弗朗兹·韦弗尔等作家（Franz Blei，Egon Erwin Kisch, Robert Musil, Franz Werfel）曾被征召到维也纳战地报刊区进行宣传。

29 这篇文章（ Max Brod, “Berlin und der Mensch”, Prager Tagblatt, 11.Januar

1921），是布罗德所写的阿道夫·施雷伯的专著中的一部分的预印本（见1917年注释32）。在关于这篇文章的注解中写道："这位天才作曲家，一位布拉格人，十四年来在柏林默默无闻，1920年9月，就在他去万湖之前，报道了他的自杀。"

30 罗伯特·克洛普斯托克（Robert Klopstock，1899—1972），与卡夫卡迅速建立了亲密的友谊，直到卡夫卡去世。

31 见1920年注释45。

32 见以上注释11。

33 布罗德的诗歌选集《爱之书》，见以上注释9。

34 《吻》，《爱之书》第20页，也可见1907 年注释12。

35 《异教，基督教，犹太教》。

36 奥托·罗森费尔德（Otto Rosenfeld），恩斯特·波拉克在布拉格时的朋友，见以下注释。

37 米莲娜的丈夫恩斯特·波拉克（Ernst Pollak，1886—1947，捷克语名字形式：Polak），在1918年3月移居维也纳之前，一直是布拉格文学生活中的主要人物。参见——Hartmut Binder, Ernst Polak-Literat ohne Werk.Zu den Kaffeehaus-Zirkeln in Prag und Wien, Jahrbuch der Deutschen Schillergesellschaft 23（1979）, S.366—415。

38 奥斯卡·鲍姆当时提出的内容被收录在他的文章《奥托·维宁格》（*Otto Weinfinger*）中，这篇文章出现在选集《德语文学中的犹太人》（Juden in der deutschen Literatur.Essays über zeitgenössische Schriftsteller, hrsg.von Gustav Krojanker, Berlin：Welt-Verlag 1922, S.121—138）。1921年2月18日，Johannes Urzidil在《自卫》发表文章对鲍姆的演讲进行了评论（Judentum und Erotik.Oskar Baum über Weinfinger）。

39 萨尔曼·肖肯（Salman Schocken，1877—1959）：艺术赞助人，犹太复国主义者，1931年创办肖肯出版社。

40 为了他的小说《贝鲁尼》（*Rëubeni*），布罗德显然详细研究了关于大卫·贝鲁尼的对立面所罗门·莫尔乔的史料。

41 原文为捷克语：tiskový gebar。

42 见1920年注释31。

43 关于威克斯多夫（图林根）的乡村教育之家，见1917年注释109。

44 见1917年注释104。

45 关于朗诵者路德维希·哈特（Ludwig Hardt，1886—1947），见FB 129—134，其中转载了布罗德提到的《福斯》报的评论。

46 奥特拉（Ottla Davidová）的第一个孩子薇拉（Věra），出生于1921年3月

27日。

47 关于奥德斯特里尔医生（Bedřich Odstrčil）及工人意外保险机构的捷克化是如何影响卡夫卡的，参见AS 63—66。

48 大概是《弗兰兹》（Franzi oder Eine Liebe zweiten Ranges.Ein Roman, München：Kurt Wolff 1922）。

49 德国民族主义的布拉格报刊，作为《布拉格晚报》（*das Prager Tagblatt*）和《德国波希米亚报》（*die Deutsche Zeitung Bohemia*，1914年年底以来一直叫《波希米亚》）的联合晚报。

50 奥斯卡·鲍姆《新的现实》（Oskar Baum, Die neue Wirklichkeit, Reichenberg：Heris-Verlag 1921）。

51 希拉尔导演（Karel Hugo Hilar，1885—1935），从1921年起一直担任布拉格国家剧院院长，直至去世。

52 著名的《福斯日报》（*Vossische Zeitung*），1617—1934年间在柏林发行的日报，很多有名的作家如莱辛、冯塔纳等人都在此报馆做过编辑。

53 见以上注释43。

54 见1918年注释113。

55 哈斯（Willy Haas）和亚米拉（Jarmila Reiner）于1921年3月29日结婚，见1920年注释25。

56 《阿道夫·施雷伯》，见1917年注释32。

57 它涉及1920年7月8日在布拉格帝国咖啡馆与布罗德的一次谈话，谈话中卡夫卡告诉他与米莲娜在维也纳的逗留情况（这“4天”——6月30日至7月3日——见M）。在布罗德7月8日的日记中写道：“星期四卡夫卡与我。他的幸福，我也参与其中。——去K.的办公室，两封信。‘恩斯特什么都知道’。所以决定。我们会坐在帝国酒店咖啡馆，讨论进一步的行动。”

58 见1920年注释5。

59 见以上注释48。

60 见以上注释16。除了奥斯卡·鲍姆、奥托·皮克、鲁道夫·福克斯，以及后来的卡夫卡都为《布拉格报》（*Prager Presse*）的文艺小品栏投了稿。参见布罗德1921年5月14日的信。

61 罗伯特·克洛普斯托克，见以上注释30。

62 见以下注释65。

63 未查证。

64 布罗德的文章《尼采的自由主义》——对安东·库的《犹太人和德国人》一书的评论（Der Nietzsche-Liberale.Bemerkungen zu dem Buch von Anton Kuh "Juden und Deutsche）曾发表在《自卫》（1921年4月1日和8日）上。见1917

年注释67。

65 马克斯·布罗德的文章，发表于1922年4月15日的《布拉格晚报》（Max Brod, “Racines Bajazet”, Prager Abendblatt, 15 April 1921）。

66 海因里希·霍夫曼（Heinrich Hoffmann，1809—1894）：儿童文学作家、插画家，作品有《小矮人》（*Struwwelpeter*）。

67 霍尔蒂·米克洛什（Horthy Miklós，1868—1957），匈牙利王国摄政（1920—1944），法西斯独裁者。——译者注

68 卡夫卡指的是阿尔伯特·爱伦斯坦的文章《治外法权的观点》（*Ansichten eines Exterritorialen*），这篇文章早在十年前就已发表在《火把》（Die Fackel, Nr.323, 18.Mai 1911, S.1—8）。参见Hannelore Rodlauer, op.cit.S.216f。

69 见以上注释60。

70 指《布拉格报》（*Prager Presse*）。

71 1921年4月3日，《布拉格报》周日副刊曾刊登过卡夫卡的《在画廊》（*Auf der Galerie*）（摘自《乡村医生》）的转载。

72 这是雅纳切克的《四首男声合唱曲》（Čtveřice mužských sborů, Brünn, 1886）。第二版（布拉格1924年）除了包含捷克语的歌曲文本外，还包含布罗德的德语译文（“Drohung”、“Ach Liebe!”、“dass wieder Krieg ist”和“Deine schönen Augen”）。

73 美国犹太人联合分配委员会是1914年在纽约成立的一个救济组织，目的是帮助美国以外的贫困犹太人（至今仍在运作）。

74 斯特班（Strba），见卡夫卡的回信。

75 斯皮茨山（Spitzberg），卡夫卡后来给奥特拉写信，没有点名米莲娜（O 127）：“有人为了不靠近我，去了斯皮茨山而不是塔特拉……”参见以下注释84。

76 利斯勒·贝尔（Lisl Beer），恩斯特·波拉克的一个熟人。

77 米莲娜的朋友斯塔夏（Staša Jílovsk）。见 M passim。

78 均为波罗的海度假胜地：Thiessow, Scharbeutz, Nest, Haffkrug, Timmendorfer Strand, Niendorf。

79 两个都是波罗的海浴场，在乌泽多姆岛（Usedom）。

80 见1917年注释138。

81 指克劳斯的小册子——Karl Kraus, Literatur oder Man wird doch da sehn. Magische Operette in 2 Teile，Vienna：Verlag “Die Fackel” 1921——卡夫卡说“很长一段时间以前”似乎有些夸张，因为这本小册子在1921年5月的《火把》杂志上只注明“刚刚出版”（编号568—571）。

82 犹太德语（das Mauscheln），多瑙河君主国的犹太商人语言（和手语）的术

语，它由德语和意第绪语元素组成。

83 这里德语原文为："Worauf herauf hat er Talent？" "er schreibt.Über wem？"

84 指《弗兰兹》（*Franzi*）。

85 陶斯（Taus，Domažlice），波希米亚森林，奥特拉建议她的哥哥，他应该一起在那里待些时日。参见siehe O.126f.und 128f。

86 指戈特弗里德·凯勒的小说《马丁·萨兰德》（Gottfried Keller, Roman, Martin Salander，1886）。

87 1921年9月1日至11日在卡尔斯巴德举行的第十二届犹太复国主义代表大会。根据他的日记，布罗德从8月31日至9月5日在那里。参见他的文章"第十二届犹太复国主义者代表大会"，发表在周刊"Das Tagebuch 2"（1921），第1203—1206页。

88 卡夫卡死后，布罗德在他的文件中发现了这封信。

1922

1 1922年1月27日，卡夫卡曾到巨人山脉的什平德莱鲁夫姆林（Spindelmühle）休养。

2 布罗德去了尚道温泉（Bad Schandau），这是萨克森小瑞士的一个温泉疗养地，离波希米亚北部边境不远。参见布罗德1922年8月13日的信。

3 卡夫卡在什平德莱鲁夫姆林开始了他的小说《城堡》的写作，见Siehe KKAS Apparatband 61—64。

4 卡夫卡住在妹妹奥特拉那里，她在卢日尼采河，普拉诺，在塔博尔南部（Planá an der Lainsitz südlich von Tábor）租了一套避暑公寓。

5 库特·沃尔夫1922年5月10日的信（KW 55f.），他在信中感谢卡夫卡将短篇《最初的痛苦》（*Erstes Leid*）寄给沃尔夫的同事汉斯·马德尔斯泰格（Hans Mardersteig）。

6 阿道夫·施雷伯，见1917年注释32。

7 卡夫卡前不久在布拉格看过尼古拉·果戈理的戏剧《审查员》（Nikolai Gogol，Der Revisor，见他给费利克斯·韦尔奇的信（Br 376f.）。布罗德在《布拉格晚报》（1922年6月14日）上评论了这次演出。

8 鲁道夫·凯瑟（Rudolf Kayser，1889—1964），自1922年1月起担任《新评论》的编辑，曾发表过一篇关于布罗德文学生涯的深刻研究论文——《马克斯·布罗德和我们的时代》（Max Brod und unsere Zeit, Neue Jüdische Monatshefte Ⅱ, 6 ［25.Dezember 1917］, S.152—157Vgl.auch KW 182）。凯瑟写给布罗德的信没有保留下来，这里提到的信，见以下注释17。

9 理查德·罗森海姆（Richard Rosenheim，1883—1964），科尼斯堡新剧院的院长，他曾亲自执导布罗德的戏剧《伪造者》的首演。见1920年注释38。

10 马克斯布罗德的三幕喜剧《克拉丽莎的半颗心》（Max Brod, Klarissas halbes Herz. Lustspiel in drei Akten, München：Kurt Wolff 1923），献词：献给我亲爱的朋友理查德·罗森海姆，科尼斯堡的剧院院长。

11 布罗德的短篇小说《与一位女神生活》（Leben mit einer Göttin.Roman, München：Kurt Wolff 1923），根据布罗德的日记，他在1922年5月中旬开始创作这篇小说，1922年7月27日，他在《布拉格晚报》上写道，他“刚刚完成”他的“小说《与一位女神生活》……”见以下注释46。

12 瓦尔特·拉特瑙（Walther Rathenau，1867—1922），犹太裔德国人，是一位德国实业家、政治家、作家，在魏玛共和国期间担任德国外交部部长。拉巴洛条约签订后两个月，于1922年6月24日遭到暗杀身亡。

13 贝德里赫·斯美塔那（Bedřich Smetana，1824—1884）：捷克作曲家。——译者注

14 奥古斯特·斯特林堡（August Strindberg，1849—1912）：瑞典作家、剧作家和画家，被称为现代戏剧创始人之一。布罗德对斯美塔那的歌剧《秘密》（*Das Geheimnis-Tajemství*）和斯特林堡的戏剧《克里斯蒂娜女王》（*Königin Christine*）分别做了评论，并发表于1922年6月23日和6月27日的《布拉格晚报》上。

15 马克斯·布罗德1922年6月26日发表在《布拉格晚报》的文章（Max Brod, “Philosophie des Grüßens”, Prager Abendblatt, 26.Juni 1922）。

16 卡夫卡指的是位于奥地利沃尔特湖畔（Wörtersee）树林中的小屋，奥地利作曲家古斯塔夫·马勒（Gustav Mahler，1861—1911）夏天就在这里退隐工作。另见卡夫卡1922年7月12日的信以及Br 389。

17 这是鲁道夫·凯瑟写给布罗德的信（见以上注释8），他在信中显然提到了卡夫卡前不久写的短篇小说《饥饿艺术家》（*Ein Hungerkünstler*），这篇小说大概是通过布罗德传到他手里的。尽管凯瑟在这里隐含着赞美之词，但似乎他此时也不会同意在《新评论》上发表《饥饿艺术家》。因为他并没有就此直接向卡夫卡发问，而只是想通过布罗德的斡旋，了解卡夫卡对其作品可能的“非德语”出版的看法。如果对凯瑟信的内容的这种重构是正确的，那么他的缄默可能与布罗德的重要文章《作家弗兰茨·卡夫卡》（*Der Dichter Franz Kafka*）相关联，此篇文章发表在1921年11月的《新评论》上，在此期间遇到了阻力：“马克斯·布罗德写了一篇关于‘弗兰茨·卡夫卡’的友谊赞歌。长期以来，《新评论》一直没有提到德国作家。他们在费舍尔出版社的地区消亡了吗？”（Die Schöne Literatur, Beilage zum Literarischen

Zentralblatt für Deutschland, 22 Jg., No.24 1921年11月19日，Sp 299—300）。见以下注释22。

18 《最初的痛苦》，见以上注释5。

19 加布里埃拉·普雷索娃（Gabriela Preissová，1862—1946）：作家和剧作家，雅纳切克曾根据她的歌剧《她的养女》写过同名剧本。见1917年注释30。

20 外交大臣贝尔福在1917年11月的声明中向犹太人保证，英国政府支持在巴勒斯坦建立民族家园。

21 布罗德的情人艾米，布罗德一直使用她的化名（Emmy Salveter）。

22 这里可能指的是《饥饿艺术家》，因为卡夫卡当时并没有其他完成的作品。在这种情况下，可以断定卡夫卡当时在库特·沃尔夫（他肯定会接受这篇小说）和鲁道夫·凯瑟（他显然还不想承诺）两个出版社之间摇摆不定。见以上注释17。

23 鲁道夫·凯瑟（Rudolf Kayser，1889—1964），卡夫卡在之前的信中将名字写成了Kaiser。

24 小说《城堡》（*das Schloss*）。

25 格奥根塔尔（Georgenthal），位于图林根森林周围哥达区的一个小村庄。

26 布罗德写道："我把较为紧密的布拉格圈子称为四位作者的亲密友好联系，后来又有第五位作者加入。这四个人是弗兰茨·卡夫卡，费利克斯·韦尔奇，奥斯卡·鲍姆和我本人。卡夫卡死后，路德维希·温德加入了他们（PK 35）。"路德维希·温德（Ludwig Winder，1889—1946），这位小说家曾多年担任《波比米亚》的戏剧评论家，见PK 142—144和Margarita Pazi, Fünf Autoren des Prager Kreises, Frankfurt am Main etc.：Peter Lang 1978, S.256—298。

27 捷克雕塑家梅塞贝克（Josef Václav Myslbeck，1848—1922），他的葬礼于6月5日在布拉格举行。贝内绍夫（Benešov）距离布拉格南部仅约30公里。

28 见以上注释10及布罗德1922年9月14日的信。

29 恩德雷（安德烈亚斯）阿迪（Endre Andreas Ady，1887—1919），他被认为是匈牙利现代诗人的领袖。卡夫卡后来通过罗伯特·克洛普斯托克认识了他（见Br 422）。这里他提到阿迪的德译作品选（Auf neuen Gewässern, Leipzig etc.：E.P.Tal 1921），卡夫卡死后遗留的藏书中有此书。

30 《谈我作为作家的影响》（*Der Gesichtspunkt für meine schriftstellerische Wirksamkeit*）曾在1914年作为《作品集》的第10卷出版。见1918年注释47。

31 米斯德洛伊（Misdroy），位于沃林岛（Wollin）的波罗的海海滨度假胜地，布罗德年轻时就知道这个地方。参见SL 127。

32 艾达（Ada），埃尔莎·布罗德的姐姐。

33 见1917年注释133。

34 指的是《理查德·瓦格纳致玛蒂尔德·韦森东克》（Richard Wagner an Mathilde Wesendonk. Tagebuchblätter und Briefe 1853—1871, Berlin：Duncker 1904）。

35 对瓦格纳的歌剧《特里斯坦和伊索尔德》的评论，1922年7月4日发表于《布拉格晚报》（Tristan und Isolde.Wagner-Zykles im Neuen Deutschen Theater, Prager Abendblatt, 4 Juli 1922）。

36 来自《布拉格晚报》。

37 布罗德对阿洛依斯·伊拉塞克（Alois Jirásek，1851—1930）的历史剧《胡斯》（Hus）的评论曾以《艺术品与历史》为题发表在1922年7月7日的《布拉格日报》上。

38 6月28日，马克斯·布罗德在《布拉格晚报》上对《波塔什和帕尔马特》（*Pottasch und Perlmutter*）进行了评论。

39 马克斯·布罗德关于《斯米乔夫舞台》（伏尔塔瓦河畔的夏季剧院）（Smichower Arena）的文章发表在1922年7月6日的《布拉格晚报》上。

40 布罗德抱怨，在剧院前面的公园里，长椅没有靠背。“没有靠背的长椅：象征着我们尴尬的未完成的世界。”

41 绞盘（Göpel），自14世纪末以来，Göpel就在中欧用作输送系统，特别是在历史采矿中，后来它们也被用于农业驱动机器 。——译者注

42 原文为捷克语：Sakramentská pakáz。

43 这里指布罗德的文章《天鹅湖》（《布拉格晚报》，1922年7月11日），是对捷克国家剧院演出的柴可夫斯基芭蕾舞剧的评论。

44 布罗德对此写道：“指布拉格犹太复国主义者新成立的‘犹太学校’。卡夫卡的二妹瓦利在上述家长晚会上发表了重要讲话，完全有她哥哥的精神。”

45 见以上注释16。

46 卡夫卡于7月14日至19日来到布拉格，因为他的父亲需要做手术。

47 小说《城堡》的第二本手抄本（见389 KKAS Apparatband 38—42）。

48 《与一位女神生活》，见以上注释11。

49 台奥多尔·施托姆《我对爱德华·默里克的回忆》（Theodor Storm, Meine Erinnerungen an Eduard Mörike，Gesammelte Schriften, Erste Gesammtausgabe, Bd.8, Braunschweig：G. Westermann 1877）。

50 《城堡》，见以上注释45。

51 见布罗德1922年8月13日的信。

52 格哈德·豪普特曼《安娜，一个乡村爱情故事》（Gerhart Hauptmann, Anna.

Ein ländliches Liebesgedicht, Berlin：S.Fischer 1921）。

53 布罗德可能指的是奥托·赫尔曼医生（Dr.Otto Herrmann）开出的1922年6月21日的医疗证明，该证明表示，如果卡夫卡再接受4个月的治疗，“有一定的康复和恢复工作的希望”。1922年1月底，赫尔曼医生曾陪同卡夫卡到什平德莱鲁夫姆林（捷克城镇，德语名：Spindelmühle）。

54 布罗德曾以《与一位女神生活》的简短节选介绍了他的文章《格哈德·豪普特曼的女性形象》（*Gerhart Hauptmanns Frauentypus*），是对他的最新作品《安娜》的评述。这篇文章发表在1922年7月27日的《布拉格晚报》上，再版于：Max Brod, Sternenhimmel Musik-und Theatererlebnisse, Prague：Orbis/Munich：Kurt Wolff 1923.246—250）。

55 指1922年7月20日卡夫卡信中施托姆回忆录中的轶事。

56 弗里德里希·冯·德莱恩（Friedrich von der Leyen，1864—1941）所撰写（Deutsche Dichtung in neuer Zeit, Jena：Diederichs 1922）。

57 卡夫卡显然是指布罗德的文章《关于妒忌的沉思》，发表在1922年7月22日《布拉格晚报》上，为了当时正在上演的《奥赛罗》所写（Meditation über Eifersucht.，Anläßlich einer Othello-Aufführung im Stadttheater Kgl. Weinberge）。布罗德在该报中引用：“我只要不爱你，世界的混乱就再次袭来。”（《奥赛罗》第三幕第三场）

58 麦克斯·梅尔（Max Mell，1882—1971）的诗体小说（Max Mell, Die Osterfeier. Eine Novelle in Versen, München：Musarion 1921）。

59 汉斯·布吕尔（Hans Blüher，1888—1955）的哲学著作，探讨犹太教历史状况与反犹运动的哲学基础（Hans Blüher，Secessio Judaica.Philosophische Grundlegung der historischen Situation des Judentums und der antisemitischen Bewegung, Berlin：Der Weiße Ritter-Verlag 1922）。

60 雅各布·瓦瑟曼（Jakob Wassermann，1873—1934），见以下注释82。

61 弗里德里希·科夫卡（Friedrich Koffka，1888—1951），戏剧家，1920年4月20日，他的戏剧《凯恩》（*Kain*）在慕尼黑上演，曾导致布罗德的《感觉的高度》在同一天晚上的失败。见1920年注释10。

62 伊曼努尔·查卢普尼（Emanuel Chalupný，1879—1958）在《论坛》上发表的文章，E.Chalupný，“Stát a literatura”［“Staat und Literatur”］, Tribuna, iv.Jg., Nr.147（22. Juni 1922）und Nr.158（9.Juli 1922）。文章的第二部分谈到雕塑家毕勒克。

63 拉吉斯拉夫·沙罗温（Ladislav Šaloun，1870—1946），捷克雕塑家，1915年在布拉格的老城广场创建了胡斯纪念碑。

64 斯坦尼斯拉夫·苏查达（Stanislav Sucharda，1886—1916），捷克雕塑家。

65 见1921年注释46。

66 原文为捷克语：Je ta Věra ale šikovná。

67 在布拉德城堡区下面的市场广场15号，施伯恩宫（schönbornzimmer）的一个房间，那是1917年医生第一次告知卡夫卡有肺结核。

68 1922年10月，马丁·布伯宣布他打算辞去《犹太人》编辑职务后收到了各种建议。在1922年7月3日的一封信中，恩斯特·西蒙（Ernst Simon）给他写道："希望你能找到一位继任者，他的犹太复国主义态度，对犹太人生活的广度和犹太人问题的深度有足够的认识。毕竟，阿诺德·茨威格（Arnold Zweig）和布罗德，罗森茨威格（Rosenzweig）昨天给我打电话，各自都具备一些这样的条件。"（BB Ⅱ102）汉斯·科恩（Hans Kohn）在7月12日把自己的意见告诉他，"只有罗伯特·韦尔奇（Robert Weltsch）或者我才能完全按照我们的路线来继承犹太民族"（BBⅡ103）；科恩随后在7月20日回复布伯（未收到）的信中提出建议："步入一个编辑部的领导职位，为了我的缘故，这个编辑部可以由罗伯特·韦尔奇、费利克斯·韦尔奇和我组成。"（BBⅡ106）见卡夫卡1922年7月30日的信。

69 显然指的是他的文章，以《格哈德·豪普特曼的女性形象》（*Gerhart Hauptmanns Frauengestalten*）为题发表在《新评论》上（1922年11月）。

70 德国萨科森州梅泽堡附近的巴特迪伦贝格［Bad Dürrenberg bei Merseburg（Halle）］。

71 卡夫卡的妹夫约瑟夫·戴维多（Josef David）。

72 选自莎士比亚的《麦克白》，第一幕第三场（Shakespeares Macbeth, Akt I, 3.Szene）。——译者注

73 布罗德要去柏林和米斯德洛伊。

74 可能是髑髅地，直译为各各他（Golgotha），据记载，耶稣就是在此地被钉死。——译者注

75 见以上注释59。

76 特雷比兹斯基（Václav Beneš Třebízský，1849—1884），他是众多的历史小说和儿童故事的作者，这里指的是他的墓碑。

77 罗伯特·卡夫卡博士（Robert Kafka，1881—1922），卡夫卡的叔叔菲利普的儿子。参见FK 180。

78 马丁·布伯，《犹太人》杂志的编辑，住在黑彭海姆（Heppenheim an der Bergstraße），位于德国黑森州南部。

79 奥斯卡·爱坡斯坦（Oskar Epstein，1888—1940）曾暂时取代了费利克斯·韦尔奇，作为《自卫》的编辑（参见SL 50）。

80 1922年7月21日《自卫》通讯报道的标题，卡夫卡在这里的用意是表达爱坡

斯坦作为一个编辑几乎没有做过什么正经事（见BiS 297）。

81 见布罗德1922年8月6日的以及以上注释66。

82 这里提到的两篇文章，见以上注释52和67。

83 乔琳德（Jorinde）是布罗德《与一位女神生活》中的主角，安娜是豪普特曼作品的主角，见以上注释50。

84 雅各布·瓦瑟曼《我作为德国人与犹太人的道路》（Jakob Wassermann, Mein Weg als Deutscher und Jude, Berlin：S.Fischer 1921）。

85 未查证。

86 原文为捷克语：Velely′。

87 指艾米，见以上注释21。

88 卡夫卡曾在1912年看过威廉·施密特伯恩（Wilhelm Schmidtbonn，1876—1952）版本的《格莱辛伯爵》（*Der Graf von Gleichen*），这是对一个中世纪传说的改编，讲述一位游走在两个女人之间的骑士（T 243）。

89 未查证。

90 德国作家威廉·施派尔（Wilhelm Speyer，1887—1952）的短篇小说《四季的忧郁》（Schwermut der Jahreszeiten, Ernst Rowohlt, Berlin, 1922）。

91 路德维希·温德（Ludwig Winder，1889—1946），“他与奥斯卡·鲍姆关系特别密切”（PK 142）。见以上注释25。

92 马克斯·布罗德的书《星空》（Max Brod, Sternenhimmel.Musik-und Theater erlebnisse, Prag：Orbis-Verlag/München：Kurt Wolff 1923）。

93 原文为捷克语：jak jste přišel, měl jste smrtelnou barvu。

94 鲁道夫·洛威（Rudolf Löwy，1861—1921），参见T 199。

95 施派尔（见以上注释88）写道：“我打开窗户，向外靠了一下。夜晚静谧的德国风景！与我生活了一年的亚洲高原的寂静何其不同！沉默是多么的离不开沉默！”（“Ich öffnete einen Augenblick das Fenster und beugte mich hinaus. Nachtstille einer deutschen Landschaft！Wie anders geartet war die Stille der asiati schen Hochebene, auf der ich ein Jahr lang gelebt hatte！Wie ist Stille geschieden von Stille！”）

96 《安娜》中的句子（Gerhart Hauptmann, Anna, Canto 19）。

97 见给艾米（Emmy Salveter）的信的草稿，重印的Br 411f。

98 指城市剧院，位于以前布拉格皇家葡萄园（Královské Vinohrady）近郊。

99 见以上注释93。

100 即菲莉丝·鲍尔，婚后名为Felice Marasse。

101 韦弗尔的三幕悲剧《斯威格尔》（Franz Werfel, Schweiger.Ein Trauerspiel in drei Akten, München：Kurt Wolff, Winter 1922）（见卡夫卡1922年12月给韦弗尔的信Br 424f，以及H 275—278）。

1923

1 布拉格的城堡区，赫拉德查尼（Hradschin），以布拉格宏伟的城堡建筑群为主。——译者注

2 位于勃兰登堡州，在柏林东北部大约40公里，贝尔瑙在去埃伯斯瓦尔德的路上。

3 普娅·本托维姆（Puah Bentovim，1903—1991），1922年至1923年冬季学期从巴勒斯坦来布拉格学习，1923年上半年曾在那里教授卡夫卡希伯来语——希伯来语正是她的母语。6月，她去柏林学习教育学，同时在那里的犹太难民儿童之家（儿童之家"Ahava"，即"爱"）工作，以便——正如她写的那样——"激发作为巴勒斯坦人对巴勒斯坦的热情"。

4 见1916年注释16。在穆里茨（Müritz）的度假营地，卡夫卡与朵拉·迪亚曼特（Dora Diamant，1898—1952）相识。见1923年8月3日他给蒂莉·罗斯勒（Tile Rössler，1907—1959）的信（Br 439f.）。

5 其中可能有朵拉·迪亚曼特和蒂莉·罗斯勒。

6 8月6日至15日在卡尔斯巴德举行的第十三届犹太复国主义大会。

7 1923年8月中旬至9月21日，卡夫卡与妹妹奥特拉和她的孩子们住在那里。

8 布罗德的文章"这并不容易……"（《布拉格晚报》Prager Abendblatt，1923年8月25日），布罗德曾写过他从海边度假回来后的震惊。

9 在9月14日。

10 指的是马克斯·布罗德写的一篇关于鲁道夫·布查德特的评论文章（Max Brod, "Erlebnis-Dichtung.Bemerkungen zu Rudolf Borchardts Poetischen Erzählungen", Prager Abendblatt, 28.August 1923）。

11 以这个著名的标题"破屋陋室，簌簌凋零"（Es rieselt im Gemäuer）为题，卡尔·克劳斯（Karl Kraus）在《新自由报》上发表了一篇社论，当时战争显然已经无法取胜（Die Fackel, Nr.484—498, 15.Oktober 1918, S.211f）。

12 关于恩斯特·魏斯（Ernst Weiß，1882—1940），见1913年注释16。

13 恩斯特·魏斯的戏剧《塔妮娅》，卡夫卡——据古斯塔夫·雅努什（Gustav Janouch，Gespräche mit Kafka，Frankfurt am Main：S.Fischer 1951, p.37f）——曾在1919年看过此剧在布拉格的首演，当时拉赫尔·萨马拉

（Rahel Samara）饰演剧名角色。这次由名气已经相当大的伊丽莎白·伯格纳（Elisabeth Bergner）饰演。

14 恩斯特·魏斯的小说《纳阿尔》（Ernst Weiß, Nahar.Roman, München：Kurt Wolff 1922）。

15 柏林至布拉格铁路线的边境站——杰钦-博登巴赫（据说，弗朗兹·韦弗尔曾经说过，作为作家的卡夫卡，永远不会越过这一站去往别的方向）。

16 沃特海姆（Werthei），一家知名的柏林咖啡馆及同样知名的百货公司。

17 乌尔斯坦、莫塞和舍尔（Ullstein, Mosse und Scherl）是当时最大的报纸杂志集团。

18 约瑟夫·海姆·布伦纳（ Josef Chajim Brenner，1881—1921），出生于俄罗斯的希伯来语作家，这里指他的小说Schechól uchischalón （Unfruchtbarkeit und Scheitern oder Buch des Ringens，Tel Aviv 1920），见卡夫卡1923年10月25日写给克洛普斯托克的信，Br 456。

19 蒂莉·罗斯勒（Tile Rössler），见以上注释4。

20 1923年11月1日，马克斯·布罗德的弟弟奥托结婚了。

21 指小说《贝鲁尼》，见1920年注释49。

22 见布罗德1922年12月13日信。

23 布罗德想把艾米·萨尔维特（Emmy Salveter）带到捷克斯洛伐克。

24 演员欧根·克洛普费尔（Eugen Klöpfer，1886—1950），在舞台上扮演有突出性格的角色，在易卜生的《人民公敌》（*Volksfeind*）中饰演斯多克芒医生（Dr.Stockmann）这样的角色，取得了巨大的成功。

25 马克斯·布罗德的喜剧《克拉丽莎的半颗心》（*Klarissas halbes Herz*），见1922年注释10。

26 从米克尔大街（Miquelstraße）搬到格吕内瓦尔德大街13号（Grunewaldstraße 13），也位于施特格利茨（Steglitz）。

27 他已故的“马德里叔叔”阿尔弗雷德·洛威（Alfred Löwy，1852—1923），他是法国公民。参见Anthony Northey, Kafka's Mischpoche, Berlin：Wagenbach 1988, p.38。

28 指的是理查德·洛威（Richard Löwy，1857—1938），约瑟夫·洛威（Joseph Löwy，1858—1932）及西格弗里德·洛威（Siegfried Löwy，1867—1942）。

29 瑞典作家奥古斯特·斯特林堡（August Strindberg，1849—1912）的戏剧《迷醉》（Rausch，德语标题为*Brott och Brott*）。

30 卡夫卡想起了1911年与布罗德的特别快乐的假日旅行（见BKR）。

31 是11月1日。

32 马克斯·布罗德，《布恩特巴德审判》（Max Brod, Prozeß Bunterbart. Schauspiel dieser Zeit in 3 Akten, München：Kurt Wolff 1924），在这部剧中，喜剧《克拉丽莎的半颗心》中的人物回归。

33 罗伯特·穆齐尔的三幕闹剧《文森茨和重要人物的女友》（*Vincenz und die Freundin bedeutender Männer*），于1923年12月4日在柏林首演。

34 伯托尔德·维泰尔（Berthold Viertel，1885—1953）和弗朗兹·布莱（Franz Blei）一样，1912年就为《赫尔德报》（*Herderblätter*）撰稿，同时也成为戏剧界有影响力的人物。

35 布罗德对此的评论是："指的是奥斯卡·鲍姆的短篇小说《怪物》（*Das Ungetüm*），卡夫卡想告知，此小说在《新评论》发表了。"（Br 516）

36 布罗德曾在《布拉格晚报》（1923年11月29日）上评论了布拉格教师歌唱协会的音乐会，特别提到了捷克作曲家雅罗斯拉夫·克日卡（Jaroslav Křička，1882—1969）的"儿童歌曲"。

1924

1 因布罗德的《布恩特巴德审判》的首演，于1924年1月10日在新剧院进行。见1923年注释32。

2 见以上注释1。

3 见布罗德1922年6月27日的信。

4 犹太教学院。几天后，卡夫卡给费利克斯·韦尔奇写信说："每周两次，只有在天气好的时候，我才会去一下犹太教学院。"（Br 466）布罗德写道："他在预备部听哈利教授（Harry Torczyner）和朱利叶斯教授（Julius Guttmann）的讲座，学习《塔木德》。他读的是较为简单的希伯来文。"（FK 176）

5 这位朗诵者米迪亚·派恩斯（Midia Pinez）与艾琳·布格施（Irene Bugsch）是朋友，卡夫卡在玛特里亚里时认识了艾琳，两人一起去柏林拜访了卡夫卡。

6 见以上注释4。

7 潦草（Gekritzel），卡夫卡经常这样描述自己的作品。

8 小说《贝鲁尼》，见1920年注释49。

9 卡夫卡曾在1923年12月底写信给他的妹妹艾莉·赫尔曼："如果我……理解正确的话，你已经加入了一个旧的或新的犹太妇女协会。这个或另一个犹太妇女协会把一箱箱救济物寄给德国的犹太人，寄给有需要的人，特别是，我觉得，寄给知识分子工作者，他们本来就很需要，只因当时的环境才会需要！” 在这封信中，他又提供了一些在德国处于贫困之中的犹太人的姓名和地址。

10 西格蒙德·卡兹尼尔森，见1917年注释70。曾于1920年年底与妻子莉丝一起去柏林，接任《犹太人》杂志的编辑工作。此后不久，他被任命为犹太出版社（Jüdischer Verlag）领导。

11 柏林报纸的解说员和戏剧评论员曼弗雷德·乔治（后称：乔治）（Manfred Georg，1893—1965），他于1939年在纽约创办了移民杂志“Aufbau”。他的文章《马克斯·布罗德》曾于1922年发表在《德语文学中的犹太人》选集中。（Juden in der deutschen Literatur, hrsg.G. Krojanker, Berlin：Welt-Verlag）

12 布罗德对韦弗尔的《斯威格尔》（*Schweiger*）首演的评论，由演员Ernst Deutsch饰演主要角色，发表于1923年12月7日的《布拉格晚报》。

13 马克斯·布罗德的文章《波瓦雷剧院》（*Theater Poiret*），刊登在1923年12月7日的《布拉格晚报》。

14 未查证。

15 恩斯特·魏斯的小说《火刑》（Ernst Weiß, Die Feuerprobe.Roman, Berlin：Die Schmiede 1923）。

16 见1923年注释14。

17 见1922年注释8。

18 医疗疗养院，当时卡夫卡必须去。关于维纳瓦尔德疗养院（Sanatorium Wiener Wald）及马库斯·哈耶克教授（Prof.Markus Hajek）经营的维也纳喉科诊所，还有位于基尔林（Kierling）的霍夫曼医生的私人疗养院——见Rotmut Hackermüller, Das Leben, das mich stört.Eine Dokumentation zu Kafkas letzten Jahren 1917—1924, Vienna-Berlin：Medusa Verlag 1984）。

19 《女歌手约瑟芬》发表在1924年4月20日的《布拉格报》（增刊《诗歌与世界》）上。（Josefine, die Sängerin, Prager Presse, Beilage Dichtung und Welt）。

20 奥托·皮克与《布拉格报》（Prager Presse）的主编阿恩·劳林（Arne Laurin）关系密切。

21 1924年3月7日，卡夫卡与柏林施密德出版社（Die Schmiede）签订了一份合同，根据这份合同，他“将其小说集的唯一即独家出版权转让给该出版社，其中包括以下三篇小说：Der Hungerkünstler / Erstes Leid / Die kleine Frau”（MBA）。卷中所增加的《约瑟芬》的短篇，在基尔林（FK 179）中才被冠以《女歌手约瑟芬》的标题——或者——《老鼠的子民》（*Das Volk der Mäuse*）。

22 在维也纳的喉科诊所。在那里，卡夫卡给布罗德写了这封信，到了基尔林才寄出。

23 参见Rotmut Hackermüller, op.cit., S.114, 120。

24 韦弗尔在布罗德的提醒下，请他的朋友朱利叶斯·坦德勒（维也纳市公共卫生委员）及他的伴侣，医生比恩博士照顾卡夫卡，并为他提供更好的条件，此时卡夫卡住在一个多床房（参见 Hackermüller, op.cit., S.118f，以及Peter Stephan Jungk, Franz Werfel.Eine Lebensgeschichte, Frankfurt：S.Fischer 1987, S.152）关于哈耶克教授的反应，布罗德写道："某韦弗尔写信给我，说我应该为某卡夫卡做点什么。我知道卡夫卡是谁，那是12号的病人，但谁是韦弗尔？"（FK 178）。

25 韦弗尔的小说（Franz Werfel, Verdi.Roman der Oper, Berlin etc.：Paul Zsolnay 1924）。韦弗尔的献词是："弗兰茨·卡夫卡，深深爱慕的作家和朋友，千般祝愿早日康复——韦弗尔。"（"Franz Kafka, dem innig verehrten Dichter und Freund mit tausend Wünschen zu baldiger Genesung——Werfel）

26 韦弗尔4月28日从威尼斯给布罗德写信："卡夫卡迫切希望我不要去看他，所以我已经到了疗养院门口又折返回来。"（PK 149）

27 见1920年注释37。

28 布罗德写道："时任《布拉格日报》主编的西格蒙德·布劳（Dr.Siegmund Blau）博士，是卡夫卡的早期崇拜者之一。他来自维也纳，在那里有很大的影响力，对重病患者起到很大帮助。"（Br 519）

29 指的是《布拉格报》，见以上注释20。

30 陶贝尔斯（Taubeles），布罗德指出："是当时布拉格的书店，我的书（是哪一本，我已经忘了）就是通过它寄来的。"（Br 519）

31 罗伯特·克洛普斯托克（Robert Klopstock），他中断了在布拉格的学习，来照顾卡夫卡，二人的友谊开始于1921年。见1921年注释30。

编者言

布罗德写给卡夫卡的信迄今为止已出版五次。卡夫卡给布罗德的信件保留下来得要完整得多，除了少数例外，均发表在布罗德所撰的《卡夫卡传记》及由他管理的《弗兰茨·卡夫卡书信集：1902—1924》。在本版本中，对迄今为止书信中缺失的部分进行了补充。此外，还收录了卡夫卡写给布罗德妻子埃尔莎女士、写给他的弟弟奥托和妹妹索菲的少数存世信件。

这里所印的文本是根据原手稿或——少数情况下——根据原手稿的影印件复制的（只有在1910年3月10日卡夫卡的明信片上，写有“据称邮戳”，这一文本是原稿的复印件）。

在编辑上所做的改动和补充都尽量减少，主要是为了纠正明显的错误，并在没有标点符号的地方加上标点符号，以免影响理解。在信件的主体部分，所有编者的说明都写在方括号内。对于捷克语的段落，脚注中有德语译文（翻译过程中，译者将捷克语原文标在了注释中。——译者注）。

就卡夫卡的文本而言，本版并不是卡夫卡著作、日记和书信历史批评版本的前期工作。

后 记

在这一卷中，朋友之间的对话又活跃起来。弗兰茨·卡夫卡写给马克斯·布罗德的信，除了少数例外均已出版，现布罗德本人写给卡夫卡的信也收录其中。

布罗德的信件虽然基本上仅保留了1917年至1924年的部分，但根据推测，这些信件应该展现了所有原始信件的主体部分。在友谊之初，当卡夫卡明确恳请回信时，这些回信经常缺席。“我很惊讶，你只字未提托尼奥·克勒格尔。但是我对自己说：‘他知道，要是我能收到他的一封信该会多么高兴，真还得来谈谈托尼奥·克勒格尔。显然他给我写过信了，但是信在意外、暴雨、地震中丢失了。’。”（S.O.）在二人的关系加深、加强后，紧跟着一个较长的时期（1908—1912），在此期间，二人几乎每天都在布拉格见面（或者共同旅行），频繁的口头交流让书信除了简短的通知外，几乎变得多余。后来，他们之间密切联系因布罗德的婚姻和卡夫卡内心对于婚姻的挣扎出现了短暂的疏远，因此，1913年至1916年间的书信往来显然中止了，也并不奇怪。因此，我们不应高估布罗德在1917年9月之前写给卡夫卡的信件数量：自打这时起——卡夫卡重病后，使得他必须在布拉格以外的地方居住很长时间——二人似乎开始了经常性、持续性的书信往来。

尽管存在着种种不足，但本书所呈现的内容足以在许多方面的让这段友谊史明朗起来：最重要的是，它清晰地表明，在他们相识的二十年中，两位通信者思想上及文学上的改变与当时异常动荡的历史事件多么紧密地交织在一起。

如果将布罗德的信件与卡夫卡的信件在文学上进行比较，是非常不公平的。因为布罗德——与卡夫卡不同——在他的私人言论和公开言论之间有着明显的分界线，一面是书信或日记，另一面是文学作品。这些几乎完全是当下的信件，其中的标志就是直言不讳，毫不掩饰的话语：布罗德在纸上毫不含糊地表达自己，他根本没有打算以文学的形式来创作这些通信。因此，它们是极其鲜活的信件，充满了人情味，自由而真诚地报告了他广泛的工作活动，又不失坦率地坦白了私人的幸福与不幸。而在其中始终能感受到他们的首要意图，那就是鼓励朋友，支持他。

而在卡夫卡那里，情况完全不同（如果不考虑那些纯属实用目的的信件或段落）。在他力图将自己的经历以其独特性传达出来时，几乎不可避免地产生了一篇文学作品：以他的特别的洞察力所吸收的东西，似乎只能以艺术的形式真实地再现。但是，即使在那些他试图阐明自己的地方——涉及“只是在内部巴比伦塔中某一层”上演的事情——对他来说，直接的表达几乎是不可能的：除了转化为隐喻的方式，也就是回到文学的方式，别无他法。“那么你的恐惧是什么呢？恐惧什么？”他沮丧的朋友问道，想强迫他说出真实的言语，卡夫卡确实克服了自己，也尝试了，但——因为没有别的办法——总是落回到隐喻的语言中。

布罗德天生能够无拘无束地向世界敞开自己的心扉，但在卡夫卡看来，他似乎只能间接地接触人类社会——只有通过与他关系密切的人的斡旋，或者至少考虑到他。那么，如果说他的作品在某种意义上是写给个人的，他的信件，往往超越了收信人的范围，似乎想要公开。事实上，他写给朋友的信与他的文学作品联系得最为紧密，本卷第二篇文章就足够清晰地表明了这一点——“夏初是很容易让人感到心情愉悦……”。而他在另一处关于写信的说法，完全适用于他作为一个作家：“我总是试图分享一些不能分享的东西，解释一些不能解释的东西，讲述一些我骨子里的东西，而这些东西只有在这样的骨子里才能体会到（M 296）。”有鉴于此，当卡夫卡说，“我对于马克斯来说是模糊的，而对于那些清晰的地方，他弄错了”（F 559），就能与布罗德产生同感。

然而，在一件主要的事情上，布罗德并没有弄错：他对卡夫卡所谓的“遗嘱”的判断，本书中，这些遗嘱被编排进它们所在的时间背景中。它们是源于1921年和1922年最严重的大萧条时期的潜在信件，当收信人发现它们时，其内容早已过时陈旧。认识到这一点，是布罗德最伟大的友谊的帮助之一。直到卡夫卡去世，他们二人都一直保持着密切的联系，此外这位心胸开阔的朋友从未停止支持这位内心封闭的朋友，并将他的作品传播到世界各地。

马尔科姆·帕斯利（Malcolm Pasley）

鸣 谢

首先，我要感谢伊尔泽·埃丝特·霍夫，她提供了她自己收藏的未发表的资料，感谢她对于注解马克斯·布罗德信件的支持。此外，我还要感谢以下所有人的意见与建议：卡尔· 毕西泽舒茨，克劳斯·达莫（慕尼黑大学图书馆），里奥纳德·费德勒，路德维希·格里弗，卡尔·艾里希·格鲁茨格（法兰克福大学犹太研究院），克劳斯·哈尔滕·冯·哈尔滕，皮特·豪莱，克里斯多夫·吕特，赫尔德格拉德· 米勒（斯图加特当代史图书馆），米歇尔·米勒，安东尼·诺顿，詹福瑞·保罗（犹太纪事报)，瓦德米尔·索蒂科，约斯特·席勒麦特，克劳斯·瓦根巴赫，以及牛津大学博德利图书馆和德国文学档案馆的工作人员，马尔巴赫。

我怀着感激的心情使用了马克斯·布罗德作为编辑的初步工作（Franz Kafka, Briefe 1902—1924），以及沃尔夫冈·索尔兰德在这卷书信的英文版本中的工作（Letters to Friends, Family and Editors, New York：Schocken Books 1977）。

约尔根·伯恩友好地与我分享了他对一系列卡夫卡信件的研究成果。汉娜罗蕾·罗德乐尔为我提供了非常有帮助的抄写工作。玛丽安·施泰纳友好地就当时卡夫卡一家在布拉格的情况给出建议。最后，我特别感谢卡夫卡——历史批评版的编辑汉斯-格尔德·科赫，感谢他对注解工作的不断帮助。

M.P.

缩写表

AS Franz Kafka, Amtliche Schriften, hrsg. Klaus Hermsdorf unter Mitwirkung von Winfried Poßner und Jaromir Louzil, Berl in: Akademie-Verlag 1984.

BB M artin Buber. Briefwechsel aus sieben Jahrzehnten, hrsg. Grete Schaeder, Bd. l: 1897-1918, Bd. ll: 1918-1938, Heidelberg: Lambert Schneider 1972 bzw. 1973.

Be Franz Kafka, Beschreibung eines Kampfes. Die zwei Fassungen. Parallelausgabe nach den Handschriften, hrsg. Max Brod, Text edition von Ludwig Dietz, Frankfu rt am Main: S. Fischer 1969.

BiS Hartmu t Binder, Franz Ka fka und die Wochensch rift Selbst wehr' , in: D Vjs. Jg. 41 (1967), Heft 2 (Mai), 283-304.

BKR Max Brod / Franz Kafka: Eine Freund schaft 1. Reiseaufzeich nungen, hrsg. unter Mitwirku ng von Hannelore Rodla uer von Malcolrn Pasley, Frankfurt ain Main: S. Fischer 1987.

Br Franz Kafka, Briefe 1902-1924, hrsg. Max Brod, Frankf urt am Main: S. Fischer 1958.

F Franz Kafka, Briefe an Felice und andere Korrespondenz aus der Verlobungszeit, hrsg. Erich Heller und Jürgen Born, Frankfu r t am Main: S. Fischer 1967.

FB Franz Kafka. Kritik und Rezeption zu seinen Lebzeiten 1912-1924, hrsg. Jürgen Born unter Mitwirkung von Herbert Mühlfeit und Friedemann Spicker, Frankfurt am Main: S. Fischer 1979.

FK Max Bru<l, Über Fıunz Kufka. Franz Ka fka: Ei1le Biugraph ie, Franz Kafkas Glauben und Lehre, Verzweiflung und Erlösung im Werk Franz Kafkas, Frankf urt am Main: Fischer Bücherei 1966.

FKA Franz Kafka 1883-1924. Manuskripte, Erstdrucke, Dokurneute, Pliotographieu. Aui; stdl ung <ler Aka<lemie <ler Künste, 16. Ja nuar-20. Februar 1966, zusammengestellt von Klaus Wagenbach, Berlin: Akademie der Künste 1966.

H Franz Kafka, Hochzeitsvorbereitungen auf dem Lande und an dere Prosa aus dem Nachlaß, hrsg. Max Brod, Frankfurt am Main: S. Fischer 1953.

KH Kafk a-Handbuch in zwei Bänden, hrsg. Hartmut Binder, Bd.I: Der Mensch und seine Zeit, Stuttgart : Kröner 1979.

KKAS Franz Kaf ka [Schriften, Tagebücher, Brief e: Kritische Ausgabe], Das Schlo/5, hrsg. Malcolm Pasley, Bd. l: Textba nd, Bd. II:Apparatband, Frankfurt am M. ain: $. Fischer 1982.

KKAV Franz Kafka [Schriften, Tagebücher, Briefe:Kritische Ausgabe], Der Verschollene, hrsg. Jost Schillemeit, Bd. l: Textba nd, Bd. II: Apparatba nd, Frankfurt am Main: S. Fischer 1983.

KW Kurt Wolf f Briefwechsel eines Verlegers 1911-1963, hrsg. Bernhard Zeller und Ellen Olten, Frankfurt am Main: Hein rich Schef fler 1966.

M Franz Kafka, Briefe an M ilena, erweiterte und neu geordnete Ausgabe, hrsg. Jürgen Born und Michael Müller, Frankfu rt am Main: S. Fischer 1983.

MBA Max Brod Archiv, Tel Aviv.

O Franz Kafka, Briefe an Ottla und die Familie, hrsg. Hartmut Bin der und Klaus Wagenbach, Frankfurt am Main: S. Fischer 1974.

PK Max Brod, Der Prager Kreis, Stuttgart, Berlin, Köln, Mainz: Kohlhammer 1966.

SL Max Brod, Streitbares Leben. Autobiographie 1884-1968, Frankfurt am Main: Insel, Neua uflage 1979.

Sy Jürgen Born, Ludwig Dietz, Malcolm Pasley, Paul Raabe, Klaus Wagenbach, Kafka-S ymposion, Berlin: Wagenbach 1965.

T Franz Kafka, Tagebücher 1910-1923, hrsg. Max Brod, Frankfurt am Main: $. Fischer 1951.

WB Klaus Wagenbach, Franz Kafka. Eine Biographie seiner Jugend 1883-1912, Bern: Francke 1958.

WBL Klaus Wagenbach, Franz Kafka. Bilder aus seinem Leben, Berlin: Wagenbach 1983.